# 淮安诗征

第一册

《淮安诗征》编委会 编
荀德麟 主编

中州古籍出版社
·郑州·

**图书在版编目（CIP）数据**

淮安诗征 /《淮安诗征》编委会编. — 郑州 ：中州古籍出版社，2021. 3
ISBN 978-7-5348-9091-8

Ⅰ. ①淮… Ⅱ. ①淮… Ⅲ. ①诗词—作品集—中国 ②赋—作品集—中国 Ⅳ. ① I22

中国版本图书馆 CIP 数据核字 (2020) 第 259264 号

HUAIAN SHIZHENG
**淮安诗征**
《淮安诗征》编委会　编

---

出 版 人　许绍山
出版统筹　闵世勇
责任编辑　闵世勇　杨天荣　贾保倩　何慧婷
　　　　　刘　晓　赵建新　李祖哲　负蒙蒙
　　　　　张　佳　高雪薇　高林如
责任校对　钟　舟
装帧设计　王　歌

---

**出 版 社**　中州古籍出版社（地址：郑州市郑东新区祥盛街 27 号 6 层
　　　　　邮编：450016　电话：0371-65723280）
**发行单位**　新华书店
**承印单位**　江苏农垦机关印刷厂有限公司
**开　　本**　787 mm × 1092 mm　1/16
**印　　张**　233.750 印张
**字　　数**　3700 千字
**印　　数**　1—3 000 册
**版　　次**　2021 年 3 月第 1 版
**印　　次**　2021 年 3 月第 1 次印刷
**定　　价**　1380.00 元

---

# 编委会组成人员名单

# 绪　论

荀德麟

《淮安诗征》是淮安市历代诗词歌赋的大型选集。上起先秦，下迄2018年，时间跨度2000多年。全书分为诗、词曲、歌谣、赋4大类，凡13卷，约250万字，是淮安市历史上规模空前的具有集大成性质的中华传统韵文总汇。

## 一

诗，是一种用言语表达的艺术，是一种抒情言志的文学体裁，是最古老的也是最具有文学特质的文学样式。“诗者，志之所之也。在心为志，发言为诗”[①]，“诗者，吟咏性情也”[②]，这两句话，简洁地道出了诗的本质与特点。

诗歌，是诗与歌的总称。它来源于上古时期的劳动号子，后发展为民歌以及祭祀的颂词。我国的诗歌，从上古歌谣、《诗经》、楚辞汉赋、两汉乐府、魏晋南北朝民歌，到唐诗、宋词、元曲，再到明清诗歌、现代新诗，历史非常悠久，遗产非常丰富，发展的脉络也非常清晰。

纵观中华诗史，可以说，每一次体裁的发展、创新与丰富，几乎都伴随着与“乐”的分离。于是，把不合乐的称为诗，把合乐的称为歌。譬如：汉代有合乐的“两汉乐府”以外，还有大量不合乐的文人诗赋。特别是汉赋因为千古传诵的名篇迭出，甚至成为一代文学之象征。魏晋南北朝乃至隋唐时期，尽管格律诗逐步产生、发展，走向成熟，并占据了诗歌创作的主阵地。然而，拟乐府之风依然盛行，且其中不乏佳作、名作，李太白等大诗人都有代表性诗作是拟乐府的。稍后，合乐的“曲子词”“长短句”又应教坊歌馆的需求而悄然产生，并在宋代呈现辉煌鼎盛的局面，以至于被称为“宋词”。延至元代，更加接近口语化的“曲”，则伴随着勾栏乐坊戏曲演唱的发展需求，而展示其“一代文学”之异彩。明清时期，尽管打上市井文学烙印的小说开始站到了文学舞台的中心，传统的诗歌还名家迭出，传下来的诗作数量庞大，出现了不少可圈可点、甚至不让前贤的脍炙人口之作。

所以，无论是文学界，还是在民众中，都将“诗词歌赋”并称。这既是韵文学体裁的一揽子提法、并列式提法，同时，也是因为词曲、歌谣、赋，都不同程度地采用诗的“赋、比、

① 《毛诗·大序》。

② 南宋严羽《沧浪诗话》。

兴”手法，都有类似于诗的意境、韵味。

然而，前贤所编纂的诗征，都是只选录传统的狭义上的诗，即古风、歌行、五七言律诗、五七言绝句，以及杂言诗。随着新时期传统诗词的全面复兴并逐步走向繁荣，“中华诗词”业已成为涵盖诗词歌赋的大概念。正是基于此，我们把词曲、歌谣、赋作为《淮安诗征》的附编，既继承传统，反映其类似性；又有所创新，彰显其差异性。

## 二

淮安市，是江苏省辖市，地处苏北腹地、淮河中下游地区，中心城区位于中国南北气象地理分界线上、古淮河与大运河交汇处，2018年，淮安市下辖4个区、3个县、1个国家级经济技术开发区，面积10072平方公里，人口560.9万人。京杭大运河、淮沭新河、淮河干流、淮河入江和入海水道、苏北灌溉总渠、废黄河、淮北盐河在境内纵贯横穿，襟带洪泽湖、白马湖、高宝湖等。全境属黄淮平原和江淮平原区，西倚皖东丘陵，地形西高东低，有近三分之一的国土面积为河湖水域，是一座漂浮在水上的城市。

古代的淮安，地跨“四渎”之一的古淮河两岸。古淮河出最后一个峡口——浮山峡进入市境，经盱眙，由龟山至淮阴故城（今淮阴区马头镇），其间纳睢水、泗水等支流，由山阳湾至邗沟入淮处末口（淮安老城所在地），再向东北至淮浦（古涟河入淮处），迤逦而东入于海。

古代的淮安，土地肥美，水系发达，湖沼星罗，农林牧渔资源丰富，人类活动的足迹悠久漫长。这里首次发掘出距今六七千年的“青莲岗文化”遗址，有众多的“龙山文化”遗址。夏、商、周三代，市境为淮夷、徐夷聚居地。春秋战国时期，市境襟带吴、楚，战国后期属楚国王畿，是“楚虽三户，亡秦必楚”的重要策源地。

秦统一后，市境设有淮阴、盱眙、东阳和徐县，分属泗水郡、东海郡。西汉，增设有射阳（后名山阳）、平安（后名安宜）、淮浦（后相继名襄贲、涟水、安东）等县，全属临淮郡；东汉分属下邳国和广陵郡，后期为广陵郡治所。魏晋南北朝时期，处于南北对峙的前沿，淮阴、盱眙、山阳多为州郡治所、边防帅府之所在。

隋唐、五代、两宋时期，大抵淮南属楚州（治所在今市区淮安老城——楚州城），淮北属泗州（治所在今盱眙县城淮河对岸——泗州城）。南宋金元时期，多以淮河为界对峙，与南北朝时期甚为相似。南宋末期，于境内次第置淮安军、淮安州、安东州、清河军（县）。

元代，为淮安路治所及洪泽屯田万户府驻节之地，所辖区域横跨今苏、鲁、皖三省。

明清时期，设淮安府，有356年时间管辖2州9县，187年时间辖有6县。

民国3年（1914）撤淮安府，置淮扬道，今市区为淮扬道所、淮扬镇守使驻节之地。同时，山阳县更名淮安县，清河县复名淮阴县，安东县复名涟水县。自民国21年（1932）起，市境大部属淮阴行政督察区。抗日战争和解放战争时期，政区多变。

1948年12月全境解放后，中共淮阴地委和淮阴行政专员公署入驻市区。1983年，撤淮阴专区，成立辖区市淮阴市，辖2个区11个县。1987年，撤淮安县，成立县级淮安市。1996年8月，分淮阴市为淮阴、宿迁两个辖区市以后，淮阴市的管辖范围减少约一半。2002年2月，淮阴市更名淮安市，淮阴县改为淮阴区，县级淮安市改为楚州区（2012年更名淮安区）。2017年，淮安市清河区与清浦区合并为清江浦区，洪泽县改为洪泽区。至此，淮安市下辖淮阴、清江浦、淮安、洪泽4区，涟水、盱眙、金湖3县，以及国家级淮安经济技术开发区。

## 三

淮安，是古老的水陆交通枢纽。在人工运河开凿以前，从长江流域进入政治中心所在地的黄河中游地区，必须由江入海，再溯淮而上，由泗水以入齐鲁，由汴、涡水直入中原，而淮安扼其咽喉。《尚书·禹贡》述九州贡道：扬州贡道为“沿于江海，达于淮泗”，徐州贡道为“浮于淮泗，达于河”。显然，二州贡道是以淮、泗水交汇处的泗口为转轴。

公元前486年，“吴城邗，沟通江、淮”[①]，然后经由泗水北上争霸。邗沟入淮处末口（《水经注》又称山阳口）位于今淮安市区河下镇。邗沟的开凿，大大缩短了长江、淮河之间的水上航程。

春秋战国时期，江淮之间还有一条重要的陆上交通干道——善道。这条干道大致从今南京江北岸至天长汊涧、盱眙旧铺、莲塘以达古善道（盱眙县城北），然后过淮河经今泗洪半城、青阳等地北上。盱眙城东南还有一条经东阳城（今盱眙东阳乡）达扬州的线路。由东阳向北，还有一条直达淮阴的大道。由淮阴过淮河后，沿古泗水堤岸可达徐州，经沭阳、郯城可达齐鲁。两条古干道一直延续至今。

需要特别指出的是，1982年在盱眙县穆店（古莲塘驿）出土的陈璋圆壶，1985年在盱眙县旧铺出土的吴季札会盟匜，都是在古善道上出土的。而出土大量蚁鼻钱的古越城遗址，则位于东阳故城至淮阴故城古干道的中间点上。

先秦时期，淮安不仅扼交通要津，而且有古破斧塘、白水塘、白马塘、富陵湖、射阳湖、硕项湖等湖陂，极富灌溉之利。所以，《淮系年表》称，古淮河中下游地区，“交通灌溉之利甲于全国”[②]。

魏晋南北朝时期，南屏大江、北蔽中原的淮河多为南朝北朝之分界、战争对峙的前沿。沿淮的盱眙、淮阴、角城、山阳都是军事重镇，是“南必得而后进取有资，北必得而后饷运无阻”的要塞之地[③]。著名的东晋与前秦淮阴之战、刘宋与北魏盱眙之战、北周与陈泗水之战，都是在淮安境内水陆交通的咽喉之地展开的。

隋炀帝大业元年（605），开挖自洛阳至泗州（今盱眙城对岸）的通济渠，引汴水入淮以

①《左传·哀公九年》。

②《淮系年表·序言》。

③乾隆《淮安府志》卷一。

通舟楫，并将邗沟改道取直。泗州汴河口和楚州邗沟末口之间是由约100公里的淮河自然航道连接的。因此，隋大运河在今市境内的总长有160多公里。隋唐、五代至两宋，在约670年的时间里，尽管宋代开凿了避淮的复线运河，然而大运河在市境内的长度和走向，基本没有改变。

元朝建立后，淮河以北的大运河，重新取道泗水，恢复由清口北上之路。然而，此时的泗水，早在公元12世纪后期，就已被黄河所夺，故清口至徐州之间的大运河，其实是借助黄河作为航道的。清康熙二十六年（1687）中运河开凿后，淮北运河才得以避开黄河。然而，淮安清口作为黄、淮、运河的交汇处，依然是中枢性咽喉。淮安作为大运河中枢的地位始终未变。

淮安，是黄河夺淮危害最重的区域。宋建炎二年（1128），宋将杜充以水代兵，决黄河由泗入淮，以阻金兵，拉开黄河夺淮的序幕。金明昌五年（1194），黄河从阳武决口，至徐州附近分为二支，其南支由汴入泗入淮，确定了黄河南下夺淮的局面。元至元（1264~1294）中，黄河溢阳武，南夺涡水、泗水，黄河水大半入淮，水患危及淮安境内。明朝中叶，黄河全流夺淮以后，河床迅速淤高，堤防遂频频溃决，造成连绵不绝的灾害。原先肥沃的耕地变成斥卤沙碛，农业生产出现了严重“倒流”，农作物产量甚至远低于秦汉时期，呈现“万户萧疏鬼唱歌”的大面积贫困凄凉。黄河北徙后百余年间，黄河遗患依然是淮安发展的阴影和“原初性”瓶颈。

中华人民共和国成立后，党委、政府领导广大人民经过数十年艰辛而执著的奋斗，厉行水利建设，大搞河网化、旱改水和种子改良，淮安才摘掉粮食低产的帽子，并建成全国商品粮基地，从而为改革开放后经济的腾飞式发展奠定了基础。

为了保证通漕，从明朝万历年间开始，河臣厉行“束水攻沙，蓄清刷黄”之策，坚筑高家堰及黄河堤防，构建清口水利枢纽。于是，“蓄清、刷黄、济运三策，毕萃于淮安清口一隅”[①]。此后，洪泽湖由原先的小湖沼迅速扩展为特大型水库。而黄淮洪水则无情地吞没了泗水、淮河沿岸不少著名的城镇，如淮北重镇大清口城、洪泽镇、渎头镇、龟山镇、小清口城、甘罗城，以及隋唐宋时期运河枢纽城市泗州城。

黄河夺淮，还最终迫使淮河主流离开独流入海的故道，而南下入江，成为长江最新的支流，从而结束了“四渎”的历史。

淮安，是明清时期的“运河之都”。漕运是封建王朝事关“国脉”的要务。明清时期的淮安，作为位于大运河中部、黄淮运河交汇处的城市，其地位远非运河沿线其他城市可比。明永乐（1403~1424）初，实行南北两京制度以后，于永乐二年（1404）设正二品衔的漕运总兵官驻节淮安。“凡湖广、江西、浙江、江南之粮艘，衔尾而至山阳，经漕督盘查，以次出运河。虽山东、河南粮艘不经此地，亦皆遥禀戒约，故漕政通乎七省，而山阳实咽喉要

①《清史稿·河渠志二·运河》。

地也。”[①]景泰二年(1451),以漕运不继,始以副都御史王竑为总督漕运兼巡抚淮、扬、庐、凤四府及徐、和、滁三州,驻节淮安,与总兵官同理漕务,称为文、武二院。

每年年初,漕运都御史巡视扬州,经理瓜洲至淮安的漕船过闸事宜,总兵官到徐州督管漕船过百步洪、徐州洪等,理漕参政管押赴京。《漕运通志》云:“京操十二荣(即荣伍),军有十二万,漕有十二总,军亦有十二万。中外相援,兵食相资,祖宗之微意,岂无所谓哉?”[②]淮安,是名副其实的全国漕运指挥中心。

明永乐间,漕运总兵官陈瑄推行“支运”制度,在淮安、徐州、临清、德州等运河沿线重镇,各建转搬仓,接纳指定地区民船送来的漕粮,然后分别派官军承运到指定地点。就漕运数量而言,一般每年450万石,最高达640万石。为了确保漕运畅通,首任漕运总兵官陈瑄于永乐十三年(1415)开凿清江浦河,并建了移风、清江、福兴、新庄四道闸。又在清江浦河南岸办起了全国最大的内河漕船厂——清江督造船厂。清江漕船厂延绵23里,下设京卫、卫河、中都、直隶四个大厂,80多个分厂,平均每年造内河漕船和遮洋海船600余艘,占全国漕船制造总量近60%。淮安因此成为全国的漕船制造中心。

同时,又在清江浦设立漕粮中转仓——淮安常盈仓。胡瓘《常盈仓周垣记》载:“仓俯临大淮,廒凡八十有一,联基广凡二百七十八步有奇,袤凡四百九十八步有奇,周凡一千五百五十四步有奇。……周垣则屹如城墉,色且积铁然,盖水次诸仓所未有者。”[③]它可一次性容纳150万石漕粮,是四大中转仓的第一站,中转任务最重,所以被称为“天下粮仓”,淮安,因此成为全国漕粮转输中心。

随着常盈仓的使用、造船厂的投产、漕运总兵官及其许多属官与办事机构的驻节,清江浦河中部、清江大闸两岸地区遂成为“侨民宿贾,巨室鳞次”的通商大埠。“清江浦”也因此成为这一通埠的名称,而清江浦河则与淮扬运河一起,被称为“里运河”。因古末口而兴起的淮安城,其地位在很大程度上为清江浦所取代。

为了便于对黄淮运河道治理的就近指挥,清康熙十六年(1677),河道总督靳辅又将“总河行馆”设于清江浦,雍正二年(1724)成为南河总督署,直至咸丰十一年(1861)河道总督裁撤。淮安作为黄淮运河道治理中心,历时凡184年。

从明宣德四年(1429)到民国21年(1932),淮安板闸还是淮安关的所在地,淮安关不仅征收“南河”“北河”之税,而且征收来自皖、豫两省的“西河”之税,其中相当长一段时间,还代收工部分司的“船料”费、户部分司淮安转搬仓的储粮税,还兼行海关之职。同时,还统辖宿迁关、庙湾口。可以说,在500多年间,淮安板闸关是大运河上最大的榷关。

位于淮安新城之西、联城西北、里运河东堤下的淮安河下镇,明初是清江督造船厂的

①光绪《淮安府志》卷八漕运。

②杨宏、谢纯《漕运通志》卷三。

③均见杨宏、谢纯《漕运通志》卷十漕文略。

造船物资集散地，“钉、铁、绳、篷，百货骈集。”[①]明弘治年间（1488~1505），淮北盐改行“开中法”，召商开中引盐，河下成为淮北盐斤必经之地，“淮北商人环居萃处”，遂使河下达于极盛，成为“甲于一郡”的富人聚居区和科第相望的文士密集区。

明清时期，淮安作为全国漕运指挥中心、漕船制造中心、漕粮转输中心、黄淮运河道治理中心、淮北盐集散中心，管理河、漕、盐、榷的大小衙署数十座，南船北马，辕楫交替，冠盖如云，“淮郡三城内外，烟火数十万家”[②]。淮安达到繁荣鼎盛阶段，成为“运河之都”。

## 四

淮安，作为国家历史文化名城，历代人文蔚起，从“兴汉三杰”之一的韩信，到伟大的无产阶级革命家、军事家、外交家周恩来，名人辈出。

作为历史文化名城，淮安自古就是诗词歌赋的沃土。这里是《诗经·小雅·鼓钟》中“淮有三洲”的“三洲”所在地。秦汉以降，不仅绵延着“胜引飞辔，商旅接舻”的盛况，而且形成了长达两千多年的韵文化长廊。它呈现以下几个显著特点。

第一，淮安历代诗人词家数量多，代表性作家层次高，文人雅集赓和唱酬风气很盛。就历代诗人词家的数量而言，据《山阳诗征》《山阳诗征续编》统计，截至清光绪二十年（1894）左右，仅一个山阳县（民国3年更名淮安县），就有留下姓名与诗作的作者1182人！

就历代代表性作家的层次而言，西汉有名赋《七发》的作者、“古诗十九首”的主要作者枚乘；东汉有“建安七子”之一、诗文赋名家陈琳；南北朝时期，有著名的诗人、辞赋家、“元嘉三大家”之一的鲍照，宋齐两朝著名的女诗人鲍令晖；唐代，有“大历十才子”之一、“侍郎文章宗”的吉中孚，有被艳称为“赵倚楼”的中唐诗人赵嘏，有“选词能唱《望夫歌》”的女诗人刘采春；宋代，有“以道义文学显于东南”的诗人、苏轼友人徐积，有“苏门四学士”之一的诗人、辞赋家张耒；明代，有著名长篇神怪小说《西游记》作者、诗赋大家吴承恩；明清之际，则有蜚声全国、名噪诗史的大型文学社团——望社的强大诗人群体；清代中晚期，有著名的学者型诗人潘德舆、丁晏，有雄视一代、“嗣响杜陵”的大诗人鲁一同等。综上所举，他们大都是所在时代有相当代表性的诗词名家。

文人雅集，是文人来往交游的重要形式，是切磋提高的重要渠道。淮安文人向以儒雅风流名节相矜尚，不通晓诗词歌赋、不善于赓和唱酬、品行不端、名节不保者很难入流，更别说进入高水平文士圈了。还有一点共识：不论你是举人、进士，还是穷士、出家人，只要你是真正的诗词歌赋高手，同样可以进入雅士圈，参加雅集。古代近代淮安文士雅集的地点不限，大而言之，以儒、释、道三教场所为多，能买单的富裕文人之家为多，便于激发灵感的风景名胜区为多。雅集与结社，互为因果。淮安历史上最著名的影响最大的文

① （清）张鸿烈《山阳县志》序。

② 《续纂淮关统志》卷十文告。

学社团,是明清之际的望社。望社历经40余年,成员分布七八个省,其成员的诗词作品不止一次地被结集刊印。毛奇龄、阎若璩、张养重、杜湘草、"淮南二邱"等,都是其中的名流巨子。

所以,早在300多年前,淮安便赢得"诗城"之誉。

第二,淮安历代创作的诗歌具有鲜明的时代特色与地域特色。诗人是时代的歌者,这体现在出身各阶层的诗词家队伍所创作的题材广泛、内容丰富、卷帙浩繁的诗词歌赋中。随意翻阅,都可以感受到诗人的时代心影,扪触到历史的脉搏律动。特别感到自豪的是,在改革开放的年代,在日新月异的城市化进程中,成立于1986年的淮阴县(今淮阴区)古寨(今淮阴区刘老庄)六塘诗社,已发展成地跨二省四市的大型诗词社团;诗教工作起始于1997年的全国第二个乡镇级"中华诗词之乡"淮安区博里乡(今博里镇),诗词之花越开越盛,不断产生了弥足称道的诗词高手。而迅速壮大的淮安农村打工仔队伍,由于受到淮安市诗教工作"六进"(进学校、进农村、进机关、进企业、进社区、进景点)的长期熏陶,不仅涌现出难以计数的诗词爱好者,更产生了一批批在各级诗词赛事中,包括全国顶级大赛中摘金夺银的高手,源源不断地创作出阳气氤氲的佳作,歌吟出来自底层民众的心声,从而形成了阵势强大、蜚声诗坛的"淮安打工仔诗人群"。

近20年来,淮安市委、市政府和相关职能部门对诗教工作一直紧抓不放,创造了诗词教育的"六进"经验,被中华诗词学会向全国推广。这些年来,淮安的诗教之花不断结出丰硕之果,呈现三个特点:一是年轻诗人不断涌现,大有后来居上之势;二是女性诗人词家非常活跃,有好多女诗人开始在全省乃至全国崭露头角;三是曾经为中华诗词伟大复兴建立重要历史功勋的"老干体"诗人渐形寥落,一批55岁以上的诗人词家呈现"庾信文章老更成"的景象。

就地域特色而言,淮安市地跨古淮河两岸,连接江、淮的吴邗沟,连接黄、淮的汴水、泗水,连接古末口、清河口与汴河口的古淮河航道,以及古运河枢纽城市楚州城(即淮安城)、淮阴故城、清口城、泗州城、盱眙城,"遍山半诗草"的盱眙第一山、龟山,包括淮北盐河枢纽城市涟水城,都在今市境内,都是南来北往历代诗人的必经之地、必访之胜、必咏之题。因此,在"历代诗人咏淮安"卷中,以反映大运河、淮河沿线的风光习俗、名胜古迹、世故人情、民生疾苦、羁旅愁思的诗词为最多。在南北对峙政权期间,则多边塞天涯之感、中原故国之思、平戎报国之怀的诗词。在黄河夺泗夺淮期间,尤其是在元明清时期,则以反映洪涝灾害、河漕艰难、治理无奈、官场弊端的诗词最具代表性,最具有揭露与针砭的意义。这类主题的诗歌,最能体现诗人作为时代歌手的使命担当,也最具有史诗的意义。从史料学的价值尺度来衡量,一如唐诗中的很多优秀篇章被当作深入研究唐史的宝贵资料,可补正史之疏之缺,纠正史之曲之误。谈到地域特色,还须提及该书所选录的当地历代民歌,诸如古老的淮安运河民歌、洪泽湖民歌民谣、金湖秧歌、南闸民歌以及淮安近代民歌,又无不反映和记录历史上淮安普通民众、相关群体的旨趣、志愿、思想,无不展示淮安宏阔而深邃的时空画卷。这些歌谣，唱出了底层民众的喜怒哀乐、七情六欲。

第三，淮安诗歌体现了淮安历代诗人执著的传承与创新情结。这主要表现在题材与体裁上。从创作题材上看，对淮上自然山水、田园风光的陶醉，名胜古迹、历代贤杰的缅怀，呈现出千秋一脉的题材传承。譬如，对韩信、漂母及其遗迹的吊唁缅怀，历代本土诗人、过淮名家，几乎都要前往发思古之幽情，抒一己之心声。如同用传统原料不断地酿制勾兑出新酒来，产生新口味，呈现新面目。

从创作体裁上看，淮安历代诗词赋家对淮上鼻祖、西汉最具代表性的诗人、辞赋家枚乘，表现出尤为自觉的传承追求与浓郁的创新情结。这在《淮安诗征》第十二卷“赋征”中，表现得非常突出。枚乘以后，淮安的历代诗词赋家，在传承枚氏风范、汲取枚氏营养的同时，又有程度不同、成就不等的创新，鲍照、张耒等辞赋大家都有公认的创新发展。即便在清代辞赋整体式微的时期，淮安的作家仍以极大的热情，执著地进行赋体的传承与创新，创作出可以彪炳中国古近代韵文史册的《玭珠赋钞》。这一文化传统，可以说一直传承至今。

2019年11月初稿，2020年4月清明小长假修订

# 凡　例

一、为传承和弘扬优秀的中华传统诗词文化，系统地保存淮安市历代优秀诗词歌赋，反映创作面貌，推动全市传统诗词文化的普及与提高，特编纂《淮安诗征》。

二、《淮安诗征》在淮安市诗教领导小组的领导与市委宣传部的大力支持下，由淮安市诗词协会组织专家具体开展选编工作。

三、《淮安诗征》系淮安市历代传统诗词歌赋的大型选集，力求做到思想性、艺术性、系统性的有机统一。入选作品成稿时间上起先秦，下限断至2018年。

四、《淮安诗征》坚持"旁求名集，博访通人，去门户之嫌，泯异同之辨"的原则，坚持"选人从宽，选文从严"的编选方针，即作者不论亲疏远近，不论其政治身份，只要诗歌的思想内容健康，符合传统诗歌的形式与艺术要求，均可入选。遵循"或以诗存人，或以人存诗"的做法，优秀诗人或稀见作品宜多选以存诗，一般作者作品宜精择以"存人"。

五、《淮安诗征》分为诗、词曲、歌谣、赋四大类，共13卷。鉴于前贤所编"诗征"仅限于传统意义的诗，故《淮安诗征》卷1~10为正编，收录传统格式的诗；卷11~13为附编，分别收录词曲、歌谣、赋。

六、正编以现行政区划为依据，分为淮阴区、清江浦区、淮安区、涟水县、市直、开发区、洪泽区、盱眙县、金湖县、"过往作家咏淮诗"10卷。各县区职官相关之诗、旧时县志所载"流寓"者之诗，分别入淮阴、淮安、涟水、盱眙4个古县区卷；清江浦区、洪泽区2卷，只收录现代诗人之诗；驻节或管辖市域的非县属职官之诗，统一入"过往作家咏淮诗"；市直卷中的"市直"，专指在辖区市淮阴（安）市直机关单位工作与离退休的诗人与诗词爱好者，不管籍贯何处，其诗作一律入此卷；开发区卷中的"开发区"，专指国家级淮安经济技术开发区。附编中的词曲卷分为卷上、卷下，卷上为"本土作家词曲"，卷下为"过往作家咏淮词曲"；歌谣卷分为淮安运河歌谣、洪泽湖歌谣、金湖秧歌、南闸民歌、淮安近代歌谣5部分；赋征卷亦分为卷上、卷下，分别为"本土作家赋征""过往作家咏淮赋"。

七、《山阳诗征》与《山阳诗征续编》所涉及的历代久居山阳县的诗人，凡其籍贯或祖居地属于今淮安区辖境的，除收录其代表性的咏淮诗作外，不再收录其他诗作；籍贯或祖居地属于今淮安市其他县区的，则分别归入今县区，并适当重复选录，以存该县区之历代诗歌创作面貌。

八、《淮安诗征》除卷12"歌谣"外，其他各卷均以作者列目，作者大致按生年或科举及第的先后顺序排列。

九、遴诗选词数量:一般作者10首以下,重要作者50首以下,著名作者可达百首。每位作者有数十字至百字左右简介,古近代重要作家会附画像或雕像,现当代作者部分会附照片。

十、诗类作品排列,先四言、古风、歌行,继之以五七言律诗、五七言绝句;同一位作者,先词后曲。现当代作家作品,诗以平水韵、词以词林正韵、曲以中原音韵为依据,凡用新韵作品,视情括注。

十一、作品笺评、按语、注释、题解,一律置于该作品之后。作品有评论或本事者,可择要叙述;按语或交代创作背景,或略述编研收获。

十二、在全书最后附"主要征引与参考书刊目录"与"作者人名索引"。

# 总 目 录

# 第一册目录

## 卷一　淮阴区卷

## 卷二　清江浦区卷

# 卷一　淮阴区卷

## 韩　信

韩信(?～前196),秦末汉初淮阴县人,我国古代伟大的军事家、战略家。陈胜、吴广起义后,仗剑从军,初投项梁,继投项羽,未受重用,又投奔刘邦。在楚汉战争中,他率汉军出陈仓,定三秦,继之破魏,下代,灭赵,降燕,伐齐,直至垓下全歼楚军,为开创两汉400年基业建立了丰功伟绩,同时也为我国历史由秦末纷乱走向重新统一和进一步发展做出了巨大贡献。《史记》有传。

### 无　题

狡兔死,良狗烹。高鸟尽,良弓藏。敌国破,谋臣亡。

## 枚　乘

枚乘(?～前140),字叔,西汉淮阴(今属江苏)人。辞赋家。初为吴王刘濞郎中,因劝阻吴王谋反不成,投奔梁孝王刘武。景帝时,拜为弘农都尉,因非其所好,以病去官。武帝即位后,以“安车蒲轮”征之,因年老死于途中。有《七发》等名篇,开创七体形式。近人辑有《枚叔集》。《汉书》有传。

### 杂诗八首

其　一

西北有高楼,上与浮云齐。交疏结绮窗,阿阁三重阶。上有弦歌声,音响一何悲。谁能为此曲,无乃杞梁妻。清商随风发,中曲正徘徊。一弹再三叹,慷慨有余哀。不惜歌者苦,但伤知音稀。愿为双鸿鹄,奋翅起高飞。

其　二

东城高且长,逶迤自相属。回风动地起,秋草萋已绿。四时更变化,岁暮一何速。晨风怀苦心,蟋蟀伤局促。荡涤放情志,何为自结束。燕赵多佳人,美者颜如玉。被服罗裳衣,当户理清曲。音响一何悲,弦急知柱促。驰情整中带,沉吟聊踯躅。思为双飞燕,衔泥巢君屋。

其　三

行行重行行，与君生别离。相去万余里，各在天一涯。道路阻且长，会面安可知。胡马嘶北风，越鸟巢南枝。相去日已远，衣带日已缓。浮云蔽白日，游子不顾反。思君令人老，岁月忽已晚。弃捐勿复道，努力加餐饭。

其　四

涉江采芙蓉，兰泽多芳草。采之欲遗谁，所思在远道。还顾望旧乡，长路漫浩浩。同心而离居，伤忧以终老。

其　五

青青河畔草，郁郁园中柳。盈盈楼上女，皎皎当窗牖。娥娥红粉妆，纤纤出素手。昔为倡家女，今为荡子妇。荡子行不归，空床难独守。

其　六

兰若生春阳，涉冬犹盛滋。愿言追昔爱，情款感四时。美人在云端，天路隔无期。夜光照玄阴，长叹恋所思。谁谓我无忧，积念发狂痴。

其　七

庭前有奇树，绿叶发华滋。攀条折其荣，将以遗所思。馨香盈怀袖，路远莫致之。此物何足贵，但感别经时。

其　八

明月何皎皎，照我罗床帏。忧愁不能寐，揽衣起徘徊。客行虽云乐，不如早旋归。出户独彷徨，愁思当告谁。引领还入房，泪下沾裳衣。

## 刘采春

刘采春，与诗人元稹生活于同一时期，唐淮阴人。伶工周季崇之妻。唐代四大女诗人之一，善歌唱。《全唐诗》录《啰唝曲》6首。

### 啰唝曲六首

其　一

不喜秦淮水，生憎江上船。载儿夫婿去，经岁又经年。

其　二

借问东园柳，枯来得几年。自无枝叶分，莫恐太阳偏。

其　三

莫作商人妇，金钗当卜钱。朝朝江口望，错认几人船。

### 其　四

那年离别日，只道住桐庐。桐庐人不见，今得广州书。

### 其　五

昨日胜今日，今年老去年。黄河清有日，白发黑无缘。

### 其　六

昨日北风寒，牵船浦里安。潮来打缆断，摇橹始知难。

## 张　耒

张耒（1054～1114），字文潜，号柯山，宋楚州淮阴人。苏门四学士之一。20岁中进士，历主簿、县尉、起居舍人。迭知润、兖、颍、汝等州。晚监南岳庙，主管崇福宫。著有《柯山集》等。《宋史》有传。

### 短　歌

薄酒不满肠，终胜提空壶。博游不满装，终胜闭门居。虽无良宴会，对客兴不孤。虽无好颜色，一饱意有余。

### 初离淮阴闻汜水已下呈七兄

朝离淮阴市，春水满川平。依依道边人，送我亦有情。千里积雪消，布谷催春耕。人家远不见，柳色烟中明。轻舟鸣根子，野静遥相应。连网收泼剌，嘉鱼饱南烹。平生晤语欢，促膝联弟兄。相逢古难得，白发老易生。樯乌飞更北，汴柳绿相迎。从今淮山梦，却在凤凰城。

### 题焦山

焦山如伏龟，万石浸碧浪。举头北顾海，尾眉金刹壮。我开城东楼，秀色日相向。松杉数毛发，人物见下止。欲携浮丘公，据壳恣潜漾。仙风如见引，金阙或可访。

### 晚饭宝应

晚风吹古柏，落照明空山。深行得宝刹，崖岭相回环。人远草木遂，境幽鱼鸟闲。道人扫华堂，延我具晚餐。斋庖野菊美，石井新泉寒。既饱陟上方，浮香出林端。平生麋鹿志，强学伏车辕。尘怀造胜绝，欲去犹三叹。

### 呈徐仲车

朝日照高檐，夜霜犹在瓦。纤纤墙边柳，春色已可把。残年能几何，奔驶刻湍泻。虽无功名求，衰暮亦悲咤。出门问徐子，两计决取舍。为当勉自修，汲汲不可暇。为当饮美酒，送老在杯斝。子当指我途，我即策其马。但我懒拙姿，终非服勤者。

## 答仲车

先生居山阳，时事不挂齿。读书逾五车，不肯着一字。今朝苦叹嗟，告我将老矣。我意与子殊，欲去依禅子。

## 读杜集

风雅不复兴，后来谁可数。陵迟数百岁，天地实生甫。假之虹与霓，照耀蟠肺腑。夺其富贵乐，激使事言语。遂令困饥寒，食粝衣挂缕。幽忧勇愤怒，字字倒牛虎。嘲诃破万家，摧拉谁得御。又如滔天水，决泄得神禹。他人守一巧，为豆不能簠。君独备飞奔，捷蹄兼骏羽。飘萍竟终老，到死尚为旅。高才遭委弃，谁不怨且怒。君乎独此忘，所惜唐遗绪。悲嗟痛祸乱，欲取彝伦叙。天资自忠义，岂媚后人睹。艰难得一职，言事竟龃龉。

## 秋日独酌怀荣子邕

新秋一杯酒，风雨早凉天。眷言西邻友，咫尺莫能前。岂无病羸马，泥滑不胜鞭。端居何为者，落寞掩书眠。高柳飒已疏，碧草留余鲜。衰怀感徂节，客舍悲流年。孤吟谁与和，独酌还醒然。新晴野路干，期子南山边。

## 粜官粟有感

持钱粜官粟，日夕拥公门。官价虽不高，官仓常若贫。兼并闭囷廪，一粒不肯分。伺待官粟空，腾价邀吾民。坐视既不可，禁之益纷纭。扰扰田亩中，果腹才几人。我欲究其源，宏阔未易陈。哀哉天地间，生民常苦辛。

## 龟山水陆院

院静步柏影，庭虚闻塔铃。连龛香惨淡，古榜金青荧。山背负华殿，淮身朝广庭。幡花龙护法，梁栋神扶倾。缅怀开山人，天眼照废兴。一庵檀施集，百堵神鬼惊。支祁万古穴，石老深潭清。坐令金仙力，镇此水府灵。我来望春野，高阁近青冥。白发老比丘，俯偻困逢迎。岂无世外人，燕坐守无名。重堂白僧会，合有菩萨行。平生一钵意，长岁百虑更。狂逃不知返，胜地念浮生。

## 离泗州有作

舸舣大艑来何州，翩翩五两在船头。淮边落帆汴口宿，桥下连樯南与北。南来北去何时停，春水春风相送迎。沙岸飞鸥旧相见，短亭杨柳不无情。清歌一曲主人酒，主人寿客客举手。明日酒醒船鼓鸣，沙边破堠不知名。行人十里一回首，云边犹有塔亭亭。

## 淮阴阻雨

樯竿日日春风转，渺渺孤舟数家县。朝来雨暗隔淮村，白浪卷沙吹断岸。渡头杨柳湿青青，桥下涓涓野水生。满尺白鱼初受钓，断行孤雁故能鸣。平生行止任迟速，篷底欠伸朝睡足。从来江海有前约，老去尘埃无可欲。晓天暖日生波光，桃杏家家半出墙。春日春波好相待，短帆轻橹何须忙。

## 谢钱穆父惠高丽扇

三韩使者文章公，东夷守臣亲扫宫。清严不受橐中献，万里归来两松扇。六月长安汗如洗，岂意落我怀袖里。中州翦就霜雪纨，千年淳风古箕子。

## 一 亩

一亩秋蔬半成实，灶突无烟已三日。良人佣车毙车下，老妇抱子啼空室。秋风九月天已寒，饥肠不饱衣苦单。我身为吏救无术，坐视啼泣空丸澜。

## 田家词

南风霏霏麦花落，豆田漠漠初垂角。山边夜半一犁雨，田父高歌待收获。雨多萧萧蚕簇寒，蚕妇低眉忧茧单。人生多求复多怨，天公供尔良独难。

## 龟山祭淮词二首

迎 神

木臬臬兮苍山巅，回洑重深兮其下九渊。东风歌兮春水舞，庭肃肃兮神三燕。神来下兮翠帷举，谷冥冥兮春山雨。雨三休兮神三燕，游云高兮见极蒲，安我舟楫兮君不怒。水滨之人兮苦思君，菖蒲生兮杨柳春。解君旗兮醉君御，聊乐一日兮莫予弃。

送 神

楚巫醉兮君不留，春风起兮木兰舟。弭余楫兮饮君酒，君既不顾兮驾龙以出游。凌九江兮勒沧海，万龙舞兮百灵会。君孔乐兮我思君，望君故居兮其上片云。水沦沦兮石碌碌，空祠草长兮风雨入君屋。山中春兮鸟鸣悲，明月皎皎兮中夜来。

## 读中兴颂碑

玉环妖血无人扫，渔阳马厌长安草。潼关战骨高于山，万里君王蜀中老。金戈铁马从西来，郭公凛凛英雄才。举旗为风偃为雨，洒扫九庙无尘埃。元功高名谁与纪，风雅不继骚人死。水部胸中星斗文，太师笔下蛟龙字。天遣二子传将来，高山十丈磨苍崖。谁持此碑入我室，我使一见昏眸开。百年废兴增叹慨，当时数子今安在？君不见荒凉沼水弃不收，时有游人打碑卖。

## 宿龟山寺下赠旻师

淮流赴海何时穷？我生飘泊西复东。山中老僧旧相见，惊我非复当时容。三年历遍百忧患，迁就汲汲如飞鸿。人生易老古所叹，如我安得颜长红？尘埃漫灭旧题壁，枝叶已拱当时松。我方奔走师已老，更念别此何时逢。眼看故旧怀抱好，宴坐不觉听山钟。长淮日高人语绝，唯有塔铃鸣夜风。

## 牧牛儿

牧牛儿，远陂牧。远陂牧牛芳草绿，儿怒掉鞭牛不触。涧边柳古南风清，麦深蔽日田野平。乌犍砺角逐春行，老牸卧噍饥不鸣。犊儿跳梁没草去，隔林应母时一声。老翁念儿自携饷，出门先上冈头望。日斜风雨湿蓑衣，拍手唱歌寻伴归。远村牧牛风日薄，近村牧牛泥水恶。珠玑燕赵儿不知，儿生但知牛背乐。

## 和晁应之悯农

南风吹麦麦穗好，饥儿道上扶其老。皇天雨露自有时，尔恨秋成常不早。南山壮儿市兵弩，百金装剑黄金缕。夜为盗贼朝受刑，甘心不悔知何数。为盗操戈足衣食，力田竟岁犹无获。饥寒刑戮死则同，攘夺犹能缓朝夕。老农悲嗟泪沾臆，几见良田有荆棘。壮夫为盗羸老耕，市人珠玉田家得。吏兵操戈恐不锐，由来杀人伤正气。人间万事莽悠悠，我歌此诗闻者愁。

## 农　妇

耕田衣食苦不足，悠悠送子长河曲。同行不可别未忍，日暮河边仰天哭。男儿从军薄妻子，妇人随夫誓生死。封侯佩印未可知，不道沙场即为鬼。

## 淮阴太宁山主崇岳逮与予诸公游今年七十余耳

我来之初季春月，门外李花如积雪。杜门燕坐度长夏，庭树秋风忽骚屑。西驰大火不复燎，急雨凄风争应节。紫貂暴日知有待，画扇依墙将怨别。蒸云积潦渐收拾，恶木烦芜稍摧折。不知此事谁主张，跃马奔车忽回辙。嗟予行世蹈坎埳，仅免豺狼膏齿舌。三年闭户饿江岛，脱粟无余衣百结。近者皇天忽悔祸，雨施云行咸澡雪。复官还职遍海内，争脱囚冠鸣佩玦。老夫龙钟众人后，一舸循江信沿涉。风波历尽见故乡，亲友相逢惊白发。道人已老见我喜，静扫高堂容憩歇。佛龛日近得香火，僧饭时容供粗粝。读书小技漫勤苦，安禅大观无分别。久便闲放轻禄利，已脱忧危傲缧绁。天时进退古不忒，人事兴衰今屡阅。酒浓村店足斟酌，鱼美长淮恣哺啜。从今万事付天工，致安民庶看夔契。

## 于湖曲

武昌云旗蔽天赤，夜筑于湖洗锋镝。巴滇騄駥风作蹄，去如灭没来不断。日围万里缠孤壁，虏气如霜已潜释。蛇矛贱士识天颜，玉帐髯奴落妖魄。君不见铜驼陌上尘沙起，胡骑春来饮瀍水。浮江天马是龙儿，蹙踏扬州开帝里。王气高悬五百秋，弄兵老濞空白头。石城战骨卧秋草，更欲君王分上流。

## 仓前村民轮麦行

余过宋，见仓前村民输麦上车。槐阴下，其乐洋洋也。晚复过之，则扶车半醉，相招归矣。感之，因作《输麦行》以补乐府之遗。

场头雨干场地白，老稚相呼打新麦。半归仓廪半输官，免教县吏相催迫。羊头车子毛巾囊，浅泥易涉登前冈。仓头买券槐阴凉，清严官吏两平量。出仓掉臂呼同伴，旗亭酒美单衣换。半醉扶车归路凉，月出到家妻具饭。一年从此皆闲日，风雨闭门公事毕。射狐罝兔岁蹉跎，百壶社酒相经过。

## 寓太宁寺

春寒客古寺，草草过莺花。小榼供朝酒，温垆煮夜茶。
柏庭鸣晓吹，楼桷丽朝霞。莫叹萍蓬迹，心安即是家。

## 太宁庭柏

微风起清籁，烈日交翠阴。荫兹金仙居，楼殿郁沉沉。
永日燕雀下，有时钟梵音。谁能悟斯道，来此契无心。

## 淮上夜风

县郭初传柝，船窗已闭篷。星低春野路，月淡夜淮风。
烟水东南阔，鱼盐吴楚同。久游谙里社，赊酒问邻翁。

## 晚　晴

裹尘朝雨细，透竹夕阳明。鸟雀知春去，牛羊散晚晴。
官闲端欲老，谋拙漫无成。堂下清溪水，三逢苹芷生。

## 冬　夜

岁晚转无趣，席门谁驻车。涧泉分当井，山叶扫供厨。

谋拙从人笑，身闲读我书。幸知霜霰晚，时得灌园蔬。

## 腊日晚步

喜觉阳和近，山围策杖行。草应知地暖，柳欲向人轻。
残雪通春信，鸣禽报晓晴。田庐未成计，搔首问春耕。

## 腊　日

击柝山城闭，疏灯夜店扃。疾风鸣夜谷，晴水动浮星。
霜翼归何晚，邻机织未停。短歌聊自放，愁绝更谁听！

## 晨　兴

端居岁已晏，杖履亦萧然。云露窗前日，秋明树外天。
大江寒欲落，诸岭霁逾鲜。白首无聊剧，昏昏只醉眠。

## 少　年

朱绳缚天狗，白羽射旄头。新佩将军印，初成甲第楼。
绮罗诸院夜，鞍马五陵秋。唯有如霜鬓，令君览镜愁。

## 泛江偶成

扁舟漾寒水，暂使客心清。天与秋阴合，江连野色平。
洪波回赤壁，苍野带孤城。更想孙郎战，临风动壮情。

## 暮　归

牛羊久已下，寂寂掩城扉。水鹤鸣域堞，飞鸢上戟衣。
夜凉江海近，天阔斗牛微。何日招舟子，寒江北渡归。

## 早起偶成

枕席清如水，萧然一老僧。鸡声消壁月，晓日失窗灯。
山叶寒逾响，江云薄易凝。老僧曾教我，任远且腾腾。

## 梦中作

去路迎朝日，齐安客马西。山行逢晚雨，客裤溅寒泥。
历险与何健，冲风酒自携。回头思旧止，陈迹已凄凄。

## 晨　起

晓色淡朦胧，园林白露浓。寒从蛩响畔，秋屋叶声中。
更老心犹壮，虽贫樽不空。浮生仗天理，不拟哭途穷。

## 涟　水

孤舟逆水上，野静闻水声。鸥飞不远水，寒浪溅霜翎。
夜气岸兼木，夕光潭照星。长吟弄双桨，知有睡龙惊。

## 岁暮书事

其　一

牛羊已归去，残照满山陂。霜雁田中静，风鸢木杪悲。
川原今自若，龙虎昔交驰。丘陇耕桑尽，千年不复知。

其　二

壮心常许国，平日讨论兵。天地身将老，山河意欲惊。
病多缘痛饮，吟苦更伤情。斗酒新丰市，何人问马生?

其　三

陈叶不肯堕，冻醪凝未融。寒林晴有影，霜日冷无风。
许国片心壮，劳生双鬓蓬。功名任愚智，万事古今同。

其　四

云去暮天迥，雁飞寒夜长。姮娥守孤月，青女恨连霜。
不寐看银烛，长吟送羽觞。山炉与石鼎。伴我老他乡。

## 盱眙都梁亭

金塔青冥上，孤城苍莽中。浅山寒带水，旱日白吹风。
人事剧翻手，生涯真转蓬。高眠待春涨，鲑菜伴南公。

## 都梁亭夜景

浩浩黄流注渺漫，南山峰岭对巑岏。青灯覆地严城夜，白月当天淮上寒。
酒市歌呼迷客醉，画楼灯火暗更残。扁舟老客无余事，拥褐高眠夜未阑。

## 发泗州

万艘猎猎战风桅，我亦孤舟别岸隈。漠漠晓云生木末，萧萧飞雨送帆开。
消磨岁月书千卷，零落江湖酒一杯。因病得州真漫尔，功名于我亦悠哉。

## 宿泗州戒坛院

楼上鸣钟门夜扃，风檐送雨入疏棂。老僧坐睡依深壁，童子持经守暗灯。
千里尘埃长旅泊，五年忧国困侵凌。谁知避世天然子，一见禅翁便服膺。

## 夏　日

其　一

长夏村墟风日清，檐牙燕雀已生成。蝶衣晒粉花枝舞，蛛网添丝屋角晴。
落落疏帘邀月影，嘈嘈虚枕纳溪声。久斑两鬓如霜雪，直欲渔樵过此生。

其　二

枣径瓜畦经雨凉，白衫乌帽野人装。幽花避日房房敛，翠树含风叶叶香。
养拙久拼藏姓字，致身安事巧文章！汉庭卿相皆豪杰，不遇何妨白发郎。

## 望海亭望东海

城外沧溟日夜流，城南山直对城楼。溪田雨足禾先熟，海树风高叶易秋。
疏傅里闾询故老，秦皇车甲想东游。客心不待伤千里，槛外风烟尽是愁。

## 登城楼

沙雨初干巾褐轻，独披衰蔓步高城。天晴海上峰峦出，野暗人家灯火明。
归鸟各寻芳树去，夕阳微照远村耕。登楼已恨荆州远，况复安仁白发生。

## 春　日

如丝苣甲饤春盘，韭叶金黄雪未干。旅饭二年无此味，故园千里几时还。
异方时节三卮酒，残岁风烟一惨颜。曾奉龙旗典邦礼，岁穷祠祀少休闲。

## 晚　望

长林脱叶委高风，晚菊依依发旧丛。梦泽云低衔落日，中洲山断见来鸿。
行吟骚客三年谪，嗜酒衰翁百事慵。岁晚不须求季主，从来天理有穷通。

## 早起观雨

雨叶风枝日夜长，东园秾密欲生光。可怜积雨过初暑，更转余寒作晓凉。
蚕事已成家媪喜，麦畦初泼老农忙。彩丝结缕催端午，又见黄头鼓楫郎。

## 张子房

谋臣何世不知名，谁与留侯敢抗衡。筹下兴亡分楚汉，幄中谈笑走韩彭。
惧诛老将争枭首，高卧成功更养生。戡乱直须希世哲，乘时儿女莫纵横。

## 李贺宅

少年词笔动时人，未俗文章久失真。独爱诗篇超物象，只应山水与精神。
清溪水拱荒凉宅，幽谷花开寂寞春。天上玉楼终恍惚，人间遗事已埃尘。

## 雪晴野望

萧萧空谷隐山云，渡水人归何处村。樵径雪迷唐苑路，鸟声寒集汉祠门。
公堂吏散帷修竹，近岭林疏见饮猿。客坐无毡君莫笑，陶潜亦有酒盈樽。

## 戒　醉

平生嗜酒爱离骚，痛饮须知属我曹。仕宦低回要斗粟，功名迂阔欲霜毛。
直须减省樽罍费，莫厌沉迷簿领劳。醉吐相茵君勿恃，邴公遗事久寥寥。

## 东　池

东池暮春风景妍，汩汩浅渠鸣细泉。菖蒲绕堤青似剑，荷叶出水大如钱。
蔷薇著花方未已，杨柳飞絮任飘然。邻翁芍药正足雨，预计开时须醉眠。

## 田　家

社南村酒自如饧，邻翁宰牛邻媪烹。插花野妇抱儿至，曳杖老翁扶背行。
淋漓醉饱不知夜，裸股掣肘时欢争。去年百金易斗粟，丰岁一饮君无轻。

## 望龟山二首

其　一

淮上风高寒日西，龟山岭下白云归。游人苦恨日已晚，青山自与云为期。
轻舟渔子犯烟去，照水白鸥窥影飞。人间不作逍遥客，老又尘埃空满衣。

其　二

日落眉山山更青，原头啼鸟已春声。可怜山近不能到，尽日与山相对行。
云里人家自来往，天边楼阁远分明。白鸥不解游客意，惊起碧烟深处横。

## 自海至楚途次寄马全玉

其　一

萧萧柳岸野风秋，虹挂前山晚雨收。回首孤城空绿树，满川斜日放归舟。
年来双泪供愁尽，老去劳生几日休。试问故人思我否？梦魂犹在海边州。

其　二

生涯飘泊一航轻，浩荡晴川送我行。北望山川连海北，南来风月近淮清。
人家稻熟丰年满，泽国天高愁意生。唯有羁愁消不得，登临清泪落如倾。

## 泊舟都梁亭二首

其　一

旅枕无眠客梦劳，五更旁舍一鸡号。天淮水阔浮梁小，城郭霜晴宝塔高。
梅锁冷香通雀啄，水翻新绿出渔篙。君恩许作还乡客，肯对江蓠赋广骚。

其　二

微春已动陈根绿，晴日初流大泽澌。客路苦寒唯饮酒，老年便暖屡添衣。
霜林背日梅迟拆，冰渚知春雁早飞。江上三年陈迹在，年年穿竹折梅时。

## 都梁雪天晚望

浮梁淮面欲飞腾，金碧浮屠间玉层。古岸萧条风卷雪，长河咽绝水浮冰。
流连淮汴残年客，蹭磴尘埃一老僧。闻道都梁梅未拆，可随桃李畏严凝？

## 题淮阴孙簿壁

荒凉官舍对淮流，樽酒相逢为少留。夹道老椿鸦哺子，隔墙芳草牧呼牛。
渡头人散前村市，天际帆来何处舟？自古诗人最多感，新篇应解写骚愁。

## 题洪泽亭

三年淮海飘萍客，今日亭边再舣舟。人似垂杨随日老，事如流水几时休？
闲于万事常难得，仕以为生最拙谋。此世定知犹几至，逡逡奔走欲何求？

## 依韵和范三登淮亭

身如客雁寄汀洲，北望休登王粲楼。残雪朔风惊岁晚，早梅新柳动春愁。
免遭斤斧甘无用，敢向波涛较善游。奔走尘埃欲归去，勒移恐作故山羞。

## 醉宿慈氏院晨起

痛饮淋漓半夜醒，披衣坐待晓窗明。风松一夕清无限，炉火三更暖有情。孤阁鸣钟天黯惨，寒山戴雪晚峥嵘。年来渐向深杯怯，强学刘伶欲解酲。

## 梅　花

北风万木正苍苍，独占新春第一芳。调鼎自期终有实，论花天下更无香。月娥服驭无非素，玉女精神不尚妆。洛岸苦寒相见晚，晓来魂梦到江乡。

## 竹　堂

谁道清贫守冷官，绕家十万翠琅玕。直应流水深相与，不待清风已自寒。学得凤鸣真自许，化成龙去不终蟠。知君何世无来者，可是王郎独与欢。

## 效白体

功名富贵付悠悠，高卧山城又过秋。燕坐香灯为静侣，闲行麋鹿是同游。青黄草木新霜过，潇洒溪山夜雨收。回首十年梁苑客，枉教白却少年头。

## 夏日杂兴

无地从容解郁陶，寄怀林野散尘劳。含风槐柳参天合，足雨桑麻映露高。五斗得官迷簿领，一廛何处劚蓬蒿。致身富贵须年少，顾我衰迟已二毛。

## 离山阳入都寄徐仲车

孤城芳树碧层层，村落黄昏只见灯。回首事如前夕梦，出门心似下山僧。仕求行道时难偶，意欲谋闲力不能。寄语东皋多酿酒，待予归日解行縢。

## 寒食赠游客

阴阴画幕映雕栏，一缕微香宝篆残。寒食园林三月近，落花风雨五更寒。筝调宝柱弦初稳，酒满金壶饮未干。明日踏青郊外去，绿杨门巷系雕鞍。

## 三乡怀古

清洛东流去不还，汉唐遗事有无间。庙荒古木连空谷，宫废春芜入乱山。南陌絮飞人寂寂，空城花落鸟关关。登临几度游人老，又对东风鬓欲斑。

## 和周廉彦

天光不动晚云垂，芳草初长衬马蹄。新月已生飞鸟外，落霞更在夕阳西。
花开有客时携酒，门冷无车出畏泥。修禊洛滨期一醉，天津春浪绿浮堤。

## 秋　雨

陋巷柴门掩寂寥，一窗风雨晚萧萧。清秋渐冷尤宜懒，闲日苦长无处消。
乌几青筇扶病弱，素琴黄卷伴逍遥。交朋南北音书隔，虽有芳樽谁可招。

## 登山望海

鸟去苍烟古木，人归绿野孤舟。信美虽非吾土，消忧且复登楼。

## 淮阴晚望

萧萧衰柳来时路，袅袅危樯西去船。白鸟归飞夕阳尽，断霞风约过平川。

## 淮　阴

芦梢林叶雨萧萧，独卧孤舟听楚谣。生计飘然一搔首，西风沙上趁归潮。

## 淮阴道中

映日断霞临水尽，出云新月向人来。野塘秋晚无行迹，点点黄花照水开。

## 韩　信

登坛一日冠群雄，钟室仓皇念蒯通。能用能诛谁计策，嗟君终自愧萧公。

## 韩信祠

千金一饭恩犹报，南面称孤岂遽忘！何待陈侯乃中起？不思萧相在咸阳。

## 题淮阴侯庙

云梦何须伪出游？遭谗犹得故乡侯。平生萧相真知己，何事还同女子谋？

## 漫　成

其　一

修竹娟娟一万竿，清渠引水正潺潺。知时燕子来相语，任意凫雏去不还。

其 二

高槐无花亦有阴，参天老枝逾十寻。流莺不使人窥见，故隔深条送好音。

其 三

风吹桃花西复东，雨打海棠零乱红。可是春光即消歇，牡丹音信未全通。

其 四

江南梅花凌雪霜，桃李开尽春无光。谁知洛阳三月暮，千金一朵卖姚黄。

其 五

溪水春来清荡沙，溪南溪北是人家。依依陌上多情柳，簇簇原头自在花。

## 田家二首

其 一

门外清流系野船，白杨红槿短篱边。旱蝗千里秋田净，野秫萧萧八月天。

其 二

新插茅檐红槿篱，秋深黄叶已飞飞。滩头水阔孤舟去，渡口风寒白鹭啼。

## 淮上晓望

酒醒窗明月半川，怯将病齿漱寒泉。楼西别有清秋色，一片淮山在晓烟。

## 过涟水

城头落日在旗竿，城外长淮水浸天。左海门前灯火尽，橹声讴轧夜深船。

## 感春三首

其 一

日长残雪滴高檐，院静人闲风度帘。可是岁华随日好，故应愁恨逐春添。

其 二

冰消水面波光动，日暖树梢花意归。世上繁花易零落，却应春浅胜芳菲。

其 三

梅梢柳眼弄春娇，云暖南山腊雪消。近郭樵渔成野市，远村箫鼓隔溪桥。

## 泊楚州锁外六首

其 一

满眼荒寒春未知，芳菲欲到野梅枝。东南近腊风烟好，美酒千钟鱼蟹肥。

其 二

便风吹舫去无情，漫遣槎牙铁锁横。未叹客行鸥鸟远，五更吹角是高城。

其　三

襄王席上旧行云，二十年间生死分。可惜风流一抔土，年年春草断人魂。

其　四

流落相逢二十年，羞将白发对婵娟。如何见我都依旧，添得尊前一惘然。

其　五

水榭疏帘秋夜凉，清歌一曲醑瑶觞。明朝回首高城处，只有西风却断肠。

其　六

莫愁家住大堤边，朱阁青楼映暮川。斜映清淮一梳月，晚妆相对斗婵娟。

## 临淮道中

凛凛春寒犯客裘，轻阴残雪放孤舟。无端唯有堤边柳，作态东风恼客愁。

## 初离山阳寄城中友人

落月昏昏向水低，五更残烛一声鸡。只应魂梦犹东去，从此扁舟日向西。

## 题绿野亭

渺渺孤亭沧海东，天连平野四无穷。可须户牖毫端上，自揽山河眼界中。

## 梅　花

我爱梅花不忍摘，清香却解逐人来。风露肌肤随处好，不知人世有尘埃。

## 怀金陵

曾作金陵烂漫游，北归尘土变衣裘。芰荷声里孤舟雨，卧入江南第一州。

## 绀　碧

绀碧遥空秋意生，深檐当午暑风清。老翁睡起支颐坐，初听新蝉第一声。

## 西　湖

一曲清池柳岸风，长苗新稻短蒲茸。功名由命何须问，幸有沧浪作钓翁。

## 蕲水道中

蚕老麦枯田舍忙，谁令四月雨浪浪。未容乌鸟私遗粒，鸣蚓跳蛙欲满场。

## 楚城晓望

鼓角凌虚雉堞牢，晚天如鉴绝秋毫。山川摇落霜华重，风日晴明雁字高。

## 绝句二首

其 一

晓起山鸦噪作团，西园霜木倚空寒。风高断雁呼前伴，雨止归云赴旧山。

其 二

老去不禁茶力悍，两瓯破尽五更眠。月团三百真魔物，欲乞当垆当酒钱。

## 秋 思

故人陈迹生蛛网，古殿苔深叠绿缯。檐雨晚秋鸣槁叶，窗风深夜独孤灯。

## 送客愁

数星点点间微河，城上三更树影蹉。霜落夜深风悄悄，月明无限客愁多。

## 项 羽

沛公百万保咸阳，自古柔仁伏暴强。慷慨悲歌君勿恨，拔山盖世故应亡。

## 范 增

君王不解据南阳，亚父徒夸计策长。毕尽亡秦安用楚，区区犹劝立怀王。

## 萧 何

萧公俯仰系安危，劝业君王心独知。犹道邵平能缓颊，君臣从古固多疑。

## 寄都下旧友

其 一

一别长安西复东，琵琶旧地已应空。当时风景归何处，须信人生是梦中。

其 二

城西古地昔同游，望月思家相对愁。明月秋来应更好，何人看月又悲秋。

## 宿南山普济院

闪闪青灯照薄帷，幽人不寐自吟诗。僧来邀我更深坐，待听山风到树枝。

注：普济院，《续资治通鉴》载，景祐三年(1036)七月癸卯泗州普济院成。诏给田十

顷，保庆太后施钱所建也。

## 龚 开

龚开（1222～约1304），字圣予，一作圣与，号翠岩，因家近龟山，又号龟城叟，南宋淮阴人。少与陆秀夫同居广陵幕府。景定年间，曾在两淮制置司李庭芝幕府任职。入元后隐居不仕，以遗老身份往来于杭州、平江等地，作《文、陆二丞相传》。诗文书画兼能，尤擅绘墨鬼、钟馗与马。著有《龟城叟集》一卷。

### 一字至七字观周曾《秋塘图》有作

秋，秋。潇洒，清幽。人静处，水边头。波纹细细，风色飕飕。鸥鹭情相狎，凫鹥乐自由。疏苇败荷池沼，白苹红蓼汀洲。几竿渔钓去已尽，一段晚云寒不收。

### 陆君实挽诗

其 一

立事宁将败事论，在边难与在朝分。从来大地为沧海，可得孤臣抱幼君。
南北一家今又见，乾坤三造可曾闻。他年自有春秋笔，不比田横祭墓文。

其 二

数关天地人何预，分在君臣礼可无。周粟如山夷叔馁，史书犹日臼婴诬。
旧邦新命方开化，公法私情本不渝。忠义未须论彼此，后先崇长是昌图。

### 宋江三十六人赞

呼保义宋江

不称假王，而呼保义。岂若狂卓，专犯忌讳？

智多星吴学究

古人用智，义国安民。惜哉所为，酒色粗人！

玉麒麟卢俊义

白玉麒麟，见之可爱。风尘太行，皮毛终坏。

大刀关胜

大刀关胜，岂云长孙？云长义勇，汝其后昆。

活阎罗阮小七

地下阎罗，追魂摄魄。今其活矣，名喝大伯。

尺八腿刘唐(赤发鬼)

将军下短,贵称侯王。汝岂非夫?腿尺八长。

没羽箭张清

箭以羽行,破敌无颇。七札难穿,如游斜河。

浪子燕青

平康巷陌,岂知汝名?太行春色,有一丈青。

病尉迟孙立

尉迟壮士,以病自名。端能去病,国功可成。

浪里白条张顺

雪浪如山,汝能白跳。愿随忠魂,来驾怒潮。

船火儿张横

太行好汉,三十有六。无此火儿,其数不足。

短命二郎阮小二

灌口少年,短命何益!曷不监之,清源庙食。

花和尚鲁智深

有飞飞儿,出家尤好。与尔同袍,佛也被恼。

行者武松

汝优婆塞,五戒在身。酒色财气,更要杀人。

铁鞭呼延绰

尉迟彦章,去来一身。长鞭铁铸,汝岂其人?

混江龙李俊

乖龙混江,射之即济。武皇雄尊,自惜神臂。

九文龙史进

龙数肖九,汝有九文。盍从东皇,驾五色云?

小李广花荣

中心慕汉,夺马而归。汝能慕广,何忧数奇?

霹雳火秦明

霹雳有火,摧山破岳。天心无妄,汝孽自作。

黑旋风李逵

旋风黑恶,不辨雌雄。山谷之中,遇尔亦凶。

小旋风柴进

风有大小,黑恶则惧。一噫之微,香满太虚。

插翅黑虎雷横

飞而肉食,有此雄奇。生入玉关,岂伤令姿?

神行太保戴宗

不疾而速，故神无方。汝行何之？敢离太行。

急先锋索超

行军出师，其锋必先。汝勿锐进，天兵在前。

立地太岁阮小五

东家之西，即西家东。汝虽特立，何有吾宫？

青面兽杨志

圣人治世，四灵在郊。汝兽何名？走圹劳劳。

赛关索杨雄

关氏之雄，超之亦贤。能持义勇，自命可全。

一直撞董平

昔樊将军，鸿门直撞。斗酒彘肩，其言甚壮。

两头蛇解珍

左啮右噬，其毒可畏。逢阴德人，杖之亦毙。

美髯公朱仝

长髯郁然，美哉丰姿。忍使尺宅，而见赤眉。

没遮拦穆横

出没太行，茫无畔岸。虽没遮拦，难离火伴。

拼命三郎石秀

石秀拼命，志在金宝。大似河鲀，腹果一饱。

双尾蝎解宝

医师用蝎，其体实全。反其常性，雷公汝嫌。

铁天王晁盖

毗沙天人，澄紫金躯。顽铁铸汝，亦出洪炉。

金枪手徐宁

金不可辱，亦忌在秽。盍铸长殳，羽林是卫。

扑天雕李应

挚禽雄长，唯雕最狡。毋扑天飞，封狐在草。

## 题昭陵《什伐赤马图》

赤骥驼僧去玉关，换他白马载经□。谁怜什伐飞龙子，赢得金创卧帝闲。

## 黑马图

八尺龙媒出墨池，昆仑月窟等闲驰。幽州侠客夜骑去，行过阴山鬼不知。

### 题赵鸥波《高士图》

雪气侵人卧欲僵，苦劳明府到藜床。主宾问答皆情语，何用闲名入荐章。

## 朱 海

朱海，明桂阳(今湖南汝城)人。正统十年(1445)进士，成化初为清河知县，官至南京监察御史。主持纂修《成化清河县志》，已佚。

### 淮水分清

桐柏昆仑禹凿通，千支万派尽流东。淮从南下临清口，河向西来入镜中。
渭水合流原不混，足缨虽濯岂能同。激扬自有天然术，何用人间布置功。

### 甘罗荒城

少年相业已荒凉，陈迹空遗古道旁。废宅有基缠野漫，断碑无字卧斜阳。
林间巢燕凭谁语，巷口闲花只自香。过客登临休感慨，秦城万里亦堪伤。

### 韩信胯桥

独向河滨理钓丝，济时韬略少人知。包羞出胯心应远，蹑足封王事已危。
故国一朝非旧主，断桥千载有荒基。良弓走狗俱芜没，淮水东流不尽悲。

## 石 渠

石渠，字翰卿，明淮安府清河县(今江苏淮阴)人。成化二年(1466)进士，授刑部主事，迁员外郎，官至山东按察使。有《葵青居诗录》。

### 甘罗荒城

一掬荒城雉堞虚，甘郎可是早登枢。股肱能使当年重，髫龀能开万卷余。
阉赵鹿高欺盗马，奸斯鼠混愧联裾。相君有术能匡国，谁谓秦人不读书。

### 吴王墓吊古

中原割据走英雄，王业终成五代功。忠武当年书显号，精灵此地奠行宫。
石麟埋没淮山远，宝剑销沉楚水空。唯有昔时鏖战处，夜深清口马嘶风。

### 老子丹山

道德修齐竟化仙，青牛脱鞅已多年。黄金曾说河能塞，白首无由发尚玄。
劫火毁空金鼎药，野云销尽御炉烟。后人犹记烧丹处，鸡犬应从尽上天。

## 丁　氏

丁氏，明淮安府清河县人。天启间诸生潘尊贵室。

### 漂母饭信

一饭何足奇，庙食垂千古。悲哉老雉陵，妒才终黄土。

### 舟泊芜城

流离一孤舟，魂黯芜城路。不见折琼花，唯闻歌玉树。

## 杨　清

杨清，字廉夫，明淮安府清河县人。弘治中进士，授户部员外郎，迁浙江布政司参议、赵州同知。

### 天师《竹木兰草图》为清河大尹质鲁刘公题

君不见，九畹之兰馨且幽？托根远地谁堪俦！含英咀秀经几秋，不随桃李呈春柔。又不见，渭川之竹清更长？夜来风雨鸣琳琅。虚心劲节永不忘，任教苍翠凌风霜。嗣教真人能貌此，特赠雷封鲁君子。公余展玩怡心神，气味孤高颇相似。存心端不愧此君，致身直上青天云。承宣百里劳忠勤，光风一转遐迩闻。只恐人间非久见，摇风玉佩鸣金殿。自是同心有国香，不羡河阳花满县。

## 丁士美

丁士美（1521～1577），字邦彦，号后溪，明淮安府清河县人。嘉靖三十八年（1559）己未科状元，历任翰林院修撰、右春坊右谕德、侍读学士、掌翰林院事兼教习庶吉士、太常寺卿、国子监祭酒、礼部右侍郎、吏部左侍郎。曾主持纂修国史、实录，并主持重录《永乐大典》。

### 挽孝恪皇太后

虎旅陈新隧，仙舆改故山。白云封处合，青鸟倦时还。
风雨三春暮，松楸百里闲。舜心原至孝，哀慕泪潸潸。

### 春日游宝光寺

野寺寻春花较迟，晚来风雨更相欺。肯缘抱病违芳侣，不惜春寒赴远期。
莲社自携新漉酒，杏园曾忆旧题诗。浮名已逝韶华暮，赢得东风两鬓丝。

### 送同年之任留都

少日看花醉玉京，喜随仙侣共登瀛。送君忽忆十年事，把酒相期万里程。
南浦晴云生去马，上林春树啭迁莺。风流江左人争羡，好赋三都答圣明。

## 张致中

张致中(1597～1641)，字性符，号眉尹，明清江浦人，张力臣之父。复社成员，崇祯八年(1635)拔贡，举明经，廷试授知县。著有《符山堂集》《虽遥阁随钞》《经济源流》《眉尹文集》等。

### 谭友夏刘同人于司直小集符山堂<br>时宋万韬万年少王驭六适至

端居溯名哲，辰参不接商。复如云与泥，迢迢自相望。一朝感良晤，翩然登我堂。我友亦以至，衣桁犹晓霜。把臂语无歇，尊酒浮肝肠。示我《帝京略》，人海生辉光。捧读未及咫，叫绝惊红妆。礼俗谢拘忌，谣曲随其方。醒醉意俱好，寒梅掠暗香。

### 送类洁薄游盂城

去去甓湖上，西风犹未寒。湖天半在水，久视生波澜。苇荻足苍莽，飞鸣唼其间。此时营魄警，一舟如跻攀。索居感秋色，奚囊倘载还。

### 独　鹤

独鹤不离槛，长鸣如苦吟。仰思天地阔，暂息稻粱深。
六翮未全铩，九霄终有心。自怜情性损，鸡鹜敢相侵。

## 秋　兴

物候忽如此，天高气一清。白云生窈窕，黄叶乃纵横。
蝉寂树无语，雁来秋有声。明河如可溯，吾意欲遐征。

## 毗陵道中

经旬来往路，木叶易苍黄。不谓前番月，融为昨日霜。
窗虚连竹荫，炊晚杂松香。归梦无程次，先予到故乡。

## 方伯蕃客清江诗以赠之

画师谁近古，夫子夙知名。放笔成空阔，于人多性情。
臞能耽笑笑，醉或度声声。八月江涛壮，思从君濯缨。

## 早春雨夜

暮雨疏人迹，微春动草根。凄清将警梦，滴沥欲为言。
酒醒萦愁阔，灯残怯影昏。朝来乘霁爽，取次探花魂。

## 游钵池山

胜地留仙迹，探寻意不穷。古藤铭岁月，秘穴想鸿蒙。
云只依岩静，泉争向壑通。悦来双舄影，引目注遥空。

## 夕　望

如何池上柳，一叶一秋风？野水浮仍黑，疏花望渐红。
伤心生远树，愁鬓感飞蓬。辛苦今如昨，空吟夕照中。

## 庚辰除夕

满目饥寒事，空劳愤叹深。雪方争一腊，天故作重阴。
知有春明日，难平岁晚心。篝灯吾愧汝，久矣照枯吟。

## 望清口

黄河九折从天注，冯夷憨舞潜蛟怒。斗大孤城落日黄，野云低抹迷荒戍。
白蘋风急雁西飞，一望归帆隔浦微。村落几家烟火寂，东南民力剩渔矶。

## 桃源道中

章华往事露痕销，民瘼于今半楚腰。路入灵城疑是晋，溪沿泗水暗通潮。
却稀禾秫充为赋，剩有鱼虾采作苗。欲问桃源何处好，时艰草木尽萧条。

## 杜集清招别业

碧涨环溪护柳城，到门清旷足风声。花深蜂蝶争先驾，地僻鸥凫狎主盟。
高唱几人推作赋，壮心三岁滞韬檠。脱巾大笑问明月，空尔淹兹一壑情。

## 广陵即目时寇警戒严

严城戈戟列行营，警柝遥传昼亦惊。驿骑虎符征猛士，关门鱼钥禁儒生。
朱楼香逐埃尘散，碧障灯销野哭迎。虽有桥头旧明月，玉人无复弄箫声。

## 园　晓

垂柳参差碧四邻，一园昏旦独游身。鹊巢修木知先晓，蝶枕余花梦去春。
高挂簪冠驯野鹤，别通竹径避行人。清溪泼露纤鳞出，欲向渔槎借钓纶。

## 重九前一日汪白生留宿西楼

惟我惟君自可留，恰当重九卧君楼。鹤乘朝气声声露，帆饱西帆片片秋。
豺虎又传南国警，鼋鼍日吼大河流。陆沉如许犹杯酒，不为黄花始欲愁。

## 早春登威远台同方巽若

台上烽烟四望清，使君曾此伫谭兵。参差野色先归柳，恍惚春声欲到莺。
极目不堪追往事，怀人聊复爱空名。只今尔我还歌眺，活活河流是诵声。

## 真州李叔夜留饮池亭

池亭到若夙期然，白夹科头未揖先。夹道柳阴全覆水，隔江山色易为烟。
花分紫浪通新溜，麦拥黄云及远天。清旷如斯香茗作，高吟踽踽见青莲。
原注：李尊人季宣先生有《青莲阁诗集》。

## 秋　怀

依约多愁不自容，归鸦倦客影难从。秋将黄到山山叶，月肯明生夜夜钟。
阶砌露先惊蟋蟀，裳衣凉欲集芙蓉。寸心今古同摇落，江北江南对夕峰。

### 秋杪招皜庵游西湖

云流秋影泛澄湖，方夜清光接远芜。地僻自然群籁静，波平偶尔一舟孤。
荷余败叶栖新雁，荇缀寒花荐野凫。今古游情归淡漠，郎官佳迹未应殊。

### 秦淮楼上吟

望中烟霭抹层峦，雨溢溪流碧可餐。欲识秦淮幽绝处，须从箫鼓静时看。

### 台　城

夕阳摇水半湖明，古迹荒荒百感生。为惜兰陵饥死后，于今钟梵尚台城。

### 霜　野

残月天南怯晓明，总吹霜气入鸡声。闺中只道寒犹浅，行至湖湾冻渐新。

## 张元弼

张元弼，明江西南昌人。举人。天启三年(1623)任清河知县，七年十一月，以治河有功，升为工部都水司员外郎。

### 登甘罗城

河淮映带古冈平，底事甘罗尚有名。弱岁能持秦使节，片言曾折赵连城。
沙中钱出丹文篆，墙角碑横绿字生。愧我波臣来此地，临风凭吊若为情。

## 汪之光

汪之光，字白生，明淮安府清河县人。崇祯八年(1635)以拔贡授海南澄迈县令，摄儋州，卒于清顺治末。著有《抚藜本末》《全澄心血》。

### 清河道上

江淮北道清河口，千艘风雨乱河走。大者万斛尽蟠龙，牙门金鼓杂罴吼。健儿十倍竞前驱，传呼邑吏供挽夫。一索不已再三索，俱是军门飞虎符。虎符威令诛违误，驿递无人截行路。荒街樵贩一时无，沙走鸟啼愁日暮。吴罗杭锦越珊瑚，豪商奇货真可后。大人有力负之趋，但恨贫儿骨已枯。

# 汤调鼎

汤调鼎，字右军，号旨庵，明淮安府清河县人。崇祯六年(1633)举人。清顺治四年(1647)进士，翌年官湖南澧州知州，倡建延光书院，兴盛该地人文。有《周易系词后传》《辨物志》《轩辕子》《兹堂诗文集》等。

## 于忽操三章

于忽乎！不可以为，其又奚为？龙奋鬐于洞庭，豕弄涛于马当。控余里之万石，悔欲济焉无梁。终君平之不可问也，一浮槎兮焉航？公渡河兮殒命，人犹乘风曰予圣。水东波而不回，胡不取折以为镜？

于忽乎！不可以为，其又奚为？苗良苗之不获兮，纷糠秕焉蔽囷。尘趯趯于遐路兮，顾东西南北焉奚轸？爱我者恤我无尤，期我者不鸡口而马溲。胡予智不葵若兮，乃尝吾足而承羞。

于忽乎！不可以为，其又奚为？前虎暴于中路兮，后犬薄乎丛榛。释韃櫜而裘布兮，怅猿背之难伸。顾锋铦之刓敝兮，御重铠之无力。或伏机于转睫兮，飞骸宿而就弋。乃危高之不可处兮，徜广漠而何惑？

## 中山孺子妾歌

紫宫玉户埋春昼，朱颜美好倾诸秀。年当十五如初花，云结衣裳香出袖。中山之王一顾奇，传呼畀载羊车后。昆明宴坐池上楼，掌上舞为君王寿。醉翻白玉九莲卮，香颓午夜黄金兽。晓来辇出不拜恩，深房姑息承恩旧。

## 发白马

紫髯将军坐银屋，高牙大纛排星宿。一声震旅向天关，白马嘶风出原麓。玉鞭金勒惭浮云，蹴踏红尘弃凡肉。羽箭飞边震九垓，横笛一声咸阳开。滹沱水竭不足渡，撑天华岳为之摧。功成碣石报天子，麒麟阁上生云雷。

## 黄河冰

黄河限南北，源委别东西。岂知万里流，坚如地面齐。仲冬前九日，北风如猿啼。千冰一夜合，纹理各阡畦。下有蛰水龙，上有轹车泥。百里同一白，磴道成回蹊。肩摩无惴容，滑不挫马蹄。岂其蜀李冰，镇以五石犀？忆昔二十年，旬日走駃騠。未有弥月久，积冻生黄壂。雨泽又不降，烈火惨噬脐。百室且蜗庐，门巷补蒿藜。官府责火禁，立石无完绨。况鲜舟楫行，麦粟何由赍？旧市斛一金，新市庾一提。中产并日食，富人典金篦。唯有赁舂儿，无食憎有妻。生理苦欲绝，行市如蟰蛴。不闻新城弦，但闻连栖鸡。

## 十二月十八日再冰

河冰四十日，淮民苦百状。望流如望年，临河但惆怅。望日忽解坚，渡口喧浊浪。小艓各生涯，行人贺休畅。玄冥一夜风，万木皆东向。凌晨限南北，客愁如送葬。君子念阳微，国人叹阴壮。积寒势使然，春风鲜骀宕。

## 行路难

行路莫上长安道，长安狭斜呵前导。峨冠昨是监门雄，绣服高轩今醉倒。彼醉我醒行不祥，归与高卧南山阳。南山有虎截行路，金额驰驱莽如骛。

## 乙未三月二十二日

霜落知时节，应消谷雨前。如何春欲暮，犹见白平阡。
阴苦三河积，农伤二月天。况无鸠逐妇，埃雾起湖田。

## 宿惠庆寺

昔年从此宿，今复借停车。乱定僧居振，楼空鼠迹除。
分茅安角枕，作馔点枯鱼。欲话三更月，无人为翦蔬。

## 杂　兴

其　一

槛外流莺东复西，迁乔如故语虹霓。春来有舌腾金谷，冬暮无巢落燕泥。
丞相韩庐蹄啮尽，仙人华表市城低。于今莫下三泉泪，逐客先曾一路啼。

其　二

金沣何人敢夺庐，趋风尽秃侍郎须。追随燕北题麟凤，骨梗天南悲鹧鸪。
一代文章穷巷独，三吴豪富冶容俱。从今花事过时令，犹有乘春百舌无？

其　三

元市闻风打落花，谩须歌部按红牙。青门夜罢骄狐舞，灌木春消队鸟哗。
巷口乌衣迷宅第，渡头桃叶冷云霞。莱公已自宁乡国，回首穷陬泣暮鸦。

## 陈阶六留宿草堂

十年曾此留君榻，今日重来壁已穿。刺史竟无田二顷，故侯虚剩柳三眠。
风尘投老赊荒鬓，潦倒寻欢破酒钱。假使当时人尚在，可能重醉剡溪船？

### 惠济祠

横河编石砥长鲸，香火崇台列绣楹。南狩宫车云日丽，内颁宸翰斗牛平。
春漕庾廪通旻会，秋转余皇出汉京。一镇两河严锁钥，至今灵霭接蓬瀛。

### 富陵湖

汉武秦皇久化灰，那知湖市见蓬莱。三山恍惚生鳌背，百雉分明绕鹿胎。
水墨云中林壑翠，霏微烟里画图开。地灵咫尺神仙岛，金掌何须接露台？

### 采岩吊孝廉王驭六墓

万柳丛中枕玉蚪，萧条岩鸟唤鞫辀。韦编灯冷天阿阁，古桧云荒海国秋。
宿草几年埋屈贾，还丹何术起曹刘。乾坤真觉人亡瘁，原上鸺鹠叫古愁。

## 万寿祺

万寿祺(1603～1652)，字年少，又字介若、内景，明末清初徐州铜山人。崇祯三年(1630)举人。曾参加抗清活动，兵败后隐居淮阴一带，衣僧服，改名慧寿，与淮安文人雅士相唱和。其书法、印章、绘画无不精晓，是著名的"明遗民诗人"。有《隰西草堂集》。

### 平畴锄蔬了呈南邻诸公

陋巷不容辙，车马来亦稀。日出犬鸣吠，居人尚掩扉。荷锄向南村，繁霜侵我衣。我衣敝不完，聊以充寒威。天高昼苦短，冰雪方满畦。编荆不盈北，朔风晨夕吹。冻蔬托根浅，苗叶委涂泥。惭愧抱生意，不敢违天时。托叶平畴中，与蔬为盛衰。家贫岁云晏，未足备晨炊。肠鸣轸中夜，叩门不能为。抗语素心人，严冬行且徐。春风从东来，卉木先已知。

### 将归南村留别诸公

冽冽岁云暮，四时浸以驰。鸿雁背北风，音响一何悲。策杖发西澨，载过东城湄。城阙高峨峨，楼阁与云齐。中多富贵人，车马光纷披。冠盖缀缨纬，变化随当时。往来互驰突，道旁狭且危。执手与君友，毛发托相知。夙昔周道游，大义同箴规。浮云与飞鸟，惭愧相因依。岂不乐诡随，中心不可违。别君还相忖，遵路独言归。行人去不息，川路纷委蛇。严霜摧高林，日气瘦且低。稚子出门望，相随入荆扉。桔槔中夜悬，冻绠惭无为。谢圃入其室，登床读我诗。我诗惨以激，我床坦以夷。譬彼江中流，白日无转移。寄谢四海人，劳劳将焉之。

## 送严大南旋

残菊淮西路，西风淹问津。三年同梦客，千里送归人。
惭愧余知己，凄凉卜旧邻。怜君天下士，今在五湖滨。

## 隰西草堂八首

其　一

风尘西浦外，日月草堂高。深巷编霜槿，春风闭露桃。
大人双剑佩，身世一绨袍。处处蓬蒿满，丛兰伴枯槔。

其　二

妻子归东郡，艰虞念故山。一椽波上下，千里客闲关。
生意随鱼鸟，秋风满客环。独看河渚外，雁羽暮云还。

其　三

自爱草堂静，乾坤日闭门。独知芳草意，坚守孤云根。
盘膝坐流水，荷锄归故园。刈蔬犹未了，明月起南村。

其　四

老病移淮市，担簦称逸民。乾坤悲晚岁，山水忆前身。
芳草舟车路，桃花秦汉人。冥冥谢弋者，雁羽在沉沦。

其　五

不见沧洲梦，风尘旧细腰。人心尚尔汝，天道剩渔樵。
闭户三冬俭，挑灯一夕遥。山中丛桂色，宇内竟寥寥。

其　六

墨胎千载后，薇草几时生？清浊空持论，贤愚争好名。
漫劳书咄咄，无可唤卿卿。五岳年年去，层冰赤脚行。

其　七

百年天已暗，十亩草方刚。已病吟何益，无忧心自狂。
巢由独劳苦，虞夏亦炎凉。唱罢人间曲，高眠牛耳旁。

其　八

草堂冰雪里，岁暮独淹留。却聘坚高卧，行吟增百忧。
前身非妇女，吾志在春秋。烟水茫茫去，斯人未可谋。

## 庚寅孟春一日

淮阴城外钓台下，每别东风开画图。角隼如云回北墅，妖鱼吹浪起南湖。

六年梦断人惆怅，万里春归信有无。芳草不言天路阔，无边霜雪满平芜。

## 草堂前旧梅一株放花却赋

剩得南枝疏影横，草堂旧馆独凄清。百年冰雪身仍在，十月春风花已生。
乱后故人犹见汝，定中居士未忘情。纷纷桃李喧城市，坐对空山共月明。

## 万柳池

柳馆城阴酒未阑，东风留客驻淮安。飞花一院泪初落，芳草百年人再看。
接地兵戈空白首，高天杖钵向青峦。茫茫归去不知路，多少春阴生暮寒。

## 隰西草堂十首

其 一

淮浦西边开草堂，荻柴槿树列为墙。意中笠泽千头橘，梦里成都八百桑。
唐室京华淹北斗，楚人歌舞思东皇。优游卒岁聊称隐，处处蒹葭水一方。

其 二

何以家为又葺庐，投邻乞食且踟蹰。妄称吾辈陶元亮，不识人间华子鱼。
抱瓮自吟东武句，开窗时读豫州书。榛苓岁岁伤摇落，古道飘风揭大车。

其 三

深巷车门无是非，闭关偃息看花飞。升沉日月此茅屋，俯仰乾坤今布衣。
回雁浦中云黯淡，射鱼海上雨霏微。著书未了复渔猎，满地江湖人未归。

其 四

百年乔木几千章，淮海仍栖旧草堂。手疏自称前进士，心知不是古遗狂。
故山麋鹿归寒苑，南国麒麟卧北邙。多少月明高燕羽，东风先已上雕梁。

其 五

门巷萧条旧辟疆，先生高卧自羲皇。三冬积雪梅过岭，十月停云竹满塘。
寒火隔年留汉腊，东风五日已春王。黄精未发春粮绝，空荷长镵归草堂。

其 六

缥缈湖西百尺楼，旧时风雨一竿收。夺牛亭上人先去，啼鸟声中客自愁。
湖海未除看意气，颍川如故谢交游。几回策杖斜阳外，烟水苍苍正暮秋。

其 七

阴风吹巷偃斜阳，黄发萧萧卧对床。出自北门逢雨雪，行看西日下牛羊。
兰荪香老无人谷，樱豆花遮避世墙。为问神农虞夏客，百年江海敝冠裳。

其 八

我生之后逢百忧，怅怅天涯何所求。治圃远占河络角，携家小住市梢头。

妻孥忍饥炊黄稗，里籍多迁忘郡州。架得数椽波上下，江湖万里一浮鸥。

其　九

陋巷无人但夕曛，菜花满地隔秋云。采芝东海年年去，载酒西邻日日曛。
世有龙蛇争起陆，谁言鸟兽可同群？葛巾一幅棕床上，山罄数声君不闻。

其　十

韩信台边水有烟，刘伶墓下草连天。吾生不逢尧舜禅，尔辈谁知沮溺贤。
板浦鹤来春载酒，彭城人去夜归船。无端芳草门闲闭，荊壁绳床狼藉眠。

### 赠胡大介

河渚经营把钓纶，乾坤草莽一闲身。南阳高卧真名士，东汉余生旧党人。
十载茎蘅同入梦，三冬冰雪独伤神。荷锄归去田庐闭，莫向人间学问津。

### 和答胡大介

落木空堂夜独还，深冬苦月冷涓涓。鹿游荒苑悲芳草，客渡清淮忆去年。
三传未成新国史，双瞳无限旧江山。高楼百尺天涯近，尚有天涯人未旋。

### 出淮河口

荒荒落日晚烟多，风急寒城有客过。两岸雁声齐渡水，白头浪里出清河。

## 刘汉藜

刘汉藜，字博中，清河南鄢陵人。顺治年间以恩贡任淮安府清河(今江苏淮阴)县令。颂声载道。因劳逝于任。能诗文，有《念修录》《宝苏斋诗稿》。

### 清河署中

小邑遥通海，编氓仅百家。四郊多斥卤，一境半荒沙。
署阁闻飞浪，公庭见远槎。泽鸿犹未集，极目野烟遮。

## 吴　钜

吴钜(1611～1683)，字任斯，清淮安府清河县渔沟人，吴居广子。恩贡生，康熙时循例授州同知，改教谕。著有《心易解》。

### 洪泽阻风

极目苍茫浪拍天，维舟椓杙浅沙边。桑田万顷今何在？蔓草芦花冷暮烟。

## 张 弨

张弨（1625～1694），字力臣，号亟斋，清江浦（今江苏淮阴）人。顺治辛卯（1651）诸生，后仿效顾炎武不参加科举，不登仕途，潜心学问，尤嗜金石文字，成为清初著名金石家。

### 禹子尚基为予作《栈行小像》赋此赠谢并送还昭阳

有客剥啄叩我庐，手抱自画饭牛图。揖罢即索为题识，坐上展对订交初。予已倦游尝闭户，养疴久与世缘疏。笔墨落落亦寡合，逢人不肯轻相谀。惊君少年笔触异，笔笔图人面面如。因写陋形出栈道，神情曲折是真吾。幅巾束带奚囊洁，停鞭揽辔意踌躇。佳时唯恐行将过，转生顾盼故徐徐。冲寒不觉寒侵袂，一骑虽孤兴不孤。此行却在亥岁暮，缱绻摹仿无时无。六载以后乃传写，奇怀幸得仗君舒。并授意旨与吾弟，山画巉削水盘纡。三人聚首历三夏，深谈浅谈意不殊。有时邀月啜苦茗，有时临流发高呼。暑残习习凉风起，忽言暂别在须臾。须臾言别何足惜，但怨地僻难通书。况值积潦阔于海，片帆渺渺穿蘼芜。秋老望君将复至，怀袖烟岚佩紫萸。更取霜螯急命酒，还过荒园同檴梧。

### 携具邀民部苏业师游钵池山限韵

井灶仙源古，旌旗从骑劳。鸾和鸣碧玉，丝素服青羔。
持蟹恒兼酒，羹鱼略用芼。笑谭连日夕，茅屋一灯韬。

### 栈行图次钟�慕先生（选七首）

其 一

崔巍迥出众山丛，石路盘回若在空。想到凤来栖息处，多因岗上满梧桐。

其 二

愈入层峦景愈幽，纷驰缓急岂能由？不知身在烟岚里，但见烟岚裹去辀。

其 三

万木阴阴晓雾缭，涧深风急径偏遥。仆夫指向丛丛白，云是前冬雪未消。

其 四

岭号孤云气倍寒，木衣脱尽露巑岏。我来最喜当斯候，坐卧周回得饱看。

其　五

泉因石逼屡回旋，密竹疏梅映带妍。题壁恰逢长至日，冲寒栈上踏霜天。

其　六

万里孤行尘染衣，故人忧患正相依。临岐握手增惆怅，送入褒斜谷口归。

其　七

策蹇梯山悲路难，裂肤风雪更无端。只因抱素寻幽癖，珍重须臾特特看。

## 张　弧

张弧，清江浦人，张弨三弟。顺治中诸生。

### 力臣兄《栈行图》

无山弗登，无川弗涉。言旨我车，言理我楫。维秦有栈，计程八百。宽不盈咫，隘仅逾尺。深涧无垠，峭壁突兀。险甲寰区，惊魂动魄。眷言行之，履冰踏雪。时发高吟，峰回路折。壮哉斯游，辛岁冬月。所携云何？秦碑汉碣。缓辔归来，时忆畴昔。绘之为图，独标风格。披览之余，客皆凛冽。彼羸者躯，意兴卓绝。

## 丁　谟

丁谟（1634～1699），字蹶生，清淮安府清河县人。丁士美曾孙。

### 古　意

昔日为君怜，妾容未加好。今日为君弃，妾容未加老。妍媸随君心，君心自颠倒。妾心苦凄凄，君情复草草。

### 归　雁

可怜云里雁，独自背人归。旅食声犹壮，相思影渐稀。
月明古塞北，沙暗旧金微。努力天边路，秋来尔更飞。

不尽关河路，春风欲罢征。稻粱他日事，哀叫半年情。
到此翻如客，离南梦尚惊。愁思从此断，孤旅弗闻声。

### 送友人返石城

子去复何适，吾怜送远人。论交今日少，握手此情真。

乱世无安土，孤舟共老亲。三山江上路，拭目看风尘。

## 汤 濩

汤濩，字圣昭，淮安府清河县人，汤调鼎次子。顺治十六年(1659)进士，官晋州知州。

### 行行且游猎篇

边城紫雾飞黄隰，势热雏儿朝节级。年少胸中一字无，门客趋风望呼吸。先幕新颁沙苑黄，草肥夜半呼刍急。平明走马臂胡鹰，结束金绦饱六粒。鸣鞘赤玉声如雷，狡兔惊狐对人立。翻身一箭折双蹄，血肉纷披地毛湿。凭陵猛气势莫当，却笑儒士守穷色。君不见卫青歌队贫家儿，厕身大府趋人颐。声名七震六军将，笼城绝漠开边陲。奔北名王日月动，鞭笞蠡谷风云移。咿唔一室竟何益，席珍皓首无人知。

### 结客少年场行

鹿鹿燕秦道，齿齿星驾人。中有少年子，万里腾朱轮。蛮弓掩半月，象弧错麒麟。团花装绣袄，座下重锦茵。捉刀遍厮养，颐指倾埃尘。炫熿大国间，慷慨易水津。投辖争七贵，要路相主宾。千金买间谍，爱妾贶家臣。生致魏齐头，力振侯生贫。无事呼当炉，摧颓折角巾。明朝上马去，留赠五花银。

### 捣衣篇

良人辽澥东，一去如秋鸿。三年不得返，饥虫衣玲珑。裁丝寄远沙，明月寒秋空。拭砧当户牖，敲玉声隆隆。三更夜转不停手，一片相思乱星斗。封侯莫待白头归，刖印须尝故乡酒。中宵滴露思摇摇，交河万里无回潮。凭书欲报长征客，魂断秦关未可招。

### 君子有所思行

秦山高入云，秦城郁如树。登山望城阙，朱门霏紫雾。白日上帘箔，飘飞如脱兔。岁序不相待，秋风叶如雨。小人化沙虫，面目从来误。一餐十万钱，双豚夜蒸乳。援琴皓腕傍，斩尘北邙路。出入皆光华，时显不敢妒。君子感集木，临危惧颠仆。岂无猎较心，扬波愁独污。灵岩卷耳青，丹阿石髓注。饮啄本自然，粱肉空蝇聚。老此药房心，日就《闲居赋》。

### 将渡河北别友

其 一

相看酒欲罢，秋水动予思。七步君年少，三都我壮时。

山容随意换，雁语畏人知。不为伤南浦，江淹重别离。

其 二

知交满道路，青眼向谁看？衰草寒无色，浮云去未安。
怀人当桂发，卧病正秋残。星聚由来少，何如未识韩？

### 洪泽渔歌

魏武当年此置屯，如今渔户长儿孙。三秋水缩罾成市，五月湖深鲙满村。
中酒不妨眠荻浦，和歌何必鼓雍门。一舟荡漾蓑衣老，不听惊林五夜猿。

### 韩信城吊古

淮口惊湍拍岸鸣，土花愁锁故侯城。残碑赑屃埋荒草，古堞岭岑闪画旌。
禾黍不消长乐恨，风涛还似夏阳兵。千秋云气时明灭，犹捧丹心入汉京。

### 送陆醉书归

共说骊驹不可留，故人东别帝王州。怜君独有千金骏，唯我偏余五月裘。
海内声名存二子，人间事业问扁舟。且看旧雨还今日，好向山中饭晚牛。

### 闲亭诗赠三尼上人

钓台西面忽开亭，何处僧来敢独醒？一水当门余白露，千帆直北带晨星。
钟堂月伴无愁衲，丙夜鱼乾有字经。从此不须题甲子，江淮岁岁老孤萍。

## 周遂生

周遂生，清淮安府清河县人。康熙丙午(1666)贡生，官天长训导。

### 妆台牧笛

金粉楼台旧有名，空余短笛细飞声。溪边吹落梅花冷，牛背歌阑月影横。
野调何知悲去风，新腔疑似寄流莺。画栏今日成荒草，愁听轻风和管鸣。

## 吴 泓

吴泓(1652～1705)，字德源，号竹樵，清淮安府清河县人。廪贡生。受业于相国张玉书，以文学重当世，任正蓝旗教习，俸满授知县。著有《竹樵近体诗存》。

### 宿周家桥有怀

雪封前度径，茅店便为家。窗引湖光碧，门随风力斜。
脱衫围榅火，煮酒拭霜花。忽忆栖迟客，经年久种瓜。

## 汪兆熊

汪兆熊，字飞渭，号石翁，居山阳之清江浦。康熙中诸生，授同知。博涉经史，兼工书画，刻有《石翁诗钞》。

### 夏日山居杂兴

其 一

嚣尘不到处，林壑最清幽。野鸟来还去，闲云散复收。
熏风吹细草，卧柳系扁舟。洒落一尊酒，驱除几斛愁。

其 二

有客到门喜，开尊快论文。昼长迟落日，风软带流云。
野蕨时堪摘，村醅亦可醺。斜阳归棹晚，握别致殷勤。

其 三

野园成小筑，嘉木自森森。携簟当风卧，开尊待月斜。
无言常静坐，散步或披襟。时有幽然意，临山弄古琴。

其 四

流泉堪漱石，濯足俯清溪。鱼避影先散，鸟飞声乱啼。
雨余山色净，潮落水痕齐。归到柴门下，三竿日为低。

### 留别毕天冶

秋光两月乐同俦，先后驰驱各买舟。淮浦联床才放菊，江城聚首又披裘。
夜深痛饮聆清话，岁暮云归赴远游。廿四桥边须有约，春风携酒到扬州。

### 季冬日风雨阻舟清水囤

孤舟风雨日如年，四顾萧萧水接天。坐列箬篷寒拥被，饥催瓦甑湿炊烟。
冻鸦绕树人家远，征马冲泥官檄传。沽酒正堪今日醉，欲添又乏杖头钱。

### 旅夜吴江

萧瑟秋风夜渐凉，孤灯独坐意彷徨。旅窗月色侵杯酒，萧寺钟声度客床。

忽动乡思看鬓短，难教鼾睡数更长。明朝一艇乘潮去，看遍江南落叶霜。

## 汪　枚

汪枚(1693~1752)，字卜三，号梅峰，以所居近钵池山侧，又自号钵山，清淮安府清河县人。生而醇谨，虽质仅中人，而耽学嗜古，读书昼夜不少懈，与边寿民、程嗣立相交甚厚。年十九，补弟子员。旋食饩于庠。尝设帐扬、通间。既而屡应乡举不售，终艰一第，赍志以殁。著《钵山存稿》十卷，家刻本。

### 钓台怀古

秦失其鹿天下争，卖缯屠狗都纷纷。王孙城下独垂钓，淮水依稀似渭滨。无双国士谁能识？辱食晨炊心恻恻。进饭应怜漂母言，感激翻然仗剑出。碌碌楚汉名未彰，辞汉更欲投何方？追亡若无萧相国，定把纶竿归故乡。坛下忽拜谩骂主，生平奇策方尽吐。定秦虏魏破赵齐，虎视耽耽已无楚。鼎足而立利两存，解推忍负汉王恩。垓下进兵功已毕，比肩羞与绛灌伦。自恃功高无与耦，不知兔死应烹狗。此日真成无所归，英雄竟死儿女手。千载空留旧钓矶，功成终不同磻溪。

### 七夕篇

君不见汉宫彩缕传连爱，百子池边人不再。又不见唐王私语长生殿，凭肩人往遗团扇。世间离合何草草，多情唯有天难老。年年七夕会双星，牛不称翁女不媪。吾闻牵牛主耕女主织，各思其居恒其德。天汉虽然限北南，佳期万古永无忒。痴儿骙女自惊秋，感时每上穿针楼。相逢翻道经年隔，相思似代天孙愁。坐看银河横落角，房移斗转连星幕。云軿径渡胜仙槎，填桥岂藉髡头鹊？漫陈瓜果设花筵，投梭妄想落金钿。线穿五色针九孔，拜月拜星情可怜。巧拙何尝关此夕，天工自然非人力。从来厚福多庸愚，巧者还为拙者役。

### 花朝招坐香笛亭晴谷图南俞皋集东皋草堂言志

云汉翔威凤，泥途困驽骀。松柏多劲节，樗栎成散材。灼灼桃李花，欣欣争春开。繁华忽消歇，旦暮堕劫灰。岁月不我与，往者不再来。吾生逾三十，呫哔守蒿莱。鹿鹿误浮名，俗累染尘埃。安得闻至道，万物窥根荄。时寻孔颜乐，缅彼王佐才。庶几与道合，出处俱无猜。

## 六月望月蚀后阴雨连绵至二十三日暴风疾雨三昼夜河淮并涨淮田尽被水灾感而赋此

六月之望月有食，箕毕煌煌照月侧。诘朝细雨始蒙霁，肤寸连绵云四塞。歊蒸溽暑直如秋，雨檐滴沥风飕飕。蛙鸣噪聒喧晨夕，蜗涎蔓引上墙楼。商羊足舞蚁封穴，霼霴无声阴郁结。一朝一朝复一朝，女娲之石忽破裂。西来硬雨如倾盆，滔滔汩汩泻天根。瀑布弥空浑一色，连宵达旦亡朝昏。更鼓飓风张雨气，金戈铁马惊天地。穿林拔树逞雄威，驾海排山作猛势。子雨友风次第颠，金乌玉兔昏沉眠。鼋鼍蛟龙斗天半，江淮河汉逼门前。淮南最是卑洼处，淮水黄流交汇注。疏排浚导乏良方，倍薄增卑激水怒。高低宛委饰空虚，百万苍生井底居。伏秋暴涨兼淫雨，当此束手徒嗟吁。欲保城郭及庐舍，势难兼顾田中稼。决开堤坝纾湖流，田野城渠漂穲稏。吁嗟此日雨霖霪，淮南已叹失秋成。卑田尽是雨师据，高者复为阳侯侵。东封西封波一片，桑田沧海须臾变。茂谷嘉禾鱼腹饱，颓垣败屋水中见。辛勤半岁一番空，秋来无计觅飧饔。临渊望洋哭老农，轻身竟欲赴蛟宫。尔死蛟宫不足惜，胜欠逋粮蹈三尺。里胥转眼索秋租，上官那顾汝贫瘠。方今天子实圣人，时时蠲贷沛恩纶。丰亨大有盈天下，胡为病此一方民？毋乃此方近浇薄，默默天心惨不乐。或者长吏失抚循，奉行不善罹兹虐。降祥降殃皆有因，悔愆自可回阳春。洪水不能累尧舜，当日禹皋皆圣臣。

## 泼墨图歌为边大颐公

轩皇炼丹成五色，遗下玄霜一丸墨。从此烟云满地天，灵奇未许凡庸识。润色乾坤称至宝，唯有文人夺天巧。磨不磷兮涅不缁，腹能贮之手能扫。吾友边君腹便便，枕经籍史爱懒眠。少年著述等青钱，飞扬跌宕何褊褼。胸中奇托别自有丘壑，耻与流俗涂抹争嫱妍。当其槃薄时，意在挥毫先。倾汁一泓之宝石，涤笔万顷之清泉。几净窗明摊素纸，神所欲行官欲止。俄焉风雨骤奔驰，忽然兔鹘乍落起。或浓如夏云，或淡如秋水。或濯绮而舒霞，或分肌而擘理。经营惨淡写其生，放浪纵恣随所拟。即景仍题白雪篇，画诗三绝兼郑虔。淋漓元气湿屏障，都非人间石液松煤烟。所以淮阴市，无老无稚无愚贤，拦街拍手，都呼边君为墨仙。墨仙之名不胫走，海内交称如一口。前年壮游荆楚间，气吞云梦已八九。寸缣尺素争流传，到处逢迎唯恐后。匆匆酬接厌尘俗，归来更葺苇间屋。蒹葭苍苍在一方，茅茨数椽依水曲。阶前竹树正阴翳，壁上剑琴还古穆。捧砚人似晋卿姬，爱才奴类颖士仆。开径常招旧雨来，示我当年图一幅。图中泼墨为主人，是谁画者颇入神。颊上三毫绘恺之，卷中赠句多球琳。或谓图中景，酷似其生平。或谓图中物，总属其假名。吾谓为虚为实皆为幻，是耶非耶亦有情。主人笔墨通杳冥，结其想者成其形。将毋龙宾之精化而为使者，将毋蛾绿之美化而为云英。将毋南越石虚中，实为主人研究云水之良朋。将毋宣城毛元锐，实为主人文字濡染之佳宾。怪怪奇奇不足数，要知苇间主人自有真。吁嗟乎！万象都如电影趋，烟云过眼只须臾。苇间屋，泼墨图，纷纷何必辨有无！

## 哭边大兄颐公

老友如晨星，落落见明灭。所嗟生相离，而况死相别！颐公吾老友，卅年相缔结。海内称其才，画诗字三绝。我尤爱其闲，能不因人热？幽趣洽兰芬，清言霏玉屑。泼墨向苇间，琴尊尝错列。绘图属我题（属题《泼墨图》《苇间书屋图》），赞道词能切。年来我客游，燕赵苦羁绁。去冬归相访，阔久语难竭。居违三十里，匆匆旋车辙。春初闻凶耗，无疾遽永诀。平生金石交，讵等风花瞥（东坡诗："交游谁似雪柏坚，聚散行作风花瞥"）。斯人既云亡，大雅竟摧折。良晤不可期，凄咽复何说？

## 朱子晴谷过访留同<br>袁子图南小酌夜阑同步河桥望月

不寐爱清夜，循堤兴正豪。共乘一片月，来听两河涛。
水远连云汉，梁空想濮濠。微风吹苎葛，那复杂尘嚣。

## 亡室周忌

其　一

永诀怜当日，招魂复此堂。儿今除素服，女更著红裳。
奠地三行酒，然炉一炷香。母姑齐洒泪，对像想容光。

其　二

宿草萦孤冢，余香剩翠钿。情痴疑远别，魂返竟何年？
长掩奁前镜，空留膝上弦。无聊惟忏佛，再世缔姻缘。

## 丁卯春正二月金邑侯招同丁澹筠太史暨<br>白民素庵藉五坡客冶良诸同学集淮阴书院校订邑志

蓂再拙庭除，群来君子居。趋陪宁惮远，志乘此成初。
雅并西园集，光分东壁余。窗前凭静几，烧烛检官书。

## 琼花观

后土丛祠古，蕃厘道者家。自从邀玉辇，今但吊琼花。
仙迹原多幻，繁华讵足夸？无双亭畔树，日暮噪栖鸦。

## 午 日

葵榴争烂漫，蒲艾正参差。解粽女儿节，纫兰君子思。
当阳迎丽日，独醒报清时。堪笑随波者，浮沉竞水嬉。

## 春 山

山容何秀冶，春色见嶙峋。静峙如君子，淡妆学美人。
黛眉颦笑浅，螺髻翠微新。好著谢公屐，登临及此辰。

## 春 云

舒卷东风里，阴晴天半开。无心出岫去，有意养花来。
映日成三素，为霖遍九垓。桑田好泽物，莫遣梦阳台。

## 新秋夕霁

向夕天初霁，荒斋自静幽。风敲三径竹，月上一窗秋。
怀友思玄度，衔杯忆马周。悠然仍独酌，寄兴在沧洲。

## 春 兴

其 一

淮南春信晚，二月未开花。屋角飞帆影，河堤排柳衙。
云阴天易暮，市远酒难赊。破闷全无计，呼童为煮茶。

其 二

倏忽春过半，莺花不暂停。江山千古画，日月两浮萍。
梦冷云侵枕，灯昏窗漏星。惜阴思古训，座右自书铭。

## 题颐公芦雁

江上秋风起，芦花作雪寒。来宾一片影，健翮九霄抟。
日晚霞同落，时清网正宽。谁能传此意，定复让边鸾。

## 送家沾翁之常州

徂暑相逢又仲冬，骊驹载道仆夫从。雪消淮浦日初上，山入晋陵云几重。
岁暮怀人唯对酒，天涯作客独闻钟。前期珍重知相忆，芳草春风待倚筇。

## 闲　居

其　一

翻澜学海待清澄，文阵鳌弧谁独登。杜甫诗工原是史，阆仙句瘦本为僧。
举杯属月成三影，拄杖看山支一藤。只此逍遥吾已足，鸿轩凤举总无能。

其　二

红尘鹿鹿发将皤，何若徜徉在涧阿。枕上云山千叠梦，隙间野马几番过。
松风入户涛声急，竹月摇窗夜色多。当此都捐身外累，居然啸傲寄沧波。

## 白　雁

皑皑鸿翮表清辉，充贽何曾向锦帏。芦渚但依明月宿，霜天唯共白云飞。
素心鸥鹭堪为侣，皓首江湖尚未归。纵涅不教淄玉羽，雪泥踏处迹原稀。

## 赠查莲坡

其　一

维持风雅重儒林，星挂仙查在碧浔。种树玉山招凤侣，开襟醇饮醉人心。
亭西水自丁沽绕，月下诗常午夜吟。闻道等身多著述，绠长汲古最沉深。

其　二

如海才华数尚奇，驽骀似我合栖迟。敬儿热梦平生绝，怀祖痴名到处知。
求举鱼盐非敢冀，谋生货殖亦堪师。客游近接草玄宅，可许叩门一问奇？

## 花朝后一日陆坐香招同钱学也曹峄山傅香嶙饮

东风拂拂酒旗斜，天气轻阴正养花。招友重联扑蝶会，寻诗齐过放翁家。
新烟著柳如牵雨，淡日熏桃欲上霞。最是一年春已半，莫教容易惜芳华。

## 袁江八景诗(并序)

袁江旧无名八景者，名之自汪子钵山始。钵山耽吟而好游，然吟不工而游不远也。暇日即其所居里闬村市原野，探奇选胜，极乎四境而止。且其地固有水而无山也，钵山则登其地势之崇阜者旷望焉，而平远如画矣；地或有园亭而乏花木也，钵山则揽其丰草之森秀者凝睇焉，而葱郁如荠矣。春之花，秋之月，夏之风，冬之雪，或偕友，或独行，或一至，或再至。凡有会于心者，宜名之以某某焉则景之，因句之以某某焉则诗之。久之，共得其景之八。夫景亦何必八，即八景亦何必一如其所名，我之云云何必同于人之云云也？第已触目会心而偶然名之矣，则又安之无耽吟好游如钵山者，一和之焉？因列八景之目而系其诗于左。

长堤烟柳

春满河干树惹烟,风吹堤柳自蔫绵。金堤尽是金丝织,绿柳还牵绿浪颠。
着色染衣拂过马,飞花送客扑行船。安澜如带排衙列,不比隋家种植年。

原注:黄河堤滩多植工柳,东西尤为茂密。

夹岸帆樯

泛宅依然住绿波,濒临大舳与高舸。人家北岸齐南岸,舟楫里河连外河。
似锦片云随地起,如林丛木赚鸦过。旋看水国争成肆,夜半还闻发棹歌。

原注:岸夹里外河,每春秋粮艘去来,客舟停泊,南北帆樯,一望皆是。

韩城春芜

蒿莱匝地暮云屯,雉堞言湮旧迹存。谁并河山归赤帝,空留芳草忆王孙。
荒坟遍筑高低垒,铁戟犹埋缺折痕。绿野春残人寂寞,寒烟满目与谁论?

原注:袁浦西南有土垒,相传为韩信城,或亦当时屯兵所筑。今多墓田荒草矣。

黄河古渡

南北途分此置邮,行人来往集滩头。长河落日下归鸟,古渡轻帆荡去舟。
不断海风吹浪起,无边洪水接天流。利名载尽晨昏客,待鹊成桥笑女牛。

原注:南北往来者必问津于此。

双桥夜月

风拨云夜冰镜开,碧空倒影泻楼台。浮天碧练星河合,映水流光蚌蛤胎。
沙岸笼金还的烁,秋涛涌玉自喧豗。桥边筐蟹长于尺,何不乘舟载酒来?

原注:里河大小二闸各有桥,上建御诗亭,月明时渔人罩鱼蟹于此。

东浦渔灯

寒鸦尽散夕阳后,荻叶丛生秋渚中。宿鸟无声时露白,依滩有影渐摇红。
繁星乱落随流水,短笛时闻弄晚风。最羡酒香鱼正熟,一灯儿女笑低篷。

原注:在龙汪闸口下,每夏秋间,罾船鳞集,渔灯依岸。

南村霁雪

霁雪光涵原野间,蓝田玉满散瑶环。萧疏不少封条树,平远还多没骨山。
漫谓无人披鹤氅,遥知有客卧柴关。冲寒每跨蹇驴出,更向前村觅句还。

原注:南堤之前皆田舍,雪后眺之,弥漫无际。

## 杨柳青观女伎戏成

其　一

杨柳青排娘子军,翠鬟阿髻石榴裙。桃花马上红妆立,掠地飞来一片云。

其　二

跳丸走索总轻便,三寸弓鞋危不颠。赢得上场齐喝彩,故将险绝叫人怜。

### 送　春

几阵打窗榆荚雨，一帘舞燕楝花风。阳春有脚归何处？多在天涯风雨中。

### 题　画

濮水桐江未足高，空盟鸥鹭狎波涛。投竿独写踌躇意，不钓凡鱼钓巨鳌。

### 粮船吟

其　一

官河初涨一篙春，官柳沿堤儿树新。蝴蝶双双过船去，好花斜插舵楼人。

其　二

船尾名花盆内栽，绯桃玉李与兰梅。一帆都乘东风便，载过江南春色来。

其　三

散如萍叶聚成村，衔尾依依朝与昏。喜得姻亲相近泊，船窗对面叙寒温。

其　四

小家女子赘长年，去岁回空久不旋。到得春来河畔望，儿夫今上阿谁船？

## 王　氏

王氏，清淮阴人。

### 勉夫诗

祝君一爵上轻舟，今岁佳辰送远游。记昔华阳惊水涨，即今燕子逐江流。
梧桐露冷三更月，杨柳风飘万壑秋。此去鹏程应得意，十年心力可相酬。

## 王永熙

王永熙（约1710～1786），字映庚，号小史，清淮安府清河县人。乾隆六年辛酉（1741）拔贡，官广东香山、龙川、高要知县，为官清廉。晚居郡城。工书，善诗。著《淮上草堂诗钞》《替查集》《绿荫堂诗》，民国陈畏人犹有传抄本。

### 县前晓望

邑繁官署静，池柳遍门前。吏事看流水，城花到野田。
西风清白雾，晓露挹秋天。隐隐琴声动，遥从村里传。

### 忆汪丈钵山

符山寥落后，词赋更何人？林壑孤踪迥，风骚逸兴新。
江楼今一闭，花径不闻春。怅望先民旧，琴书益怆神。

## 吴兴炎

吴兴炎(1719—1787)，字龙汉，号陶夫，清淮安府清河县渔沟人。乾隆五年(1740)县学生。遨游南北，连不得志于有司，以章缝终老。著有《燕石斋诗草》。

### 清口闲眺

秋尽浊河急，苍茫绕县门。水烟明草树，人语乱鸡豚。
岸转千家迥，城孤一线痕。晚来凭眺罢，寂寞更何言。

### 登黄鹤楼

拭目上危楼，遥天一望收。客乘孤鹤去，山欲大江流。
吴蜀通千里，烟波渺十洲。为言登眺处，今古几人愁。

### 静海雨后

孤城裁一雨，到处绝尘嚣。木落山容瘦，云归海气骄。
饥鸟频掠屋，野水乱吞桥。何日堪回棹，乡心正迢遥。

### 留别都门诸友

知交别最苦，况复在穷愁。酒劝阳关道，人归歧路头。
风尘摧短鬓，霜月老征裘。剩得龙泉在，芒寒射斗牛。

### 秋　感

其　一

每恨秋老我，今又在秋中。入世棋无著，浇胸酒有功。
天高云放月，夜静籁生风。莫向阶前立，凄清咽草虫。

其　二

万树摇秋色，羁人叹未归。砧声裁到枕，寒气已侵衣。
尘世心难尽，愁中事觉非。乡关频入梦，松菊尚依依。

## 泰安晚次

到此巉岩境，斜阳树树稀。牧奴鞭犊返，山鸟带雏飞。
涧涸泉声细，风鸣草径肥。同行漫相促，拔剑拭清晖。

## 晚入清河

井邑同村落，秋来放眼看。河声入夜险，海路怯风寒。
舟楫米成市，人家水半湾。夕阳明镜里，一望杳无端。

## 秋野漫兴

凉秋向夕动，万户捣清砧。触起老夫恨，难为此夜心。
何人兼赐被，念我只弹琴。不寐想青琐，悠悠年鬓侵。

## 野　外

野外真摇落，西风瑟瑟闲。空林散木叶，斜日冷秋山。
阮籍狂何补，冯唐老更闲。欲谋千日酒，一为醉衰颜。

## 燕子矶

峭壁雄天堑，亭亭影欲无。江流吞北固，山势压东吴。
细雨迷芳峡，微风覆浅蒲。六朝兵火后，王谢但啼乌。

## 都门秋眺

秋到长安秋不同，一天瑞色霭晴空。归云拥树千村黑，落日摇山万岭红。
燕市车尘谈笑外，江干莼鲙梦魂中。羁人眺罢浑闲事，漫向垆头学醉翁。

## 郢上早发

郢城烟树晓凄清，匹马冲寒不畏泥。残月满天孤店路，小桥流水隔河鸡。
楚人荡桨还惊早，江客思归正欲迷。如此风光聊自遣，苦吟直过莫愁西。

## 长清道中

山行无日不蹉跎，岩壑阴阴九月过。木客窥人频见影，秋蛇接树倒盘萝。
云封谷口穿金鼠，雨破松根走石鼍。漫言士枯形骸黑，西风吹老鬓婆娑。

### 瞻岱

天外层峦见岱宗，五云深处削芙蓉。光摇远近翠屏直，态变虚无仙掌崇。
玉简金函留宝箓，丹霞碧雹护虬松。我来仰止穷秋后，正欲凌风一蹑踪。

### 白门杂感

江东旧迹莽榛芜，六代风流今在无？人道金莲才学步，我知玉树已先枯。
青青第宅生春草，白白园林叫夜乌。惆怅白门无限恨，卢家尚有莫愁湖。

### 郧阳道中

又向郧阳鼓棹回，片帆遥傍晚山开。千岩暝色昏斜日，万壑涛声响怒雷。
白浪横滩掀枕过，青猿坐石背人哀。五湖一舸知何日，岁岁津梁蹀躞来。

## 汪汲

汪汲，字曙泉，号葵田，清淮安府清河县人，世居山阳。乾隆中职贡生。著有《事物原会》《十三经纪字》《垒字编》《方言纪字》《解毒编》《座右铭》。

### 登雨花台

闲步重冈瞰远天，荒台犹带六朝烟。遥山树色开图画，绝壑松涛奏管弦。
旧梦凄迷金粉外，新愁萧瑟蓼花边。名场自分聊为戏，漫说吹箫可得仙。

## 汪敦

汪敦，字厚遵，号翼庭。清淮安府清河县人，世居山阳。乾隆中附贡生。著有《湫经斋诗文合稿》。

### 七月十五日夜月华

澄澄云翳净，月已到天心。晕碧千盘玉，围黄一带金。
仰高怀子美，工画觅云林。正值中元好，祥辉静夜临。

### 答谈冰粲学师见赠原韵

邂逅相逢不世情，廿年白下早知名。算通西法兼中法，律审清声与变声。
指掌新图研北宋，官仪旧制识东京。更看即事吟成处，烂漫才华触手生。

### 送程楠村学博归六安

其　一

一叶扁舟淮水陂，钓鳌客至着鱼蓑。相逢即有相知雅，无那平生感慨多。

其　二

每爱清言玉屑霏，麈谈远胜下书帷。只愁帆影西风挂，南浦纷纷落叶飞。

## 汪谷诒

江谷诒，字芝田，清淮安府清河县人。生活于乾隆年间。著有《养竹斋诗钞》。

### 养竹斋即事和幔亭用谢灵运《斋中读书》韵

壮志走风云，降心委岩壑。但能净尘氛，于焉蠲索莫。小池舒锦鳞，空庭啅瓦雀。击磬已绝响，鸣琴亦间作。竟日事典坟，何时容戏谑？竹翠笼芸窗，灯红耀藜阁。讵许外人知，足供四时乐。持乐赠良知，有怀休远托。

### 顺河道上

黄河徒滚滚，班马复萧萧。俯仰情如梦，崎岖路转遥。
停车妨骤雨，列炬趁长宵。村酒何妨醉，青帘柳外招。

### 春日杂咏四首和家梅峰先生韵

其　一

寒气一朝尽，春来处处妍。惜花愁不浅，酣枕梦无边。
草色依烟化，钟声隔树传。文章输大块，红翠错成篇。

其　二

推窗爱晓暾，院暖百花温。媚耳莺藏树，萦怀水到门。
书翻时落蠹，酒泻忽倾尊。怕是狂风起，江边占拜豚。

其　三

采茶听山鸟，春色易年年。绣圃香苞绽，华林媚缬鲜。
鸠因啼雨拙，蝶惯傍花眠。白打争行乐，官家自有钱。

其　四

遨头向紫陌，莫负蔚蓝天。窗响击蝇虎，风微堕纸鸢。
篱红惊蕊密，鱼呷诧纹旋。但看荣枯草，山中年可编。

## 西湖冷泉亭

偶来亭上坐，洗耳复涤胸。耳与胸俱净，一声林外钟。

## 题 壁

水绕村南北，墩迎庄后先。几株梅卧雨，一带柳含烟。
决港通荷沼，疏沟护稻田。先人遗泽在，触目剩流连。

## 初秋怀友

斗室虚悬榻，窗移帆影斜。芭蕉鬬客梦，蟋蟀傍邻家。
暑退还余酒，凉生渐减茶。天边云雁近，抚轸落平沙。

## 金 山

长空烟散海天开，冗梦柔情拟尽裁。双眼直随孤鹤渺，群山乱落大江来。
坐消得意诗千首，行纵狂奴酒百杯。波外欲询鸥与鹭，不知谁是泛槎回。

## 南郊途次口占

处处青帘卖酒家，又逢寒食柳烟斜。闹歌牧竖横牛背，避客村姑举袖遮。
垅外数畦新种韭，篱边几树未开花。前溪应有秦人隐，一片山光泛晓霞。

## 雨后移花漫成

乘雨移花满径栽，漫将纤草作莓苔。侵淫晓露看迟吐，酝酿春风应早开。
竹叶垂青浮玉碗，藤梢拖紫落琼杯。浓香嫩色盈阶砌，多费工夫去复来。

## 次曹秋圃应史梧冈广文先生归隐华阳征送春诗韵

一番春事独凭阑，传得新诗拭眼看。蝶影纷纷花片落，鸟啼恰恰雨声残。
堪怜韶景逡巡尽，谁怨东风料峭寒。此去堂堂留不住，略无余恨过前滩。

## 晓柳同周四登甫作

江干种柳自宽闲，织雨梳风九曲弯。客舍近看青不了，歌楼遥隔翠难攀。
尽含浓露垂罗縠，更拂轻烟掠鬓鬟。底事颦眉辄多恨，年年为学舞腰蛮？

## 咏 鹤

闲看一鹤自徘徊，小苑初晴绝点埃。独立啄苔还啄石，长鸣依竹又依梅。

态翩何处清风至，意警有时佳客来。为语纷纷凡鸟辈，学仙须是有仙胎。

## 赋得一院桐阴长绿苔

玉颜韶丽对芙蓉，镜里清辉叠影重。荏苒几时秋色动，苍凉满地翠痕逢。闲堆曲径何须扫，冷落层廊渐欲封。谁解相思不相负，琴川迢递应怜侬。

## 戊午北上宿众兴集用壁间韵

康衢初步整雕鞍，古驿荒凉耐薄餐。回首青溪云树隔，放怀紫陌天地宽。平居漫说驱车易，此际方知行路难。昨夜风雷增壮志，扶摇拟据钓鳌竿。

## 登清水墩

满眼皆青碧，临风一纵呼。壮怀从此阔，匹马走燕都。

## 初　夏

日长身倦倚阑干，游蝶魂销梦亦残。留得梁间新燕子，呢喃学语正多端。

## 平桥庄怀徐五敦吉

暂离乡县倍思君，想到高歌定遏云。最是动人惆怅处，杨花满径雪纷纷。

## 莫愁湖

游从汗漫境多奇，桃已吹红柳挂丝。试看湖心风不起，个人那有皱眉时？

## 莺脰湖

不多游伴束装轻，去趁香风几日程。但少王维双妙笔，一湖春树负啼莺。

## 青　州

怪石峥嵘路更歧，一鞭迢递夕阳低。狂飙忽起衣裳薄，犹自冲寒渡浅溪。

## 庄居读书漏尽

永夜披书气力强，瓶花时送静中香。咿唔未断鸡声起，犹剔残灯恋耿光。

## 七　夕

其　一

卧对星桥忆旧盟，碧天凉月雨初晴。那堪细草空阶里，已送秋虫唧唧声。

其　二

去年此夕住金台，翠袖红妆逐队来。忙煞玉人争乞巧，齐将彩线望蓬莱。

### 观新竹

钩帘长啸指青山，谢却浮尘境自闲。翠竹谁移三五个，清音时共水潺潺。

### 纪　梦

午余幽梦入阳关，仄径娉婷见阿鬟。月透珠帘春似海，木兰花下鸟绵蛮。

### 平山堂二首

其　一

万松排处晓烟凝，阑槛晴空取次登。江上好山看不尽，青浮罗髻一层层。

其　二

第五茗泉篆藓苔，山堂闲折一枝梅。香风勾引谁家女，又趁红桥夕照来。

## 孙　浚

孙浚，字哲明，清淮安府清河县人。乾隆间布衣。著有《杏庵医余》。

### 经漂母祠步刘文房韵

不得王孙贵，母义湮千秋。试问漂纱处，平湖水乱流。
路傍春草细，汀上夕阳愁。独立荒台望，何人续旧游。

按：祠后有钓鱼台。

## 汪四皓

汪四皓，字紫田，清安徽休宁人，乾隆间居淮安府山阳城，后入清河县籍。

### 少年行

千金名马爱飞黄，新试雕弓八尺长。曾识边陲驰猎地，一钩寒月在残阳。

## 汪　椿

汪椿，字春园，原名光大，号式斋，清淮安府清河县人。乾隆间诸生，国子监典簿。《清河县志》有传。

### 题谈蓉塘北游草

淮阴自昔仰丰标，又向钟山话酒瓢。细读北游诗一卷，不将金粉竞南朝。
冰瓯濯笔绝铅华，幽韵浑如著露花。却爱石城风景好，天香迢递落谁家。

## 王履安

王履安，字礼堂，号竹田，清淮安府清河县人，世居山阳。乾隆间监生，王琛父。

### 张素石增《风雪驴背图》

其　一

冻云幂林端，霏霏飘玉屑。天寒人迹稀，山险炊烟灭。
树老枯枝摧，泉流坚冰结。觅诗策蹇驴，踏遍灞陵雪。

其　二

昔有辋川叟，绘图作雪迹。谁知千载下，素石入诗格。
积素满层峦，山空没蜡屐。悬之寒风来，虚室皆生白。

## 陈　鉽

陈鉽，淮阴人，清代诗人。

### 甘城怀古

嬴氏无长策，烽烟裂地分。靖兵犹戍险，建堞岂酬勋。上相辞三辅，童年霸一军。城连山崒嵂，旗转日缤纷。欲恃金汤固，徒烦铁骑殷。那知秦保障，渐敝楚淮渍。蔓草迷荒径，村烟续断云。迹空陈短堠，名尚重高雯。碑蚀将残云，钱遗小篆文。只今同逝水，望占立斜曛。

## 蒲　忭

蒲忭（1757~1825），字快亭，清淮安府清河县人。乾隆五十三年（1788）中举，被延聘为泰州安定书院院长。嘉庆七年（1802）成进士。被任命为知县，不久改任苏州府学教授。终老姑苏。能诗，著有《南园吏隐诗存》。体长美髯，长盈逾尺，人称蒲髯公。

## 返淮阴留别王小史先生

其 一

老辈风流在，殷勤父执看。孤舟还共载，秋水去长干。
赌奕空江暮，联吟夜雨残。苍茫期后会，不觉客心酸。

其 二

得句江天里，题名石壁高。青山缘不浅，白首兴偏豪。
老健凭诗力，萧疏称野袍。收罗吴楚色，清咏满寒皋。

## 秋 来

秋来诗骨瘦无邻，落叶洲边句有神。野水阴阴时带雨，孤村往往不逢人。
幽居惯抱相如病，客处真成季子贫。一抹青山秋里断，大河东折是淮滨。

## 书柬王梦楼先生

其 一

李白骑鲸不上天，天公留作地行仙。曾经雪浪三千里，又占名山四十年。
海市笙歌萦鹤梦，龙宫笔札染蛟涎。不知孤米山头月，可比中华分外圆。

其 二

才名岂借探花郎，落笔都成万丈光。诗冠杨卢成四杰，书参羲献是三王。
美人绛帐传经地，居士清斋选佛场。细数千秋词赋客，输公福慧两无量。

## 题韩侯钓台

持竿手造汉乾坤，削楚平齐反掌论。尚为壶飧酬母德，敢忘衣食负君恩。
奇功未足邀虚赏，疑罪终知被大冤。那怪严滩呼不起，羊裘著破恋江村。

## 夜 泊

帆落萸湾梦未成，夜阑客思倍凄清。芦花风起秋灯暗，卧听寒禽乱水声。

## 题渔樵图

担重须防高处险，船轻也怕浪难平。人人都说渔樵乐，多少艰辛过一生。

## 春夜独坐

春草萋萋春水生，黎花初放雨初晴。三更院落无人处，却有琴声诉月明。

## 咏　史

其　一

琵琶马上泪阑干，犹得君王注目看。万里和戎侬不惜，汉宫春色一时寒。

其　二

朝辞金屋别诸姬，夕掩长门泪暗垂。纵使相如工作赋，承恩不似少年时。

## 自白门返淮阴留别王小史先生

其　一

老辈风流在，殷勤父执看。孤舟还共载，秋水去长干。
赌弈空江暮，联吟夜雨残。苍茫期后会，不觉客心酸。

其　二

得句江天里，题名石壁高。青山缘不浅，白首兴偏豪。
老健凭诗力，小疏称野袍。收罗吴楚色，清咏满寒皋。

## 晚渡京江

风劲晚潮上，孤舟放棹来。月当京口白，江向楚天开。
落叶中流见，青山夹岸回。归帆近瓜步，欸乃不须催。

## 登云龙山放鹤亭

危磴入云表，乾坤一啸台。地荒龙气尽，天迥鹤声来。
诗酒怀真隐，山川想霸才。凭高何限意，秋色动深杯。

## 旅馆偶成

地僻三冬近，清宵客况添。孤村寒月大，老屋朔风尖。
望远愁兼赴，悲秋句亦廉。浊醪殊不恶，夜饮亦厌厌。

## 秋夜有怀

木落闻远磬，秋高望夜河。松声杂竽籁，花影乱藤萝。
旅馆壮心减，虚窗离梦多。有怀江上客，何处宿烟波？

## 访杨竹田村居

烟静云木平，落日秋山清。村暝疑无路，溪流时有声。
残霞随鸟没，初月近人行。到此心俱寂，悠悠羡耦耕。

## 彭城怀古

歌风台

泗上开筵日，屠沽尽锦衣。剑随亭长去，龙御汉室归。
直至三分国，犹加四海威。遗台今在望，风卷暮云飞。

戏马台

荒墟犹突兀，转瞬沐猴空。百战身无北，孤军马不东。
势强堪竟霸，力尽未成雄。落日虞兮泣，萧萧黄叶风。

燕子楼

燕子孤栖日，佳人十载心。诗愁沧海阔，香怨小楼深。
春雨啼红泪，秋霜冷翠衾。余生魂已断，多事乐天吟。

放鹤亭

绝壁二千丈，凿空石磴纡。人将双鹤远，天掷一亭孤。
依旧青山绕，如何好句无？坡仙疑不死，云外待招呼。

东台道中

小邑无城郭，村围众壑深。地卑秋不爽，海近昼多阴。
野艇因鱼活，荒田费雁寻。水乡生计俭，念尔一悲吟。

登相山寺

驱车奔峻坂，细雨野风吹。路僻秋愈早，山寒晓觉迟。
古坟留宋郭，新寺杂唐碑。玉洞何年劈，云深不可窥。

赠丁观庭

自我识公雅，诗成已白头。情深缘好古，思瘦为悲秋。
直与渊明淡，能分工部愁。空山黄叶落，独自倚高楼。

## 题张船山太史(问陶)杂感诗后

劫灰和墨写哀呻，妙句传来笔有神。故里蚕丛空战垒，单车虎口拔吟身。
三巴势险纡奇策，八阵名高孰替人？老我悠游诗酒客，江天同作太平民。

## 自题《苍茫独立图》

须眉如戟一书蟫，独立苍茫感不禁。廿载关河双鬓雪，千秋事业五更心。
生花笔可留天地，没字碑空阅古今。只惜年华忙里过，几回扪腹自沉吟。

## 客中漫兴

绕郭青山四面遮，山斋镇日寂无哗。庭延野色时啼鸟，池浸清光不吠蛙。

新影月移初种竹，暗香风过欲开花。吟成七字堪消酒，客里闲情不忆家。

## 江楼客思

长啸登楼野望深，江天愁思渺难禁。何人放鹤清秋夜，送我吹箫明月岑。
松籁寂时初下露，山城闭后不闻砧。今宵未厌归来酒，独对寒光潋滟斟。

## 冯　道

名高长乐位王公，杂传勋阶孰与同？五代乾坤原草草，十君迎送太匆匆。
沧桑屡易官仍在，才德全无望转隆。一笑著书思不朽，与人言孝复言忠。

## 和杨燊园司马（学淳）《柳絮》诗用王新城《秋柳》韵

其　一

飘摇春影荡春魂，镇日园林悄掩门。飞处乍怜萦蝶梦，落时全未破苔痕。
听莺客卧毡铺径，放犊人归雪满村。忍使东风抛点点，榆钱欲买价难论。

其　二

碧阑干外影如霜，缭乱晴丝度曲塘。近座惯旋青玉案，沾衣偷入翠云箱。
鸣禽句好空怀谢，咏雪才高已嫁王。从此贪眠清昼永，无人拾翠到花坊。

其　三

舞破章台金缕衣，春风回首事全非。晴云满树啼莺懒，香雪一帘游蝶稀。
深巷捉来疑幻影，红楼吹入更闲飞。羡他多少柔情绪，到老开花愿不违。

其　四

随风聚散总堪怜，袅遍晴空欲化烟。流水桃花同淡荡，斜阳芳草公芊绵。
砚池寄托仍今日，陌上轻狂忆少年。毕竟沾泥禅性少，又牵春思到吟边。

## 己未孟春将赴公车留别海陵诸同学

十年浪迹淮南北，到处猪肝累使君。花鸟争迎狂记室，溪山都识髯参军。
此身端合江湖老，底事空谈竹帛勋？惭愧都门多早达，不堪华发对机云。

## 汪剑潭（端光）招同黄秋平（文旸）饮菊花下

深谈都比晋人清，对菊无嫌太瘦生。淡到秋花真有味，狂如我辈却多情。
江湖是处留鸿迹，风雨中宵动雁声。烂醉放歌君莫笑，消磨奇气为浮名。

## 湖上即事

花光浮荡木兰桡，人影迷离廿四桥。绿水尽教红粉占，寸阴足要斗金销。

疏烟画阁垂杨岸，明月香词碧玉箫。此梦十年浑未醒，秋风肠断广陵潮。

## 感 怀

长贫有味是无愁，一榻书丛坐隐侯。那得才青天下眼，却教诗白少年头。闭门梦落湖湘远，听雨吟残竹树秋。忽忆酒徒春社约，来朝须典鹔鹴裘。

## 客 怀

劳生惯作他乡客，浪迹徐邳丰沛间。酒债频年亏白堕，诗名到处凿青山。尝深世味唯看剑，历遍歧途合闭关。剩有故园吟社在，归心几折大刀环。

## 六十述怀

### 其 一

底事流年届杖乡，椒盘春酒漫称觞。功名空负髯如戟，忧患偏催鬓早霜。生我有涯唯翰墨，传人无用是词章。今朝花甲从头数，岸帻高歌兴转长。

### 其 二

家住淮阴学钓鱼，水云深护浣花居。闲吟赵嘏楼头笛，爱拟枚皋马上书。旷代文章前辈在，廿年江海故人疏。天涯屈指悲欢事，一晌黄粱梦不如。

## 登金山浮图

岷涛万叠涌金莲，百尺浮图落眼前。笑倚仙筇临海市，醉歌佳句堕江烟。乾坤浩荡真无地，楼阁参差半在天。回首东吴同逝水，妙高台上月华圆。

## 斋 中

生事徒钻故纸堆，荒斋幽寂隐蒿莱。窗横老树秋先到，门掩寒花昼不开。永夜砌凉虫自语，有时灯暗月还来。此情欲说无人共，记取新诗枕上裁。

## 览歌风戏马两台遗址口占一绝

戏马彭门霸业开，歌风泗水汉皇来。平分天下均嫌少，寂寞雌雄剩两台。

## 春夜独坐

春草萋萋春水生，梨花初放雨初晴。三更院落无人处，却有琴声诉月明。

## 金陵道中

黄云香稻丹阳路，细雨槐花白下天。几首诗成驴背上，一声秋堕雁行边。

### 癸亥冬日登采石太白楼

其　一

谪仙披锦大江春，留得楼名万古新。落日凭栏数归鸟，青山如画要诗人。

其　二

万里长风卷浪回，一樽独倚翠微开。公能饮者应知我，天外骑鲸大笑来。

## 万　镛

万镛（1776～?），字杏村，号松巢，清淮安府清河县人。嘉庆十七年诸生，由拔选为校官。文章淹雅，工吟咏，知名四方。孝子诗家。著有《十六钱砚斋诗文集》。

### 杂　诗

其　一

人生贵习静，作客尘事稀。况居畎亩中，身世为皇羲。春鸟鸣东皋，夏麦生两岐。秋坪豆苗秀，冬日雪花滋。忽忽不知节，田家有四时。相见尽农氓，酬答皆耘耔。偶然出门望，落日牛羊归。

其　二

周公念先王，晏子悲季世。仰古圣贤臣，勤勤为国计。君曰我无愁，臣曰天有瑞。封禅一卷书，马卿干大累。王旦亦贤相，何必责丁谓?

### 放　言

朱颜既早谢，白发日潜滋。眷言少年境，欢乐曾几时。西流落东海，夕照生鼍曦。我有驻景药，可疗鸾凰饥。青霞被天窗，玉女投壶嬉。舍之弃人世，梯云恐险巇。罡风会颠倒，翔游扶桑枝。置身非不远，力倦终离披。感此凄我臆，荒园事耘灾。随化理素业，仙俗徒云为。

### 感时篇

太白歌古风，发源陈伯玉。感遇与离忧，骚雅直再续。方今泰阶平，万物蒙亭毒。珊枝贡秦川，珠颗搜越渎。膏露秋扬芳，和风春振木。翘秀荷匠成，茅茹几幽谷。时会偶未逢，恩滋均溥渥。抱才副元功，献琛羞众目。经济在畎亩，文章用亦足。积潦无本源，过情君子辱。坚苦务修名，阮公何痛哭?

## 过漂母祠

一饭非难事，英雄落魄时。茫茫湖水阔，寂寂钓竿垂。
穷饿翻长啸，炎凉只黯悲。那知巾帼女，千载有荒祠。

## 山子湖泛月

湖水三篙涨，扁舟一叶轻。星从波底见，人在月中行。
绿树迷村渡，清风递晚更。支窗思搁浪，隔浦起箫声。

## 梅花岭吊史阁部

歌吹扬州土，梅花岭独寒。黄河空涕泪，碧血此衣冠。
国事君臣戏，家书骨肉酸。唯留二分月，长照铁心肝。

## 游大明湖

泺水渟城北，明湖自昔闻。好山青带郭，远溆白飞云。
岁久葑田积，流宽荻港分。登临先历下，名士复谁群？

## 月下有感

干戈犹未靖，冬月一天清。遥念征人苦，难为处士情。
寒声金柝远，霜影铁衣轻。更有空闺妇，存亡梦里惊。

## 望鼍湖

万顷苍茫一巨川，不分明处水云连。气吞洪泽蒸秋雨，影带江涛上晓烟。
可有大珠明蚌渡，最多微舸试鱼筌。年年稻亩随波没，村落欹斜几喟然。

## 韩信桥

楚汉全随逝水流，危桥犹自记韩侯。腰间剑壮英雄胆，胯下人低国士头。
市井何从窥伟抱，庙堂毕竟藉奇谋。子房进履曾垂迹，共付千秋信史留。

## 春　花

骇绿粉红费剪裁，东皇故遣百花开。晴云淡沱金铃系，夜月深沉羯鼓催。
人海真成香世界，风城无数好楼台。芳菲乞藉风姨护，长此春光落酒杯。

## 落　叶

偶因小谪堕人间，世事沉浮汨黯潸。亦有清声归逝水，那堪残梦反荒山。
十年惯忆辽城戍，万里空怜楚客鳏。如此情思了无著，忍教一叶去柴关？

## 杂感用萧梅生寄怀韵

出门雅自重交游，世路崎岖过眼留。鹤在樊笼常刷羽，蛩吟屋壁不成秋。
升沉有定天难问，岁月无端水漫流。杯酒疏豪无与语，异乡王粲独登楼。

## 无　题

画阁层层护碧纱，东风吹暖丽人家。香焚宝鸭留晴篆，酒窨金樽晕晓霞。
云鬓睡余慵覆整，黛眉褪处尚轻斜。日长心事无依倚，帘外春深听落花。

## 登沭阳城楼

邑小城低夕照残，海风吹上客裘寒。关山不险登临易，户口无多保聚难。
邹鲁昔年流教泽，淮黄何日靖波澜。徐扬襟带成形势，莫作阴平僻壤看。

## 月夕独游池上

收尽浮云敛尽风，露蝉不噪有寒虫。秋于僻地生时早，月在高天望处同。
老树倔强千古上，青山奇绝两眸中。苍茫池水庭阶静，悄立谁知一老翁。

## 秋　吟

底事悲歌欲碎壶，分明终竟总模糊。紫英被露香难秘，黄叶当秋运已徂。
江上琵琶商妇老，越中驴背播臣孤。红颜白发成青史，末路歔欷计太迂。

## 登　舟

落日向林尽，淮流生暮烟。挂帆指南国，游子白云边。

## 苦　旱

江南入秋久未雨，麦种数月芽未吐。偶逢野老问农情，但颦双眉无复语。

## 新　蝉

庭树新蝉正一声，等闲岁月客中惊。故乡不少柴门柳，倚杖何时听晚晴。

### 立秋舟中

淮南一叶下新秋，半挂蒲帆独卧舟。柔橹呕呀清梦转，斜风细雨过扬州。

### 偶 成

壮心岂必销贫贱，后事终难定去来。只有文章能自主，肯将功业付寒灰。

### 石城怀古

虎踞龙蟠气未消，金陵山色楚天遥。无情最是长江水，一任波澜洗六朝。

### 秦邮舟次

参差雉堞近淮河，城矮堤高水涨多。飒飒西风吹我瘦，怯寻古迹拜东坡。

### 众兴洪店题壁

白云漠漠雨潇潇，跋涉轮蹄百里遥。明日一帆春水上，好风吹出太平桥。

原注：众兴月堤有太平桥。

## 萧令裕

萧令裕，字梅生，清淮安府清河县人，世居山阳板闸镇。嘉庆中廪贡生。著有《寄生馆诗文集》。

### 善哉行

悠悠我里，郁郁蒿莱。东过枚宅，西上韩台。厥名千载，国士诗才。肆余后起，低徊久之。幸托微躯，敢逊前人。百年易迈，及尔先春。临淮之南，流水汤汤。大河之上，钵山苍苍。中忽不乐，悄然以望。安知知己，浊酒同倾。

### 黄河水

开府何巍巍，东南大都水。浊流何浑浑，堤防缮千里。昨日睢宁城，今朝淮阴市，飞骑羽书驰，共报黄河圮。亡者几许人，寒沙聚新鬼。存者几万家，高原呼庚癸。大官驱马来，惨伤不忍视。痛哭哀吾民，舍身填瓠子。幸赖水伯仁，救援争掖起。狂澜忽一落，睢州告决矣。上游溃既成，下游塞旋止。畛域虽不分，桃僵竟代李。愿兹孑遗民，余生色然喜。

### 安流民

大船仅如刀，小船泛如叶。前船伏瘦男，后船敲灶妾。豫东千里来，憔悴空皮骨。朝暮食维何？炊烟半消歇。沿堤水上芦，味甘同薇蕨。杂以秕糠屑，老幼餐稠叠。昨日严关过，有司防窃发。此曹岂贼徒？罔用相震慑。所嗟逃亡久，振抚方多缺。煽一奸人中，变乃成仓猝。润分养鱼枯，栅立闲豕突。上状安流民，斯曹慎无忽。

### 岁暮杂感

其　一

荒荒海雨黯城阴，急景凋年感不禁。四壁饱谙思夏屋，一釭寒警入冬心。
座中作赋名穷鸟，枝上归飞是越禽。只有吟怀日衰谢，别离意比昔时深。

其　二

年来磨蝎入深宫，乡里悠悠论不同。媚俗尚难逃谤起，误人多只为钱通。
山丘痛哭重泉里，生死分明一剑中。寂寞西州门外路，蓍簏宿草渐心红。

### 游摄山

高插夫容望杳冥，到门流水想泠泠。齐梁废苑空残照，吴楚苍烟入画屏。
千里暮云寒雁白，一江秋水乱峰青。劳劳空逐风尘梦，花外钟声唤欲醒。

### 春游词

半郊半郭淮南市，乍雨乍晴三月天。打桨爱莲亭畔去，一湖春树远生烟。

## 萧文业

萧文业，字梅江，清淮安府清河县人，世居山阳板闸镇。职监生，梅生弟。著有《永慕庐集》。

### 秋　声

万里鸣涛去后还，猛闻砧杵遍江关。荒鸡喔喔如虫语，瘦马萧萧黯客颜。
雁下西风催落木，城连哀角动寒山。百端并作天涯感，夜半何劳问树间！

### 夏日游仙诗

蠹鱼食字不神仙，鸡犬纷纷都上天。无怪华山陈处士，暂停棋子即高眠。

# 罗秉政

罗秉政(1776～1837后),字春卿,号学了凡翁,清淮安府清河县人。道光四年(1824)贡生。有文名,人称淮海佳士。工诗,著有《三壶山吏诗钞》二卷、续刻二卷。

## 韩侯城

丈夫不得志,垂钓清河口。一朝仗剑起,真王印如斗。其时汉天下,得失在一手。丹心不背主,直令辩士走。岂有权去日,而与陈豨厚。何以吕雉忍,竟使作烹狗?何以萧相国,坐视不为剖?空城二千年,夜夜冤魂吼。

## 幽　居

淮南春过半,芳草遍山庄。客去鸟声乐,日斜花影长。
抗怀在霄汉,托足近沧浪。此味无人识,高歌酒数觞。

## 苏氏别业

空谷成小隐,招游进一卮。野水生不尽,流云去何迟!
人淡琴亦古,花飞蝶自随。清言已向夕,明月上松枝。

## 皖江夜泊

江水流残梦,扁舟无定踪。高风两行雁,斜月半山钟。
犬吠烟村近,蘋香露气浓。程程去乡国,满鬓带秋容。

## 吴大夫庙

白马悲坛下,鸱夷冷霸图。寒潮涌落日,秋雨泣平芜。
自信真长者,人称烈丈夫。胥江山上月,空照一心孤。

## 阻　风

钟打空山里,寒江带晚阴。扁舟一夜雨,孤客十年心。
画角吹残梦,青灯照苦吟。萧萧篷背下,卧听海潮音。

## 韩侯钓台

仗剑终何益,凄然淮水清。昏鸦归远树,落日恋孤城。
义岂三分夺,功教一战成。早知与哙伍,不易羡鱼情。

## 春　草

本自乘时发,居然得气先。平拖裙半幅,软衬柳三眠。
流水横塘外,斜阳古道边。莫嫌幽独甚,天意最相怜。

## 古　垒

倚剑天山外,犹疑万马屯。悲风自寒暑,羌笛怨黄昏。
百战英雄泪,千秋帝子魂。不知秦与汉,凭吊有谁论?

## 题钟吾斋壁兼寄江南诸友

晓起向山坐,轩窗清复清。暖烟蒸远树,春水动孤城。
量以容人大,才从薄福生。敢言漂泊苦,未免惜离情。

## 江楼晚眺

江楼高百尺,秋色动微凉。云气生虚白,潮声入混茫。
断霞千树紫,落日半山黄。最羡渔舟稳,归来笛韵长。

## 冬夜宿湖心寺

萧寺饶松柏,苍苍岁月增。棋逢牛渚客,诗和雁门僧。
画壁余龙气,尘龛冷佛灯。禅心寒似水,一夕已成冰。

## 晓行题旅店壁

月影半茅屋,霜华点客袍。寒鸡鸣远堠,疲马恋空槽。
少贱羞投刺,时难羡鼓刀。风尘去泉石,何啻九牛毛。

## 西兴客舍却寄

春山横翠黛,春水绉罗裙。杨柳愁边路,梨花梦里云。
莺娇已百啭,人瘦又三分。向夕纤纤月,相看更忆君。

## 病　马

犹欲行空阔,浑忘病废残。昔衔金勒易,今压绣鞍难。
落日心悲壮,秋风骨立寒。他时一战斗,谁不骕骦看!

## 放舟洪湖

远水流何极，孤山瘦欲秋。江湖无岸帻，天地有扁舟。
雨气蒸龙窟，云光结蜃楼。诗成　啸傲，即此是沧洲。

## 秋　望

独立柴门下，秋光杳霭间。舟横寒涧水，牛下夕阳山。
碧草余春意，红霞让醉颜。荷锄邻氏子，相与白云还。

## 小三山房落成即事

新筑三间五架屋，萧疏疑是水云村。家常饭熟莼羹滑，物外身闲布被温。
医俗有方多种竹，著书未了早关门。此中一洗乌衣习，桐帽蕉衫犊鼻裈。

## 平山归舟

暝色纷纷上柳条，平湖十里送归桡。鱼鳞云细初三月，鹅管声长廿四桥。
隔著纱窗银烛暗，到来板阁酒旗飘。年时输与双鸥鹭，红藕花深香梦饶。

## 湖　上

我与西湖有宿缘，乘间即过白堤前。一声钟打云端寺，十里船摇水底天。
沙嘴乍添春夜雨，脚跟远带异方烟。金牛可有当年迹，寻到雷峰夕照边。

## 登金山妙高台

独上高台起暮愁，东风吹水向西流。寒潮落日衔孤塔，红树青山入早秋。
金粉飘零悲帝子，鱼龙寂寞卧神州。横吹铁笛无人问，欲跨长鲸看斗牛。

## 梧桐巷项羽故里

叹息英雄真盖代，荒祠遗像壮风云。汹汹狼虎三年剪，莽莽乾坤一手分。
十七国称新佐命，八千兵拜上将军。而今巷口梧桐冷，流水寒鸦送夕曛。

## 春日马陵山馆即事

襆被游山住马陵，一峰当户两瞳青。诗催玉版将愁写，曲按银筝带笑听。
竹笋迸阶看解甲，燕雏出壳喜添丁。奚童忽报幽人访，来借先生相鹤经。

## 河 上

河畔荒城夕照斜,故园芳草怨天涯。韶光转眼随流水,心事从头问落花。
万口诗传烦醋瓮,一鞭骨瘦困盐车。刘伶台下淮阴路,要脱青衫上钓槎。

## 春日偶成

春草芊绵春雨晴,春风吹入柳条青。鱼跳暖到一池水,燕寝香生九曲屏。
闲索梅花开口笑,闷教鹦鹉念诗听。可人璧月宵分满,对影还倾双玉瓶。

## 拜岳武穆王墓

皇天后土誓千秋,忍把杭州作汴州。恢复终输三字狱,安危空系两宫忧。
跪阶白铁诛何益,痛饮黄龙事竟休。多少伤心瞻拜下,西风飒飒冷松楸。

## 秋日偕蒲卿田刘素园田湘南<br>万杏村范芸樵严汇初陆德隅游徐氏稼园

寻幽相约到山庄,此地真成醉白堂。入耳泉声流汩汩,当门树色起苍苍。
长廊人去苔痕紫,画阁秋深夕照黄。小住不须丝与竹,一庭蕉雨梦羲皇。

## 自 笑

自笑青毡计未工,不须搔首问苍穹。一寒几见人称叔,七尺空怜我亦雄。
涂抹半生成画虎,飘零十载怅飞鸿。披裘独忆桐江叟,烟水茫茫有钓筒。

## 见 梅

一生哪畏雪霜侵,把臂唯君许入林。品贵人天清白色,名齐松柏岁寒心。
朝吟暮赏情何限,早落迟开恨不禁。占得南枝仙梦稳,满身明月是知音。

## 秋 郊

水光山色两泠然,如此清秋剧可怜。半角斜阳吹牧笛,一行疏柳泊渔船。
题诗翠竹留僧读,采药空林看鹿眠。忽听城西钟鼓动,沉沉几处起寒烟。

## 江 楼

高楼俯清江,夜静山月上。扁舟有时来,卧听橹声响。

### 晚　村

细雨已到门，残阳犹恋树。渔舟罢钓归，摇入芦花住。

### 冷泉亭

亭前古木影横斜，亭下清流走白沙。我有热肠宽似海，不妨也吃冷泉茶。

### 将试金陵舟中留别诸子

临风丝管最清幽，吹动离人脉脉愁。不为功名为山水，三年一度白门游。

### 城　南

城南三月最清华，垂柳荫荫一径斜。黄到菜花青到麦，始知春在野人家。

### 摄山幽居

一池秋水碧如苔，门掩深山半草莱。松柏参天云满地，月明唯有鹤归来。

### 梅花下作

暗香疏影过年年，清浅池塘小阁边。一日来寻三百遍，此身颠甚海棠颠。

### 湖心亭

琉璃千顷碧沉沉，亭子空中四面侵。好是雨晴残照里，一竿秋水钓湖心。

### 春　闺

芳塘一角晚风柔，花自销魂水自流。怕看初三四五月，玉钩斜挂使人愁。

## 张　恂

张恂（1785～1851），字步凡，后更名丰玉，字蘧伯，清淮安府清河县人。嘉庆帝师汪廷珍次女婿。少成诸生，应举屡不售。能诗，有《知鱼乐斋存稿》一卷。

### 纪灾新乐府

道光辛卯、壬辰之间，淮扬马棚湾决口。米谷踊贵，民苦食艰。自冬徂春，藜藿亦倍直，且奇寒。于是淮扬之民死于水者半，死于工者半，非水非工而冻馁死者更踵相接也。况鹾政久敝，淮北仰食于鹾者不下数千人。复有开行改道之说，小民无识，寤寐心惊，良者坐以待毙，猾者迫而为奸。耳目所经，不胜凋瘵。爰仿香山之体，述为乐府十四章。

妾误郎

西风飒飒淮波扬，祸将不测人皇皇。有钱无料难修防，吝钱不与妾误郎。长堤一决不可当，生灵半饱鱼鳖肠。妾貌越溪花，妾心使君虎。灾黎含恨争识汝，唾面褫裳虎成鼠。妾虽误郎终不误，淮平且喜郎如故。

骨如山

骨如山，马棚湾。腥风起，白日寒。决堤已塞旋复裂，合龙仓猝谁能完。工可代赈亦妄耳，淮扬民命如草菅。君不见马棚湾，骨如山。

人啖土

凶年饥岁苦复苦，十家九家尘没釜。尚冀春来有转机，米价传闻涕如雨。何不啖糠核，无钱腹难鼓；何不啖树皮，无力锄难举。床头有土闭目吞，肠胃不受吐还茹。吁嗟乎！人未归土先啖土，啖土之人不胜数。

屋作薪

贫无薪，唯拆屋。屋拆难为无米炊，担向街头易菽粟。可怜柴一束，易粟不盈掬。儿女纷争难果腹，破荐蒙头相抱宿。屋角才埋新死人，三更人鬼同声哭。

牵儿卖

牵儿卖，割母爱。卖儿不为偿宿债，只为饥肠辘辘鸣。母死但愿儿常在，儿啼不去持母带。卖儿高门儿勿哭，高门之内皆食肉。

秤称人

秤称人，人论斤。论斤非欲食其肉，转鬻江南作奴仆。羸童瘠女殊可怜，一斤不能易百钱。虽不值钱人亦喜，谓可稍缓须臾死。谁料江南亦苦荒，哀鸿遍野嗟无粱。

粥化水

开厂赈粥饥民喜，纷纷领粥粥化水。饥民勿怨不见米，窃米云是群饿鬼。饿鬼至自高邮境，既死来夺生民命。呜呼，鬼无肠胃亦无腹，凶年奇事鬼食粥。

骂座客

义绅给赈赈未毕，海错醇醪绅会食。适从何来骂座客，白梃如飞恣一击。满案杯盘倏瓦砾，强者支吾弱者泣。问君暴怒果何因，门外饥民如鹄立。

盗攫钱

盗攫钱，二十缗。攫钱不在荒僻径，乃在风宪高垣边。隆隆高垣卡兵守，如何盗贼公然走？盗攫人钱先掩口，老兵酣睡缘被酒。攫钱既去人不惊，此时谯鼓才二更。

犬食人

犬食人，东西奔。死者饱其腹，生者遇之气欲吞，狞毛赤目声狺狺。噫吁嘻！人供犬食不可救，犬毋食人人肉瘦。

开盐行

开盐行，开盐行，牟利之策无其良。穷灶锱铢一网尽，更将出纳苛场商，不知国课如何偿。我闻牛皮、古寨、钱家集，盐行之名巨枭立。枭不畏官无奈何，官欲为枭势岌岌。

盐改道

盐改道，官曰好。途径捷，经费少。可怜淮北穷编氓，一闻此语齐吞声。大府孤忠筹国计，小民焉敢求其生？黠者亦恐民积忿，弭谤请留七万引。

抽扫柴

抽扫柴，欲何为？甘蹈法，实苦饥。有客经过呵令止，此是官扫那得尔，官若见之汝应死！闻言吃吃笑不已，客胡不达遽如此？来往官舆似流水，抽柴不自今日始。

失巢鹳

失巢鹳，意怫然。不匿影，不戾天。鼓翼长淮巨波起，摇喙还将吞海水。唤得鸥鸮结队来，啄残燕雀心方喜。伤心哉！尔之失巢非雀故，尔纵复雀雀敢怒，搏击频遭雀何苦？

## 赵忠毅铁如意歌

男有厂公女奉圣，千秋遗臭可谈柄。何似儒林片铁留，至今人拜英风劲。赵公卓荦人中贤，精刚不屈思回天。指挥直拟妖氛扫，剖击能令阉胆寒。阉怒起惨惨，孤臣贬万里。霜风萧条琅珰鸣，此时如意充行李。摩挲如意难高歌，欲平祸乱无金戈。貂珰薰灼天地闭，如意其如失意何？凛凛忠魂凭一握，唾壶击碎吞声哭。古今同调谁堪属，泪洒西台皋羽竹。

## 无　题

其

碧桃时节记分携，骊唱无端意欲迷。门外斜阳人远近，眼前流水路东西。
漫将漂泊怜风絮，枉遣殷勤认雪泥。一梦扬州偏易觉，春声肠断杜鹃啼。

其　二

相思何计报琼瑶，醒既难逢梦亦遥。月底颓唐名士酒，花前怊怅美人箫。
五更星影随云散，百琲珠光逐露消。辛苦长安寻玉杵，裴郎归路失蓝桥。

其　三

绿杨阴里是雕栊，怅触情怀赋恼公。解佩但遗江渚北，窥臣谁见宋家东。
可能桑姓无人忌，未必桃源有路通。十二阑干闲倚遍，朝朝极目送飞鸿。

其　四

一分相忆百分痴，十样蛮笺七字诗。海燕颉颃寻垒日，山花零落退红时。
无根乍合嗤萍迹，作寸还连剩藕丝。拟把因缘问龟策，娣黄粱卵未曾持。

### 闺　情

翠帷深下暖香融，学步邯郸未易工。镜里芙蓉羞对月，水边杨柳怯当风。
霓裳制就琵琶换，云锦裁成杼轴空。怪煞年来新燕子，寻巢飞过粉廊东。

### 即事抒怀

未肯愁来笔砚焚，男儿剩有气凌云。春寒入骨诗犹健，暮雪关心酒易醺。
漫把一囊悲赵壹，敢将三窟笑田文。凭君莫望扬州月，月到扬州只二分。

## 王履恒

王履恒，字月圃，清淮安府清河县人，居于山阳县。嘉庆间附监生，候选中书科中书。王锡祺叔祖。

### 谭雨香邑侯德政颂

德政瀛洲有去思，阳春新转到淮阴。四郊甘雨随车至，百里清风及物知。
振仿青州侍善法，盟深白水是师资。山城从此成康乐，枚里韩亭遍颂辞。

王锡祺案：自祺始祖天祐公有明季由山西太谷籍迁淮，至嘉庆戊寅，叔祖月圃公始补博士弟子员。诗文久佚，此从《淮阴诗颂》敬录。

## 蒋　阶

蒋阶(1791～?)，字升之，清淮安府清河县人。拔贡生。工制义，富文名。著有《七指山人类稿》《苏余日记》等。

### 晒书得春日寄题吴熊侯《赏雨茆屋图》

清风吹溪云，倏化为名山。云山渺何处？翘首茂林端。开图忽见君，结茅与之闲。披襟脱尘滓，徙倚红阑干。嗟余性懒拙，久慕田园安。辟地三五亩，筑屋八九间。老柳映疏帘，修竹排琅玕。当春及时雨，种药环林峦。君岂池中物，猥学蛟龙蟠。意将用作霖，布泽弥尘寰。和神寓春寒，同乐天宇宽。持此当广厦，旧雨时往还。坐我啜佳茗，晨夕追古欢。

### 题赠方上人往扬州宝轮寺了道

孤云不恋树，野鹤岂依巢？游行任化宇，去住何逍遥？与君十年友，投契如漆胶。昨岁布讲席，钟鼓声相交。风雨数晨夕，花月同昏朝。谈禅会有契，酌酒时招邀。夜来忽告我，欲去扬子桥。君去了生死，岂为避尘嚣。一朝脱烦苦，万事轻鸿毛。我久识君意，此意谁能挠。对面各欢笑，挥手成无聊。已去忽复念，别泪如江潮。

## 挽蕴斋

暗暗淡淡雨不止，簌簌辘轳泪如泚。行道叹息失斯人，吾辈古欢况复尔。君家旧在江之南，读书万卷群理涵。豪情一发勃难已，北窥华岳南湘潭。荡胸罗腹皆丘壑，诗情画意余囊橐。才名久已动公卿，独自清贫怀磊落。倦游邂逅息吾乡，两眼不肯垂青光。相逢一笑旧相识，情性契合年义忘。高谈碑碣追秦汉，远鉴金石齐欧阳。觏奇但买不论资，好古绝俗何嫌狂？放歌最后尤豪纵，天生我材岂无用？余技亦足济当时，烧罢灵丹仙药种。昔我一病几垂死，累君十日扶床笫。我病君有不死方，君病胡无再生理？褵褷癯鹤神犹清，伸纸下笔龙蛇惊。为言此幅何足有，但留异日相思情。嗟我含情情转恻，叹君思归归亦客。有子真如犀角儿，无家空想罗含宅。呜呼！男儿落拓走天涯，何处藏身何处家？但得贤豪营墓地，道路闻风犹咨嗟。君不见刘伶荷锸随杜康，又不见梁鸿穿冢要离傍。

## 挽吴乐山

其　一

文酒追欢久擅名，漫虚讲席待元卿。馆宾惭践生前诺，邻笛愁增别后情。
一饭可能忘地主？九原应更惜狂生。年来绛帐调琴曲，总为相思作变声。

其　二

思君飞鹏岁将遒，值我黄杨厄未周。咫尺人天难一面，寻常肃蔼易三秋。
愁萦风雪悲凄紧，梦绕山河怅阻修。闲倚阑干待明月，相期野鹤在楼头。

## 亡弟履之四十冥诞诗以遣之

佯欢忍泪作生辰，卮酒空浇地下人。华表曾归千岁鹤，黄泉难续八千春。
凄凉荆树阶前悴，冷落冰桃几上陈。儿辈联翩竞拜祝，娇痴犹索彩衣新。

## 题扇赠兰岑

旁人都道青莲死，只我还疑李白生。却忆去年浑是梦，忽逢此地倍相惊。
秦淮潮长添新恨，楚水烟高话别情。寄语袁江老词客，莫教凝望石头城。

## 古　井

汲径苔封梗废园，尧民遗迹说山村。沉埋宝镜无精气，零落胭脂有旧痕。

修绠磨穿阑石在，枯藤斜拗辘轳存。此间合住神仙宅，余泽还宜寿子孙。

### 古　鼎

祥金瑞玉重摩挲，洛邑汾阴历岁多。加璧曾先吴寿梦，铭功犹见汉萧何。
浮沉宝气归淮泗，出没神灵属尉佗。三足莫惊铭字简，龙文炳焕久赓歌。

### 古　琴

鞠通啮后尚余痕，字识伊王待细论。焦尾曾经留爨灶，全身原未入王门。
广陵清散凭谁受，祝牧遗音为尔存。若过龙门寻旧侣，高枝百尺总桐孙。

### 古　镜

凤舞龙盘旧入神，绣奁朱匣暗生尘。携归金井知何日？开老菱花不计春。
知己尚余秦代月，同心唯许汉宫人。寿光岂止千年寿，白发看来几世新。

## 王　瑄

王瑄，字谓六，清淮安府清河县人。嘉庆戊寅(1818)诸生，道光间尝居山阳县。

### 田　家

早起带明星，已见叱犊人。平畴来和风，万动息未振。积雨一以霁，鸠妇鸣嬉晨。自非旷达怀，安契羲皇民。我生秉微尚，陶然全性真。兹趣庸独领，漉酒呼比邻。

王锡祺案：再从堂伯谓六公与叔祖月圃公同补汤案博士弟子，今居浦上，嗣息幼稚，故遗稿不可多得。

## 王　珏

王珏，字两峰，清淮安府清河县人，世居山阳。道光间增贡生，候选布政司理问。王锡祺再从堂伯。

### 壬子岁暮哭达夫兄

其　一

庭闱伤早逝，兄弟苦无依。旧业收余烬，荒祠怅落晖。
应门豪仆去，厚禄故人稀。回首髫年事，伤心涕泪挥。

原注：兄年十二，珏甫八岁。迭遭大故，家产荡然。徐家湖宗祠久圮。

其　二

扬子谈经处，南园四座春。诗书延世泽，矩矱守先民。

苦被妻孥累，难将翰墨亲。门庭重缔造，花草亦精神。

原注：杨香谷夫子教于存质书塾。

其　三

求田新负郭，暇日课桑麻。广厦承堂构，丰年足室家。

晴窗临晋帖，雪屋供唐花。乐事天伦叙，闺门静不哗。

原注：始购大兴、二窑两庄。

其　四

有子承家学，今叨拔萃科。名师勤砥砺，益友得磋磨。

烟雨江南历，风尘冀北多。文章期报国，壮志莫蹉跎。

其　五

五十头先白，惭无事业成。膏肓婴痼疾，手足怅离情。

月冷孤雏泪，霜高一雁征。片言慰泉壤，吾不负平生。

原注：誓不分爨。

## 陈嘉干

陈嘉干，字芷庭，陈樟子，清淮安府清河县人，寓居山阳。道光七年(1827)诸生。议叙浙江候补道。

### 庚申二月朔袁江纪事二十韵

鸺鹠屋上叫，簧管筵前吹。人生行乐耳，浩劫胡足悲。可怜公路浦，濒危无人知。输纳及负贩，搜刮穷民脂。廛捐、亩捐、湖滩捐、市房捐。侥幸贪天功，荐剡搜刮嬉。军兴，保举太滥。火急军书至，日色冷牙旗。长官遽出走，转徙连旌倪。豢养剩羸卒，亦莫知所之。遂令贼大索，犷骑通衢驰。淮水赤复赤，流血饱蛟螭。妇女投运河死者甚众。鳞鳞万瓦屋，一炬靡孑遗。贪狼恣属餍，邗上来援师。群丑鸟兽散，大府归迟迟。乘间莠民起，享用过平时。乱民复虏余资。大军接踪至，抢攘富行辎。长堤数十里，凄绝无晨炊。河漕盐驿废，何以答帝咨？梦醒欢场酒，沧桑易变移。东南天一角，弧矢星方熹。

按：纪咸丰十年(1860)二月，捻军攻克清江浦史事。

注：事发前三日，河、漕两帅及淮关监督张宴演剧。

## 吴 樌

吴樌(1798~1880),字琴南,清淮安府清河渔沟镇(今属淮阴区)人。道光七年诸生,屡应乡试不售。维护临川书院、续修宗祠甚力。

### 题竹溪先生画扇

雪满空山绝点尘,梅花三百自成村。老人爱享清闲福,绕屋寒香不出门。

## 吴安谦

吴安谦(1800~1865),字益夫,号秋溪,清淮安府清河人。邑庠生,授馆为业。著《听雨草堂诗存》一卷。

### 杂 兴

其 一

松柏入城市,价不及桃李。生无媚世姿,安与众竞美。达人守其真,赏心空谷里。静极虚妙生,万事不到耳。行乐根性命,性命寄山水。悠悠天地间,几人悟至理。

其 二

凤凰游海滨,寥寥寡俦侣。繄岂无羽族,仙凡难杂处。翱翔千仞上,不见鸾鹤举。俯视蓬蒿中,燕雀集几许。同鸣鲜好音,志在得其所。物各以类聚,达哉先民语。

其 三

读书辨真伪,岂以论屈伸。小儒矜片长,盛气压群伦。沟浍小沧海,邱垤卑昆岷。昧者不自量,谁与指迷津？宣尼称至圣,不敢居智仁。尧舜独千古,渊衷逊臣邻。胡为蚩蚩辈,辄欲多上人？

### 梦 述

我家了无佳山水,梦行华岳数千里。飓风吹上万仞峰,峰峰白云生脚底。星辰璀璨系满头,眼前绰约皆仙子。俯视九州渺一邑,下方风雨今宵急。欲向诸天乞此居,对面金神不敢揖。缥缈古刹一声钟,忽下烟霞千万重。醒眼依然堕人世,山川历历可扪胸。

### 栖霞道中

云起山吞面,挥鞭不计程。路回僮屡失,驴缓蝶随行。
花鸟开诗境,功名抵俗情。夕阳悲画角,遥见帝王城。

## 九 日

无奈登高去，幽情付短吟。良辰一杯酒，浮世百年心。
黄粱西风远，白云秋意深。东篱有佳菊，今问几人寻？

## 晚秋漫兴

秋老寂寥中，回头往事空。寒云孤雁影，落叶满溪风。
置酒邀邻叟，裁诗教短僮。草堂幽兴足，端不问穷通。

## 渡 江

向午发扬子，天空两眼秋。老蛟眠日脚，高浪洗云头。
泼酒浇诗胆，呼山入小舟。浮生多浩荡，安稳羡沙鸥。

## 冬 望

莽莽风威劲，荒寒村舍分。兔悲三窟火，鸥茹一林荤。
晓雾湿残柳，夕阳烘冻云。所思隔远道，枫落又纷纷。

## 闲 居

三间老屋古槃阿，小雨松窗上薜萝。性懒何妨宾客少，身闲幸赖弟兄多。
书能引睡欹床读，诗可消忧击筑歌。独把渔竿出村落，绿杨溪畔试烟蓑。

## 晚 郊

秋雨平原夕照殷，天空地阔一身闲。鹏因鸥雀生残性，枫为经霜有醉颜。
沟水何时能到海，闲云终日不归山。苍茫远地愁无计，回首疏林月一弯。

## 自题《新秋听雨图》

酒伴诗僚散若烟，半生踪迹水云边。秋来几点芭蕉雨，触我离怀二十年。

## 小游仙

其 一

一入天门路渐通，有人相引住瑶宫。宴回长揖辞金母，更著青裙拜木公。

其 二

偶从东海阅芳菲，手植桑枝已十围。笑指蓬莱山下水，几时又见作尘飞。

其　三

忽闻上界拨弦声，王母旌旗过碧城。侍从云衣都一色，不知谁是董双成。

其　四

手把渔竿入乱峰，数杯云母梦惺忪。怀中偶探鱼书出，记得溪边放白龙。

其　五

白云深护洞天长，棋罢闲欹七宝床。却被侍儿轻唤醒，青粳饭熟劝先尝。

其　六

月明初按紫鸾笙，忽忆桃源费送迎。枉把胡麻劝尘客，原来刘阮不知情。

### 堤柳曲

其　一

绿荫浓处叫钩舟，陌上谁人起别愁。若个风情未销歇，和烟和雨染扬州。

其　二

十里春光锁翠微，黄金抛尽恨依稀。东风无力吹愁去，分付杨花作雪飞。

### 归　舟

秋风一棹别江城，多少闲情次第生。赢得随身诗几卷，万山影里数归程。

## 汪黎献

汪黎献，字舜臣，号拙存，清淮安府清河县人，世居山阳。汪椿孙。道光十八年(1838)诸生，咸丰九年(1859)举人。

### 题段笏林《淮人书目小传》

其　一

淮水钟灵气，流传纪籍纷。一方勤掌故，千载聚人文。
况仰先贤范，还留祖德芬。开编增景慕，盥露瓣香薰。

其　二

鲁鼓辞虽阙，商彝号自存。英年能励志，博物此为根。
行潦沧溟汇，培塿泰岱尊。胜兰知有属，勉矣壮吾门。

### 题李莘樵《煮茗谈诗图》

西湖小住称吟身，秀撷江南笔有神。千里烽烟归远棹，一瓯香雪聚诗人。
势盘独鹤踪原渺，骨细秋鹰律倍真。天使骚坛留领袖，不教历碌老风尘。

## 赠钟吾陈采山瑞芝

济时慷慨首频搔，审识元龙意气豪。自有丹心符史册，猥蒙青盼到儿曹。三生遭遇欣倾盖，百战功勋付佩刀。愧我青毡徒守拙，丹铅校对日劳劳。

# 吴以诚

吴以诚（1801—1855），字占音，清淮安府清河县人。岁贡生。幼敏慧，读书而外，琴弈书画，下及医卜之属，无不试习之，亦不欲精熟也。独好为诗，豪于饮，酒酣即歌，曼声如度曲。诗摹唐人，有所作辄自矜许。有《淮阴鹳鹤楼题壁》20首，为时所传诵，识者以为明七子不是过也。著有《古藤书屋诗存》。

## 射陵拜陆君实先生祠

神宗更新法，庆元严党锢。安石逮京章，讵睿一再误。金辽更代灭，阿难膺天顾。流离小朝廷，艰难嗟国步。堂堂枢密公，述作综庶务。正笏若治朝，从容讲章句。小儒疵迂阔，持论多乖互。称侄与称臣，何补兴亡数！既怀家国惭，再使彝伦斁。我来瞻遗像，怀古有余慕。峨峨兰亭山，哀哀冬青树。郁郁昭宗祠，悠悠朝阳渡。魂返清淮流，山河已非故。寂寞射陵湖，衣冠葬何处？

## 杂 兴

### 其 一

春风忽然来，吹我阶前草。自入静者怀，已觉生意好。大造日氤氲，阊阖声浩浩。既来不须臾，繁华乱晴昊。岂知繁霜节，摇落迹如扫。既随春风荣，自逐秋霜槁。勖哉古松心，劲节以为宝。

### 其 二

男儿重大义，气象笼万千。落日渡易水，天地为黯然。丈夫事雕虫，学成道亦偏。析糠登泰岱，凿秕济巨川。器小不适用，归耕南山田。

### 其 三

清晨出西郭，北望韩侯台。钓台自千古，韩侯不再来。功高讵为累，事合易生猜。一朝钟室变，千载有余哀。何须高鸟尽，恩义中道乖。

### 其 四

著衣贵适身，交友贵知心。旷世无其俦，千载有赏音。季布高古士，一诺千黄金。黄金有尽时，此情无古今。

## 登龙山

我来龙山看九龙，神龙见首不见尾。回飙吹落三峰雪，时觉清寒透石髓。土人取水酿新醅，落日须倾三百杯。试登绝顶望句越，七十二峰天际来。远烟漠漠生大泽，云影天光淡凝碧。忽然散作霞满天，返照入山湖水赤。第二泉边坐晚凉，龙团初瀹乳花香。池中金鲫应识我，廿年不到漪澜堂。溪光山色互明灭，画船箫鼓中宵发。唯有孤舟蓑笠翁，独立溪西待明月。

## 督护歌

甲申，南河始不筑御黄坝。秋七月，黄水进口。至冬十一月，遂决高堰，十三堡运道以梗。当事者不得已，有借黄济运之议，河口益以淤垫。舟从淖上行，千夫挽之，声震陵谷，为作《督护歌》。

火轮碾空湘水涸，赤鲤无神惨不跃。火符严急催渡黄，万斛龙骧沙上阁。千夫挽一船，呼声直上于九天。赤足流血何太苦，纵然鞭扑亦何补？后人趾接前人武，一唱《督护》泪如雨。去年决洪湖，千里化为鱼。今夏一雨辄弥月，光景不与去年殊。君不见黄河滚滚挟沙走，往往石水泥数斗。沧桑变幻弹指间，为谷为陵翻覆手。九河故道今已芜，抱薪救火非良图。青天转粟良可吁，吁嗟怨汝张大夫！

## 盐花生日歌

场下俗以六月六日为盐生日。戊申秋七月，予以游云台至板浦。因夏秋积潦，盐池半没水中，而商贩逼索不稍缓，东人困矣。为作歌而慰之。

陈椒浆，奠桂醑。吹芦笙，播鼗鼓。发齐讴，间楚舞。漾方池，莹膏乳。六月六日天气新，盐花生时日当午。坎居阴位离阳神，夫丁妇壬相媾婚。天魂地魄荡无垠，夏至一阴起天根。三伏炎炎日烁庚，丙辛再交质象成。味咸沉下水之情，色白廉厉金之形。如山如阜如冈陵，四时不害多休征。何意今夏水出井，与日同次幂阳景。甲子一雨六十日，盐池磊落杂蚊黾。火水未济阴疑阳，在天为霿，在地为洋。其于人也，为泄为痛为色荒。于物为殇。扫盐户，勿啼嘘。盈与虚，相乘除。日不汩于虞渊，海不变于桑田。鲁阳挥戈，落日回光。朝潮夕汐，地久天长。岁次己酉，闰在四月。老阳得令，其花九出。盐岭高于九岭山，明年更作盐生日。

## 洪泽筑高堰以障湖水本为敌黄济运而设五六月间黄河盛涨仍有倒灌之忧益增筑高堰下视淮扬如在井底辄抱杞人之忧感而有作

四十七闸相迤逦，重关叠隘三千里。遥遥卫白隔江淮，沂水东流势未已。黄河横绝不可渡，洪湖雪浪春空起。泱漭七十二山河，众壑争趋如小海。五月督护连樯走，浊浪倒压清河口。突骑凭陵势莫当，有似章邯怯项羽。更增壁垒束缚之，万杖鞚鞳渔阳鼓。俯视淮扬若建瓴，自天而下疾风雨。君不见甲申湖决十三堡，七邑村墟若电扫。今夏山水复暴涨，三河五坝皆惊扰。此河非水乃武库，长剑大戟森无数。地覆天翻一刹那，生死呼吸逃无路。吾君圣德能包容，敬天勤民亮天工。赏不待时罚不贳，治河亦与治军同。斯湖若坎在坤中，泾清渭浊交相通。万艘徐引洪涛风，河清海晏歌年丰。

## 古藤书屋菊花初开同人小集即事有作

木叶欲脱天微霜，墙阴促织吟清商。东篱秋菊有佳色，千花万蕊摇芬芳。傲骨羞同凡卉伍，我道魏徵饶媚妩。银碗盛雪未为奇，金凤衔珠差可取。云锦七襄向日舒，仙蝶五色当风舞。有似诗人穷益工，奇气胸中快一吐。浅水芦花蟹正肥，故人蟹酒抱琴来。此时怀抱为君开，小漕滴沥添深杯。把酒酹花花不语，催花更击花奴鼓。莫作阳城下蔡看，纵饶绚烂须眉古。众宾皆醉花独醒，飒飒西风催短景。更待明月倒金樽，携手凭阑看花影。

## 泊瓜步

海气迷瓜步，江声上广陵。残霞留伴月，孤舫爱携僧。
地僻人家古，年荒酒价腾。石帆山畔路，漠漠见渔灯。

## 进南邀同陈二信余蒋二升之家西池兄信宿草堂携余诗册而去赋诗奉赠

其　一

竹短不藏屋，楼高时驻云。主人原不俗，佳客总能文。
共醉乌程酒，分题白练裙。不知凉月上，歌啸夜深闻。

其　二

远公栖隐处，回首青枫林。一别忽如雨，百年同此心。
钟声上方歇，幢影碧潭深。欲说华严劫，云房向晚阴。

## 四月八日夜箖箊山馆东斋与升之共话

无端庭际树，四月作秋声。永夜惊风雨，连床话死生。
共悲姜被冷，相对旅怀倾。莫更嗟身世，残灯不忍明。

## 刘伶台

随身一锸万缘空，人去台荒狐兔丛。树色溶溶淮浦月，水田漠漠稻花风。
先生酒德羲皇上，两晋风流曲蘖中。莫说灵均原独醒，由来沉饮此心同。

## 泊秦邮

百雉崇墉水际浮，白蘋红蓼迥添愁。女墙自上沙鸥宿，乔木平看画鹢流。野哭万家漂似梗，渔歌一县冷于秋。稻粱岁歉鱼虾贱，蒿目江淮涕未收。

## 旅次感兴

浪迹天涯问狗屠，腰间一剑绣模糊。黄金散尽家仍在，白发添来计更疏。文字因缘磁引铁，世情机械虎为狐。一杯但酹要离冢，断臂成名亦丈夫。

## 春日有怀

江南犹是旧芳菲，薄醉心惊景物非。三楚暮楼人独立，六朝芳草燕初飞。苍茫云树迷归鸟，迢递关山怅夕晖。记得石城挥泪别，桂花时节雨霏霏。

## 书于忠肃公传后

建炎全局输南渡，辛苦何人问两宫。岂谓国家缘再造，翻因影响戮孤忠。风霾莫洗沉冤魄，徐石犹争复辟功。毕竟上皇无恙在，鄂王遗恨更无穷。

## 金　陵

已报王师下楚州，南朝天子自无愁。宫中狎客新词进，江上孤臣老泪流。歌舞飘零红豆梦，烟花历乱白门秋。那堪六代兴亡恨，并作涛声撼石头。

## 清河口观漕船渡黄感而有作

不到黄淮交汇处，谁知今日治河难！西来九曲昆仑远，东下三洲渤澥宽。石壁嶙峋翻急浪，金堤迢递走狂澜。西风落日添惆怅，半壁淮扬足底看。

## 杨　庄

此地波澜汇百川，司农日费水衡钱。淮黄势合疑无地，卫白遥通直到天。总秸百蛮今甸服，丁男万户古屯田。炎曦五月军书急，叶叶风帆落日悬。

## 春日漫兴

其　一

袁公浦上使人愁，老子山头风打舟。碧石千寻翻急浪，黄河百道走平畴。虚传泾渭双流合，不见昆仑九派浮。输挽动关天下计，书生空抱杞人忧。

原注：时黄河开减坝。

其　二

千家野哭北邙尘，芳草青青不是春。客久渐能谙世故，年荒未忍说家贫。
穿墉鼠雀缘何事，得食豺狼亦易驯。寄语龚黄好作吏，萑苻都是太平民。

## 登云台山顶望海作

其　一

西望黄流一线来，朐峰东走抱云台。山河两戒区中合，日月双丸地底回。
日断晴云连泰岱，顶高元气接蓬莱。不须更觅安期枣，汉时秦楼已劫灰。

其　二

五指长沙划上游，尾闾千古尽东流。就中岛屿分诸国，此外山川更九州。
上界星辰当槛出，中峰楼阁入云浮。振衣直欲乘风去，浩荡乾坤不系舟。

## 燕子矶

飞来一岛势谽谺，万叠银涛走白沙。石脚插江经斧劈，松根缘壁作龙拏。
丰碑睿藻瞻飞凤，古木神祠叫暮鸦。试向上流回首望，水晶宫殿锁烟霞。

## 与友人论诗聊述所见

想入非非不可思，义兼比兴见微辞。云中鹄没雕先觉，笔底花开蝶已知。
却向风骚穷正变，可能臭腐化神奇。金针好度何人度，自绣鸳鸯五色丝。

## 淮阴鹳鹤楼题壁

其　一

四十年来汗漫游，清淮依旧水东流。淡烟残月蒲葭巷，老木秋风鹳鹤楼。
胯下何人求国士，江间无路到升州。可怜十郡生灵骨，化作虫沙恨未休。

其　二

瓠子频年浪拍天，宣防几竭水衡钱。青徐浩荡龙蛇窟，贡赋艰难粳稻船。
海上盐枭凭吕固，淮阴烽火接甘泉。长城半壁犹堪恃，汉主深知汲黯贤。

其　三

倚天铜柱黯无光，峒户溪丁剧虎狼。绝徼华夷同覆载，承平歌舞失金汤。
藤江春涨元黄血，桂岭星驰赤白囊。皓首谈兵空许国，周郎今是老周郎。

其　四

上相临戎总六师，庙谟控制在湘西。隆虑未肯遮临贺，刘尚何堪溃武溪。
雾合洞庭新鬼哭，雁回衡岳阵云低。等闲坐失湖山险，从此中原厌鼓鼙。

其　五

武昌形势俯江东，铜鼓西来一苇通。炮火光沉牛渚月，帆樯阵卷马头风。
烟昏笛步催严鼓，水涨篱门断彩虹。从古台城天险地，纸鸢无力夕阳中。

其　六

金陵重镇拥貔貅，谁总戎机出上流。一夜西风沉铁锁，中原南顾缺金瓯。
矢无志士空呕血，巷战将军有断头。斗大一城磐石固，燃犀温峤在秦州。

原注：六合在陈、梁间为秦州。

其　七

乌衣第宅总蒿莱，歌舞秦淮付劫灰。流血涨添桃叶渡，叠骸高并雨花台。
伯仁空有哀时志，公续原非御侮才。误尽苍生还自误，模糊也道裹尸回。

其　八

苔榭笙歌尚广陵，和戎故智恃金缯。但期弱肉能驯虎，不信愁眸未化鹰。
白首元戎抛甲仗，青衿胄子泣刀绳。蜀冈梅岭行营地，欲赋芜城百感增。

其　九

奔逃骢马太仓皇，惭愧萧娘急就妆。日落银山无斥堠，潮通铁瓮有梯航。
那堪沪渎潜骄虏，又见东瓯煽海防。二百年来如电过，三经兵火哭流亡。

其　十

甲第通侯汉武安，亲提铁骑到江干。不闻河上征高克，旋见军中杀曲端。
诸将连营轻节制，生灵痛哭望王官。贼逃师溃空城在，血肉如山不忍看。

其十一

肥水孤城堞不完，中丞誓众此登坛。谢安望重人方倚，羊侃谋多力已殚。
饮血登陴朝望救，裹疮出战夜传餐。睢阳毅魄今犹在，肯把乌金铸贺兰。

其十二

谁知蕞尔瓜州口，抗拒王师已二年。本合江淮通卫白，争教贡赋阻幽燕。
养痈心腹无多地，沥髓公私有羡钱。寂寞石帆山畔路，中泠龙象化为烟。

其十三

不战安能奏凯歌，师劳饷匮待如何？箕头少府征求急，袒背游民市井多。
江左舟航通十郡，淮南锁钥控三河。荆扬财赋天储重，都付东溟万顷波。

其十四

惨淡修罗劫海风，忧劳累圣日方中。丰年眷自苍穹厚，报国心仍薄海同。
白面谈兵都踊跃，绿林奔命亦枭雄。指挥只在忠良将，谁奏平蛮第一功？

其十五

沅湘九水势澌腾，拜表中原泪满膺。幕府千官收楚望，楼船十道下巴陵。
云开鄂渚无边白，雪压匡庐最上层。独倚危樯看左蠡，一湖磷火乱渔灯。

其十六

从来楚境横天下，夏口荆门据上游。一自烽烟迷赤壁，尽教寇盗满黄州。

捷书近报收湖北，遗虏安能遁石头。寄语征南诸将帅，中流风利莫淹留。

其十七

朝阳门外甲成堆，共说韩公不世才。才佩虎符提剑出，忽惊蚁贼若林来。

身轻飞将从天降，电扫重围立马开。腰带骷髅还转战，将军夜入蔡州回。

其十八

迢遥楚尾与吴头，鼠窜狼贪势未休。涕泪频闻哀痛诏，安危谁共庙堂谋。

屡看虎旅从天下，何日星关喋血收。却忆龙兴诸将帅，索伦万骑定神州。

其十九

开国雄图起战争，木兰讲武上中京。南巡玉帛涂山会，北狩毡裘瀚海盟。

天上句陈犹宿卫，江间封豕敢纵横。累朝养士深恩重，自有风云际太平。

其二十

闻道戈船指建康，红单八棹自腾骧。势联楚皖通川饷，险扼江关绝盗粮。

岂有黄巾能割据，不堪赤子任流亡。伏波横海声名大，伫看飞书入建章。

## 感 事

无端沟水起波涛，风鹤惊心两鬓骚。已学汉阴甘守拙，谁知张俭在逋逃。

人情崄巇狐为虎，世局模糊李代桃。满地干戈满眼泪，书生空佩赫连刀。

原注：壬子冬十月，避难淮东；是岁癸丑春，贼陷镇江、扬州，淮北一带骚动。

## 秦淮雨中漫兴

其 一

秣陵秋老客重来，日日江头取醉回。忽忆故园风雨夜，伶俜黄菊几枝开。

其 二

深秋帘幕水云凉，酒熟吴姬劝客尝。醉里不知时节改，连朝风雨过重阳。

## 河上晚眺

西北云生雨脚悬，雷声只在夕阳边。归来倚杖看东井，一夜西风浪拍天。

## 渡六塘

一夕银河渐有霜，西风驴背觉微凉。芦花瑟瑟开如雪，残月光中渡六塘。

### 题李供奉七绝卷后

其　一

落日长沙万里情，醉邀明月吊湘灵。白云三万六千顷，时有飞仙落洞庭。

其　二

手把芙蓉朝玉京，五铢衣薄御风行。青冥碧落非人世，吹下龙吟鹤唳声。

### 题王龙标诗卷后

老向龙标万里行，少年诗句满江城。歌声未断肠先断，尽是阳关第四声。

### 与升之秦淮夜话时得铁夫厚村广南消息

其　一

几树垂杨敞绮楼，小庭明月近中秋。桐阴满地如流水，一夜相思到楚州。

其　二

共指春衫认酒痕，秦淮旧事剪灯论。不须更听繁霜曲，衰柳啼鸦已断魂。

其　三

岭海何人事浪游，金风玉笛晚生愁。明朝长板桥头水，更作沧江万里流。

### 菊

晚节高清孰与群，百花开尽吐清芬。傍人爱汝真唐突，唯有陶潜酷似君。

## 孔继鑅

孔继鑅(?～1860)，字宥函，曲阜至圣裔。自京师迁淮安府清河县。清道光丙申(1836)进士，用刑部主事。咸丰十年(1860)捻军攻克清江浦时被杀，赠太仆寺卿。著有《心向往斋集》。

### 吴鞠通布衣瑭

一真际百物，七十犹儿童。术粗道不曲，乃自婴其穷。
在腹有羲昊，抵掌无王公。燕蓟覆抔土，不返淮流东。

## 朱友三

朱友三，字觉崖，清淮安府清河县人。庠生。道光间寓居山阳。著有《觉涯诗存》。

## 关天培虎门靖难歌

中枢力主和，将军力主战。将军誓不与贼生，杀尽逆夷方随愿。权相用奸威如火，开门揖寇任寇掳。下显敌威上要君，到此方能和议妥。独有将军心似铁，奋身誓必将夷灭。先败奉章谢主恩，家书后与衰亲别。滚滚烽烟卷地衷，夷船报破虎门来。将军重向辕门哭，依旧中枢令不开。丹心报国早忘身，单骑戎装赴敌营。一朝忍陷杨无敌，万古人悲独不平。噫吁嚱！将军一死重泰山，大节凛凛天地间。泉下若逢岳少保，定当把臂笑开颜。

## 落　叶

叶叶秋声唤奈何，底因飘泊到关河。魂销旅馆霜乌噪，影落寒江塞雁过。
古道马嘶哀草遍，长亭酒醉暮云多。天涯莫漫悲萧瑟，有数凭栏唱晚歌。

## 淮阴乱

同治纪元正月半，贼氛猖獗淮阴乱。满地哀号尽哭声，负女抱男各逃窜。

# 吴昆田

吴昆田(1808～1882)，原名大田，改昆田，字云圃，号稼轩，清淮安府清河县大兴庄人。道光十四年(1834)举人，历官中书舍人、刑部河南司员外郎，因赈灾有功，加三品封典。性敦厚，不妄言笑。读书为文好深沉之思，不斤斤于文词章句。比壮，从同郡潘德舆游，同试礼部，出处必偕，尽交当时贤豪长者。所为诗多关当世之故。晚年主讲崇实书院、奎文书院，著有《漱六山房集》。《清史稿》有传。

## 除夕书感

孝道无尽时，人子终其身。胡为三年改，志行遂忘亲。岁莫展遗像，仰瞻我二人。慈颜尚平日，忽若生怒嗔。家范孰毁败，嘻嘻吝成真。有子而不教，迫之及漂沦。门祚祸方始，遑言忧贱贫。稽首默自省，万死为鲜明。

## 试　笔

侵晨风色冷，亭午日光妍。春至宜融泄，村居得静便。晴来檐雀噪，寒滞谷莺迁。水毁非犹昔，金穰再卜年。壁全堕旧垒，渠已浚新田。豺虎边关地，蛟虬海国天。中原休战甲，下邑动歌弦。天下无吾事，迂儒但一编。

## 寄怀润臣

天地遭迴际，风云惨淡余。白衣盈魏阙，乌帽集公车。内院勤承直，招提静索居。破尘每投辖，立雪溯遗书。老宿纷凋落，斯文共叹嘘。春风狂酒国，短梦醒华胥。贱子乖藏拙，清门仰令誉。栋梁方有待，侧伫想星庐。

## 励志诗

圣人重闻道，朝闻夕可死。不闻亦不死，罔生幸免耳。四十而五十，见恶终也已。回念母之年，一惧复一喜。远游若有方，或异怀居士。九仞与一篑，吾进亦吾止。昼夜期不舍，鉴此川流水。

## 寄怀通甫

望君君不来，愁眼明深杯。烽烟逼淮楚，恐君为行旅。君来风雨亲，不来桑梓存。得君书一纸，一次归闾里。如亲挥翰时，慷慨张须眉。乱离莫轻说，金瓯未有缺。指日清妖氛，关塞乐行人。与君重并马，醉倒金台下。

## 清明日出游

京华阅四纪，三见春光新。轻风扇佳节，信步行郊原。荒冢望累累，安识谁氏坟。亦有祭扫人，哭声干青云。对此忆先垄，泪下如流泉。回首见祠宇，履舄何骈田。庄肃杂欢笑，福利倚明神。城隍本古社，祀典所宜虔。诬以司鬼箓，祈请滋愚昏。惊飙忽然至，卷地起沙尘。急归闭门坐，旅思增烦冤。悲来不可遏，寂寂孤芳辰。

## 得通甫去年九月书赋寄

九月一纸书，到眼于孟陬。烽烟满天地，幸不同沉浮。开函动光采，识伟论亦遒。景略扪虱谈，子房借箸筹。天关隔虎豹，奇士长林邱。今皇御极日，郅治侔殷周。即或弃珠崖，岂必残金瓯。谁使涓涓溜，成此沧海流。九幽起鬼魅，腾沸惊神州。坐见桑麻野，荆棘生戈矛。将帅拥节钺，假手偿恩仇。畏葸成静镇，决裂仍优柔。帑藏日以竭，盗贼无时休。告捷不足喜，挠败谁为忧。空劳宵旰心，民命向天求。古之行师者，拙速无逗遛。因循致痈溃，鸡鹜皆鸺鹠。此意郁旅抱，如物长在喉。得子一发摅，使我心疾瘳。嗟我不自审，四载违松楸。庭闱缺甘旨，燕翼愧贻谋。旧学坐荒废，日月驰双辀。子言启聋聩，梦醒增离愁。院竹翠徒茂，园花红自稠。尘埃久羁绁，花竹为人羞。公孙朝牧豕，宁戚夜饭牛。当时苟不出，岂不空千秋。珍重缄此词，南望心悠悠。

## 宿雨新晴汪南金兰甫大令约同海秋游大明湖晚饮酒肆

暂息车马劳，言就林泉美。泉流七十二，汇为明湖水。宿雨得朝晴，瑶楫欣然理。初日在垂杨，微风出新苇。崔巍历下亭，海岳蕴洲沚。玉佩怀往哲，素心获二子。啜茗对清流，毛发鉴如洗。不有幽旷临，焉识风尘悔。望望汇泉寺，绀碧辉中流。弭棹及徐步，庭院亦何幽。仄径得小阁，蹬道缘崇邱。华不横北戒，历山当南楼。客怀一浩荡，相与为冥搜。苔阶没屐齿，薜荔满墙头。邃室错昏昼，小坐疑残秋。风轩自开豁，笛韵来渔舟。登舟向城北，泛泛孤鸥轻。依城巧结构，高阁凌嶒嵘。骋步尽阶级，升堂中屏营。神象瞻肃穆，鬼物骇狰狞。画壁出飞动，洲岛趋仙灵。门前展清眺，山色争逢迎。俯首见城邑，棋布何分明。始悟东山上，小鲁圣人情。返棹寻北渚，水木远明瑟。中有古贤祠，云是尚书铁。庭前百拜肃，谡谡松风发。想当守城时，万夫气莫夺。临水结亭榭，清泉表劲节。墙柳摇深青，池荷漾新碧。坐见城南山，淡浓各可悦。相对憺无言，蝉鸣自幽咽。菰蒲上人影，凉风送归棹。携手鹊华桥，山容烂夕照。汪侯有美酒，失意为吟啸。许浑气静穆，诗情极腾踔。奇论互阐发，一镫吐光耀。鸾鹤翔云霄，焉知斥鷃笑。烽火瞻南天，归心屡颠倒。安得乞湖堧，烟波共垂钓。

## 与海秋同游趵突泉

昔闻古泺水，泉涌如车轮。今来历城下，震荡惊心魂。坼地亦何怒，出山胡未浑。猛虎卧深谷，风啸石骨分。老蛟潜幽壑，气吐云影昏。涛飞久不息，海立岂非真。簇簇放成阵，细细散为沦。浸淫穴万亿，一一珠玑匀。高华耸楼阁，葱郁森松筠。谓兹奇境辟，瑶岛来仙人。那知富媪德，蓄泄固有神。微窍鼓雪浪，海岱藏灵源。即此悟大化，动静原互根。吾生浮汎泚，大水迷涯津。中涂驻归驾，泉石聊相亲。凭栏偶人梦，炊黍经千春。萍泛不可系，行复扬征尘。输彼澄潭鹤，清洁闲其身。

## 喜雪十六韵

三年无腊雪，一夜布祥霙。狂喜冲寒起，清光破晓争。林鸦增瑟缩，檐雀寂飞鸣。乍作翩翩舞，还看细细倾。梅花输六出，柳絮脱千茎。压竹低垂势，敲窗急送声。侵辰方历乱，亭午尚纵横。雨紧搀如沃，风和续不成。积难期待伴，消恰验羞明。泽尺当冬暮，宵分答漏更。肯教螽有孽，本与谷为精。天蓄同云意，人余集霰情。定占三白见，好慰万家耕。鹅鹳军中陈，鲲鲸水上兵。练辉吴士甲，戈指蔡州城。凯捷先春报，书年大瑞呈。

## 松寥阁夜望

悬崖立高阁，万里洪涛奔。江风动我帷，百虑无一存。夜起弄明月，远色开林昏。吾身若鸿鹄，云海孤腾骞。尘浊既不见，古哲可晤言。寺钟落何处，松影长在轩。徘徊生微凉,鸡唱荒江村。

## 纪　梦

驱车出我里,周道方倭迟。半涂怅阻绝,舍车行委蛇。忽然入广厦,碧树交阶墀。转转得湫隘,荒秽不可治。就中一仄径,仰首山嵚巇。沿缘升其顶,怪石愁伏狮。下视浊浪高,风帆莽东驰。北流界一线,水色清涟漪。号呴出水底,入耳心惊疑。旁有二士语,落漈固如斯。深渊万万丈,一羽沉若遗。堕落果何代,终古声在兹。闻之增叹惋,却立神为疲。打窗夜雨急,蛩响徒伤悲。

## 七绝四首

润臣招同绣山至什刹海看荷,小饮于茶社。午后,由东而南至金鳌玉虹桥上看荷花。桥又名御河,又名金海河,则太液池也。桥东为承光殿,围以圆城,设以睥睨,中有金殿,穹窿如盖,俗呼团殿。桥西牌楼下小立片时,波光人影,浑忘身在缁尘十丈中矣。复登车还至绣山邸中,啖西瓜、荷花饮、藿香茶、绿豆汤而散,时绣山将归曲阜,得七绝四首。

其　一

树覆虚檐水映轩,荷香冉冉入清尊。凉风吹酒不成醉,博得尘襟一解烦。

其　二

池水流从太液深,白鸥三五任浮沉。笑他禁院依栖惯,忘却江湖万里心。

其　三

云中宫阙烂金银,玉虹桥头暂息轮。日丽风香瀛海路,那知世外有烟尘。

其　四

问奇车复过韩斋,老树阴浓绿满阶。雪碗浮瓜空却暑,本无热恼到胸怀。

## 莒丞同年出其五十感怀诗见示通而益穷歌以当慨回环三复怅触五中漫赋二十韵答之巴人之曲不成报章平子之愁将毋同志

头白江淮客,相逢忽帝阍。藏书未墙壁,流血已乾坤。旧是同巢燕,新为禁籞鹓。诗成余怆恻,悲动在腾骞。簪盍大贤宇,居依通德门。竹疏时日漏,槐老有风奔。买菊晴窗晚,持螯画烛昏。聊堪娱酒国,不敢问家园。弧矢天威震,旌麾地望尊。频闻鱼入釜,岂有鹤乘轩。典籍君探宿,文章海溯源。年华千感集,事业一经存。玉笈窥中秘,金莲出圣恩。经纶知蚤裕,词赋莫能论。我本田闲老,时惊海曲魂。浦云烽燧逼,湖树垒营屯。卅载公车困,三年血泪吞。浮沉郎署直,澒洞路尘喧。驽马空嘶枥,羝羊自触藩。清平应不远,种菜返烟村。

## 答杨汀鹭

杨侯文章伯,思力爱清苦。师法在安吴,雄奇入高古。独立人海中,凌霄一毛羽。三爵洒颜酡,感时膺为抚。忠诚结肝鬲,激烈动眉宇。纷纷婞婣徒,贱弃苦尘上。四海方多艰,此才足支拄。敛退蓄其芒,留作长柯斧。

## 同伯华润臣绣山叔起青士颂臣游白云寺归过天宁寺

其 一

旭日西郊爽,相携兴不孤。仙居仍壮丽,云气久模糊。

止杀功明白,烧金事有无。可怜诸女伴,粉黛汗愁污。

其 二

石塔前郊影,归车趁夕阳。不堪随狎洽,于此得清凉。

驯鹿如相识,残梅尚有香。高冈足凭眺,山色送苍茫。

## 送仲宣漕帅移节吴门

驻军甘罗城,建节泰伯国。借材资寇准,分陕倚召奭。飒飒洞庭东,峨峨阊门北。台下走麋鹿,溪边长荆棘。当时盛歌舞,一朝成荡析。豺虎奋爪牙,绮罗无颜色。将军天上来,贼首日中得。孑遗出水火,胁从贷斩馘。旌旗虽变换,金宝尚充塞。未获定余喘,复闻竞华饰。创痏满郊垧,骸骨填沟洫。天子信公仁,俾可吾民息。天子信公俭,庶几旧章革。倒流况海水,罢氓绌地力。天储急粳稻,内府殷蚕织。惟马不可极,惟民不可剧。井渫苟不食,大贤所心恻。昨者淮浦春,突来宿州贼。千里横戈矛,三年艰稼穑。公移彭城军,大降江淮福。仝息烽燧黄,一拨云雾黑。冉冉万户春,青青四郊麦。我归自日下,焚巢困垂翼。怀土愁旅人,择木阅邻德。隐愧沮溺贤,揖慕长孺直。嗟彼爱戴人,送行涕沾轼。岂识持节旄,原不隔疆域。画艎照城隅,朱旗明岸侧。冬日长暄妍,淮流自渊默。赠言戒泛滥,劳谦万民服。

## 雨二首

宿州寇平,归田小憩。入春雷雪为灾。恒雨之后,继以恒旸,麦苗大损,而寇警复闻。仲仙节帅适奉两粤总制之命,因寇警疏辞,人心大安,寇亦不一旬而退,退即得雨,槁苗为苏三日又雨,遂以沾足。为诗纪之,时同治四年夏四月也。

其 一

初春盛雷雪,伏处怀杞忧。阴凝寒既久,阳骄旱亦修。阴阳各偏倚,萧索嗟田畴。其时贼尚远,蹂躏乎中州。三月确山战,一败成乱流。齐鲁大冲突,河岳为悲愁。官军蹑其迹,华不盖三周。东欲穷海岛,南忽走厚邱。四鄙各入保,掠野无所求。夜夜惟纵火,光照西南楼。黄沙黯白日，炎飙惨不休。矢注未及殪，脱兔杳悠悠。邦人何侥幸，靳此豺虎投。风恬雨泽润，坐看氛祲收。

其　二

前雨洒已匀，今雨织尤密。不肯伤卒暴，恐令生意失。麦秀态轻盈，鸟鸣声流逸。为问苍昊仁，转移何捷疾。大府抱忠诚，潜孚理可必。疮痍旧未平，节钺新何恤。唯闻贼十万，四酋合而一。假息为游魂，知终膏斧质。齐心肆毒害，枭獍成胶漆。招降散其党，渠魁歼指日。顿使烟尘清，安容魑魅匿。洗兵得天雨，丰年书史笔。即看四海康，岂独一方谧。灌园长自安，何须叹漆室。

## 赠子上

瓦缶争雷鸣，钟吕不言亵。鞶帨竞绣文，龙卷自上列。之子超世英，俗味淄渑别。趋庭在蜀道，婉娈轻嵽嵲。浩浩岷江流，皎皎峨嵋雪。经史甘枕藉，山水供饕餮。归来痛风木，梦裹鹃啼血。白头老弟子，垂翼情惨切。爱子直谅姿，多闻尤卓绝。有时肺腑倾，不肯施键闭。相依逾五年，相砺只一彻。即今我言归，通词长笔舌。每月必过从，谈谐恣饮啜。砌梅月清澈，篱竹风栗烈。保此岁寒心，千秋存亮节。

## 除夕书怀

六十有三年，思量无一可。少小事文字，辄与时相左。壮年走燕蓟，诗酒但磊砢。资郎不可为，归来马驶骁。哭弟泪未收，室庐灰贼火。转侧淮海闲，飘蓬亦可瘅。乾坤忽清夷，还家息尾琐。摊书复几案，周旋我兴我。区区炳烛明，所恃在不惰。去华而存实，学易师木果。

## 寿黄筱艾六十

与君三十载，交道无隆替。险阻既屡更，坦夷得深契。卓荦壮盛年，摇笔富清制。秋林千树枝，失此玉山桂。雕虫陋小夫，功名在干济。黄流不东归，昏垫苦积岁。驱车入大梁，瓠子楗石闭。淮河复合流，强弱异形势。挟策淮南来，庶其振凋敝。高馆淮水头，河渠固家世。渊鱼不可察，综核奈微细。悠悠逐队人，得不害精锐。毁誉无足言，长途已牵掣。岂知廉干姿，宅心固和惠。簪组虽华胄，封殖非素计。亲族赡饥疲，孤寒拔沉滞。所以处颠连，饔食时不继。狂寇昔纵横，元戎方梦呓。战书不开封，激论欲裂眦。宝剑腰空悬，鹓鸾羽为铩。大府旌旆扬，缱绻敦姻谊。介节自孤高，独行何坿丽。昨枉书言学，叹悔年光逝。要知学在人，炳烛明谁蔽。走也困思勉，顽石资磨砺。方舟海上来，中流行溿溿。收帆城西隅，名园剃荒翳。皓月满中庭，罡星掩其嘒。览揆值芳辰，天青豁澄霁。曼衍出鱼龙，绚烂辉云霓。行乐虽常情，金兰亦以缔。出处无固执，深浅别厉揭。君本铁岭人，匏瓜此焉系。且停燕市轮，共食山阳穄。轩榴照舞筵，池荷动襟袂。作诗修古欢，谀颂删俗例。

## 题《伏生授经图》

嬴氏绝天纪，圣学悲迷茫。伟允秦博士，岿然鲁灵光。会逢汉鼎建，得出孔壁藏。二十九篇在，日月星争芒。教授于齐鲁，张生及欧阳。晁错乃后至，问年已耄荒。传经恃女子，诘屈苦不详。山东大师胜，公车息雷硠。惜哉女氏哲，孙子羞太常。百两简后续，因兹为滥觞。路子世经学，积石导洋洋。视我授经图，衰老增凄凉。算亥吾志怠，拜庚子意长。他日杭一苇，升了苇西堂。展图肃登降，一瓣然心香。仰瞻烛龙曜，云雾清八方。

## 纪　蝗

岁从柔兆纪，困敦有灾伤。阳亢斯成旱，虫妖遂致蝗。螟螟名别种，腹背字为王。沂沭蒿莱尽，淮徐稼穑痒。东来遵海澨，南去截江乡。螽举遮云日，蝝生满界疆。厚方铢寸积，多欲斗筲量。槁秆余梁秫，蜎蠕上屋墙。三农悲孰诉，八蜡祷空忙。畀漫资炎火，浇难恃热汤。贪苛谁乐召，饥馑只愁当。冠盗将乘起，干戈未许藏。萑苻虽异类，蟊贼实同方。天意何由测，人谋要贵臧。

## 纪　袄

袄异由人兴，其教曰白莲。翦楮为刀兵，飞空下中人。在昔构祸乱，齐鲁湘鄂间。威弧一控弦，莱田锄草菅。事经六十载，狐火奚其然。戏剧似作俑，寸纸形神全。或如虎傅翼，或如蝶化身。或着肌如黥，或截发如髡。金鸣掩夜柝，键下忘夕飧。相惊至伯有，好怪衍石言。束缚投令长，众怒极惔焚。令长视谔眙，谓宜穷根源。傅习必有主，窟宅九龙山。荒杳弃闽粤，险峻愁猱猿。业精面石壁，类聚得萑蕃。往者津门役，尤乃同奸顽。童幼裂肢体，瓶盎储心肝。又云有符祝，百步摄生魂。谲诡出万喙，变幻非一端。栱桎待研鞠，定谳须岁年。大府赫威断，诛斩绝纷纭。雷霆一振奋，鬼魅群崩奔。淮月万家梦，清钟宵静便。乃知斧钺吝，九土徒扬尘。犹胜治萑苻，难尽秋草删。

## 题梦兰《经训灾畲图》

田事别灾畲，起一岁二岁。经训在坟典，传千世万世。治田急沟塍，治经重根柢。畔越谨其思，仁熟精其诣。义种而礼耕，天下占利济。池阳名太守，文章有深契。簪缨虽世德，枕葄惟经艺。虎符抟手时，蠹简潜心际。饷遗到不才，秉遗与穗滞。耆宿写为图，书堂面井畷。冉冉云树阴，朗朗风月霁。上以绍清芬，下以开贤裔。不殖怀忧惭，因君得磨砺。俛勉一披图，耘耔期把袂。

## 纪　旱

不雨四十日，中田成焦枯。飞蝗起东海，西与浮云俱。蝝生遂遍野，何计能驱除。大府急民瘼，祷祀丹诚输。斯牲非有爱，时政首禁屠。火云当空爇，徒步不敢趋。昔为麦祈实，立见甘霖敷。今已二旬历，灵应岂忽无。沛然先四境，城市靳斯须。坐待沟浍溢，遗孽为虾鱼。嘉禾庆再生，有年仍可书。顾念燕齐洛，赤地其何如。

## 和韵生五古步鲁川韵

其　一

黄河天上来，入海过积石。我家东海头，与河近咫尺。河去贼乃来，血化春草碧。抱残二十秋，沧桑几今昔。

其　二

薇垣听钟漏，云司亲缧绁。溟海涌余腥，乾坤战流血。驱马右安门，燕市惨为别。仕宦何必成，剑首只一吷。

其　三

鲁连盛文藻，气张千人君。此时据坛席，桐院吾逢君。吴陵访旧侣，淮堧衣袂分。欻忽已廿载，履声蒿径闻。

其　四

天地一悲人，忧来况集猬。寒至肌生粟，热煎体欲痱。谗讥岂足道，粱肉辄无味。笑问素心人，桃源已得未。

其　五

始睽而终合，匪寇实为婚。辨难多龃龉，要来一是存。读书窥道要，星宿信手扪。一室蕴千古，得意亦忘言。

其　六

聚首足为乐，开怀尚何悲。君珍信有子，我爱亦有儿。犬羊不比质，虎豹非相皮。楹书真可付，雄文斯在兹。

其　七

弃纬惜穷嫠，不嫁愁老女。戚戚亦徒然，悠悠谁可语。古来豪杰人，眼中去何许。西极正倾侧，伟哉此劳苦。

其　八

太原昔俊人，临戎镇仓卒。谈艺息铿锵，持节逝忽忽。严公下峡舟，杜老看山笏。酒倒渴诗肠，泪洒封侯骨。

原注：鹤侪河督。

其 九

六年三万里,见面心神惊。衣尘牂柯郡,酒痕杭州城。白首有今咏,春明犹故情。五岳坚后游,行记吾共成。

其 十

尊罍集止乐,车笠盟如忘。过从无虚日,示我以周行。凄然忽赋别,去棹诗一囊。岁时记荆楚,鱼书驰武昌。

## 萧山傅鼎颐藕舲教习以三十初度七律八首见示赋赠

其 一

西陵好山水,灵秀实钟毓。傅子生其闲,天然得清淑。穆穆自渊深,浑浑无崖谷。曷来人海中,缁尘羞骋逐。云鹤万里心,区区非饮啄。静以养奇翼,夫岂伍群骛。

其 二

文章非悦世,道德足润身。春华与秋实,智者识其真。盛年富学业,六义救湮沦。壮怀郁慨慷,佳句纷璘彬。锤脱自出囊,剑化宜腾津。遇合会有时,慎重连成珍。

## 省三察使用赠黄缃云察使诗韵见赠次韵奉答

郁郁淮浦云,磊磊瀛洲客。持节靖海滨,建旃重藩伯。下邑久疮痍,惊波荡心魄。弭棹自澜安,用圭何币释。山泉百道清,稻花万顷白。要以系民依,焉知谢已责。狱折但片言,刑慎必五宅。刀锯止奸回,诗书培国脉。乾坤此清夷,山川尚凋索。叔度昨停舟,丹霞思振翮。贱子分枯槁,明公道烜赫。三人两我师,一日共行陌。达当奋肝胆,穷岂匿胸膈。精诚会合并,形骸任分隔。况公抚疲氓,异昔总临策。秋日登场禾,冬霜被野麦。千里嗟晋豫,四郊盈胔骼。寒至则思裘,暑至则思绤。德匪旦夕崇,善用铢寸积。樾荫幸获亲,林皋永投迹。

## 过露筋祠

南风散积阴,河冰自剥勒。粮艘急天仓,衔尾星拱北。在昔长沙公,祷冰开顷刻。峨峨露筋祠,楼阁飞鸟翼。清节长临湖,精忱永报国。岁晚驶归舟,吾亦荷神力。

## 四月二十一日作

行年忽忽七十一,有似惊飙送白日。二十初为钟阜游,蒋侯祠畔吟清秋。三十平原青丝辔,听唱琵琶不知醉。四十五十黄金台,琼琚玉佩辉尊罍。东华朝光未楼堞,西曹夕照长阶苔。一言不合长官意,长揖翩然归去来。归来重编旧图籍,柳庄竹屋自朝夕。霎时豺虎满郊原,一炬灰飞崇让宅。海边未暇息征鞍,檄书飞下招乡团。十年鼙鼓动天地,居然又作平成看。六十为农苦不早,恶岁焉能供一饱。祠宫小住托诸侯,等闲继晷焚膏油。晋豫灾荒那可问？闽粤风浪何堪忧。小园红药烂如锦，今日偏虚一杯饮。丰台花事盛春明，同时璀璨来朱樱。髭须白尽空回首，月色觚棱梦里清。

## 读醉歌叟六十自寿诗作

穷年不合苦兀兀，来就扬州二分月。扬州月色光复光，新诗一轴生寒芒。当日武林殄群丑，收瘗残骸积邱阜。带雪重栽孤山梅，临风更种苏堤柳。我昔相从烂漫游，钱塘江里泛轻舟。顿将医国绸缪意，并入当筵宛转喉。抛却西湖浑不管，金陵山顶云萧散。金陵亦是烽火余，好寄诗囊与酒碗。淮曲鲰生旧酒徒，泥饮笑问遭田夫。干戈不见已十载，世外有此清平无。六和金瓯整疆圉，断鳌四足为天柱。海晏信知可乘桴，天低谁道能倚杵。昨者客至从江东，为说先生气吐虹。先生有梦羲皇通，先生有句高岑工。安得走访白云中，一听浩歌激越吟清风？

## 寄乔鹤侪河帅

士生有道能甘穷，天下和乐歌熙丰。干戈创痏未苏息，又见浊浪掀长空。至人孤怀拯饥溺，狂澜只手障欲东。何乃汩陈生异议，坐使禹稷无成功。昔年一疏将帅易，盗贼遂获歼刀弓。焦头烂额尽居上，徙薪曲突谁明忠。走为部民值兵火，樾荫永言瞻郁葱。借寇未由达天听，十年契阔忧忡忡。异书莫借罄瓻酒，奇字欲问希邮筒。箧裹怕成干死蠹，草闲嗟作号寒虫。非礼不耻诸侯托，竟忘沟壑充祠宫。坐看黄流日南注，嗷嗷岂免成哀鸿。北望岧峣极嵩岳，春云暖暖生窿巃。圣俞安能舍永叔，杜甫只合依严公。

## 题尹杏农嵩云图用韩昌黎谒衡岳庙诗韵

嵩山作镇如上公，二室左右登封中。峻极近天尺有咫，五岳相峙兹其雄。气孚元漠贯幽显，云蒸春夏奇无穷。我友隆冬使节莅，雪花索莫飘随风。辅轩默祷出忠荩，精诚直与山灵通。郁郁缤纷化顷刻，千态万状盈晴空。昌黎昔日谒衡岳，石廪曾见堆祝融。琼州瑶岛自东海，陆地忽现蓬莱宫。彝难哭阍佛骨表，谏臣例落尘沙红。从知天心重正直，特将嘉贶明深衷。昔招不赴图今见，卧游何异亲微躬。鸣凤高冈应朝旭，富贵视久浮云同。拯饥劳瘁墓草宿，一腔热血悲长终。哲嗣此去西湖长，为霖亦负名山功。湖山云气自苍郁，娟娟月色开朦胧。凤凰山上观涛好，银涛雪涌来海东。

## 题通甫画松鹰

通甫画梅绝代姿，兴酣落笔何淋漓。通甫画鹰独矜慎，写上苍松益清俊。堕落尘土入市廛，阅历沧桑出灰烬。丁郎易来三百钱，寒光满纸生云烟。饥驱不作依人计，绝壑深岩忘岁年。悬之素壁风生阁，可笑惊飞徒燕雀。呜呼！纷纷燕雀胡尔为，不见豺虎中原无已时。

## 冰花词

千山万山艳寒雪，上有青霄一片月。月色盈盈十二楼，楼头玉女娇含愁。水仙一曲冰弦急，闺壑嫠鲛深夜泣。泪点零落珠子明，幻出奇花烛太清。魂幽魄冷亦何绮，碧海清天心不死。桃李春风只等闲，波澜不起古井水。

## 女儿酒

镜湖水色鸭头绿，人家酿酒如碧玉。红闺弱质闭轻盈，瓮头未启春含情。春日芳菲斗香曲，倾出珍珠量一斛。酌客须斟白玉卮，问名合起黄金屋。玉卮金屋两相宜，旖旎微看半醉时。莫教豪饮成唐突，夫婿金貂换得来。

## 桂　苑

桂苑秋风里，真仙下玉楼。花钿皷蜀马，锦缆系吴舟。
火枣神仙供，金丹福海求。曈昽初日晃，犹自唱鸡筹。

## 润臣以武昌城破有故里之悲作诗寄意以慰之

三载妖星老，孤城战血新。大家频减膳，元帅竟何人。
蹙蹙中原势，荒荒故里春。平安南海报，怅望莫沾巾。

## 冬至前一日忆弟

当室怜吾弟，飞鸣叹鹡鸰。母衰勤视膳，儿幼切传经。
禁院栖身愧，风声侧耳听。来朝家祭肃，凭汝告先灵。

## 答润臣

寒日荒荒下，惊沙瑟瑟飞。清尊聊共把，倦客合相依。
吾道有荣落，世情何是非。酒阑天宇净，踏月好来归。

## 偶　兴

晴光摇澹沱，佳节纪中和。芳树群生霭，轻尘欲起波。
农书唐代进，蚕市蜀中多。乐岁村居好，栖迟此涧阿。

## 题润臣《薇省集》

其　一

诗集三千首，薇垣十五年。深情寄空谷，雅韵动朱弦。

家国心忧悴，清闲意静便。慨慷那可说，聊以遣丹铅。

其 二

才大容磋跌，如君律最严。趣清梅上月，味永水中盐。
得句多禅院，留题遍市帘。闲吟吾易放，对此奉针砭。

其 三

沧溟氛正恶，衫袖泪频仍。秋燕违巢幕，冥鸿远弋矰。
有怀珍白璧，无意赋青蝇。读罢看晴雪，清光一气澄。

## 哭润臣

骨肉嗟沦丧，秋天惨欲霜。风清庭瑟瑟，灯黯夜荒荒。
鲤信来江国，蛩声咽竹廊。频将书往复，祇益泪淋浪。

## 苦雨一首柬金筱韵

苦雨滴无已，良朋期不来。一觞自斟酌，薄醉为徘徊。
世事原泡幻，吾生付劫灰。明朝倘晴霁，莫惜共衔杯。

## 挽琴溪诗三首

其 一

望断公车日，悲生楚水风。感时空抚髀，教子且从戎。
听角头颅白，传书燧火红。中原方盗贼，凄绝剑南翁。

其 二

垂翼焚巢鸟，悲鸣向夕阳。孔融原慷慨，张俭况流亡。
失意成羁旅，何人尚谤伤。累君为怨府，终恨未摧刚。

其 三

河上文中子，研经岁月劬。华朊非足累，谣诼不能无。
梁燕悲高馆，春云黯射湖。一杯谁与共，腹痛过黄垆。

## 送万还之归南昌

积雨春寒裹，晴开送汝行。章江千里莫，淮水一帆轻。
孝弟惟崇德，文章莫近名。交游慎胶漆，道学有戈兵。

## 对雨独酌感赋柬仲实

其 一

仲夏沉阴积，淫霖苦不休。风雷天尚怒，禾稼岁无秋。

蔬菜应堪种，来年孰待耰。为农吾所愿，艰食未知谋。

其　二

西北妖星见，云霾气不骄。慑威才朔虏，逆命敢黔苗。
蜃蛤将窥海，鱼龙欲避潮。万方惊上木，九陛彻箫韶。

其　三

何尝知国计，遑复念家声。雨急云容重，愁多酒力轻。
得书即胶漆，与尔为枯荣。两世敦交谊，千秋识此情。

## 雨　住

雨住河方涨，青郊不可求。遥天全浸水，沧海竟横流。
奸轨非今作，创痍本未瘳。江湖如可泛，吾欲具扁舟。

## 自扬返淮移舟避凌口占

夜深人语乱，水急下冰凌。击楫中流避，移舟曲岸凭。
寒声惊窸窣，奇气郁崚嶒。故纸钻无已，还来作冻蝇。

## 守　冻

四旬未知久，一日已愁淹。冻合朝增厚，风生夕倍尖。
朋欢夸户大，女别限城严。赖有清声夙，新诗句与拈。

## 舟　夜

月冻虹藏影，萧萧书画船。万家寒柝梦，十载息烽烟。
冰远云容涩，流清泽腹坚。灯前长剑倚，未信近衰年。

## 效杜工部人日两篇

元日到人日，未有不晴天。昨尚风威劲，今何霁色妍。
饥疲行易遣，疫疠染知捐。谷日明朝过，还占大有年。

## 赠孔海安往哈密

今日鞭真著，离尊泪共潸。行云逐淮水，残雪照天山。
小凤新腾翼，羁怀得解颜。请缨终慰意，好听唱刀镮。

## 除夕儿辈待饮示之以诗

岁把屠苏饯，殷勤醉不成。松然烟久聚，花放烛逾明。

垂涕陈先德，伤心说旧情。艰难堂构在，孝弟是家声。

## 枕上成诗

不寐生憎咽砌虫，似闻室外又惊风。怔忡久已心如疚，澒洞应知耳欲聋。
千里中原几旷土，卅年薄海未韬弓。我瞻蹙蹙将何骋，人事悠悠岂有终。

## 夜泊新丰镇

半世蹉跎逆水舟，今朝风逆更凌流。卷帆剞侧轻衣带，远岫凄凉入舵楼。
乱后旌旗非古戍，梦中花鸟是前游。京江美酒成孤负，村市荒荒夜月愁。

## 吊张忠武

顿兵何苦久坚城，电激雷奔万马倾。纵使元戎能大度，其如名将爱轻生。
睢阳力竭遗骸尽，郗鉴军残旧垒平。我到曲阿钦毅魄，桥流呜咽尚吞声。

## 舟泊嘉兴府城

江南风物美由拳，兵火遭来重黯然。流水城迴余灌莽，故人家破隔云天。
官仓初启人争赴，市屋方增地未迁。湖上楼台何处觅，澄波一碧淡寒烟。

## 雨中泊石门

一棹和烟到石门，极天寒雨到黄昏。乡心迢递稀闻雁，水面澄清好浴鸳。
城郭虽修非壮具，干戈甫定但荒村。岁阑萍泛缘何事，灯影疏疏欲断魂。

## 送颐伯赴任严州

我欲从君赋壮游，愧无风骨断羊裘。宵衣照耀山生色，铁马苍凉水咽流。
满地疮痍犹在眼，望云缥缈定回头。名区若个能消受，唯有清贫两字留。

## 宿泰山山下独酌

双轮碾出乱山中，苍翠迎来气独雄。未上焉知天下小，暂亲肯放酒杯空。
封经秦汉留遗迹，镇作青徐视上公。愁煞寒云轻出岫，万方霖雨望无穷。

## 孙饮生前辈以四十感怀诗见示赋此赠之

公孙四十栖东海，君独何为感岁华。兵气八公腾草木，军容七萃暗虫沙。
鸾凰引吭宁依树，豺虎交蹄却问家。莫更登楼向南望，空教诗思动悲笳。

## 公祭顾先生祠禊饮慈仁寺二首

其 一

先生韦布风千古，高会茱萸酒一尊。树老已非前代迹，云深犹覆旧时墩。杜陵忧国空诗句，王粲登楼尚旅魂。何似西山了无事，极天晴翠自朝昏。

其 二

驱车更向城西去，突兀当头塔影高。近市名花徒傲岸，无愁下曲漫放曹。风流聊复随裙屐，俯仰相怜有枯槔。古寺重过何寂寂，碧烟深处闭松涛。

## 感赋二首

牛李当年怨岂真，如何海上任烟尘。一朝严谴雷霆下，嗤点纷纷有路人。鱼水君臣卅载情，清风俭德古名卿。不栽松柏栽桃李，此意终教负圣明。

## 同人致祭顾先生祠遂游报国寺

其 一

昌平痛哭劫灰余，投老风尘尚著书。苦为当时陈利病，深忧末学兢空疏。儒林传合标前史，王者师堪载后车。一十九人瞻拜肃，荐来薇蕨是园蔬。

其 二

入门忽见松阴满，动我凄凉出世心。古殿尚余明代迹，浮生未识梵王音。壁闲飞舞诸天像，座上庄严布地金。等是云烟轻过眼，且看爽气送遥岑。

## 闻官军收复九江诸郡

城陵几下波流赤，烽火山头焰起黄。三载江声骄雾蜃，一朝星影落天狼。扬幡意气非徒壮，扫簭功名正未央。张角此时真破胆，下游会合莫徬徨。

## 明万历诰敕尾锦何青士得之厂肆乞同人题诗

其 一

赤霞不起黄云委，古香馥郁文萋斐。截断天孙石上机，濯残蜀国江头水。一行细字迹犹新，万历中年星是纪。鼎革何从问告身，琴亡尚自余焦尾。

其 二

其时四海困星轺，貂珰意气何雄豪。南海珠翠贡盈舶，东吴绮罗来连艘。荆湘水材竭山谷，豫章陶器空官窑。吁嗟尺锦亦民力，成都寒女疲手缫。

其 三

一自尚方宠殊锡，宝贵缄縢胜圭璧。得母太仓王元驭，或者长洲申汝默。

储副能扶可报君，苍黔已病谁医国。敕书褒美事成空，片幅飘零黯无色。

其　四

物换星移三百年，摩挲老物重凄然。烽烟满地方成劫，杼柚东南剧可怜。好古何郎情缱绻，珍逾十样得蛮笺。合将无限兴衰感，谱入新吟锦绣篇。

## 除夕封发家书三更入直

四载妖氛盼剪除，愁中佳节寄双鱼。资郎搔首空看剑，游子惊心怅绝裾。灯火峥嵘含乐岁，星辰掩映彻周庐。家家已办春醪献，共说明朝有捷书。

## 途次闻官军收复冯官屯时方旱得雨车中口号

捷报红旌驿骑忙，洗兵好雨致嘉祥。豺狼不复当前道，虮虱徒甘就沸汤。谁使江南成域外，可知河北有汾阳。诸君努力披肝胆，茅土何曾惜圣皇。

## 寄怀润臣都下

九衢流水走轻车，退食人归自著书。晴殿日阴移御仗，寒湖星影动周庐。襟怀岂弟愁中泽，诗句殷勤慰索居。寄语故人东海曲，疏梅冷月夜携锄。

原注：时京畿荒歉。

## 闻粤东事感忆润臣

祸起金缯悔莫追，到今剿抚两难施。入秦晋惠生弥辱，遇盗元衡死可悲。青紫隆隆成一跌，佞贤藉藉说三期。不堪我友天南望，白首高堂坠露危。

## 敏斋丈莅丞午桥同集斋中为月当头之饮敏斋丈先得七律二首依韵奉酬

其　一

璧月团团树上头，槐阴照减昔时稠。了无慧业前身证，剩有清光小院留。一片琼辉依魏阙，万家灯火静皇州。故园梅萼枝枝满，何日归休半亩谋。

其　二

帝城月色正相当，几处军营共此光。争把寒芒挥剑戟，好留清影照旗常。征人梦破关山远，战垒霜明草木荒。高馆良宵情话永，同看不厌酒千觞。

## 叔居以诗见示次韵

虚声殷浩昔横江，败走仓皇气尽降。大志一时空玩世，怒流十载尚奔泷。谈兵白面休麾尘，掠野黄巾正树幢。遗得孤城东道上，暂容羁客对晴窗。

## 元旦试笔仍前韵

任他陆海与潘江，酒虎诗龙未肯降。卅载名场争电影，百年流水去湍泷。
因缘休问三生石，色相谁参七宝幢。失旦寒鸡甘自伏，不知晴日满东窗。

## 寄怀海秋都中即用见怀原韵二首

其　一

燕云淮水接苍茫，木落风高动大荒。军垒四郊笳入夜，边声几点雁随阳。
文章事不关饥饱，游说书遑问短长。十载委蛇千日酒，一腔忠爱九回肠。

其　二

新居如水想门庭，到眼西山一片青。学邃翻因贫愈力，诗工岂为难初经。
觚棱梦远宵随月，邸舍寒深夜带星。惆怅江声鼙鼓急，未容鸥鹭返沙汀。

## 题江山刘泖生《古红梅阁图》

翩翩越国文章客，鬓发苍凉海上来。手把画图谈浩劫，眼看楼阁入飞灰。
乍临淮水醒尘梦，无复江城唱落梅。指日天兵即东下，戈船铁骑照苏台。

## 奉和吴漕帅《荷芳书院感事》诗仍叠随园原韵四首

其　一

披荆斩棘出林泉，炊爨重生万灶烟。零落池荷秋雨后，萧条岸柳晚风前。
沿堤城郭新成日，归国人民再造年。为问琴堂无恙否，废墙余烬一凄然。

其　二

珠履班中旧雁行，重来园卉散芬芳。千群貔虎威腾野，十部旌旗影上墙。
书檄夜传花月静，鼓鼙朝动竹风凉。笑看嘉树新阴外，别有黄葵向太阳。

其　三

补葺长廊就曲棂，秋光如画正盈庭。闲云依水连天白，丛桂留人特地青。
属吏櫜鞬花底散，野农耕凿树闲听。待他烽燧清平后，还得临波旧草亭。

其　四

屏逐鸮音雀返枝，君恩民瘼系怀思。功成报信三年最，兴到吟先九日期。
风唳凌霄原独回，鸡鸣失旦未妨迟。作宫作室能兴卫，更献南山乐只诗。

## 过宥函故宅

时艰何意失清才，帆落孤城晚角哀。但有诗编供脍炙，更无骸骨返蒿莱。
水云乡近仙源问，羊马墙新旅雁猜。长夜漫漫况风雨，鸡鸣遮莫苦相催。

## 庚申之乱庐舍焚毁为旅人者五年于兹矣今豺虎远迹思返故居始与粪锄理其荒秽作室尚有待也先种树数十株慨然成诗

种树归来万事轻，莫春宜雨复宜晴。门前垂柳长依水，墙角残灰旧过兵。
大府钟声云外远，小园鸟语日中清。吟风枝叶休相笑，不是人兼吏隐名。

## 寄酬苏州汪玉龄枚生观察七律二首

其　一

花鸟吴宫何处问，虎邱萧瑟剩烟岚。过江名士唯残籍，避地幽人自合簪。
饶有诗情传海曲，独将书法继河南。匆匆一棹淮干送，流水应羞千尺潭。

其　二

传来消息整归装，莼脍秋风又故乡。揽辔暂停医国手，开囊且试活人方。
绮罗旧梦溪头水，菡萏新痕塞上霜。门巷乌衣犹未改，不须惆怅说沧桑。

## 抵扬州访厉伯符先投以诗

廿年前共春明梦，今日相逢似梦中。绕郭绿杨无觅处，隔江丹嶂自樘空。
功名磊落纡持节，身世飘零叹转蓬。风雪一舟三百里，可能尊酒慰涂穷。

## 送吴仲宣尚书总制闽浙七律四章

其　一

三年借寇不言功，新命兼圻节钺雄。妇孺涕零悲作雨，旆旌尘起壮扬风。
艰难肯负为霖愿，退让终怀贯日忠。河上鲰生何感激，痌瘝谬信此心同。

其　二

名城创建耸为楼，楼外帆樯接漕舟。钱急军储新节度，粟输天庾古诸侯。
蚍蜉撼树空腾谤，妖蜃凌潮未解忧。海晏不知何日事，中原蟊贼待虔刘。

其　三

知人则哲古为徒，鉴别妍媸孰可诬。枳棘芝兰形不混，豺狼鹰隼性终殊。
风云变幻徒苍狗，沙水浮沉信野凫。杜老心情成抑塞，郑公旌节伫萦纡。

其　四

功名战伐在张皇，恺悌仁人德考祥。两浙青山烧劫火，八闽碧水洗金创。
桑麻栽后风烟静，兵甲销成日月光。一线淮流天际远，仙霞回首郁苍凉。

## 泊平望

疆连吴越无中外，水合江湖接地天。千里同时明劫火，万家从此淡炊烟。

巨区泽近多藏盗,乐岁人稀乏垦田。气候由来南北异,和风送在立春前。

## 除夕题壁

平生无事不蹉跎,六十年华付逝波。乍喜郊原空壁垒,其如人世逐江河。
风清日朗春光近,树老云深野趣多。浊酒一壶书一卷,未须击剑且高歌。

## 感　事

颈血何曾溅大王,蛟龙在水顿身亡。元衡磊磊空余恸,侠累匆匆亦孔伤。
只合战场成里革,如何名位有岩墙。堕梁鱼壳清端节,郁郁崇祠久就荒。

## 乞仲实画梅于纨扇题句其上赠别宗省斋二首

其　一

秋窗风雨郁惊雷,诗客冲泥匹马来。意气元龙楼百尺,情怀公瑾酒千杯。
欲成欢会先言别,幸值明时未老才。纨扇相看联缟带,山松无语对江梅。

其　二

昔闻海运出娄河,巨镇于今久息波。别有腥风腾蜃蛤,岂无利剑斩蛟鼍。
十年兵火余乡梦,千里江山入棹歌。淮月弄舟人未远,重烦画笔寄岩阿。

## 赴维扬登舟怀仲实

为筹利济与时乖,厚事无因在我侪。鹅鸭极知喧众口,鸥凫聊复寄孤怀。
秋深稻熟兼鱼美,帆饱云隈更水涯。畏垒轩中终日坐,荒村无菊闷焉排。

## 河流北从十余年矣朝廷有修河之议或谓河为江南之河当仍挽归江南赋此质之

禹动疏凿释尧忧,顺水原非逆水求。本是九河为故道,不应千里入淮流。
沧桑业已随时改,楗石轻言巨浸投。圣主方将昏垫情,作舟可但与沉浮。

## 秋亭都转守淮安时以清河民力凋瘵为之豁代征之赋浚久塞之河三年而集事既告蒇复往山东勘河议者纷竞卒以无成赋诗一章用寄慨叹

渠成四境树艺满,赋减万家鸡犬安。实事必求能利物,虚名谁不急高官。
岂无买鲁功能继,争奈平江智枉殚。河上逍遥旌节建,濠梁取作吕梁看。

## 感　事

氛祲销来已六年,万方俭德戴尧天。似闻织绣停吴越,只为波涛涨蓟燕。

关外虎狼回毒吻，海边鲛蜃息腥涎。河流未有沧溟路，疏凿仍颁内府钱。

## 送佩之往东河

旌旄又见逐风尘，昏垫谁令困此民。业已归墟依禹迹，如何问道向淮滨。
堤防不信欧阳策，泄沓终悲宋室臣。斯事由来关运会，等闲莫语路旁人。

## 暮春感怀

一编镇日徒遮眼，絮尽花残怕卷帘。不托诸侯终爱礼，勉修俭德敢言廉。
年华已误曾温饱，心力何堪更米盐。有论不教儿辈觉，世人休认老夫潜。

## 试　笔

六十六年如梦里，又从爆竹感年华。无求耻对鸣皋鹤，虚度惊看赴壑蛇。
一任揶揄逢路鬼，敢辞刮噪起林鸦。朝来霁色皆春色，红日将升上紫霞。

## 人日作

人日由来喜放晴，今年春暖更增荣。争呼林鸟纷求侣，含笑檐梅自写生。
日可系绳容坐废，天能倚杵究非倾。滔滔浊浪徒东逝，难改澄潭彻底清。

## 除夕风雪有作

腊尽新看雪意浓，荐饥应可卜时丰。人忧艰食方婴病，我愧为文不送穷。
六十八年余炳烛，万千往事付悲风。呼号彻夜凄城柝，炉火侵晨一室红。

## 元旦试笔

新晴风峭日光寒，人迹河桥冻雪干。朝爽乾坤增气象，小祥臣子变衣冠。
十年兵火氛将尽，两载凶荒野尚残。若使流民图不见，寰中合作太平看。

## 闻吴仲宣制军讣感赋

其　一

报国犹余未尽忠，扫除一室智偏穷。勋名韩魏非难并，事业龚黄止许同。
蚤日江淮知万福，何人岷蜀误文翁。区区直谅惭无补，泪向滁阳落断风。

其　二

此日晴暄不易得，灾荒历尽喜含悲。年逢令节初惊老，身负清时未信衰。
金彩那堪思旧俗，草堂端合寄新诗。家园梅萼闻初破，卅里郊行折一枝。

## 示顺之女孙

扁舟归去又琴书，淮海风流此旧庐。暂喜阳回终偃蹇，深知寒极费吹嘘。
冰霜客思浑如结，儿女羁愁待一摅。双凤峥嵘好头角，飞腾慰我笑轩渠。

## 板浦归途口占

昔闻浮海吾窂喜，今欲论文孰与同。酷吏惊逢先大暑，故人惜别久清风。
腥涎夜流蛟蜃窟，毒雾朝上鼋鼍宫。何事来为袯襫了，且宜归作支离翁。

## 书　愤

兵氛已是十年消，妖祲依然黯碧霄。力划嘉禾培恶莠，偏驱灵鸟育鸱枭。
西戎底定功难叙，东海喧豗气正骄。恤纬孤嫠空坐欢，妄思辟谷得逍遥。

## 承闻俄约已成赋诗志幸

烂漫光升毒雾消，朝阳万里烛天骄。会之极意尊金虏，属国孤忠倚汉朝。
西土三边狐远塞，南皮一疏鹤鸣霄。赞皇不暇平回纥，却笑扬雄作解嘲。

## 奉寄紫峰师

其　一

冲天鸿鹄旧为徒，垂翼今教只影孤。执友一人惊早逝，师资万里羡长驱。
倦飞岂必依前约，叱驭知堪历险途。努力惜阴长记取，敢将别恨重嗟吁。

其　二

入世今为报国身，临民人定仰如神。俗虽狡黠知怀德，志本光明不染尘。
东阁古梅怀旧迹，西窗残烛忆前因。却看尺素千金值，觌面如将款曲申。

其　三

岁在龙蛇灾沴逼，惊心骨肉迭摧颓。命宫磨蝎唯随数，故纸钻蝇本不才。
十月闻雷从地奋，经旬苦雨望天回。杞人枉自忧思积，且与陈编几席陪。

其　四

冰清玉洁励操修，节行知堪重上游。枚马才名当世少，龚黄政绩古人俦。
异乡师弟凭神契，宦海廉明是善谋。子产早堪为众母，伫听西蜀有歌讴。

## 陪四农师石甫生甫两丈游金焦两山作

画船载酒出江城，斜日金山楼观明。海雾晴开蛟蜃窟，天风夜下凤鸾声。
长虹已指仙人路，束帛虚留处士名。谁忆扬州二分月，高寒水阁似瑶京。

## 传报后口占柬斐斋

庭槐惨淡不归雅，镇日惊风起乱沙。花事匆匆将过了，挑镫待客试新茶。

## 送润臣

疾风一夜吹残梦，送客侵晨老泪凄。树鸟不知离思苦，声声犹向落花啼。

## 归　舟

一篙绿水漾轻航，丝柳垂垂欲绽黄。薄醉殷勤同伴语，莫教孤负好春光。

## 出山口号

艰难险阻存吾道，历尽危途已半生。曲曲山程行七日，车中颠倒意中平。

## 题叶润臣《江汉归舟图》

其　一

叶侯欲归归不得，收拾扁舟入纸墨。愁来即出画图看，惨淡江声与山色。

其　二

自从沸地群狐狂，岳阳破竹无岩疆。鱼盐富饶近百载，血肉狼藉空沙场。

其　三

长沙书生痛哭起，击楫高歌答江水。未须馈饷烦司农，能使扬戈尽义士。

其　四

赤壁峰前耀旆旌，青山几下响铜钲。困兽号林已忘斗，游鱼就镬终成烹。

其　五

谁知守臣忽疆圉，鹤唳风声散如雨。重来篝火成燎原，复见名区作焦土。

其　六

昨宵羽檄天南飞，叶侯闻之中情悲。春日花鸟不称意，秋风莼脍知何时。

其　七

手披此图泪如线，教我题诗拂素绢。我心日日逐南云，归思枨触感离群。

其　八

极目烽烟满天地，今日安知明日事。展图却作卧游人，座上江山起空翠。

## 献南邀同人夜燕鉴湖草堂四首

其　一

漂母祠前日已曛，沿洄放棹散微醺。淮流到北曾无几，一水苍茫自白云。

其 二

清兴谁如王子猷，泛舟间夕怕回舟。鉴湖一片溶溶月，几盏春灯照碧流。

其 三

四壁玻璃水气清，草堂新构特晶莹。金尊重到三更里，好听盲词说孔明。

其 四

试灯风里晚风柔，域柝声声夜已幽。不是繁华销歇后，从来箫管让扬州。

### 省 墓

凄清景又逼调年，佳节思亲倍惘然。翠柏森森齐就日，青桐冉冉自凌烟。
抛残老泪风中地，望断寒云雪后天。不是右军才誓墓，孤儿久已乐林泉。

## 左 岳

左岳，字逸民，号雨香，清淮安府清河县浪石人，祖籍桐城。生活于道光、咸丰年间。高才博学，为时所重。

### 独宿栖霞禅寺

入山一径深，幽意满禅林。竹影寒溪色，松声净道心。
酒为落日醉，诗与暮蝉吟。向晚清琴发，谁知流水音？

### 守 夜

萧瑟孤村里，安潜寄此生。寒烟无火色，枯竹有风声。
岁俭空多贷，农贫莫共争。深宵传盗警，击柝过残更。

### 登金山妙高台

直上妙高台，登临亦壮哉。一山扶水立，万阁带烟开。
鼓阵催潮急，钟声绕岸回。江南青不断，遥接乱峰来。

### 寺 夜

闲行深院静，高寺出岩阿。月影西衔树，钟声南渡河。
苍茫秋兴远，孤寂客愁多。不识浮屠子，忘家更若何？

# 王　理

王理，字禹疆，清淮安府清河县人，咸丰间避乱居山阳。道光丙申诸生。

## 胭脂汪

垂丝金柳不藏鸦，何处芳春挽物华？好似茜窗泼脂水，到秋艳发水荭花。

# 王　瑶

王瑶，原名玺，字仲仑，号国符，清淮安府清河县人，咸丰间避乱居山阳。道光间监生。

## 悼　亡

空悲遗挂在，难学鼓盆歌。大劫何时了？悠悠叹逝波。

# 王　璧

王璧，字谷人，清淮安府清河县人。道光间监生。

## 介玉航兄七十寿

一熟蟠桃一万年，人间欣见地行仙。文章寿世丹心热，金石承先白发传。
仁德及人开夏屋，天伦乐事宴春筵。廉公男子真男子，第一功名不爱钱。

## 秋菊和韵

其　一

西风帘卷总销魂，老屋深藏昼掩门。夜静月斜篱畔影，晓来霜染鬓边痕。
诗吟洛下黄花句，路绕江南乌桕村。更得陶然杯共醉，流连往事倍堪论。

其　二

小阁庭前昨夜霜，迷离红紫过陂塘。涤瓶清供依书幌，蘸墨闲图入画箱。
一径寒香迎蹇客，三秋冷艳驻蜂王。东皋撰杖归来晚，乘兴村沽醉酒坊。

其　三

秋来门巷冷乌衣，回首天涯景物非。南圃春归犹绰约，东篱秋老认依稀。
五更霜露怀人梦，万里关山见雁飞。记取故园遥望处，暂将心事莫相违。

其 四

托根老圃剧堪怜，傲骨嶙峋伴晚烟。炭杵声中催落叶，剪刀影里急装棉。

梦回玉枕辞家日，诗寄云笺织锦年。陌上花开可归否?夕阳斜映曲栏边。

## 王琛

王琛，字献南，号玉航，清淮安府清河县人，世居山阳，王锡祺从堂伯父。道光七年(1827)诸生，十七年(1837)拔贡，候选教谕。究心金石，曾刻《娑罗树碑》残字，辑有《玭珠赋钞》，著有《娑罗仙馆诗文集》。

### 杂 感

其 一

我闻促春月，庶类感陶甄。苍鹰工击搏，忽化为鸠驯。昔何啄同类，今何爱依人。气类使之然，洗伐亦有因。虽云形质易，猛性终难亲。不见离巢鹊，哀鸣向清晨。

其 二

庭前有樗树，岁久半心枯。工垂弃不视，物色无公输。中有老鹳巢，昕夕正将雏。上可蔽云日，下可蔓榛燕。东邻荷斤人，剪伐杂薪苏。欲止已不可，归来发长吁。

有 怀

人生远行役，不如早来归。来归多适意，行役苦无依。岂无罗与绮，被服常失时。岂无粱与肉，劳瘁易为饥。衣食尚云细，所患中路岐。世途险不测，阱坎有伏机。恩尸且复尔，总乃长栖栖。白眼谁相识，亲昵转堪疑。谈笑足贾祸，行藏所共窥。纵有保身哲，驰驱亦奚为。云树何缥缈，关山惟梦思。愿为黄鹄翼，千里傍君飞。又为子规啼，中夜唤君悲。

### 游程氏寓园

其 一

见说名园久，招游愿不违。入门沿草迹，寻路转花围。

地僻苔莓滑，池平藻荇稀。何当归载酒，醉赏乐忘归。

其 二

揽尽群峦秀，堂高绝巘巅。竹深青霭生，树合绿阴圆。

怪石齐檐立，枯藤绕屋悬。几回迷旧路，复阌洞相连。

其 三

曲榭连云迥，危桥抱水流。振筇警宿鸟，攀槛狎沙鸥。

拟彩蘼芜径，疑搴杜若洲。桃源如何问，即此足清幽。

# 方　琚

方琚(?~1867),字博庵,清淮安府清河县人,世居山阳。道光十四年(1834)诸生,廪贡生。富才华,为时所重。

## 人日读《养一斋集·人日遣兴诗》即用原韵

春风传大雅,展卷有余香。几辈能今日,先生一草堂。
河流真不废,天意使迴狂。寄语拈毫者,来瞻万丈光。

## 连宿前沙留赠主人

几日前沙住,牢骚自觉平。相逢唯一笑,无语已三更。
耕凿古风在,吟哦春趣生。长空有孤雁,何苦暮云征。

## 游西湖偕宾华作

吴云入越又飞还,笠屐相逢未肯闲。南渡遗踪剩烟水,东坡高唱写湖山。
兴来拊掌苏堤畔,醉后搔头葛岭间。纵到蓬莱只如此,此游原不算尘寰。

## 小除日前沙访辅士

腊鼓匆匆岁又阑,一年生计幸粗安。沙村雨过客初至,斗室人多夜不寒。
欲写诗怀亲煮酒,不谈时事共加餐。春风帘外传消息,折取梅花带醉看。

## 正月四日至前沙和元钦赠辅士韵

桑麻一径幽人宅,好友频过不厌烦。元岁同看新气象,春风还忆旧家园。
但教酒醉能忘世,不有诗来肯到门。羡煞谢庭佳子弟,芝兰满室笑言温。

## 五日作

前沙风景似斜川,五日同游忆往贤。三径别开高士宅,一乡喜话太平年。
家家社鼓迎神曲,处处村醪烂醉天。时雨停云皆称意,和陶诗在绿溪边。

## 再赠主人

年年苦被尘嚣累,每遇高居意气平。四面云山春入画,一村鸡犬夜无声。
门空俗客能容我,家有传书不近名。安得此乡分尺地,闲闲诗酒话余生。

### 与同人招仲雪

一年风景又前沙，依旧诗家与酒家。何物能教高客到，渔阳羯鼓听三挝。

### 中和节联云道院小集

其 一

寒风料峭坐昏昏，无那春愁静掩门。忽忽忆同前度事，不谈诗也要销魂。

其 二

莫把歌声当哭声，一行清泪说余生。诗人别调君知否?草草江山更有情。

其 三

如此江山只宜诗，付与先生笔一枝。坐上青衫今日泪，琵琶不算恼侬词。

其 四

匆匆行色暂停骖，胜地句留剧啸谈。此后有书君寄我，若无诗到不开函。

王锡祺案：博庵先生胸无城府，口若悬河，高足黄君心如谈其轶事，述其刺军兴时杂诗，真不避权贵者，惜乎以明经终也。

## 王 玙

王玙，字子孚，号琴溪，亦号云玫仙吏，清淮安府清河县人，世居山阳。道光间廪贡生，常州府学训导，咸丰五年(1855)顺天榜举人，议叙候选主事。著有《双桂轩诗文稿》《北行日记》。

### 乙卯出都留别人同人

自我四月来帝京，榴花如火绽赤英。回首乡关二千里，云山缥缈深离情。息肩小住淮安馆，煮酒盈樽茗盈碗。夏末萧疏雀语圆，秋风肃杀虫声短。丁仪丁廙乡之亲，往来不计谁主宾。有时狂饮浮大白，鳌吱鲸吸龙渴嗔。有诗清淡挥玉麈，雕龙灸驟驰后尘。老聃自是神仙伴，方丈蓬壶延鹤算。昨夜天仓星吐芒，琼筵共饱青粳饭。尹公学射技已精，取友容有端人名。曹参秉国无建立，智中泾渭仍分明。纷纷余子何足计，志未孚兮心不契。六月盘桓期未深，相见何难别何易。一杯祖饯策征鞍，何必邮亭泪暗弹。慰语诸君须记取，杏林春宴会长安。

### 泰安车中望泰山

万仞矗危峰，群山拥岱宗。四周青霭合，一抹白云封。
乱石蹲奇兽，孤松攫怒龙。天风送情罄，萧寺数声钟。

### 青驼寺开车口占

旅夜衔杯酒半醺，登车曙色已平分。严霜筛白荒田草，旭日蒸红大海云。
马力似于今日健，鸡声又向隔村闻。长途不觉乡关近，惊讶与人振策勤。

### 金波酒

天涯何处酒如渑，沽得金波价不增。香挹醁醽光琥珀，十年尘梦笑兰陵。

### 车中晚眺

黄云压野暮鸦飞，溪水环田绿不肥。则是青骡驰骤处，荷锄人趁月明归。

## 王　璠

王璠，字星斋，清淮安府清河县人，世居山阳。道光年间监生，候选同知。

### 闻僧邸军告捷

驰驱王事不知劳，战胜归来气更豪。云按旌旗花按辔，櫜藏弓矢匣藏刀。
雀翎飘翠威仪肃，鹤顶衔红爵品高。从此太平无个事，任甘春鲤醉秋鳌。

## 王　辂

王辂，字朴庵，清淮安府清河县人，居山阳。道光二十一年(1841)诸生。诗多亡轶。

### 咏燕和采诗弟

归时犹认小园楼，何处飞来好逗留。喜遇社花三月节，回思湘水一江秋。
扫除白板容新垒，整顿红丝续旧愁。我有茅檐初筑就，营巢须早咏绸缪。

## 王　辅

王辅，字紫垣，号紫丞，清江浦人。清道光二十二年(1842)诸生，二十九年(1849)拔贡。内阁中书。

### 李莘樵《煮茗谈诗图》

其 一

乱后风骚歇，何人大雅持。先生佳兴在，有口只谈诗。
旧雨垂垂老，名山渺渺思。画图如许厕，同坐夜分明。

其 二

寂寞双龙井，凄凉沁雪泉。宦游如昨日，好梦忽经年。
归隐仍吾土，狂吟任尔天。兵戈定何事，成就是诗篇。

### 和献南叔《入都留别同人》原韵

其 一

柳绿槐黄着意催，天心未许客心灰。不因棋势翻新局，几为山林误大材。
西笑幸随秋驾去，南元谁是夜珠来。竹林拟向琼林植，共饮天家湛露杯。

其 二

艳说余杭梦想劳，胜游文战羡双豪。群仙自擅观涛笔，两载虚磨杀贼刀。
北榜不如南榜贵，文坛定比将坛高。江乡得意重携手，相约同尝九月螯。

## 王 輶

王輶，字采诗，号西农，清淮安府清河县人，居山阳。道光二十九年(1849)诸生，廪贡生。

### 酒 旗

三月花开燕子飞，当炉绰约倚柴扉。一竿野店招红友，十里长亭带碧晖。
杨柳桥头游客醉，杏花村里牧童归。春风去路斜阳暮，回首青帘映翠微。

### 草 色

水满溪桥月满庭，东风吹暖草魂醒。清明节里春痕浅，杨柳堤边烧影青。
人对绿波怀别浦，马嘶古道认长亭。茸茸满目香泥软，陋室应铭吾德馨。

## 陈烺奎

陈烺奎，字炤亭，清淮安府清河县人，世居山阳。道光三十年(1850)诸生，议叙候补知府。

### 题李莘樵《煮茗谈诗图》

诗仙李供奉，皎皎天人姿。茶神陆鸿渐，清兴相扶持。合此两巨手，独树骚坛旗。我来玉诜堂，展读餐花诗。自惭未窥奥，不敢致一辞。安排煮茗具，重订春风期。

按：餐花吟馆，先生书室额。

## 尹耕云

尹耕云(1814～1877)，字瞻甫，号杏农，清淮安府桃源县人(居地今属淮阴区蒋集镇尹老庄)，寄居山阳。道光三十年(1850)进士，历任湖广道监察御史、河陕汝道台等，卒于任。为御史以直声震天下，为道台以亲民为己任。著有《豫军纪略》《心白日斋集》等。《淮安府志》有传。

### 杂　诗

老鹤混鸡群，低头啄白石。神龙失云雨，泥蟠猵獭侧。迫促尘世间，安能快胸臆。朝随厮养行，暮共屠沽食。堂上鼻作声，阶下膝齐屈。以此苟显荣，金章黯无色。出门视郊原，浮云浩大泽。四野虚无人，放声长太息。

### 别罗蔼亭丈

忽忽届仲春，匆匆别亲故。亲故岂不怀，官期有程度。贱子兰成年，先生伯乐顾。厚谊托葭莩，深情捐礼数。慰藉解烦忧，劝勉业缃素。微名弋春官，捷书报里寓。告归挈妻孥，赖君厚资助。商量及臧获，检点到裘裤。先生绮皓年，家事一无与。于我一何求，始终见调护。自我为鲜民，茕茕泣孤露。西华披葛衣，淮阴食草具。辛苦得先生，乃苏涸辙鲋。缱绻白发翁，凄凉黄河渡。牵袂黯无言，摇鞭即征路。

### 大　化

流浪大化内，谁为金石躯？太古有真气，万载劫不渝。百炼化柔指，毁方非真儒。啸歌一室中，梦想黄唐初。言淆折诸圣，周孔降我庐。不帻亦不带，心广体乃舒。咄嗟冠盖人，岁暮无停车。

### 郊　行

秋宇廓新霁，万象尽森露。举头见太行，蜿蜒起泽潞。岭容变凸凹，岚光写向负。其阴汇昆明，荡潏喷云雾。枭窕倒浸山，依微下涵树。年年迎翠华，湖心有白鹭。文囿方共民，疏林出樵路。江汉摇微风，归田定何处？愿为近郊民，结茅长此住。

## 述 怀

雄剑长三尺,皎如秋水清。中夜挂壁间,铮然时有声。貔虎十万士,从我赋北征。手诛月支颈,足踏单于庭。勒名燕然山,瀚海詟威名。功成不受赏,长揖归柴荆。比闻李贰师,已作汉公卿。

## 大风自瓜步放舟至焦山

人生涉险仗忠信,江行安得无风涛?艨艟巨舰伏不动,我乃一叶乘轻舠。势如弩矢乍脱括,又如鹰隼刚辞绦。浮云奄忽互相失,但闻耳畔声滔滔。导源岷蜀汇彭蠡,冲峡跻津二千里。投鞭竞渡伊何人,佛狸饮江卯年死。此时万夫不能前,我行如飞真可喜。亭午解缆瓜州城,回头不见青山营。冈峦两岸若奔马,千乘万骑空中行。浪溅那免衣履湿,帆饱乍恐桅樯倾。巨鼋露脊老蛟舞,奇鸧龙鲤相逢迎。眼明好景忽相遇,遥指焦先读书处。赪廊碧殿纷岩腰,当日翠华曾此驻。国家全盛年绥丰,銮舆巡幸临江东。蜗庐鹤铭足幽赏,俱教收入甘泉宫。升平歌舞二百载,荓蜂不见来夷艅。孙恩卢循蠢小丑,中泠战血流腥红。古云京口兵可用,控制沧溟自铁瓮。伯符射虎强收吴,寄奴斩蛇业兴宋。上游襄沔固必争,形势朱方岂不重?但须北府三千人,大壑何容巨鱼纵。君不见韩蕲王,黄天桴鼓兵威扬。又不见虞允文,采石大战挥南军。海门铁锁沉终古,制胜由来在樽俎。可怜第一好江山,烽燹摧残作焦土。须臾成败皆东流,举杯自把江神酬。马当送客殊解事,何不逆吹红毛舟?斜日荒荒风亦厉,狂飙怒挟英灵气。便欲乘槎直到天,不妨系缆全无地。平生龌龊苦闭门,几见今朝快人意。前行况有美酒沽,城郭兰陵出烟际。

## 龙门月夜放歌

平生此游最奇绝,伊阙三更看秋月。伊流万顷堆琉璃,钟阜(龙门,一名钟山)千重积冰雪。冰雪襟怀郁奇气,闭置樊笼厌城市。兴来走上龙门巅,大叫香山白居士。东山未暝西山夕,游踪稍向灵岩息(龙门旧有灵岩寺,今潜溪寺或其旧址)。斜阳一片崦嵫来,凄凉紫翠伤心色。海风吹月青天高,浮云点缀无纤毫。上有晶莹之岝嶨,下有潋滟之波涛。嵌空石窟清辉彻,六祖袈裟见衣缬。可怜照石照如来,不照千家万家血。浮图梵刹金崔嵬,充华去后媚娘来。宫人笑语亦已矣,词客锦袍安在哉(武后游龙门,宋之问诗成,赐以锦袍)?苍鹅飞入昭阳殿,桥上鹃声南北变。沁水园林蔓草荒,平泉花木牛羊践。唯余此水常东流,年年明月悬清秋。欲量千斛酿美酒,呼月同销万古愁。

## 嵩山云(并序)

嵩少之游,以云为大。观云之出,恒以春夏。余来及冬,怅不得见。祷于岳神,登览既毕。次日东行,微风欲雪。俄时云起,千变万化,不可方物。乃成此篇,以答灵贶。

朔风吹冷登封县，木落崖枯见真面。考古乃自崇福始，继访嵩阳（书院）进会善（寺）。是日斋宿太尉宫，庙祝致敬前鞠躬。鸡鸣夜半上山去，辨色乃见黄盖与青童（峰名）。陟冈溯涧三十里，杲杲寒日生于东。芙蓉岩下一小憩，不闻瀑布，但见零珠碎玉流琤琮。云锦屏风八千尺，花花叶叶无雷同。刻画藻绘自天匠，此非荆浩非关同。扪参历井势愈险，万盘鸟道千蚕丛。猱升蛇行忘远近，汗浃颇苦袭蒙茸。嵩窝悬绝有如巨蚌哆其口，径路既绝梯绳通。□身斗掷作鸟堕，艰难一饭伊蒲供。下山山人向余语，冬山可惜无春容。若当春夏看云起，千变万化开心胸。我闻此语心默祷，神如相贶能为功。明日去此适洛郡，嗒焉偃卧蓝舆中。舆夫奔走喜相告，搴帘四顾天微风。千岩万壑不复辨，高下一似饮烟釜气方蓬蓬。须臾幻作水银海，荡漾七十二朵青芙蓉。仰看浮邱、金壶、日华与悬练（皆峰名），俱非昨日所见之诸峰。或如武士擐甲胄，长枪大戟相撞冲；或如良相冠进贤，垂绅搢象来雍雍；又如玉京群真朝谒东王公，纷纷霓旌羽葆鸾鹤翀。云里模糊天墨色，云外青天一痕碧。天光云气两氤氲，云动山移去天尺。生平奇观得未有，曰非天工岂人力？境过只恐难追攀，心摹手画成痴顽。少林群僧忽相迓，袈裟照耀岩扉间。山堂置具颇不恶，村醪一熨风中颜。缘悭末由住三日，酒醒已过轘辕关。

## 题张咏仙（肇辰）师万松云海堂遗墨

眼前忽见云海铺，盘拏夭矫松万株。卢鸿草堂绝壁下，淋漓元气为斯图。先生服官来上都，画卷留赠颍滨苏。殷勤方蕲后约践，筑屋仍傍葑溪居。隆平荒城冷于水，政成三月歌芳于。袖中正有活国手，百不一试归黄垆。我昔从游淮水隅，学宫槐花吹讲庐。博士弟子五十员，众中许我传衣珠。后复见公长安市，我时观政春官初。门外日多长者车，知己一人今则无。猿啼鹤怨增唏嘘，此送此云景不殊。燕台二月春风粗，黄沙蔽天原草枯。屋梁吹堕凉蟾蜍，仿佛曾照古眉须。先生手迹宜藏诸，名山况有未刊书，谁其任者非吾徒。

## 《淮楼听雨图》为符南樵葆森作

淮流日夜向江海，淮上高楼屹然在。朱甍画栋照中原，人世几经云物改。荆溪郁郁霸王略，虎啸龙吟付寥廓。诗人猛士尽奔走，万象飞扬入杯杓。符子才名员半千，芒鞋踏破九州烟。每当风雨楼中夜，上下论心五百年。青山宿草黄泉锢，峥嵘百尺谈经处。乱后方思颇牧贤，生前苦被金张妒。雨声寂寞琴声绝，籍湜韩门有遗孑。休问先生讲席荒，可怜弟子头如雪。黄鹤楼头苦战尘，临春结绮委荆榛。即今吴楚干戈满，嗟尔长安乞食人。

原注：图为其师荆溪周止庵遗墨。

## 打粮兵

去年三辅岁不熟，夏苦焦原秋泽国。黍徐粳稻俱不收，剜肉补疮种荞麦。挑挖野蒿掘莱菔,和土连根煮苜蓿。富者犹闻饼屑糠,穷人哪有榆煎粥。窖藏岂无升斗谷,留与高年作旨蓄。仓皇夜半贼马来,十舍逃亡九空屋。贼去人还家,空仓啼老鸦。土堆粪壤刮遗粒,拾取秕糠淘泥沙。全家恃此以为生,哀哉又遇打粮兵。

## 桑叶稀

蚕小桑叶密,蚕老桑叶稀。叶密蚕苦饱,叶稀蚕苦饥。曈昽绣户兰窗里,婉转罗浮月高起。贴翠安黄弱不胜,熏香理曲娇无比。青春不足供游戏,蚕饱蚕饥都不记。岂无辛苦采桑人,等闲不得将蚕饲。

## 对　月

共有团圞愿,清辉属与君。可怜升远海,已自掩浮云。
乌鹊飞三匝,山河影几分。关门饶鼓角,凄恻不堪闻。

## 送通甫南旋

多士青云运会开,故人头白尚尘埃。大风无力扶鹏翼,静女何心怨鸩媒。
河患军书方孔亟,石田老屋又归来。科名一芥何加损,重为朝廷惜此才。

## 咏　史

其　一

羽檄星驰入上兰,西来烽火太弥漫。滔天贼势空三楚,扫地军威失一韩。
河北藩篱诸镇在,汉东形势大江宽。得人何处非奇险,郑重君王拜将坛。

其　二

蔓草何时一炬空,由来军府贵和衷。不资抚字龚黄绩,虚费经营绛灌功。
万事有机忧集霰,四方多难怨匪风。星关雪涕收何及,仰首皇天日在中。

## 读　史

其　一

江淮无地赋归耕,耳厌中原战斗声。渭北忽传回纥箭,汝南新到下江兵。
氽云骥足藩王部,偃月蛾眉上将营。但使齐心多杀贼,残黎有日见升平。

其　二

漫云弧矢射天狼,尊俎宁无制胜方。筑室谋参和战守,乱华种杂羯氐羌。
曳柴竞效栾枝遁,流血偏教却克伤。纵肆市朝无可贯,寒蝉曾忝旧鹓行。

### 咏史四首

其　一

误将姑息当慈祥，忏悔唯凭贝叶章。大帅不逢边佛子，奸民谁附宋金刚。
果能先事将薪徙，何至难图引蔓长。萌岭梧关天下险，那容群盗日披猖。

其　二

诏书日夜起廉颇，舆疾勤王奈老何。五丈陨星臣力尽，三军吹律死声多。
中原蹂躏惊蛇豕，故垒荒凉失鹳鹅。自古胜兵由胜将，征南旧部泪滂沱。

其　三

月晕重围急请兵，大威赐剑许专征。督师敢谓同殷浩，人帅如闻用孟明。
兰锜亲军谁陷阵，梧平要地望移营。曹侯向业能无扰，小丑何能奏廓清。

其　四

才看越峤息冲梯，又报衡阳急鼓鼙。逋寇纵横走险鹿，畺臣进退触藩羝。
焚舟自觉连云隘，弃甲犹闻岳底低。独有忧时陶士行，孤城吐气作虹霓。

### 题　画

出岫云心客倦游，黏天远树带烟浮。人人尽道乘风乐，我爱青山自泊舟。

## 王兆桢

王兆桢（1833～1875），字峙甫，号秋森，清淮安府清河县人。咸丰十一年（1861）拔贡，官浙江温州州判。著有《旧梅花庵诗存》一卷。

### 重九日吴莼浦吉甫昆仲招饮淮阴节署丽瞩山房赏菊座客为黄筱艾司马张云亭大令汪舜臣孝廉汤木禅茂才秦兰孙部郎王兰生贰尹

春花竞艳阳，晚菊蔚秋日。问尔胡独迟，蕴真葆芳洁。爱菊昔有人，我敢厕其列。繄维延陵子，置酒相怡悦。宾从足清才，花与人俱逸。所贵匪恣游，暄凄同一辙。纵有春风怀，毋忘秋士节。

### 自半城至嶅阳途中作

四山才一雨，苍翠晖林阴。苔碛浸雨润，低昂接断岑。岑断不可接，大石垂崚嶒。作势怯欲陷，股栗口已喑。前车望复隐，劈面嶂千寻。蛇杠随路转，车石相支撑。石碎轮声恶，蹴踏更奔腾。笑我车中人，摇荡不自禁。虽无牵机药，肢挛兼舌喑。素有陟山癖，路险罢登临。愿随泰岱云，飞去一高吟。

## 观大龙湫瀑布作歌

风声簌簌水潺潺，峰转溪洄湾复湾。劈面忽起石屏障，水声知在何处山？山深水曲不知处，寻声恰缘溪边路。怒雨惊霆迅若飞，大珠小珠跳复注。目光眩瞀瞬难停，心际摇摇昏不醒。到此别开一世界，坐观且上忘归亭。闻道庐山瀑布高，十丈心焉系之时向往。我今曾到大龙湫，叹观止兮无余想。广成子，安期生，神仙焉在空知名。未见仙人造仙境，心与此瀑同一清。潭之澄兮涵碧玉，山之高兮覆石屋。山泉直下冲碧潭，霏烟散雾纷如续。潭底痴龙睡未兴，欲唤龙起喑不应。一声叱咤从空落，万丈飞泉势若腾。飞腾溯湃奔湍迫，扑面冰花寒起脊。倘拟探源最上头，天河合作乘槎客。

## 前十日将赴净名寺路经灵峰匆匆一游未穷其胜十三日再到灵峰登绝顶观性井诸胜为作长歌

灵山呈变相，怪石裂云根。双阙对耸峙，青漏天一痕。矫首遥遥不可接，天梯石栈积嶙峋。蹑足拾级俯而上，玉水漏滴水精盆。白点飞洒珠错落，帘波荡漾石色昏。欲将泉水手一掬，煮茗作露口为吞。苍烟绿共炉烟袅，一阁高悬云际尊。诸天菩萨肃罗列，光怪错愕摇精魂。魂欲镇定心欲洗，丹井有水寒不温。半空云气互来往，四壁石乳垂可扪。疑有阴火照恍惚，千态万状纷难论。此洞空灵得未有，此峰灵妙得长存。是谁凿破混沌窍，漏泄气机伤乾坤？雁山周遭百八里，峰壑诡丽多且繁。此间一峰尤奇绝，灵乎灵乎石匪顽。江南大有好山水，足迹所至穷攀援。若复平心相比较，甘让灵峰独占元。吁嗟乎！造化灵气讵无尽，一一发露到邱原。得饮山中一杯水，从此可能浚灵源。我欲问天天不语，长风拂拂泉珠翻。悄然独坐心如水，众峰相对青无言。

## 感事兼寄友人

闻道伊犁役，将军正度关。惊沙销瀚海，契剑走天山。
饷馈输诸道，声威慑百蛮。不知谁画策，毗赞济时艰。

## 留别车镇诸同人

正好星云聚，狂飙忽地吹。别离真有数，忧愤不成诗。
握手含双泪，论心把一卮。鸿飞如不隔，缄札莫迟迟。

## 舟　行

极目长淮上，船窗面面开。树遥随路尽，帆重挟潮来。
人语悄疑梦，涛声怒似雷。遥知停泊速，风影急相催。

## 感事兼寄友人

其　一

浊雾笼沧海，寒霜起朔方。相思人两地，抒愤字千行。
萧艾三秋感，风云大敌场。欲将无限意，帚笔写淋浪。

其　二

闻道伊犁役，将军正度关。惊沙销瀚海，契箭走天山。
饷馈输诸道，声威慑百蛮。不知谁画策，毗赞济时艰。

其　三

边檄方传捷，南溟复苦兵。鱼龙呈幻戏，蛇蝎敢横行。
镇定朝堂略，奔腾海国声。此忧终不免，积祸属苍生。

其　四

独忆人千里，论心藉小诗。罪言知不免，交谊可相期。
支拄关时相，咨谋望士师。起衰如有意，此任岂能辞！

## 泰安道中

四围山色敞云屏，轫辘轮蹄仄路经。鞭影随风丝历乱，铎声和鸟响珑玲。
极天岱色云中壮，回首淮流梦里听。叹我惯游成荡子，为歌岵屺泪飘零。

## 钟吾杂感

其　一

带河东下郭门西，青粉墙阴雪絮低。有梦身将成化蝶，才逢心互澈灵犀。
谁言观海难为水，但见开花怕污泥。春纵未来怀不减，枝头厌听子规啼。

其　二

惊鸿一瞥闪晴霄，欲即仍离不自聊。数语殷勤缄豆蔻，两心酸感卷芭蕉。
妙无言处都含韵，纵带愁时更惹娇。何福书生修得到，今番真算可怜宵。

其　三

十六天魔变相惊，投壶玉女笑相迎。教开书卷拈生字，浼制楹联说小名。
慕雅不嫌寒乞相，随群似觉太憨生。祇虞花底春寒峭，愿化貂裘护体行。

## 题李莘樵丈《煮茗谈诗图》

寒林疏菊别成秋，聊借闲情遣兴幽。已历艰危轻世味，偶因潇洒集吟俦。
谈深坐揽云三径，趣永情生水一瓯。恰羡先生真悟澈，不关闲散不风流。

## 忆吴平泉丈胸浦即次王营看桃花见赠原韵

三春烽火几暌违，及我来时君已归。愁对胸山挥短剑，喜浇海水浣征衣。
大云蓬勃行横驶，瘦蝶伶俜渐怯飞。老算英谋今何在，终期寰宇息戎机。

## 感怀二律寄罗孟威并次见赠原韵

其　一

温峤羞居第二流，天根月窟且神游。妄追杜甫呈三礼，不解张衡赋四愁。
鼠尚有肝人可悟，蜗如生角国何求？茫茫宇宙知谁是，孰似沙间一梦鸥。

其　二

谩谓言归已自归，年来道竟与时违。层层茧翁千蚕结，浩浩江天一鹤飞。
功业让人图紫阁，风尘劳我污缁衣。船窗闲倚浑无事，搜取浮词笔偶挥。

## 寄冯少卿台湾

山容树色感苍苍，有客天涯正报章。纵说闽江通越海，难从台岭望台阳。
心珠夜迸千行泪，金缕朝飞一笛霜。遥识故人情郑重，也应一读一神伤。

## 中秋有感次杨熙伯太守原韵

四载灵江来作客，问心常觉与时违。况逢霾曀天灾重，更虑艰危世事非。
杀贼自惭无善策，思亲弥愿驻春晖。一从雨过云开后，欣见雄师大纛挥。

## 闻甘省肃清喜赋奉寄孟威太守

请缨年少有终军，伟略罗胸迥不群。旧雨几人通意气，凌烟此日策功勋。
男儿作健当如是，名父传经自昔闻。我欲纪功惭笔弱，数番怅望暮天云。

## 老猴披衣峰

不冠翻喜学披衣，侧首斜身在翠微。劝尔莫投尘世去，冠裳束缚素心违。

## 五指峰

果然仙掌现真形，石自苍苍骨自青。为我可能亲指点，前途何处足堪停？

## 题吴莼浦《廿四桥月夜吹箫》便面

其　一

月波漾漾柳丝丝，万种幽情管一枝。似有知音天外忆，桥头风露立多时。

其　二

好梦扬州久寂寥，金鸩楼阁彩云飘。何当重听歌声起，合拟将身谥洞箫。

### 题邓云泉明府诗集

生来冰雪净聪明，偶制瑶篇写性灵。要有惊人奇句在，夜深说与老龙听。

### 题《云鸿诗草》

春风几曲缕金箱，秋雨吴淞一苇航。那怪君才清莫比，莺湖水久浣诗肠。

## 王锡纯

王锡纯，字熙台，清淮安府清河县人，世居山阳。咸丰四年(1854)诸生，附贡生，议叙后选主事。

### 题张子青漕帅《清淮晓发图》

榑桑东指海云彤，日射旌旗静晓容。履舄骈田人肃肃，烟霞掩映树重重。
情深淮水城边棹，春到寒山寺里钟。移节依然吾父母，不须惆怅感离悰。

### 题自辑《遏云阁传奇》后

豪竹哀丝总不伦，红氍毹上曲翻新。青衫司马今谁属，认取当筵堕泪人。
铁板铜琶苏内翰，晓风残月柳屯田。他年细订宫商谱，白首梨园定黯然。

## 王锡绶

王锡绶，原名锡晋，字仲康，清淮安府清河县人，世居山阳。咸丰间监生。

### 打蝗歌

朝打蝗，暮打蝗，野老赤足奔走忙。蝗飞如风集如雨，官符星火吏虓虎，野老见之面色土。蝗不死，禾尽枯。盘中餐，粒粒无，野老徒手供追呼。

## 王锡龄

王锡龄，字梦九，原字梦楼，清淮安府清河县人，世居山阳。咸丰七年(1857)诸生，附贡，军功保候补知州。

### 呈吴稼轩先生时襄圩砦局事

戎马逼郊坰，蚩尤见大星。杞忧头渐白，阮哭眼谁青。
当道多纷扰，斯人独典型。尚欣西蜀彦，巍建了云亭。

原注：谓高紫峰师。

### 城南酒楼和宾华韵

君才与笔两风流，黄到槐花结胜游。相马儿方沙苑晚，来鸿千里玉京秋。
谈兵沧海多商舶，买醉天津上酒楼。吹竹弹丝聊写意，敢教高士溷南州。

## 王锡智

王锡智，字敬之，清淮安府清河县人，世居山阳。咸丰间监生。

### 自题《画菊》四首

黄　菊

疏枝密叶助幽芳，昨夜疏篱觉有霜。莫羡寻常朱紫贵，嘉名宠锡御袍黄。

白　菊

书生本色爱题诗，棐几湘帘位置宜。笑煞邀人傅香粉，苎萝村里有西施。

紫　菊

鹃血啼干塞雁飞，管舒瓣卷瘦还肥。纷纷佩得金鱼袋，想是金天近赐绯。

墨　菊

醉眼瞢腾醒未曾，屏风恍著附膻蝇。胸无点墨难挥洒，貌取秋花傍夜灯。

## 王锡熙

王锡熙，字纯庵，清淮安府清河县人，世居山阳。同治八年(1869)诸生。

### 新　月

初月一钩新，帘垂望亦真。圆时思顾兔，惊起有潜鳞。
缺陷悲千古，团圞卜浃旬。镜盘能识否，凄绝夜郎人。

## 王　灏

王灏(?～1884),字洗秋,清淮安府清河县人,世居山阳。光绪元年(1875)诸生,附贡生。王锡祺胞侄。早卒。

### 秋夜澄观对月和莲舫弟上宾华师

孤月上溪烟,风光忆去年。庭空闲鹤步,云散让蟾圆。
尚友心千古,忧时手一编。经帷冰雪净,无语坐看天。

### 界首阻风

晓挂征帆去,风高不让行。平湖秋水激,远树暮云平。
樯燕声犹湿,沙鸥梦亦惊。柳堤闲眺望,落日十分明。

### 和宾华师呈寿萱叔

空听笳声夜半哀,驱车何处觅燕台。遨游山水添清兴,旋转乾坤仗异才。
钟阜云横侔海岳,秦淮月满抵蓬莱。片帆曾渡江千顷,道是乘风破浪来。

### 题《桃花扇传奇》

其　一

江山不及美人娇,燕子歌残王气消。可惜莫愁湖上水,一帘花月送南朝。

其　二

昆山南下虎山西,半壁长江壮鼓鼙。知否防河门户失,更无人听豫州鸡。

其　三

媚香楼上好烟霞,占断秦淮第一家。恰恨秣陵风色恶,吹开红豆落桃花。

其　四

灵坛曲唱大江东,剩水残山付乐工。三百余年真气节,一编青史笑谈中。

## 王　源

王源(?～1879),字莲舫,清淮安府清河县人,居山阳。光绪元年(1875)诸生,廪贡,候补训导。早卒。

### 和宾华师呈寿萱叔

城上笳声日暮哀，南朝烟雨换楼台。铜琶铁板悲凉曲，大纛高牙坐镇才。
水榭管弦仍早夜，蛮云烽火又蒿莱。沧溟浩渺秋无际，会看长鲸跋浪来。

### 池　上

野静虚籁生，天高露华洁。何当笛一声，吹出波心月。

### 题《桃花扇传奇》

上相星沉晓角哀，长江铁锁一时开。胭脂井畔游人泪，尽洒梅花墓上来。

## 王　渺

王渺，字沅湄，自号眉寿庵主，清淮安府清河县人，世居山阳。光绪间监生。

### 题自画《留园图》

十里金阊付劫灰，难从弹指现楼台。独留寒碧山庄在，多少游人放棹来。

原注：此图为杨君序之而作，题句悲凉，增人沧桑之感。

## 顾联镖

顾联镖，字更生，清江宁(今江苏南京)人，乱后入淮安府清河(今江苏淮阴)籍。同治间增生。

### 秋日园中

垂杨茂清阴，蒙翳伤繁浩。及兹遂飘零，生意亦草草。亭亭葭荻外，纤瘦不盈抱。柔条后霜萎，病叶先秋槁。迟回岸帻来，狼借缚帚扫。北风吹金陵，惨淡城南道。红楼怨摧残，野馆任欹倒。小树暮藏鸦，藏鸦鸦亦老。犹记渡江时，扳折一枝好。

### 乱后重至淮阴即事

血战增新冢，逢人一哭休。此身嗟马角，当道重羊头。
月黑鸦声寂，天低鬼语啾。提鞭催骑去，莫上故园楼。

### 乱　后

历历河山在，纷纷甲第迁。故乡千里恨，新月几回圆。
草木春愁里，乾坤夕照边。乱离得稍憩，耕稼了华年。

## 尹彦钺

尹彦钺，字子威，尹耕云次子，清淮安府桃源县（其祖居今属淮阴区）人，居山阳。光绪七年（1881）诸生，十一年（1885）拔贡，候补知州。早卒，时年未及三旬。

### 高丽古鼎歌

龙文出地一钩土，宝光烛照淮南天。蚩尤夜泣大鸿死，鬼物蚀绝云雷篇。传闻唐代侈挞伐，千牛倒曳来朝鲜。黄盖宴膃接寒谷，烹鬺荐帝朝甘泉。明廷封禅轶溟渤，七十二代功莫前。荆山一去如脱蹝，土花埋没今千年。著录金文盛赵宋，伯姬鋬勒殚搜镌。赤环全瑰祀文考，司徒南仲铭周宣。惜哉海外蔚奇古，絪缊光景泯不传。冰斯无人赵欧逝，望古有阙心熬煎。西京贞观治倏忽，销铄烽燹摧戈鋋。北走岛滨峗楚泗，光光丽质非人间。玉清宝室丧沦弃，枝当铁耳横钩连。觞山阴羽明堂会，一物呵护神周旋。九州四海不可说，忧来侧足危三韩。在昔颇闻箕子圣，东瀛开国何穹然。扶桑高枝浴日月，洛书大范辉坤乾。分合二十有一姓，我朝创业恢八埏。共球走基圣人出，圭符世祚明灵延。景教流行祸谁始？天尸下降妖星缠。斗南三曜忧逼迫，何况蛇豕纷中原。周廷已绝越裳贡，汉皇不驾三山船。事机再失寇在室，车书八道今难言。神京拱卫峙三省，眈眈势欲无东藩。入洛终当激义士，观兵未许轻王孙。鱼鞞鲗酱系图籍，此鼎一发千钧存。天纲万里涎八裔，白日走匿金枢昏。长鲸跋浪巨鳌走，洪飙电策蹷雷奔。乘蛮隔夷赋未碻，回叫若木徒烦冤。淮山峨峨淮水碧，精英间出彪山川。蹲熊翥鹤发奇状，空堂怪鸟惊翩翻。乐浪元菟一矫首，玉环楛矢明威尊。当时微物重爱惜，摩挲百代嗟心魂。鼒鼐作颂万灵集，焉得置之升谷门？

## 陈锦章

陈锦章，字珊源，清淮安府清河县大兴庄人。有《麓侪诗剩》《麓侪词剩》。

### 喜晤吴温叟有怀

驱车吴城路，宛转渡淮流。门前一握手。欢言忘清秋。德门钦先泽，努力为道谋。佳哉延陵子，意气薄云浮。推滨产美玉。勉旃为琳球。

### 别淮上诸故

月明照新竹，苍翠成琅玕。竹间惊宿鸟，飞入白云端。云端高万里，应怯天风寒。寒风尚可持，此去路漫漫。想君对清夜，思我坐愁叹。愁叹亦何益，凄恻中心酸。

## 范　冕

范冕（1841～1923），字少城，亦字月林（晚作楼），清江浦人。邑庠生，屡应乡试不售。以时艺教授里中，总纂《续纂清河县志》。子三：长子尉曾，字耕研，著名学者，精研《墨子》《管子》等；次子绍曾，字农研，习理化，长期执教省九中；季子希曾，字耒研，精通版本目录学，著有《书目答问补正》等。人称“淮阴三范”。

### 吟清江

袁浦名邦记胜游，依稀风景似扬州。洋桥东接西流水，越闸南通北草楼。
斗姥宫前都府巷，奎星阁下状元沟。无边风景芦花荡，九省通衢石码头。

## 胡念祖

胡念祖（1843～1880），谱名保和，字子怡，号幼芸，清淮安府清河县凌桥人。光绪丙子《清河县志》纂修胡裕燕之兄裕薰长子。光绪元年（1875）恩科副榜，候补江西知县。

### 辛酉抵淮安

东南半壁尽烽烟，留得余生到眼前。昨日梯航犹险阻，今朝骨肉始团圆。
重闱窃喜椿萱健，异地方欣棣萼联。父子祖孙兼叔侄，一门三代尽陶然。

### 己卯京兆报罢改发江西感赋

黄花寂寞暮云天，有客登楼思渺然。日落燕台空市骨，秋高灞岸怕题笺。
半生踪迹搬董鼠，两字功名上水船。难得一官今托钵，升沉从此听前缘。

### 将之江西留呈式嘉叔父

二十年来太累公，此行犹为卜穷通。无多骨肉惊离梗，如许功名任转蓬。
话别怕听瓜步雨，长征好趁马当风。寝门日远天涯近，惟祝慈云岁岁红。

### 壬戌正月八日得子名谷生

春到人间百卉生，庭前景色更盈盈。漫云有谷诒孙子，聊博同堂四代名。

## 吴斯佐

吴斯佐(1851～1891)，字仲匡，号左侯，清淮安府清河县人。吴宝田次子，吴涑从兄。太学生。光绪十二年(1886)起，师从徐嘉。以疾卒。能诗，著有《幸斋诗录》。

### 读书感怀

世途多险巇，吾道如培塿。靡靡倒狂澜，谁人障只手。名物夸奇赀，喋喋徒弄口。性命窃陈言，义理究何有？权衡决所从，二者孰为右。紫阳竺践躬，道垂千载后。群小肆狾喙，日月其何咎。吾辈读其书，奚烦为决剖。淑身在明性，藉鉴求石友。四端人所全，孟子良善诱。集义馁自充，动心缩能守。同然悦刍豢，异端辟杞柳。括囊返求躬，天衷有时牖。何人误后生，惘惘先正丑。诋訾任侃侃，剿袭亦窅窅。平居核言行，大端尚沮忸。始悟学问事，为己乃不朽。德业范我博，义分迫我厚。不敢亦不暇，鼓唇终自蹂。卤莽恣灭裂，圣神不见久。何时复兴起，一扫群邪薮。大道定一尊，海宇绝昏黝。

### 村居读书怀贤念友斐然有作借陶渊明《读山海经》韵

四农潘先生

巍巍养一老，光崇射阳邱。道探洛闽奥，故训马郑俦。迁固权其端，陶杜辉其流。恨未窥绛帐，私淑徒优游。

通父鲁太夫子

琼桂生海滨，植根山之阳。馥馥沁我脾，吸之臭味长。劲直凝金玉，灏气扬瑶光。雅宜垂往世，先子资铅黄。

从父稼轩先生

条理在宗衮，群贤并望走。孝弟秉天性，师友不相负。归来惠乡国，鲰儒甚何有？文章未华国，模范自垂后。

### 江干远眺

气挟江河壮，诗从泰华寻。客船喧晚泊，秋士爱孤吟。
燕雀骄樊圃，蛟鲸愧淀涔。坐看凉月上，皎洁到天心。

### 登平山堂

蜀冈崱屴西南来，涛声屹屹阻喧豗。铁龙矫首向沧海，奇气盘礴压平台。
骑鳌归客怅秋碧，九曲泾泾水调赜。平远高楼日纵憤，万里洪波一抔带。

### 秋　兴

波棱风劲响流泉，景物萧森万象悬。披日丹枫争暮色，刷翎苍隼踔晨烟。
壮怀每寄嘹天鹤，病体常惊抱叶蝉。剥蚀不须嗟老木，干材终藉肃霜坚。

## 王锡祺

王锡祺（1855～1913），字寿萱，晚号瘦髯，清淮安府清河县人。同治十一年（1872）诸生，屡应乡试不售。家本有质库，经济优渥。长兄锡龄殁，寿萱嗣其职。顾性非所喜，耽学如故。司质库者欺其书生，积弊日滋，终致耗不可支。晚年贫病交加，入江南通志局以校勘谋生。辑刻有《小方壶斋舆地丛书》一至四编，有功于中国人文地理学厥伟。又辑刻有《小方壶斋丛书》，保存地方文献甚众。自著有《小方壶斋诗存词存》。

### 重有感

人畏风波恶，我愿江湖行。江湖有风波，世路多榛荆。客秋扁舟来，楼船喧笳钲。今兹筑炮垒，岳岳侔坚城。高鹰翔九天，狐兔纷纵横。长绳系白日，奇哉夸父争。清谈示镇静，何时非承平。英年事呫哔，气象森峥嵘。茫昧计国是，矮屋犹书声。终军尔何人，弃繻请长缨。

### 挽　歌

白日苦短短，青阳自悠悠。未知漠北塞，何似城南楼？蝉鬓倏已霜，鹤颜终归邱。逝者良难再，生存能禁不？长将三五月，照此千万愁。

### 醉后放歌

生不能学淮阴侯，快馘项籍乌江头。又不能学韩潮州，力谏佛骨回狂流。胡为碌碌久居此，乃与俗子同浮沤。长剑高空动白日，仰天狂笑看吴钩。酒气拂郁出五指，一饮便欲三百瓯。侧闻前麾度陇水，珠玉乍可宁东洲。六诏开边事未已，中枢抵掌纾良谋。蚩旗竟天示妖异，海西丑类深诛求。念兹叹息忽痛哭，举觞对此茫茫秋。白门名胜重勾留，卧酣梦舞昆仑邱。人代变幻一弹指，恤纬乃抱嫠妇忧。大江滔滔不可收，唾壶击碎人知不？投笔宗悫若常在，我与乘风破浪游。

## 己亥五月十七日夜星陨而雷

十六月蚀既，十七皎夜光。欻忽一长星，烛天万丈芒。自东没于西，其色红碧黄。仿佛渊阗声，推车来阿香。斯时苦炎郁，露坐围匡床。惊疑互耳语，不知何祲祥。振襟读书子，矫异田舍郎。云扨九閶鼓，元戎行折伤。更有袯襫农，亲睹堕吉方。瑞土产岐嶷，积善恒余庆。俄传鼎覆悚，恐遘龙战殃。众非胜独是，举国乃若狂。翳昔傅骑箕，五丈秋风凉。三楚征苗师，一夕哀明王。大任讵轻降，列宿畴能当。况精计然术，令德暗弗彰。茹鲜披文绮，遽豫卜炽昌。宿州见天狗，五石陨宋疆。流火此应候，凶焰非欃枪。专家事推步，七曜轨道详。重力吸凝质，重译无否臧。南畿近多垒，远人渐披猖。启圣切殷忧，乱言服刑章。乌台崇职司，龙门勤世藏。扪舌勿喧嚣，君臣政明良。

## 辛丑纪异

长星五月出，夜半西北行。入时后一日（夏至后逢辛入时，今年五月七日夏至辛未），清晓闻蝉声。廿七大风雨，天地若斗争。柱础浃旬润，沛然未放晴。屋坏木斯拔，所在沟浍盈。新蝗漫空飞，农人相顾惊。乘舆筮吉返，潢池仍盗兵。有司敢箕敛，国计需经营。我读五行志，庶征难指名。皇仁至汪秽，感格垂精诚。雷霆一震荡，耿耿三阶平。殷忧可启圣，灾异无重轻。皋望补衮阙，金鉴千霜明。

## 酬温叟丈

淮海风骚歇，何人得正声。觥觥今季札，屼屼峙长城。
雅躅张三子，鸿词楚两生。即看执牛耳，文坫任纵横。

## 贺蒋大伯斧纳姬

新种宜男草，群称解语花。才人五杂俎，仙子七香车。
纡紫夸腰绶，分红验臂砂。天台成眷属，一饭饱胡麻。

## 闻两宫西幸西安

浩劫悲康了，雄军唱董逃。无人袯荧惑，共此祖飘高。
君德禹三耳，民殃宋二毛。翠华行渐远，延望靖天骄。

## 艳　情

柳衣园占曲江春，木笔花开共问津。黄绢新词题舞扇，朱轮艳迹逐香尘。
早知南许争承宠，何苦东施强效颦。礼罢空王参罢佛，伤心侬是再来人。

## 登龙光阁

近城高阁耸龙光，俯瞰淮流一带长。循吏今思龚渤海，畸人昔抗米襄阳。
遥依东斗瞻慈座，敬位南十爇瓣香。欲泛桴槎纵博望，春晖寸草恋萱堂。

## 盐灶歌

卤池蒸日生寒霜，曝之色白胜蔗糖。淮南荚制异淮北，然蒿为薪出金玉。
大灶小灶繁且多，灶丁趋走如织梭。火伏红旗秋不设，万灶荧荧一时撤。

## 老 马

骏足追风峻坂长，知音寂寂古孙阳。雄心讵共辕驹老，下驷从分栈豆香。
图画群污韩干笔，渥洼自贡大宛王。文昌佳气通南极，并作天闲万丈芒。

## 述怀题照

参军髯负将军腹，俗士心牵侠士肠。百六春华闲岁月，三千佛果大文章。
振振差幸赓麟定，逐逐还须避虎伥。大好园林叙天乐，欣随姊弟侍萱堂。

## 月当头夕与燕受两弟桂葵菊荫诸侄芝蕖两儿小饮逍遥游舍触兴前尘即席成韵同座有史子猷茂才杨体之朝议

当年欢宴月当头，群季论诗醉不休。自怅子由成远宦，独惭康乐接清流。
客程迢递三千里，仙界高寒十二楼。为问乌衣聪颖者，腊珠解滴凤凰不？

## 联庄会起武冈州学正欧阳霖挟青鸟术劝都西安慨然赋此

荒庄古柳泣斜阳，三式危言动上方。在昔遗规尊白鹿，及今淫祀媚青羊。
忧深漆室绩麻女，喜见琅邪大道王。鹈鴂漫呼行不得，看销金甲洗银潢。

## 日人井原鹤太郎愿学诗以绝句挑之

其 一

壮游联胜侣，觞咏集横滨。为领樱花盛，裁笺赠答频。

其 二

生无曲园才，敢录诗弟子。暧暧东海云，依依西泠水。

## 自来水

不费提携力，能深洗伐功。源头清几许，汩汩吐长虹。

### 自行车

长安花看遍,驰骤软尘红。那用人推毂,蒲轮去似风。

### 苦　雨

其　一

旅顺全军没,苍天不忍看。苦将忠毅血,洒作雨漫漫。

其　二

鸭绿江头战,苍天不忍看。苦将嫠妇泪,洒作雨漫漫。

其　三

大府诛求亟,苍天不忍看。苦将民骨髓,洒作雨漫漫。

### 阻雨五里庄咏旅邸中柳

带雨笼烟似有情,隔墙送过绿阴清。垂条渐解离人意,系住斑骓不放行。

### 酸　菜

一味秋凉荐沚毛,庖丁按谱试霜刀。纵教先果醯鸡腹,玉脍金齑快老饕。

### 晨起观后圃秋色

绛帻青蚨各斗妍,凤城仙子海棠颠。风情百韵难删却,错被人呼老少年。

### 二月二十八日小饮京江第一楼

其　一

绀碧高楼大道边,疏疏垂柳绿如烟。夜深停却檀槽拨,空搅邻家岛客眠。

其　二

貂裘年少看花回,宝马香车著意催。一阵鬓云香过处,当筵袅袅丽姝来。

## 杨志温

杨志温(约1855~1928),字幼梅,女,江苏无锡人。适清河陈兴葵。奉姑嫜甘旨,育幼子成材。含辛茹苦,家传儒风不坠。长子陈福咸赴日本学习铁道专业,服务于民国政府交通部;次子陈福震入京师师范学堂受教,供职于金融界。著有《绿莩轩集》。

## 并头兰

空谷幽兰绝世姿，如何也缔合欢枝？同心臭味宜君子，嘉瑞联翩答盛时。
为有国香人服媚，笃于天赋物呈奇。替卿写照云笺里，缀工连珠好伏持。

## 柳　眼

燕剪初裁绿未匀，雨丝烟缕六桥春。西湖波影添明媚，南国风光斗笑颦。
折处顿教增别泪，眠时微觉减丰神。多情更有垂青意，桃靥梨涡陌上人。

## 红　梅

清绝群推绿萼华，驻颜亦自有丹砂。香浓邓尉山边路，春丽罗浮仙子家。
漫倚高云簪杏朵，岂随流水混桃花？冰池写照谁能似，一幅银笺点绛霞。

## 秋宵杂感呈少梅大姊

其　一

秋宵景物渐萧条，刀尺频催处处砧。紫塞风高惊雁度，绿窗月冷逼蛩吟。
工愁易改当年鬓，好静常怀避世心。追忆垂髫游戏事，闲云流水过难寻。

其　二

丝丝凉露湿梧桐，玉宇无尘万籁空。残菊数丛摇夜月，疏帘一桁漾西风。
点金依乏神仙术，弹铗谁知末路穷？冷眼看他趋热客，登场傀儡最相同。

## 秋窗夜坐

雨洗梧桐月上迟，西风瑟瑟豆花篱。凉生冰簟秋初觉，红褪莲衣瘦不支。
四壁虫声鸣促织，一帘竹影课儿诗。偶然选咏银釭畔，触景怀人有所思。

## 秋　兴

憔悴园林景物赊，无边落叶和清笳。长生那得金茎露，人世谁乘银汉槎？
夜静流连半檐月，秋深珍重一篱花。闺中不为韶光惜，一任西风毕岁华。

## 七十初度有感

其　一

幼年萍梗任西东，不靖干戈处处同。严父幕游淮海地，慈亲贫病药炉中。
依兄弄笔吟诗句，随姊穿针作女红。午夜兰闺时絮语，憨嬉相对坐薰笼。

其　二

历尽艰难七十年，歌吟黄鹄景移迁。燕巢不定惊时乱，鹤俸虽微幸子贤。
萍散弟兄居异地，兰摧姊妹隔人天。谢庭风絮今非昔，一忆当年一怆然。

### 检心葵文稿有感

惋惜青灯十载功，微名偃蹇恨何穷。才非捧日天偏忌，志切凌云路未通。
异疾无缘逢扁鹊，雄心不复似长虹。最怜莫慰高堂望，莱彩难将子职充。

### 山　居

闲庭无客到，幽景入诗情。啼鸟自来去，白云二径横。

### 秋　夜

其　一

小园风景得秋多，帘影萧疏漾绿波。读罢楚骚更漏永，阑干西角望银河。

其　二

一夕西风送晚凉，深闺初御薄罗裳。黄昏几阵芭蕉雨，添个寒蛩絮短墙。

### 暮春偶作

其　一

春光渐老警诗情，廿四番风转眼更。落尽残红飞尽絮，最无聊赖杜鹃声。

其　二

不向东风问岁华，栽培修竹种秋花。笑他红紫无情甚，只解纷飞趁落霞。

### 和研孙大弟七夕感怀

神仙犹怅别离多，此夕相逢意若何？世上痴情多少泪，倩谁流得到银河？

## 王毓丙

王毓丙（1856～？），字木生，淮安府清河县人。王兆桢长子。岁贡生，铨选训导，改直隶州判。著有《耕道堂诗剩》。

### 补题捷三汪亲家《行乐图》

其　一

羡君风至最翩翩，图入丹青态更妍。为觅知音来月下，偶挥如意立风前。

平生参透乾坤学，得暇还研《道德篇》。庭有芝兰松柏茂，只应终老乐天年。

其　二

夙昔神交久结缘，茑萝附托更多年。那堪风雨怀千里，竟谢尘寰到九泉。

流水高山成绝调，荆天棘地早登天。嗟余摇落樗蒲质，犹自饥驱未息肩。

# 闻　溥

闻溥（1858～1931），字湫泉，清江浦人。清光绪辛卯（1891）北闱举人，大挑任陕西知县。辛亥革命时，曾任清河县民政长，民国初任淮阴县商会会长。后致力于实业救国，曾为大丰面粉厂、增新祥蛋厂董事长。"能画梅而诗绝工"。有《惜余春室诗草》。

## 写梅赠耐寒

其　一

吹嘘原不借东皇，高格偏于冷处芳。酝酿好花得春早，须知奇暖是冰霜。

其　二

蟠胸芒角郁槎丫，吐出芳馨气自华。试与拈毫写高洁，知君标格似梅花。

# 吴　涑

吴涑（1867～1920），字温叟，号季实，晚号去存，淮阴县大兴庄人。吴昆田之子。幼承庭训，博学能诗。30岁后，客游四方，尽识当世贤豪长者，师事山阳段朝端。民国担任地方议员，并曾远赴广东参加护法战争。著有《抑抑堂集》。

## 十一月十四日作

乳燕倾旧巢，宿鸟失豫章。孤儿生之辰，益以增悲凉。世途尚崄巇，人事孰康庄？惆怅终日夕，去去出门望。寒柳亦已衰，秋菊久不芳。唯有柏与松，枝叶相低昂。童童秀冬岭，郁郁凌高冈。若不经岁寒，何为独青苍。人亦当忧患，此训古所详。天欲玉斯人，先抑而后扬。雄情隘八区，壮士怀四方。作此励志诗，勉旃毋敢忘。

## 与罗三叔韫振玉邱大于蕃崧生<br>尹九轸叔彦铄访路翁笑逢岖苇西草堂

竹径不知门，门在深竹里。迤逦入门来，春光艳如此。低枝碍巾角，茸茵承屐齿。箨粉未解甲，花鬚初绽蕊。阑干十二曲，眼底清且泚。呴喁鱼逐沫，澹宕风弄水。老屋小于舟，促坐不尺咫。主客谐杂笑，好鸟應若唯。近绿与遥青，开窗扑棐几。不自尘世来，安识山林美？城中十万家，唯君得所止。苦荈净吾心，清言濯吾耳。度畦剪丛韭，临渊钓双鲤。豪饮不成醉，久坐不知起。凉月催人归，回首失芳沚。

## 春日村居怀饮真江宁用陶《归园田居》韵

其　一

昨客秦淮头，朝暮见钟山。钟山顾我笑，往来多岁年。平生一长剑，轻掷蛟龙渊。去去勿复道，耕我陇上田。榆树交覆屋，垂柳夹道间。策蹇枣花外，钓鱼晚风前。灶妇愁夜热，未暝上炊烟。豆长芰近草，秫高齐崖颠。那用劳微力，肆目自不闲。此境虽萧条，生理殊自然。

其　二

吾友邗上客，渡江息轮鞅。堕身今世中，而有古昔想。枕城山为屏，白云共来往。雨花台上松，应比去年长。城南三亩竹，捎云日应广。本性苟长存，何必傲榛莽。

其　三

旧日梁园客，散若晨星稀。因风告故人，远行不如归。不惜樽中酒，不惜身上衣。但愿素心人，相亲不相违。

其　四

饮马长江水，握手聊嬉娱。慨念古哲人，一昔同邱墟。独有读书台，晋贤之所居。瓦屋余三间，松栝留几株。胜迹有如此，豪气谁敢如？金陵帝王州，片土何所余。但作好男儿，乃谓生不虚。薄暝一登临，斯游今所无。

其　五

遣愁以浪游，信步过山曲。清讴偶一闻，还饮惜未足。文字供冥搜，心兵斗棋局。古人亦有言，夜游当秉烛。狂极意未厌，疏窗楼朝旭。

## 读　史

其　一

少小读《春秋》，吾爱随武子。不徒在能贱，所贵在有耻。丈夫千金躯，敢与群儿比。求荣而得辱，罪甚发肤毁。唾面不敢拭，师德吁可鄙。和光同其尘，宜善学老氏。

其　二

能贱亦如何？譬之天上龙。小则如蚕蠋，大则风云从。莘野与渭滨，道诎神自充。陶公甘乞食，伯鸾宁为傭。华歆遭割席，正坐不能穷。遂令管幼安，千载留高风。

其　三

士生非命世，宁为刘季陵。隐情而惜己，此中多苦辛。尸祝不代庖，先贤有良箴。奋身卫乡里，不能甘浮沉。不见赵邠卿，旋踵祸相寻？闭门姑却扫，聊作寒蝉吟。

其　四

晁错说孝文,贾谊策治安。岁恶能请爵,入粟得拜官。岷江始滥觞,轮海成波澜。今日纳金钱,明日弹峨冠。马医与夏畦,低头笑儒酸。衣绣归故乡,谁识淮阴韩?

## 淮南寓目

未觉故乡远,且喜烟波近。沙鸥抟白雪,稻花散轻粉。江水清于酒,挹彼润枯吻。岚翠湿欲滴,净极不可拭。余怀苦结辖,斯境觉尘坋。山灵怜我穷, 为豁孤愤。何必阳羡宅,乃可驻真隐?此愿未由遂,聊发 笑听。

## 读《离骚》次陶《读山海经》韵

商飙下中庭,繁卉色渐疏。松柏转苍翠,交柯映我庐。端居鲜过客,日亲古人书。时亦就邻里,信步安于车。时亦命孤斟,佐之以园蔬。不饮似颇乐,薄醉幽忧俱。手把《离骚》经,心游《天问》图。灵均不可作,欲往将焉如?

## 丁十九约饮酒肆即泛舟勺湖看荷归途微雨

有约不待邀,入座泻盆盎。薄醉蕴炎蒸,脱身上兰桨。小渠初逼仄,平川忽泱漭。酒力敌风湍,骄阳淡画幌。生憎没三篙,安用吹五两。襟抱谢歊热,耳目快昭朗。穿入藕花壁,四顾未暇赏。各含出浴姿,红裳卸锦襁。瓣落轻无声,唼呷鱼惊上。徐闻鼻观清,细领心旌荡。菰桨竞相附,高高盈十丈。颇自矜秀出,柔韧失凭仗。十亩可溯洄,中央愁决荡。层雾递密雨,偶滴篷背响。知为云光来,早挟诗情往。虽无大好怀,赖有微尚想。溪头浣纱人,倩影对漾漾。不遇鸱夷子,那得一舸放。何必苎萝村,乃落珊瑚网。追欢意未厌,催归徒惘惘。重游订后期,暝色送萧爽。

## 暮秋偶道淮安感触旧游怅然有作

其　一

奎文旧讲院,少小趋庭处。摊书澄轩下,讽诵宵达曙。药圃春翻风,荷池夏泫露。洞洞无幽忧,浑浑多乐趣。俯仰四十年,岂独境非故。睡寐忽瞢腾,既醒失所据。

其　二

往者蒲葭巷,书声出金石。所师徐遁翁,课我尹氏宅。尹氏好兄弟,英英双白璧。仲子久委蜕,郎君岸赤帻。叔子困风尘,归来话良夕。兴至酒杯宽,愁来天地窄。何地是穷途,迂哉彼阮籍。

其　三

陈书澄观堂,置酒小方壶。赖有素心人,晨夕相与俱。狂吟若不足,排日为欢娱。但令常聚首,富贵犹土苴。一别遂如雨,委琐存微躯。大宅竟萧条,空巢头白乌。问讯毛元征，意气仍在无？奈何不相见，抚掌一轩渠。

## 奉和段蔗叟四首

其　一

叟也据槁梧，威凤鸣天阊。涑也吟草间，凄切如寒螀。强我相酬和，汗流走且僵。微生甘衰白，夫子有耿光。奉手敬受教，愿言示周行。赠言过宠借，惊悚迷所方。韩门有籍湜，苏门有秦黄。倘焉不遐弃，问字来负墙。

其　二

我与梁苍立，二年不相见。因风寄一纸，千里恍觌面。为言潘鬓凋，低头就曹掾。病余酒户小，愁饶诗情倦。危时道德丧，乱世文章贱。我亦蓬蒿人，何词相慰荐？知否段蔗翁，孤吟寄遥眷。勿吝怀友篇，火急付邮传。

其　三

壮岁作书佣，藉荐大小李。大李风骚人，小李温雅士。我乃骖其间，周旋执鞭弭。聚散二三年，如一炊顷耳。大李劳校勘，小李走万里。岁时遗我书，开缄一欢喜。陵谷忽陁陊，波云竞诡委。小李阻重瀛，大李泊海涘。一昨段蔗叟，感旧怀二子。安得敦古欢，同醉淮阴市。

其　四

凶岁孑遗民，苦望来年丰。昊天靳朔雪，得不忧忡忡？隔窗似淅沥，开门忽迷蒙。眼眩观银海，手僵鞭玉龙。冬青婆娑绿，天竹的皪红。那管樵苏湿，何虑蹊径封。教儿暖尊酒，呼童剪畦菘。独酌酬造化，裁诗慰蔗翁。水旱勿预计，当无蝗与虫。多欣复多慨，渚陆遍哀鸿。

## 宣南书怀

其　一

混身尘海中，遥意落林野。端居偶影神，热客回车马。陈编不求解，虚名容久假。小亟例止酒，寒宵杯重把。凭诗纪岁月，性灵赖陶冶。欲溯吾生事，泪已金波泻。

其　二

古今一治乱，彼此一是非。丁此嬗蜕间，天地孰纲维？且同燕雀熙，勿随鸿鹄归。鼷鼠易果腹，丹山凤常饥。治生儒者事，为农一何迟。所嗟平生志，忽忽与我违。

其　三

山苗傲涧松，赟葹笑兰蕙。但能荣一时，何必贞晚岁。茫茫大化中，泊泊人间世。拙匠矜运斤，不惜斫伤鼻。其质已不存，其技安用试？于此求众同，毋宁甘独异。

## 《木棉花歌》简元方启东

风物闲美春光嘉，打门剥啄惊山家。为粤秀山作屏障，千朵百朵木棉花。攒如铜钲挂初日，散若云锦蒸云霞。妃泪斑斑爇天焰，帝血莹莹张滂葩。衔巾青鸟红侨堕，树羽翠螺赤鬖髿。火齐万颗吐璀璨，珊瑚一枝生槎丫。日者二客纵寻讨，河南城北舟与车。浮图兰若三两树，潜苞未坼才抽芽。巡檐恰自空庭得，胡君作赋韩君夸。乃知山灵媚幽寂，受矜宠者庸非奢。韩愈南来倘见之，余论未必惜齿牙。苏轼一言太聊且，从事十部何难加。此花正色能自贵，狂花客慧争夭斜。门门朱朱桃李杏，牵丝带叶常棣华。碧梧修竹漫罗列，绿槐垂柳相周遮。此花岂仅见色身，会看有食如巨瓜。大地无垠尽挟纩，衣被天下同桑麻。生此炎乡亦何用，不如移植河朔淮之涯。

## 荒年新乐府

咽青灰

煮米作饭，炊柴成灰。人吃釜中饭，我咽釜底灰。饿咽釜底灰，渴掬沟中水。瞥眼沟中瘠，嗔目怒不止。今日妒我生，明日从汝死。寄语咽糠人，毋悲生不辰。

拆屋梁

先抽屋茅，后拆屋梁。昨日无中厨，今日无东厢。刀锯绳索，将率上高堂。上堂见木主，伏地泪如雨。我祖我父，明日无处所。

插标卖

东市插标卖，所卖乳下孙。西市插标卖，膝下孤儿存。孙小能啖粥，儿大能应门。何人施仁恩？我将归从沧浪天，不忍为说生弃捐。

## 三十述怀

其 一

堂上雪盈颠，孤儿及壮年。愁心唯我觉，傲骨谢人怜。
偃仰风尘外，钓游榆柳边。邻翁贺生日，枉赠酒如泉。

其 二

今日宁知是，当年却总非。平心空块垒，真意在庭闱。
渐可知鱼乐，何劳问凤饥。作诗当招隐，游子不如归。

## 奉和宾华师赐诗敬步元韵

其 一

万斛灵均泪，千秋杜老诗。汗青宁适俗，头白为忧时。
竞说臧三耳，谁张国四维？吴中文献在，衰世赖扶持。

其　二

风骚畴可继，月旦敢劳评。不恨饥驱我，翻愁雨洗兵。
花明仍旧态，笳吹有边声。欲访成连去，时登薄暮城。

## 广州书感

其　一

偶陟岭峤来，犹带幽燕气。太息兰当门，生憎草没砌。
胸本无町畦，发言亦无次。敢以夙昔心，颠倒徇人意。

其　二

唐宋炎瘴区，繁盛冠南极。欲发思古情，谁授潮阳笔？
穷蹙苏惠州，一廛不可得。即事当喜欢，未觉衰年逼。

## 小亭秋眺和仲匡从兄斯佐元韵

安排纵目极天涯，天畔疏林障暮鸦。牛识柴门循曲径，雁惊人语起平沙。
销魂桥上杨枝老，断杵声边月影斜。西蜀名亭何处认，子云旧宅许停车。

## 夏夜即事

故园三径未全荒，深柳堂前可纳凉。坐久偶闻梅子落，梦回时觉枣花香。
晴蒸草色侵重幄，月转松梢上画廊。近日陶公真止酒，新茶活火费平章。

## 薛庐谒慰农丈时雨遗像

看罢西湖万事轻，尊经一席老桓荣。吞花卧酒消豪放，野鸟闲鸥管送迎。
人道杭州怀长吏，我从遗像识先生。不堪展卷思先德，七尺孤儿凿晏楹。
原注：丈遗集首载先子题诗。

## 秋雨卧病田鲁玙毓璠见过不及报存奉投一律并寄董逸沧玉书

卧雨萧寥白下城，回车深见故人情。时艰大府求儒吏，计拙高歌望友生。
官职可酬他日愿，源泉不负向来清。凭君寄语邗江客，小草寒蛩偶一鸣。

## 和瘦冉

莫道文章不值钱，疗饥煮字足长年。多情明月空怜影，随意芳华欲上颠。
风泊鸾飘宁我辈，絮沾梗泛亦天然。典裘莫遣金尊浅，我与先生乞酒泉。

## 赠张蔚西相文

与君行年校一岁，齿牙渐脱发沧浪。风霜偃蹇相逢晚，书剑飘零话别长。

南国愁云仍惨黩，西山爽气恐微茫。方舆笺校曾何补，城内河山寸寸量。

原注：君编《地学杂志》。

## 题赵玫叔村居

半傍山村半水乡，北窗白日梦羲皇。停车载酒扬雄宅，落月张琴左氏庄。

宾主能闲心共远，寂喧相对意俱忘。春秋佳日休轻负，薄醉何嫌侧帽狂。

## 漱玉词有云“故乡何处是忘了除非醉”诵之枨触拈以为韵

其　一

柳色尚依依，燕飞还故故。只有羁人心，已逐愁云去。

其　二

天地大逆旅，何地非吾乡。鲁连甘蹈海，屈原乃沉湘。

其　三

中宵思复旦，奈此长夜何！不见扣角者，空读《饭牛歌》。

其　四

汤汤浦江口，我友送行处。闻道平安火，遮断来时路。

其　五

欲从屈正则，问孰纲维是？呵壁计已迂，距天无尺咫。

其　六

久留竟何事，岁月惜空唐。逃名固已久，近更与我忘。

其　七

鸥泛嫌太闲，蚁斗殊未了。微躯立地上，孤怀立天表。

其　八

草长欺花瘦，消闲手自锄。日来无赖甚，任绿到庭除。

其　九

乍觉天河迥，旋惊星月微。不关眠未稳，生怕梦魂非。

其　十

宁愿我独醒，饮辄病肺胃。且却《养生篇》，聊谋来日醉。

## 新历除夕

少小新岁大欢喜，老大新年倍惘然。一遇新年一肠断，如何禁得两新年。

## 南行杂诗

其　一

蒋山云气朝朝变，曲槛箫声暮暮同。要听箫声看云气，朝朝暮暮水当中。

其　二

婀娜垂柳影毿毿，隔水人家映浅蓝。不与故乡依样似，只缘生小住江南。

## 八月八日闱中题壁

其　一

乱头粗服不寻常，要学邻家小妇妆。淡怕知希浓怕俗，摩挲宝镜细端相。

其　二

吴姬越女冠当时，侧媚旁妍各逞姿。抛却苎萝村上月，去来燕赵斗燕支。

## 上巳谷雨招许维周汝桢族弟子璋琳中洎弟侄辈小饮斋中作

其　一

雨后初尝嫩蕨芽，盘飧风味称山家。酒酣梦落西泠去，啁哳山歌听采茶。

其　二

青青柳色未藏莺，燕子飞花蹴地轻。挑菜谁家小儿女，绝无愁思管阴晴。

## 臧涧秋为刊《风花过眼录》感赋

落拓名场二十年，流光强半掷南天。缕衣抛尽怜飞絮，孤负当年两鬓玄。

## 与陈宜甫义游什刹海纪事

其　一

携客来呼小店茶，篾棚板屋竹篱笆。高楼一带凌波靓，故老犹传宰相家。

其　二

林表清明霁色开，归休小踏长安街。冰盘菱藕寒于蔗，一洗平生热恼怀。

## 林翁畏庐（纾）为作山水小幅并系一诗步均奉答

对酒高歌来日难，还从画里忆槐安。遥知翠翠苍苍外，定有畸人把钓竿。

## 江宁感旧诗

中年哀乐此何时，更说江东击鼓鼙。不独秣陵秋怕听，暂存身世不胜悲。

### 出　门

削迹为农学散原,更求大笔张吾园。昨宵客至方开径,今日饥来又出门。

原注,散原为颜“云依非宅”额。

## 翔　宇

翔宇,民国时期人。

### 淮阴岳王庙

一面金牌颁十二,常教血泪洒英雄。奇冤长恨埋三字,和虏终惭失两宫。
南渡江山悲逝水,北征鞍马付秋风。低徊往事成千古,祠宇空余夕照红。

## 张　焘

张焘(?~1941),淮阴县人。国民革命军某山地师营长,在一次与日伪的重要据点争夺战中牺牲。

### 抗战期间赴前线过潼关留句

其　一

平明东渡古潼关,一派坚城倚乱山。浊浪排空天设险,东来日寇应心寒。

其　二

千年传说脱曹树,老干婆娑傍古城。寄语游人休错认,曾将汉室定三分。

其　三

炎刘运蹇纪纲坠,割据争雄天下哗。若使当年无此树,不知汉室属谁家。

## 乔国桢

乔国桢,字伯瑶,淮阴县人。民国初任参议员。

### 次耐寒普应寺看花十绝韵

其　一

禅关虽设不长开,蜡炬烧余剩劫灰。想到登高重九日,隔墙尚有禹王台。

其　二

瓣香孟起得真传，神似群流汇百川。墨汁淋漓称巨擘，晚年居士亦谈禅。

其　三

此老胸中有甲兵，手挥词翰鬼神惊。眼看尘海无知己，愿作田夫了一生。

其　四

意在毫颠妙入神，一枝写就总翻新。先生本具调羹手，等是寒梅不遇春。

其　五

李园寂寂久无闻，庭户荒凉锁白云。拳石也知皈佛好，舍身长谢故将军。

其　六

远渡江天般若舟，金焦时上藏经楼。故乡名刹经年别，灏整归帆续旧游。

其　七

羽檄纷驰月色凉，登场粉墨奏霓裳。霎时寇扰袁公浦，父老伤心矢不忘。

其　八

西郊近水老僧家，别圃群芳艳若霞。悟澈色空空即色，佛天世界任花花。

其　九

万缘憧扰俱归寂，一念修持总不虚。最是莲池春水碧，讲经出听有游鱼。

其　十

短篱长驻四时春，远市生涯见本真。灌溉欲谙园艺性，嗜花故访莳花人。

## 徐家骏

徐家骏(1868～1946)，字旌门，号筿云，别号驼峰居士，淮阴县人。16岁成秀才，五试秋闱，皆不售，后任塾师多年。1917年弃儒从医，设私室应诊数十年，尤擅妇科。能诗词，丛残集为《知不足轩类稿》。

### 醉　歌

无酒对人说学佛，今日有酒便学仙。一杯在手仰天笑，欲饮未饮口流涎。再斟再饮不须劝，状如渴马来奔泉。又如长鲸排浪出，唏嘘喷饮吸龙川。家人啧啧向之笑，谓我粗狂老更颠。投箸举杯前致词，儿女世态汝勿然。光阴过眼驹过隙，百尺长绳难为牵。多少朱门年少客，北邙高冢起绵延。我近古稀七十载，计日二万五千天。粗粝自甘腰脚健，兴来弄笔写银笺。况复天心未厌乱，迄今南北尚烽烟。腥风万里吹血海，骨肉流离沟壑填。廿年虽自遭世变，斗大此州犹见全。稚子童孙喜婚嫁，安居一室无迍邅。亲朋如旧作欢会，九老唱酬悟夙缘。人生及时行乐耳，贫不足羞贱不怜。但储佳酿常不竭，毋为学佛参枯禅。

## 青纱叹

南湖北乡，每年五六月间，高粱棵起，匪人出没其中，扰良民特甚，因以叹之。

君不见红锦帐里美人眠，娇欹侧堕翠花钿。又不见碧纱橱中名士住，左设图书右词赋。美人名士自风流，秋月春花自在游。胡为碧纱红锦色变青，行者沮丧闻者惊？狼貙凶残鬼蜮技，偏于恶境美其名。天生烝民重五谷，五谷未熟先愁郁。欲锄原自碍生机，不锄翻虑埋阴毒。一片青青豪客家，黍稌丛中产蝮蛇。清可引风浓翳目，出没啸聚此生涯。角无声兮鼓不起，杀人越货无时已。扃宅幽深更莫闻，闻亦袖手瞠然耳。吁嗟乎！红锦帐，醉梦酣；碧纱橱，味醰醰。名士无端成白首，美人亦易凋朱颜。青纱时被秋风收拾去，明年又满天涯路。

## 舟行晚眺

薄雾轻笼淡著烟，远山一点大于拳。橹摇波面风生浪，舟过湾头水接天。
孤鹜低从霞外落，片帆高向日中悬。犬声隔岸灯多少，知是前村已泊船。

## 戊子秋夜渡黄天荡

碧空如洗月光寒，放棹中流入画看。万顷波涛连地涌，满天星斗落江残。
橹声欸乃萦乡梦，帆影模糊破急湍。燕子矶头停泊处，银釭剔尽酒初阑。

## 淮阴侯钓台怀古

淮水淙淙夕照微，台荒人去对斜晖。烟笼袁浦帆樯重，秋尽扬州木叶飞。
漂母穷途犹一饭，汉高大度竟多违。早知走狗功成后，风雨何如老钓矶。

## 闲　眺

其　一

闲游镇日掩柴扉，红也鲜妍绿也肥。流水溪头孤泊棹，垂杨桥外一僧归。
村前野碓连云捣，雨际炊烟贴地飞。独上翠微亭上望，暮钟声里落斜晖。

其　二

一曲渔歌隔岸闻，千山万壑自氤氲。小村负郭多环水，远树连天欲碍云。
城角寒鸦飞点点，帘边晴絮扑纷纷。牧童归去横吹笛，浅草牛羊逐队分。

## 登高题壁

其　一

登高独上禹王台，万木萧疏猿啸哀。插鬓人寻黄菊去，提壶酒进白衣来。

霜钟野寺秋空净，淮水征帆夕照开。醉枕石头眠醒后，题诗和月扫莓苔。

其　二

松岩竹径晓烟迷，醉挽荒藤作杖藜。雨过山崖泉自语，月明芦荻雁初栖。
忽听乌角随风落，欲揽青天与日齐。乘兴携童临绝顶，回头一望万山低。

其　三

层峦耸立静禅扉，疑是江南旧翠微。断石碧纱名士笔，秋风鹤氅道人衣。
枫林落尽千家密，砧杵敲残一雁飞。红叶疏钟云外寺，月明松径马蹄归。

## 梅花岭怀古

骑鹤扬州史墓寻，荒烟蔓草几登临。亡朝鼎沸英雄恨，前代衣冠恩遇深。
半局残棋风洒泪，二分明月夜闻砧。精诚终古梅千树，开遍祠堂总赤心。

## 登金山

万顷波涛鼓荡鸣，连天倒卷夕阳晴。江洲木叶霜初下，海国鱼龙夜自惊。
落日征帆扬子渡，秋风渔火润州城。古今多少浮沉事，都付寒潮诉不平。

## 咏梁夫人

儿女英雄胆气豪，平分夫婿战功高。青楼歌舞辞鸾镜，红粉沙场识豹韬。
鼠辈齐惊娘子令，蛾眉雄建将坛旄。扁舟夜渡黄天荡，鼙鼓声声怒作涛。

## 雪　诗

朔风凛凛下重帘，万斛璇玑散作盐。净洗冰心完太璞，倒擎玉柱插疏檐。
客来顿讶须眉改，醉后频将诗意添。似尔情怀同淡冷，一生从不解趋炎。

## 黄　鹄

志大从无燕雀知，摩天掣海羽参差。衣裁金缕天然质，歌谱银筝绝妙词。
飞入槐花身欲隐，梦回橘柚色相宜。乘风振翮凌霄去，细雨萧萧梅熟时。

## 冬月十五夜对月有感

一年轮转天心月，今夜当头宛去年。风景不殊民物异，悲欢常与世时迁。
玄黄溃野龙争战，利欲驱人蚁逐膻。大地河山泡幻影，兴亡终古问婵娟。

## 闻寇扰

东倭南寇久烽烟，百万雄师日调迁。唾手白川方海上，惊心黑阏又苏边。

奇花海放新生命，爆竹声喧旧历年。我是冬烘随浪逐，从今从古两茫然。

## 七十感言

岁在丁丑孟冬，正当日本犯华南北激战时也。

七十年华一刹那，世途回首任平颇。只今留取青衫在，赢得频添白发多。
残月惊心闻鼓角，腥风吹血溅山河。累累战骨虫沙劫，欲哭无声敢放歌？

## 感　怀

不知稼圃不桑麻，一卷摩挲两鬓华。书脑每成秋后叶，灯心时结案头花。
诗歌九老如云散，鼓角三更对月斜。北望烽烟天幂幂，可怜壮士半无家。

## 慨时局

满城风雨近重阳，地老而今天亦荒。歇绝九经谈白虎，苍茫万劫造红羊。
愁看露井梧垂泪，剩有霜篱菊绽香。掷去酒杯羞独醉，哀鸿处处哭流亡。

## 对菊偶成

爱他霜里益精神，风味萧然见性真。翻把此花呼作婢，不知谁更作夫人？

## 丙戌秋泊舟荻港月夜登山

江青月白静无聊，满谷秋声万木凋。最好绝高亭上望，一天星斗射寒潮。

## 即事抒怀

世态炎凉薄复骄，此生敢自峻风标。惜天未予承迎骨，不惯人前学折腰。

## 柴门即事

萍花微雨柳花风，茅舍临溪独倚筇。雨过云停新月上，当头飞过信天翁。

## 月夜招饮

其　一

开樽花下月横空，隔座低声唤小红。斟酒一回歌一曲，温柔乡暖醉乡中。

其　二

灯红酒绿夜窗纱，主客忘情笑语哗。满座酡颜人尽醉，呼童秉烛看桃花。

## 春 柳

其 一

旗亭十里唱骊歌，春水溪头又绿波。自笑依依情太重，一生管领别离多。

其 二

日影苍茫絮影沉，虹桥低卧碧云深。长堤折赠须珍重，留与行人坐绿荫。

其 三

万树垂杨一钓竿，绿天深处倚阑干。怪君高著青青眼，世事浮沉若个看。

其 四

烟雨楼台画里诗，长空碧晕软如丝。春风睡起朦胧态，不见衰时见盛时。

## 长夏杂咏

其 一

炎如火伞日高张，觅得槐阴傍水塘。小扇频摇挥汗雨，有人犹在冶炉旁。

其 二

聒耳蝉声落照迟，凉飙苦不露丝丝。爬搔烦溽无宁处，正是狂鸣得意时。

其 三

清簟湘帘一局余，日长午睡梦蘧蘧。夜来庭际流萤闪，笑我疏慵懒读书。

## 家居口占

蘋花微雨柳花风，蓬户临溪夕照红。水定云闲新月上，当头飞过信天翁。

## 题谢天然诗集

其 一

不雕不琢洗铅华，自昔清才属谢家。菊有霜姿梅有韵，色香毕竟异凡葩。

其 二

古调泠泠弦外音，高山流水独登临。思清不许微尘染，知是诗心即佛心。

## 寒 蝉

一雨成秋万籁清，汉宫沉寂不闻声。漫怜此日甘寂寞，曾向朝阳作凤鸣。

## 春晓溪行

晴波涨绿色如油，屐腻苔痕滑不留。初日新磨金镜出，临溪渔妇起梳头。

## 感 遇

儿时就傅，有女同窗者数人，久不一见矣。昨出东门，猝然相遇，欣感交集，因成二绝。

其 一

记曾绛帐喜同游，阔别于今二十秋。途上相逢无限意，浅然一笑各低头。

其 二

游客如云春满城，出门我亦踏歌行。匆匆乍见疑难识，未敢人前唤学名。

其 三

髫龄情性两相宜，携手依依入董帷。红粉青衫皆长大，此生悔不再儿时。

## 客中对燕有感

其 一

关山处处动离情，春景江南几度更？暮卷珠帘来燕子，呢喃犹是故乡声。

其 二

绕堤杨柳碧依依，疏雨斜风逐晚晖。同是天涯漂泊者，一年一度一南飞。

## 丁丑除夕大雪书所见

掌大银花雪作堆，杖藜父老买鱼回。相逢邻叟欣然道，今日敌机定不来。

## 寒 食

其 一

誓死焚如铁骨坚，盘盂麦饭又今年。伤心一洒绵山泪，不禁烽烟只禁烟。

其 二

南北干戈等辘轳，哀鸿原野惨号呼。老羸沟壑妻儿死，饮得寒浆一勺无？

## 新历元旦竹枝词（1935年元旦作）

其 一

痛饮屠苏席满珍，嘻嘻团聚一家春。惊心昨夜窗前月，怕有敲门索债人。

其 二

图披九九墨痕才，寒未消时春未回。闭户萧然成独坐，喜无门缝片儿来。

其 三

旌旗招展满街衢，蔽日连云信不殊。笑煞乡翁浑不解，向人越问越模糊。

其　四

爆竹声中杂笑声，出门闲自踏歌行。有人告我今宵剧，准演新新战太平。

## 吴其稑

吴其稑（1870～1951），字献春，号仲谷，晚号退翁，淮阴县人。廪生，创办私立渔沟两等小学堂、私立渔沟临时初级中学，主持《续纂清河县志》编纂，六修《吴氏宗谱》。有《虚因庐偶成稿》散佚。

### 七十三岁题照

行年七十有三岁，须发沧浪白复黄。书剑不成惭祖德，弓裘勿替望孙行。
向平退老闲原适，白傅蹉跎补未遑。幸有一言堪自慰，形容虽改志无荒。

## 陈福咸

陈福咸（1877～约1950），字夔生，淮阴县人。肄业江南高等学堂及格致书院，任常熟师范学堂和南洋高等商业学堂教员、清徐铁路局总经理、民国政府铁道部主事等。上海文史馆馆员。著有《楞庵类稿》。

### 舟山新娘

婚礼承古风，舟山传异俗。宴乐三日中，灯红映酒绿。眉黛炫新妆，珠围香馥郁。衣服绣鸳鸯，花团辉锦簇。或为葭莩亲，或为车笠友。呼朋迤逦来，登堂观新妇。启手兼启足，品貌且品头。如川流不息，如轮转不休。或有善歌家，品调丝与竹。鼓吹竞喧嚣，冀阻新人宿。或有能饮者，连尽三百杯。终宵踞金屋，沉醉不言回。如斯恶作剧，陋习叹浇漓。窃愿观风者，及时矫正之。

### 因公赴通州谒张季直殿撰并参观各学校暨各工

入境见狼山，南濠卜小筑。崔巍通德门，长者车连毂。与物接为春，饮和食果腹。酒后兴未阑，参观新教育。师范校当前，诸生勤诵读。广厦庇千间，图书藏万轴。更观中学堂，回程何仆仆。学子尽英才，荆山多美玉。又有商业班，暂时居附属。教授二三人，为余旧高足。久别忽遭逢，赠言相勉勖。再访工业区，唐家闸在北。通海盛产棉，农民勤种植。设厂名大生，纺纱布可织。面厂麦堪磨，粉多裕民食。大豆落花生，精研油斯得。有厂名资生，洪炉镕生铁。机械代人工，削铁胜刀切。综览学与工，巍然新建设。树立模范区，不愧为人杰。

原注：教员徐墨香、镇慈勖皆江南高商毕业者。

## 手植庭槐

书院有新槐，移根手自栽。披除荆棘地，各作栋梁材。
夏昼阴深覆，秋宵花始开。何如王佑种，他日列三台。

## 漂母祠

淮水东流去，犹存太古风。仁心出女子，巨眼识英雄。
一饭酬恩重，千金敝屣同。射阳祠宇在，祀典仰崇隆。

## 韩侯台

访古淮阴市，层阶矗碧空。龙兴资伟略，鸟尽弃良弓。
功罪千秋定，升沉一瞬中。只今台尚在，不见未央宫。

## 偕仲厚渡洞庭湖

烟雾苍茫里，乘风一叶舟。地原云梦泽，波撼岳阳楼。
雁落平沙浅，龙吟激水流。晴帆看历历，鸥鸟导前头。

## 中央公园独坐

纳凉销永昼，品茗傍花丛。古木参天碧，新荷映日红。
披襟忘露湿，挥扇怕烟笼。玉宇何沉静，陶然万虑空。

## 玄武湖泛棹

其　一

六代湖山胜，乘船任卧游。垂纶欣钓鲤，放棹莫惊鸥。
荇带膺千顷，荷香遍五洲。蓼花深处去，相伴有渔舟。

其　二

系艇垂杨下，凉风漾绿波。源来淮水远，清挹蒋山多。
高士披襟卧，船娘打桨歌。一声闻欸乃，归去乐如何？

## 偕伯秋于博诸同僚游宜兴善卷庚桑两洞

其　一

义兴山水胜峨眉，揽辔驱车坦途驰。两洞相通分上下，一峰端合号须弥。
阶前瀑布流无尽，谷内行舟路不歧。出口豁然开朗处，桃源仙境并称奇。

其　二

迤逦前行路不停，峰回又见远山青。琪花错落通幽境，石乳纷垂显异形。
阅历星霜高士宅，迷离云雾海王厅。后山翻向前山转，点缀归途数小亭。

## 秋　兴

读罢《南华》卷数篇，梧桐叶落占秋先。诗吟子美沧江冷，赋述欧阳岁月迁。
四壁虫声鸣永夜，一篱花影淡于烟。西风萧飒催砧急，游子思乡感泪涟。

## 六十初度述怀

其　一

人生乐事叙天伦，泄泄融融只率真。爱弟吹篪敦悌谊，老妻举案敬如宾。
蓼莪抱恨诗篇废，兰桂争荣气象新。但愿冶弓能绍述，嬴经事业得传人。

其　二

一梦京华三十年，驱驰南北景移迁。衷怀淡泊无求富，步履康强不羡仙。
景素行高同植品，郑元踪隐好归田。须知国难如斯重，何事称觞醉绮筵？

## 乙酉抗战胜利赋此志喜

其　一

连年抗敌战疆场，胜利今番弱变强。直捣黄龙资痛饮，应知白马早呈祥。
乘风飞檄传枚叟，返日挥戈仗鲁阳。国耻一朝堪尽雪，不禁雀跃感沧桑。

其　二

三军齐唱凯歌旋，还我河山缺复圆。荡寇继光留伟绩，攘夷士雅著先鞭。
通商重订平衡约，治外消除审判权。不独表功传露布，好将石刻勒燕然。

## 与花岩锡三登采石矶

石壁岧峣一望中，连天波浪大江东。崇祠沿砌芜青草，杰阁临流眺碧空。
李白百杯沉醉客，允文千古仰英雄。当年飞将今何在，只见危峰夕照红。

## 感　述

壮怀素抱警闻鸡，鸾凤居然枳棘栖。老大年华嗟逝水，蹉跎身世感云泥。
五噫陇亩歌谁识，一觉邯郸志不迷。薄宦那堪羁骥足，何如归去隐山溪。

## 偕壬甫作民同舟赴镇江

新春景物赋长征，负笈求师岂计程。抵足叙谈同不寐，邗江夜雨听潮声。

联床风雨一扁舟，数点金焦眼底收。如此江山无限好，高歌击楫向中流。

## 乘舟阻风燕子矶登岸游览

其 一

渡头横铁索，战迹尚贻留。吴国今何在，长江空自流。

其 二

矶石濒江岸，形如燕子眠。试穷千里目，水色共长天。

## 游西湖

其 一

六桥烟雨景迷离，十里湖堤任所之。柳亸花娇如画里，浓妆淡抹总相宜。

其 二

访寻香冢向黄昏，苏小坟前碧草痕。千古美人何处去，任他凭吊到黄昏。

其 三

孤山缥缈淡云遮，树影横斜傍水涯。不见当年高士宅，只今索笑有梅花。

其 四

三潭排列水回环，影映空明月一弯。瞻仰彭公祠宇壮，允宜终古祀湖山。

## 游瘦西湖

其 一

广陵群说瘦西湖，若比西湖也不殊。香影廊空供啸傲，绿杨城郭草平芜。

其 二

熊园过后又徐园，一叶扁舟溯水源。二十四桥风景丽，船娘荡桨最销魂。

其 三

偶然系艇小金山，绿筱沦涟水一湾。石笋嶙峋丛树荫，草堂共酌醉酡颜。

其 四

舟行窄峡号微波，葱郁蓊翳隐石坡。试向平山堂远眺，江南叠嶂好山多。

## 感 事

其 一

无端沧海起狂澜，遍地哀鸿不忍看。试认铜驼荆棘里，山河破碎几时完。

其 二

劫过红羊田舍空，弟兄妻子各西东。萍踪不尽飘零感，回首珂乡一梦中。

其　三

首阳采蕨昔贤行，菘韭堪尝芥可羹。悔不当年为老圃，闭门种菜隐平生。

其　四

谁著轻裘绣服归，万金一袭世间稀。羡他卫国文侯朴，大帛为冠布作衣。

其　五

经商垄断竞居奇，十万腰缠何所之？市侩不知亡国恨，弦高义举令人思。

其　六

蜃楼海市现频繁，猴沐能冠鹤驾轩。中夜闻鸡思起舞，澄清何日复中原？

## 许久香观察创办清徐铁路约往勘查车站地点

江淮堙塞处偏隅，民俗驯良性守株。一旦飞轮飙起后，交通发达羡康衢。

## 赴日本道中

其　一

群鸥数点任翱翔，巨浸居然一苇航。海不扬波舟稳渡，始知人说太平洋。

其　二

昔闻仙境话瀛洲，今日扶桑一望收。海岸蜿蜒风景异，九洲三岛任优游。

## 日光消夏

其　一

高峰千仞势嵯峨，岭上平湖漾绿波。人在水天云雾里，仙山楼阁世间多。

其　二

快哉山色与湖光，啸傲披襟逸兴狂。直欲御风追列子，不知人世有炎凉。

## 游览无锡名胜

梅园

名园选胜太湖边，遍植梅花数百千。从今索笑巡檐客，不让孤山独占先。

鼋头渚

鼋头突兀状如拳，欲览群山涉岭颠。七十二峰都在望，水光一色接长天。

## 秦淮杂咏

其　一

绰约风姿遽可怜，冰绡蚕縠淡如烟。青溪九曲风涛阔，莫任凌波学水仙。

其 二

横波双桨漾微澜，鬓影钗光气似兰。桃叶渡头摇画艇，载来佳丽任人看。

其 三

轻盈体态不胜娇，摇曳腰肢似柳条。掌上居然能作舞，虽非飞燕也魂销。

其 四

青衫红粉总情痴，云雨巫山梦醒迟。悔却轻抛红豆子，淮滨到处种相思。

## 秋 思

其 一

一番风雨警新凉，莫漫悲秋枉断肠。枫叶渐凋唯有菊，羡他傲骨犯严霜。

其 二

玉宇高寒弄笛音，感怀身世寄讴吟。凭谁掬取银河水，洗净人间俗虑心。

## 游南海有感

其 一

太液潆洄小艇通，依依衰柳暮烟笼。楼台阅岁垂三代，几度沧桑一梦中。

其 二

水绕瀛台一小舟，萧疏花木径通幽。劝君莫羡皇家福，帝子犹嗟不自由。

## 仲夏与慕韩植支翼谋闰生游莫愁湖

其 一

如此湖山好卧游，烟波浩渺一扁舟。六朝天子风流甚，何怪青楼号莫愁。

其 二

石城遥望夕阳斜，孤鹜高飞映落霞。试问平湖谁管领，主人少妇属卢家。

其 三

荷为四壁拓花城，风送清芬雨乍晴。莫问当年棋局事，几家输负几家赢。

其 四

自古江山属美人，千秋韵事话芳辰。如何一代真豪杰，也与争名结比邻?

## 暮春与赢生霖生强生诸弟游三贝子花园

其 一

西郊别苑景芳菲，鞭影纷随柳絮飞。多少楼台烟雾里，护花无主怅春归。

其 二

策杖东临动物园，广搜鸟兽种殷繁。任他虎豹多威猛，一入樊笼不足论。

其　三

华堂端合号豳风，坐对名花酒不空。姹紫嫣红开遍后，落英满地水流东。

其　四

畅观楼上试遨游，满苑春光眼底收。欲揽西山诸胜景，劝君更上一层楼。

## 王兆萱

王兆萱，民国淮阴县人。王锡祺族侄。

### 纪念李更生先生逝世1周年

淮阴古邑，代出贤良。韩侯称杰，邦国之光。卓哉先生，同梓与桑。先生言行，为表为坊。先生之文，荇藻芬芳。先生之学，江海汪洋。遐游瀛岛，迩历淮扬。中学师范，成绩昭彰。私立成志，多士盈堂。热心教育，遗泽孔长。云胡不幸，衅启开墙。朝流血碧，暮赴泉黄。彼已心死，公只身亡。怀怆旧雨，肠断袁江。瞬经一载，哀动四方。聊挥泪墨，以荐心香。

按：李更生（1883～1927），原名荃，字亘生，淮阴县人，曾任江苏省第一届议会议员，民国初期著名教育家，历任江北师范附小主事、江苏省扬州中学校长、江苏省第九中学校长、淮阴成志初级中学校长。毛泽东曾称赞李更生“毁家办学，高风亮节”。

## 谢　璜

谢璜（1883～?），字天然，清江浦人。上海政法学院毕业，江苏高等法院淮阴分院律师。能诗，有《天然诗存》。

### 拟夔州道中

搔首问天天不语，拔刀斫地地无声。九秋风雨三城戍，万里旌旗八月兵。
山鬼逢人偏索笑，英雄愧我未成名。昆仑山极西回首，欲沛甘霖润众生。

### 寄　友

风堕枯枝叶已干，穿窗斜月不胜寒。荒城自觉埋名易，末世谁云就死难？
鸿雁每从愁里听，雪霜偏向鬓边攒。七年一别真如雨，且把新诗仔细看。

### 和耐寒寄怀韵

三更街柝满霜城，悔却栖迟未了生。万里烽烟萦短梦，廿年亲谊见交情。

浮家且妥殊方况，辍垄常悭半日晴。闻道北风胡正健，我将投笔请长缨。

## 喜耕研兄至并忆及仲丈煦侯

三年不见海之东，今日淮南一梦通。细数故人能有几，论才异域亦称雄。
百年事业期君厚，五夜羁怀与孰同。寂寞危城思一老，湘云望断总成空。

## 题《淮阴风土记》

其　一

淮阴重话七年情，耆旧辛勤伏案成。收拾遗闻归一派，美人才调信纵横。

其　二

不奈卮言夜涌泉，狂胪文献耗中年。一州典故闲征遍，敢姱心期在简编。

其　三

狼藉丹黄窃自哀，眼前二万里风雷。不须文字传言语，吟罢江山有劫灰。

其　四

香满吟笺酒满卮，愿携康乐诵君诗。灵文夜补秋灯碧，秀出天南笔一枝。

## 过王次公碧霞僧院书斋

道人卜宅多幽趣，一路琅玕绿到门。若问生涯在何许？北窗横扫五千军。

## 过禹王宫

茫茫禹迹未全消，千古治平感圣劳。决汝排淮遗事在，岂容轻诋到儿曹。

## 天妃口

小市萧条欲断魂，廿年兴废怕重论。故人几见归芜没，满目荒烟败屋痕。

## 过外家

其　一

数椽茅屋对平川，日见南行北上船。耕读淮堧饥可却，不知近世是何年。

其　二

不逐家人滞此乡，匆匆已是八年强。纵看儿女成行大，堪笑劳人鬓久霜。

## 三堤看桃花

其　一

廿年空忆淮鱼美，尺八鲜鳞入网船。几度欲来来未得，三更清梦到门前。

其　二

夕阳古渡几人家，半逐荒陂半水涯。猛想曩年常至此，却从天外看明霞。

### 惠济祠

古槐断碣藓苔侵，历落墙隅影不阴。鼎鼎有年成往事，费人绕壁几追寻。

### 马头镇

其　一

逐逐流光不让人，青衫几浣旧征尘。杏花红到龙华寺，梦想当年水国春。

其　二

拂面风沙冰刺肌，平林空见日斜时。此行别感凄怆意，满目流亡欲语谁？

## 孙士椿

孙士椿，字啸峰，民国淮阴县人。

### 感事寄耐寒白下

其　一

醒时流涕醉时歌，诗力沉雄战万魔。日月似金挥欲尽，肝肠如铁不畏磨。
英雄无奈种秋菜，山鬼争妍带女萝。匣里双龙鸣不已，明知负负复如何？

其　二

求生不易死尤难，踯躅花开红不堪。一任飘零在烟水，百无聊赖对江山。
登楼凭眺肝肠热，倚剑相看毛发寒。杜老怀人空寂寞，绝无消息到江南。

### 秋日城南公园书所见

其　一

池边人面含秋色，池里红莲斗丽华。毕竟莲花胜人面，如何人不看莲花。

其　二

东海神仙遗一老，西楼粉黛夺群姝。一般推就殷勤意，倾国倾城总姓徐。

## 陈海南

陈海南(1886～1942)，淮阴县人。同盟会早期成员，追随孙中山先生奔走革命约30年。著有《劫海鳞痕》遗稿两册。

### 闻袁世凯承认二十一条愤书时在淮上

醉后狂歌击唾壶，问天天亦太糊涂。入秦壮士头堪掷，填海冤禽血未枯。
室有虎狼终噬主，身非牛马岂甘奴。英雄出处原无定，四世三公薄本初。

## 任炳华

任炳华(1888～?)，淮阴县人，一生从事教育，在北京去世，1957年7月作《七十述怀》于北京。

### 七十述怀

其 一

七十韶华若梦过，浮生碌碌感蹉跎。学尊孔孟难为计，业辍岐黄可奈何？
却喜遐龄逢国泰，愿教永世息干戈。萧萧白发情奚似，欣看儿曹建树多。

其 二

琴瑟调和庆满轮，京华巧月度双辰。南辕北辙三千里，共苦同甘四十春。
夫妇齐眉歌昼永，儿孙绕膝乐天伦。身临海宇升平日，落落胸怀不染尘。

其 三

秦川翘首路三千，语重心长寄短笺。勤俭持家承祖训，矜骄戒己仰前贤。
同舒道义相亲爱，共展才华互勉旃。山远峰高青不断，犹期汝辈着先鞭。

其 四

鹤算频添意未央，精神矍铄快称觞。天涯骨肉离情重，蓬岛春秋岁月长。
玄武湖边曾踯躅，颐和园内漫徜徉。老夫兴不随年减，聊效龙翔草数行。

## 祁云龙

祁云龙，安徽合肥人。1934年至1935年底任淮阴县长。能诗。

### 平定导淮工地刀会暴乱后作

其 一

旌旗暗暗出金汤，月白霜寒夜未央。搅辔踟蹰歼丑类，四郊多垒顾苍茫。

其 二

妖气邪术一昙花，惨透哀容岳一家。但愿群民今悟澈，莫教金革狱刑加。

# 邢耐寒

邢耐寒(1889~1968),名立竖,号耐寒,江苏淮阴县人。清末加入同盟会。民国初毕业于江苏法政学堂淮阴分校,就职于高等法院淮阴分院。抗战期间任军校教官,胜利后至上海任律师。著有《复庐诗草》《小南华馆丛谭》《辛亥民初淮阴见闻录》《复庐随笔》等。

## 涡阳旅次

陂陁衣带水,大泽走龙蛇。北魏存岩邑,东蒙此旧家。
龙山分远色,雉集分平沙。寒月窥人白,乡心入曙笳。

## 晓发颖州

空蒙浑一气,晓色最清泠。霜树黏花白,眉峰染黛青。
小桥通野径,孤鹤破烟冥。行过西淝水,朝暾上远坰。

## 固陵客次除夕

戍楼明积雪,向晚双鸠飞。谷贱生机減,寒深酒力微。
沙光野径白,人语市梢稀。忽忽岁云暮,天涯胡不归?

## 雨　夜

积雨消沉夜,移床屋漏频。饥怜梁上鼠,寒袭旅中人。
松柏存孤劲,梅花荐早春。醉乡亦坎壈,止酒岂因贫?

## 晓　起

晓起敞虚牖,遥天一展晴。云团溪上屋,柳拂水边营。
檐鸟窥花落,山鸠带雨鸣。乡怀频入梦,烽火故园情。

## 赠铁工

缤纷散落火花红,俯仰因材智在胸。宇内恩仇双剑厉,鼎中吐纳一元功。
有声掷地文章价,不息周天锻炼功。何事宵来煎百虑,此心直欲与君同。

## 罗山道中

盘谷萦回九曲通,飙轮碾碎夕阳红。时荒处处严风鹤,道远纷纷逐野鸿。

千里关河分楚魏，一天星斗入兵戎。江头到眼春光满，无限柔条绿柳丛。

## 庐陵赋别

小住山城九月余，风云激荡又南图。螺冈[illegible]抹诗俱瘦，鹭渚双流画不如。
笑把桃花拟仙子，坐飘松粉话樵苏。烽烟满地牵离绪，况复停车更戒途。

## 罗村夏日即景

卜居人拟小桃源，隔岸峰峦露石根。一榻河声吞落日，半帆云影送黄昏。
酒香邻舍输梅子，雨足山畴长稻孙。闲煞滩头双白鹭，栖烟眠月淡无痕。

## 秋日感事

中夜秋声到枕边，梦回凉月伴愁眠。飘零踪迹三千里，辜负襟期二十年。
一任江山开境界，偶逢泉石话因缘。书生莫作忧时语，会见王师奏凯旋。

## 重阳杂感

五度秋光滞客乡，漫劳风雨作重阳。敦槃捭阖连鸡策，寰宇纷纭逐鹿场。
野水涵虚山月白，菊花摇落阵云黄。假途玩寇原非计，矫首南天吊越裳。

## 春日游龙归山

板桥几折枕溪流，好趁新晴汗漫游。一望町畦弥绿野，十年襟抱寄丹丘。
梅花似雪香成海，松竹宜风韵入秋。知是灵山应不远，峰头冉冉白云浮。

## 春日偶成

极目云烟接大荒，停杯拔剑意茫茫。无端去住仍风雨，底事羁栖为稻粱？
白日空随虞水逝，青春漫笑楚人狂。匆匆又是花朝过，喜见新枝发海棠。

## 淮扬道中

海上秋潮荡未平，天涯今又赋长征。千端别绪心如醉，一枕河声梦不成。
野店清笳传远戍，长堤疏柳接荒城。好风送我京华去，时见江头明月生。

## 偕从子祖声游玄武湖

暂放铅丹北渚游，白云红树四山秋。明湖萧瑟烟波阔，故垒凋残鼓角遒。
六代豪华余胜迹，百年风景几淹留。吾家阿买多佳趣，笑指岚光入茗瓯。

## 象湖村居叠韵

其　一

沉醉诸天看舞魔，眼前花事惜蹉跎。逢人漫作辛酸泪，独客偏来子夜歌。征毂几经红叶老，疏棂一任白云过。天涯已逐乡心远，梦入清笳枕上多。

其　二

丛菊芳兰次第开，西风何事入帘来。中原鼙鼓新营垒，故国王孙旧钓台。万里关河悲客路，十年襟袖落尘埃。江南秋老音书少，望断辽天一雁哀。

## 和乔年"满城风雨近重阳"辘轳体

其　一

满城风雨近重阳，不是愁乡即醉乡。劫后江山余缱绻，眼前烟柳亦沧桑。十年著述悲秦烬，千里梯航入汉疆。一着儒冠生计拙，傲人唯有菜根香。

其　二

泛泛鹥凫下野塘，满城风雨近重阳。兴来白屋饶诗卷，醉里朱门浥酒浆。身世不妨同玉局，客踪再度访金航。空山好共猿柔语，又见霜林橘柚黄。

自注：东坡贬儋耳，曾寓瑞金，是邑有金航记。

其　三

玉珍珠艳赋滕王，难得扁舟助马当。绕屋松篁开静境，满城风雨近重阳。天边一雁秋成信，匣里双龙夜有光。惆怅江南吟啸地，不堪回首旧词场。

其　四

小立思量世味长，一庭花木有炎凉。萍开藻合鱼吞影，月淡钟疏鹤警霜。四面云岚增变局，满城风雨近重阳。佩萸簪菊浑无似，山鬼披萝斗晚妆。

其　五

苍天何事演玄黄，几见虫沙作战场。柳外旌旗传露布，灯前剑锷动星芒。终教虎旅夷三岛，伫看旌扬靖八荒。马背莫输刘越石，满城风雨近重阳。

## 咏　史

其　一

隆中决策定三分，鱼水恩酬旧使君。得失难言唯谨慎，后先拜表见忠勤。七擒终服南蛮地，六出空劳北伐军。千载嘉陵江上望，阵图深锁岭头云。

其　二

书生优乐关天下，早见经纶白屋中。直以谏诤全后德，不遑成败竭臣忠。六分部将开诸路，三岁屯边折夏童。顽寇东南犹负固，遥瞻吴越想英风。

其 三

墓门矢祭永衔恩，报国深镌背血痕。耻见江山沦半壁，誓驱末谒奠中原。纵师细柳非违诏，当路芳兰几幸存。一笑漫成三字狱，时人谁为讼沉冤。

其 四

虾夷剽掠海疆空，败絮支离荆棘丛。生教卧薪同刻苦，忍情诛梓见沉雄。制成环饼军糈减，著到新书将略工。移旆蓟门仍柱石，边庭坐镇自雍容。

## 寄怀德轩师

謇蹇诤言折槛风，议坛驰骋健词锋。辞家独赴艰危任，誓众群推矍铄翁。漫许樗材堪抚字，频劳杖履问游踪。飘摇白发思函丈，一角春申万劫中。

原注：朱绍文，字德轩。

## 皖行杂诗

与外舅携眷湖堧避警

一天晓色动悲笳，冰玉扁舟共一家。郭外又传风鹤警，相教蜷伏静无哗。

泊高良涧夜中

孤篷向晚入湖隈，一望空蒙雪浪堆。漫道菰蒲容寄隐，南天惊影雁飞回。

乘风渡洪泽舟几覆客皆蒙被偃卧有强起怵然而止

浪底轻舟泛急湍，舟人失色客心寒。推衾更觉风涛恶，安得开眸纵大观。

望盱眙

泗山暮色晚苍苍，拍拍征鸿下野塘。零落笳声湖市近，乱峰几叠是都梁。

## 归 樵

远村暧暧起炊烟，红叶盈筐未息肩。为爱前头好山水，晚霞如锦足流连。

## 次菁如县长菊潭上舍酬唱元韵

三载棠阴日茂滋，政从简约惜民脂。琴堂花木饶生意，一路苍苔上碧墀。

## 重游雩阳杂咏

其 一

阴晴瞬息变山姿，到眼峰峦面面奇。暗送幽香人不觉，漫天苍翠长松脂。

其 二

竹篱临水旧城西，塔影当门路不迷。燕子归来寻故垒，此身如入武陵溪。

其　三

行尽冈峦路渐平，戍笳犹自带商声。卧虹饮水临江浒，残垒萧然细柳营。

## 兴福寺空心潭

天然静境绝尘埃，一径云封扫不开。到此心随潭影净，落花无语几人来？

## 瑞金途次杂咏

其　一

征车东渡贡江秋，一苇波心任水流。回首宛然烟井在，微云黯日下虔州。

其　二

五丁凿道辟巉岩，一路经行到眼前。上有危崖下绝涧，风催砂石扑眉尖。

其　三

参差红叶半山涯，深似朱颜浅似花。记得白门秋色好，闲携俊侣访栖霞。

## 泰和兴国道中

其　一

曲径峰回路不迷，卧虹抱影落山溪。轻车一瞥穿林樾，时有幽禽三两啼。

其　二

奔流激石响鸣泉，荦确波心一带延。不必园林羡红紫，杂花幽谷自生妍。

## 罗田纪游

其　一

苍山郁郁水泠泠，独有灵岩数点青。从此花封添韵事，琴余补禊拟兰亭。

其　二

早趁晴墟涉浅波，箨冠芒屦髻盘螺。田家事事饶风味，轻挈筠笼鬻乳鹅。

## 无　题

其　一

明灯烨烨泛流霞，白夹青裙掩鬓鸦。几度避人偏引睇，春风吹上粉桃花。

其　二

春宵偎枕诉相思，话到情深总是痴。别有幽怀人不觉，暗云逗雨故矜持。

其　三

雨丝帘幕又黄昏，眉上痕连心上痕。好梦已随残月堕，思量一度一销魂。

其 四

青衫落拓只耽吟，直为浮名误到今。惭愧鲰生无一似，敢劳红袖许同心。

## 菊 花

其 一

寂寞山城系客踪，秋云江上冷芙蓉。卷帘却忆人同瘦，故国烽烟路几重。

其 二

雉水曾经卧草衣，频年战迹尚依稀。园林一角浮金靥，独立西风吊夕晖。

## 月 夜

鱼吞花影寻知误，鼠觅余飧了不惊。万类营营何所寄，只将口腹累平生。

## 题援儿试马小像

立马南山第一峰，襟怀落拓气如虹。扬鞭莫负澄清志，踏破榑桑晓日红。

## 罗田记游

其 一

风定旌旗半日闲，戟门选胜许追攀。天然泉壑开幽境，一览雩阳是此山。

其 二

夏时分野汉时封，此地偏当五邑冲。几度虫沙罹浩劫，零垣断瓦满榛丛。

其 三

水浅沙平一苇航，中流容与话沧桑。频年抚辑流移复，白足春畦早稻忙。

其 四

孤忠到处见丹忱，壁上灵葩四字箴。我亦满怀家国恨，残山剩水一登临。

## 读书杂感

其 一

秦筑长城障九边，御胡功业数蒙恬。后人谁识杨翁子，显晦茫茫莫问天。

其 二

剑花飞舞资行草，货殖盈消入取裁。意匠翻空参造化，神奇都自悟中来。

## 续雩江棹歌

其 一

宵来山溜欲平楼，树杪连云弄小舟。网得鲇鱼长尺半，偎篷临水照梳头。

其　二

澄江潋滟亦沧浪，几折芳洲打桨忙。照眼榴花还未落，岸头沽酒过端阳。

其　三

盈盈乱发覆雏鸦，却笑邻娃两鬓花。浅水清砧双白足，隔江谁唱浣溪沙。

其　四

闲情输与弄潮儿，彩鹢游龙逐水嬉。谣啄蛾眉千古恨，雨窗醉读楚些辞。

其　五

晴江容与木兰舟，生小娇憨字莫愁。漠漠水田双翡翠，衔鱼飞上柳梢头。

其　六

蔗林瓜圃入云封，半亩榕荫系短篷。向午家家香稻熟，山歌声里卧熏风。

其　七

斜阳古道满平芜，日落牛羊下故居。素手鸦锄青竹络，轻抛细草喂塘鱼。

其　八

山程迤逦片帆轻，一棹归来趁晚晴。行过前湾明月上，重光塔下是西城。

其　九

世擅纶竿郭李萧，膝前蕃衍似椒聊。雩江独唱渔家傲，醉卧西岩听晚潮。

其　十

女萝山鬼楚巫师，祷雨祈旸总及时。兄弟三村勤报赛，云轩风马展灵旗。

其十一

罗浮仙子梦高唐，翡翠明珰夜未央。一晌尘缘牵别恨，秋灯吟断九回肠。

其十二

鸡唱江村报五更，荐神香火夜鸣钲。但祈来日平安过，此境无教风鹤惊。

### 过钱牧斋旧宅

云消柳尽旧楼台，词部风流土一坯。倘许当时清议在，何如桂海鹤归来。

## 范耕研

范耕研（1894～1960），名尉曾，字冠东，自号耕研退士，江苏淮阴人。南京国立高等师范毕业，任教于江苏扬州中学、上海暨南大学、芜湖师范学院等。著名学者、诗人，著有《墨辨疏证》《管子集证》《吕氏春秋补注》《庄子诂义》《灵砚斋诗文残稿》等。

## 由扬返淮感赋

范子抱残缺,困穷自守愚。扬州旧游地,一住十年余。傭书以事畜,提挈妻与孥。微愿不及此,长保贫贱躯。何为逢厄运,氐豨遍九区。名都委瓦砾,万民见鞭驱。区区蓬户子,亦不安其居。过恃战士勇,隔江当无虞。先期走避者,私言笑其诬。坚防忽自破,捷讯尽成虚。胡氛日益恶,四顾心烦纡。欲留愁刀兵,欲行无舟车。坐对妻与子,恨叹复踟蹰。此关家国事,利害非仅余。积愁数十载,奋起亦已徐。焦土本国策,忍痛决此图。沿海数千里,捐弃付泥涂。何不生陇蜀,安卧容蘧蘧。何不生滇桂,饱食歌于于。何为长此土,坐困若釜鱼。无已还故乡,仓皇离寓庐。爱书累万卷,掷去轻锱铢。矮蓬杂傭保,蜷曲类犬猪。漂蓬三四日,抵家倦难苏。相看母与弟,执手为长吁。此岂足云苦,君知江南无。江南佳丽地,一战成邱墟。金陵百万户,奔迸无一余。岂不怀安宅,陷敌愁囚拘。当其流转日,痛苦向谁呼? 十日不一饱,弃婴满道途。骨肉不得顾,心酸泪眼枯。况复一震威,转瞬身首殊。扬楚三百里,轻舟不回迂。归家得欢聚,平安妻子俱。此殆天所与,思之何恨乎? 故乡非乐国,南北当通衢。警音日万变,避地敢缓濡。卧席不及暖,涧滨买艎艅。邻邑有古镇,立市傍南湖。放翁素心人,招我结邻闾。此中生活简,鱼米足所需。乱离销壮志,犹堪友樵渔。地僻人踪断,耳目如泥途。日日盼好音,消息还乘除。倏忽过一月,忧心令人癯。坐曝茅檐下,穷愁还校书。转非法术士,遗说非盗竽。亡徵足以警,抒愤自知孤。读罢三叹息,前事今切肤。

## 赠王光夏

腥风海上来,禹城烟尘昏。百年久夸昆,万里肆鲸奔。大难迫眉睫,人人尽橐鞬。两京既沦陷,淮上犹云屯。回忆去岁首,仓皇离故园。笙歌顿消歇,胡骑满离藩。茫茫数百里,郁郁多烦冤。自愿无健翮,浮云怅高骞。哀郢徒有作,憔悴在湖村。家乡断消息,扼腕思叫阍。客从北方来,道君苦支撑。与君十年别,闻之喜且惊。君本将家子,慷慨冠群英。遭时国多难,杀贼请长缨。披荆宰乡县,遗孑抚灾氓。先登逐封豕,半渡邀长鲸。氛祲塞四野,勇进何恢宏。能令敌胆落,如闻韩范名。试观清泗口,玄血浩纵横。天犹未靖乱,干戈苦生民。奋起报国仇,长啸问苍旻。书生抱敌忾,况是领军人。功岂限一隅,志在催狂秦。毋负战死士,努力收淮滨。岁莫节愈坚,艰难见轮囷。尔时应浮白,酬功刻贞珉。吾年虽衰老,陈诗供遒询。

自注:王光夏来信,为其军士抗战征文。光夏,泗阳人,八中校友。初任泗阳县长,升七区专员,抗战颇力。其父震鹏,为吾乡游击,善捉匪。今光夏勇敢善战,可谓能继其父者矣。

## 忆 乡

离乡过一月,音信常苦稀。有人从淮至,相见情依依。致言尚未了,探怀出双鱼。谓言君去好,乡中无人居。散卒满街巷,十家九家空。叩户无人声,偶逢白发翁。问翁何不走,未语泪先流。本从江南来,家破不得留。儿孙尽丧失,一身徒悬疣。非不惜一死,残年更何求。哀哉乱离世,愁苦难俱陈。何为至此极,哀怨不敢申。

## 淮阴城陷携家流亡纪行

其　一

家国运何蹇,东海扬鲸波。经年累迁播,飞鸟失故柯。新春逼烽警,弃家走岩阿。忆昔庆岁首,欢乐亦何多。哀哉乱离世,思之泪滂沱。

其　二

怅怅将何适,惴惴逢飞鸢。纷纷弃车走,落落伏道边。轧轧鸣机杼,悠悠逝远天。顾视不见影,惊魂犹颠连。生死迫俄顷,忧疑心如煎。

其　三

沙洲十五里,强进冲寒风。风猛雨又作,何从辨西东。阡塍尽湮没,流转任漂蓬。疑畏心如结,默然守枯篷。达岸天已黑,遥认灯火红。

其　四

生此乱离世,何处可避秦?放船三四日,浩渺无涯津。树头挂丛草,涨水留痕新。致我陷溺深,欲奋无斧斤。强作达人语,生世本浮萍。

## 飞　机

古来智巧人,木鸢飞上天。又闻奇肱氏,飞车来翩跹。昔闻其语今见之,千里万里无险夷。深深川,高高山,回翔往返一瞬间。龙门失其险,蜀道失其难。长房缩地不足道,子瞻乘风不胜寒。人间何幸有此艇,排云奋发如鹰隼。从此不愁远别离,彩凤双飞梦还醒。何为有器不善用,坐令大地皆震动。来如鸦阵晚朝风,弹雨连珠惊火迸。不知多少枉死人,累累沙场尸惨横。当年发明者,地下应痛哭。本以利人群,何为翻荼毒?更有黩武国,恃此逞其凶。所向无坚垒,四出肆坚攻。吁嗟文弱族,何以保其躬。齐民闻警各乱走,百万名都皆不守。血肉成灰地成坎,恶魔肆虐惊人胆。千载文明一扫空,不是恶魔有谁敢?道家绝圣智,后世议其激。试观今日事,俦不为两匜。须知天道有消息,万尺高飞弹能及。两道红烟随火飞,长空陨彗眼生缬。此中飞将海东来,越海飞来化成碧。闺中应有卜归人,春梦模糊泪珠血。

## 民国35年6月6日扬州中学补行复校典礼余以垂老之身得躬与其盛感念今夕纪之以诗

腥风海上来,晨钟歇清响。素质抱忠贞,天涯各孤往。敢忘百年计,人才储筱簜。隔江弦诵声,同心通肸蚃。余身荡洪波,提絜归淮上。中间窜泽陂,时时虞伏莽。颇遭胁诱兼,敛采远誉谤。兢兢懔薄冰,何由得舒放? 平生所力学,斯时用自壮。盈虚反覆间,闻捷令神王。晦庵英敏姿,旧基比新创。丰碑立路衢,高文入老苍。臣亦返屠羊,三旌非所望。旅食日万金,艰难困生养。不偕綦巾人,甘苦孰相赏。努力效明时,搨心自奋强。执手集群髦,新知多俶傥。亦复念素心,掩涕京黄壤。或滞亚山深,欲归江小涨。鲍叔皓须眉,矜式世无两。右史困黄巾,崎岖脱罗网。不意中兴年,能作生不想。开窗纳远山,依旧气寥爽。南楼歌啸情,欢聚忆畴曩。噩梦一瞬间,始信天地广。懋绩保前修,持此励吾党。

## 奉和煦侯原韵

吾乡右史富文质,罗胸万卷贯之一。高谈大睨卓不群,英气拂拂俦堪匹。余绪犹将薄圣贤,吐花讵用梦中笔。释愁说病是耶非,好句赋成凶化吉。嗟余庆俗首长疾,狂态依人愁见黜。偶摅孤愤似秋虫,坐对遗编消白日。浊醪苦茗劝酬难,国难家仇参互出。朔风凄厉横天来,犹教髦彦呻占毕。可食神仙字满三,自笑痴蟫守穷帙。羡公志作骖鸾翔,我却何时展腰膝。追逐蛾眉驾下龙,哀郢文章华藻溢。尔时病已愿都尝,只觉止止白生室。

## 感　愤

人事天道有赢绌,四十无闻嗟老拙。蓬门坐拥百城书,不挂龟鱼心亦足。何为东海扬鲸波,令我生民罹荼毒。百年政俗久夸昆,力挽狂澜劳先觉。可怜鹬蚌争不休,世运当前愁亦迫。十年持国者何人,辛苦撑拒思奋翮。积弱何堪一蹴强,翻使仇雠惊刮目。连城数十如墙倾,飞将凌空终堕谷。不见将军号破奴,徒拥貔貅足踖踧。吁嗟乎沿海南北数千里,沦陷纷纷能预卜。避乱村居希好音,逢人摇手不忍说。吁嗟乎侧身大地纡四望,忧从中来不可辍。

## 淮泗健儿行

淮泗风云苦不支,淮泗自古多健儿。异族凭陵畴不愤,誓捐肝脑守所司。经年建阃者何人? 闻是将军韩擒虎。参军不让李西平,共守疆圉奋其武。十日重演扬州恨,半年终覆彭城军。江淮千里地日蹙,纵目四面皆胡氛。四面支持多苦辛,犒劳敢不频箕敛。牛酒连年拜高垒,将军何日挥长剑? 不见盘空来铁鸟,旋闻帐下歌清商。分曹角逐饮长夜,何为自苦戒履霜。人生快意无百年,乱世尤宜致身早。落水片片舞残风,啼鸟还惊春梦好。可怜百里烟尘合,欲进不进骓呼风。一撮何须付焦土,去邠不战哀民穷。将军之退速且神,至今不识归何所。道逢春燕海边来,犹道将军善守御。屈伸胜败何足数,枯枰一角留残棋。淮泗健儿不须耻,将军今且浮金卮。

## 八百壮士行

沪滨抗战何激烈,寸寸土洒忠魂血。是何小儿竟漏师,肉搏能与炮火支。数十万人齐战死,前仆后继进不止。中有八百壮士在,身陷重围不自由。金石为胆铁为骨,誓与此楼共存没。敌机盘回弹如雨,旦夕煎迫不能取。青白长旗犹飘扬,上与日星争光芒。万族聚观皆叹息,士气如此国岂灭!吁嗟乎异时青史书战功,应念楼头八百壮士血殷红。

## 民国27年正月六日试笔

乱离惊改岁,元日得晴和。消息参疑信,心怀恨若何。
一家犹聚首,万姓尽奔波。何日消胡侵,还乡唱凯歌。

## 民国25年2月6日抄成康熙《清河县志》后题

康熙壬子志久轶,为鲁、吴诸公所未见。稚露读学部善本书目,载有是书,狂喜相告,未及录,旋即早逝。去岁,须公托人抄来。岁莫多暇,转录一过,不克与稚露共相快诧,感赋长句,书于卷尾。

韩多枚速是乡贤,唐宋图经不记年。浊浪清流惊往事,珍闻坠绪待新笺。
艺风著录谁留意,太息斯人久闷泉。差幸乱离身尚健,雪窗呵壁校残篇。

## 建阳怀古

鸣榔渔歌乱苇花,炊烟历落几人家。射阳古泽余荒涧,长建名乡发异葩。
报国文山同正气,招魂南海痛怀沙。千年浩气今何在,巨难当前莫漫嗟。

## 南　口

幽燕屏障号居庸,主客相悬异守攻。胡骑翻教满京国,诸公何以请边烽。
南塘差幸能平寇,魏绛无知竟和戎。直使国人皆切齿,严关从此失丸封。

## 赋　博

宇宙原同博簺场,是非胜负本难量。莱公孤注能匡国,安石方枰见括囊。
漫笑挥金唯喝雉,有时夹策亦亡羊。古来物色风尘里,多少英雄隐卖浆。

自注:宋翁恶博,累撰文字讥切之。余虽不为,亦不如翁之深恶也。因赋诗为博徒解嘲。

## 烽　火

烽火连年仅阋墙,倭奴乘间转张皇。萧萧战马满城郭,累累哀鸿遍大荒。

亲善一言唯蜜口，报仇九世付刚肠。男儿慷慨身许国，泰岱黄河誓不忘。

## 怀淮上隰西草堂

淮上遗庐号隰西，一坡荒草久萋萋。当年流转因何事，此日怀思等寄栖。
空著袈裟名尚在，谁知俯仰志终迷。归家应向城西吊，高蹋区区亦可跻。

## 即　事

三宿碉楼感百忧，满天烽火几时休。离家迤逦山重阻，避地因循月再周。
东望稻塍帆去静，西看枌里雁来愁。浮生如此真堪忆，骇浪惊涛一点鸥。

## 闻益林陷

隐隐轻雷起暮鸦，不知摧败几人家。烽燧今已邻堂奥，村陇依然课稻麻。
恨绝孱军空误国，可怜庸妄尚排衙。烦愁满腹谁堪诉，小立田边怅晚霞。

## 闻济宁克复盱眙合肥之敌亦退去

春来衰老有谁知，蒿目人间亦不知。故里风光归未得，前方烽火苦相持。
天容黯淡心难热，云影奔腾意更迟。漫说传言纷拏甚，宁当相信莫当疑。

## 感　愤

垂老无端赋黍离，中原今又建康时。纷纷谁画和戎策，扰扰徒为入蜀谋。
生聚莫疑三户少，教训已误十年迟。书生报国空摅愤，柔翰何堪屈虏夷。

## 闻徐北鲁南大捷我军进围济南

北淮东南古扬州，川浍连连似网稠。草壳打完流木马，苞茅责贡隔风牛。
零星残敌宁深入，恣纵孱军转遗忧。莫谓少年多好事，几人含笑看吴钩。

## 山妻携子女从浦来

愁中岁月镜中霜，暗里平添万丈长。谁实为之至此极，时日曷丧愿偕亡。
唐衢不饮仍思哭，杜老哀吟每忆乡。恨绝欃枪何日净，几回呵壁问苍苍。

## 流亡途中有感

无限腥风卷怒沙，故乡望断已无家。妄传捷讯忘屐齿，忍割残疆错犬牙。
肝胆竟分秦与越，貔貅犹自杂龙蛇。诸君莫向崖山退，天水茫茫只有涯。

## 五十生日

年过知命更何求，傲骨消磨王粲楼。偃蹇槿篱秋气劲，飘萧蓬发坠簪羞。何山破碎庸能整，云水空明此暂留。幸托顽民归物外，敢辞辛苦稻粱谋？

## 题煦侯诗

波寒风劲泽边村，北望空怀旧屐痕。诗卷重开慰饥渴，文章老去吊湘沅。万端愁绪徒呼负，廿载前尘若可温。苦忆南湖张右史，奉亲安稳卧衡门。

## 感　怀

颠连何处赋招魂，哀郢终篇眼欲昏。垂老放翁诗句好，梦中杀贼志犹存。

## 旅　况

人世如是尚底求，中年匿迹等拘囚。可怜儿女痴顽甚，剥枣争梨闹不休。

## 过柘塘

涧水湾湾绕柘塘，蒹葭萧瑟似秋光。舟行远见村童闹，箫鼓谁家新嫁娘。

## 大纵湖

大湖万顷似江南，点点烟村秋影涵。打桨几番冲碧浪，锦鳞曾记向渔庵。

## 天妃闸

滚滚黄淮踞上游，东瞻沧海更横流。天妃立闸司宣节，人定还须向庙谋。

## 涧　河

涧水西来下射阳，荒村枯柳酒花香。偶来系缆客心远，此去何时共月光。

## 题家人合照

禹城翻新一片春，此中却有故吾真。不须回顾生惆怅，续续新人换旧人。

## 湖居述怀

蒿目湖光黯四陲，浩歌天地满旌麾。故园寂寞秋风远，行客崎岖蜀道危。

## 看韩非子十过感赋

不固疆圉启敌心，误听甘语意难平。救兵望断宜阳拔，韩氏前车千古惊。

## 戊寅元旦

岁尾胡尘竟何若，惊风欲定认青萍。夜来爆竹声如沸，村落依然是太平。

## 齐桓公

巨敌当前国几亡，存邢功绩本堂堂。千秋竟谓齐桓正，如此机心实可伤。

## 过车桥吊阎百诗

潺潺涧水碧如油，涧上双桥对价楸。三百年来宗匠远，却从何处觅潜邱。

## 李干才乐大章

不信中原竟陆沉，北来烽火日骎骎。时事至此身安寄，蹈海无惭报国心。

## 题板桥画

十载扬州老画师，画兰画竹几人知。可怜一第归来后，一箭三竿价不赀。

## 喜赋一绝

敌寇年来意沮丧，抛戈遗甲满沙场。雪中驱马追胡虏，直到扶桑共举熵。

## 幽居怀人

李更生

雅意殷殷见悃忱，招邀邗上共苔岑。种成桃李人何在，肠断当年八不箴。

柳诒徵师

闻说琴书避泽边，掀髯抵掌忆谈玄。白头函丈何时对，听赋荒荒落月圆。

王伯沆师

说经娓娓杂庄谐，辨律强村是等侪。余技能传徐锴法，墨光笔彩出寒斋。

孙雨渟

孙郎风度本汪洋，曾向寒流泛雪觞。浊世几人留雅操，西飞文彩两鸳鸯。

# 张煦侯

张煦侯(1895～1968),原名震南,笔名张须,斋名秋怀室,江苏淮阴县人。毕业于江苏法政专门学校,先后执教于省立第六师范学校、省立扬州中学、震旦大学、合肥师范学院。学者、方志专家。著有《通鉴学》《王家营志》《淮阴风土记》等。

## 和耕研整理符山堂集忆念妻女诗韵

冷斋一椽当右个,饱饭甘眠充昼课。院闭不知青春深,墙高岂识山城大。偶翻郡叟咏三贤,景行使我正襟坐。却怜洪水耗南东,不少清门桑井破。符山年辈似田何,三贤才比梁丘贺。出入途泥公得之,况有曹陈作参佐。抚掌已动井窗尘,搜肠敢逐椿花和。自古圣贤天不怜,丘轲颠蹶伯夷饿。君家仲女温文姿,昙花促景芳菲过。五噫久伤琴绝弦,十口犹烦砚生货。放眼乾坤更驿骚,我辈孤危竟何奈?珍重斯编慰独游,把简如吟屈生些。极目只恨云龙低,南冠那惜尘沙涴。

## 自跋《淮阴风土记》

洪泽湖边数年少,酒酣步出淮阴庙。炎风朔雪非所难,白马青丝真可笑!问君何事甘苦辛?报国男儿岂顾身?九州利病古有作,百里风光敢待人!首善合推公路浦,壮县万家饶百贾。隰西流水送前朝,汉将荒城留半堵。城南大道蔬香发,东陵西陵皆如笏。已闻湖水变桑田,尚有长堤封一发。酒座闻歌不肯还,一舟载梦访名山,山家多唱《渔家傲》,丹台残石空斑斓。回首却上移风路,破斧滩头噪凫鹜。小姑补网翁荷锄,水痕犹认前村树。旧县荒荒十亩田,残器犹刻乾隆年。清黄交汇一弹指,归船明日冲寒烟。等闲又过黄梅节,双金白浪堆如雪。漭漾初试夏湖深,酩酊始信渔沟烈。浪石兴衰真如戏,休谭白马南船地!驿前老树为底寒?渡口斜阳空自媚。盐纲一去无消息,瓜田十里徒逼侧。一泓野水不知年,铜台旧院无人识。北道由来蚕事好,青青喜见金城稻。浦塘待渡几沉吟,官亭随波日枯槁。行来大泽多蓬蒿,旧物徒传总管刀。永兴看雨百愁绝,明朝广陌从风翱。归家漫洗风尘面,畅好情怀付笔砚。诗成语竟人不知,觅我合从书里见。

## 以诗释愁并简范子

范子范子神仙质,诵墨作篆皆第一。鸾弧不发识者希,眼底何曾有侪匹。赁芜委巷草拥门,看妇梳头儿弄笔。沈屈不作秋虫声,天与之形康且吉。嗟余作嫁苦多疾,四十离家如谴黜。京口求医六七回,归船病眼对落日。益州故人书不报,邓林有梅期不出。纵把佯狂压忧患,平生微志何时毕?安得翱翔万里行,尽抛药囊与书帙。朝对名山一展颜,暮逢旧病常促膝。不然我师被虏回，九州一统欢声溢，区区衰病亦何言，与君晏坐秋怀室。

## 自序《淮阴风土记》

其 一

采风小录说淮阴，百里悠悠取次寻。常叩村墟称熟客，不虞寇盗总童心。
吴城飙卷黄沙直，高堰湖藏白雪深。何必春秋是佳日，祁寒暑雨亦登临。

其 二

少年亦侠亦悲凉，活国回天未有方。各放芒鞋踏乡井，欲凭柔管造舟梁。
豆棚语杂无张李，流水心空孰短长？多谢群公供史料，好编遗事说沧桑。

## 赠耕研

其 一

连村打麦搅诗肠，三复新篇起旧狂。学易郰人方五十，诂经叔重本无双。
相思苦乏鸽鹙翼，余慧期分日月光。昔介大河今更远，我怀公砚两茫茫。

其 二

林居四载祇平平，懒玩湖光接太清。空谷有谁同伐木，此生无地可藏石。
诛苑且筑忘忧馆，吹角何来出塞声。忽见范宁著书目，始知辜负小窗明。

## 和耕研避乱见怀韵

其 一

江城碎胆理难坚，况说戈船势沸天。如梦真成桑下宿，连床曾诂月中毡。
太平有象偏经眼，螺蛤堆盘倘亦缘。安得欃枪收拾尽，一篙同泛建溪烟。

原注：盐人门侧皆题“太平”字。

其 二

别来魂梦未全安，古调非君不自弹。满路捷音愁反覆，一门言笑总单寒。
恼人驺卒花为厩，归楚王郎舌有澜。解我情怀天上月，照将书幌更无阑。

## 挽耕研三首

1960年7月27日，淮阴范耕研先生以风痹逝于上海，年六十七。先生不慕荣达，授书四十载，不屑与庸俗争显晦。天机迅疾，通形声训诂之学，疏证遍晚周诸子，而问世者十不逮一。曾一游皖，遘疾归，四年弗兴，终谢明时。须幸同里闬，启益实多，追念昔游，赋诗志痛。

其　一

春满尧天一士殂，晚红空照半床书。放纷楚学君能大，风雨芜城迹已孤。
儒贱宁羞俗眼白，道隆无奈右肢枯。堪哀篆发同消歇，难向烽烟觅旧摹。

其　二

十载茶寮识姓名，两家鸡黍异公卿。攫金共为儒林惜，买爵纷从捷径行。
避地仍传仓雅学，著书何止墨荀精。判教遗蜕成灰烬，可许张苍补墓铭。

其　三

赭山都讲一年留，东望难回病客舟。攲枕未甘如梦过，嗜书深费次君求。
吴笺腕涩多疑字，老屋朋来袛注眸。拔地荡胸今已矣，百花正放古神州。

# 王　瑛

王瑛，字柘塘，民国淮阴县人。王毓丙子。著有《树本堂诗剩》。

## 辛酉元旦试笔

王正还贺万年春，爆竹通宵岁序新。富贵生成何必祝，穷愁已送苦求伸。
未能知命空占卜，总为浮名竞误身。删去繁华多少梦，五更犹有不眠人。

## 和筱川汪亲翁六十述怀原韵

其　一

仁心医俗道心谙，妙手回春信手探。寿介南山增永久，量如东海喜容涵。
同堂四世绵瓜瓞，外卫三城独负担。更羡诗书精画笔，声如食叶响春蚕。

其　二

姜桂生成老愈辛，梅花独占易为春。千年貌驻金丹久，三折肱凭玉指神。
愧我无才南合俗，问君何术可医贫。修来老福犹康健，仙骨能全自在身。

# 蒋鸿经

蒋鸿经，淮阴县西宋集蒋庄人。民国时期士绅。

## 感时三绝句

其　一

十年戎马寄生涯，晨起抽刀见血花。忽讶楼兰仍未斩，漫天烽火贼如麻。

其 二

孤灯荒馆度清秋，剩有啼螿诉客愁。家破也知归未得，五更犹梦大刀头。

其 三

秋高气爽月明天，合向沙场带醉眠。直捣黄龙伸指顾，曾传大捷似生仙。

按：感时三绝句1939年10月作。

## 王公屿

王公屿，抗日战争前期任江苏省第六专员公署专员。此诗作于1939年10月。

### 和蒋鸿经先生

非为桃源好避秦，问津欣见葛天民。重阳已近多风雨，聊写新诗赠主人。

## 李祥祯

李祥祯，淮阴县人。

### 归 德

天涯浪迹走西东，十载疆场铁马风。解甲瀛峤劳案牍，逾庚归去耻言功。
文休武退虽因老，目炯耳聪怕号翁。一乘烟霞长啸傲，扙藜待见九州同。

## 朱学成

朱学成（1907～2008），江苏淮阴人。1939年参加教育工作。离休后参加六塘诗社，是原淮阴县诗词协会会员。写过不少诗词，可见于《六塘诗社》《淮水吟》等。

### 离 休

离休幸福实堪豪，吟笔欢欣漫素描。报纸诗刊窗下览，象棋扑克酒前敲。
书场戏院携孙到，银幕荧屏伴妇瞧。米面三餐荤素备，终朝心里乐陶陶。

### 感 怀

在世人生几十春，莫存讨巧骗人心。纵然巧得万千贯，死后手空留骂名。

### 戒　贪

人生能有几多年，处事莫教人弃嫌。小利常贪人必怨，便宜能值几文钱。

### 参加六塘诗会

大器形成费运筹，鼓帆破浪驾飞舟。六塘河水奔流远，千里逍遥任荡游。

## 丁　梅

丁梅（1911～2003），淮阴渔沟人。1935年毕业于江苏省淮阴第六师范学校，长期从事教育工作，后任县人大常委会副主任兼淮阴县中学副校长，离休后参与创办老年大学、诗词协会，出版《淮水吟》。

### 贺淮阴区诗词协会成立

登高把酒菊多姿，盛会欣逢亦此时。耆宿齐抒伏枥志，俊贤共咏圣仙诗。
刘庄烈士忠魂墓，马镇韩侯功业祠。发展继承新路创，风骚灼灼凤来仪。

### 纪念周总理

总理英名垂宇宙，风流儒雅万人师。礼贤尚士襟怀阔，折俎冲樽胆识奇。
尽瘁殚忠侔蜀相，主帷筹策胜汤伊。行看四化酬遗愿，改革春风正入时。

### 中秋抒怀

喜度中秋七七辰，耕耘五十庆师尊。追思枵腹犹浇水，几遇狂风勇护根。
怒对群凶腾丽苑，甘输热血育黉生。振兴华厦期群秀，桃李芬芳四海春。

### 庆祝中国共产党八十华诞

其　一

星火燎原势猛凶，于今八秩党恩隆。抛颅洒血何曾惧，倒海翻江法亦雄。
万里长征腾巨浪，三山推倒耀苍穹。民康国泰东方屹，业绩辉煌千古崇。

其　二

八十年来地覆天，先驱德业应思源。磐安政局国基固，敦睦邦交世友贤。
港澳回归湔耻日，城乡巨变笑声连。放开改革光璀璨，三代英明重任肩。

### 渔沟中学三百年校庆喜赋

云天翘首忆当年，沧浪几经未息肩。源远流长三百载，桃红李白万千贤。
英才泼墨歌华诞，鹤发挥毫润玉笺。览胜芳林喜有份，他乡回首共婵娟。

### 吟屈原

汨水滔滔不尽流，逐臣屈子怨何休。忠贞忧愤《离骚》作，墨点无如泪点多。

## 岳西樵

岳西樵（1912～1998），江苏淮阴人。自1942年始一直从事教育工作，离休后从事诗词文化，经常在《淮水吟》等诗刊上发表作品。

### 重游西子湖

弱冠曾从西子游，而今巨变觅前幽。同窗旧雨人何在，斜柳长堤影自留。
花港晚钟鱼潜底，苏堤绿女笑声流。浆声乐颂余霞彩，忘却霜斑岁月遒。

### 六六书怀

六六喜逢天地春，归田余热劲添增。长天润物香桃李，甘为宏图再育人。

## 陆大同

陆大同（1913～1997），江苏淮阴人。历任医生，退休后参加六塘诗社，诗词作品曾刊登于多种期刊上。著有《陆大同诗词选集》。

### 新修滕王阁赞

峭拔烟云外，雄居造化工。龙楼皆逊色，凤阁应羞容。
拱角出青岱，飞檐横碧空。滕王阁貌壮，一序子安雄。

### 六塘诗会咏

淮水毓灵秀，六塘诗会开。吟坛放异彩，时代锻英才。
四色同磨琢，两文共咏谐。毫端陶品德，霞色映台阶。

### 村翁乐

蓬鬓虽衰人未贱，柴门纵立不须关。腹中书借幽时晒，肘后医方静处看。
自以蛙声为鼓乐，聊将碟韵作琴弹。辛勤浇灌一畦韭，三餐有羹心不烦。

### 过岳王坟感怀

岳王庙里岳王坟，四像凄凄跪墓坪。几道金牌南国恨，数声鹤唳北兵惊。
两全忠孝誓平敌，一代兴衰系巨人。万里江山今壁合，已酬壮志慰英灵。

### 秋瑾烈士颂

超群意志更高才，剑影刀光赞女儿。碧血红裳映浙水，千秋万代汗青哀。

### 老人节欣笔

金菊含香九月重，老人节上多仙翁。此生未喟桑榆晚，日朗天高夕照红。

### 淮阴四杰

良宰周公开国勋，韩侯韬略灭嬴秦。承恩妙笔西游记，红玉桴槌摧北军。

## 朱　霞

朱霞(1913～1990)，女，字缦卿，笔名程天孚，淮阴县人。抗战中曾任古寨乡妇救会主任。著有《缦卿俚歌》《淮阴节日风俗志》，皆未付梓。

### 吊郑文英墓

衔命来华夏，皇华纳贡茅。张旌驰海浪，云霭绕星轺。
欲报怀荒远，思舒辩口高。谁期中道殂，未得契邦交。

### 民便河疏成15年新貌

其　一

淮涟自古闹饥荒，一雨矶心肇祸殃。藉桶为舟捞大豆，撬门作筏剪高粱。
断炊无着仰官府，逃难凄惶下镇江。谁要谋生无可奈，铤而走险别家乡。

其　二

民便河开堪颂扬，年年旱潦不心慌。大田改水赢高产，航道运材建画堂。
培育万名土博士，招来千里女红装。为何面貌新如此？薄地早成鱼米乡。

## 王绍和

王绍和(1914～1996)，淮安县人。为王氏中医第五世传人，20岁悬壶于两淮之间。中华诗词学会会员、江苏省诗词协会会员、江南诗词学会会员、淮阴市诗词协会会员。1990年获江苏省劳动模范称号，1992年享受国务院特殊津贴。

### 纪念抗战胜利50周年

难溯多年倭患深，素餐尸位后庭沉。卢沟全暴凶残貌，陕北争传抗敌箴。高举红旗千里应，几番战役万邦钦。山河收复怀英烈，纪念增强爱国心。

### 和高家骅君1989年春节赐诗原韵

书生何必忆童年，金马门前几度喧。我到长城非好汉，君游江夏举吟鞭。松霞有故歌梁甫，施纵无稽且乐天。不计穷通舒倦眼，从来景物互争妍。

### 八十抒怀

忆昔酸寒志未寒，师今学古一枝安。怡情温饱能知足，浪效风流不解惭。小技雕虫人有断，宏图指路事无难。千金愿买颜常驻，花老香浓百尺竿。

### 自勉寄友

秋高云淡醉歌行，改革创新放眼清。藏拙从来遭鄙薄，斯文未必便聪明。平凡岗位千钧重，险恶滩头一掉轻。喜值朝阳鸣凤日，莫教保守误前程。

### 述　怀

一生生计凭三指，半百医龄广结缘。暮鼓晨钟深警悟，零缣碎锦应编传。识途倦马坚筋骨，出谷新声入管弦。未遂友盟鸥鸟愿，着花老树倚春妍。

### 郊行见桃花口占

小桃谁主盛开花，点缀山村春意奢。有信年年人未老，风光三月属农家。

### 无　题

守法安居乐业民，不求奢侈未忘贫。灯红酒绿慷公慨，楼外几多侧目人。

### 扬州吟

应江都特种钢厂之会诊邀请，携孙女赴扬州一游。

烟花三月下扬州，千里昆仑水别流。邀诊今归何处去，不须开口问迷楼。

### 扬州看琼花

其　一

梦里琼花数十年，白头一觉岂顺缘。韶华已逝风情在，不许名姝笑我颠。

其　二

珍异名花聚八仙，自持深院避尘缘。问卿底事请如许？已是文明开放年。

### 纪念周恩来总理90诞辰

驸马巷邻胯下桥，羞沾同邑渺鸿毛。乡情敬告英灵慰，百里淮安百里桥。

注：王绍和先生家住胯下桥旁，与总理故居驸马巷仅数百米。

### 扬州看琼花

其　一

梦里琼花数十年，白头一觉岂因缘。韶华已过风情在，不许名姝笑我颠。

其　二

珍异花名聚八仙，矜持深院避尘缘。问卿底事清如许？已是文明开放年。

### 登鼓浪屿瞻郑成功像

威严塑像郑成功，民族英雄饮誉隆。一水有情风浪静，恩仇泯却早求同。

### 登山海关口占

登上雄关忆史书，兵无主义勇何如。英雄若解为谁战，不致江山属坐渔。

## 杜学春

杜学春（1915～？），江苏淮阴人。中共党员，中师文化，一生从事教育事业。诗词作品曾发表在《淮水吟》等诗刊上。

### 游鼋头渚

鼋头伸入太湖中，巧夺天工自不同。莲蒂深处留小影，长桥堍下遍娇蓉。

樱花喜引采蜂蝶，柳浪迎逢划彩艟。八角亭前超物我，老来桃杏更鲜红。

### 九六抒怀

育李培桃数十春，忻观学子作能人。晚年有幸享长寿，好梦成真谢党恩。

### 离休抒怀

弹指耘耕五十春，亦传业道亦传人。芬芳桃李花开日，扶我杖藜喜弄孙。

### 颂老年大学

浩荡东风四海宁，挥毫展示奋前行。媪翁欢聚一堂内，生辉余热润晚晴。

## 朱湘清

朱湘清(1916～1996)，江苏淮阴人。从小读过私塾，从部队退伍回家务农。1986年参加组建六塘诗社，淮阴区诗协会员。

### 咏暴风雨

风雨交加震耳鸣，无知空叫祷天庭。劲吹房屋皆将倒，倾泻田禾尽欲沉。
世态炎凉当扫净，人心反复应除清。两间罪恶由王法，何用苍天发怒霆。

### 七四抒怀

韶华虽好任蹉跎，无限风波七四过。道路坎坷宽直少，人情变化冷清多。
目明幸见山河秀，兴至常书社会歌。我纵残年舒畅甚，儿孙劝酒醉颜酡。

### 读众诗翁佳作有感

学富五车妙句多，诸公直欲迈东坡。珍珠出口千层浪，大块挥毫万顷波。
学海渊源臻火候，吟坛风雅足高歌。高山擂鼓余增愧，贻笑诗翁可奈何。

### 夜　雨

雨洒小窗棂，风吹纸有声。宵深难入梦，遥念在台人。

### 夜游秦淮河忆旧

朱雀桥边水石寒，秦淮故道漏声残。青楼歌女留遗恨，不复哀琴伴泪弹。

## 陈正宜

陈正宜(1916～?),女,江苏淮阴人,一生从事教育。1986年参加六塘诗社,淮阴区诗词协会会员。诗词作品常发表于期刊。

### 儿外出拉车

日暮倚柴扉,天寒儿未归。车声惊犬吠,风雪满儿衣。

### 寒食节祭夫君

芳草萋萋寒食节,寂寥日暮使人愁。双双紫燕栖梁上,几度梦君君不留。

### 无　题

改革东风正劲吹,一经深化更腾飞。吾逢发展何辞老,也放桑榆百丈辉。

### 春节大雪有感

新春大雪积盈庭,户户围炉尽笑声。回忆当年飞雪日,街头巷尾儿呻吟。

### 秋　感

其　一

独言深秋夕照残,萧萧落叶惹人烦。大儿早出归来晚,寂寞空庭更觉寒。

其　二

衰老起居更觉难,秋深小院自盘栏。儿孙绕膝何时聚,只累身边一子单。

### 咏　菊

春夏花丛斗艳容,一时姣色满园中。风霜扫叶作何在,唯菊飘香分外浓。

### 后六塘河边待渡

六塘风起绿波生,野渡无人舟自横。岸上儿童临水戏,笑来送我到东滨。

### 春　日

桃花乍放柳成荫,叶底黄鹂送好音。人在风清浓翠里,赏春高唱又低吟。

# 朱洪范

朱洪范(1916～2004)，江苏淮阴人。上私塾多年，[illegible]生务农，爱好诗词，1998年参加六塘诗社，淮阴区诗协会员。

## 纪念延安文艺座谈会50周年

主席延安上讲台，振兴华夏阐胸怀。坚持立场民心顺，指引方针政局开。
抗日救亡驱虎豹，惩奸除暴斩狼豺。创开天地千秋业，赢得神州幸福来。

## 咏清明节

花林户户过清明，暖日晴和陌上行。万里春光凝四化，万般红紫斗繁坪。
呢喃紫燕凌空舞，报晓雄鸡屋后鸣。祭扫纷纷追念旧，坟前化蝶纸灰轻。

## 春节书怀

忙忙碌碌欲何之，惟羡曹王七步诗。喜得佳章舒彩笔，欣逢翰墨绘花蓠。
鸟啼星落琴三弄，霜白风清酒一卮。岁月蹉跎增感喟，萧疏两鬓已成丝。

## 观轮船运货

沐雨经风不计年，满天星斗伴船眠。一轮鼓动霞千浪，双桨划开月半弦。
送去化肥农户乐，运来果品市民甜。城乡联结工商茂，水上为家自快然。

## 悼念周恩来

巨星沉坠恸苍穹，十亿神州尽慎终。颂德光辉同旭日，歌功业绩贯长虹。
清明祭扫无坟墓，节日缅怀仰太空。肠断心悲难忍受，吾侪只有竭精忠。

## 纪念建党70周年

七十年来国事昌，翻天覆地业辉煌。造成火箭丹霞震，放出卫星宇宙航。
祖国繁荣似锦绣，边防巩固若金汤。而今日月家家乐，改革花开分外香。

## 悼念李一氓逝世

光明磊落世称贤，革命无私不爱钱。执政清廉拒腐蚀，治军严正作中坚。
功殊德重成人杰，学广才高入史篇。厚泽生前恩不尽，骨灰况复洒吾田。

## 丁永华

丁永华(1916~?),淮阴县渔沟人。曾去台湾,后居美国。

### 忆好友吴子树

青山隐隐意彷徨,往事悠悠志未尝。总角相交花甲过,年华已咏古稀章。
追思梦美常相扰,念旧情深永勿忘。时序已随游客老,杨花到处示轻狂。

### 乡居乐

白发星星百尺松,乌云冉冉数声钟。蒙蒙细雨沾衣湿,缕缕朝霞觉露浓。
树鸟啾啾鸣利舌,园花灼灼斗芳容。陶陶意境人常乐,淡淡情怀水自溶。

### 奇风异俗

严霜未降觉冬来,冷暖人情至可哀。异域休谈伦理节,联邦特重锱铢财。
父慈子孝成遗响,利重名轻显俊才。最是休闲舒适处,露珠点点湿苍苔。

### 住维吉尼亚小儿处结伴前往农园采苹果有感

偷得浮生半日闲,采苹结伴白云间。岚光霭霭潾潾水,枫叶飘飘淡淡山。
路转青云千树动,峰回绿竹半林弯。远离故国增惆怅,杳杳难期倦鸟还。

## 章梦白

章梦白(1917~1999),字凤山,淮阴县古寨乡人,一生从教。1986年秋创建六塘诗社,任社长。中华诗词学会、江苏省诗词协会会员,淮阴市诗协常务理事、淮阴县诗协副会长。著有《梦白诗钞》3卷。

### 牧　牛

清早骑牛出,披霞遍体红。寻溪芳草嫩,上陂绿阴浓。
纵览千河水,横吹一笛风。悠然成独笑,从此乐为农。

### 村　居

卸职归来五月余,艰辛生活惯村居。咬根如肉何须肉,安步当车不羡车。

集合迎风奔绿野，放工戴月荷银锄。闲来还到南园去，挑水殷勤灌嫩蔬。

### 农田旱改水

沧桑何待万千春，朝夕全然在力争。齐把红心昭日月，更凭赤手整乾坤。
金龙排浪驱穷鬼，铁犊飞轮迓福神。万朵红霞铺锦绣，欢歌笑语动雷声。

### 上河工

为除积涝心偏壮，欲利浇田兴更遒。我是黄忠不服老，银锹闪闪步赳赳。

### 花生场上

其　一

红日初升光满场，花生堆上发清香。童孙馋嘴偏知趣，不愿偷拿一个尝。

其　二

天满繁星地满霜，曲肱而枕夜茫茫。忽惊飒飒起身香，原是风吹树叶扬。

### 春　色

其　一

红杏方酣又醉桃，锦山秀水逞多娇。垂杨也欲供春色，趁着风摇绿锦绦。

其　二

千树梨花万树桃，红红白白竞妖娆。老桑不解争春色，只向蚕姑吐嫩条。

### 栽秧放绒

匠造层楼赖准绳，层楼积寸可凌云。老农牵着经纬走，可使田原步步春。

### 参加离休老人体检作

自觉全身俱正常，无端老眼渐昏茫。天公切莫将灾降，好看中华达小康。

## 吴延祺

吴延祺（1917～1999），字子树，江苏淮阴县渔沟人。大夏大学法律系毕业。

### 渔沟行

朝辞清江浦，暮宿渔子沟。南北称重地，襟带徐扬州。圩城高数仞，河流绕四周。柳丝曳长裾，桃杏豁远眸。单日逢市集，农产满街畴。肩摩与踵接，熙攘浑忘忧。年时贺佳节，长幼笑声稠。水火有神庙，永保镇民庥。泰山与三元，香火供祈求。关帝倡正义，座前剧艺酬。方上人石塔，松荫鸟语柔。吴氏建宗祠，树木郁四丘。子孙多繁衍，殷勉作骅骝。临川筑书院，少长得进修。校旁运动场，体育乐悠游。人物称鼎盛，各自展嘉猷。日寇肆凶焰，遍野泛红流。战火荒田舍，事业遭蹦跺。入夜少灯火，疑已入冥幽。夹缝讨生活，亲故忽成仇。杀戮凭好恶，生命等虫蜉。离乱避浩劫，东来浴自由。繁华去已远，乐事影空留。胜况谁可复，匡救杖吾俦。

### 忆淮阴农校

城北二三里，巍然有淮农。黉舍连云起，四围桑柘笼。夏初飞麦浪，志愿习耕佣。苹果与蜂蜜，脆甜可佐饔。工厂与蚕室，劳动多芳踪。四季花争发，老圃著雨秾。球场宽且广，积健若游龙。音乐与剧艺，陶冶多雍容。军训严管教，敦品重服从。稼穑勤研习，毋畏年岁凶。经邦重实业，国威日转丰。倭蛇欲吞象，校园毁数重。内祸继逞乱，再度遭兵锋。同窗欲探访，不闻校课钟。昔日弦诵地，仅剩草茸茸。何时复旧貌，畅抒抑郁胸！

### 重游淮阴城南公园

未过南园半纪余，返乡傍晚仍驱车。亭台别后恍初识，榆柳当前影宛如。
春水满池荷作绿，斜阳暮霭气凌虚。往事回环苍茫里，故旧飘零独剩余！

## 宋慈抱

宋慈抱，淮阴县人。早年毕业于淮阴师范，后入多所军事院校学习。1949年赴台湾，曾任文化大学市政系教授，后移居美国。

### 感赋寄怀弟妹

1971年两岸尚未通邮开放探亲，舍弟象超（人民日报社工作）试向旅居美国之刘同声表兄探询余况，并附函转来告知家中状况。适同声以美籍身份赴北京，乃托带照片数十张，赋诗寄怀弟妹，尚未敢以署名函件通信。

烽烟仍遍地，暌隔数十春。人生如逆旅，恍然逾半生。每念故乡月，感伤不自胜。思乡情有怯，亲故卜亡存。远客传竹报，岂止值千金？悲喜交相集，览时泪沾襟。双亲已大去，不孝罪孽深。手足情意重，成就各一方。血肉原相连，隔世久不闻。昔日杜工部，离乱咏诗章。古今同一辙，伤心胜古人。犹忆春申别，堂上细叮咛。弟妹交相询，何时归闾门？双亲竟永诀，音信久断闻。此情何以堪，造物故弄人。山栖濒远眺，云天隔断魂。者番鸿雁便，略抒郁郁情。尺素苦纸短，握管难尽申。手足连心意，谅当会苦心。双亲别儿去，未尽奉养心。此恨长绵绵，诚意祷上苍：双亲灵安息，手足永康宁。后辈相繁衍，光我经德门。

### 中国社会科学院研究生院院长温济泽学长大著《征鸿片羽集》见赠赋诗书屏以谢

征道长青不老兵，鸿儒硕学锵锵声。片光鳞爪汇锦集，羽振凌霄拟星辰。

## 盛 平

盛平（1921～ ），原名杜荣，字光祖，淮阴县人。1949年5月参军，离休后加入淮阴县诗词协会，著有《咏月诗存》。

### 咏 雪

花飞六出舞长空，世界银装景色同。淡掩松枝笼翠绿，深遮梅萼隐绯红。
冰心情动诗人笔，媚态柔凝淑女衷。瑞兆丰年黎庶乐，闲情应笑一痴翁。

### 六十生辰自我写照

花甲年华一瞬中，沧桑历尽乐无穷。常栽桃李耕南北，曾事戎行战西东。
骨骼文章师鲁迅，精神道德仰周公。壮心未已争时日，四化战程再献功。

### 春节感怀

春风化雨莅中华，大陆台澎本一家。煮豆燃萁成旧训，和衷共济绽新葩。
四凶服罪清乌瘴，万象更新绚彩霞。戮力同心兴盛业，冲天干劲应尤加。

### 清明祭扫刘老庄八十二烈士墓

四连烈士不寻常，留取英名刘老庄。敌寇魂飞枪刺下，人民泪洒墓祠堂。
青松有幸英灵伴，黄土多情忠骨藏。时值清明来祭扫，不须俎豆共馨香。

### 除夕羊城旅游访陈大伟老师

竟有豪情似旧时，买舟携女觅相知。何期十载羊城愿，爆竹声中一了之。

### 自 嘲

不争名利不争权，识己知人不信天。桃李芬芳知识博，王侯笑罢笑神仙！

### 天安门夜景

天安广场华灯明，云集游人款款行。景色辉煌娇更艳，万民同乐庆升平。

# 毛善文

毛善文(1921～ ),江苏沭阳人。中共党员。曾任淮阴县供销合作总社副主任、机关党委书记、县委农村工作部副部长。淮阴区诗词协会副会长,著有《敝帚集》两集。

## 崛起大中华

东方崛起大中华,百计千方治理它。水少北方南水调,电多三峡向东拉。
澳门兔岁娘怀抱,香港牛年回老家。宁沪高楼能摘月,藏青铁路卧云霞。
农村种地免交税,学子攻书费不拿。两奥会开赏夙愿,五洲宾客北京夸。
飞船神七三人载,水稻千斤收获佳。百族和谐齐奋进,复兴华夏乐无涯。

## 九十一岁抒怀

其　一

吾今已过杖朝年,喜见江山如画妍。香港牛年归祖国,澳门兔岁庆团圆。
一生清白心无愧,四纪征程志更坚。伏枥常思勤报效,挥毫泼墨颂新天。

其　二

日月当空照九陔,河清海晏乐胸怀。喜吟诸葛隆中对,爱诵渊明归去来。
棋友相逢大决战,诗朋常聚小书斋。乐夫天命晚晴度,悦性怡情花木栽。

## 赞洋河大曲

味俱甜绵软净香,美人泉水酿精良。骚坛墨客挥椽笔,歌赋诗词天下扬。

## 赞杨利伟

胆大包身智勇兼,驾船飞上九重天。风流人物看华夏,自古英雄出少年。

## 纪念毛泽东诞辰110周年

文韬武略盖孙吴,斩棘披荆腐恶除。妖雾浮云全扫尽,一轮红日照征途。

## 游芙蓉亭

盐河南岸芙蓉亭,高入云端可摘星。东侧汉文烈士墓,像前游客敬英灵。

### 赞淮阴医院

白衣天使性温良，救死扶伤日夜忙。处处风光如锦绣，病人到此得安康。

### 春 游

桃花鲜艳菜花黄，万顷麦波如海洋。百鸟争鸣蜂蝶舞，农村四月种田忙。

### 游 园

风轻云淡艳阳天，花卉满园颜色鲜。姹紫嫣红争放蕊，半塘清水一塘莲。

### 欢呼神舟三号飞船发射成功

神舟三号太空飞，华夏军民喜展眉。科技攻关增国力，航天史上里程碑。

### 劝 学

皇天不负苦功人，万卷藏胸笔有神。铁杵磨针千古训，不经历练几成名？

### 免征农业税

中华历史五千年，代代相传国课延。今日免征农业税，人民十亿乐心田。

### 咏三农

三农政策暖人心，五谷丰登举世钦。道路宽平通四海，购销两旺富黎民。

## 李国蓉

李国蓉(1921～ )，女，四川万县人，大学文化。曾任淮阴县小学教师、校长、幼儿园主任等职，1984年离休。

### 庆祝建国50周年

其 一

普天同庆喜空前，建国辉煌五十年。锦绣河山真美丽，文明社会斗芳妍。
三中全会开新宇，十亿人民改旧弦。国富民安歌盛世，河清海宴政清廉。

其 二

神州强大兆民讴，崛起中华展胜猷。改革宏潮除弊政，振兴经济解穷愁。
腾飞四化超千古，建设多方创百优。三代伟人兴祖国，光辉大业誉全球。

### 党恩浩浩水长流

其　一

党恩浩浩水长流，备至关怀分外优。衣食住行都想到，盛情待遇复何求。

其　二

盛情待遇复何求，心旷神怡胜景游。年近古稀犹学习，党恩似海纵情讴。

其　三

党恩似海纵情讴，离退人员享自由。治病年关频赐福，清风明月水长流。

## 刘习前

刘习前(1922～1994)，淮阴县人。中共党员，抗日老战士，曾任南吴集区区长、淮阴县商业局副局长等职。六塘诗社副社长。

### 忆往昔　看今朝

狼烟四起动干戈，宿露餐风斗恶魔。守土设防三县界，开疆分渡六塘河。
寒冬冒雪除奸细，黑夜持枪捣敌窝。昔日艰辛恒记忆，今天幸福得时歌。
青春贡献常嫌少，白发承恩总觉多。晚景桑榆勤努力，学诗颂党不蹉跎。

### 六塘诗会行

六塘诗会赖章公，设计筹谋造化工。高举红旗歌政事，挥毫泼墨颂工农。

### 连云港随笔

港口观光别有天，山高水远紧相连。建墙守户挡风浪，就岛临门护客船。
靠岸舳舻锚点地，起航铁舰箭离弦。八方货物云台集，转运功能样样全。

### 北撤山东守军纪

敌强我弱迫离乡，仓促行军未带粮。背靠花生无一食，党风军纪在胸膛。

## 章壮兴

章壮兴(1922～1999)，淮阴县人。曾参加抗大学习，一直务农。淮安市诗协、淮阴县诗协会员，六塘诗社理事，著有《章壮兴诗联集》。

### 卖春联

欲学唐寅画艺难,只能春节卖春联。多酬老母滋身费,有赏小孙压岁钱。
笔落皆歌温饱日,墨凝开放太平年。未干字迹人争买,喜把辛劳换得甜。

### 寄台友人

一别相思不计年,心连两地梦魂牵。韶光易逝催人老,美景长留在眼前。
但愿双方常聚首,更希一统好团圆。届时海峡平波浪,把酒吟诗学谪仙。

### 秋　夜

孤灯照读解无聊,鸿雁南飞声渐遥。莫谓秋深思酌酒,须知诗境在推敲。
风吹篱菊花魂睡,霜落井栏桂魄高。待得吟成犹未寐,摇窗梧影叶还飘。

### 咏　梅

岭上娇姿喜又开,百花难与并肩排。霜天觅景谁同往,雪地寻芳我独来。
小影常留书画笔,奇葩初放赋诗台。林公去后增烦恼,幸慰孤香春带回。

### 中秋对台怀友人

团圆宝镜挂神州,两地相思已白头。未卜嫦娥能解语,安知杜宇不分忧。
倾谈唯有三更梦,渴念难消万斛愁。但望河山成一统,全民月下庆中秋。

### 少林寺

诗情引上白云间,名刹雄巍不等闲。历代少林风尚好,今朝人老拜崇山。

### 自　述

年逾古稀一老农,追思往昔甚贫穷。寒窗攻读两三载,热汗耕耘数十冬。
爱好诗歌无大作,勤劳家务有微功。平民简历何堪述,碌碌浮生一梦中。

## 杨士国

杨士国(1922～ ),江苏涟水县人。中共党员,抗日老战士,曾任江苏人民广播电台编辑部组长,中共淮阴地委党校教育科副科长,江苏省贫下中农协会淮阴工委宣传科长。

## 小楼阳台

乐趣寻何处，阳台好地方。春深芳草碧，秋晚菊花黄。
文竹藏高雅，海棠飘异香。小楼多韵味，觅句入华章。

## 昆山周庄

老街多古屋，大道耸新楼。万柳风姿美，双桥景色优。
迷楼存史迹，庭院过轻舟。名镇闻中外，五洲游客稠。

## 扬州瘦西湖

湖名饶韵味，景物更妖娆。垂柳堤边舞，画船波上摇。
紫烟笼白塔，碧水映虹桥。极目平山顶，长江一带遥。

## 游圆明园遗址感赋

奇珍异宝抢精光，三日名园一炬狂。绣阁琼楼灰烬冷，断垣残壁蒺藜荒。
石碑仰卧荷池畔，玉柱倾斜鹿苑旁。遗址存留莫平毁，长教后辈认豺狼。

## 纪念马关条约签订100周年

东洋侵略占朝鲜，黄海烽烟暗九寰。避战求和撤舰队，丧权辱国割台湾。
春帆楼上臣蒙耻，紫禁城中君汗颜。千载毋忘甲午恨，修文备武卫河山。

## 瞻仰周恩来纪念馆仿西花厅

二十余年雨又风，运筹决策此厅中。兴邦治国山河赤，忠党亲民肝胆红。
正气一身魔鬼惧，清风两袖庶民崇。厅前伫立观遗物，无限哀思泪满胸。

## 缅怀邓小平同志

俭学巴黎崇马列，揭竿百色举红旗。硝烟烽火驱狼虎，赤胆忠心释惑疑。
不计浮沉胸坦荡，敢行改革志雄奇。丰功伟绩千秋颂，亮节高风百世师。

## 中国登山队登上珠穆朗玛峰

志壮心雄气若虹，健儿奋勇上珠峰。层峦叠嶂披浓雾，峭壁悬崖战大风。
暴雪纷飞何畏惧，乌云翻滚更从容。国旗笑展山巅上，一片欢声动九重。

### 我国首次载人航天飞行圆满成功

喜见神舟起酒泉，载人直上九重天。银河不见沧波动，玉宇欣看星斗悬。
今日升空观碧落，明朝登月访婵娟。首航胜利千邦贺，圆梦飞天四海传。

### 梅

雪压花尤艳，霜侵香更浓。生来贞洁重，结友竹和松。

### 兰

幽谷平凡草，葳蕤高雅藏。花开无媚色，恬淡自生香。

### 竹

破土立身坚，何愁霜雪连。虚心怀壮志，劲节向云天。

### 菊

飒飒西风起，纷纷黄叶飞。东篱傲霜菊，尽日播芳菲。

### 冬夜喜闻风雨声

日里犹忧久旱灾，夜闻风雨击窗台。心欢被暖朦胧睡，棉海粮山入梦来。

## 朱宗高

朱宗高(1923～2009)，江苏淮阴人。一生从事医务工作，退休后从事诗词文化创作。六塘诗社会员、淮阴区诗协会员、淮安市诗协会员。

### 观漫画有感

写真人赞巧丹青，我问丹青可画心。仪表堂堂君子样，衣冠楚楚正人形。
谋权腹起风波险，钻利胸成陷井深。肉眼只能观外貌，长衫之内画难真。

### 春　景

春到人间景色浓，全凭好雨共东风。麦苗翻碧千层浪，油菜铺金一片绒。
上下蜜蜂钻锦簇，往来蝴蝶戏花丛。江山万里皆如此，嘱咐诗人咏要工。

### 秋收秋种

八月中秋桂绽黄，村村老少昼霄忙。抢收抢播抓时节，紧打紧扬上谷场。
都市工商齐跃进，农村棉谷共跟帮。同心同德创奇迹，老朽虽残敢或遑？

### 咏玫瑰

叶茂枝繁艳丽开，迎风令我很开怀。浓香诱蝶常围舞，秀色招人不肯回。
少女美妆头欲插，顽童嬉喊手将挨。谁知刺指疼难忍，苦恼垂头悔不该。

### 祝贺淮阴县诗协成立

九月重阳桂露清，淮阴诗协报佳音。今朝聚会耆英乐，明日扶持后秀行。
亦步亦趋追足迹，且循且创带头吟。骚坛史上留鸿爪，化雨春风更奏琴。

### 七七纪念感作

昨占朝鲜今踞华，得陇望蜀野心家。三光政策抢烧杀，一意清乡梳篦爬。
亿万人民陷水火，神州大地遍伤疤。南京卅万全屠戮，每忆惨情落泪花。

### 春日书怀

阅读诗词数十章，残灯孤夜梦飞翔。村村桃李迎宾客，慰我吟朋两鬓霜。

## 张新华

张新华（1923～ ），江苏沭阳人。曾参加过抗日战争，酷爱书法，诗歌。六塘诗社创始人之一。江苏省诗协会员。

### 晚　归

登临淮沭路，乘车大道行。入乡平原阔，无病一身轻。垄亩方方翠，野花处处明。春风吹百卉，田父有深情。

### 过沭阳虞姬公园访友

虞姬园林胜，幽深隔市尘。碑林歌盛世，烈士万年铭。
曲径花间路，逍遥厅永存。故人家何处，相望沭城边。

## 过淮河感赋

淮水连天碧，风烟一望中。涛声惊宿雁，帆影落长虹。
光景四时异，迎流双楫攻。故人渺何处，极目六塘东。

## 辛卯年清明节悼念已故六塘诗社社长章梦白先生

其 一

一样销魂似国殇，呕心叶胆编修忙。积劳成病医难起，尽责捐躯死亦香。
财产无多延世泽，关山阻隔叹文郎。悼君不惜留诗史，模范英名满六塘。

其 二

风寒月落夜灯青，我读遗篇涕欲零。如此才华今永诀，竟教诗句识成灵。
朋侪忍泪鹃啼血，痛悼遗容懒过庭。试向六塘东南望，阴云沉沉暗文星。

## 致戴伟诗友

其 一

君是风流队里雄，相逢数日乐融融。共倾北海杯浮白，同坐西窗烛剪红。
屈指离亭虽暂别，关心好句要常通。他时自有巴山会，检点诗篇更待公。

其 二

吟坛久已负诗雄，小聚六塘乐正融。芳草离离柳眼绿，桃花树树酒旗红。
明朝握别凭谁诉，他日相思藉笔通。爱我殷殷留韵语，能倾肝胆说吾公。

其 三

荆州一识平生愿，景慕年来思不休。秋水蒹葭空怅望，青山红叶最清幽。
几时剪烛谈诗律，何日唧杯唱酒筹。待到登门相握手，桑麻闲话两情投。

## 咏 雪

其 一

逗眼花飞万万重，是谁敲破玉玲珑。咽来自觉柔肠冷，捉到旋怜妙手空。
诗咏闲庭风止峭，人归灞岸兴无穷。卷帘试向平原望，那有崎岖路不通。

其 二

长空一夜荡银纱，梅正开时着玉华。灭烛乍疑天破晓，窥窗误认月笼沙。
化身只觉长流水，耀眼终归顷刻花。遥忆六塘诗友客，高吟顿失路三叉。

## 养 菊

黄花可爱耐寒霜，也学陶公种几行。有恨年年为旅客，无缘胜日伴幽芳。

诚怜菊径成荒经，太息清香杂野香。去秽存菁虽道晚，冬华未必逊秋光。

## 梅　花

其　一

流水空山夕照时，素心惟与白云期。暗藏风致红千点，泄漏春光绿一枝。
踏雪寻君谁似我，吟朋偶聚好题诗。拼教冷对三更月，细嚼寒香不算痴。

其　二

一枝冷艳绝尘埃，供向窗前带笑开。数去只宜和靖赏，折来原为我手栽。
银瓶好贮深深水，绿萼还防渐渐衰。愧我吟虫无妙句，含情相对几徘徊。

## 重读毛主席老三篇感赋

俯仰平生慷慨多，依稀往事比南柯。三篇精读须为用，不把衰年荏苒过。

## 竹枝词

其　一

淮河两岸雨新晴，春水粼粼细浪生。桥北桥南杨柳色，人来人去唱歌行。

其　二

两岸梨花似雪开，家家春酒满银杯。大桥头上多吟伴，宋集东郊踏青来。

# 朱士贤

朱士贤(1924～　)，涟水县人。1942年参加革命，1988年在淮阴县离休。淮阴县老年大学常务副校长、县诗词协会会长。

## 颂老年大学

鹤发童颜怡砚耕，孜孜苦读聆师言。轻歌曼舞音姿美，画竹题梅笑语欢。
临帖行书常习练，推敲韵脚未烦嫌。扬鞭何惧夕阳短，重整雄风学少年。

## 参观韩桥乡多种经营

洪湖碧水映朝霞，喜见韩桥绽异葩。廿顷渔场连广宇，三千水藕绕堤涯。
桑麻盈野随风舞，螯蟹繁稠逗土沙。堪慰一枝红杏出，齐开幸福小康花。

# 孙国祥

孙国祥(1925~ ),江苏淮阴人。曾任沭阳县教研室任教研员、沭阳检察院秘书,汤集中学、刘老庄中学校长。1986年参加六塘诗社,任秘书长。

## 赞章老梦白先生

六塘诗社满园花,多赖章公培育佳。九老吟坛兴雅韵,百名诗友撰英华。
编刊十二珠玑富,审稿三千韵律抓。鹤发童颜精力旺,桑榆晚景灿如霞。

## 金湖颂

其 一

绿水碧波映彩霞,金湖大地更光华。涵桥闸坝星罗布,排灌河渠体系佳。
工业腾飞策骏马,石油发达放奇葩。湖区利用前途远,物产富饶喜万家。

其 二

金湖民众是英豪,党指征途干劲高。农业翻番歌大有,科研成果放新苞。
水区开发前程美,多种经营起步娆。改革创新形势好,三资企业似春潮。

其 三

日照水乡景物稠,金湖新貌更风流。高楼大厦成乡起,贸易兴隆商业优。
疏水近江除涝害,导淮入海保丰收。外开内改春花茂,苏北明珠引众游。

# 严法周

严法周(1925~2013),字化南,号闲轩,江苏淮阴人。淮阴市、县诗词协会会员,六塘诗社主编。先后在《江海诗词》《中华诗词佳作选》等书刊上发表诗词数百首。

## 忆南京大屠杀

龙蟠虎踞起烽烟,国府陪都重庆迁。溪水碧于南渡日,夕阳红似靖康年。
琼楼玉宇成焦土,剑影刀光民倒悬。虏寇屠城三十万,腥风血雨漫江天。

## 前事不忘后事师

居安虚患复奚疑,前事无忘后事师。纳粹思恢霸主梦,沙文欲树大王旗。
一帮当咏问袍赋,两岸休吟煮豆诗。但愿和平成一统,金瓯永固不凌夷。

## 悼念章老梦白同志

悼念诗翁章凤山，重阳驭鹤别人寰。六塘社务操心碎，万首编修呕血干。
泗沭风凄云黯淡，淮涟雨厉泪光寒。呜呼悲恸殒旗手，四县吟朋泪湿衫。

## 悼念陈老竹修先生

南天怅望寿星沉，熟料如来引此人。两袖清风归佛界，一轮明月照干城。
休谈薏苡冤千古，何问将军饭十升。每忆斯言常慨叹，鸟惊花泪总伤神。

## 秋湖晚眺

万顷涵虚混太空，涟漪荡漾漱西风。渔人拨棹鱼虾满，牧叟扬竿鹅鸭丰。
碧浪浮云湖映翠，苍烟落照水翻红。稻黄棉白相辉映，渲染秋光入画工。

## 登洪泽湖望湖楼

纳凉小憩望湖楼，大泽风光眼底收。半壁青山涵室内，一帘绿漪映窗头。
心随淡泊柔情水，思逐浮沉任性鸥。物象超然迷客醉，布衣直欲笑王侯。

## 八二述怀

其　一

八旬晋二白头翁，回首浮生一梦中。少坐鸡窗观史籍，老眠簟席对书牖。
幸无廉颇三遗矢，尚有华佗五戏功。虽说龙钟艰步履，壮心未改俏顽童。

其　二

烟水乡村一介徒，愚庸乏术事陶朱。安贫不虑弹无铗，乐道何求食有鱼。
煮字烹文三酌句，生吞活剥几编书。萧萧白发闲中老，子在川流叹逝夫。

## 淮阴文人鸿爪

自古淮阴属胜境，骚人墨客印踪痕。袁枚北任沭阳县，米芾东宫涟水城。
江浦碑题弘历字，宿迁庵咏梅村文。置身故里光荣地，莫误韶华期后生。

## 今日王营镇

北枕盐河南枕黄，人烟辐辏旺工商。车尘马足原材运，驳载轮输成品装。
破旧精神奋且急，创新意志慨而慷。第三产业风云起，四化征途发轫皇。

### 淮安新貌

古邑从来饮誉昌，今朝业绩更辉煌。黄河广场风光美，楚秀公园花木香。
路展雄姿盘地起，街延旷野竟天长。鼎新革故风雷激，奋进车轮发轫忙。

### 沂淮高速公路

绵延千里卧低空，何以无云现巨龙。越岭翻山吟旷野，通宵达旦吐长虹。
物资集散开新境，经济腾飞涤旧容。喜看淮安形势变，高抛穷帽大江东。

### 新淮铁路

沉沉一线纵横梁，集散物资输八荒。北去云龙舒爪急，南来骏马奋蹄忙。
接连陇海桥头堡，跨入金陵过大江。二十年间诚一瞬，雄州前列换沧桑。

## 朱士亚

朱士亚（1925～ ?），江苏淮阴人。1945年起任教30余年。淮阴县诗词协会常务理事、会刊《淮水吟》编辑组长，著有诗集《闲情录》。

### 周文科牺牲40周年祭

一别周公四十春，雄风唯向梦中温。寻真投笔离乡井，闻道启蒙拜马恩。
虎帐方随兴国愿，龙门正献利民身。未酬壮志将星落，今尚怜君拭泪痕。

### 天安门前喜赋

首都景象喜辉煌，金水桥边放眼量。车似工蜂忙酿蜜，人如彩蝶漫寻芳。
画楼比比文源久，胜友彬彬国运昌。莫道京华游客醉，观光到此气轩昂。

### 弃妇吟

风云突变暂离分，梦寐频求续旧恩。十载寒流心渐死，三春化雨兴隆生。
不为名位争高下，只想情怀近寸分。常恐亲朋皆物故，悠悠夙愿憾终身。

### 记　情

自别芳容似九秋，梦魂夜夜伴侬游。惊闻休克神无主，愁盼佳音泪暗流。
鸿雁传书嫌漏泄，夭桃相庆弃悬忧。情心一瓣卿知否，立候娇嗔慰好逑。

### 会宗亲

烟花三月会宗亲，无限欢情信口吟。游子寻根偿素愿，归舟应载振淮心。
中枢卓识兴华夏，大陆广招富国军。万紫千红前景美，时机莫错好光阴。

### 为台属代笔

年年岁岁忆亲人，每到中秋思更深。花好月圆伤苦命，夫离子散拭啼痕。
芳邻怀惠常承问，政府关心恒致诚。喜议三通除戒令，清辉玉臂待重门。

### 幽　愿

九曲情肠蕴至诚，游魂夜夜到残更。梦携素手连心暖，恍并香肩吐语温。
常忆同车怜玉甚，每思举案惜春深。恳求上帝解幽愿，亦盼卿卿祝再生。

### 残梅自赋

腊退妆残拗化工，雄姿自是趣难同。羞偕媚态迷狂蝶，耻伴娇颜狎浪蜂。
不惜芳容凌白雪，且凭铁骨友青松。风流士女讥余怪，唯有林君爱独钟。

### 瓶中牡丹吟

姿容盖世富才情，不意瓶中作苦吟。朝耻村言污秀气，暮羞浪语玷清名。
深怜国色成虚话，长恨天香负的评。一缕芳魂朝玉阙，恳求约法护娉婷。

## 鲁立俊

鲁立俊(1925～1998)，江苏沭阳人。中共党员。1942年参加工作，1986年淮阴县离休后参加县诗协。

### 纪念周总理

创军建国业殊伟，荡涤污泥战马催。民主英模昭后世，鞠躬尽瘁国生辉。
风云叱咤何曾惧，会议万隆立五规。灰洒山河悲日月，继承遗志振华威。

### 赞淮阴市

秦汉淮阴著史篇，地灵人杰古今贤。韩侯翦灭暴苛政，周总推翻专制权。
北接彭城连鲁地，南临淮水枕吴边。雄州雾列楚门外，仙气怡人独得天。

### 贺张聘三老80寿辰

喜贺张公八十辰，德高望重满堂春。冰清玉洁松难老，寿到期颐能戏孙。

### 抒　志

识途老马志如钢，不用扬鞭蹄自忙。四化途中争贡献，红心永向党中央。

### 学诗有感

解甲归田学写诗，平平仄仄费神思。朝吟夕诵贤妻笑，怪我熬油不自知。

## 严举仁

严举仁（1925～2002），江苏淮阴人。曾任中小学教师、校长，县、市教育局秘书、股长，市商业职工学校校长等职。淮阴市诗词协会会员。

### 科技兴农

春去夏来年复年，改天换地谱新篇。阳光雨露润寰宇，丽日风和育杰贤。
开发智囊兴百业，扫除科瞽广财源。专家学者人咸敬，喜见农村康乐天。

### 望游子

碧空万里艳阳天，翘首遥望海那边。浪静风平景色好，笑迎游子返家园。

## 李龙美

李龙美（1926～　），江苏淮阴人。六塘诗社会员。写过大量反映农村生活的诗词，在《淮海诗苑》等刊物上发表过作品。

### 淮安自古出能人

百里长淮出英雄，四河八岸贯西东。南船北马通京道，人杰地灵扬国风。
灭楚兴刘韩信力，驱倭打蒋恩来功。抗金巾帼梁红玉，名著西游传万冬。

### 晚年诗乐

岁已高龄志未休，寻章觅句任遨游。世人不解余心乐，笑我痴呆有所求。
日读夜吟心向一，时光忘却到苍头。频将翰墨歌尧甸，笔下生花益寿秋。

### 学诗有感

其　一

不好方城不爱棋，观书有意更欢诗。若逢诗友常陶醉，颠倒含烟钮错衣。

其　二

骚坛步入已三冬，立志研诗兴未穷。鸡叫醒来难入梦，拉灯作赋太阳红。

### 颂春风

风和云淡好晴空，绿草茵茵诱牧童。多谢春君来做主，桃花竞放满园红。

### 在三干河边放牛

春风习习牧牛行，气爽天高乐在心。俯看河塘清水碧，游鱼摆尾戏荷阴。

### 八十八岁自述

闲事丢开度晚年，吟诗作赋乐陶然。韶华易逝春常在，教育儿孙学圣贤。

## 张志华

张志华(1927～2001)，师范毕业，一生从事教育教学工作。业余爱好棋琴书画，吟诗作赋。

### 赞蜜蜂

整日不消停，寻金又吐银。莫嫌动物小，克己为人民。

### 悼念李一氓

李老归西去，英名满世间。清香淮海上，业绩伟如山。

### 游黄山

黄山云海笼其峰，留影争傍迎客松。电缆云中偕俊侣，宛如仙子入天宫。

### 鱼水情

大灾九一史无前，洪水连天万亩田。若是往常旧社会，灾黎亿兆度荒年。

### 责邻村逆子

其　一

胖娃健壮奶妈生，父母操心费尽神。望子成龙传后世，侍恩不报怎为人。

其　二

子虐双亲不应当，恩将仇报失天良。羔羊跪乳可知晓，舐犊之情怎可忘。

### 读郑板桥《题画》诗有感

东西南北风呼啸，咬定岩涯不动摇。颂德歌功千万句，诗情应学郑板桥。

### 谕　子

受聘二中声誉高，辛勤为国育新苗。钻研刻苦毋稍懈，创绩争为出众豪。

### 庆马年

英明国策照中华，万马奔开四化花。马到成功兴大业，凯歌齐唱兆民家。

## 李世峰

李世峰（1927～　），江苏淮阴人。初为小学校长，后行医，1986年参加六塘诗社，作品曾发表于多种诗刊。

### 长江大桥

桥横似巨龙，高手架天空。车走彩云上，船行白练中。
人流通夜涌，灯火整宵红。天堑今无阻，科研夺化工。

### 读《当代诗人咏淮阴》诗集感赋

运水灵光映晚晴，淮流玉液育苗青。冬梅映雪篇章美，秋菊敖霜韵律新。
自古文华传馥郁，而今人物见精英。高歌四化先鞭策，诗集应时无价金。

### 赏荷感

亭亭玉立满芳洲，仙女如斯体态柔。妙隐羞颜妖语咽，巧施朱粉暗香流。
雨摧叶颤珍珠滚，风卷茎摇翡翠悠。生在淤泥尘不染，情操圣洁雅名留。

### 插秧吟

弯腰俯首背朝天，退后争先即向前。脚踩泥移波影动，秧插云破水纹圈。
金针懒去理红线，玉腕勤翻铺绿毡。欣赏双双闺秀手，霓裳如蝶舞翩跹。

### 建军节有感

蓬勃九州红，健儿不朽功。擒龙又伏虎，扫尽害人虫。

### 春晨览胜

红花翠叶映朝辉，晓雾空蒙绿野肥。紫燕呢喃寻旧主，穿霞剪柳带诗归。

### 八一演兵感赋

演武军空气壮雄，风行虎步一身功。领先科技惊人胆，威震寰球海陆空。

## 金电源

金电源（1927～2013），淮安市淮安区人。曾任淮阴县乡党委书记、县政府办公室主任等职。

### 香港回归有感

虎门销毒国威扬，关督忠贞抗敌亡。腐败清廷三割让，猖狂列帝屡侵疆。
韶山红日驱长夜，世纪伟人兴我邦。香港回归源壮举，神州统一谱华章。

### 淮阴县老年大学建校10周年感赋

十年回首一挥间，流逝时光未觉闲。学海求知多趣味，书山探路更陶然。
养生养性循常道，作画作诗尧舜天。若问精神何抖擞，全凭雨露入心田。

### 澳门回归即兴

香港前年回祖国，澳门今日又归来。殖民主义连根拔，出水荷花笑口开。

## 钱世烨

钱世烨（1927～2004），字震宇，江苏沭阳人。曾任解放军二野四兵团十四军炮训团文化教员。省诗协会员、市诗协常务理事、六塘诗社顾问。

### 向六塘诗社1周年献礼

结芦立社六塘坳，遨集龙鳞汇凤毛。刻竹缠丝调韵律，临风对月漫推敲。
董孤铁笔铮铮傲，苏蕙回文字字娇。莫羡盛唐人物美，风流儒雅看今朝。

### 题丹阳封缸酒

鱼米三吴隐杜康，严封缸贮透芬芳。持螯对菊频频问，邀月飞觞细细尝。
太白吟风延四泽，剑南豪气共天长。残壶倾入长江水，流到澎湖两岸香。

### 咏　雪

北风一夜寒侵骨，启户银龙斗太虚。梅老无心逑丽侣，素娘有意伴清癯。
蓝关贬道愁羸马，灞水吟堤负蹇驴。大地粮川皆着被，农家把酒绘丰图。

### 金湖采风谣

采珍取宝探金湖，鱼米丰源极目舒。一境风光半境水，十成经济几成渔。
杜鹃布谷惊时早，紫燕归巢叹景殊。改革春光频化宇，难将拙笔绘全图。

### 初　春

三番风信叩园门，钱却梅魂接李魂。酒栈花疏犹露幌，灞桥柳瘦不遮村。
篱阴斑驳遗霜在，蚁穴依稀认雪痕。最喜小塘生意茂，泛波鹤鸭放清声。

### 春　雨

润花小雨落霏微，烟雾迷蒙草正肥。绿柳一行莺不语，桃红三尺蝶低飞。

### 咏项羽

力拔山兮易动情，吊民伐罪灭残秦。丈夫一死难酬志，愧对江东父老心。

### 咏关天培

攘夷焚毒山河壮，卫国捐躯战虎门。碧血丹心昭日月，海涛夜夜奠忠魂。

## 金　钺

金钺，江苏淮阴人。雅好诗文，为台北淮阴县同乡会秘书长。已故。

## 奉和天爵姐丈寻巢

几度低回宅后桑，黯然追忆旧庭堂。多情最是儿时月，斜照残墟欲断肠。

## 返乡探亲有感

卌载离乡游子回，故园景物两全非。伤心欲赋大招句，怎奈诗情久化灰。

## 读《复庐诗草》感赋二章

其　一

哀艳词章屈宋尊，辛勤著述拟龙门。鸡林夙负文章誉，昔日风流几辈存。

其　二

古貌清癯旧隐伦，桑麻鸡犬自天真。展仰遗型增怅惘，几番凭吊独怆神。

## 乡情十吟

淮沭河大闸

淮沭渠河去后开，岸边榆柳悉新栽。驱车闸上凭栏望，风送稻香扑面来。

原注：改元后，当局为整治水患，开凿淮沭新河，北接沂水以入海。并于杨庄中运河与淮沭河交汇处兴建30孔500米长之淮阴闸于其上，以调节水量，兴灌溉之利。我乡原不产稻，而今杨庄至三树渔沟之间，一片稻禾，仿佛台湾嘉南平原稻田之景象也。

龙亭御诗碑

策杖西郊访帝诗，龙亭旧址乏人知。残碑只字无踪迹，唯有淮黄堤下嘶。

原注：龙亭原址在现杨庄老街西二、三坝分界处，约当现在淮沭河西岸边，中有石碑三座，刻有康熙、乾隆二帝诗，是为纪念康熙帝于四十二年莅临巡视河务所建。现亭毁碑亦无存，确址已不可考。

美人湾小溪

清浅一湾小镇东，美人横陈柳丛中。春来满涨桃花水，人竞临溪钓落红。

原注：溪在镇东，其名由来不详，为杨庄与西坝之界河。淮黄河水从南来，幼时曾见河水呈黄、白二色，流入湾内的为白色，清澈见底，向北流入盐河。夹岸有野生桃柳树，清明后佳日，偶见学子结伴往游，并敲针作钓，效高士垂钓以附风雅。

大王庙银杏

拔地擎天耸九霄，比高松柏不输骄。奸人哪管栋梁器，樵斧横加当柴烧。

原注：杨庄人称银杏树为白果树。树在庙内后院西侧，树干挺直不屈，当时即须四五人合抱，枝叶覆盖如伞。张兄汉全认为此树若至今尚在，树龄应有五百岁。抗战期间被汪伪汉奸军队砍倒，充木材出售。

绿化黄河滩

游倦黄河早走家，徒留两岸恼人沙。自经水部整治后，一片桑麻稻麦瓜。

原注：黄河滩在杨庄镇东，当时一片黄沙，寸草不生，遇起风时尘烟蔽日，目不能张，细沙打在脸上令人作痛。现经整治后，已绿意盎然，欣欣向荣，不得不叹为奇迹也。

骑驴下清江

车驴揽客市声嚣，草闸清江一箭遥。策蹇低吟敲未就，抬头已到北门桥。

原注：淮阴船闸东边，旧称草闸，由杨庄过运河头登南岸，此地有人力车及脚驴载客至县城。时步行者多走窑汪小径，而坐车乘驴者则走沿里运河堤上之大道。杨庄人称县城为清江，“下清江”即“到县城去”之意也。

过黄河渡口

驻足河干待渡黄，舟人载客弄潮忙。中流西顾运淮水，堤上垂杨堤下樯。

原注：黄河渡口系指草闸之河北，此地原为杨庄镇之最东头，县志载全盛时期有官渡船五艘，想见当日之盛况。当时为杨庄通往县城唯一之渡口，渡客仍盛。船至中流，回首杨庄，街后堤边之垂杨与河上云集之桅樯，相映生辉。

追忆王公桥

北渡盐河奔后堆，王公桥下独徘徊。便民水涸永丰圮，欲植甘棠何处栽。

原注：王公桥原在盐河北前后堆之间便民河上，儿时此桥已摇摇欲坠，成为危桥，涸水期行人多走桥下。初系吴昆田比部建永丰闸其上，后闸圮，经乡人张小白氏奔走，得吾邑名绅王公宝槐捐资建桥其上。现便民河填平，前后堆犁平，其上植水稻，其位置已无法确认矣。

记江西会馆

江西会馆祀旌扬，见证吾乡商业昌。西院亭台歌舞谢，层楼绮座擅清杨。

原注：由江西会馆之规模，可证吾杨庄全盛时期商业繁荣之状。以之与淮阴火星庙街之宁绍会馆相比，后者之戏台及庭院较诸江西会馆寒伧多矣。后商业衰落，江西人欲拆屋售材，乡人张小白氏建议改祀江西南昌仙人许真君旌扬，得以保存，厥后终为汪伪汉奸军队拆除。

清杨铁路头

触目老街铁路头，凄凉景象眼前收。强颜笑说兴衰迹，难掩心中点点愁。

原注：清杨铁路总站在八面佛，即今淮海路上之圆环，东到臧家码头，西至杨庄，兴建于宣统三年，杨庄段民元通车，民国7年拆除，铁路头即系此路之终点。杨庄筑铁路，想见当时商业繁荣之盛况。返乡探亲携子侄辈及外甥女等人经过其地，荒凉之景令我兴沧海桑田之感，仍强颜告知彼等杨庄之光荣史。

## 胡亚洲

胡亚洲(1928～　),字楚波,又字汇川,淮阴县人。中共党员,著有《蒋袁区革命斗争史料纪略》《螺丝钉杂记》。中国国学研究会研究员,省、市诗协会员,市老年书画研究会会员,淮阴区诗协理事。

### 悼小平同志

四海同悲下半旗,中华痛失栋梁师。功勋卓著留青史,国富民康怎忘斯。
留德访苏为救国,长征路上闪红星。沉浮不计狂涛挽,世代人民念小平。

### 喜看澳门回归盛典有感

葡占澳门四百冬,今朝回到母怀中。九洲鼎沸良辰美,四海欢腾热血浓。
祖国红旗昭日月,特区莲帜映长空。金瓯一统前程远,期望台湾续后踪。

### 怀念毛泽东

韶山日出四方红,天降英才毛泽东。少小胸襟怀大志,终身思想意恢宏。
中华得救苍生幸,万象更新国运隆。一代伟人乘鹤去,千秋百族念丰功。

### 纪念周恩来逝世16周年

其　一

当年十亿悲英哲,心瘁皆因为国隆。四化宏图亲手定,丰碑永铸万民中。

其　二

国柱倾崩十六年,五洲几度起烽烟。中华大地腾飞起,告慰周公笑九天。

### 香港回归喜赋

九七普天同庆日,香江浩荡涌归潮。百年国耻今朝雪,警世钟声代代敲。

### 赞　荷

绿盖红裳君子身,污泥不染洁无尘。风吹雨打亭亭立,奉献终身为世人。

## 郑东生

郑东生(1928～ ),江苏淮安人。曾任中小学校长等职,已离休。江苏诗协、淮安市诗协会员,淮阴区六塘诗社副主编。

### 六代书香吟

春和雨细润花香,守业成仁创学堂。鸿雁书传推激浪,扶桑云起托朝阳。
读耕继世研科技,忠孝传家执义方。三尺讲台新宇丽,代代勤浇桃李芳。

## 郑 曙

郑曙(1928～2011),江苏淮阴人。遗著有《休闲集》3册。

### 燕 居

家居何以息心潮,小院花香柳色娇。得食庭鸡堪共语,忘忧梁燕可同聊。
友师唯向诗书觅,侣伴常随禾稼交。农事纷纭闲话少,梧桐荫下读离骚。

### 回归颂

两大明珠粤海边,霞光瑞气射南天。只缘妖雾多番过,以致尘霾漫久延。
倚闾遐思慈母愤,举头遥望弱儿怜。云消雾散阳光媚,合浦双珠庆复联。

### 迎春怀旧

即年端午箭离弦,今岁迎春绪万千。难耐长宵怨沧海,怕看双燕妒呢喃。
海南漠北花俱好,大陆台湾月共圆。相对举杯何日是,暮云晓日又新年。

### 秋 思

秋风瑟瑟夜难眠,梦绕魂牵若许年。去日桃花刚吐蕊,而今梨果已成林。
登高不见伊人影,隔水难通两岸缘。杜宇声声惊客梦,彩云何日映家园。

### 芦花吟

百花谱上未留名,斗艳争奇愧入群。飒飒金风推白浪,霏霏瑞雪挂银玲。
三春季节羞装点,数九寒冬傲冻冰。更有一般堪美处,拉拉扯扯共相亲。

### 问寒梅

万花纷谢一时稀，独占风情展丽姿。疏影横斜当晓户，繁花错落压枯枝。
寒风阵阵溢香气，瑞雪霏霏著素衣。我欲问君风雪漫，花开为底恁时迟？

### 忆老宅

破屋茅檐久失修，一番风雨一番忧。东南日出先知晓，西北风吹预识秋。
“七八”狂飙飞腐草，卅年激浪放新舟。而今老宅依然在，举目层层燕绕楼。

## 赵育民

赵育民（1928～ ），江苏淮阴人。1952年8月起，在宿迁中学、马陵中学、大原中学、淮阴渔沟中学任教，曾任学校校长、书记。

### 中华人民共和国成立60周年

其　一

业绩辉煌六十年，日新月异赋诗篇。农村楼阁高高起，郊外烟囱密密连。
推倒三山旧制度，腾飞四化好章悬。和谐各族团结紧，百舸争流永向前。

其　二

九州黎庶颂尧天，四海升平六十年。免赋种田如玉美，当家做主似珠兰。
回归港澳国威旺，行走太空科领先。北域南疆民富裕，青山绿水米粮川。

### 香港回归交接厅

盛况空前交接厅，庄严肃穆外宾临。中华昂首升红帜，帝国低头降米旌。
昔日英夷占宝港，今朝禹甸送瘟神。高歌响彻震环宇，香港归宗赞语频。

### 读胡锦涛与连战会谈新闻公报

连战离台大陆行，顺应两岸众人心。主张共识建机制，促进和平扬德馨。

### 颂神六飞天

神舟潇洒太空行，华夏讴歌唱不停。通话声音多响亮，挥毫泼墨赞精英。

### 北京奥运中国男女乒球各囊括三牌

男女乒坛气贯虹，争光为国数英雄。红旗三面同升起，浩荡东风赤县龙。

# 韩发愚

韩发愚(1929~2002),江苏淮阴人。师范毕业,曾任小学教师、供销社经理等职。淮阴县诗协会员。

## 庆淮阴老年大学建校10周年

霞蔚满天夕照红,著花老树借东风。长淮不吝清秋水,皓首平添铁腕功。
梅带冷香夸妙手,诗吟悲壮羡骚翁。笑谈十载晴明事,更上层楼望太空。

## 偶 成

其 一

古稀将届未颓唐,泼墨挥毫任性狂。得趣真知参悟道,怡人雅韵集骚章。
归田闲散还忧国,伏枥无忘蹄奋扬。不惜浮光夸锦绣,唯求日照净穹苍。

其 二

孱躯无力耕耘事,半耐艰辛半忍穷。春暖无花心尚活,秋寒有酒意从容。
鸡虫得失少争较,狐鼠奸刀岂苟同。自信一生还自信,不卑不亢守中庸。

# 毛范青

毛范青,(1929~1999),江苏淮阴人。曾任职于江苏省财委、计委,任淮阴县委农工部科长、主任科员等职。

## 赠在台湾的成志中学诸校友

岁月沧桑四十年,相思望月几回圆。当年成志同窗友,今日兴华皆俊贤。
三不冷风终有尽,应行两制化前嫌。炎黄后裔同携手,共建文明大乐园。

# 徐登华

徐登华(1930~2013),江苏淮阴人。中共党员。一生从事教育工作,退休后曾参加淮阴县六塘诗社。

## 纪念刘老庄八十二烈士殉国50周年

袁江击筑颂英风,穆穆碑前忆杰雄。倭寇三千饱犬豕,国殇八二震瀛蓬。

骨香禹甸炎黄仰，血染刘庄松柏荣。台陆渐趋成一统，拓开改革傲苍龙。

### 石工堆览胜

古工堆上石工游，柳拂石工堆自留。老子炼丹山上赤，巫妖兴浪井中囚。
四周禾稻清香溢，千点鱼帆丝网投。二虎九牛一鸡在，洪湖开放畅悠悠。

## 丁　伟

丁伟(1930～2011)，江苏淮阴人。中共党员。曾任教师、秘书、《淮海报》编辑、县委办公室副主任、县政协秘书长等职。

### 游子吟

离家忘记年，思母怎成眠。梦里容颜见，脑中冷热悬。
归心飞箭疾，见子合家安。日月推移速，年年添岁寒。

### 和平迈大步　两岸庆三通

台湾大陆亲情厚，何故教人不顺心？日寇长期强霸占，独裁专制未安宁。
朝思暮想泯恩怨，梦绕魂牵国振兴。两岸三通成美事，中华完整五洲欣！

### 金秋十月感赋

中秋国庆并肩至，举世华人尽自豪。明月开颜歌业绩，中枢着意慰辛劳。
崭新武库才知晓，天落神兵头一遭。今日观光心已醉，明朝风景更妖娆。

### 探　月

神龙直上重霄九，沐浴清辉赏桂芳。慰问吴刚家吉庆，趣谈宫阙宝珍藏。
嫦娥惜别赠经典，华厦感恩舞凤凰。探月仅为第一站，明天日照更辉煌。

## 马　骥

马骥(1931～　)，江苏东台人。中共党员。高级经济师，淮安市诗词学会会员。发表诗词等作品300余篇，参加全国征文比赛，多次获一、二、三等奖。

## 习书杂感

书法怡人促健康，点横撇捺出名章。统筹上下内和外，兼顾密疏短与长。
左右宽容常互让，抑扬向背两相当。世传典录成名帖，国粹传承流派香。

## 老年才艺会演

老年会演不平常，精艺纷呈大礼堂。七十娇婆像少女，八旬老汉似儿郎。
风筝展示蓝天上，空竹登台绝技扬。爱我中华歌伴舞，时装表演似求凰。

## 神九飞天

神九载人飞太空，天宫热恋会苍穹。双男单女巧衔接，科技兴华立伟功。

## 女航天员刘洋

其　一

独生美女考春航，品学兼优意志昂。空险多多强应付，茫茫冻雨闪金光。

其　二

八年未育练强功，神女首航飞太空。立志科研成效大，古今中外女英雄。

## 当代漂母——韩雅琴

韩母爱心花盛开，收容浪子铸人才。呕心沥血多艰苦，五百多人情满怀。

注：韩先后收容、教育、培训浪子500多人，使上正道，甚至成为栋材。

## 国画大师张大千

五百年来一大千，敦煌临摹谱新篇。全球国画亿元少，最富穷人流世言。

## 老家通火车

人懒途遥信未通，至亲数载未相逢。而今铁道连桑梓，来去观光一日中。

# 戴　伟

戴伟（1931～　），字嘉奎，笔名中田子，江苏淮阴人。中共党员。曾任村支部书记，乡镇工业办公室主任、党总支书记等职。江苏省诗协会员，淮安市诗协顾问，淮阴区诗协副会长，六塘诗社社长，淮安市十佳田园诗人。著有《绿野风》诗集2卷。

## 春夜漫步

晚来寻野趣,漫步小桥东。雾色银纱肖,虫声丝竹同。
花含馨气睡,月吐皎光从。未艾春宵兴,河横玉露浓。

## 赠西宋集挂毯厂女工

毯机垂白练,织女巧为春。花向娇容放,叶随素手生。
风摧红不落,霜打绿犹深。成此非凡品,香凝锦绣心。

## 观中老年妇女健身舞

足踏轻音乐,红绸舒卷飞。舞姿追赵燕,休态赛杨妃。
初日光环照,晓风旋转吹。芳心当不老,健美减身肥。

## 咏周恩来童年读书处其手植梅

步入书香苑,梅开朵朵芬。周公怜圣品,亲手植灵根。
铁干争春骨,金英破腊魂。楷模花怒放,清气满乾坤。

## 赏白牡丹感赋

上苑花中瑞,素怀圣洁情。扎根黄土地,放蕊玉壶冰。
气节操严守,淫威旨抗行。芳心天可鉴,清白与坚贞。

## 观壶口瀑布

龙洞望壶口,水从天上来。势如狂骤马,声若暴风雷。
白雾冲云汉,洪波涌雪堆。神州第一瀑,夺目撼灵台。

## 出游西安飞机上作

喜雨送清凉,银鹏驾启航。不唯圆梦想,而是破天荒。
劈雾穿云上,追风赶日翔。未时涟水别,申刻到咸阳。

## 登延安宝塔山

圣地随缘往,来登宝塔山。红都标志觐,白首梦思攀。
拾级千阶上,高端九节环。临风歌壮美,革命之摇篮。

## 劲松赞

傲立最高峰，千秋长未穷。宏根盘石固，翠盖顶天雄。
牛就倔强性，养成抗逆功。风霜雹雨雪，万历不凋容。

## 庚午初春雨雪频仍感赋

雨雪频侵正二月，难依时令发春潮。菜薹应吐金花序，麦节当抽碧穗苞。
哪有早莺鸣翠柳，怎无新燕剪红桃。农夫恳切东君问，冷雾寒云几日消？

## 喜看新长铁路铺轨到淮安

今朝有道破天荒，金轨延伸到左庄。车走风雷争速度，人追日月抢时光。
已穿沂水过淮水，再跨长江向浙江。纵贯华东大动脉，龙腾九市共辉煌。

按：左庄，为淮安火车站所在地。

## 牧牛歌

虽言老耳未龙钟，抖擞精神作牧童。赶早靴沾晨露白，归迟衣染晚霞红。
牛肥饱饮清溪水，人健行吟绿野风。手执长鞭追梦想，身骑青牯访台澎！

## 登花果山

登上灵峰放眼看，风轻云淡好晴岚。时闻馨气飘幽谷，不见妖氛笼翠峦。
白练垂帘遮洞府，红桃吐艳著花山。自缘大圣曾居此，鬼怪至今尚胆寒。

## 春 行

三月春风胜彩毫，万般情态画多娇。梨花带雨杨妃面，柳杪扶风赵燕腰。
麦叶绿如轻黛染，菜花黄若重金描。东君借重农民手，巧绘中华大地娆。

## 重阳之恋

吟坛尚有几痴翁，犹恋重阳古寨逢，土路行来尘仆仆，礼堂相聚暖融融。
新诗拔萃歌三迭，美酒涵情醉五衷。慷慨解囊争义举，中华传颂六塘风。

## 观六塘河地下涵洞提闸泄洪

九龙听指令，张口发雷声。洪水猛吞下，农家喜得耕。

### 喜　雨

枕上听春雨，潇潇惊梦苏。平明看绿色，叶叶亮珍珠。

### 观树荫下向日葵感赋

老树投歪影，葵花独受阴。身虽生逆境，不变向阳心。

### 咏黄果树大瀑布

龙挂三千丈，云腾紫雾环。雷声轰绝壁，夺壑出深山。

### 爱水日记

珍惜涓涓水，江河总不枯。人寰无渴死，生怕乱排污。

### 夏　锄

洗清汗垢且乘凉，可口香茶解渴肠。力保嘉禾双穗秀，欺苗恶草务锄光。

### 丁卯年四月十二日诗友大会口占

频催布谷有缘由，古寨骚人在碰头。欲把诗情连种落，新芽含韵出田畴。

### 观机播小麦

云淡风轻跑铁牛，村姑驾驭技精优。金耧播下如金种，沃野明朝变绿畴。

### 敬老节老战友聚庆

白头人聚庆重阳，战友言情意气扬。有道黄花怜晚节，经霜依旧发清香。

## 钱云生

钱云生（1931～　），女，江苏淮阴人。中共党员。曾任淮阴地区妇联秘书、淮阴县卫生局副局长、计划生育办公室主任等职。

### 纪念周恩来诞辰100周年

其　一

总理今朝百岁辰，目中情雨顿时倾。光辉典范山河照，舍命为民献一生。

其 二

为国为民挑重担，万机日理献终身。泰山耸立擎天柱，功盖昆仑万象春。

其 三

倡导和平五原则，万隆会议结良朋。当年文革疯狂日，竭力保全梁栋臣。

其 四

病重不忘家国事，万民悲痛泪沾襟。伟人仙逝精神在，品质高超永继承。

### 颂农业税全免

春来遍地暖风吹，万众齐声颂国威。免税兴农今古少，城乡并茂壮丰碑。

### 二游泰山

花甲之年再上山，汽车送我白云间。缆车乘处航天际，千米高空一笑还。

### 赞郑州军人大院水榭苑

水榭苑中花木奇，风淳人朴今神怡。池溪栏外童跳键，树影亭间翁弈棋。
小伙争先跃竹马，靓娘展舞异妍姿。莫言场小难留客，似比天宫还可依。

## 蔡春怀

蔡春怀(1931～ )，笔名东流，江苏淮阴人。淮阴师范毕业。淮安市诗协理事，江苏省诗协会员、中华诗词学会会员。著有《东流诗词选集》一、二、三集。

### 民心向党红

天上群星拱北斗，人间流水尽朝东。葵花喜对太阳笑，火热民心向党红。

## 张业倜

张业倜(1932～ )，江苏淮阴人。历任中小学教师、主任、校长，县政协委员、常委，文史办主任，诗词协会副会长，《淮水吟》主编，曾在省内外报刊发表各类作品，计有百万字。

### 观 海

霞护连云理自陈，今生有幸走东滨。吞淮纳泗水天碧，吐日含星匝地醇。
一粟井蛙难小鲁，三家鸿鹄胜亡秦。长城水上军威壮，崛起中华万世春。

## 再渡长江

万里碧波动天流，巨轮堪羡一浮鸥。英雄斩浪金陵梦，渣滓沉沙末日羞。
祖狄北征曾誓水，小平南下卓谋筹。江阴早架通途便，也走风涛畅远游。

## 咏　梅

天寒不是绽花时，君上东风第一枝。凝脂无心争奢艳，淡香有愫畅神驰。
诗成欲雪添佳兴，酒浊红炉乐满卮。尘世灵犀早相许，何须君复玷芳姿。

## 老　梅

老干生枝斗物华，欣逢盛世又开花。格高香国吟青冢，韵胜倾城赋浣纱。
残梦绛河唇似染，游仙月窟鬓先斜。盈空时缩风流在，青帝忘邀不自嗟。

## 种　梅

别圃移来佳兴浓，栽花更冀看花红。丹心玉蕊无愁处，素裹琼枝有乐同。
济世霜凝难屈颈，孤标蝶舞仍从容。归田那谏平生事，任尔秋光路几重。

## 赏　梅

群芳怎得比君花，嫁与寒潮独一家。雪重冰心仇白眼，衾寒绿衣胜奢华。
槎丫虽瘦擎千压，蓓蕾新呈斗万斜。不去名园寻绝色，但驱老骥踏悬崖。

## 赞　梅

淡妆不为进名园，根浅平生愧八元。难觅知音箫碧玉，喜迎三弄笛桓魂。
难回庾岭安贫贱，乍进罗浮亦自尊。江北江南花似锦，难忘傲骨斗冰痕。

## 周总理逝世10周年祭

大江歌罢掉头东，全党英雄傲岸风。魂系中华绘四化，江河灰洒德千重。
卅年治国酬心苦，九折思乡寄雁鸿。露泣烟愁同谁语，纪功应说是周公。

## 应参观淮阴市书画展赋之

满城风雨又重阳，烟水醪殇思更长。修竹几经霜霰后，老松又度画诗廊。
半湖秋水忧家国，一盏封缸两地香。正是群英豪气在，江山未老况馨芳。

### 寒夜闻雁唳声步陈竹修吟丈原韵奉和

胡笳塞北奋冲空，为报春回越万重。路漫恒行啼宿唳，月残未乱律行踪。
芦汀草食思勤俭，舞场佳肴耻太丰。寄语行人常相问，荣枯毁誉记高风。

### 再过漂母墓

坐倚碑前理葛条，野坟无主自妖娆。泰山湖畔芦笙久，长乐声销玉笛遥。
历史如珠随笔转，人生似箭让谁操。君轻民贵垂思久，凡妇英名自世昭。

## 丁承宏

丁承宏（1932～ ），江苏淮阴人。江苏师范学院毕业后任教师。六塘诗社社员。

### 祝明秀侄媳七秩华诞

普普通通苦出身，闻名梓里数能人。持家勤俭乡邻敬，守法秉公上下尊。
育女教儿行正道，待人接物布其诚。年交七秩心肠热，夫妇齐眉度百春。

### 农村新貌

万户千门日月甜，小楼座座耸云天。丰衣足食人心顺，昔日荒村变乐园。

### 乡村医生

通宵达旦未成眠，万虑千思事业牵。救死扶伤人道重，无私奉献苦中甜。

## 张有芝

张有芝（1933～ ），淮安市人。中专文化，1948年3月参军。转业后任淮阴县司法局副局长，淮阴区诗词协会副会长。

### 汶川地震感怀

其 一

古老神州灾难重，汶川地震太悲惨。山崩坡塌桥梁断，地裂村墟道路瘫。
抢险支援欲速缓，运输食物更艰难。刚强毅力攻坚战，众志成城人胜天。

其 二

地震灾情如号令，人员抢救胜苍天。坍墟搜索争分秒，破屋周围仔细看。

一线生存能活命，百般护理保平安。同舟共济创伤治，树德齐心排万难。

其　三

华夏哀思旗半降，天灾各国表同情。中华亿众悲含泪，静默三分慰逝魂。
港澳同胞捐巨款，陆台两岸济扶贫。以人为本重恢复，新建家乡花乐园。

## 踏青淮阴城区观感

两河三岸风光秀，十里长堤笑语欢。巧匠创新开眼界，精工除旧景绵延。
百花齐放芬芳馥，群鸟争鸣啭韵旋。绿化清馨环境美，城区无处不花园。

## 辞银鼠迎金牛

爆竹钟声辞旧岁，鼠年已度不寻常。成功奥运辉煌史，解难汶川康复昌。
神七巡天舱外走，嫦娥一号月宫行。三通两岸冰融化，气吐长虹歌远扬。

## 淮阴改革开放30年赋

其　一

改革创新三十年，成功开放史无前。王营往日求温饱，小镇如今富裕欢。
座座厂房平地起，幢幢楼厦接天连。繁荣景象心情爽，创业安居比蜜甜。

其　二

工业园区优势显，来淮落户客商增。资源丰富人勤奋，矿产聚财劳力精。
货运中枢通水陆，经营纽带靠淮城。人和社会安康乐，携手双盈喜气腾。

## 淮阴新农村

其　一

发展农村几十春，韩侯故里物华新。兴农科技增高产，致富帮扶早脱贫。
银膜大棚迎贾客，小楼厅室接来宾。勤劳智慧财源创，奔向小康幸福村。

其　二

农村生活提高快，搬进新楼设备升。宽带空调架卧室，冰箱彩电放客厅。
手机换代家家有，私购轿车日日增。外出人人欢喜悦，回归个个笑怀欣。

## 忆两淮解放60周年

雄师先破小营敌，渡过黄河占古城。穷寇惊慌狼狈窜，我军勇猛虎威冲。
河边激战山秧巷，岸上围歼板闸兵。血染运河东逝水，驱除黑暗见光明。

### 观　海

天宽海阔无边际，澄澈青蓝水接天。旭日东升红一点，斜阳降落数星团。

### 参　军

年方十五把军参，衣着长长足屣穿。榴弹圆圆腰上坠，无枪小鬼也心欢。

## 杨庭槐

杨庭槐(1933～　)，江苏淮阴人。曾任教师、校长。1996年参加六塘诗社，并参加市、县诗词协会。

### 执教40年感怀

自许教书匠，常怀敬业心。课堂培学子，陋室夜修文。
授业精通达，解题引导深。四旬年月过，桃李早逢春。

### 早春吟

二月春回暖意柔，行人如在画中游。柳丝缕缕随风舞，溪水潺潺绕壑流。
童稚村头纸鸢放，农夫垅上斗渠修。谁家燕子归来早，为筑新巢认玉楼。

### 赞李一氓同志在淮海区

任期淮海五年中，竭虑殚精立大功。多产谷粮保供给，广交朋友固强容。
豺狼猖獗呈艰苦，智慧高超展将风。终把倭顽都扫尽，边区苏皖露峥嵘。

### 徐溜巨变

六塘河畔任徘徊，建筑仿清一古街。碧水钓台杨柳拂，龙虾烤鸭馆排排。

## 李世波

李世波(1933～　)，江苏淮阴人。医生，退休后参加六塘诗社，为诗社副主编。

### 晨起散步

春晨散步喜徘徊，旭日东升照九垓。绿柳舒眉风拂面，红桃开口笑盈腮。

鸟啾林里鸣声脆，人语途中夸楚淮。陶冶芳郊馨伴汝，强身健体乐悠哉。

### 咏悬湖

烟波浩缈接苍穹，澎湃洪涛气势雄。迤逦金堤拒水兽，巍峨河闸锁蛟龙。
湖高鱼跃千帆竞，田秀民丰百业隆。喜看长淮新局展，腾飞崛起露峥嵘。

## 王润田

王润田（1933～ ），江苏淮阴人。中共党员。曾任某团雷达修理所所长，转业后任淮阴县检察院检察员。退休后入老年大学诗词班学习，发表诗词200余首。

### 忆彭德怀司令员挥师抗美援朝

貔貅战恶狼，谋略世无双。闪电风雷疾，挥师雨雪狂。
刺刀寒敌胆，烈火铸华章。功业垂青史，丰碑耀日光。

### 漂母墓

大军十万一声令，兜土圆成太岳崇。图报知恩韩信泪，深情似海码头东。
中华美德传承远，环宇文明影响宏。忠孝人间春美丽，爱心巾帼亦英雄。

### 诗文不朽共天长

童心不老铸精神，国粹弘扬学古人。韵海飞舟催奋进，吟坛腾骏建功勋。
诗评百味勤思索，书阅千篇根扎深。彩笔抒情成乐趣，春花怒放转乾坤。

### 咏　兰

雅居幽谷扎根深，散发清香紫气腾。流水高山当伴侣，自由世界自然存。

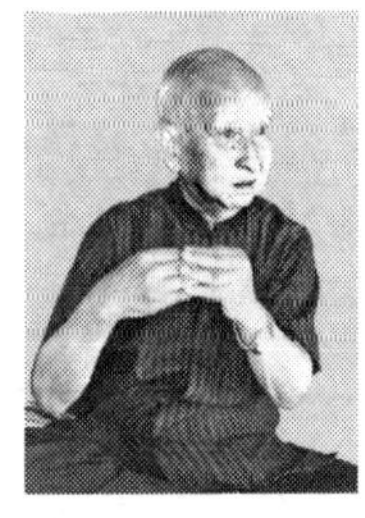

## 吴延玫

吴延玫（1933～ ），笔名司马中原，江苏淮阴人，1949年赴台湾。国际知名作家，著述约5000万字。

### 渔沟中学校歌

莽莽平畴，古镇泱泱。人文荟萃，诗礼之庠。维缅渔中，文风腾煌。

英才得育，师恩难忘。勉则天地，规范伦常。垂诸后世，再造虞唐。

## 张寿春

张寿春(1933～ )，淮安市人。曾任职于淮阴县粮食局、淮阴市粮食局，淮阴县人民检察院。市诗协会员，区诗协会编辑组副组长。著有《百忍集》3集。诗词作品获奖多次。

### 观 棋

两军鏖战激，力敌势均衡。攻守寻常事，筹谋在远深。
一经方略错，全局定沉沦。城破思刘项，几番鸣不平。

### 归 雁

驾驭青云上，翩翩结队行。衡峰辞爪迹，长白计归程。
昼夜含辛苦，饥寒系生死。最怜丧偶客，孤影动哀鸣。

### 谒周恩来纪念馆

巍巍铜像塑园中，仿建花厅昔日风。池畔海棠斜影动，庭前丹桂异香浓。
衣冠简朴留遗范，图片生辉忆旧容。放眼城乡皆锦绣，一思传统一思公。

### 游洪泽湖

洪泽湖天一色匀，碧波万顷望无垠。茫茫六合生青霭，渺渺九霄飘彩云。
双舸交梭忙运载，千家拦网盼丰盈。清风百里胸襟远，游罢归来总是情。

## 郑云才

郑云才(1934～ )，江苏淮阴人。一生任教，1994年退休参加六塘诗社。其作品多篇在《江海诗词》《淮海诗苑》刊登，在县市级竞赛中多次获奖。《六塘诗社》副主编，著有《郑云才诗稿》。

### 冬日游荷花公园

霞飞夕照进公园，沐浴时光怜爱莲。骨瘦芦柴尚屹立，枝残垂柳仍蹁跹。
草坪无碧根还健，荷叶虽枯柄更坚。万物静观皆有律，落花流水顺自然。

## 庆祝嫦娥一号发射成功

一声点火震乾坤，宇宙又添新客人。万里长空顷刻到，千年梦想变成真。
科学发展开新宇，教育率先培后昆。民富国强歌盛世，上天探月览星辰。

## 晨练偶成

时钟报晓赛雄鸡，窗透霞光余振衣。桥上喜看鹅戏水，林中仰望鸟啼枝。
绿阴小径迎曦照，败叶枯枝随水驰。往事如烟俱忘却，朝晖晓沐舞腰肢。

## 田园春晓

日出红霞柳拂烟，晓星残月换新天。雷惊幽草莺歌舞，雨润禾苗蛙起眠。
少妇吆鹅碧水戏，老翁放鸭彩鞭悬。游春骚客诗情动，泼墨挥毫赞美田。

## 枣树吟

枣树双株植院中，巍巍挺立似苍翁。严寒酷暑同相守，暴雨狂风不改容。
错节盘根携手笑，开花结实压枝红。虽然枣楝皆成籽，其味何能划等同。

## 冬　至

苍松何惧雪霜严，夕照梅园花更妍。羸马槽头千里志，严冬踏破即春天。

## 盼子归

夏日秋风冬雪飞，四时骨肉挂心扉。倚门望月常兴叹，春节倍增盼子归。

## 八十抒怀

八十依稀一梦中，云舒云卷自从容。逢春老树枝繁茂，偕友和诗赞劲松。

## 雷雨有感

暴雨狂风浊水流，偷看斜照夕阳红。虽然一样乾坤转，冷暖阴晴各不同。

## 无　题

战胜狂风又斗雨，风风雨雨度春秋。人生难保一帆顺，唯有恒心名永留。

# 毕植萱

毕植萱(1934~ ),江苏淮阴人。从事中学语文教学35年,中学高级教师。淮阴区老年大学古文教员。

## 长淮颂

长淮千里米鱼乡,人杰地灵佳誉扬。洪泽湖中虾蟹美,淮河岸上稻花香。
周公帷幄开新宇,韩信勋功作汉梁。尤喜今朝情更好,三淮一体铸辉煌。

## 古黄河新貌

百年荒废古河滩,旧貌今朝焕美颜。花径竹林连水浒,亭台垂柳绕堤湾。
孩童嬉戏群心乐,翁媪围棋两意闲。仙境谁言天上有,天堂乐苑在人间。

## 遨游蓝天

儿时屡梦化飞仙,今乘银鹰上碧天。似絮白云身畔过,如磐大地目中旋。
长空澹澹清如洗,人世茫茫渺若烟。待得攀升高极处,月宫阙下会婵娟。

## 咏长城

起伏蜿蜒万里长,百千关隘固金汤。凝成华夏精魂魄,虎脊龙梁国运昌。

## 雨中游蓬莱

东方紫气绕蓬莱,高阁初登雨未开。遥望海天烟渺渺,八仙结伴踏波来。

## 桃源行

百亩桃园傍水滨,桃花流水映春明。村姑最爱春光美,笑捻花枝垄上行。

## 柳树湾即景

故道黄河柳树湾,湾湾碧水路弯弯。老翁弯背行湾路,身在河湾想海湾。

## 晚　晴

日照桑榆万点金,为民何惜献终身。回眸风雨半生路,满袖清风未染尘。

### 咏　松

惯立山崖一劲松，风云叱咤气如虹。泰山压顶等闲看，头不低来背不弓。

### 咏　梅

矗立枝头报早春，傲霜斗雪倍精神。格高何惧九芳妒，一任洁身持本真。

### 咏　竹

坚节虚心立土阿，风刀霜剑等闲过。平身爱结知心侣，梅是姐来松是哥。

## 朱崇真

朱崇真（1935～　），涟水县人。从事中学教育33年。曾任淮阴县职教办副主任、新华书店副经理。著有《诗陌纵横》1册。

### 甲子回眸

其　一

日丽风和十月幺，天安门外人如潮。聆听领袖宣言发，凝望红旗广场飘。
倒海移山歌奋进，改天换地画图描。悠悠岁月似流水，代有人才领风骚。

其　二

万里江山绿映红，图强励志国人同。雷锋榜样传承远，裕禄精神世代弘。
两弹轰鸣大漠外，飞船巡视广寒宫。安全理事五常位，华厦泱泱大国风。

### 临时大总统

帝制悠悠越二千，武昌一炮化青烟。实行民主共和体，指责改良复旧言。
民族民生主义倡，联俄联共政纲宣。卌年革命业犹未，唤起黎元赖后贤。

注：尾联指孙中山遗嘱中有“余致力于国民革命，凡四十年，必须唤起民众”语。

### 观　春

满园红紫竞争辉，蝶恋蜂穿不愿违。自在黄莺鸣翠竹，逞强柳絮漫天飞。

### 纪念毛泽东诞辰100周年

韬略深藏善运筹，争天斗地踞神州。皆因满腹装黎庶，千古润之风韵留。

### 盐河晨景

南行石料北行沙，汊泊油轮一顺斜。煦煦春风舒岸柳，竿头红日水中花。

## 吴显斌

吴显斌(1935～ )，淮安市人。从教10年转入商业。中华诗词学会会员。著有《蝉鸣集》。

### 絮

平凡性疏狂，运舛命乖张。身洁空自好，体轻暮春扬。
风吹迷望眼，雨打坠泥塘。纵有呼啸起，亦难再翱翔。

### 咏春蚕

短暂一生未见秋，任劳任怨不求酬。索来绿叶图温饱，吐尽银丝闭睡眸。
作茧无暇争富贵，藏身唯恐逐风流。人间羞煞利名客，我诈尔虞斗未休。

### 自题小照

背主青春弃我去，欺人白发满头颅。人情世故知多少，再读人生无字书。

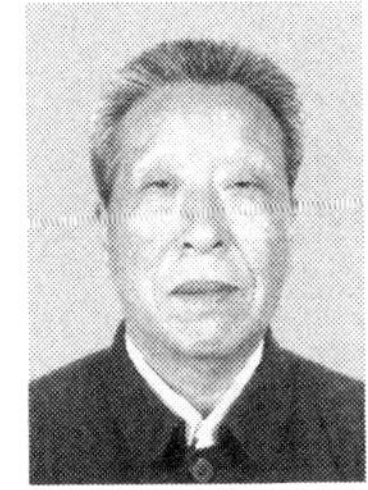

## 赵信贤

赵信贤(1935～ )，江苏淮阴人。林业高级工程师。退休后在淮阴老年大学学习诗词和书法等。

### 丽江风光好

南国名城中外闻，风和日丽景宜人。门前流水绕房过，青瓦板墙千古存。
虎跳金沙水流急，龙腾山雪洁无尘。茶花怒放蝶蜂舞，古树参天飞鸟鸣。

### 新农村

春风送暖百花香，大地农村变富强。别墅楼房成片建，种田机械满粮仓。
大棚钢架保温好，瓜果菜蔬招客商。农牧副渔全发展，同心协力向康庄。

### 第29届奥运会中国女乒单打得金银铜牌

冠亚季军三块牌，姑娘三个共登台。红旗三面同升起，中国人民情满怀。

## 赵兰萱

赵兰萱（1935～ ），江苏淮阴人。曾任教师，淮阴县文教局副局长。退休后为淮阴区老干部书画协会会长、淮阴区诗词协会副会长。

### 古稀兴怀

七秩匆匆到近旁，秋霜染得鬓苍苍。弱冠乐意培桃李，而立铭心事国昌。
施教修文忠且敬，扶伤救蹶慨而慷。丹青翰墨知吾意，点画枝葩总向阳。

### 贺嫂杨秀英80寿辰

姐如金色向阳花，恭俭温良誉有加。孝敬高堂邻里颂，育培子女口碑佳。
族门谱里藏勤朴，举案眉中露彩霞。年届八旬身体健，德馨寿海道传家。

### 缅怀原淮阴县委副书记周平同志

周公踏上不归程，噩耗传来揩泪痕。民送鲜花悲意切，丰碑永立庶民心。

### 赞儿媳顾睿教子

其　一

教子持家任两重，育儿榜样占心中。爱星照耀光其内，芳草如茵馨惠风。

其　二

良师慈母一身兼，教子成才孝在先。掌上明珠不溺爱，严师方可出英贤。

## 赵至培

赵至培（1935～ ），江苏淮阴人。1958年起历任小学教师、教导主任、校长等。淮安市诗词协会会员、淮阴区诗词协会会员。

### 共产党像太阳

南湖星火燃，华夏有光源。日寇降旗树，蒋帮入海渊。
诞生新国体，建设美家园。权握人民手，江山永固坚。

### 贺嫦娥二号

嫦娥二号上云天，各路神灵狂喜欢。王母瑶池忙设宴，玉皇大殿聚群仙。
韩湘奏曲吹箫贺，仙女瑶装起舞翩。响彻天空欢庆会，中华探月写新篇。

## 蔡　涛

蔡涛(1935～　)，淮安市清江浦区人。曾任淮阴县中学校长、县委统战部副部长等职。中华诗词学会会员、中国毛诗会会员。主编《淮阴区公务员诗词选》《伟大历程》。著有《三英斋诗词文集》等。

### 参观钵池山公园内景点

蓝天依碧浪，绿柳傍湖边。楚韵迷芳月，吴风曳玉莲。
善仁知乐水，明智更怜山。观景春亭上，风光入眼帘。

### 桂林兴坪

桂林山水甲天下，佳境兴坪甲桂林。水底见山山翠翠，山中有水水粼粼。
群峰拢地千姿态，苍竹遮江百媚生。唐宋古榕添景秀，风光绝妙醉游人。

### 北京定陵

翊钧皇帝建陵寝，搜刮民财百万银。宫殿辉煌排五处，工期杳渺有千旬。
石门座座琢雕美，葬品层层安放珍。可叹城乡民众苦，蜷身芦席儿多坟。

### 赞东方母爱公园

盛会召开誉沪京，选评主旨目标明。名雕件件惊华夏，作品篇篇荐玉英。
母爱都城添锦绣，漂铭宝塔铸恢弘。淮阴靓丽园林景，饱览风光未枉行。

## 王海曙

王海曙(1936～　)，字苏一农，江苏涟水人。曾任六塘诗社常务副社长、社长兼《六塘诗词》主编。淮安市诗协、毛周诗研会、楹联研究会常务理事。

### 为贪官摄像

美人搂抱华厅舞，大把抓钱不须数。海角天涯谈与玩，灯红酒绿吃和赌。
一朝两手戴银环，五次三番提审苦。蹬地呼娘懊悔迟，劳教队里入其伍。

### 咏市一院紫藤长廊

紫藤佳位峻楼旁，跨度延绵百米长。青叶浓阴能蔽日，紫花香气沁心房。
条形坐凳如人意，净丽地坪呈亮光。鸟语蝉鸣似仙境，随时可见客盈廊。

### 咏　鱼

摇头摆尾在鱼池，欲得佳肴露蠢痴。一见金钩张大口，被擒懊悔已嫌迟。

### 咏　竹

簇拥门前赛劲松，扎根原本树行中。风吹雨打犹坚定，枝叶常青腹洁空。

## 郑永隽

郑永隽（1936～　），江苏淮阴人。淮阴区六塘诗社会员。

### 秋　思

蝉鸣深树斜阳外，雨洒郊原上小楼。聚散流云鸿道远，难忘故旧月今秋。
昔人有幸骑黄鹤，行旅无心伴鹭鸥。秋去春来来复往，丹枫夕照亦风流。

### 寒山寺礼赞

枫桥流水到如今，古寺寒山月自明。渔火江枫游客醉，钟声夜半酌诗情。

### 洪泽湖怀古

缥缈烟波阅古今，滔滔泣诉向沧溟。州城水漫悲千古，幻作丹青入画屏。

## 郑继新

郑继新(1936～ ),江苏淮阴人。中共党员,退休教师。六塘诗社会员、中华当代文学会员,诗词、书法作品在全国大赛中多次获奖。

### 赛场望红旗

坎坷长征路,风霜九十年。春秋兴伟业,仰望五星悬。

### 盼 雨

进秋下雨半天云,人湿衣衫禾入心。天若有情休顾我,点点滴滴变黄金。

### 老爷爷上井冈

扶杖爷爷上井冈,当年战地血和霜。登高满眼千山绿,祈盼神州万代昌。

### 村 翁

挣钱儿女打工远,携铲村夫管稻田。满目青禾勤灌水,夕阳坐等小桥前。

### 学 诗

初入青山景色鲜,白云深处有茶园。耕耘引上三江水,种谷栽桑美大田。

## 朱庭光

朱庭光(1937～ ),江苏淮阴人。小学教师。2001年参加诗社学写诗词。淮阴区诗词协会会员。

### 赞路灯

两行电杆路边排,晚上灯光亮起来。远看星星排好队,近观古寨似长淮。

### 古寨巨变

其 一

三县之交贫困区,今天河畔建新居。乡村面貌更新变,住户年年庆有余。

其 二

从前处处冒盐硝,穷苦农民卤担挑。稻麦如今高产量,全亏改水助农招。

### 赞六塘诗社创始人

六塘创建廿余年，九位老人魂梦园。国粹弘扬歌百姓，市区领导赞声连。

### 农村建沼气

农村沼气令人骄，低碳减排达国标。昔日黑烟空气污，今天清爽众逍遥。

## 田振兴

田振兴(1937— )，涟水县人。曾任淮阴县农中、小学教师，村党支部书记，乡工办室副主任。六塘诗社社员、淮安市诗词协会会员。

### 题淮安涟水机场

呼啸一声银翅展，碧空万里任流连。晶晶大泽朝天镜，滚滚长河搏地弦。
黄浦江头开眼界，北京城内悦心田。飞天千载今偿愿，圆梦一朝快活仙。

### 游黄河风光带

风光带上赏风光，翠掩芳妆曲径长。蝶喜蜂欢缘客绕，雀歌莺啭运喉扬。
画亭题记龙蛇舞，碧水放舟鸥鹭翔。归去迟迟日西下，千红万紫满诗囊。

### 自　嘲

无有桂冠无禄名，场头垅上踏歌行。春吟麦海千波涌，秋咏粮山万斗盈。
绿树林中闻鸟语，碧波池畔赏荷英。晚来更有开心事，高举羊鞭唱道情。

### 村文化室

绿树荣荣绕院墙，轻风袅袅送书香。斟声酌韵心情雅，习艺求经兴致强。
泼墨毫挥龙蛇舞，弄弦手放羽商场。宇清国富民安泰，文采风骚满僻乡。

### 综合养殖场

百亩鱼塘真气派，禽笼畜舍岸边排。牧哥横管扬鞭去，渔嫂舞篙张网来。
羊壮猪肥栏圈满，鸡鸣鸭唱彩屏开。撩得骚客诗心醉，亮嗓高歌放咏怀。

## 吴保玉

吴保玉(1937～ ),涟水县人。曾任江苏省盱眙性卫医院院长。江苏省诗词协会会员、淮安市诗词协会常务理事、中华诗词学会会员、淮阴区诗词协会副会长兼会刊《淮水吟》主编。诗词常见于《淮海诗苑》《江海诗词》等刊物。

### 贴春联感赋

谁把春光撒满门,千家万户饰红城。抬头联语人康泰,放眼出言财气生。
喜意飞驰盈日月,贺声洋溢透乾坤。众心汇聚行踪乐,社会和谐腑底春。

### 颂战马

嘶啸腾空敌胆寒,追风破阵踏硝烟。扬蹄卫国历生死,背主交锋忘危安。
伏枥犹怀千里志,征途何惧万重关。世间伯乐能知顾,敢上刀山凭寸丹。

### 雷锋颂

农户庚伢承党恩,长城育士壮军魂。仆心信念更天地,旗手情操饰乾坤。
斧径引沿兴国路,镰锋指断困民根。平凡倾注世间爱,铭在人胸光照程。

注:庚伢,雷锋乳名。

### 赏淮阴荷花公园

紫气霞光亮点多,桃源仙境梦南柯。墅楼馨宇园林秀,垂柳傍湖映绿荷。
六月之间无暑气,三更以后有吟哦。满园春色呈祥瑞,笑向东风共唱和。

### 纪念郑和下西洋600周年

叩宇春风明世昌,出疆七次下西洋。邦交友善锦程秀,经贸门开善道商。
文化同存流四海,科研早率步三航。歌联今古扬声远,日月增晖水亦芳。

注:三航,即航海、航天、航空。

### 陪美衡彩云诸友赏内子栽菊

栽菊篱中整日忙,越冬度夏孕芬芳。玉容淡雅冰清秀,姿色红橙白墨黄。
客映斜阳留倩影,蜂随狂蝶舞霓裳。小孙喜有陶公兴,也学涂鸦曲径香。

### 赠书法新秀朱从敬同志为古寨诗社诗友作品书裱感赋

春绿田园芳草生，风催新秀露精神。丹青流彩融诗韵，染得吟坛耳目新。

### 学　诗

黉门举步细耘耕，敲句研词近五更。韵海扬帆寻捷径，行家引我进书城。

### 清官海瑞

八方亭畔葬忠魂，九死一生为庶民。刚正清廉怀赤胆，刀山火海保乾坤。

### 鹳雀楼

其　一

蜃楼耸立黄河沿，千载悠悠不计年。历代诗人访名胜，情牵国梦再生缘。

其　二

名楼千古日光晔，历代诗人文化家。永济世怀中国梦，明珠璀璨满天霞。

### 咏电脑

万般玄机奥似山，经纶满腹帮解难。世间万象存科技，轻点鼠标馨目端。

### 咏牡丹

其　一

国色天香冠群芳，抗旨追究贬洛阳。今世高科兴百业，技行百卉四时香。

其　二

娇容盖世未称王，身着霓裳偕众芳。貌醉西施持特色，冠名国色与天香。

### 淮乡柳色

绿絛摇摆扫风尘，岁岁迎新岁岁新。未等群芳争吐艳，碧波涌动已成春。

## 魏思澎

魏思澎（1937～　），江苏淮阴人。务农。六塘诗词学会会员。

### 新居民点

阳光明媚照窗台，小院香花正盛开。改革春风结硕果，农民搬进小楼来。

## 自 乐

终生劳作不知闲，一领蓑衣几亩田。体弱年高常自勉，三餐饭饱便如仙。

# 郑继成

郑继成(1937～ )，江苏淮阴人。淮安市诗协会员，创作诗词500余首，作品散见各类诗词刊物。著有诗集《生命絮语》。

## 新 村

盈盈碧水抱新村，艳艳云霞扶雾痕。路畔草青张望眼，池边柳绿指行人。
昔时茅舍难挡雨，今日高楼欲接云。户户欢声腾笑语，怡情翁媪乐天伦。

## 瞻仰韩信塑像

将军策马立桥东，犹似英年气势雄。碧血殷殷肝胆浸，忠心耿耿略韬弘。
横刀立马夺天下，兜土堆坟祭母功。故里上空照日月，长留胜迹古淮中。

## 农家小院

棚内瓜茄架上花，菜园四季果蔬佳。亲朋好友来相聚，满圈鸡鹅随手抓。

## 观麦有感

拂露凌霜垄野畴，历尽秋冬嫩苗抽。寒冬冰雪艰辛过，一响春雷展壮遒。

## 田间行

田间漫步涤心情，薄雾轻岚鸥鹭鸣。一带渠清波滚滚，无边苗壮嫩青青。

## 渔歌唱晚

落日如轮映紫霞，渔歌短棹浪飞花。喜看天际如钩月，溪畔舟横系柳斜。

## 观湖偶得

一湖碧水蔚蓝天，堤草茵茵茸欲眠。偶有游鹅映倒影，双双对对自缠绵。

## 感 怀

光阴流逝宇寰中，烟灭灰飞昔日风。飒飒萧萧云影过，青山依旧立从容。

### 歌颂建党90年

山高惯赏云和月，地阔常经雪与霜。九十年来伟业举，巨龙昂首起东方。

### 漂母墓感情

千载坟高碧草萋，庙堂祭拜动情思。今人不是贫寒客，犹忆当年施饭时。

### 咏　雪

数九寒冬白絮飞，祥光瑞气满庭扉。家家清扫门前雪，好让春风有路归。

### 润扬桥观光

四顾霞光接水源，大江东去浪滔天。千帆竞发蛟龙走，搏击潮头逐梦攀。

## 唐业贤

唐业贤(1938～　)，江苏淮阴人。曾任小学教师，后务农。淮阴区诗词协会会员、六塘诗社会员。

### 燕迷途

万里东风景色新，农村变化令人惊。南方归燕飞迷路，哪户是家分不清。

### 咏蝌蚪

漫游水府且为家，长大生肢脱尾巴。不慕龙宫权贵地，农田除害作生涯。

## 郑希明

郑希明(1938～　)，江苏淮阴人。退休教师。淮安市诗协会员、六塘诗协副会长，作品曾获《韩信杯》全国诗词大赛优秀奖。

### 咏长城

秦筑长城万里长，为防胡敌固安邦。今朝钢铁长城固，胜过当年秦始皇。

### 纪念抗日战争胜利60周年

浴血驱倭战果丰，东瀛溃败乞降中。金瓯固复昭明月，万首齐歌毛泽东。

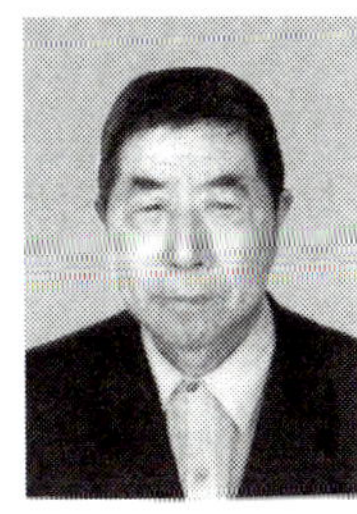

## 王洪佑

王洪佑(1938～ ),江苏淮阴人。曾任生产队长、村委会会计。六塘诗社副社长、刘老庄诗社副社长、淮安市诗协会会员。

### 关爱民生

无税种田国补津,媪翁养老发薪金。庶民歌颂鸿恩洋,华夏乾坤满目新。

### 植　树

三月春风扑满怀,今天赶早上长街。意杨苗树买回去,绿化三边手自栽。

### 无　题

春暖花开天气和,途中行客打工多。利人利己和谐处,何必去哼麻将歌。

## 蒋广华

蒋广华(1938～ ),江苏涟水人。1964年起,在淮阴县参加教育工作。退休后曾任成集镇关公委主任、老年委主任。淮安六唐诗社会员。

### 中日建交

友好睦邻应至诚,野心不变世难宁。多年侵犯仇犹在,四海遭殃久怨深。
冻固寒霜溶炭火,建交夏雨化冰层。昔年遗恨持和解,馨宇春风助日升。

### 咏航空母舰

航母起锚馨海洋,万里国疆防霸王。科技尖兵多磨砺,精英老将铸辉煌。

## 朱崇敬

朱崇敬(1938～ ),江苏淮阴人。1965年参加教育工作,退休后从事诗词文化研究与创作。淮阴区六塘诗社常务理事、秘书长。

### 端午怀古

纪念屈原世代延,人人怀念大诗贤。思君报国无门路,一曲汨江悲壮篇。

## 陈万祥

陈万祥（1938～ ），江苏淮阴人。一贯务农，2008年参加六塘诗社，参与创建诗乡活动。区诗协会员，诗词常见于市、区诗协会刊和《六塘诗词》上。

### 珍惜晚年

年逾古稀多少愁，回眸已至七旬秋。夕阳西下难留住，逝水东流不转头。
岁暮心雄传国粹，志坚体壮献神州。晚霞更比朝霞艳，余热发挥当老牛。

## 尹家隆

尹家隆（1939～ ），江苏淮阴人。小学教员，六塘诗社会员。

### 咏环卫工人

橘黄制服闪金光，辛辛苦苦清道忙。雨雨风风不间断，一年四季冒炎凉。

### 咏山巅松杉

绿叶青枝上九霄，风吹雨打不弯腰。质朴何慕婆娑美，欲与天公试比高。

### 赞小草

一块坷坛栖稚身，骄阳似火亦精神。古云野火烧难尽，遍地春风绿诱人。

## 洪华民

洪华民（1939～ ），江苏淮阴人。历任村书记、乡党委委员。市、区诗协会员，刘老庄乡诗社副社长，六塘诗社常务理事。

### 赠江苏省诗词协会陈伯涛老

灵雀翻飞传喜讯，江苏陈老莅乡郊。吟旗直指淮安市，车驾缓停民便桥。
广赐醍醐灌愚顶，普施甘露润羸苗。雕成玉盏连声脆，推动诗潮逐浪高。

### 新　村

谁令村民商品房，黎民歌颂党辉煌。敢移散户扩耕业，喜住群楼耀史章。

水网随心开滩堰，农田着意划成方。地平千亩农高效，揭地掀天奔小康。

### 颂雷锋

赤胆忠心效国家，熊熊生命吐光华。红旗高举持真义，榜样千秋万里霞。

## 丁祖权

丁祖权（1939～ ），江苏淮阴人。一贯务农，爱好诗词，现为淮阴六塘诗社会员。

### 友 人

行空万里会亲朋，青少友人今媪翁。眼亮耳灵身矍铄，齿坚首皓老顽童。
不谈坎坷谈欢乐，专讲和谐讲福弘。今日身强常聚会，相留几道泪含瞳。

### 村 景

风和日丽池鱼跃，柳绿桃红百鸟鸣。小阁书声传四野，媪翁健步伴霞行。

### 锄田感情

有道农夫兴味浓，常将情景入诗中。绿苗秀丽写无尽，大地为笺下苦功。

### 盛世老农

精神抖擞出庄园，手捻银须笑看田。遍地银棚花老眼，满棚瓜菜满棚钱。

### 下乡探亲迷路

夫妇来乡看舅公，群楼街道植青松。舅家原宅无寻处，拨打手机呼表兄。

### 游黄河花园感慨

莺歌翠柳燕穿梭，笑脸桃红少女游。皓首闲亭留倩影，悠扬琴笛伴清流。

# 朱士昌

朱士昌(1939～ ),江苏淮阴人。一生务农。六塘诗社会员,淮阴区诗协会员。

## 春　播

好雨三更过,晨清绿柳浓。曙开生紫气,霞退起微风。
南野人声乱,西原机响隆。田酥时节好,春播闹哄哄。

## 雷雨一览

炸雷三处响,风吼四方旋。树舞飞巢转,云腾遮日圆。
霎时狂雨降,顷刻烈阳悬。姑嫂相呼去,插秧快下田。

## 无　题

七五老夫生怪僻,书文弄墨变诗痴。行程观景寻佳句,入夜卧床修语辞。
赋写成章蚊咏诵,墨磨无水雪飞池。中华千古逢昌盛,如画江山动笔迟。

## 关　怀

楼下问婆妈,您家还缺啥。乡村常照看,频送米和茶。

## 乡村卫生员

救死扶伤技,雷锋仁爱心。雨随康复去,归夜一身轻。

## 咏民便河拦水闸

闸高逾十丈,截水百支流。灌溉田千顷,丰收万户裘。

## 羊　倌

老汉牧羊滩上来,鱼竿肩负笔藏怀。钩垂绿水斜阳钓,兴画青山诗赋裁。

## 喷气式飞机机展表演

上下腾翻百态娇,东西南北布丝条。真如织女抛梭线,赶制绫罗作展销。

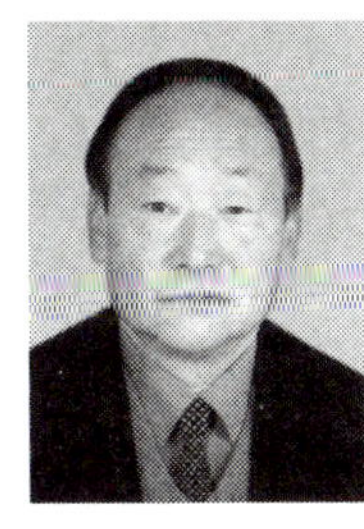

# 沈业富

沈业富(1940~ ),江苏淮阴人。曾任副县长、副书记、市委农工部部长、淮阴县政协主席。退休后担任老龄委主任、老年大学校长、区诗词协会会长、名誉会长。

## 夕阳之年感怀

瞬间已近古稀年,心映鬓霜情趣添。壮体强筋恒作道,养生保健食为天。
书山寻路承文翠,学海求真馨老年。育李培桃新课目,论章品藻与谁先。

## 诗教感赋

淮楚诗教近十年,风和日丽玉生烟。诗乡换地弦歌起,国粹梦圆薪火传。

## 退休抒怀

身如瘦马行程急,心底无求不畏寒。私欲未存腾达梦,忘忧淡雅乐天年。

## 题蔡涛同志《三英斋》诗文集

畅游瀚海求帆正,成就《三英》文韵佳。易逝韶华情未了,霜叶红于二月花。

## 反 腐

由来善恶在熏人,利欲壑舟埋陷深。遥盼高科济世术,黑心剜去换红心。

# 周立南

周立南(1940~ ),曾用名周化文,又名金龙,江苏淮阴人。先从教后从医。1987年参加县和市诗词协会。著有《竹林漫笔》。

## 岁寒三友

松

巍巍苍劲亦葱茏,铁干虬枝壮碧空。身历沧桑犹健劲,面凌风雪仍从容。
环山顾水胸襟阔,立地顶天气势雄。不与群芳争艳丽,却教春色四时同。

竹

天生玉质劲而刚,雪压霜侵气自昂。叶茂枝荣流碧翠,虚怀高节溢清香。

有缘结识松梅友，无意招摇蜂蝶狂。今若七贤还健在，定邀酣饮赋华章。

红　梅

玉貌红妆映彩霞，凌霜傲雪誉奇葩。先桃超李争春艳，友竹俦松度岁华。
劲节清操骚客恋，仙姿丽质世人夸。东风大献殷勤意，香送江淮百万家。

### 咏　钟

双针运转注心情，日夜循环不歇停。默转齿轮时刻进，频摇钟摆献殷勤。
声声嘀嗒催人奋，曲曲悠扬励客征。奉劝后生须努力，光阴一刻值千金。

### 悬壶乐

悬壶生计乐融融，研药持针数十冬。百草回春行道义，千方疗法秉精忠。
不嫌脏累怜贫贱，常废寝餐冒雪风。治病救人为志趣，不贪不恋孔方兄。

### 颂孔子

天生孔子幸人间，至圣先师盛誉传。仁爱中庸敦教化，春秋论语治坤乾。
三千弟子知何去，七二英贤留美谈。道统光辉同日月，与时俱进惠新天。

### 纪念邓小平诞辰100周年

百年华诞寄相思，一代伟人设计师。巧绘蓝图营特色，运筹改革展雄姿。
忠心济世怀韬略，赤胆为民勇斗私。理论光辉照日月，千秋万代仰丰仪。

### 重游文庙感怀

文庙重游感万千，回眸浩劫泪潸然。卅年改革民生路，科教兴华德泽绵。

## 戴嘉才

戴嘉才（1940～1998），江苏淮阴人。农民。六塘诗社、淮阴区诗词协会会员。在《六塘诗词》《诗词简讯》《淮海诗苑》《江海诗词》等刊物上发表几十篇作品。著有诗集《好望集》。

### 杂　咏

夏日有感

高温少雨舞泥尘，烈日当空似火盆。犬伏荫凉伸舌喘，蝉藏茂叶发狂吟。
莫看大路行人少，偏有田间喷雾声。治病除虫忘酷暑，专心不计汗浇淋。

秋日抒怀

黄鹂远去丽阳里，鸿雁高飞黑月头。桂树开花香喷喷，菜蔬凝露绿油油。
棉桃咧嘴长憨笑，玉米怀苞向后勾。喜看村民忙不住，千家万户夺丰收。

冬日趣闻

往日冬天少事由，今非昔比在田头。挖渠造闸砌涵洞，打埂清地理水沟。
铁臂翩翩传捷报，银锹刷刷伴歌喉。龙腾虎跃欢声里，再夺丰收更自由。

## 咏梨花

风吹绿柳清明节，露润梨花升旭日。叶内嗡嗡舞蜜蜂，枝头闪闪飞蝴蝶。
昂然伫立引游人，瑞气飘香招墨客。自古诗家爱咏红，如今我唱一身白。

## 秋晚虫声

蟋蟀长鸣很自然，青蛙慢语兆丰年。寒蝉断续藏高树，蝙蝠除虫趁黑天。

# 朱海山

朱海山（1940～ ），江苏淮阴人。中学语文高级教师，有200多首诗词发表于报刊，有10多首诗词被《中华魂》录用。

## 伟人毛泽东

伟人毛泽东，立党为工农。一府六英烈，珠峰万丈松。南征驱虎豹，北战缚苍龙。肝胆鬼神泣，光辉日月同。每逢生忌日，百感涌心胸。犬吠声声里，朝阳冉冉中。人民爱领袖，永唱《东方红》。

## 悼念九童忘灵

毕节传噩耗，先后九童殇。五闷垃圾箱，四服农药亡。最大才十三，最小始扶床。富孩掌上宝，穷孩路边草。守童谁照料，辛酸泪沾裳。父忙打工去，母亦走他乡。长年无依靠，孤独复凄惶。头疼脑热时，梦中叫爹娘。叫天天不尽，呼地地不灵。万念灰飞灭，弱苗遇严霜。可怜无救助，冷漠酿悲伤。黄泉不归路，死生恨绵长。天降六月雪，地暗日无光。草木皆悲摧，闻者欲断肠。请问父母官，造福在何方？忍心唱和谐，有脸道小康。担心当自责，应惊冷汗淌！

## 新旧中国苏北农村见证

### 其　一

身经苏北旧农村，旱涝频频苦难生。墙倒房坍缺住所，禾枯苗死绝收成。吞糠咽菜秋交夏，讨饭拾荒冬复春。高贷税租狼入室，沉疴兵匪虎临门。卖儿卖女剜心肉，做马做牛埋恨深。黑夜沉沉何日尽，森森地狱鬼嚎声。

### 其　二

斗天八字闪金光，百万民工治水忙。沂水低头消祸患，淮河俯首献棉粮。闸涵新建沟渠畅，旱涝稳收鱼米香。饕餮锄清奔富裕，瘟神送走庆安康。改天换地花千树，饮水思源歌万章。十亿人民深爱党，葵花永远向阳光。

## 华夏欢歌

华夏欢歌多胜事，高新科技再登峰。蛟龙潜海三千丈，神九巡天一万重。揽月捉鳖抒壮志，擒狼射虎挽强弓。静观南海风云变，千里折冲虎帐雄。

## 怒斥日本觊觎我钓鱼岛

云谲波诡起东瀛，白骨堆中精又生。右翼化狐窜钓岛，高端弄鬼祭亡灵。
铁心傍美频交恶，修法借机屡扩军。一意孤行必自毙，再擒虎豹展长缨。

## 赞环卫工人

待遇高低不比攀，扫尘除垢未曾闲。三伏背对火天热，四九面临冻地寒。
夜晚收工人定后，晨曦进岗鸟鸣前。大街小巷皆清丽，脏累酸辛抛九天。

## 瞻仰毛主席遗容

满面红光疑小憩，鲜花万束奉英明。卅年静听潇潇雨，伟大头颅思未停。

## 雨后荷荡

彩虹半现雨丝斜，满荡仙姝沐晚霞。风抚柳丝凝碧舞，蛙声如鼓报农家。

# 汪聿奎

汪聿奎(1940～ ),江苏泗阳人。曾任淮阴区中学教师、教导主任、校长等职,中教高级职称。创作诗词600余首。

## 诗翁自吟

其 一

正是人生益壮时,如饥似渴学研诗。寻章弄句光阴度,但愿新芽染绿枝。

其 二

夕阳爱在艺林行,咏水歌山颂太平。满目题材书不尽,挤时伏案对窗吟。

## 汶川3年重建感赋

大爱无前克万难,三年重建换人间。汶川再起观奇迹,合力中华撼动山。

# 陈学礼

陈学礼(1940～ ),江苏淮阴人。淮阴区诗词协会会员,淮阴区老年大学学员。习作有千首,其中多篇见诸报端。

## 盐 河

西通万顷碧波悬,东入海门腾浪烟。一路欢歌润稻菽,千帆竞渡伴鸥鸳。
记曾盐道兴衰史,留下荒丘左右眠。却话缘何新榭处,荷花香里月儿妍。

## 游盱城都梁山

路转阶台直上峰,东山西水满城风。桅帆点点湖天碧,楼阁层层烟雾浓。
遥望铁牛堤岸外,凝思神道浪涛中。尘心洗净蓝天阔,回见故园明月空。

## 古黄河边韩信雕像

驰骋沙场剑出鞘,河涯立马记前朝。青山处处埋芳草,黄水滢滢洗战袍。

## 三河闸

卷雪腾云闸洞开,铁牛无奈卧尘埃。烟波浩渺悬湖月,到此波涛任剪裁。

### 钵池山大口湖

风和三月白云间，倒影深藏碧玉间。沉睡千年辞旧梦，波光涵映一青峦。

### 清明祭扫

细雨蒙蒙润柳枝，田间野径草萋萋。堂前台小两杯酒，不见慈颜泪湿衣。

## 唐士杰

唐士杰(1940～ )，江苏淮阴人。曾任教师，小学校长，淮阴区诗词协会会员、六塘诗社会员。

### 荷　叶

鱼儿当着蔽阳伞，伞上珍珠雨露多。叶大如盘铺水面，青蛙跳上鼓鳃歌。

### 咏　梅

梅花小院冒寒开，曾是当年亲手栽。独在严冬馨气吐，冰天雪地报春来。

### 写诗乐

漫步庭院信口占，诗心追忆古今贤。推敲咀嚼成佳韵，欢度桑榆幸福年。

### 天　宫

新造天宫上九重，玉皇欣喜祝成功。众星观罢心中服，华厦科技唱大风。

### 咏洪泽湖

其　一

苇絮随风飞入湖，银镰砍倒好观鱼。滩涂夜幕挂斜月，小草芳馨入睡无。

其　二

夕阳依恋碧波湖，旧址当年觅亦无。水旁山青皆景点，重新开发一明珠。

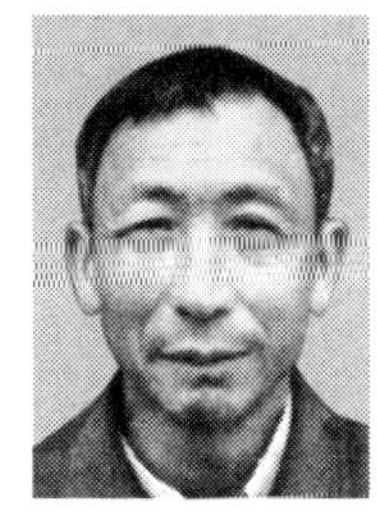

# 郑德智

郑德智(1941～ ),江苏淮阴人。中共党员,中学教师,多篇诗作在《江海诗词》《淮海诗苑》上刊登。《六塘诗词》主编、淮安市诗词协会会员。

## 老张集乡新貌

古邑淮阴盛世葩,千年张集日繁华。人心润似三春雨,村舍娇如二月花。
乡厂火红升紫气,田间穗熟映朝霞。潺潺渠水清流绕,滚滚车行闹市哗。

## 充　电

行驶人生百岁程,车轮莫让慢腾腾。新知汲取如充电,动力增加万里行。

## 风筝自叹

有志青云高目标,受人牵制低空飘。今朝无线电遥控,神八代吾航九霄。

## 诗　酒

有酒无诗俗了人,有诗无酒气沉吟。滕王阁上诗朋会,书圣兰亭千古文。

## 忆老屋

两间茅舍透风寒,雨漏墙倾修缮难。紫燕筑巢嫌矮小,成人进户要身弯。
近房小树今春大,引颈黄鹂歌日喧。旧迹已随流水逝,万家灯火照楼栏。

## 悼汶川地震遇难老师

霹雳山崩地动摇,瞬间楼倒导生逃。一推学子废墟外,几让老师红烛烧。
双翅张开幼稚暖,一梯截断泪潸潸。杏坛自古培梁栋,师德而今比岳高。

## 颂洪泽湖

湖水茫茫波万顷,百川入抱挽长江。渔帆点点鹭鸥起,芦荡绵绵菱藕香。
峰秀山岗堤古朴,鱼肥蟹美米粮乡。滔滔玉液沃千里,一望无垠碧绿装。

## 根

树高千丈枝繁茂,秋至枯黄叶落根。紫燕南归怀旧垒,蒋兵东去念娘亲。
黄河扬子源青海,汉族高山黄帝孙。分道相逢兄弟抱,清明祭祖诉同心。

### 夜思打工丈夫

中秋明月照床前,幼子酣酣睡得甜。此刻思君难入梦,手机话联玉盘圆。

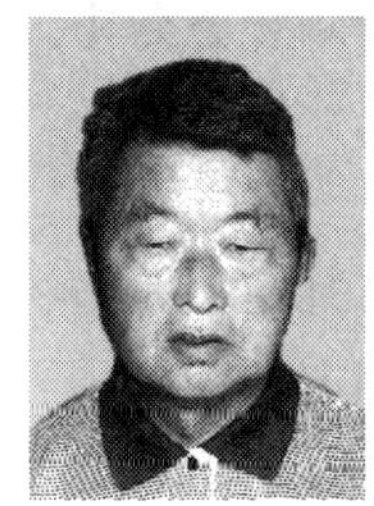

## 葛从义

葛从义(1941~ ),江苏淮阴人。农民,六塘诗社会员、淮阴区诗协会员。

### 刘老庄颂

老区崛起宅豪华,苏北鳌居第一家。华丽小区人喜爱,前程似锦美如花。

### 怀念周文科伯父

英雄虽逝精神在,留取丹心照汗青。铁骨铮铮声怒吼,淮阴战绩万民钦。

### 庆祝建党90年

建党历经九十年,峥嵘岁月力无边。中华大地皆春色,沐党阳光喜泪连。

## 周立荣

周立荣(1941~ ),江苏淮阴人。曾任村会计,县社队工业局会计。参加诗教,创建诗乡。诗词作品散见于《六塘诗词》《淮水吟》《淮海诗苑》。

### 伟人毛泽东

忠贞马列数毛公,胆识筹谋济世雄。建国蓝图铺锦绣,光辉普照艳阳红。

### 纪念八十二烈士

其　一

烈士长眠在九泉,人民永记忆前贤。斑斑泪血身躯献,卫国保家斗志坚。

其　二

烈士精神威九重,人民牢记血殷红。后昆继往先贤志,高举红旗飘碧空。

其　三

千余日寇犯刘庄,八二英雄斗志昂。拂晓黄昏戮力战,捐躯报国护家邦。

### 纪念延安文艺座谈会

其 一

延安文艺座谈会，毒草香花泾渭排。双百方针花竞放，为民服务上高台。

其 二

延安会议号声吹，双百方针扬国威。文艺灵魂千载秀，泽东思想著光辉。

### 坚决捍卫钓鱼岛

其 一

石原右翼太嚣张，所谓岛疆公海航。内外呼声它不顾，又提购岛极荒唐。

其 二

东洋小鬼实猖狂，依靠美狼身后帮。勃勃野心欲掠夺，前车之鉴竟遗忘。

## 刘锦标

刘锦标（1941～ ），江苏淮阴人。中共党员，退休教师。六塘诗社会员、淮阴区诗协会员。

### 悼念八十二烈士

苏北一刘庄，曾经战火煌。豪雄斩日寇，八二永留芳。

### 感谢淮阴区委区政府

其 一

孩子上金榜，囊空愁满腔。感恩区政府，助学德无疆。

其 二

妪翁欣喜叙家常，越叙心情越荡扬。老有所医亏政府，年逾百岁更安康。

### 纪念抗美援朝

其 一

主席伟人雄略韬，野心美帝欲吞朝。指挥军队援朝去，卫国保家汗马劳。

其 二

鸭绿江边战火烧，狰狞美帝妄吞朝。中朝联手抗顽敌，卫国保家声气豪。

## 刘寿春

刘寿春(1941～ ),江苏淮阴人。中共党员,曾任刘老庄乡河头支部书记、乡农经站站长。六塘诗社、刘老庄诗社。

### 建党90周年

建党九旬华诞辰,历经艰险万千程。人民自有曈曈日,凯奏高歌引路人。

### 颂神八

中华大地越苍黄,神八腾飞逛宇航。科学登峰惊世界,全球瞩目看中方。

### 贺神九对接蛟龙深潜成功

神九天宫相接吻,蛟龙载客海渊沉。中华科技全球赞,卓著功勋四海闻。

### 五老盛会

五老章程盛会开,发挥余热照秦淮。夕阳虽短霞光美,老骥奋蹄奔九垓。

注:五老,指老党员、老干部、老教师、老模范、老军人。

### 纪念抗美援朝60周年

志愿军人斗志昂,保家卫国助邻邦。抛颅撒血战美敌,悼念英灵永莫忘。

### 缅怀八十二烈士

八二英雄斩虎狼,全连鲜血洒刘庄。英名万古千秋颂,赤胆忠心百世芳。

## 朱延坦

朱延坦(1941～ ),江苏淮阴人。历任古寨中学、林场中学教师,古寨中心小学校长,爱好诗词。

### 看神舟八号

纵身一跃上天空,神八欣飞登太空。对接分离任尔意,逍遥旋转技高功。

### 赞雷锋精神

珠峰高大一精神，峰顶高端铭永存。精在平凡杂事里，神留大地地球村。

### 咏六塘诗友聚会

金秋八月桂花香，骚客吟朋聚一堂。矍铄精神堪敬佩，群情激奋创诗乡。

## 刘道武

刘道武（1941～ ），江苏淮阴人。小学教师。六塘诗社、淮阴区诗协会员。

### 青莲杯联想

峻节高风颂，青莲品德彰。出污尘不染，生淖亮容妆。
秀雅千秋赞，清廉百世芳。诗词歌菡萏，浊境不沾裳。

### 党　恩

恩惠溢神州，儿孙不用愁。医疗有保障，日月上层楼。

### 瞻仰烈士陵园

青松翠柏侍墓前，雕像雄姿傍玉栏。宁立墓园时祭日，含悲带泪献花环。

### 刘老庄胜景

春夏秋冬四季天，刘庄大地景无边。城乡多少丹青手，南北东西画不全。

### 刘皮街即景

一览风光景秀容，满街铺内各非同。琳琅满目丛楼俊，车涌人潮商客拥。

### 惠民小楼

曙光华丽美心头，雨露郁香滋小楼。锦上添花春意美，雪中送炭党恩讴。

### 爱　心

雷锋短暂一生荣，榜样为民不朽功。当代英雄明义理，弘扬大爱世间崇。

## 洪开洲

洪开洲(1941~ ),艺名清源,江苏淮阴人。自幼酷爱诗词、书法,经50余载研习,多次参加国内外大展,并获奖,入编多部图书中。

### 吟淮阴

兵仙故里展新容,其境身临入画中。栉比琼楼连广宇,运淮碧水映长虹。龙腾商海起兴浪,凤落梧桐巧借风。公路纵横连海外,铁龙飞渡气豪雄。

### 庆祝上海世博会

荣华世博浦江开,四海嘉宾含笑来。全面小康龙起舞,追星探月上瑶台。

### 建设新农村

建设农村乐万家,水泥大通达天涯。红楼栉比人人赞,广场花园映彩霞。

### 刘老庄建新村

万道金光旭日升,和谐盛世满园春。江南楼阁明珠塔,苏北刘庄第一村。

### 倡　廉

色醉金迷勿道鲜,贪赃收贿鬼牵魂。牢门大敞威严在,法制无情别试身。

### 反　腐

国蓊丽色让人崇,蛾螟吸汁岂可容?除杂施肥枝叶茂,防虫除害效花工。

### 吟嫦娥二号

喷火升空举世知,月球开发利民斯。遨游宇宙雄风展,笑看吴刚迎客时。

## 刘文成

刘文成(1941~ ),江苏淮阴人。中共党员。在乡镇农技站工作40年,淮阴区诗词协会会员,参与创建诗词之乡工作,诗词作品见于市、区诗协会刊和《六塘诗词》上。

### 纪念毛泽东

一代伟人毛泽东，无私无畏树高风。送儿抗美援朝去，永载丹青史册中。

### 纪念八十二烈士

英雄八二美名芳，浴血刘庄战绩煌。永继前贤承大志，紧随党政赴康庄。

### 述　怀

满怀壮志出家园，报国红心意志坚。恳恳勤勤四十载，清风两袖洁身廉。

### 赞刘老庄诗教

刘庄诗教逐年高，直挂云帆千里遥。谁说乡村才子少，请观泥腿有文豪。

## 朱士武

朱士武（1941～　），江苏淮阴人。从教30多年。古寨诗社会员，与全乡诗友共同创建诗词之乡。

### 清洁工感赋

晨曦初露即离床，执帚辛劳保洁忙。扫尽人间脏乱迹，黎民生活得安康。

### 天宫神八对接感赋

欢呼神八太空游，两次相逢热泪流。载客飞天圆梦想，宇航探奥展鸿猷。

### 学写诗词有感

才疏学浅习诗难，尽力推敲夜不眠。心有移山搬岭志，求张问李不嫌烦。

### 赞巴根草

从来未想向高攀，贴地生长自在安。但愿人间添绿意，兢兢业业惯装憨。

### 咏　雪

飘飘翠玉裹梅娇，絮浪纷纷压竹梢。盖被麦苗眉眼笑，白松挺拔向天瞧。

## 高天英

高天英(1942～ )，曾用名张玉卿，女，江苏涟水人。中共党员，淮阴区小学退休教师。喜爱诗词，曾多次获诗词奖。

### 颂成集村

新建层楼有四排，水泥阔道便车开。拱桥流水深深响，小院花香阵阵来。
路侧霓虹如白昼，河边文苑上高台。村民搬入新居住，今日农家乐满怀。

### 颂新淮安

淮安一改旧时容，中外闻名举世崇。水陆交通联世界，厦楼林立耸苍穹。
市民居处如仙境，工业园区似锦琼。科学之观勤探讨，古城定能更繁荣。

### 咏兰花

王者之香兰苑雅，苗条体态绿茵茵。灵根惠叶盆悬挂，花放严寒迎早春。

### 咏牡丹

四月牡丹开小院，嫣红姹紫味芳香。人间富贵花王子，独占芳名四海扬。

## 庄茂礼

庄茂礼(1942～ )，江苏淮阴人。淮阴教育局退休干部。淮阴区诗词协会会员、六塘诗社社员。

### 读茂四兄《晚晴集》有感

风雅世家骚韵传，开来继往续新篇。吟诗联对精神爽，作赋敲词气宇轩。
妙笔生花歌盛世，华章溢彩颂英贤。喜看今日夕阳灿，更待儿孙再向前。

### 七秩生日有感

今晚全家笑语喧，为吾祝贺古稀年。外头亲友无惊扰，家里儿孙不费钱。
尽兴唱歌还跳舞，怡情赠画送楹联。这般过寿移风俗，自觉心中分外甜。

## 退休感怀

离职退休归去来，再将生活巧安排。读书看报无偷懒，对弈弹琴自释怀。
种花玩鸟添愉悦，养性修身防早衰。挥毫弄墨得闲趣，乐在其中亦快哉。

## 故乡情

不知不觉满头霜，人老倍加思故乡。亲友如今齐会聚，情真意切永难忘。

# 李前高

李前高(1942～ )，江苏淮阴人。中共党员，淮阴区农行退休。中华诗词学会会员，中国毛诗会会员，淮阴区诗协副会长，六塘诗社社长。

## 纪念刘皮街阻击战

刘皮阻击未能忘，百四英雄为国殇。掩护军民过河去，支援宿北胜机张。
翻山无惧奔波苦，涉水有情求征忙。冷语闲言抛脑后，廿年遂愿梦甜香。

## 帮刘老庄乡创建中华诗词之乡感赋

七年奋发创诗乡，酷暑严寒鼎力帮。学校师生研雅韵，农村儿女谱词章。
创新立德抒心志，育美燃情启智商。昼夜未停频筑梦，终于如愿众荣光。

## 赠老年大学张惠修老师

正悔吟诗起步迟，吾今幸运遇良师。毛毛细雨心田润，煦煦春风肺腑滋。
融会贯通帮入格，修辞造句助成诗。忱心感谢恩公诲，刻苦钻研不失时。

## 赠淮安市政协荀主席

四海滔滔多拜金，为官谁想重诗文？感天壮志追韩柳，动地豪情效杜辛。
倾力建碑君解我，操劳撰史我知君。相逢源自真情在，世上犹存淡泊人。

## 淮阴区荣获全国诗词之乡称号

兴高采烈曲行行，古邑淮阴着锦装。干部机关研雅韵，师生校苑谱华章。
农村黎庶诵词朗，社区居民歌赋扬。莫道我区才子少，且观骚客遍城乡。

## 纪念建党90周年

血染红旗耀碧空，民安国泰忆峥嵘。南湖建党开新宇，遵义统兵依泽东。
鏖战数年驱日寇，斗顽三载缚苍龙。援朝抗美声威震，四化谋成不世功。

## 纪念抗美援朝60周年

战后白宫思扩张，妄图霸世独称王。涎流半岛朝鲜土，目视神州扬子江。
暴戾恣睢超特勒，野心贪黩胜天皇。灭亡自取尸抛野，枕上黄粱梦一场。

## 纪念毛主席逝世35周年

其　一

武略文韬善指挥，军前马背笔生辉。胸存日月南湖水，气贯山河北斗魁。
咏雪咏梅才绝世，抒怀抒志势如雷。东方红日光千古，德泽民生青史垂。

其　二

毛公思想放光芒，普照神州竞换装。五卷雄文明哲理，百篇诗作韵悠长。
三山推倒金汤固，四化运筹华厦昌。功比珠峰高万丈，千秋屹立在东方。

## 抒　怀

虽临七秩兴犹冲，吟诵诗词趣更浓。镜里虽添鬓发白，庭中常见碧丛红。
不求名气惊朝野，只愿诗书伴夏冬。焰烛光阴堪爱惜，马翁旗下励精忠。

## 青岛观海

桥头举目兴无边，海浪翻翻意相连。波涌气腾遮日月，风吹雾锁接云天。
礁岩叠翠千姿态，碧浪生花百舸帆。心旷神怡成梦境，游人无处不投缘。

## 兰　花

潇洒青枝频吐香，勤勤恳恳不张扬。高山低谷欣风雨，僻壤穷乡斗雪霜。
轻视荣华和富贵，倾情柔韧与刚强。平生淡雅无妆饰，羞煞人间傲慢狂。

## 纪念刘皮街阻击战

默读碑文老泪垂，当年血战乃何为？刘皮换了新天地，难见英雄策马归。

## 纪念抗美援朝

抗美援朝不可忘，狂人常在梦黄粱。豺狼本性何曾改，猎手当须紧握枪。

## 时警钟

时警钟(1942～ )，又名常鸣，江苏淮阴人。淮阴区教科室退休。淮阴区诗词协会理事，老干部书画协会副会长。

### 咏怀布衣书家邓石如

一代宗师一布衣，皖公山下谱真奇。遥襟一发游天下，热血长年润古碑。
走马透风垂妙论，安贫乐道敢横眉。呜呼樵长知今否，肯赐金丹救式微。

### 致娇儿静

处在无前动乱中，身经忧患自从容。中天年近学分满，随化熏儿唱大风。

### 赞小报《南街村》

小报一张馨万人，有睛有景有灵魂。山花烂漫燃春日，熏得今人献赤心。

### 怀念刘老庄八十二烈士

英雄八二抗三千，尽弹毁枪魂不还。令敌留尸二百具，阴天呐喊好多年。

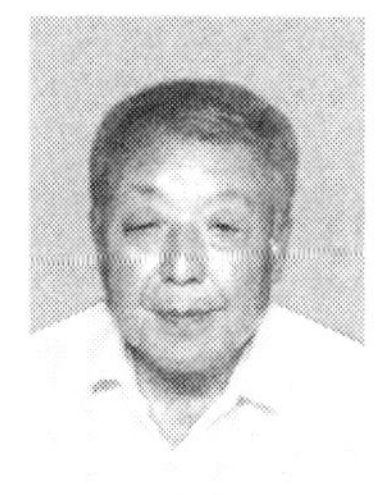

## 赵炳成

赵炳成(1943～ )，江苏淮阴人。中共党员，农民。区诗协会员，诗词常见于《淮水吟》《六塘诗词》上。

### 缅怀毛泽东

其　一

封建王朝几千年，农奴疾苦实难言。毛公举义秋收季，鬼魅扫除民见天。

其　二

千古伟人毛泽东，胸怀大志贯长虹。心中装着黎民苦，解放神州百世功。

其　三

伟大元勋毛泽东，五湖四海展雄风。推翻旧制三山倒，博得神州万紫红。

### 赞我乡道路

水泥大道坦平光，货物运输昼夜忙。各有所需经济活，财源茂盛展辉煌。

## 嵇 文

嵇文(1943～ ),江苏淮阴人。历任秘书、政工科长、人武部副部长、政治委员,淮阴区人大副主任。退休后任淮阴区诗词协会会长。

### 瞻仰韩信塑像有感

跃马扬鞭壮志酬,风云叱咤忆韩侯。助刘兴汉功勋著,灭项除秦战策筹。忠弃蒯通遭暗算,奸联吕雉恶人谋。苍天有目唯欣慰,道德丰功骚客讴。

### 贺西宋集诗社成立

喜闻宋集成诗社,雅苑群贤聚一堂。先者乐当传与教,后生欣喜带和邦。时逢四化景如画,砚洗六塘河水香。旗展唐风招众彦,吟声匝地醉诗乡。

### 贺河堤建诗社3周年

河堤遍绿意,韵海谱华章。前景扬帆远,诗名响四方。

### 冬 日

冬来秋去寒风起,路上行人着羽衣。田野操劳人几许,进城赶集捉商机。

### 黄昏颂(折腰体)

天高云淡鸟飞西,暮色苍茫晚霞迟。老公喜作黄昏颂,甘献余晖尚有时。

### 喜迎国庆60周年

其 一

国诞之前多怨声,三山压顶不安宁。水深火热煎熬苦,恨地尤天盼救星。

其 二

东方日出太阳红,出了救星毛泽东。领导人民闯天下,三山推倒立丰功。

其 三

人民做主建中华,海啸山呼兴国家。镰斧五星旗赤艳,东方日出满天霞。

### 学习十七届三中全会有感

其 一

三中全会递佳音,政策惠民怀锦心。物换星移经几度,姚黄魏紫更芳馨。

其　二

英明决策似春风，吹遍神州万象更。科技兴邦谋大业，农村处处小康城。

### 颂改革开放30周年

其　一

弹指改开三十春，神州无处不欢腾。人间百业沧桑变，万里征程党指明。

其　二

晚辞古楚铁龙乘，一觉天明到北平。通话手机神力大，传真屏上告亲人。

## 朱从文

朱从文（1943～　），江苏淮阴人。一贯从教，退休后参加古寨乡诗社，任《金六塘诗声》主编。

### 纪念辛亥革命100周年

其　一

神州辛亥起风雷，鞑虏皇权化作灰。建立民主共和制，千秋万代耀光辉。

其　二

辛亥枪声动地天，推翻帝制政权迁。共和民主随民意，推动史轮滚滚前。

其　三

驱除鞭虏浪潮来，傀儡儿皇撵下台。建立黎民新政府，独裁统治化尘埃。

其　四

清廷专制日无光，民不聊生国欲亡。外患内忧频迭起，君错臣劣乱纲常。
抗击侵略无良将，放纵贪官有昏王。革命党人摧旧制，睡狮唤醒兴华邦。

## 刘云飞

刘云飞（1943～　），江苏淮阴人。农民。六塘诗社会员，参与创建诗乡，诗词见于市、区诗协会刊和《六塘诗词》。

### 伟人功绩

开国伟人毛泽东，名扬天下共尊荣。遵循马列开新路，指点江山万代红。

### 纪念长征胜利80周年

其　一

长征北上道崎岖，经功行程两万余。边战边行拒匪寇，千辛万苦建苏区。

其　二

万里长征历万千，惊天动地彩旗旋。三番五次反围剿，北上驱倭为梦圆。

其　三

长征历险克难关，万水千山只等闲。围追堵截皆无惧，三军胜利到延安。

## 傅广彬

傅广彬（1943～　），江苏淮阴人。农民，曾任大队会计、党支部书记。淮阴区诗协会员。

### 赞古寨

五年发展达高标，深感镇容春色娇。处处小楼皆秀丽，条条街道逐新潮。
河塘别墅造型美，渠畔廊亭景物调。河岸两边新绿带，乡村生态乐陶陶。

### 赞后河村

众赞后河支部能，闻名遐迩典型村。弘扬传统作风好，改革创新情义真。
整治农田修水利，检查涵洞保粮增。村庄联网水泥路，黎庶家家感党恩。

### 中秋节

节日烟花不夜天，千家万户笑声连。同堂四代喜团聚，歌唱尧天丰盛年。

### 市区领导来古寨诗社

初冬时节好风光，领导盛情来我乡。指导乡村诗六进，骚坛明日更辉煌。

### 学　诗

未眠深夜学诗吟，不觉三更鸡打鸣。偶得佳辞无限乐，笑声常伴韵声萦。

### 咏罗来成书记

领导举旗吟韵香，诗墙设置亮家乡。诗词书画情无限，绿叶红花向太阳。

### 雷锋精神

其 一

雷锋事迹广传扬，遍及中华城与乡。华夏人民爱心献，扶危济困德绵长。

其 二

学习雷锋不放松，舍身报国志从容。忠魂如帜迎风展，四海五湖天下红。

## 张业伟

张业伟(1943～ )，江苏淮阴人。中共党员，中学教师。多首诗词被市、区诗词协会《淮海诗苑》《淮水吟》等诗刊登载。

### 纪念南京解放62周年

大江滚滚涌波涛，天堑无成枉自骄。百万雄师搏巨浪，一群饕餮溃王朝。
紫金枯木发新绿，玄武残枝孕嫩苞。六二春秋滋雨露，瀛寰尽仰盛名昭。

### 嫦娥二号探月遐想

嫦二破云冲九霄，绕行桂树万千遭。故乡造访吴刚喜，天宇增辉月兔姣。
王母难知神效假，玉皇顿悟地天淆。蟾宫再请华人客，旅月游空路不遥。

### 为黄山迎客松题照

黄山奇景百年松，枝展伸张气势宏。天塑丰姿迎政要，神雕雍态会才雄。
游人举照留华影，宾客扬眉睹丽容。笑对风霜持本色，都城风范世人崇。

### 农村一瞥

骄阳似火烤禾苗，碧野无垠滚绿涛。田垄执锄无觅处，机房操钮有高超。
豪车百辆农庄美，精器千台企业骄。翁妪翩跹同起舞，医疗老养数今朝。

### 七十抒怀

盛世古稀还未老，何须举庆自张扬。心清少欲延年寿，身瘦多行保健康。
度量如洋宜重要，襟怀似海忌轻狂。福禄永驻千秋茂，忠厚传家百代昌。

### 百岁寿庆剪影

期颐荣庆木樨香，宾客纷来满墅房。义女台湾飞楚地，长孙麦凯越重洋。

一群学子题诗句，两位白衣问短长。百岁举觞期小辈，为国奋力再争光。

## 王高田

王高田（1943～ ），江苏淮阴人。曾任村会计，热爱诗词，诗词多见于《淮水吟》和《六塘诗词》上。

### 纪念毛主席

奇才造世唤工农，万马千军伐蒋宫。倒海翻江平恶浪，披荆斩棘灭倭凶。
经纶满腹开新宇，正气一身除旧踪。历代风流人物数，乾坤朗朗有谁同。

### 纪念孙中山

辛亥伟人孙逸仙，推翻帝制导坤乾。联俄联共三民智，历史书刊中国贤。

### 建党90周年庆

党史回眸忆远长，千秋福泽著辉煌。三山推倒民生旺，四化谋成国运昌。
抗美援朝华夏保，扶朋反霸友邦康。彤彤旭日神州壮，勃勃生机慑敌狂。

### 颂彭德怀

征鞍未卸又登场，虎胆龙威助友邦。气吐凌云高万丈，雄才大略逐豺狼。

### 战地刘老庄

其 一

红色家园刘老庄，楼台装美亮堂皇。小区兴建缘何故，八二英雄事未忘。

其 二

英雄热血洒刘庄，豪杰挺身逐冠狂。壮志丹心民族悍，赢来新景百花芳。

## 高山移

高山移（1943～ ），本名高从礼，江苏淮阴人。诗、词、曲作品，曾获多家奖项。江苏省作家协会会员，江苏省大众文学学会理事。

### 漂母墓前怀古

淮人尊古贤，崇尚报饭恩。昔日有漂母，一粥滋王孙。千金酬一报，巍巍泰山墩。元元口皆碑，朗朗照乾坤。大爱无疆界，中华千载魂。而今人不古，利欲令智昏。市者目光浅，有钱即忘根。金钱是标杆，人情市场论。世间真善美，因此荡无存。

### 痴人赞

世人云我痴，我痴有所得：身轻如行云，去来我自适。不痴又何如？聪明亦有失：钱多道不正，荣华能几日？浮生梦一场，清白是本色。品端似莲华，莫让陷污泽。

### 窗前观雨有感

书房西窗正对着蜿蜒而来的盐河。秋夏季节，站在窗前听雨声潇潇，看那蒙蒙烟雨中的船家，便油然生出天地悠悠、人生须臾之慨叹！

伫立西窗下，遥观水上家。雾岚昏野树，芳日嚼春华。
天地壶中广，乾坤梦里花。窗前思绪远，随雨到天涯。

### 摄雪中寺照

一帘琼琬饰黄昏，便有性灵叩韵魂。唱和有兴寻网友，采风无伴觅屐痕。
欲将怡腑润春笔，漫把琼楼摄快门。山寺未闻鸣暮鼓，莹莹瑞雪壮乾坤。

## 刘守明

刘守明（1943～ ），字原白，江苏淮阴人。初中毕业，酷爱诗词，一生务农。

### 贺《半农吟草》付梓

儒生半务农，得失笑谈中。诗社推三绝，吟坛赞九翁。
邀朋淮沭泗，结友竹梅松。佳作今传世，香音绕长空。

### 赠金海勇

忆昔怜初见，深惊文气雄。毫挥生翠节，笔下走蛇龙。
诗社知名姓，画坛露镖锋。何当重握手，畅饮叙情浓。

### 竹　鞭

虚心远世尘，地下静无闻。透石怀奇志，穿岩赖永勤。
先成竹万杆，复育笋千群。只侍春雷动，枝枝可拂云。

## 洋槐赞

不作凌云态，春深默发芽。遮阳张翠盖，保土固黄沙。
白絮悬千朵，芳香馨万家。蝼蚁岂为患，三伏笼烟霞。

## 题武松打虎画

英雄气盖世，敢斗兽中王。奋臂除凶恶，千秋武二郎。

## 洋　槐

宅畔数株槐，花逢立夏开。幽香馨远道，白雪馥阳台。

## 村　居

金秋收种罢，垄亩已青青。邀友对棋局，持竿淮水滨。

## 勉　学

莫道作诗难，成功在眼前。恒心加努力，青可胜于蓝。

## 牧鹅曲

长堤放牧踏晨曦，变幻风云未足奇。最爱随身三件宝，诗书板凳收音机。

## 沂淮铁路

南北沉沉一线长，铁龙飞跃过山阳。从今海角难称远，愧煞当年费长房。

## 人工助雨

人工助雨降甘霖，久旱禾苗润泽深。待到麦秋收硕果，蒲节共庆酒频斟。

## 喜鹊巢

贪泥万口草千根，叠叠重重数十层。采得柔丝成铺垫，辛劳总为育儿孙。

# 杨立久

杨立久(1944～ ),江苏淮阴人。长期务农,爱好诗词,系淮阴区诗协会员。

## 自　信

我如园内一株松,难与群芳争艳容。唯有常青无异色,一年四季显葱茏。

## 淮阴人之心

泥流舟曲撼心弦,一处遭灾各处援。五岁孙儿明事理,乐捐压岁卅多元。

## 缅怀八二烈士

英雄八二战倭疯,抗敌三千举世功。万古留名彪史册,劝君毋忘侵华凶。

## 纪念抗美援朝60年

抗美援朝六十年,我军战绩史无前。为民浴血身躯献,友好中朝世代传。

# 陈乃松

陈乃松(1944～ ),江苏淮阴人。从事摄影近50年。2006年淮阴区创建诗乡时,开始学诗、写诗。参加六塘诗社,任常务理事,古寨乡成立诗社后任副社长。

## 庆祝建党90周年

南湖建党九旬年,业绩辉煌载史篇。推倒三山建伟业,救扶民众见青天。
鼎新革故康庄道,发展科技世领先。党帜高擎齐奋进,前程似锦上峰巅。

## 母　爱

世上常闻母爱真,羊羔亦懂跪娘恩。假仁假意毫无意,深爱深情乃至珍。
应信平凡生伟大,从来烈火铸真金。儿行千里娘牵挂,子女难酬老母心。

## 丰　年

连天爆竹碧空燃,快马吟乡又着鞭。处处高歌辞旧岁,家家诗酒庆新年。

### 农赋减免吟

田头闲叙露情真，畅所欲言论古今。自古舜尧立国制，种田哪有不交银。

### 佳　音

话机拿起送佳音，远处孩儿喜接听。政府实行新办法，农民也有退休金。

### 赞上海世博会

世博园中锦万堆，全球珍品放光辉。中华发展豪强立，崛起飞龙显国威。

### 中秋节团圆梦

一轮明月挂晴空，兄弟团圆入梦中。海陆三通有进展，尽情沽酒意由衷。

## 王德艾

王德艾(1944～　)，字秀英，女，江苏淮阴人。曾为民办教师，务农。淮安市诗协、淮阴区诗协会员，六塘诗社理事。

### 中秋望月寄台

大地银光满，高天桂魄悬。一衣带水照，两岸望团圆。

### 幸福歌改革

鸟依林木鱼依水，万物欣荣靠太阳。今日农家能富有，人民感戴党中央。

### 难中有友人相慰

难中看我一知音，慰语情深抵万金。五内生温阴冷失，宛如冬日照侬心。

### 听歌寄情

听君一曲《望星空》，声韵圆甜润隐衷。唱到晶莹星哪个，自然也在我心中。

### 纪念毛主席《延安讲话》发表50周年

为谁服务莫含糊，讲话精神指坦途。轻薄文章当抑止，雄风一振启鸿儒。

### 为次子欧海鸥考取西南政法学院书勉

金榜题名夙愿酬，戒骄戒躁莫居优。学无止境勤为本，刻苦能争第一流。

### 咏向日葵

心爱光明时向阳，仙姝身正立端庄。殷勤自把金盘托，实可宜人众口香。

## 李保平

李保平（1944～ ），江苏淮阴人。中共党员，曾任乡长等职。退休后参加诗社工作，为市、区诗协会员，刘老庄诗社社长，参与带领诗友创建了中华诗词之乡。诗词作品多见于市、区诗协会刊和《六塘诗词》。

### 颂 竹

百折不挠豪气雄，坚贞拒腐叶枝荣。虚心劲节襟如玉，傲骨擎天茎若虹。
自有清廉防耗蠹，长存正直逐邪风。誓将洁净胸间驻，青史流芳众仰崇。

### 中华诗词之乡感赋

其 一

刘庄乡府国牌扛，雀跃欢腾情激昂。韵海扬帆争上进，诗花朵朵永流香。

其 二

诗乡荣匾放光芒，红色诗花香满堂。刘庄黎民弘国粹，扬鞭跃马不彷徨。

其 三

今日诗乡刘老庄，全乡处处韵声扬。凝心聚力争先进，勇立潮头奔远方。

### 赞《红色诗花》

红色诗花香九霄，刘庄处处韵声飘。诗仙今日欲何往？手指田畴访俊豪。

### 赞反腐

反腐风潮逐浪高，全民奋起捉狐妖。五湖四海歪风扫，万里江山赤帜飘。

# 张其礼

张其礼(1944～ ),江苏淮阴人。历任校长、文教助理职。淮安市诗协会员、淮阴区诗协副会长。作品散见于诗词论坛、老年教育杂志以及《江海诗词》等。

## 咏淮安

形胜古淮乡,声名久远扬。一山荣楚域,四水绕城邦。
人杰英贤众,地灵鱼米香。而今逢盛世,黎庶步康庄。

## 山　村

青山秀水风光美,桥丽船摇倒影伸。如镜碧溪藏日月,似仙峰岭有乾坤。
琼楼幢幢梳妆俊,翠竹株株扭摆勤。天赐妖娆人欲醉,乐生画里赞东君。

## 抗美援朝60年

抗美援朝六十年,腥风血雨记犹鲜。豺狼结伙欺人甚,兄弟并肩驱敌顽。
五次交锋留史册,三年除霸息烽烟。中华豪气惊寰宇,纸虎原形窥一斑。

## 井冈翠竹

根生贫瘠破岩中,雨雪风霜不改容。茎干勇为星火种,叶枝甘作隐名功。
制毫巨手抒鸿志,造扁铁肩挑险峰。坚骨虚心不争艳,捐躯无悔献工农。

## 爱

高高电塔一双鸟,上下频飞体渐憔。叼得尺枝先构架,衔来寸草后铺巢。
同孵幼卵倾肝胆,共哺雏儿奉苦劳。唯盼羽丰翔广宇,只留寂寞也心豪。

## 春　游

辛卯阳春浙地游,老翁难得似浮鸥。严陵问古谒梅镇,野渡吊贤登画舟。
双塔凌云峰岭矮,百帆逐浪水花稠。悬崖飞瀑添豪兴,极目江南处处幽。

## 初夏皖西游

初夏皖西风景娇,掠奇探险尽逍遥。乌龟老鼠天工镂,猫耳石钟神斧雕。
馥郁繁花开画本,琮琤泉水唱歌谣。皮舟漂荡诗情动,争颂先驱功德高。

注：乌龟、老鼠、猫耳、石钟皆景点名称。

### 城市打工者

辞妻别子藐饥寒，烈日风霜只等闲。幢幢高楼平地起，行囊一卷尽开颜。

### 根 赞

隐姓埋名入土层，无缘丽景伴琴声。倾心滋养枝繁茂，时雨金风不与争。

### 看 海

其 一

巨浪滔滔雾气浓，茫茫苍海水天融。白帆点点身虽渺，破浪腾云跃谷峰。

其 二

浪打礁岩飞雪花，长年累月永无涯。嶙峋怪石坚棱硬，不敌狂澜终变沙。

### 松

势凌霜雪傲苍穹，恣意展枝输氧浓。鸥鹤为邻风伴舞，长青一世守尊荣。

### 游蓬莱阁

蓬莱仙境古今传，琼阁丹崖碧水连。海市蜃楼知是幻，身临仍觉己神仙。

## 李俊生

李俊生（1944～ ），江苏淮阴人。中共党员。1964年10月参加教育工作，退休后学习诗词，任淮阴六塘诗社常务理事、古寨乡诗社副社长。

### 党诞初期

力软身微党诞初，暗礁恶浪险艰多。十三代表擎天柱，半百成员击地歌。
一炬南湖观曙艳，万方乐盛唱腔和。为能推却三山倒，沥血呕心筹远谋。

### 悼韩侯

其 一

少年韩信困时乎，漂母施恩粥饭扶。胯下蒙羞身负重，能伸能屈一豪夫。

其 二

未央宫里梦魂惊，屈死功臣大将军。含恨莫悲飞鸟尽，青松翠柏满淮阴。

### 纪念辛亥革命

帝王统治越千年,辛亥风云换了天。百载峥嵘华夏变,中山功绩首当先。

## 丁祖友

丁祖友(1945～ ),江苏淮阴人。六塘诗社社员。

### 看大棚卷帘机

巨臂举长空,卷帘分把钟。起收多省力,农父乐融融。

### 看中华

神州放眼看,满目亮辉煌。到处康庄道,悠悠幸福长。

### 城市中农民

昨日去淮城,风光醉我魂。高楼栉比起,多是打工人。

### 诗　情

秃笔一支常带身,人间万象总留神。每逢好景生情处,写入诗囊慢慢吟。

## 田正东

田正东(1946～ ),江苏淮阴人。中共党员,农民。曾任耕读小学教师、信用社站干。淮安市诗词协会会员、六塘诗社会员,其多篇作品在《淮海诗苑》《淮水吟》上刊登。

### 小英雄汤留芹

楚州16岁女孩汤留芹,为救女同学而牺牲。央视播出后,余深为感动,特赋小诗赞之。

中华蓓蕾娇,人小却英豪。为把他人救,宁将自己抛。
牡丹虽早落,香味仍长飘。尤志虚年度,风操岂寿高。

### 学　诗

桑榆晚景夕阳红,初涉骚坛兴更浓。朝览名篇诗海泳,暮敲玉律韵山攻。
时人不识余心乐,笑我痴迷老入黉。君子难强人所爱,因缘趣味不相同。

## 梦 雨

百天无雨土生烟，田父心中似火煎。麦叶发黄缺嫩绿，菜心见萎有枯干。
依稀梦里琼浆至，恍见田园碧翠蕾。一剿旱魔黎庶乐，千张愁脸尽开颜。

## 涟水游

老夫自恃脑聪明，涟水一游神智昏。座座厂中飞凤舞，条条道上卧龙腾。
眼花缭乱车如浪，神倒魂巅楼似林。东闯西奔何处去，幸亏交警指迷津。

## 《石溪集》读后感

华厦诗园遍地花，石溪馨眼似红霞。开书方见云中马，观后才识雪内葩。
金钥打开陈锈锁，东风吹醒睡眠芽。千年古树得春雨，万里江山颂丽华。

注：《石溪集》是淮安诗词协会副会长孙志斌先生诗集与诗词知识的图书。

## 咏 梅

百卉藏娇她放彩，迎风平雪壮胸怀。眼观蒿草同丝蔓，心向青松与柏材。
雪地冰天何所惧，腴枝绿叶蕾将开。一生馨艳呈人类，安有心思发胖来。

## 懒 猫

白养懒猫心气炸，为填食欲叫咪妈。身边老鼠凶如虎，为饱私囊岂管他。

## 筷 子

孪生兄弟品行高，海味山珍经手捞。全意为公无自念，洁身水洗管人瞧。

## 为建党90周年而作

九旬旗手气如虹，万里征程劲未松。破雾清云将路引，扬鞭跃马为民冲。

## 赞雷锋

愿为革命小螺钉，砝码虽轻示万斤。梅朵哪如荷蕾大，精神千载入人心。

## 赞《红色诗花》

《红色诗花》花类王，诗家妙笔闪金光。奇珍异宝余心动，换日偷天难入囊。

### 观晚霞（新声韵）

日落霞飞红满天，丽姿灿烂百花园。晚年余若能如此，梅蕊传香育后贤。

### 歌颂毛泽东

伟人之道数毛公，泼墨挥毫气势雄。吞吐山河连宇宙，化为利剑斩顽凶。

## 陈　斌

陈斌（1946～　），江苏淮阴人。1978年参加教育工作，2004年退休。从2000年起进行诗词创作，在诗刊上发表诗词近百首，荣获市县诗词竞赛优秀奖。

### 青莲颂

仙子临波下九垓，清姿丽影舞莲台。遮云绿叶藏神韵，映日红花妆粉腮。
万丈荧光托紫气，一塘碧玉释情怀。素心不改莲房洁，天下清廉代代栽。

### 贺神九

神九天宫会太空，对亲再次显从容。科研实验收获大，筹建行宫成果丰。
星海苍穹勘奥秘，银河霄汉布霓虹。神州再给东风力，登月摘星非梦中。

### 辛亥革命百年感赋

辛亥炮声气势磅，摧枯拉朽荡皇纲。清廷覆没清皇废，新政诞生国运昌。
几代元戎承伟业，百年画卷展辉煌。犹欣两岸冰消释，一统中华前景芳。

### 黄花岗起义

辛亥春雷震八方，英雄豪气满天扬。救民反满先身死，沥胆披肝后世昌。
既为自由上战场，且将生命舍他乡。菊残犹见霜枝傲，百载黄花飘异香。

### 宠　狗

生来娇小体玲珑，献媚逢迎本领通。未干打场犁地活，更无登月驾云功。
豪门贵妇偏情爱，喝辣吃香娇子同。多少马牛挥汗雨，还在啃草住窝棚。

### 鸣　蝉

餐风饮露更无球，抱定一枝唱不休。非为炫夸音嗓美，甘将盛世尽情讴。

### 颂镇敬老院

城西别墅小楼庄，老院新生济世光。卧卫厅厨条件好，休闲愉快措施强。
草清树翠八仙境，柳绿桃红王母乡。惊问何仙临此宅，孤身妪叟乐天堂。

## 李有生

李有生（1947～ ），江苏淮阴人。爱好文学、诗词、书画、摄影，书画曾在全国性大展赛中多次获奖，诗词也在报刊上多次刊出，并获奖。

### 凡人也能到太空

冲天神七震灵霄，玉帝惊魂掩袖袍。莫道唯神云可驾，凡人亦到太空遨。

### 首次乘坐飞机

飞机带我上蓝天，呼啸腾空万丈悬。俯览平川足下景，飞天梦想喜今圆。

### 庆祝建党90周年

风流人物数今朝，九秩党辰堪自豪。燕舞莺歌黎庶乐，江山如画美多娇。

### 忠　言

为官在任若贪钱，终日惶惶心胆悬。那有河边不湿脚，空留腥臭污硝烟。

## 郑云虎

郑云虎（1947～ ），江苏淮阴人。高中物理教师，曾任中学校长，现任淮阴区诗词协会常务理事、六塘诗社常务副社长。

### 八二烈士殉国祭

其　一

英雄浩气九州崇，壮士威名万世荣。拂晓击倭倾弹雨，黄昏洒血化长虹。
三千鬼魅号啕去，八二忠魂上碧穹。柏翠松苍碑耸立，思危圆梦御罴熊。

其　二

怒火燃烧恨弹飞，铁军激战抗倭威。三千劫匪疯狂涌，八二英雄奋起摧。
舍命全连青史载，丧魂番寇狱泉归。丰碑高耸苍松翠，继志传承拭泪挥。

## 群雕——收租

尊尊雕塑栩如生，再展收租现场真。麻袋车推租户拥，管家称磅印戳分。
官丁握剑凶残狼，百姓扛包怨气吞。罪恶剥削千载记，掀翻旧制万年春。

## 人杰江淮

北马南船淮楚地，潮推流涌出名贤。韩侯助汉功惊世，洪玉抗金勋列前。
游记承恩千古颂，恩来尽瘁九霄眠。新程继往宏图绘，崛起江淮美梦圆。

## 斥日本右翼势力

其　一

野狼觅食叫声高，脱化身形还是妖。贼眼盯看邻领地，馋涎难禁出邪招。

其　二

甲午风云尚未消，卢沟战火又燃烧。钓鱼岛购番贼乱，防范中华备接招。

## 奔小康

小康提速启航程，接力新推掌舵人。纵有千难和万险，严冬过后定生春。

## 告慰雷锋

螺钉虽小闪光亮，伟大平凡行率先。五十春秋华夏变，精神永驻万年传。

## 纪念台儿庄大战

铁蹄蹂躏九州城，戟截台庄敌落魂。血战军民齐奋起，脊梁坚挺抖精神。

# 王哈成

王哈成（1948～　），江苏淮阴人。长期务农，爱好诗词，六塘诗社社员。

## 赞丁集镇

集市人民唱小康，革新机制富民商。天时地利和谐境，人寿年丰国运昌。

自主经营图发展，干群奋力创辉煌。农田获补农心乐，户户家家福满堂。

### 集市新貌

坐落区郊数里街，繁华仙境胜蓬莱。新区溢彩高楼耸，阔道通衢店铺排。
花圃飘香游客醉，商行货广客人呆。镇间处处和谐境，美好蓝图任剪裁。

### 乡村新貌

草舍泥舍变巨门，楼台拔地圃缤纷。归来春燕周旋转，旧址难觅飞别村。

### 夜　思

月洒光辉映院庭，梦眠竹榻欲兰亭。搜肠刮肚无佳句，辗转难言盛世情。

### 领取一折通感赋

家家户户喜盈盈，耕种农民得补金。国税皇粮全免净，三农政策暖人心。

### 夜　市

高楼林立好辉煌，铺店家家客满忙。灯火通明达指晓，人间夜市胜天堂。

## 苗春明

苗春明（1949～　），江苏淮阴人。参军8年后回家种田，为六塘诗社会员。

### 龙

常用雷开道，腾挪便驾云。兴来滋雨露，意静影无形。
摆尾惊鳅鳝，摇头镇鳄鲸。威风能似此，唯有效龙人。

### 六合山远眺

高低陵地眼中收，道路纵横通境幽。黄绿相间金伴玉，水山远近各春秋。

### 军营迎春

姣姣艳艳俏红梅，舞舞飘飘紫燕归。雨润雪残春意到，千山万水沐霞晖。

### 前车之鉴

顺应民心天地宏，我行我素几成功？前朝后汉须真睹，不看前车难继宗。

## 吟曹操

魏武挥鞭渤海湾，东陵题记有遗篇。空怀壮志昆仑远，烈士暮年无雪莲。

## 黄　河

西来冲破万重山，夹石带沙谁敢拦？壶口波翻金浪涌，闯关千座保原颜。

# 包善安

包善安（1949～2019），江苏淮阴人。中国楹联学会会员、江苏省书法家协会会员。作品在中国国学研究会举办的“屈原杯”“清江浦杯”“海川杯”等竞赛中多次获得奖励。

## 盐河春光

漫步盐河畔，春光格外妍。迎风柳竞舞，尽兴鸟争喧。
翠竹亭前茂，红花枝上鲜。长堤人欲醉，诗韵绿心田。

## 春

熏风骀荡走天涯，遍布生机惠万家。一片鹅黄归柳色，满园雪白灿梨花。
连绵葱绿铺苍野，绚丽桃红映彩霞。叠翠流丹谁渲染？东君着意扮中华。

## 端午访汨罗

初见灵台叹莽苍，空余汨水去茫茫。龙舟又伴长风竞，天问重吟雅士狂。
亘古清高难立世，从来忠义自流芳。忧民报国丰碑在，留取丹心照汉邦。

## 杜甫诞辰1300周年

半生落魄未沉沦，赋就华章泣鬼神。白鹭黄鹂成绝句，锦江玉垒入奇文。
知时好雨随心到，做伴青春任意吟。工部美名传宇内，千三百载祭英魂。

## 赏　秋

绝好秋光禊事时，茂林修竹惹闲题。咏怀每表率真意，觅韵难寻绝妙词。
偶有狂蜂花上闹，还看浪蝶叶间嬉。无边风物无边景，欲拣诗兜才力徽。

## 深　秋

金风萧瑟莅天涯，万物凋零嗓暮鸦。篱菊缤纷开蓓蕾，湖滩苍莽簇芦花。河心雁字悲秋色，天际渔舟唱晚霞。北麓松涛翻翠浪，南山飞瀑震山崖。

## 和孟卿兄夏日闲居

满室奇书架上排，闲看花落又花开。无边岁月匆匆过，不尽诗情滚滚来。遣兴窗前题绿叶，敲词宅畔咏青槐。愧云八秩卿兄老，当颂渝州一俊才。

## 白玉兰

绿叶未生先著花，洁如白雪竞芳华。临风倍觉馨香异，瞩目更知娇态佳。不惧冬寒侵玉体，敢迎春冷发新芽。千红万紫妖娆处，无欲争妍亦自夸。

## 韩　侯

兵仙功绩冠千秋，众口皆碑传不休。少小饥寒亏漂母，壮青英武驭骅骝。陈仓暗渡奇谋展，栈道明修伟略酬。兴汉辅刘遭杀戮，早知如此拒封侯。

## 忆游昆明

数年神往未曾休，飞抵昆明夙愿酬。百事从来如幻梦，一生难得似浮鸥。峰头览景神情爽，湖畔观光诗兴遒。大好风光看不厌，清山秀水乐悠游。

## 过沈园

光阴难蚀放翁词，不尽凄凉伤别离。故地何堪寻古迹，老松依旧发新枝。云中幻影飞鸿过，梦里沙场奔马驰。一片忠贞无处寄，吟成一律寄深思。

## 三清山

石径弯弯幽处通，飞崖断壁似神工。白云常锁老僧梦，青岭每留仙旅踪。石鼓阁间闻夜雨，天门槛外沐晨风。满山紫气斜阳里，阵阵禅声越晚钟。

## 泰　山

巍峨宗岱插云间，刺破青天锷未残。杜甫吟诗凌绝顶，李斯题字勒其间。千钧风暴摧难倒，万丈雷霆轰不瘫。伟者神州群岳首，壮哉世界一奇观。

## 周凤权

周凤权(1949～ ),江苏淮阴人。退休前任淮阴区民政局副局长兼区老龄办主任。中华诗词学会、江苏省诗词协会会员、淮安市诗词协会常务理事、淮阴区诗词协会副会长兼秘书长。诗词发表于《甘肃日报》《诗词月刊》《诗词之友》《江海诗词》等报刊。

### 咏韩信

其 一

千古说韩侯,传奇经典留。家贫棚陋失,体弱业难谋。
漂母倾心爱,屠夫逼胯羞。钓鱼淮水上,胸有太公钩。

其 二

幸遇留侯荐,萧何月下追。王坛封将耀,帅帐统兵威。
背水三齐得,赢垓十面围。乌江流项恨,汉马庆歌飞。

其 三

扶刘开汉鼎,落得一侯归。兜土恩人墓,安官恶少规。
功高遭主忌,鸟绝毁弓悲。故里新祠灿,春光映更辉。

### 春游母爱公园

微风伴我行,晨旭染彤云。燕剪桃波耀,莺梭柳浪新。
爱心名塔耸,漂母世人尊。大爱传承灿,人间处处春。

### 日出韶山

日出大山冲,普天映彩虹。井冈传火种,遵义正行踪。
弹指狼烟净,挥舟蒋梦空。东方龙仰首,举世敬毛公。

原注:纪念毛泽东诞辰120周年。

### 小 溪

珠滴入溪中,深山隐貌容。风前平静气,雨后映长虹。
伴柳摇仙影,携童觅月宫。冰融流不息,到海笑声洪。

### 天安门广场感怀

名扬四海共和生,华表轩昂玉宇擎。领袖城楼挥巨手,人民会址聚群英。

百松共仰英雄塔，万众齐怀指路星。多少人来圆夙愿，晨看旭日国旗升。
原注：庆祝中华人民共和国成立65周年。

## 汶川地震有感

地动山摇毁瞬间，汶川震害世人牵。风狂屋倒灾深重，雨暴崖崩路畅难。
万众同舟捐物款，三军共力救前沿。消灾思痛应防患，高科攻关重在肩。

## 庆颂中华人民共和国成立60周年

斗转星移六十年，辉煌灿烂世争先。灭倭扫蒋三江乐，抗美援朝四海安。
自力更生除旧貌，艰辛创业谱新篇。巨龙昂首东方立，燕舞莺歌庆禹天。

## 嫦娥三号登月咏

登月喜圆千载梦，嫦娥玉兔贯长虹。肩披铁甲寒宫暖，脚踏风轮热土丰。
志壮同开神锁秘，心雄共展国旗红。追俄赶美扬帆劲，垦月来回再建功。

## 雨中登都梁阁

都梁阁耸雨蒙蒙，登顶环周景不同。远眺楼浮烟树淡，近观花落草坪中。
神奇玉带千帆动，灵秀青山百鸟鸣。黄鹤名楼今又见，裁来诗句咏长虹。

## 庆建党93周年

建党欣逢甲午年，奔腾万马更无前。三山倒地民心暖，两弹冲天敌胆寒。
公仆守廉旗更灿，农民免赋梦欣圆。领航破雾全凭党，改革波涛著巨篇。

## 淮阴老学会成立10周年感怀

十载峥嵘一瞬间，当年卸甲不甘闲。银潮浪涌收胸底，墨海波平聚笔端。
昔日维权权护老，今朝拓路路新宽。韶华渐逝精神在，不改痴情为老言。

## 纪念孙中山

血雨腥风数十冬，惊涛骇浪勇屠龙。两联一助高天仰，天下为公奔大同。

## 油菜花

风吹浪涌万金流，雪压霜欺品更优。不与众花争丽艳，为民奉献一身油。

### 习　剑

童颜鹤发着银装，剑闪红绸伴乐扬。斩棘披荆豪气壮，凌寒冒暑练身强。

### 书　画

临仿兰亭学俊贤，峭崖曲水笔情绵。梅花点点新春报，松柏青青寿自延。

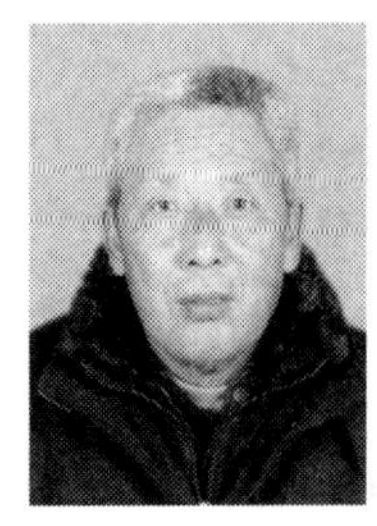

## 殷维国

殷维国（1949～　），江苏淮阴人。务农，热爱中华诗词文化，参加诗社学写诗词，诗词常见于市、区诗协会刊和《六塘诗词》上。

### 纪念毛泽东

其　一

韶山冲里出奇葩，香满九州黎庶夸。全面小康民喜悦，人民永远缅怀他。

其　二

锤镰高举唤农工，驱恶除奸斩棘丛。推倒三山天地换，神州崛起世人崇。

其　三

屹立东方一巨龙，驱倭倒蒋世称雄。毛翁创建新中国，昂首雄狮宇宙崇。

### 保护环境

空气清新达指标，还田秸秆莫焚烧。生态环境风光美，有利全民体健骄。

### 赞新型农保

年超花甲近黄昏，风烛残年喜遇春。老有养金施惠策，新型农保到乡村。

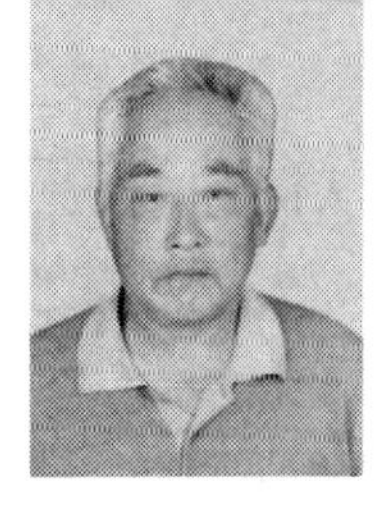

## 刘立洪

刘立洪（1949～　），江苏淮阴人。1970年参加教育工作，2009年退休后参加诗社学写诗，参与创建诗乡活动，诗词常见于《六塘诗词》上。

### 赞红色家园

红色家园气象新，琼楼亮丽百花馨。自然生态农家乐，丰产温棚商户盈。
影视城中尝海味，闽丰厂内看山珍。花开蝶涌迷人眼，漫步长廊听鸟音。

### 荷　花

河塘清逸郁香来，绿叶团团水面开。飞鸟戏溪鸣向晚，娇羞菡萏映红腮。

## 杨奇柏

杨奇柏（1950～ ），江苏淮阴人。曾在部队服役，教过书，后一直务农。2011年加入淮阴区诗词协会，为六塘诗社会员。

### 改革开放

改革开放颂邓公，卅载龙腾古不同。经济辉煌震寰宇，讯播西方惊克松。

### 身教胜于言教

言行举止重形象，防止后昆学不良。幼小心灵增壮志，鲲鹏展翅九霄翔。

### 女儿情

月到中秋亮又圆，首都月饼暖心田。捎来何止千程远，深感女儿孝顺贤。

### 晨　练

一轮红日耀长空，四野清新映彩虹。舞蹈长吟星光里，老来体健傲青松。

### 庆祝党的90华诞

创业艰辛九十年，降龙伏虎换新天。犹经改革兴华夏，科学腾飞世界先。

### 钓鱼岛

钓鱼岛上起波涛，日寇猖狂乱叫嚣。华夏儿孙刀出鞘，妖魔来犯不轻饶。

## 陈立国

陈立国（1950～ ），江苏淮阴人。农民，曾任村支书13年，刘老庄诗社会员、淮阴区诗协会员。

### 节后送妻打工

新年已过送妻行，双眼流泪离别情。叮嘱声声须牢记，安全生产永铭心。

### 缅怀先烈

巍巍碑塔耸云天，革命先贤慰九泉。血洒刘庄埋铁骨，青松郁郁伴长眠。

### 保卫钓鱼岛

钓鱼岛域属华疆，千古界邻明细祥。日右扩张心不死，谎言购岛掩弥彰。

### 采访刘老庄

其　一

刘庄宝地起辉煌，满目芳菲尽靓装。座座高楼凌碧宇，田畴千亩谷盈仓。

其　二

昔日沙碱遍野荒，今时瓜果累成行。高新科技奔康路，销售经营通四方。

## 周立友

周立友（1950～　），江苏淮阴人。中共党员，务农。淮安市、淮阴区诗协会员，刘老庄乡《红色诗花》副主编，创作诗词见于各级会刊。

### 勤奋学诗词

日捧诗词夜点灯，有心下笔韵难成。翻查典籍三千页，拼凑词篇独一文。
学海茫茫无巧径，书山隐隐有奇珍。冬春历尽千般苦，只想敲开诗赋门。

### 写诗的期盼

净化心灵创意新，传承美德入人心。弘扬国粹精神振，陶冶情操势利轻。
社会和谐扬正气，党风廉洁报佳音。诗人翘首同期盼，梦想成真遇福星。

### 邻居老刘

刘老年逾七十辰，身强体壮倍精神。创园种菜是能手，弄瓦添砖技过人。
十亩粮田凭苦干，三行生意靠心诚。助人为乐乡邻敬，堪做楷模励后昆。

### 牵挂打工仔

梦与孩儿会，厨间共举杯。天明虽睡醒，想念子回归。

## 盐河边的大厦

大厦旁河建，身高百鸟愁。雁飞三展翅，才过数排楼。

## 赞周恩来“五德”精神

淮安自古出雄才，五德精神誉九垓。伟绩丰功开盛世，名垂青史颂恩来。

## 咏荷藕

绿叶青枝鲜艳花，污泥做伴仍无瑕。深藏不露修成果，香气怡人飘万家。

## 咏 松

雄霸长林峭壁中，青枝绿叶斗寒风。长生不老千年寿，华夏栋梁第一功。

## 家 训

爱国持家品质优，情操理智德先修。勤劳俭朴多行善，俯首甘为孺子牛。

# 张家崇

张家崇(1951～ )，江苏淮阴人。中共党员，中师学历，曾任乡镇教育助理。中华诗词协会会员，江苏省楹联学会会员，淮安市诗词学会理事，古淮诗社社长。诗词作品多见于《江海诗词》《诗词之友》等报刊。

## 咏筷子

七寸六分长，天圆地亦方。丰年知节俭，瘦骨懂炎凉。
贫富无嫌弃，酸甜皆品尝。教人明事理，情欲莫荒唐！

## 咏茶梅

貌若腊梅花，味同龙井茶。雪枝承圣洁，霜叶蕴芳华。
萼落春光里，絮飞南海涯。千红万紫处，已让别人家。

## 新春诗书画笔会拈“隔”有吟

一夜花街白，有缘无阻隔。围炉古卷荒，泼墨春山碧。
老者自风流，少年犹显赫。乘风比翼飞，登顶争朝夕。

## 赵州桥

神工造石桥，千载尽妖娆。雨打身犹健，风侵臂更骄。
鲁班留印记，胜迹赋民谣。四海人惊叹，群山竞折腰。

## 写在惊蛰

轻雷惊蛰醒，物候始清新。细雨滋花俏，黄鹂鸣柳亲。
时宜逢两会，风软暖三春。赶早犁田润，小康归梦人。

## 诚　信

立身之本修贤德，老少无欺一诺金。曾子杀猪言算数，季公赠剑义酬心。
振兴企业凭真货，善待乡邻莫假音。诚信做人人敬仰，三皇五帝到如今。

## 友　善

凡尘难免起风波，千古流传将相和。管鲍知心谋国事，孔融懂礼赋诗歌。
弃仇宽厚闲言少，行善仁慈朋友多。君子做人清若水，和平共处断干戈。

## 瞻仰周恩来邓颖超雕塑

云舒海阔飞鸾凤，情满江山气贯虹。比翼双飞谋社稷，同舟共济建勋功。
一身忠骨五洲颂，两袖清风世代崇。天下为先人仰慕，无边大爱润花红。

## 秋日再赏红高粱

一夜秋风古渡凉，催红芦粟酒飘香。农田流转新潮涌，紫气濒临高堰乡。

## 搓背工

搓捏推揉不歇肩，云蒸雾罩忍熬煎。他人舒服我流汗，鼎力扛家年复年。

# 陈登琪

陈登琪（1951～　），江苏淮阴人。务农，喜爱文艺创作与音乐，闲时常作小诗，有多篇作品在刊物上发表。

## 黄河故道着新装

亘古黄河改旧颜，金沙碧水亮银帆。莲花玉立凝晨露，绿柳随风藏夏蝉。

鲤戏涵流穿洞过，鹅追野鸭起波澜。游人绕堤添新韵，唱晚渔歌飘满滩。

## 纪念南京解放62周年

长江滚滚东流去，楚韵凄凄诉旧国。万炮齐鸣惊宇宙，千舟竞渡卷红波。
南唐痛饮亡国泪，蒋匪伤吟送葬歌。血染雨花花更秀，梅园洒墨颂诗多。

## 秋　实

雁过白云淡，菊香蕊里含。黄金铺满地，囤少又添难。

## 春　宵

星光璀璨月儿圆，万户灯明不夜天。气爽风和花饮露，人随乐曲舞翩跹。

## 赏　荷

碧水芙蓉万顷香，轻舟戏浪浣霓裳。莲房紧锁情难露，恐将清廉说不煌。

## 咏　荷

凌波碧翠缀荷田，雨洒莹辉相映妍。旖旎芬芳添锦绣，冰心玉质守清廉。

## 赠离休清廉政员

雨沐芙蕖质更纯，渔舟唱晚颂清平。红消韵断香犹在，秀水徊牵万缕情。

# 戴国标

戴国标（1952～　），江苏淮阴人。在乡村从事文艺宣传工作。平时爱好诗词，2008年参加刘老庄诗社，担任《红色诗苑》编辑。

## 纪念刘老庄八十二烈士

纪念碑前往事追，当年豪杰显神威。凌空破晓枪声急，战地黄昏号角吹。
日寇千余遗臭远，英雄八二屹丰碑。刘庄世代永牢记，烈士英名万古垂。

## 赞人工降雨

天寒地旱麦枯黄，百姓焦烦一季庄。雨弹升天雷电闪，甘霖入土旱魔慌。
闸开浪涌千村喜，泵响珠飞万户忙。党为三农恩不尽，楚淮放眼着新装。

### 纪念建党90周年

南湖圣火闪航灯,骇浪惊涛难阻程。万里长征驱蒋匪,数年抗战寇倭平。
三年遭灾难关闯,数载创新成效增。政德人和功绩创,红旗曼舞日中升。

### 纪念建党90周年

九旬岁月变乾坤,革命先贤志向真。沥胆披肝征讨战,开天辟地扫埃尘。
钢镰斩断贫穷路,铁斧劈开富裕门。砥柱中流安社稷,神州到处都逢春。

### 纪念辛亥革命100周年

辛亥枪声震九重,千年帝制一时终。驱除鞑虏立宏愿,扶助工农求大同。
坎坷征途除恶浪,峥嵘岁月创殊荣。中山开创千秋业,建我中华不朽功。

### 中秋节感怀

银盘挂树梢,把酒向台胞。本是炎黄脉,何时凤返巢。

### 田头赛诗会有感

秋高气爽菊花黄,骚客田头聚一堂。作赋吟诗歌雅韵,弘扬国粹颂华章。

### 看残运会开幕式点火

手持火种上高坛,不畏艰难永登攀。满场无声睁大眼,熊熊圣火耀瀛环。

## 孙永乐

孙永乐(1952~ ),江苏淮阴人。从事教育工作。爱好中华诗词,参加六塘诗社和淮阴诗词协会,参与创建中华诗词之乡工作。

### 登高望远

重阳再话夕阳红,远眺登高望上空。望断苍穹天宇路,红心不老少年同。

### 重阳赏菊

敬老情怀表孝贤,言行一致可怡然。东篱赏菊重阳果,快乐天伦耀眼前。

### 六塘盛会

六塘盛会喜空前，济济一堂歌梦圆。眼见央牌古寨挂，诗乡发展慰前贤。

### 学 驾

学车起步慢融通，手脚行为练适从。操动功能心领悟，技能多练可成功。

### 计数器

得失盈亏一眨瞳，乘除加减不相同。指尖击键须轻巧，计算讹差立见功。

### 诗社例会

六塘碧水泛红霞，诗社弘扬国粹花。新老词朋齐聚首，觅词敲句颂繁华。

## 乔翠柏

乔翠柏（1952～ ），江苏淮阴人。农民，于2000年开始诗词写作，有数十首作品在刊物上发表。

### 咏青莲

应是瑶池王母种，人间今日几多栽。田田碧叶波中涌，默默丹荷水上开。
浴骨清风防腐败，洁身正气荡阴霾。污泥不染谁君子，唯有青莲是俊才。

### 春 思

又是春风雕碧树，花妍灼灼曜天精。欢愉婉燕仙仙舞，自古娇莺恰恰鸣。
四海和谐讴盛世，五洲愉悦咏安宁。人间若得春常驻，天下温馨笑相迎。

### 清官海瑞

胸怀坦荡贯乾坤，敢向贪官问伪真。两袖清风衣蔽体，一身正气镜悬门。
亲民高举护民伞，为国甘为爱国魂。来去洁廉南海上，流芳百世古今闻。

### 纪念辛亥革命 缅怀中山先生

辛亥枪声传九域，千年帝制响丧钟。三民主义鸿猷策，万众和平天下公。
从此皇朝无朽影，而今兴国有工农。逸仙遗志后人继，一统江山慰逝翁。

### 纪念南京大屠杀遇难同胞

其　一

东瀛野兽特疯狂，烧杀奸淫侵土疆。骤雨腥风魔作恶，水深火热国遭殃。
血流似海凝城郭，骸垒成山满大江。死去同胞三十万，苍天洒泪地凄凉。

其　二

山惊海怒呼声壮，敌忾同仇上战场。老少舍身炸堡垒，军民联手毁桥梁。
英雄喋血同心干，倭寇丧魂举手降。抗战数年赢胜利，中华民族屹东方。

### 中秋咏月

露滴梧桐寒意多，枫红菊翠艳芰荷。金风万里起银汉，玉镜千重送皓波。
寂寞嫦娥舒广袖，放香桂树舞婆娑。良宵共赏人何醉，庭院深深几遍歌。

### 咏　梅

凋零万木畏严霜，雪里一枝独占芳。塞北江南春色早，天涯海角曙光长。
瑶台仙女羞无艳，玉阁姮娥愧有香。傲世孤标惹骚客，挥毫不尽颂华章。

### 雨　后

朝霞一露看天晴，雀噪莺啼处处听。蛙动鱼逐凫雁戏，风吹柳曳蟪蝉鸣。
青山滴翠祥云绕，绿水泛波瑞气生。洗尽红尘无龌龊，河清海晏胜仙瀛。

## 潘业国

潘业国（1952～　），江苏淮阴人。中共党员，曾任教师、公社团委书记、副乡长、乡党委副书记、乡长、乡党委书记、乡镇局长、乡司法局长、乡政法委委员等职，退休后学写诗。淮阴区诗协常务副会长兼秘书长。

### 兰园即兴

方家腕下粲星辰，笔吐珠玑竞写春。一叶兰舟扬瀚海，千秋风骨共松筠。
韶光剪影能传语，明月融辉不染尘。北斗泰山名已远，今人叠韵胜前人。

### 庆新中国70华诞

崛起中华万象新，清风壮景见精神。金针巧织南湖梦，碧血蕃滋北国春。
四海安澜谐盛世，五洲祯泰共良辰。初心何惧征程远，敢挟雷霆访月轮。

## 视频观看中央军委晋衔仪式

晋阶星斗佩戎装，劲旅军魂强国防。将士领衔安紫塞，官兵守土固金汤。
挑灯看剑人无梦，策马挥戈月下霜。简牍精雕存大略，任凭秋色自苍黄。

## 八一建军节

令旗指处万炮鸣，江外长空破晓声。情寄关山戈跃马，梦萦柱石帜垂缨。
战功本是魂凝就，胜利由来血染成。再奏雄风军旅曲，扬眉亮剑傲寰瀛。

## 名镇徐溜

六塘水滟自西东，流淌乡愁梦里逢。省识蕊枝花滴露，兴归画阁步生风。
长堤烟柳添新绿，夹岸夭桃泛浅红。澎湃诗心何处托，千帆竞在白云中。

## 法苑警钟

守规明矩法施恩，宪令威严理尚温。利剑高悬除腐败，响槌重击净灵魂。
雍容应记前车鉴，鄙陋难寻后盾存。警世恒言和寡曲，天平中正护千门。

## 国庆70周年

中兴伟业梦归真，霹雳声声大地新。剑挟风雷丧敌胆，龙腾云雾醉松筠。
紫舟早渡南天月，红日先升北国春。水借山姿生妩媚，好留壮景见精神。

## 国庆抒怀

中华崛起梦成真，雨露均施禹甸新。赓续史诗昭日月，传承气骨见精神。
画圈省识春风面，论剑追思老辈人。何惧征程千万里，飞舟竞渡摘星辰。

## 观摩淮阴实验小学诗词大会暨丁凤老师《桐花集》首发式感言

骄子三千日下吟，腔圆字正韵含金。桐花宛若晨星炬，桃李犹如社稷琛。
漫步书山攻蜀道，遨游瀚海拓胸襟。鹏飞万里凌云志，翅振琴鸣啭妙音。

## 百年五四论精神

书生执念露锋芒，阅阅中西意气昂。振臂疾呼明大义，问天呐喊透毫光。
如烟岁月一朝逝，似火青春百载扬。五四精神臻九域，新程入梦再图强。

## 谒宝华山隆昌寺

林深水远宝华山，古刹僧钟隐约间。六度南巡天子幸，一峰北向野人攀。
云飞月驶皆由道，心静禅修总有关。森殿香浮怜俗客，莫将任性染羞颜。

## 致劳动者

夏收秋种四时忙，老少弯腰谷满仓。日有追求愁季短，梦无奢望恨更长。
春风化雨家初富，岁月催人志未央。双手田间描锦绣，麦花香后稻花香。

## 五一应邀游宝华山

香浮翠谷宝华山，古刹隆昌御道环。菩萨驾慈游子幸，众生沉醉梵钟殷。
溪流涧转林泉响，草动云飞莲座娴。江左源头寻圣地，一池春水洗情关。

## 春到徐溜镇

淮海扬波映紫霞，春归飞燕识繁华。涛翻小镇投金地，岸近六塘泛玉槎。
绿树掩楼连广宇，红帆击水到天涯。煦风早醉伊乡景，徐溜安澜饮誉嘉。

# 王华田

王华田（1952～ ），江苏淮阴人。农民，淮安市、淮阴区诗协会员，《红色诗花》编委，诗词多见于《淮海诗苑》《淮水吟》和《六塘诗词》上。

## 卢沟恨

飘摇风雨遍狼烟，忍睹卢沟流泪潸。国恨铭心伤累累，家仇满目血斑斑。
铁蹄踏烂山河碎，尸骨横抛日月寒。噩梦重温堪警世，神州岂许死灰燃。

## 赞中纪委巡视组

百炮齐鸣甲胄新，声威大震长精神。风情岂忌规章浅，气正何耽利害深。
未惧挺身擒恶鬼，焉能袖手做良臣。捉妖莫谓廉颇老，一箭穿心命中门。

## 赞刘老庄诗社

雨打风吹历七年，长空亮彩耀新天。诗歌圣地吟佳句，社结民生飞锦笺。
开展诗教人聪慧，弘扬国粹志尤坚。春光无限韵文美，吟苑朝晖照大千。

### 东方明珠——上海广播电视塔

屹立东方大海滨，巍峨一柱把天撑。世无匹敌明珠塔，扬我中华民族声。

### 学习周总理“五德”

五德精神天下扬，维持稳定助威强。中华崛起高昂首，禹甸花开宇宙香。

## 杨太林

杨太林(1952～ )，江苏淮阴人。曾任淮阴区吴城镇中心小学校长，吴城镇成人教育中心学校校长。2011年参加镇、区诗词协会。

### 菜农放歌

座座银棚似海洋，果蔬四季溢新香。今年绿色行情好，欢声笑语满城乡。

### 人工降雨

夏耘农作旱魔嚣，闪电乌云雨不飘。神箭腾空催宇暗，顿来甘露润禾苗。

### 养　鹅

堤岸林中拱塑房，忽闻客至劲伸扬。置宜精养桑榆乐，笑洒余晖致富忙。

## 赵耀章

赵耀章(1954～ )，江苏淮阴人。中共党员，语文高级教师，任农村小学校长20余年。市、区诗协会员，六塘诗社主编。

### 六十感怀

六十韶光弹指间，悠悠往事梦萦环。一生从教严而紧，卌载培桃苦亦甜。
教子辅孙躬示范，睦邻善友效时贤。征程九曲长河路，舵正帆宜自坦然。

### 勉学生

韶光一去不回头，莫让青春付水流。攀越书山勤是路，遨游学海毅为舟。
巡天揽月凭才智，搏浪擒龙赖劲遒。少壮当怀鸿鹄志，不凌峰顶不甘休。

### 春游河塘

大地融融普艳阳，人间万象尽芬芳。千丝柔柳撩莺啭，百簇娇花惹蝶狂。
鹅鸭欢歌新世界，牛羊迷恋好风光。身临画境心陶醉，入梦三更肺腑香。

### 2008年北京奥运会

盛世中华山水欢，迎来奥运喜空前。鸟巢雄伟文明建，圣火辉煌友谊传。
十亿炎黄圆梦想，五洲贵客结情缘。红旗升起九州艳，绝技高风动宇寰。

### 喜吟上海世博会

百年世博耀中华，精彩纷呈万众夸。异国风情饱眼福，多元文化灿心花。
节源环保扬旋律，低碳绿荫绽艳葩。高尚文明亮业会，明珠上海乐无涯。

### 贺天宫一号发射成功

天宫一号傲苍穹，银汉绿洲航路通。牛女狂欢飞热泪，嫦娥欣喜想初衷。
军威大震全球誉，国力增强举世崇。科技揭开星际秘，宇寰握在掌心中。

### 夜偶作

斟词酌句近三更，偶有佳篇心底成。一首诗歌一段路，平平仄仄是人生。

## 蒋同章

蒋同章（1954～ ），江苏淮阴人。农民，中共党员。1971～1976年在解放军某部服役。1976年3月后，在乡务农。市、区老年大学诗词班教师，六塘诗社副社长，淮阴区诗协常务理事。

### 军营春节

离乡五载戍三边，实弹荷枪过大年。雪打征袍人拽马，风播营垒地生烟。
半斤腊肉和汤煮，一枕银霜伴梦眠。晚会自编还自演，无人抱怨六元钱。

注：当年军人每月津贴为6元人民币。

### 咏刺槐花

洋槐花放雪成堆，缕缕清香入腑扉。放荡蜂痴抱蜜去，多情蝶醉惹香归。
根深叶茂甘贫瘠，刺锐情孤远是非。不与群芳争座次，防风固土挡尘灰。

## 评农村产业结构调整

一夜风声雨更添，为思产调未能眠。前官毁稻栽芦笋，后任刨桑扩果园。
土豆洋葱曾瘴气，肉牛菜鸽又尘烟。折腾搞得民疲惫，书记因之竟上迁。

## 取消农业税

田无税赋未曾闻，百姓欢呼谢党恩。足食丰衣民所愿，强农固本国之魂。
江南稻穗迎风摆，塞北羔羊撒腿奔。闹市乡居何处好？请咱俺也不离村。

## 苇

芙蓉人赞不沾泥，苇出淤塘品亦奇。刃叶坚贞为鸟帐，节杆正直作鱼篱。
须盘腐土净污水，根退温邪治患脾。君看纤纤柔弱体，敢迎恶浪护长堤。

## 盛　夏

盛夏炎炎暑气熏，林间亭下汗仍淋。宵眠意乱群蝉噪，昼耨身烦恶蠓叮。
晒谷平场祈日烈，锄禾赤垄怕天阴。但凡人体唯亲受，方悯农夫望岁心。

## 参观福寿公墓咏叹

秀水灵山何处寻，悬湖北岸武家墩。良田百顷刨茔穴，迷雾千层建鬼村。
未见求神高宅第，多闻积善佑儿孙。暴秦不恤民间苦，空费皇陵兵马坑。

## 途中遇雨偶成

半途突遇雨潇潇，湿透衣衫心未焦。腊雪未归冬少趣，春霖晚到景难熬。
老槐地燥叶偏瘦，小麦天干粒欠膘。放眼东郊迷漫处，田间女子正锄薅。

## 吸　烟

吞云吐雾不知嫌，饭后一支飘欲仙。意闷难眠抽半宿，身闲少趣吸全天。
待人接物豪情放，举止言谈风度添。身体无常浑不觉，回头已到鬼门关。

## 过刘老庄

驱车访友过陵园，一幅新图入眼帘。散乱民居迁小镇，辛劳耕者弃弯镰。
观光游客赏瓜果，谋利商人订稻棉。织女牛郎临此境，应辞仙职再归田。

## 雪中归客

中秋过后盼重逢，春节回乡步履匆。雪阻长途寒透骨，霜临古道梦萦胸。
空巢父母祈天佑，留守妻儿问旅踪。两地辛酸何日了，新年还要过江东。

## 过夜医疗

病魔侵体已伤神，更诧白衣窃笑声。疗痔难逃身共振，临盆不免腹留痕。
君遭厄运吾赢利，尔要康宁我想银。天使堂中逢响马，如今医匪一家人。

## 纪念张萍书记

茫茫盐碱草无芽，为凿长渠不顾家。万亩薄田畦种稻，一方群众食添粑。
肩挑粪桶衣如仆，脚带污泥地作衙。倘若天公多与寿，吾乡淮上一奇葩。

## 全国诗词之乡淮阴见闻

今日乡村新事多，农民也爱习吟哦。堂前索句夫妻对，灯下填词父子磋。
扬善刺贪弘正气，砭黄劝贿促谐和。田头举办赛诗会，一二三名半是婆。

## 恶　邻

恶邻屡屡衅中华，欲割钓鱼离汉家。佳彦狂言张血口，石原号叫露獠牙。
右营小鬼思玩火，靖国阴魂想去枷。谁敢觊觎神圣地，大刀一曲震天涯。

## 悼罗阳

阎君何故负罗阳，使我中华哭栋梁。航母含悲迎浪去，战机忍泪掠天翔。
尽忠报国家难顾，竭虑强军命早殃。魂铸飞鲨歼十五，凌烟阁上姓名香。

## 南京大屠杀75周年祭

云暗天昏警笛哀，悲情怒气满秦淮。冤魂地府尤流泪，魔鬼丰都尚弄灾。
阵阵妖风岛上起，排排恶浪日边来。高悬三尺青锋剑，待斩凶残狼与豺。

## 参观淮安府署感赋

淮安府署几重门？走进旧衙惊胆魂。刑具森森留血迹，库银累累隐啼痕。
若教封吏能持正，定使子民知感恩。兴替古今同一理，贪官误国祸之根。

## 游明祖陵

云低林暗雨霏霏，明祖陵中游客稀。神秘地宫沉水府，巍峨石像护城闱。
皇家富贵尸穿锦，花鼓凄凉民乏衣。自古圣贤言栽覆，洪吞龙脉使人唏。

# 李春尧

李春尧（1954～ ），江苏淮阴人。退伍后一直务农。2003年参加六塘诗社。

## 告别战友

三月漫山树发芽，别君远去觅生涯。心随铁轨向东去，眼望泉城染暮霞。
热血满腔成壮志，未愁前路尽风沙。难分难舍言难尽，人到哪儿哪是家。

## 越沂山

行军来到石拉村，迎面高山挡路人。气势雄巍神鬼怕，悬崖凶险冷风生。
陡坡草木难成长，岭秃蛇虫难隐身。待把山峰脚下踩，风光无限乐乾坤。

## 六塘赋

六塘滚滚去东洋，流过淮阴向沭阳。百舸争流龙起舞，一桥飞架凤翱翔。
绿田万顷禾多秀，碧树千村花竞香。富裕人民情踊跃，同奔四化正图强。

## 访友不遇

一路桃花一路风，春风送我到河东。滩头依旧人家在，闲院却无房主踪。
数载相分数载念，几番去访几番空。千言难表念君意，永憾深情春到冬。

## 战友分别

难得一知音，天涯还若邻。今朝洒泪别，一世念深情。

## 谒漂母墓

沉睡千年在码头，滔滔淮水身边流。只因昔日施韩信，博得史书名永留。

## 韩锦云

韩锦云(1954～ ),江苏淮阴人。中共党员,退休教师。中华诗词协会会员、江苏楹联协会会员、淮安市诗词协会理事、淮阴区诗词协会常务理事,有多首诗词在各级刊物上发表。

### 春日小雨

苍茫衔远黛,缥缈笼银纱。着意滋新萼,含情绽绿芽。
轻弹溪畔竹,漫涤院中花。清早开帘望,丝丝伴柳斜。

### 春日初晴

雨润麦苗青,田间雾气溟。千竿斑竹翠,万朵蜡梅馨。
月入花心艳,风吹柳眼惺。柔波湖面起,岭上暗香泠。

### 田园赞歌

三月好时光,双鹅戏柳塘。河边青草绿,山野菜花黄。
日暖蜂儿舞,风微燕子翔。大棚蔬果旺,四处溢芬芳。

### 夏　至

桃李鲜肥满树香,芙蓉绽放小池塘。柳枝摇曳留疏影,竹叶翩跹挡烈光。
建筑工人难拒热,赶街商贩想乘凉。国强民富同安乐,情意浓浓享小康。

### 大　寒

寂寥原野大寒徂,院角红梅影自好。欲采芙蕖池水冻,且观鹰隼碧空舒。
神情专注敲诗韵,心境悠闲读汉书。邀友举杯歌盛世,温馨笑语绕吾庐。

### 冬日晚思

静坐楼台对夕阴,朔风萧瑟振空林。白杨挺拔迎风立,翠竹长青伴雨吟。
常借手机能酌古,仰凭书籍可沿今。忘情须饮刘伶酒,斜卧倾听绿绮琴。

### 咏　梅

一树仙姿伴雪飞,虬枝铁骨逸芳菲。暗香疏影凝新露,冷艳妖娆上翠微。
素色染花堆碎玉,嫣红吐蕊映朝晖。怜君独自裁诗韵,未许闲人入院闱。

## 岁末感怀

冬残岁末送韶光，净宇晴空沐暖阳。柳眼遐窥池水浅，梅花怒放竹园香。
仰观明月描新韵，斜倚西楼读旧章。灯下凝神常睡晚，为期妙句入诗乡。

## 咏二闸民居

二闸民居建筑雄，怡神美景入眸中。小楼错落风情异，别墅连排格调同。
匾额芳菲含古韵，门联雅致寓时风。骚人至此何须酒，唐宋诗词醉老翁。

## 银杏叶

千年银杏百寻高，夏送浓荫叶满梢。恰似蝴蝶风慢舞，又如小扇手轻摇。
雨淋衫碧尤青涩，霜染裙黄更贵娇。奉献颗颗长寿果，有谁见彼把功邀？

## 雨日游西湖

凌晨湖面雨如丝，薄雾空蒙景色奇。急步苏堤观柳浪，泛舟花港看鱼嬉。
断桥残雪冬天赏，曲院风荷夏日宜。龙井清茶须慢品，南屏钟响荡涟漪。

## 游苏州拙政园

花繁叶茂小桥弯，楼榭亭台碧水潺。四壁芙蓉三面柳，半潭秋水一房山。
清风明月谁同乐，竹涧梅轩我独闲。若是该园常俊赏，羡仙何必彩云间。

# 李阳生

李阳生（1955～ ），江苏淮阴人。曾任会计、机关职员、邮政投递员，好游览，爱文学，作品曾入选《中华宝典》，诗词多次在比赛中获奖，其中两次为全国大赛。

## 咏淮阴侯韩信

拜将之恩感戴隆，扶刘兴汉建奇功。三齐夺取龙韬展，十面伏兵虎略雄。
淮上于今留胜迹，宫中屈怨恨无穷。千秋冤案能照雪，专制根除法治弘。

## 2006年中国彻底废除农业税

长河有史晋先章，农税杂捐一免光。决策宏观特色伟，地灵人杰物华昌。
风云际会迎开放，革故鼎新奔小康。今日桃园传世外，绝非梦里武陵庄。

## 颂改革开放

其　一

改革兴邦是好招，中枢决策胜前朝。欣然开放风行日，生活小康路不遥。

其　二

万里河山绿映红，神州无处不春风。翻天覆地标青史，再展鸿猷腾巨龙。

## 题东方母爱文化节

千里长河淮水情，东方母爱刻心铭。施恩不望他年报，赢得千秋万古名。

## 风　筝

身飘异彩舞高空，不畏春寒顶逆风。无奈长缨锁侠骨，始终不得上天宫。

## 败荷泪

洁身自好本无瑕，浊水污泥何奈它。香蟹肥鱼遨不过，一朝毁誉泪飘花。

## 欢迎来革命老区淮安旅游

其　一

跃马扬鞭纪念园，迎宾大道彩旗悬。青椒素果农家乐，米酒融融醉谪仙。

其　二

改革先鞭铁臂摇，城乡声势壮云霄。频频捷报传佳绩，淮上从来多俊豪。

# 顾家贵

顾家贵（1958～　），江苏淮阴人。现从事医药工作，为中华文学艺术家协会会员，淮阴区诗协、六塘诗社会员。

## 春　吟

又值东君春令掌，晴光淑气满寰中。长天丽日融融暖，大地生机勃勃荣。
燕语蛙声来柳岸，蜂飞蝶舞绕花丛。农民都是丹青手，六合随心绘彩虹。

## 秋　歌

西风飒爽又秋天，大地飘香景万千。黄菊东篱凝露艳，红枫北岭着霜妍。
垂金稻穗摇香浪，举碧莲蓬托玉盘。胜日寻看佳丽景，沽壶美酒庆丰年。

### 咏　竹

出头新笋向天高，顶上白云绕绿梢。怀有虚心生劲节，风摧雪压不弯腰。

### 咏　梅

百花未放吐芳馨，凛冽寒中独著春。地气有灵何畏雪，清香丽色醉诗人。

## 陈士兆

陈士兆(1960～ )，江苏淮阴人。大学文化，中共党员，曾获淮阴优秀党员、模范教师，有教学状元之称。喜古文，爱词赋。

### 旧板桥

烧砖伐木垒成桥，百载兴衰情未销。收种粮麻千足过，往来车马一肩挑。
风霜剥蚀难寻迹，岁月沧桑不弄潮。曾是妹哥追月处，而今鸦雀度春宵。

### 霜晨岸柳

霜洗柔条露洗身，弄姿惹趣逗行人。扫眉拂面皆非假，圆梦疗痴岂是真。
蘸水描云能作画，吟风解韵可通神。一河倩影参差绿，夹岸飘丝似早春。

### 游河下古镇

小瓦雕窗旧石牌，勾檐斗角古人斋。庙高不阻焚香客，景盛难寻上玉阶。
淡水轻烟迷曲径，绿茶青酒润诗怀。江山孕育千年镇，多少风流汇此街！

### 六塘诗乡情

日高气爽古乡行，人渴求茶惊柳莺。老叟抬眉寻竹盏，少儿会意剥金橙。
农家酒浊君随意，柴院风和客忘情。一滴六塘清净水，育人育景育文明！

### 筑梦人家书

卿灌农田我筑楼，才奔上海又杭州。小儿顽劣勤调教，老父孤单莫使忧。
缩食节衣多受累，济邻助友不言酬。夜来漫数千般好，万里长江系两头。

### 回老屋

推门未及掸风尘，蛛网游丝绕半身。雏燕吱吱迎俗客，壁图点点画天真。

庭前隐约当年影，灶上依稀昨日神。但得海棠开旧苑，生生愿作卷帘人。

### 盆　菊

清风无意抖尘埃，晓镜新妆少女腮。玉露声声窗外滴，金丝朵朵室中开。
姿恬影艳情难去，心静身孤蝶不来。本应篱边添秀色，问君何故上阳台。

### 感　秋

花落花开自有时，秋来暑往任由之。凉风魂触蝉声远，细雨情牵雁影迟。
莫织新愁生别念，休温旧梦惹相思。从今五岳听禅去，流水行云笑我痴。

### 渔妇吟

柳下芦边几小舟，美人扯线数鱼头。若干龟甲贪香饵，多少鳅鲢上玉钩。
夕月晨风生梦幻，朝霞暮雨度春秋。不图富贵图安乐，子顺夫随无再求。

### 闲看杂感

蔷薇红白石榴青，溪柳飘丝绕野亭。杜宇声声云外唱，村歌细细岸边听。
铺霞有道江山秀，脱俗无方岁月宁。人老何曾忘旧志，不随污淖逐浮萍。

### 游海上云台

雾乱云飞不见山，湿衣非雨戏朱颜。凭空竟架通天道，凌壑谁开入海关。
古刹鸣钟传佛语，清风荡谷净人寰。此身未酒心先醉，满眼流霞逐白鹇。

### 咏白玉兰

玉荷倚树对天开，素脸冰心淑女腮。少叶多花无俗态，淡香丰韵有仙材。
苞藏几蕊愁风拆，枝恋三更怕露猜。自洁一生还自重，不随妖艳斗春来。

## 朱宗良

朱宗良（1963～　），江苏淮阴人。农民。2008年参加诗社学诗、写诗，参与创建诗乡活动。诗词常见于《六塘诗词》上。

### 纪念建党93周年

南湖建党闪红星，高举锤镰光彩明。推倒三山新政立，人民做主国家兴。

### 古寨新貌

六塘河畔栽花木，碧水蓝天新别墅。景美环优空气清，农家迁入仙居住。

### 端午祭屈原

其　一

端阳五月燕含泥，汨水龙船竞划时。糯米清香甜入口，离骚轻咏寄深思。

其　二

五月端阳燕舞翔，龙舟竞发粽馨香。缅怀千古离骚客，华厦梦圆君愿偿。

## 马乃清

马乃清(1963～ )，江苏淮阴人。先后在淮阴区渔沟中学、淮阴区教研室、淮州中学等从事教育教学工作。淮安市第五、六、七、八届人大代表。爱好诗词。

### 瞻仰大师陈寅恪故居(并序)

丙申之夏，余托“校长班”培训之由，寄学羊城“华师”，与寅恪大师故居近在咫尺，于是择日前往，于途中突降倾盆。至中山大学，于雨中寻问先生故居所在，保安、靓妹均不知。复寻长者两三人，方达故居前。陈先生之坐姿铜像，立于故居前之泥水之中。至室前，见一纸公告，曰某月某日至某月某日，闭馆修缮云。余深感失望。忽一美女翩然而至，开锁启扉。余趋前躬身曰：吾远道而来，贤居可否一览？女曰：尔幸甚！今电视台摄像至此，尔可随我而来。乃得入楼。遥想当年，国朝鼎立，衮衮诸公，纷纷北上。其社科院古史所所长之职，虚位以待先生，虽郭沫若、范文澜辈，亦不敢就。国相含宪南下，趋先生北移。先生慨然曰：吾与新政，并无过节。然则欲吾北上，治史一途，不可马列唯物是瞻，须秉持自由之思想、独立之精神，方可议行！此事遂寝。今日至此，瞻拜莫名，因以诗志之。

其　一

半生际会半生哀，乱世风流治世衰。国难偏能成巨擘，人穷原是为独裁。
庙堂但任一元统，崇岳当凭五典怀。手握乾坤身后詈，江河万古仰英才。

其　二

绪传往圣士多能，三百年来此一人。向隅犹通古今变，拒诏独守自由身。
云垂雨劲涤浮居，榕茂枝繁扫旅尘。我自戚戚怀仰止，徜徉久久慰平生。

## 秋

层林初染叶初黄，万里江天万里霜。月下残荷嬉水老，杯中剩饮恨时长。闲翻半卷花千影，忽忆少年泪两行。去雁追云听乱唱，潇潇暮雨又敲窗。

## 立冬日夜雨

催寒秋雨夜潇潇，华夏九州解梦遥。国恨春秋迷大道，人耽岁月欲长啸。唤来西北千山雪，此去东南万里飘。待到黑白两分晓，江河汩汩再春潮。

## 梦西京

浊水贫山昂老调，关中千里战旗飘。阿房旧影叹前政，延水浮屠写后朝。刘项同西双故事，焚坑异代一讥嘲。舟行舟覆情安在，勃兴忽亡日月昭。

## 闲　思

其　一

人生半百惹闲思，花谢花开自有时。万里长风存梦影，百年多病守残枝。国逢大事人兼济，里有小情我与痴。月下携来蝉共饮，叶零鸟倦两无知。

其　二

一蓑烟雨一孤帆，一座山高一履残。洗尽韶华心未死，呼来美酒意犹酣。蓝关阻路嘶嘶泪，庾岭望家字字寒。人世六七难尽意，此心安处是乡关。

其　三

江湖旷远庙堂高，谁洗青锋认旧朝？元嘉烽烟贻北顾，开禧斧钺笑南枭。兴邦百岁何多难，乱政十年恨二毛。万壑涓涓恒半涌，终向大海作波涛。

## 寒食过后又端午

先贤一众各高山，祭祀立节两伟男。宁死毋违介子意，断生不坠问天幡。庙堂江海双双烈，兼济独修处处难。岁月沧桑题未解，滔滔汨水枉千帆。

## 春　柳

红日催春处处诗，人间三月乱花时。东风不谙离愁苦，一夜狂喷万万丝。

## 初　冬

秋林万里著红妆，落叶萧萧舞正忙。一夜尽白不是雪，芦花乱点晚来霜。

### 秋

一番落叶一番秋，一缕潇潇一缕愁。一寸情思一寸梦，一江碧水一江秋。

### 春 晨

月隐风轻曙既白，卧听百鸟唱花开。春心底事涟漪起，原是故人入梦来。

### 仲 夏

人到中年怯看花，蜂飞蝶舞漫嗟呀。新蝉已度秋凉早，双落枝头过家家。

### 柳 絮

芳菲已尽绿成堆，向晚凭栏月半垂。春暮日长愁似海，化成柳絮满天飞。

### 无 题

万里江山寂寞天，百年浮世抱书眠。半程风雨浑如梦，冷月如钩写旧年。

### 秋 桂

一夜秋凉送浅霜，满园墨绿染金黄。借得春意红万朵，怎比桂花入骨香。

### 雪 夜

狂歌劲舞落银花，信步逐白问酒家。我借西风燃岁月，炉前把盏话桑麻。

### 无 题

年来诸事淡如烟，花谢花开懒向前。半卷闲书读未尽，无情知了唱翻天。

## 南开宏

南开宏（1963～ ），女，江苏淮阴人。诗作散见于《红色诗花》《淮水吟》《四如吟草》《淮海诗苑》等。现任淮安市诗词协会理事，淮阴区诗词协会副秘书长，淮阴区诗词协会长江路分会副会长。

### 瞻项王故里有感

盖世英雄力拔山，悲歌垓下泪空弹。鸿门拒谏眸光短，荥邑离间亚父寒。
三载灭秦酬壮志，五年丢国别金銮。乌江自刎终不醒，谬语天亡气数完。

## 白玉兰

春风吹绽玉如英，碧水圆荷任述评。东院冰魂寒未惧，西郊雪剑冷何惊？
志闲少欲情怡悦，气正无烦体自宁。优雅晴和花怒放，素腮粉面待卿卿。

## 游浙江沈园

跨越时空游沈园，黄藤美酒梦魂牵。恶婆棒打鸳鸯散，残月魂销伉俪怜。
两首钗头情未了，一行悲泪恨空前。哀声惨恸惊寰宇，礼教无端害夙缘。

## 难得糊涂

幽兰翠竹墨香飘，难得糊涂青史标。饥岁泽民怀大爱，哀鸿请赈忤官僚。
烹茶煮酒呈慷慨，唱曲操琴遣寂寥。一掷乌纱还故里，任凭窗外雨潇潇。

## 月　季

四季皆开独一家，红黄粉紫美如霞。牡丹香逊桂输艳，芍药色衰梅退华。
雨打风摧情未改，冰欺雪压志不斜。灵针刺世初心守，换得轮回使命花。

## 缅怀毛主席

其　一

再造中华第一人，波澜壮阔写人生。捏拿交错藏疆定，捭阖纵横苏美争。
持久论文摧日寇，沁园春咏立乾坤。文功武治谁能比？数尽英雄无与伦！

其　二

汗青不绝颂毛公，历史群山第一峰。战役筹谋持大略，亲人热血化长虹。
根除赌毒孚民望，立斩刘张正党风。心念苍生怀大爱，千秋永唱东方红！

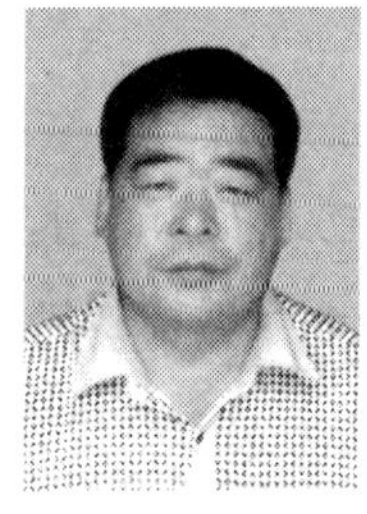

# 季耀武

季耀武（1965～　），江苏淮阴人。曾任教师，后下海经商，系六塘诗社社员。

## 遇　雨

途中遇雨好惊人，转眼云开天又晴。双燕引雏檐下窜，众蝉抱柳树梢鸣。
道旁花草身舒展，塘里芳苞容可亲。最爱荷池好情景，蝶蜓上下惹飞频。

### 看万亩麦田感赋

风吹绿野碧波摇，日照麦田情趣高。入眼双双蝴蝶舞，心花怒放乐陶陶。

### 秋　天

无垠田野遍金黄，同德同心整日忙。雨顺风调随众意，今年又是稻盈仓。

### 天宫一号和神八对接

天宫神八太空接，华夏人民喜气扬。月地往来非梦想，空间建站宇天航。

### 无　题

家家都有向阳门，别墅琼楼新落成。爹卖花生奶卖菜，男女老少喜银增。

## 谈海群

谈海群（1965～　），江苏淮阴人。中共党员。六塘诗社常务理事，所写诗词常见于市、区会刊和《六塘诗词》上。

### 随　感

鸡鸣更尽漫披衣，睡眼蒙眬欲赋诗。倚案沉吟忧乐句，援琴浅唱去来辞。
曾言叱咤风云变，哪料蹉跎岁月移。似火年华空耗逝，权凭剩勇舞红旗。

### 八二烈士殉国祭

又逢忌日谒灵碑，无限怀情涕泪垂。日寇穷凶倾弹雨，英雄壮烈解民危。
苍松万幸陪忠骨，赤帜千秋捍虎威。七十征程堪告慰，刘庄战后尽朝晖。

### 重阳节赴古寨乡与诗会感赋

应邀古寨赏重阳，放眼南园菊更黄。靓姐临台吟丽句，耆翁即席谱华章。
六塘雅唱文源广，淮海飞歌国运昌。明日同圆兴复梦，呼朋旧地又寻芳。

### 竹　叹

徒衍龙孙十丈长，小园一角自嗟伤。谬蒙大雅频隆誉，难与高楼做栋梁。

### 感于失街亭

千年异口竟同声，齐羡卧龙料事神。倘若常温先帝语，何须弄险计空城！

注：孔明斩马谡时，泣曰："先帝曾嘱，谡不可重用。"

### 孟　夏

何必痴情笃恋春，四时递变哪由人？饥来吃饭闲来侃，更借萤光读趣文。

### 五十随感

良朋美酒枕边书，浪去浮生半纪虚。当尽瓮中三把米，朱门绕过宴樵夫。

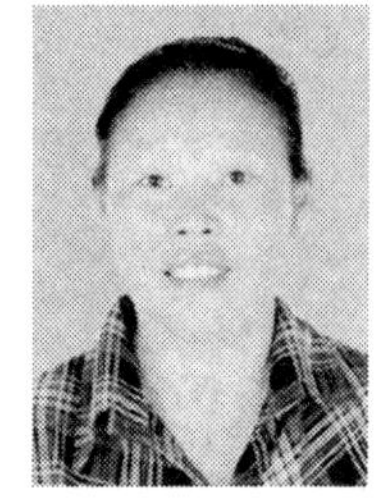

## 陶　霞

陶霞(1965～　)，女，江苏淮阴人。务农，淮阴区诗协会员，六塘诗社副社长。

### 六塘诗社吟

碧水悠悠古六塘，风光秀丽沐朝阳。高歌诗社三旬载，四邑骚人国粹扬。

### 让　座

乘车办事去淮城，客满车厢挤煞人。少女起身拉我坐，文明礼让感温馨。

### 农忙即兴

农民喜夺大丰收，五谷香飘锦绣畴。既得天时争地利，铁牛昼夜闹无休。

### 咏茉莉花

百卉丛中独爱她，一身洁白靓天涯。不争艳丽群芳比，却有清香供沏茶。

### 游金陵有感

当年我是一军嫂，喜度良宵在海岛。今共儿游建邺城，莫愁湖看莫愁老。

### 寄　思

春归燕子语桃枝，遥托飞鸿寄相思。丝雨无端遮远道，梦君夜夜太行西。

### 学 诗

忙里偷闲学写诗，每于枕上梦吟题。夫君笑我书呆子，乐在其中我自知。

### 忆母爱

时光回溯四旬秋，忆过穷年泪水流。饺子让儿吃个饱，母吞薯面黑窝头。

## 孙宝龙

孙宝龙（1965～ ），江苏淮阴人。四如诗社社长，在四川诗刊、《九州诗词》发表诗词作品。淮阴区诗协会员，徐州诗协会员，四川省诗协会员。

### 赞新生代农民工

父母归乡步后尘，兴家立业接班人。习文学武乾坤大，技术领先本领真。
信息灵通商海阔，鼠标及手锦途新。置房城市光宗祖，更换门庭丽景春。

### 春 游

胜景屏间闪两眸，春光不负我今游。轻车始入乡村路，十里黄花尽可收。

### 清 明

坟前祭扫寄哀思，不忘双亲养育时。寒节清明挥泪雨，鲜花一束两相知。

### 丝 瓜

墙高数尺勇攀爬，一路高歌一路花。暴雨狂风浑不怕，只求日月放精华。

### 桂 花

羞争节令李桃尖，不爱张扬不羡仙。傲骨中秋霜下住，流香塞外月中甜。

## 江西斌

江西斌（1966～ ），江苏淮阴人。务农打工，爱好诗词书法。淮安市诗协、淮阴区诗协、六塘诗社会员。连续两届获淮安市“田园诗人”大奖赛十佳奖。

## 夏之韵语

时序悄然替，深居未觉循。鹃啼迎浅夏，蛙鼓送残春。
莲动鱼添趣，风移槐散银。田畦凝目处，秧色已茵茵。

## 遣　怀

寂寞遣何处，茫然运水东。寒烟迷古渡，岸柳戏春风。
独自宜舒啸，与谁互诉衷。芳汀栖众鸟，憾未见飞鸿！

## 周末冒雨携朋游扬州平山堂留句

西湖汉墓雾笼中，一雨倾盆万物葱。水榭暗霏琼萼白，山堂共赏海棠红。
乡愁欲遣还须酒，俗句难调怎放盅。转眼花残留不住，持钱何处买春风？

## 五月农家

五月田家景色殊，村庄隐隐没烟芜。才将桃李融芳册，又约蒹葭入画图。
荷韵盈池青似水，榴霞耀眼灿如朱。斯时乘得少农事，邀几诗朋醉一壶！

## 小年夜忆昔

我觉光阴似蹚河，回眸昔日有余波。小年依旧柴筐负，除夕照常拐礳磨。
开胃填肠红薯饭，可心暖足老毛窝。穿衣不与邻家比，怕惹娘亲愁泪多。

## 岁末回眸

半百却将财梦做，文颜拉下系围裙。常因蝇利忘南北，屡与摊商较两斤。
俗气颇增三五斗，才情未进片毫分。且嗟且怅谁知否？一任寒风吹满襟！

## 夜回老家有作

总因他事返乡村，倦影孤身悄入门。几点疏星诗境瘦，一弯弦月夜光昏。
邻鸡已唱惊晨梦，家犬挨身惹泪痕。一自双亲仙逝去，何人抚背问寒温？

## 异地立冬闲吟

细雨绵绵夜到晨，羁居寒舍暗伤神。藏书满架难医笨，得句千回不济贫。
每叹萍飘犹有愧，常因雁过倍思亲。胡吹一曲牢骚调，褒贬随君懒问津。

### 春　桃

绿柳垂青春意浓，新来紫燕戏东风。桃花宛若妙龄女，一见生人脸就红。

### 访刘宁明诗家

风吹杨柳拂新渠，绿水多湾好钓鱼。若问此行何意趣，敲诗对酒访仙居。

### 春　趣

依依垂柳小桥斜，林立红楼映彩霞。春日清闲生乐趣，携儿一路捉飞花。

### 回乡赶诗会

千里回乡只为诗，贤妻嗔怪笑吾痴。问卿可晓文章贵？能把人生愚昧医。

### 观长江夜景

夜望长江意万千，润扬灯火水天连。临风独立邀明月，愿与敲诗结雅缘？

### 追　求

何事频频短信催，妻云有客唤吾归。六塘诗会取经去，笨鸟先当学凤飞。

### 回　乡

倦鸟恋巢将北飞，行囊收拾故乡回。江郎惆怅谁知己，手执经书求教归。

## 干国斌

干国斌（1967～　），江苏淮阴人。1993年加入淮阴县诗协，1995年加入市诗协。2006年在淮安市诗协组织的大赛中荣获“优秀青年诗人”奖。

### 咏韩信

英雄早岁受煎熬，胯下遭凌市井嘲。竭力尽忠来灭楚，南征北战可称豪。
辉煌业绩军民颂，卓著功勋史册标。吕后萧何同策划，千秋冤狱恨难消。

### 游漂母祠

漂母英名千古存，淮阴城下济王孙。炎凉世态人情薄，坎坷路途灵魄纯。
饭淡茶粗如美酒，年高德重似亲人。韩侯无故遭冤枉，恩怨是非皆悼文。

## 读明宋濂《送东阳马生序》

自幼贫穷甚可怜,艰辛历尽拜先贤。三冬风冷何为苦,百里路遥岂畏难?烂袄破衣能度日,锦袍玉带怎经寒?诸君莫笑身份贱,一曲高歌颂景濂!

## 叹唐寅

早年聪颖阅诗书,个个皆来兄弟呼。哪料蒙冤归故里,焉知含恨少欢娱?心头烦恼难排解,笔底辛酸怎扫除?三笑姻缘何处在?成天望日尽唏嘘。

## 读文有感

人生坎坷古今同,世道艰辛半已疯。落魄书生情已热,轻盈小姐意为空。狠心公子当仇敌,仗义将军做友朋。但愿诸君多努力,河西亦可转河东。

## 致友人

沪地来函刚读完,匆忙秉笔草成篇。深思过去喉咙哑,细想今朝鼻子酸。哪晓征途多坎坷,谁知世事也艰难。此生唯愿长为友,携手并肩学古贤。

## 观影片《焦裕禄》

四十余年转瞬间,平生事迹美名传。访贫问苦黄河道,走户串村兰考田。热汗涔涔无怨语,狂风阵阵有豪言。万民齐颂焦书记,污吏贪官怎入眠?

## 咏周公恩来

东南壮丽古淮城,世界名人此诞生。战场指挥丧敌胆,桌前谈判斗元凶。呕心沥血神州赞,足智多谋环宇惊。亮节高风传国际,今朝垂泪悼周公。

## 怒斥赌徒

狂徒嗜赌一般同,日日年年兴致浓。赌客呼来头上发,亲人规劝耳边风。技高技坏朝前闯,钱少钱多往里冲。你抢他争犹吵闹,谁知最后竟成空。

## 知　音

情深厚意重千金,友逝从今不鼓琴。世事茫茫难预料,人间何处觅知音?

## 谢师宴

寒窗数载费心机,且喜今朝入榜时。满桌佳肴同美酒,忧愁苦恼有谁知?

### 赞桂塘生活小区

明媚春光气象佳，富丽堂皇好依家。诚心邀请同玩乐，把酒吟诗未忘夸。

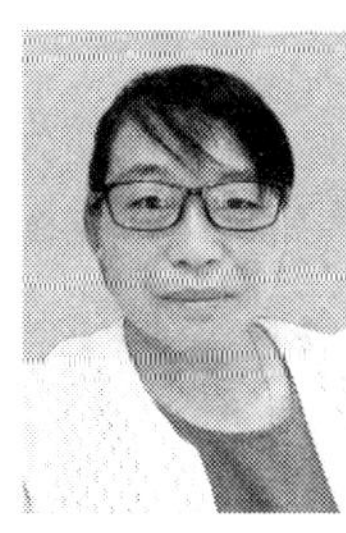

## 于春红

于春红（1968～ ），江苏淮阴人。一个不种地的农民，爱田园风光，爱中华文化的博大精深。自由职业者，梦想做诗人，愿梦圆心声！

### 早 春

飞雪临春尽，平川脱素装。新禾舒嫩翠，宿柳展鹅黄。
日暖催苗秀，冰融促蕙芳。田园耕种事，应惜好时光！

### 为夫生日留句

煮碗阳春面，为君祝福庚。不期朝夕守，但愿此时争。
拙语他乡寄，温情故里存。如赢楼一角，劳燕不分征。

### 戏趣杨絮

当春絮作狂，昼夜耍流氓。强吻行人面，偷盯淑女窗。
沾蔬蔬失翠，入眼眼迷茫。声怨连连起，栽植要改良。

### 重阳留句

又到重阳思菊芳，邀朋赏景觅秋光。残荷失落芙蓉去，金桂含情碧叶藏。
偶得清词人欲醉，幸逢挚友话犹长。人生忧乐凭心取，不作卑弓曲意张。

### 中元祭祖

中元节至动情牵，祭拜双亲到墓前。片纸未烧先泪涌，千言难表倍心煎。
堂前绕膝景常在，心里依怀梦不圆。二老天庭可安好？儿孙续志启新篇。

### 话农家

乡间六月少芬芳，农事繁多匆影忙。昨日夏粮刚入库，今朝秋稻已成行。
采蔬早起踏晨露，种豆晚归披月光。汗洒田畴播希望，桃源四季换新装。

### 徐溜镇创建全国文明卫生城市有感留句

全镇干群齐动员，文明创卫责当先。大街小巷尘污扫，直路弯沟坑洼填。
规划乡村谋发展，统筹市场谱新篇。清馨徐溜倾情注，美丽家园共手牵。

### 颂两会

三月京都两会开，群英献策竞登台。齐商国是定方向，共进民声扫雾霾。
基本医疗求保障，健全法治准精裁。神州十亿同圆梦，良性循环步未来。

### 赞环卫工

春夏秋冬谁最忙，门前环卫汗凝装。餐风帚扫陈和腐，沐雨锹除乱与脏。
竹笔蘸辛书壮志，身躯带倦创辉煌。尘埃不染自欣慰，懒管他人白眼伤。

### 小　草

其　一

身微胸有志，足迹遍天涯。霜来心不老，春临披绿纱。

其　二

野甸含情根抱土，恁人褒贬自从容。休言小草弱无志，春到茵茵胜艳红。

## 阮春华

阮春华（1970～　），笔名春华，江苏淮阴人。中华诗词协会会员，自由职业者，目前为出租车司机。

### 遣　怀

富贵浮云逐逝春，痴心无可恋红尘。乔松空负凌云志，修竹徒留有节身。
欲去渭川抛钓饵，恨无慧眼识垂纶。云山若许相招去，甘做松间放鹤人。

### 致莘莘学子

寒窗何惧苦煎熬，学海行舟击浪高。书读春秋明道义，胸怀理想识风骚。
儿时策马游禁陌，今日屠牛小试刀。九万里风鹏待举，江山如画属文曹。

### 吟　怀

人生百岁终为客，何必暮朝争寸尺。稚子才看学步行，衰翁佝偻杖藜策。

功名过眼浪淘沙，富贵倾心水穿石。但把悲欢付酒樽，管他飞雪落头白。

## 自 题

飘零半世叹蹉跎，狱火炼魂谁护呵？回首悲欢双泪滴，从今风雨一肩驮。
落花流水伤春色，若梦浮生跌网罗。未了尘缘每牵绊，醉醒空唱百年歌。

## 五十生辰吟怀

浮生若梦寄红尘，浊世难留清白身。逐利蝇头常奋起，博名蜗角总贪嗔。
无情岁月逝流水，有爱襟怀叹暮春。泪眼回望迷倦路，愁心岂敢擅沉沦。

## 自 题

浑噩迷茫五十春，今番顿悟识红尘。始知烦恼缘邪念，悲叹孤愁困业身。
意马不收多作孽，心猿轻纵黯伤神。欲驱六贼皈三宝，佛法无边度本真！

## 与妻晚游柳树湾公园感题

飧余难得趁悠闲，兴致清游柳树湾。牵手重温初恋味，叙谈犹是讨生艰。
虫吟秋草伤春远，月照幽人叹鬓斑。感慨蹉跎浮世路，两心终究未情悭。

## 秋 山

云淡风轻九月天，登高览胜望无边。霜林漫染千峰秀，鸿雁高飞只影悬。
三尺曲阶通世外，一潭净水涤尘缘。花开陶菊堪沉醉，梦入桃源抱枕眠。

## 自 嘲

解释浮生若梦游，痴心依旧惜风流。禅身未植菩提树，尘世岂无烦恼愁。
三毒难除频作祟，六根不净问何由。宿缘思了情还在，苦海沉沦怎出头？

## 自题步韵和江西冰

奔忙镇日意如何，总叹金樽空酥波。半世流光追梦远，千斤重担累心拖。
每思力尽身劳倦，常绊名虚愁自苛。细数年轮若刀刻，算来算去岁无多。

## 咏 镜

堪叹妍媸表面光，从来善恶内心藏。菱花若化照妖镜，且看几人无伪装。

## 石殿山

石殿山(1971～ ),江苏淮阴人。淮安市淮阴实验小学教师,淮阴区作家协会会员。

### 教师感怀

曾经懵懂少年郎,小小先生壮志扬。三尺讲台天地阔,一支粉笔古今长。
春蚕何必丝成茧,蜡炬不需泪作殇。回首笑谈桃李乐,满头银发写诗章。

### 清　明

村前老柳手轻摇,归燕呢喃觅树梢。小路弯弯牵碧野,溪流默默过石桥。
绵绵细雨飞成泪,袅袅青烟上碧霄。青冢今天添旧土,去年松树比人高。

## 金海勇

金海勇(1971～ ),江苏淮阴人。长期务农,酷爱诗词,系六塘诗社会员。

### 思　乡

八月中秋赏月圆,盼回故里夜无眠。今宵相伴杯中酒,不觉时光天已明。

### 赠友人

夏去秋来又严冬,日想夜思看月明。留得友谊长久在,传书鸿雁不时通。

### 寻　春

清晨漫步爽风吹,草木萌芽入翠微。绿柳垂绦飞燕剪,桃花带露满园绯。

### 养育之恩

父母恩情似海深,慈严训诲永铭心。尽其孝道亲赡养,良好家风传后昆。

### 清时凭吊烈士

清明时节艳阳天,万众献花到墓前。天下升平先烈慰,人间幸福绝硝烟。

### 打工新赋

八月中秋月更圆，打工在外几经年。挣来薪水贴家用，孝敬双亲暨种田。

### 新春柳

三月湖光岸柳摇，垂枝飘若绿丝绦。风情万种惹春树，哪个丹青圣手描？

## 颜士凯

颜士凯(1971～ )，江苏淮阴人。从事畜牧畜医工作。现任西宋集镇兽医站副站长。淮安市诗协、淮阴区诗协委员、西宋集诗社常务副社长。

### 南京一游

大江滚滚舰轮游，一座飞桥车辆稠。夫子庙中观古物，秦淮河畔望琼楼。
中山陵吊心将碎，烈士塔瞻泪欲流。虎踞龙盘今胜昔，先贤洒血著春秋。

### 六塘晚景

银鸥飞度夕阳丹，绿水渔舟任往还。芦笛一声飘远去，牧童骑犊下河湾。

### 咏菊·赠顾翔诗友

窗台秋菊待时开，香溢书斋遣兴怀。蕊冷不关蝴蝶梦，惊鸿何事怨迟来。

### 观清江商场儿童书法展

笔底生花字字工，谁知高手是儿童。书坛自古多新秀，独数今朝小将雄。

### 春游遇雨作

风吹绿柳动柔枝，蛙鼓池塘怨雨迟。花伞撑开遮不住，左边低问湿伊衣？

### 童　趣

村童衣裤脱精光，摘取新菱下水塘。脸映红霞生野火，品尝鲜嫩口喷香。

## 章壮亮

章壮亮(1972～ ),江苏淮阴人。农民工。淮安市诗词协会会员,江苏诗词协会会员,中华诗词学会会员。1000多首作品散见于《中华诗词》《江海诗词》《诗画天地》《现代好诗词》《淮海诗苑》《淮水吟》等报刊。2007年、2008年曾多次在全国大赛中获奖,淮安市第二届十杰田园诗人。

### 小　满

小满时临暑气狂,朝朝挥汗湿衣裳。久居城市无乡讯,应是山村正麦黄。
每见车潮如浪涌,难闻布谷叫农忙。忽来一夜好风雨,晨起上班犹觉凉。

### 大寒献词

雪野茫茫独敬槐,腰身挺直对吟台。真知未断书中学,闲趣常从韵里来。
半百人生难得志,满头雾水不成才。诗心有梦豪情寄,利禄功名已看开。

### 大暑中的农民工(我)

三千酷暑烧焦路,一阵清凉乐爽鸦。已是秋心宁似水,唯余况味淡如茶。
笔勤无处不风景,口渴何时去酒家。昔日情怀同蝶梦,今朝笑靥胜桃花。

### 小暑中的农民工(我)

一身大汗挥如雨,三百微薪累似弓。每靠扇衣来解暑,未因如厕去磨工。
惯从冷暖寻滋味,聊以诗文诉苦衷。满腹牢骚皆入句,千杯愁绪自随风。

### 诗人自题

家贫友少性孤僻,笔拙诗多手不闲。菊在陶翁心里住,乡从游子梦中还。
相思一缕人何处,落寞半生天地间。每过东西南北路,必经十个小时班。

### 农民工返城

六塘河柳依依我,汤集街人款款情。放眼每从村野起,流光易逝泪花萦。
不知此去归何日,许把相思寄五更。最爱故乡行不足,总能次次迹分明。

### 儿童节感怀

童年混过好时光,欲为生存四处忙。每在月圆滋寂寞,总于节至起彷徨。

征途不忍回头看，前景还须放眼量。本是行人惯离别，何因琐事惹愁肠。

## 打工歌

岁岁打工惯别家，等闲挥手闯天涯。朝朝送走五更月，夜夜惊飞一树鸦。
看找青春多浪漫，笑卿鹤发误年华。甘为沧海离离客，不做银屏艳艳花。

## 归乡感怀

打工城市嚣侵久，一入乡村境不同。满目青幽心也畅，群芳馥郁韵无穷。
翩翩蜂蝶田头舞，咯咯山鸡脚下冲。最是荷塘蛙阵阵，三千弟子唱年丰。

## 母亲节怀远

梦中客路云烟绕，心底乡关草色青。未恋繁华堪入驻，独怜桑梓有叮咛。
每临佳节思犹盛，欲至良辰寐不宁。千里儿行难得志，今生无以作其荣。

## 清明思归

非是贪杯才抱酒，乃因欲节始生愁。家乡每在梦中近，寂寞常于笔下留。
莫道断肠人异地，深知祭祖任当头。青丝一夜煎成雪，珠泪两行偷出眸。

## 高考感怀

高考时临学子忙，年年此际总彷徨。一分足以输赢定，三日堪将夙愿尝。
昨夜东风今夜雨，此时明月旧时光。当初若我多勤奋，也可人前把首昂。

## 写在高考日

成龙成凤待三日，是喜是悲看自身。拟把高分图一醉，奈何拙笔有千钧。
研来小字昏灯读，沾得难题师友询。回想那年中考后，终还做了打工民。

## 同　室

同室工友总有七八，喜好不一，每至下班杂声四起，这样的环境想要静下来写点什么真的很难，就当是磨炼吧！

满屋雷声听欲醉，几分诗兴赋难休。飘来笑语无从适，忘却闲愁独自悠。
拙笔粗粗堪出彩，杂音阵阵可埋头。只因心里藏些梦，总在更深把韵偷。

## 暑假读大学的儿子主动来工地打工

龙生龙亦凤生凤，只我生儿会打工。十万辛勤抛在暑，几时闷热可临风。

鸡声隐约人无寐，灯火阑珊书有攻。自古文章愁占半，从来学业苦成功。

## 改革开放

改革迎来四十年，农民手上有余钱。楼房买在大城市，职位欲谋公务员。
昔日牛娃成老板，当今学子任高贤。老翁我最无精进，乡下犹包百亩田。

## 忆婚礼

忆我与老婆当年的婚事新办，我是村里首个旅行结婚的人，一桌酒席未办，一分彩礼未花，租个房子淮安城玩两天就算结婚了。回想起来很是感动！

婚姻简办不虚夸，回想当年娶校花。一见钟情心已许，分文彩礼未教拿。

## 农民工返乡

漂泊一年犹返家，亲人团聚乐开花。深情最是看门狗，远远相迎怀里趴。

## 过年感怀

醉生梦死这些日，稀里糊涂过了年。欢乐谁知有多少，腰间肥肉长一圈。

## 节后农民工

年过初五始心慌，欲为谋生再整装。电话声声频问讯，不知又要去何方。

## 夏　至

暑满情怀汗满腮，清风不渡上元街。盼来夏至今无雨，直教工人想不开。

## 立　夏

春到人间虽有味，夏来工地更多情。衣衫脱尽犹嫌热，想不汗流都不行。

## 回乡有感

久居闹市不农耕，一入乡村百感生。最爱庭前高树里，时时流出夏蝉声。

## 乘　车

二元不坐乘三十，非是诗人智力差。一别乡村已多日，只因着急赶回家。

## 酷暑抒怀

班还未上汗先流，暑气兴来不可收。但为儿孙挣房贷，忙躯此外更何求。

## 己亥立秋

秋到淮城早晚凉，背包再打别家乡。数年难得避回暑，房贷担肩睡不香。

## 感恩节怀远

乡愁每似春潮涨，母爱犹如大浪催。操碎身心娘已老，吸干乳汁子难陪。

## 过年返乡

车行款款向淮安，一路风光任意看。不管南京有多好，从今与我不相干。

## 春夜抒怀

春节已过村又静，打工仔们奔东西。邻家应剩童和叟，夜半时闻咳与啼。

## 笑 春

春临未见有花开，让我民工先出台。脸色虽然不中看，城乡建设是人才。

## 离 乡

雾锁乡村出小扉，春寒料峭满屏围。昨宵已把行装整，再别贤妻作远飞。

## 农民工回家探母

每天三百可持家，今日无收返倒花。非是旷工人懒惰，一年能看几回妈。

## 父亲节读大学的儿子发来信息“老爸辛苦了”有感

一声问候暖心房，顿感今生未白忙。只要孝儿能出息，老爸辛苦又何妨。

## 谷雨怀乡

一地残红春去已，满池荷碧夏来兮。家乡久别无多讯，应是乡村麦穗齐。

## 晒 粮

机收机种有何难，只是要将粮晒干。天井走廊全晒遍，翻粮翻到手儿酸。

## 七夕思乡

节到江南暑未消，望乡渺渺水迢迢。打工岁岁难团聚，欲借鹊桥过一朝。

### 岁末感怀

十年义气闯天涯，全靠辛勤摸滚爬。莫问行囊攒多少，且将快乐带回家。

### 冬夜听雨

低矮工棚声愈脆，又将点点雨迎来。不知今夜狂敲后，多少寒流要出台。

### 中秋望月

月近中秋分外明，打工我却在江宁。清辉盈手无从寄，五味不由心底生。

### 清洁工

朝怜雨露晚惜霜，大帚轻挥起乐章。三日不来筋骨痛，今生已惯这一行。

## 朱　兵

朱兵（1972～　），江苏淮阴人。农民。诗词爱好者，淮安市诗协理事。

### 山　芋

立冬刨芋正当时，绵糯香甘老少宜。青绿长藤成畜爱，红袍硕果惹人僖。
不随异草芬芳溢，难比奇花富贵持。默默一生田垄里，几分憨憨几分痴。

### 菜花吟

昨冬身瘦立寒霜，欣嫁东君薹芥黄。灿灿金冠凭拭目，浓浓香阵直穿肠。
诚邀蜂蝶花间舞，静孕珍珠荚内藏。假我得司青帝职，一将此粉册群芳。

### 致崔永元

先生何止性情真，良相良医不惜身。冷面乜斜于硕鼠，锋刀直下对瘤菌。
向来敢视淋漓血，如此堪称明哲人。叹息一声雷四起，世风扶正合归淳。

### 享　春

东风着意慰闲人，吹面不寒杨柳春。泼绿郊畦萌活力，抹黄堤树孕清新。
野凫相撷粼光趣，村媪犹舒自在身。我欲抒情来两嗓，恐妨钓叟聚精神。

## 看《霍元甲》感时事

百年昏睡何时了?臣虏自居音杳杳。大侠双拳血路开,恶狼一众神魂掉。
泰平本是我邦追,清静焉容它辈扰。评剧抚今揭祸心,东邪西毒骂多少。

## 探　秋

勤雨送凉知近秋,巡田漫说作寻幽。安闲野鹭比栖鹤,碧翠嘉禾若泼油。
西挂虹桥涂七彩,东呈霁色醉双眸。几家翁媪应如是,欲探丰年久逗留。

## 读唐边塞诗

激荡人心号角鸣,男儿十万请长缨。愿随飞将驱胡虏,誓破楼兰舞旆旌。
大漠风烟腾热血,雄诗格调涌豪情。苟能四海无烽火,日醉欣听鸽哨声。

## 老农见田间无人机打药

直呼所见列神奇,十亩须臾真省时。机上装多喷雾嘴,指端弄一寸屏儿。
秧无死角药无损,人得轻松肥得施。喋喋三天言此物,每将精彩诉衰妻。

## 徐溜礼赞

明清伊始集风流,笔触古今皆可讴。淮沭要津河网密,市区重镇厂房稠。
乡音飘荡听三县,国道贯穿连九州。二十五村民八万,小康路上再加油。

## 读李商隐无题诗

冠以无题信有题,包罗蕴藉总相宜。春蚕蜡炬耐寻味,彩凤灵犀任品奇。
欲抒情怀依婉约,或吟身世布迷离。奈何徒陷党争里,抱负堪叹不得施。

## 依韵和陈老师《初伏晨韵》

蝉声激越闹新晨,就着荷香唱着春。四处沁心青草味,一群踏露白羊身。
宅围修竹溪流碧,媪弄炊烟翁享纶。黄耳家鸡闲左右,莫非此乃武陵人。

## 己亥七一吟句

距今百载地生烟,澍雨及时润大千。风挟雷鸣摧腐朽,滴飞箭射汇长川。
雄浑气象胸襟阔,恩泽神州绮梦圆。道道彩虹堪炫目,吟哦喜接艳阳天。

### 开肉店

三更进货五更鸡，十载营生我与妻。学习庖丁精剔骨，招呼上帝胜鸣鹂。
号称老板一刀准，赚得粉丝千客迷。只是如今除恶紧，请君莫扯镇关西。

### 农家五月

五月农家懒说勤，牛羊满圈鸭成群。含羞青杏寻常见，吐火榴花几度闻。
鲜有邻人愁戚戚，偏多饮客醉醺醺。村头舞曲随风起，隔壁潮妈着彩裙。

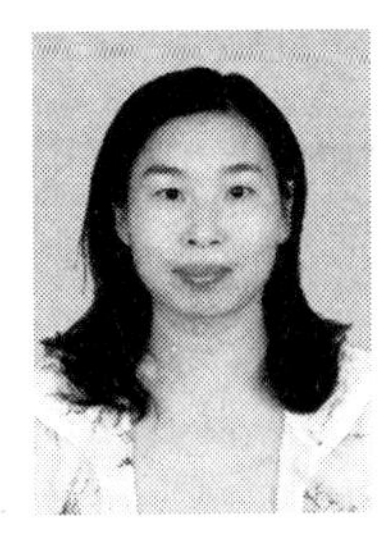

## 丁 风

丁凤（1977～ ），女，江苏淮阴人。教师，任教于淮安市淮阴实验小学，喜爱诗词。

### 观打铁花

夜雨初停歇，鼓声催铁花。溅飞三百尺，倾泻满天霞。
野际随明灭，斯时久叹嗟。传奇尘世景，多少出中华。

### 参观焦裕禄纪念馆

风范谁堪比，声声说到今。身犁三害地，影入万民心。
常坐灯花尽，终得草木茵。吾来凭吊日，天宇泣秋霖。

### 游通天峡

鬼斧开仙境，千峰接宇天。幽风一壑冷，深树几猿闲。
溪水追足迹，山潭青客颜。何人同我念，寄此看云烟。

### 观《屠城血证》有感

欲顾难堪顾，鲠愤不能言。长街横万骨，乌鹊绕千门。
迹已风中没，耻尤心底存。潇潇风雨夜，恍若血犹温。

### 访皇城相府

临水依山筑，参差百丈雄。抚墙怀昔景，过指尽清风。
烟雨城楼旧，门庭草木丰。莫言人去远，日日戏台中。

## 闻青岛上合有赋

遥遥闻盛景，阔水碧云轻。风动一城绿，潮回六国声。
嘉谋赢共利，鲁地奏和鸣。万户啤香里，枕涛说太平。

## 登黄山

路转丹青里，天开一线泉。清流石涧冷，绝壁老松盘。
策杖传空响，惊风出碧山。回头身后径，蓦已入云间。

## 云

本是逍遥客，随风飘若烟。涉江浮幻影，向晚染长天。
舒卷非人意，去留聊自闲。此身虽出岫，所系在山巅。

## 假日闲咏

不共熙熙客，开卷幽室中。杯添君子趣，书得古人风。
心与闲云似，情堪佳句同。红尘千百味，我自抱初衷。

## 归　燕

闻得东君讯，归来青翠中。家山荒草浅，烟雨故巢空。
可待双飞翼，来梳一尾风。托身为燕子，所恋几分同。

## 新正小雪雅聚

新岁轻寒涌，翩然银絮临。花枝合玉色，风信送祥音。
小趣随缘起，醺灯入牖深。融融围坐处，如往说梅心。

## 游览生态园

萧萧冬日晚，曲径自徐行。深处少人顾，高林时雀鸣。
莲房霜叩瘦，野水鸟来惊。零落逶迤岸，但期春一声。

## 又闻《秋兴八首》感怀

今闻秋兴语，眼底复浮烟。灯火诗书夜，合分尘世筵。
相期时序转，好慰旧人眠。怎奈心头草，一田又一田。

### 岁末感怀

时若漏沙又一年，回眸过往信机缘。几回闲读乘星夜，片纸胡书始菊天。
羡仿唐音说意趣，剪裁小事入诗篇。今朝蘸着梅花味，记取心痕添岁妍。

### 秋　蝉

一夜初凉暑未收，高枝独占向新秋。乘风好送余音远，展翼无惊暮色稠。
始出重泥凭露冷，孤鸣大野任心柔。固持黄叶霜中老，短短今生唱不休。

### 睡　莲

朝开夜合谢春光，云影湖风泅淡香。不许人间尘色染，盈盈一朵水中央。

### 蝉

潜修数载获金身，抱树连宵独唱频。不问个中清白事，只将高调与他人。

## 申海芹

申海芹（1978～　），笔名安晴，江苏淮阴人。从事淮阴区史志工作。中国散文学会、江苏省作家协会会员，江苏省大众文学艺术院常务理事，淮安市作家协会散文创作委员会副主任。散文《握一把乡愁》《在时间深处静静飘香》等被收入高考语文模拟试题，并多次在全国获奖。

### 有　感

如梦人生叹古今，花开花落孰知音。蜻蜓踯躅点流水，鸥鹭蹁跹过卷云。
紫陌红尘何寂寞，莲亭藕榭暂殷勤。西湘却笑新痴客，也效修书抱病吟。

### 相　思

明月正当头，桂花香满楼。玉箫催柳舞，未识为谁愁。

### 赠友人

玉峰神笔天为纸，沧海瑶琴浪作弦。弦外妙音缘法界，文中逸气得诸天。

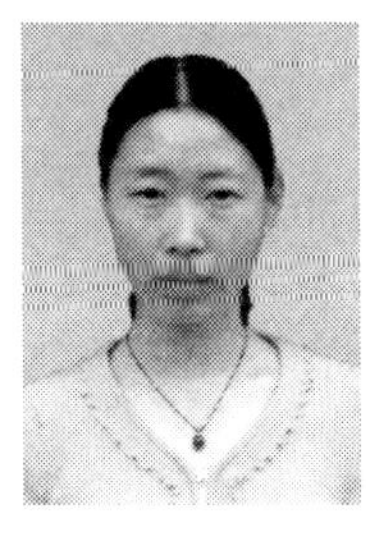

## 蔡 娟

蔡娟(1979～ ),女,江苏淮阴人。教师,酷爱诗词文化,参加创建中华诗词之乡活动,并任淮阴区诗词协会常务理事。在国内近20种报刊上发表过各种题材的诗文作品。

### 杨 花

五月白杨诗意浓,寄情花絮漫长空。行人莫作寻常看,缕缕相思乘暖风。

### 春 节

爆竹声声喜气添,雷惊春雨润农田。一年又是春来到,心旷神怡歌舞翩。

### 早 春

风吹杨柳发新芽,雨落小池惊睡蛙。紫燕归来寻故地,翩翩起舞进农家。

### 诗 趣

稍有空闲分秒争,斟词酌句觅韵魂。他人不识其中味,养性修身妙趣生。

### 赞瘦西湖美景

湖中胜境国之最,白塔晴云互映辉。梅岭春深传细语,玉皇贪景不思归。

## 张铁军

张铁军(1979～ ),江苏淮阴人。基层一警,喜爱诗歌,幸遇良师益友提携,写诗不计工拙,作品散见各网络平台和刊物。曾在淮安市“青年诗人”大赛和“田园诗人”大赛中获奖。

### 纪念五四运动100周年

书生意气未曾消,五四当年卷怒潮。贫弱江山愁破碎,欺凌风雨恨飘摇。
蛰雷惊唤国人醒,和约废除炉火烧。赓续中华民族史,复兴圆梦占头条!

### 端午诗会

新雨逢时聚雅堂,共吟端午品文章。九歌一曲志难灭,四海三江韵更长。

家国有情真义士，菊兰无悔久馨香。好诗读罢茶当酒，席上开怀各满觞！

## 庆祝中国共产党成立98周年

九十八年挥手间，愚公移去万重山。金瓯已补擎天立，玉兔相邀揽月还。温饱老区争创业，丝绸新路喜通关。红旗猎猎展如画，荐我初心直不弯！

## 六一儿童节

四十年前梦里人，儿童游戏最天真。捉鱼下网心无忌，寻杏穿林技绝伦。岸上堆沙成堡垒，墙头追雀舞头巾。爷娘呼唤晚归去，挥手依依月色新！

## 庆祝人民海军成立70周年抒怀

今朝重振海军威，澄碧深蓝壮志飞。航母远巡穿岛链，水师严阵着戎衣。大洋敢驭狂涛恶，故国常思游子归。一统台澎无憾事，听闻号令战旗挥！

## 八一建军节感怀

八一军旗血染红，垂天星斗耀长空。南昌枪响昔挥剑，遵义月明曾挽弓。解放全凭党领导，升平还仗士从戎。今朝更把战歌唱，百万貔貅强国风！

## 七七事变82周年感怀

卢沟桥水自悠悠，七七每逢铭国仇。抗战将士不畏死，叛降汪伪却图谋。须防壁垒再三破，要铸干城争一流。今看宛平城上月，清辉朗朗遍神州！

## 庆祝中华人民共和国成立70周年

已绘蓝图七秩春，红旗高举有来人。天安门上日升起，宝塔山前柳拂新。革命难忘先烈血，腾飞快速复兴轮。当年建国开基业，饮水思源意更真！

## 登镇淮楼忆扬州同窗学友

射阳城上镇淮楼，曾记登临几度游。钟鼓无声非寂寞，栏杆何处不风流。文因灵秀笔含韵，酒借疏狂君莫愁。醉后情深谁得似？二分明月忆扬州！

## 三月咏柳

东君搓得细如丝，浅浅鹅黄竟未知。三月余寒犹料峭，一江初暖复参差。斜飞欲语拂新燕，轻敛还嗔扫俊眉。无意种来波照影，春风处处自低垂！

## 3月18日刘老庄烈士陵园公祭咏怀

又到刘庄扫墓时，东风伫立寄哀思。英雄抗战敢流血，故土沉沦奋举旗。正可压邪成定律，民能建国筑根基。初心记取常回首，绿柳新生千万枝。

## 红色之旅组诗

六盘山红军纪念碑

四渡桥边惊赤水，六盘山上忆红军。峥嵘岁月风云史，革命成功几代人。

延安行

情深欲涌黄河浪，义重难高宝塔山。如画红旗迎晓日，秋风邀我醉延安。

娄山关

一关凭险入云中，岭路萦回兼守攻。壮志豪情今尚在，西风秋雁叫长空。

遵义会议旧址

湘江苦战出重围，遵义神兵赖指挥。从此云开晴万里，长征路上步如飞!

太行山八路军总部旧址

内忧多事愁风雨，外患频加暴虎狼。力挽狂澜谁是主?红旗高举战东洋。

平型关抗战旧址

灭寇威名天下闻，同仇敌忾扫千军。寄言狐鼠东瀛辈，挑衅终埋战犯坟。

## 南京抗战遗址咏怀组诗

其　一

颓垣残壁草荒凉，忍顾金陵旧石墙。劫火摧残遗废址，当年鏖战不寻常!

其　二

千人冢与万人坑，无数生灵冤死魂。犹记锥心民族痛，雨花台下怒涛声!

其　三

屠城血债恨难消，绥靖何人即溃逃?误国已成千古恨，钟山耻笑蒋王朝!

# 刘远升

刘远升(1981～　)，江苏淮阴人。1997年参加工作，现为淮阴区西宋集小学语文高级教师，本科学历，法学学士，六塘诗社会员。

## 春　雨

小雨细如针，输将春色缝。先铺绿地毯，再绣碧丛红。

## 冬　雨

冬晨含暖意，小雨带生机。润透三分土，春心要出泥。

## 桂　花

金花缀玉树，细月洒银辉。香透九霄外，欣迎淑女归。

## 月季花

依稀身影在，月季为君开。今日花无信，故人还不来。

## 送红军

千军万马江边站，一句亲人泪两行。昨日井冈声势壮，漫山遍野帜高扬。

## 井　冈

风雨飘摇革命地，山河破碎众心寒。井冈一点星星火，燃起中华红满天。

## 码头韩信钓台

钓台花艳似春梅，碧水连天映日晖。自在鲤鱼争跳跃，当年钓客几时归？

## 漂母墓

漂母墓前芳草绿，世人悼祭泪长流。一饭之恩何以报，泥土一堆万古丘。

## 过六塘河

六塘河畔草萋萋，两岸花飞香满衣。轻舟一叶翩翩舞，刘郎相送到河西。

# 戴甫青

戴甫青（1983～　），江苏淮阴人。江苏省诗词协会、中华诗词学会会员，淮安市第一届“优秀青年诗人”、第二届“十杰青年诗人”。参加《淮安运河文化研究文集》《江苏省水利志（1978～2008）》《江苏江河湖泊志》等书编辑，点校《潜邱札记》等，现为《中国水利史典》编委会编辑。

## 冬日杂感

中年不自由，空羡白云悠。浊世弥新雨，青丝染古愁。

有闲勤读史，无奈怕登楼。放眼千秋邈，谁人共一抔？

## 登南京鼓楼

雨滴黄昏独上楼，幽然石阶碧苔柔。风吹明鼓谁会得？尘漫清碑空自留。
物换星移催日月，龙盘虎踞又春秋。我今也拟英雄气，笑指江山志亦遒。

## 过钵池山

福地确然非等闲，炼炉炼就此丹岩。双凫飞载灵禽去，一气充盈大道还。
塞外岂无狂砾扰，云天可免夜高寒。苟将心志存江海，纵不骑牛也出关。

## 过洪泽湖

千帆隐隐雾当头，烟锁湖光万色收。冬去春来空往复，鹰飞鱼潜任沉浮。
急抟鲲翼期长击，怒卷狂潮恨不休。洪泽有情如待我，吴钩濯罢弄扁舟。

## 赠友人兼以自勉

高天滚滚风雷激，四海茫茫恶浪翻。大任沉沉凭健者，诸公碌碌岂东山！
金销赤壁少年惬，缺尽唾壶老骥寒。但却霓虹醉梦舞，青峰绝顶画图看。

## 登清河新区古淮楼

其　一

滚滚洪流激走沙，奔腾千载幻桑麻。曾经劫祸一如鳖，几度春秋数点鸦。
手抚楼台难尽信，耳闻韶舞不须夸。河清海晏呈今世，留于书生颂物华。

其　二

懒躯不作壮游久，乘兴随群也拍栏。忽见池塘生碧草，始知沧海早桑田。
黄淮已许清河意，古楚谁容学醉酣。但得苇间能结屋，书生不复忆江南。

## 老　树

一自嫩芽初出萌，力枝欲发刺曼穹。谁言凡种非良栋，也向苍天证不穷。
南北西东多砥砺，冰霜雪雨啸枯荣。三声惊蛰春雷后，满目欣欣看翠浓。

## 怕到中秋

怕到中秋又到秋，秋风秋雨总啾啾。雾迷沧海谁成乐，酒入回肠我独愁。
冷眼惯看南北事，诗心却为稻粱谋。层台屡上栏杆老，意气犹思冲斗牛。

## 登爱心塔有感

思塔登临思不穷，思追秦汉思淙淙。千金难报平心念，一饭曾教万古雄。
血溅未央纵杳迹，名垂青史可寻踪。藏弓烹狗若常事，何必高皇歌大风！

## 淮宁道中草成

又是风狂雨暴时，隔窗万物影迷离。心随驰辙从无住，酒涤回肠别有思。
大野痛沉天作泪，黄粱初醒鬓添丝。江河漫卷泥沙下，浊浪滔滔复问谁？

## 夜过江心

又到波心迎夜风，冥空万点意朦胧。星开棋局三千史，天堑江南数代雄。
虎踞龙盘迷鹊雀，蛮争触战一鸡虫。六朝多少云烟事，都付激流沧海中。

## 和荀主席《登聊城光岳楼》

从来霸业沁王心，万里河漕应运临。沟凿初开新眼界，誓盟了却小胸襟。
隋唐有史钤淮泗，齐鲁分流记古今。千载云烟谁忆得，潜思邪许付沉吟。

## 甲午重阳赴金陵清凉山凤凰崇正书院诗会

夜渡淮河朝涉江，诗贪秋菊上清凉。名山有幸称龙虎，文脉重生赖凤凰。
一线江天任浩渺，九华烟雨自苍茫。从来兴废随人事，到此如何不感伤。

## 磨锈剑

十八年来未得鸣，斑斑锈迹掩狰狞。不闻紫气映牛斗，空负龙泉作剑名。
今日复君真本色，何时待尔大豪情。风云自古赖三尺，荡尽人间事不平。

## 甲午闰九月重阳偶感时事兼和家专兄

悲哉肃气逼重阳，秋雨秋风更感伤。信史千年传短讽，谁人今日赋长杨。
激情岁月如春梦，落魄江湖学楚狂。莫道鲲鹏能展翅，南溟北海总茫茫。

## 秋日杂感

醉卧淮城看日斜，烟云变幻觑京华。壮怀空拭悲秋泪，哀世难寻浮海槎。
屡见人伦偏古道，不闻经典喜胡笳。长绅如是民如是，都逐奢靡水镜花。

## 答家专兄

九万风云圃町畦,谁人开眼识鲸鲵。未抟鲲翼混胡雀,毁弃黄钟没象犀。
大野无情弥浩劫,高天有泪演凄迷。千年文脉今存几,西化声中恨蚁堤。

## 冬夜杂感

弥天冬雨送寒来,欲遣闲愁意不开。曾笑功名如敝屣,可怜岁月没蒿莱。
骤临歧路畏人海,每叹前程怯酒杯。大冶铸金真有术,能容顽铁炼雄才?

## 惊闻广西围观女子跳桥

惊闻冷漠冷盈骨,拍照声中一命轻。个矮本非真缺钙,心宽不过太无情。
百年看客今尤甚,此刻路人何更明。千载神州沉陆否,可寻赤子救苍生!

## 冬　日

十年浪迹叹浮沉,何处能安寄客心?千载天人谁学究,一杯风月自行斟。
懒躯恹恹神犹足,大道茫茫日半阴。瘦马空嘶云未动,北溟羊角有潮音。

## 乙未立春后三日过长江

春风惠我刚三日,岁月如何又一年。晨见金乌腾晓雾,午看白浪涌寒天。
犹思淮上隔窗外,却是江南到眼前。攘攘嚣尘谁跃马,骑羊纵酒学游仙。

## 倒春寒夜

阴晴冷暖郁春时,一片诗心可语谁?每叹花成红雨速,惯看浪起白烟迟。
三千水击鲲鹏奋,九万风摇蛮触疑。身困围城书剑老,光阴难挽不胜悲。

## 读　史

走马江湖独孑身,一樽薄酒绝凡尘。平心已定利难动,冷眼但观天不仁。
存史诚非信史笔,砍旗即是举旗人。残阳谁吊斑斑血,掩卷怆然悲泣麟。

## 毕业10周年有感

莽荡江湖十度秋,栏杆拍遍怕登楼。诗心落拓头颅老,剑气消亡肝胆柔。
冷眼惯看风雨晦,半生贻误稻粱谋。屠龙早悔无何用,泛海乘桴好放钩。

## 岁末感怀

梦中寻梦又经年，说剑谈诗非似前。心向五湖明月寄，身疲千载戚忧连。
芸芸总教沧桑劫，衮衮依然世代传。如此江山堪阅否?饶情愧我未看穿。

## 雨　水

谁染年年江海碧，春风秋雨复亏盈。生机顺季盎然起，墨面依稀照旧行。
太息人间混沌闷，可怜天下触蛮争。黄粱千载原无醒，却把梦声充颂声。

## 元宵夜

时过元宵年味薄，沉沉永夜梦随酌。醉中锐语几人知，门外梅花一树落。
遁世偏隅每泣麟，排云千里常看鹤。云飞鹤去复萧萧，大冶还憎金踊跃。

## 女神节读《古诗词中的爱情日记》

人间最恨是情深，断续离离总不禁。寒彻蒹葭霜替露，醉随寂寞月成阴。
梅花寄诉无时尽，桂棹溯流何处寻？自古伤心怀抱独，一樽薄酒付沉吟。

## 二月二

龙吟沧海信能听，彻地周天动四溟。万物生机随势壮，千山秀色入云青。
如何忽而雾霾甚，怎的百般风雨零。世事看将浑噩付，多情恕我总惺惺。

## 望江楼

江流东去几千秋，惯见人间空说愁。不尽盛衰随浪幻，无情兴替与云浮。
云飞雾散许晴日，月落风清恐白头。世事年年如是故，我惭心老负鳌钩。

## 春去也

浪荡江湖十度秋，韶华误酒三千六。懒翻青眼惧多情，欲挽春光恨太速。
一去闲身梦已无，尔来阴雨声尤复。玄都花草忆刘郎，风起桃红片片逐。

## 茫　然

昔人技绝叹屠龙，我更茫然一万重。十载江湖悲劣马，百年心事向孤峰。
可怜半缕书生气，独意三分鸿雪踪。雪化鸿飞云断续，春花秋月任从容。

## 洞明火眼是痴儿

盛世何由多异词，天高意远岂能知？银屏熟脸幻红白，健笔生花赋喜悲。
旷代才人唯戏子，洞明火眼是痴儿。书山[illegible]盏大如斗，但照丹心不可移。

## 无常30年

最恨春秋何太速，电光不及许扬鞭。大椿有季八千岁，尘世无常三十年。
销尽豪情茶替酒，借来闲史戒为禅。一篇读罢风迷眼，自古伤心人独怜。

## 静　心

人世苍茫三万日，朝红晚翠总斑斓。少狂宜鉴愤青老，寡淡当知野客闲。
莫信豪言分左右，且看大道有来还。静心不与风幡动，一叶泰山无两般。

## 听　涛

太息人间久寂寥，万方形势尽滔滔。逃秦无计青山远，浮海遥闻野气豪。
谁把壮怀时梦蝶，我来袖手夜听涛。长风吹彻楼台冷，暗向苍天祷凤毛。

## 和荀德麟会长《题爱心塔》

其　一

塔影千寻枕水浮，谁人当日感王侯？平心一念千秋仰，名伴江河万古流。

其　二

漂母无私一饭周，曾教胯下誉千秋。我今也到怀恩塔，杂感百端涌上头。

# 倪昌盛

倪昌盛（1991～　），江苏淮阴人。高一辍学打工至今，以诗自遣。曾获“首届刘征青年诗人奖”、第二届“荣昶杯”新国风诗词大奖赛一等奖及其他诗词大赛一等奖多次。

## 近　况

闹市新租屋一间，从今风月可相关？往来只是东西路，颠倒无非上下班。
梦大人休连日做，薪微债要按时还。帘开怅望春光好，水自东流云自闲。

## 丙申夏夜

尘埃拭去雨初停，痛痒无关蚊子叮。酒剩瓶中犹可饮，言于背后不堪听。
浮沉心海难归一，加减人生总是零。回首儿时之夏夜，与谁遥望满天星？

## 想起江南打工的日子

当初棱角渐磨光，依旧世间谋稻粱。云看久时常变幻，路逢窄处也彷徨。
可怜故事书千页，所谓佳人水一方。回首江南烟雨里，花开花谢两茫茫。

## 秋日回乡下老家

莫言乡下好风光，一样秋来景不长。墙上犹标中国梦，村头鲜见少年郎。
屋檐高耸炊烟袅，日影低垂暮色凉。草木也知趋世态，热时青郁冷时黄。

## 无　题

忽有缘来也认真，终于未负那年春。清风淡淡桃花面，长发飘飘杨柳身。
看我心中滋仰慕，从她眼里见单纯。而今消息知何处，想想应该已嫁人。

## 戊戌二月二冒雨送快递

又见城南草色青，而来风雨两无惊。埋头终有抬头日，入世空怀隐世情。
货向三轮车上码，人沿十字路边行。送完快递回眸看，已是万家灯火明。

## 送完快递回家路上有记

每当忙到夕阳残，便数今天送几单。面向黄昏生落寞，梦回沧海起波澜。
他乡月好终难定，故里薪微却可安。一路灯光斜射处，绿三轮与白栏杆。

## 无意翻出小学时的红领巾乃为之感作

奈何已做打工民，翻到童年倍感亲。岁月犹容斯物在，人生未许此家贫。
想教身上蓝衣服，再配眼前红领巾。当日岂知今日我，不加班便不加薪。

## 雷雨夜杂感

已惯年来世未平，雷声入耳岂堪惊。箭穿城内千灯暗，电闪窗前一线明。
风雨今宵唯独看，江山何日肯双赢？可怜天下无穷秽，任此滂沱洗不清！

## 搬进城里的第一个夏

雨下多时总要停，满城灯火夜微宁。而今虽有楼能住，从此却无虫可听。
往事随风飘未定，浮生如梦死方醒。也知难到童年里，爬上房檐看晚星。

## 半路又爆胎了

等待修车免却推，栏杆容我暂依偎。轮胎已被多人补，快递何堪几处催。
冷眼直观桥下路，残阳斜照脸边灰。心中亦有不平气，能向尘间爆一回？

## 无　题

等闲看尽夜光浮，都市霓虹未肯收。难向宅边栽五柳，可怜世上下三流。
百花依旧开于夏，一叶终将落入秋。还是儿时无所虑，晚来不怕雨声稠。

# 卷二　清江浦区卷

## 谢冰岩

谢冰岩(1909～2006),清江浦人。曾任新华社秘书长、国家新闻出版总署司长、文化部司长、中国社会科学院新闻研究所所长。工书、行草尤胜。

### 题章农绘《周总理故居梅花》

铁骨凌霜健,疏影映香阶。年年花劲发,仍为伟人开。

## 程我真

程我真(1919～?),原名程道庸,江苏涟水人。中共党员。毕业于江苏省临时乡村师范学校,曾任清江市委统战部副部长、宣传部副部长、清江市政协副主席等。

### 祝贺灌南建县30周年

都是水字旁,涟灌化几墒。清水变美酒,客家乐举觞。自从成立县,不分参与商。阵阵春风吹,沃土落凤凰。领导促民富,人人耕织忙。嫂子会落谷,妹妹去采桑。爷爷找乐趣,垂钓盐河旁。干群风云会,大地沐阳光。一晃三十载,渔丰粮不荒。祖国山河变,歌声响四方。邻里另眼看,乡老瞠目望。家家干四化,幸福万年长。

### 偶忆病中给奇真诗

风送蝉声响,低庐抱病眠。梦疑游客影,醒惧故人前。
志堕诗多苦,心雄意自甜。胡为在歧路,毅勇应如前。

### 五月游三峡途中遇奇真共游黄鹤楼

有家居各地,难得喜相逢。共路游三峡,舟途遇几峰。
已知焚赤壁,不再过江东。何幸游黄鹤,乾元听晚钟。

## 纪念卢沟桥事变50周年

卢沟惊事变，烽火遍家园。敌焰嚣城邑，刃锋耀陕边。
三光历尽苦，四化乃知甜。建国怀先烈，毋忘浴血年。

## 春　意

去岁花开好，今年春又来。和风吹柳放，旭日照梅开。
松柏依山挺，桑榆傍水栽。园丁勤灌溉，为国育新材。

## 李连庆同志印度任上回国

四海遨游乐，翩翩伉俪偕。睦邻寻八戒，结友别如来。
曾踏樱花岛，凯还松竹斋。征袍鞍马卸，渍墨展文才。

## 田园诗意

爱种小园田，拳拳心意连。愁牵百草长，喜见数瓜甜。
扁豆青椒脆，葫芦红柿鲜。欣观蔬菜绿，汗滴又经年。

## 战友宴聚

战乱曾欢聚，今朝又喜逢。身家各地处，心意两相通。
人世呈新貌，山河变旧容。祝君松柏寿，常驻老来红。

## 夏日过农村

昔年争战地，今是酒诗乡。绿竹围家院，青松绕粉墙。
灌渠流碧水，沃野遍金粮。一代耕耘者，丰功四海扬。

## 深切悼念李老一氓同志

边区纪念馆，主席大名垂。曾读公诗句，草将已式微。
怡园留翰墨，洒脱启心扉。政绩铭苏皖，撒灰草木悲。

原注：抗战期间，李老有一首诗在社会上传颂，中有“草将已式微”句。淮阴城南公园内“怡园”二字为李老亲题。

## 感　怀

革命五十载，来淮卅八秋。丹心壶里笑，白发镜中羞。
还忆田园乐，常思战地游。封侯亦尔尔，淡泊更风流。

## 赠周老名球

耄龄女画家，五彩笔生花。牡丹香世界，莲叶碧天涯。
润色飞蜂蝶，无声噪鹊鸦。国昌人寿永，妙手绘中华。

## 回归吟

香港归来日，人民欢跃时。雄狮吼旭日，喜鹊叫花枝。
四海风云定，五洲雨露滋。台湾频寄语，何必姗姗迟。

## 拒腐蚀

过错仍须改，时间犹可追。何愁鬓发白，警惕肚肠肥。
忌在裙边转，禁于桌上围。到时终有报，严别是与非。

## 周总理百岁诞辰纪念

越过高山现顶峰，星辉天外云从容。红花不减当年色，碧水长流映远空。
十载窗前书劲竹，百年座上论苍松。丰功写尽人间史，浩气永留典范风。

## 病中感赋

不慕神仙羡炼丹，红熊炉火对深山。身强谁愿茅庐住，病废难将危境安。
食粝每疑五柳妄，药珍常惜叔敖寒。从今不作江南想，春草莺花梦里看。

## 11月25日临时搬入借房

乡忧国难出茅庐，金屋封侯向未求。已见倭奴成善友，又看顽匪交亲仇。
家无难忆田园乐，室小常惊梦里愁。但使中原能逐鹿，刘公何必借荆州。

## 难遇少年时

一生难遇少年时，回首当年喜或疑。想跨飞龙天上去，盼来烈马岭峰驰。
征程不计生和死，革命何愁饱与饥。转眼黄花秋叶落，老年战友半聋痴。

## 老骥吟

老大无为学治家，退居暂不理桑麻。晨昏喜诱孙儿读，午晌司厨老妇夸。
品味方知酸苦辣，调羹尝尽酱糖茶。闲来趣述年青事，小屋欢腾笑语哗。

## 题画牡丹

绘画出巧手，满幅红花开。扶持绿叶茂，胜似倚云栽。

## 画　梅

寒风吹叶落，不与别枝同。默默无声处，花香袭太空。

## 悼　内

其　一

昨夜梦魂中，含悲露笑容。面谈儿女事，热泪洒长空。

其　二

相逢在梦中，不是昔音容。喜与嫦娥伴，云衫舞长空。

## 倒计时

其　一

澳门倒计时，回归已定期。国人团聚日，东亚吼雄狮。

其　二

港澳归来兮，台湾怎不知？炎黄同一胄，何必蹒跚迟。

## 悼念高学书等烈士

烈士心如铁，流尽一腔血。翻身儿女恨，泪洒寒江雪。

## 轮游过武汉宜昌

江上晴明心目空，层楼电塔几高峰？一桥横架通南北，人在帆飞诗蓐中。

## 悼念诸烈士

英雄冢内无人语，边境犹闻枪炮声。鹊儿依依春草绿，黎民千载吊忠魂。

## 悼念内子

其　一

难耐离情叫老朱，昏花举目应人无。苍天不解飞凉雪，落地无声化泪珠。

其　二

怕上空床觉被寒，只身长夜影孤单。老年难忍伤妻泪，航笛长鸣月色残。

其 三

多少卫星绕地球,子胥过关白须头。寒风吹冷黄昏夜,不尽欢娱不尽愁。

### 观戚庆隆书法

满纸精神笔意通,雄风幼透墨淋中。飞行似泻江河水,势若天龙腾野空。

### 七月在西安寄宿海办朱珍处

身在西安如在家,有朋不怕走天涯。途长路阔云低处,延安灯火映朝霞。

### 庭园诗意

且把锄头当笔挥,小园风物忆春晖。种施急盼南瓜茂,百草虽多喜菜肥。

### 读诗有感

浮生一梦未蹉跎,宝剑曾从战地磨。大雪封山山不老,不愁风雨昔年多。

### 杂 咏

紫 燕

紫燕归来觅旧庭,寻根哪怕路难行。爽心又听呢喃语,飞渡阴霾看晚晴。

小 马

小马生来喜跃腾,闲趋从不记途程。他年啸踏长征路,露饮冰餐霜月晨。

## 靳中人

靳中人(1919~2006),江苏淮安人。幼读私塾,后学医,系中医师。1983年从城中医院退休。著有《晚晴诗草》一、二集。中华诗词协会会员,淮安诗协常务理事。

### 参观沈阳张学良将军故居

问讯将军宅,丌阶气象隆。登山曾伏虎,入海果擒龙。
己志临潼谏,未酬不世功。大青楼下立,翘首盼归鸿。

### 纪念毛主席诞辰100周年

神州十亿笔花红,百岁诞辰典庆隆。戟乱旗翻湘水曲,潮平日落国门东。
倚天豪气裁三截,咏雪才华赋一通。马列光辉扬异彩,腾飞曲曲袅长空。

## 抗日战争胜利50周年

其 一

白山黑水流亡曲，唤起神州抗日潮。记里乡邻皆杀戮，望中城堡尽焚烧。
不甘奴役同鸡犬，何若捐躯似艾蒿。一袭戎衣千里骋，中原说唱听寒宵。

其 二

昔日冥顽五尺童，而今已是白头翁。三光愤愤情难述，十载浑浑梦未通。
愧对名花匀国色，空留彩笔赋雕虫。东邻友好须牢记，黩武怎逃一殛凶。

其 三

晓月卢沟正上弦，溯回历史奠灵前。清灰洒塔千秋颂，碧血溅花永世妍。
泽被儿孙荣飏飏，德传乡里葆绵绵。万人坑内无名骨，甜药淮南不是仙。

其 四

半纪驹先蔗境甘，轮回已是脱胎还。诗词缘叩新风版，医药儿巡富士山。
文化交流修永好，资源开发展新颜。内联补引多渠道，五项和平早日颁。

自注：新风，指日本汉诗《吟咏新风》。1983年冬振怀儿率中国医学考察团访日。

## 报载"甲戌祭黄帝陵"感怀

今年甲戌祭黄陵，放眼神州百感生。科技精专非独步，商潮伪劣有横行。
交通肇事寻常事，物价报平未得平。我愿严刑求法治，从因至果建文明。

## 庆祝香港回归

割地赔银编外民，百年耻辱一朝伸。万方同献忠和勇，四海全驱困与贫。
看我龙飞欣丽影，笑他旗落泣香尘。金瓯无缺回归颂，墨洒台澎鸟鸣春。

## 纪念中华诗词学会成立20周年

石破天惊倡国门，骚坛兴起万年春。云霓久渴苍生望，海宇无氛帝座听。
韵协宫商超象外，格融情景慢传真。中华风雅师承古，甲子新筹代有人。

## 和马毅《游杭州西湖》

其 一

至今佳话说湖楼，吴越风光不惹愁。绕寺烟霞连竹坞，环山水草拥松丘。
鱼观花港还宜雨，月赏湖心未待秋。车过沙堤怀白傅，冷泉亭畔暂勾留。

其 二

香散平湖十里塘，水晶盘底隐山光。莺传柳浪春将老，钟助南屏日正长。

报国由来思武穆，骑驴何处觅韩王。吟怀清兴浑如在，寰宇讴歌仰上杭。

### 祝省诗词协会成立

精英荟萃在金陵，紫气冲霄彩笔新。文教倡明花似锦，政经垂拱鸟鸣春。
辅陈雅颂赓三代，比兴歌谣动九垠。催动骚坛传接力，大江南北鼓声频。

### 苦 学

知识全无半点虚，应从积累下功夫。广搜攻玉他山石，云影天光活水渠。

### 切 磋

诗贵切磋互琢磨，二三吟友未为多。昨宵得句今朝改，百炼千锤仔细哦。

### 乐天诗社吟

盛世无忧性乐天，二三知己更陶然。推敲月下传佳话，汲取清流活水泉。

### 咏太白楼

一星璀璨大江边，千载诗坛誉谪仙。太白楼高雄绝代，赢来万国仰先贤。

## 徐楚清

徐楚清（1921～2006），江苏射阳人。中共党员。1941年参加革命，历任淮阴市清江韩城中学校长兼书记、清河区教师进修学校校长、淮阴市诗词协会会员、常务理事，著有《鹤龄初度》《晚晴诗草》。

### 漫游清江

古运河堤漫步游，仰观俯察兴悠悠。叠叠楼台掩绿树，依依花鸟快清流。
车辆翻番新胜旧，机船来去尾衔头。日丽风和人快意，丰衣足食不知愁。

### 七十自寿

其 一

荏苒光阴七十秋，儿孙绕膝祝添筹。几经风雨身强健，每读诗文兴味稠。
亦苦亦贫成事后，党恩党德记心头。老来倍觉精神爽，绿竹牵情上小楼。

其 二

曲折艰难七十秋，夕阳入伙更无求。空空两袖常知足，漠漠余年觉自由。

恭向诗坛呈小草，乐为家务作黄牛。万千往事如潮去，锦绣山河展笑眸。

## 八秩感怀

其　一

顶风搏雨想联翩，入党于今五七年。同志关心寒问暖，明灯照路后争先。
欣看桃李丰盈果，每忆烽烟战友贤。重温誓言增党性，怡然自足晚霞天。

其　二

一自离休十八年，年年月月绽花妍。旋钮常开知大事，频道小弄乐陶然。
诗词有味常咀嚼，兰桂腾芳更觉甜。老有所养老有乐，邓公旗帜闪光鲜。

## 金婚喜赋

金婚欢度喜冲冲，暑往寒来五十冬。曾记洞房花烛夜，转眼三代满堂红。

## 重阳放歌

登高望远莽苍苍，老有所乐暖胸膛。雨顺风调心境阔，习诗填曲读华章。

## 石塔湖留影

花落花开又一年，春风得意福绵绵。策杖塔前留彩影，夕阳反照喜空前。

# 王瑞英

王瑞英(1921～?)，上海松江区人。苏州女子师范毕业。1941～1947年在上海松江、浙江硖石镇、江苏南京等地任教。1964年始调至淮阴市教育系统工作，从淮阴市第一中学退休。

## 逗孙乐

母在我娇惯，生儿服侍难。老来弄小孙，手忙脚又乱。罗嗦婆妈事，吃力且心烦。苦中也有乐，笑靥惹人欢。逗孙咿呀语，甜润满心田。

## 故乡行

少小离家老大回，故园面貌已全非。旧时平屋皆难见，今日高楼马路回。“醉白”一新添秀色，重修方塔显神威。是惊是喜似疏陌，熟耳乡音始觉归。

自注：“醉白池”“方塔”，均为松江名胜古迹。

### 晨 练

年越古稀银发苍,绿衣起舞见柔刚。平衡探海多潇洒,反刺侧身更矫强。燕婉回风姿绰约,还行急僦气昂扬。敦煌拳罢木兰剑,夕照生辉国运昌。

### 老来学诗

七十学诗不算迟,平平仄仄莫讥痴。几番梦里寻佳句,深夜开灯续修词。

### 陋 室

富家名画挂厅堂,陋室丹青亦裱装。环顾周围皆我作,自娱自乐也无妨。

### 喜迎香港回归祖国

百年屈辱百年梦,两地罗湖一样情。母晓儿归开两制,投娘怀抱泪盈盈。

## 储雷斯

储雷斯(1927~?),安徽霍邱人。舒城师范毕业,曾任军校教员,1958年转业至清江市一中任教。1987年离休并加入中国共产党。

### 庆祝北京第29届奥运会开幕

北京奥运盛空前,欢歌劲舞如过年。二零四支大团队,一万余名运动员。
五环旗下同竞技,奖牌榜上定方圆。东亚病夫早逝去,健康发展奔向前。

### 纪念改革开放30周年

目睹小岗望三农,温饱八亿不愁穷。四化建设正发展,两个百年立新功。
城乡楼宇小区住,特色旅游大交通。和平外交牵世界,富国强军陆海空。

## 章 农

章农(1928~ ),字雨师,清江浦人。著名画家,尤擅画梅,堪称当今第一人。

### 题梅花诗

其　一

玄墓名山久注思，少携闲伴是春时。隔窗湖水坐不起，塞路梅花行转迟。
清福可教何日领，闲情曾有几人知？漫收形胜归村馆，梦里烟霞亦自追。

其　二

朋辈道我梅花好，实乃作画心未老。紫竹亭亭苍松劲，阶前郁郁多兰草。

其　三

纷纷白雪舞天涯，谁向风中斗珮华。百卉凋枯庭院冷，窗前独放老梅花。

其　四

红白同生复同开，香风袅袅上高台。倚石甘愿沐春雨，润湿闲阶满青苔。

其　五

少小作画爱横斜，老识木田僧苦瓜。独睁青眼赏孤蕾，偏钟疏枝让繁华。
拾级苍山沐晨雾，高卧寒林看晚霞。不待人言嗔潦倒，自汲清泉漫煮茶。

其　六

镇日涂抹纸成堆，画师下笔爱写梅。偏重轻烟破焦墨，一缕寒香出门楣。

### 赠满盈学长

韶华洗尽旧风姿，犹记同窗画竹时。风雨卌年成往事，鬓丝斑白且吟诗。

### 题绿梅图

淡若碧波，飘渺似影。如醇春光，幻梦方醒。

## 岳梦屏

岳梦屏(1928～?)，字受蘅，江苏淮阴人。淮海二中毕业。中华人民共和国成立后，入县、区政府机关工作，先后任监察局长、财政局长、商业局长、市政府办公室主任等职。离休后任诗、书、画、印研究会常务理事，淮阴诗词协会常务理事。

### 画梅自题

火样红心铁样躯，冰霜历尽等闲居。高瞻疑是忠魂谱，只入丹青不上书。黄粱梦后忆南柯，悟透浮生百事虚。若有空山好避物，也和梅鹤一同居。岂因黄口乱讥评，随致彷徨释旧心。梅是我师存我性，能将剩勇对三军。自从抹座让贤归，惯写梅花着地垂。欲扫尘埃千里洁，青云高处任鸿飞。生平妒恶已如仇，难与非为合道流。学得董家强项令，心无亏理不低头。初成一艺为人奴，暮暮朝朝托请多。纸笔推开矶上客，芒鞋蓑笠钓清波。倒挂悬崖长短枝，自惭有画未成诗。人工难夺天工巧，历尽坎坷老愈奇。凌烟阁上忠魂谱，头断家抛无怨语。闻道关河萌故态，飞花如泪泪如雨。雨花台下老梅株，阅过沧桑百岁余。能识忠魂无限恨，花如血泪写成书。铁干疏花出古盆，矮檐小屋几成春。月移瘦影铮铮骨，风带浮香渺渺魂。依竹常沾君子气，傍松无视大夫尊。清幽不释东隅恨，读罢临窗弄纸痕。浑浑暮暮复朝朝，翰墨缘深少寂寥。澎湃心思何处写，一樽古缶共双乔。翰墨前缘枉费劳，一生碌碌发萧萧。老来欲写丹青卖，忘却此身历几朝。

## 杂吟录

竞竞暮暮复朝朝，今世庸庸枉费劳。至效神州身已许，心怀马列愿头抛。
卌年羸瘁头斑白，半世奔波鬓发焦。到老不知功和罪，闷听官倒笑声高。

## 浣纱图

千年异口竟同声，只指西施说美人。我欲为之伸大义，吴宫间谍越功臣。

## 拜月图

毋轻脂粉出英雄，虎将嗟嗟犹逊功。一技连环双口斧，骠姚自度敛威容。

## 拜佛图

因逢急难诉苍天，拜佛何须敬纸钱。天上神仙皆纳贿，人间怎得不伤廉。

## 群蟹图

其　一

横行一世将成精，唤雨呼风欲借云。到此劝君息霸道，知尔和醋有余腥。

其　二

得意时来只横行，管他天理与良心。只因渔父凭天网，席上陈尸悦贵宾。

其　三

八足双钳只乱舞，横行四海历江渚。恢恢天网君无视，只怕无盐入锅煮。

## 薰莸篇

诸家史笔论薰莸，众说纷纭互未休。苏小坟旁岳王冢，英雄儿女各千秋。

## 谢稚衡老人授艺

倾聆导语信无私，朽木难雕学商迟。若是程门容一席，未曾立雪也言师。

### 偶　成

重逢花甲欲何之，淡泊清心顺应时。今日挚交唯二杜，老康佳酿少陵诗。

### 鹧鸪声

如泣如诉声声苦，未卜君家入耳无。充耳不闻人所患，自身有患复何如？

### 无　题

其　一

万变当头无别思，任人笑我不谐时。只因卡尔连魂久，心戴余丹入太西。

其　二

不为良相作良医，曾向岐黄也拜师。犹愧此身同宰予，空怀医国七旬痴。

### 戊辰中秋老干部赏月

一曲新词赋碧霄，月光如水水平潮。此来欲效鸿都客，哪识蟾宫舞绝招。

### 示诸儿

万物兴衰有定时，居安思危莫迟疑。承平也得忧离乱，说与儿孙一道知。

## 胡长轩

胡长轩（1928～？），江苏涟水人。大专毕业。曾任县委副书记、淮阴地区专署财贸办公室副主任等。离休后习诗，任淮阴市诗词协会副秘书长。

### 缅怀纪念老一辈革命家

延安圣地万年荣，曾住中央一代雄。领导军民歼敌寇，坚持马列创新中。
反封反帝为人类，无畏无私业绩丰。推倒三山惊世界，中华崛起振兴东。

### 改革腾飞颂

其　一

小平理论振神州，三代弘扬异彩稠。改革山河变秀美，振兴日月上层楼。
双文崛起繁荣貌，四化腾飞强胜遒。万里中华穷变富，教科兴国固金瓯。

其　二

小平理论振神州，伟大中央抓特优。深圳小村变大市，厦门腾飞列上游。

汕头发展成先进，珠海翱翔出美优。崛起海南多特色，浦东巨变众群讴。

## 张水镜

张水镜（1930～ ），江苏泗阳人。中专毕业。1949年5月参加解放军，历任战士、文书、文化教员、国防工程技术员、军务参谋等职，1975年转业至清河，在调研员岗位离休。

### 登钵池山极目感怀

其 一

登临再造钵池山，满眼风光去旧颜。翔宇通途驰宝马，几湾清水映尧天。
高楼旺铺红商市，绿叶青苗壮大田。遥想当年堤毁事，今朝应惜此林园。

其 二

一桥飞架似龙蟠，数眼喷泉上九天。钓叟岸边沉钓乐，三仙岛上忆三仙。
花香鸟语怡心境，灿烂辉煌好度闲。最是出奇惊人处，洞天宛在一山间。

### 春游花果山

连云海港花果山，怪石珠帘猿自闲。玉女峰高松峻峭，风情水韵白沙滩。

## 王昌年

王昌年（1930～2008），清江浦人。1949年5月参加革命，任文工团分队长，1952年转为中学教师。淮安市诗协会员，清河区诗协理事。著有《王昌年诗词集》。

### 登泰山

山高不须问，望岳入云中。松密层峦翠，霭青群嶂朦。
身登玉皇顶，目纵日观峰。环视千山小，恍如步九重。

### 游香山

沸腾山脚下，延揽入高峰。俯视漪园美，指看燕市雄。
巉岩无闹语，绝壁有寒风。梦阮遗贫室，樱沟寻旧踪。

注：梦阮是曹雪芹的号。

### 登长城

逶迤一线翠峰间，历尽沧桑千百年。雨雪涤清烽火迹，城墙塞上伴青山。

## 杨义春

杨义春（1932～　），笔名耕夫，江苏涟水人。本科毕业，副研究员，中共党员。历任江苏省淮安师范学校、扬州师范学院中文系教师，清河区委宣传部副部长，区委办公室主任，政协秘书长；中华诗词学会会员，淮安市与清河区诗词协会顾问。

### 纪念周恩来诞辰116周年

总理生辰，悠悠念情。鞠躬尽瘁，赤胆忠诚。一代贤相，千秋伟人。安邦治国，恩泽黎民。指点江山，宏开大坤。神州崛起，大地升腾。全党楷模，功勋史铭。迎来“四化”，告慰英灵。

### 故乡行

浓荫围故园，坦道四方连。水洗星空月，风摇麦浪颠。
楼亭华灼灼，翁妪意绵绵。情满万千日，依依六十年。

### 纪念毛泽东同志诞辰120周年

其　一

东方日出照天明，辟地开天玉宇清。星火井冈燎沃野，航灯遵义引征程。
抗倭八载驱仇寇，推倒三山颂太平。遗爱追思兴伟业，丰碑永树千秋铭。

其　二

千古伟人一代雄，武攻文治建奇功。三山推倒山河改，四化宏图绘彩虹。
民族振兴呈锦绣，国家强盛唱昌隆。巨人挥手乾坤转，引领神州向大同。

### 千人共植“民族团结复兴树”

千人植树义深长，百族同心振国邦。彪炳千秋开盛世，长青万古建荣昌。
挺拔苍翠山河秀，历尽沧桑瑞气香。一脉情深歌大雅，蓝天碧水沐春光。

### 盐河颂

奔腾九曲水流东，激浪狂涛气势雄。玉带一根淮楚佩，芳名万古世人崇。

沧桑神韵千秋在，际会风云万里同。喜看盐河情未老，助推圆梦显神通。

## 赞“好干部”兰辉

北川羌族自治县副县长兰辉，刚做完肛肠手术，带病深入乡镇检查工作，不幸坠崖跌入堰塞湖牺牲。习近平总书记称其为“用生命践行群众路线好干部”。

践行务实守清廉，带病调研攀众山。社稷情关谋虑远，人民心系梦魂牵。
壮心灼灼光寰宇，锐意拳拳撼地天。一片丹忱红胜火，光辉永照塞湖前。

## 先祖杨震颂

杨震为官懿德端，四知拒贿美名传。铿铿话语镇纲纪，耿耿丹心耀史笺。
律己秉公伸大义，为民执政作清官。先人高品千秋誉，当效前贤慎用权。

## 参观新区生态园感赋

新区生态好风光，民宅楼群迎艳阳。白鹭翩翩湖上舞，沙鸥对对半空翔。
园中景色陶人醉，陌上鲜花吐异香。环境宜居呈雅秀，诗情画意壮淮乡。

## 八十二烈士殉国70周年祭

历史烟云七十秋，鬼狐来犯弹痕留。三千倭寇疯狂极，八二英雄热血流。
忠勇殉国千载誉，舍身垂范万年讴。忠魂换得山河丽，英烈壮行传九州。

## 谒恩师汪达之墓

五十六年犹记新，同乡二字寄情深。音容常忆情难抑，话语每思倍感亲。
尽瘁一生留美誉，两袖清风系庶民。灵前肃立思潮涌，德范无垠万古存。

## 淮安府署观瞻感赋

淮安府署气恢宏，走进厅堂暖我胸。联语条条廉政意，石坊字字爱民风。
晨钟暮鼓迎骚客，黄卷青灯映碧空。百载铭雕碑勒在，千秋明鉴照寰中。

## 邀友登镇淮楼

清风拂面上高楼，挚友重逢话不休。漫话天宫堪折桂，畅谈神九信天游。
竹林听雨催情暖，杏酒飘香乡语稠。最是古城多俊杰，夕阳璀璨照神州。

## 吴伯雄访问北京

雪化冰消七彩虹，胡吴会晤暖融融。求同着意谋发展，存异同心向大同。

万里江山期统一，两边黎庶笑春风。同胞携手兴宏业，华夏振兴建大功。

### 纪念甲午战争120周年

日倭歹毒似狼狂，黩武侵华罪恶彰。清府昏庸民受辱，神州悲苦国遭殃。赔银签约天昏暗，割地封疆日无光。历尽沧桑风雨过，唯留明鉴照前航。

### 叹“诗人”出书

妄称格律巧包装，平仄词牌俱有伤。作者急功差检点，版商近利少端详。行吟坐咏成千首，典雅装帧挺大方。且喜新书刚问世，又投纸厂化成浆。

### 诗　痴

夜半孤灯敲韵音，吟声惊醒共眠人。关情切切叹无奈，连骂“诗痴”话语频。

## 王振有

王振有（1932～　），淮安师范毕业，先后在盱眙师范附小、淮安水产学校、徐溜中学任教。清江浦区柳树湾诗社常务理事。

### 周总理故乡吟

其　一

故乡草木竞争荣，遍地花开香气浓。树秀风清成画本，泉清珠脆入诗中。月含湖水水含月，虹吐青山山吐虹。美景一时书不尽，淮安民众乐融融。

其　二

今朝总理故乡游，可爱山河淮水流。灌溉总渠通大海，京杭运水泛龙舟。繁华城市撩人眼，美丽农村竖玉楼。改革东风苏大地，城乡巨变喜心头。

### 刘老庄战斗

日军出动炮声隆，刘老庄前交战中。炮火连天相对战，冲锋杀敌是英雄。枪林弹雨挺身出，为国捐躯对党忠。碧血染沙垂万古，丹心照日映千红。

### 回忆父亲在抗战时期送军粮军草

保家卫国最情真，抗战整天前线奔。军草军粮齐送到，支援抗日带头人。

### 回忆母亲抗战时期为八路军做军鞋

思母经常两泪挥，内心悲痛告知谁？白天黑夜做军鞋，团结军民胜利归。

## 顾　言

顾言（1933～　），江苏淮安人，久居清江浦。中共党员，大专学历，建筑专业中级职称。先后在水利、商务局从事基建工作40余年。中华诗词学会会员。

### 兴游周庄

青砖黛瓦马头墙，流水隆桥誉沪杭。石板巷风靡四海，笙簧丝雨绿三章。
茶楼细品江南韵，柳岸轻摇古镇香。千里月明和溢色，虹霓晚照俏船娘。

## 孙志翱

孙志翱（1934～　），江苏南通人。中共党员，大专毕业，高级经济师。从事金融业，供职于江苏淮安人民银行、工商银行。退休后习诗。

### 秋日游清河新区古黄河风光带

其　一

一片霞光映水光，风吹碧水荻花香。长空群雁南飞急，三两鸥凫戏草浜。

其　二

碧树青藤沙垄岸，苍松翠柏傲霜天。漫游不觉残阳晚，一抹红霞绕夕烟。

其　三

轻歌阵阵响河涯，一石抛将碎晚霞。十月天高雁南去，西风落叶玉钩斜。

## 李耀南

李耀南（1934～　），江苏无锡人，久寓清河。中共党员。南京师范学院中文系毕业。历任中学教师、副校长、副书记等。高级教师。中华诗词学会会员、淮安市诗词协会理事、清河区立新诗社顾问。

### 心　愿

一张调令笑容芳，奔向淮城好地方。欲为老区兴教育，愿将白骨葬他乡。

从师教学无闲隙，卸任归田自主张。遥想将来有雅趣，霜花着意写诗章。

### 登山队“登顶”

险象环生登极顶，众山一览似泥丸。中华儿女英姿展，圣火奥林光宇环。

## 王国楼

王国楼（1934～ ），清江浦人。幼入私塾。1951年始为干部，先后在淮阴、洪泽两地从事共青团工作多年，1984年调江苏清浦区人大，担任城乡建设环境保护工作委员会主任。

### 湖景渔事

登舟湖上行，轻风波如云。远眺水接天，宽阔怡我情。银鱼待上市，肥美鲜白鳞。渔家整长帆，樯杆木似林。船旁系绿网，网眼大过萤。开禁前试捕，规格呈丰盈。依湖又爱湖，利国更利民。

### 咏歼15成功试飞辽宁号

劈波踏浪东海航，舰载铁鹰演练忙。滑跃成功歼十五，科研化剑媲列强。
试飞男儿凌云志，睿智神勇铸栋梁。艺高器利军威壮，捍我国土卫我疆。

### 魅力清浦

一城横跨大运河，四周碧水循序流。景中有市市外景，繁华林静任君游。

### 纪念汶川大地震3周年

其　一

排排新楼布有序，宜景宜居品质坚。重生重建创奇迹，三年跨越二十年。

其　二

课堂学子书声朗，羌寨起舞鼓乐喧。山川映秀悲渐远，万木苍翠绿如烟。

### 赞洪泽湖大堤

九牛迎波镇大堤，风哮浪狂石未移。蓄淮济运数百载，水上长城天下奇。

## 刘炳权

刘炳权(1934～ ),江苏淮安黄码人。中专毕业。1958年4月参加工作,曾任市委组织部组织科副科长、市多种经营试验站站长。淮安市诗词协会会员,清浦区黄码乡诗词协会名誉会长。

### 村居乐

其 一

解印回乡住,村居兴趣幽。蝉鸣千树响,蛙鼓水中游。鹅鸭河塘闹,猪羊散满丘。闲时钓几尾,下酒把歌讴。顽石山头立,白云天际留。欢心无俗事,散步带观秋。

其 二

还乡住老家,环境实堪夸。东有篱边挂,西临菜地瓜。房前红枣树,屋后绿桑麻。春日千花放,秋天百果佳。大田植水稻,园地长花茶。高兴饮西风,敲诗赏菊花。

### 嵩山游

中岳嵩山丽,峰高峻岭连。山崖悬瀑布,绝壁起云烟。
百姓求神地,禅门结佛缘。白云飘脚下,游客自为仙。

### 瞻仰周总理纪念馆

望重德高厚,英风播五洲。人间称美玉,恩泽惠环球。
勇气奸人怕,心劳国策筹。楷模天下士,永世仰风流。

### 悼念刘老庄八十二烈士

抗倭激战地,烈士骨生香。碧血染疆场,丹心举国扬。
清明万众祭,八十二英强。刘老庄前墓,中华魂放光。

### 淮安东湖风景

风平浪静泛韶光,薄雾红云映晓窗。朝似貂蝉初醉酒,晚如七女试红妆。
潇潇洒洒迎宾客,大大方方送俊郎。修面整容如画美,敢同西子比优长。

### 探家联想

饥寒交迫幼时情,皓首回乡喜又惊。历代凄凉咋不见,当今盛世正飞腾。
山河治理走新路,科技创新奔远程。茅屋清除无影见,高楼大厦与云平。

### 南京阅江楼远眺

匆匆登上阅江楼，远眺长江万里流。两岸峰峦排左右，往来船只各争优。
风吹水面浪花溅，雨洒江堤绿柳柔。城市繁华环境美，游轮甩掉万山头。

### 故乡行

走北闯南回故乡，车停村后小河旁。抬头远看森林绿，举步近观秋稻黄。
三十余层楼幢幢，万千花朵送清香。家兄家弟住何处，手指高楼最上方。

### 回乡路上

长途漫漫山和水，贫困家乡梦已遥。此刻难收思母泪，遐龄才渡运河桥。
儿时旧梦今回想，往事重温起浪涛。苦辣酸甜皆往事，如今故里涌新潮。

## 许　华

许华（1935～　），女，江苏淮安人，久居清江浦。淮阴地区人民医院护士班毕业，留校当护理教师，后转至淮阴卫校任讲师。

### 长春春雪

江南柳树绿，北国雪娇娆。四宿三飞舞，方停日正高。
淮阴傻老太，旅吉是初遭。不识长春雪，疑为柳絮飘。

### 颂“名酒之乡杯”国际书画大赛

名酒之乡泉水美，诗情酒助兴偏长。学书笔底如龙舞，入画枝头鸟欲翔。
海外思归游子意，樽前怀旧客心肠。襟沾佳酿香常在，缘是身家在酒乡。

### 劝君早戒烟

其　一

吸烟危害世人知，最是染于少年时。陷入泥潭须自拔，健康失去挽回迟。

其　二

文明环境人增寿，烟毒害人心胆寒。莫恋今朝“效益好”，多年之后倍偿还。

## 悼念丈夫张斌同志

其 一

夫少从戎斗志昂，一心打败杀人狂。战场数次曾流血，虽是肢残气性刚。

其 二

出生入死谈何易？弹雨枪林扶救伤。治愈几多好战友，战争胜利沐荣光。

其 三

解放初期党培养，跻身高校受熏陶。参加建设新医院，沪上新华医术高。

其 四

相伴相依三九春，时常诲我意谆谆。从来不道同仁短，教子为人要朴淳。

其 五

朝思暮想泪千行，梦里相逢君未亡。共枕同床如昨日，醒来只恨夜悠长。

# 范成祖

范成祖(1935～2018)，江苏淮安人，久居清河。初中毕业。淮安市十佳农民诗人。中华诗词学会会员、淮安市田园诗社理事、淮安市清河区白鹭湖诗社副社长。

## 咏清河新区

清江十里旧城东，远近知名陆大冲。地懒人勤时不济，年丰岁歉运交穷。尘封几世逢春雨，绽放山花映日红。茅屋无心寻旧貌，琼楼有意展新容。连绵别墅呈风采，林立高层气势雄。汽配商城名百富，京腔剧院号长荣。佳肴国宴淮扬菜，极品家居美凯龙。傍水山庄飞白鹭，凌空桥路架霓虹。亲临目睹如仙境，身到蓬莱似梦中。

## 步韵九世祖范冕公《吟清江》

古今胜迹客来游，台岛风情日月州。文化长廊运河水，红娘广场古淮楼。
保存修复都天庙，疏浚翻新文曲沟。总理童年读书处，韩侯奋发离码头。

## 艺 蔬

花开黄白紫苞陈，棚内隆冬绿似春。颠倒菜蔬通四季，农民两手转乾坤。

## 郝宇铭

郝宇铭(1936～ ),江苏宝应人。从事教育工作。退休后入党。现为清河区府前诗社顾问,淮安市诗协理事,江苏省诗协会员。主编诗词专集《府前诗苑》。诗作曾获2009年全国“李杜杯”诗赛铜奖。

### 读友人诗稿感赋

敬阅华章得非浅,激情奔涌泪盈眶。以诗咏史情常沛,寓史于诗意更长。
笔底犹闻硝药味,枪林尚有字词香。诗空璀璨银河耀,又起新星增异光。

### 淮上秋色

茱萸初插夕阳里,洪泽波平意自闲。云淡天高消盛暑,菊黄芦白报新寒。
新楼才衬东山树,苍绿尚留西水滩。苇叶金风摇曳处,雁群陶醉不图南。

### 贺清河区荣获“中华诗词之乡”称号

钵山起舞淮河唱,古邑诗乡获盛名。千曲和谐融韵美,万歌协律颂清平。

### 入党培训感赋

好钢淬火炼炉红,皓首犹追黑发丛。老骥报恩该奋进,只因党在我心中。

### 府前诗社双岁感赋

举步两年学画龙,小荷岂敢学英雄。众长博采迎潮进,吟海急流搏浪中。

## 张国荣

张国荣(1936～?),江苏涟水人,久居清江浦。中学高级教师。退休后习诗。

### 挑担老者

身似弯弓脊有钢,步似艰难目有光;他年尽挑苦和泪,而今喜忧两箩筐;借问今朝欲何往? 欲挑千斤上云冈!

### 游清河新区生态园

自古河滩石沙重，而今新区生态浓。树有华冠绿如海，水无纤尘明似空。燕雀戏飞南忽北，兰梅喜绽埂连冲。栈桥高低临水道，小径曲直断还通。长荣剧院红娘唱，西游城里闹悟空。劝君此园常游览，不慕天庭广寒宫。

### 淮老吟

淮上有老健如铁，日行百里不须歇。飞雪三尺湖里游，烈日火烤登泰岳。七十犹夺马拉冠，八十摔跤猛虎烈。年丰人寿百业兴，常忆当年天作孽。忠厚书生成牛鬼，妻亡子散窦娥雪。淮滨有墓松十围，绕墓抚松肠百结。淮水常照孤身影，不见玉颜心泣血。老树新发犹劲遒，九十又获同心结。晨光熹微燕双飞，夕照初染共舞蝶。如影随形暮复朝，你唱我和伴管乐。金蝉羽化带露鸣，青丝童颜世奇绝。自信人生二百年，欲登神舟访明月。晴空忽爆炸雷响，法院飞来一传牒。不孝儿女争遗产，后院起火闹分裂。一天堪比十年熬，形消骨瘦灯油竭。炸雷击倒铜铁柱，淮水呜咽洒泪别。阴魂悠悠到九重，玉帝坐堂诉状接。苗木树艺未成时，野马疏驯性必劣。马卡殚思育顽童，武训乞讨兴义学。世间众多啃老族，溺爱不教是毒药。诉状暂留返阳去，下轮甲子朕再阅。长啸如雷大梦醒，记者云集无爽约。电波网络传佳话，捐尽家资助教业。高山巍巍仰无尽，大河滔滔颂不绝。晚霞如火红满天，老骥奋蹄无休歇。

自注：马卡，指苏联教育家马卡连柯，因收教二战期间流浪儿童而声誉卓著。

### 五一游花果山

佳节兴致高，游人涌如潮。志临玉女峰，鸟瞰黄海涛。
美景绝顶是，奇迹汗水浇。为学亦如此，苦攀莫动摇！

### 自 述

老夫六十学青年，南下求职非唯钱。我学先圣布教泽，不慕陶令去耕田。
位卑未必是俗子，权贪一定成魏贤。他日桃李成大器，笑看晚霞映红天。

## 周 莹

周莹（1936～ ），女，江苏盐城人，久居清江浦。江苏师范学院毕业，分配至淮安县中学任教师。“文化大革命”期间到市委党校任教。

## 旅游乐

平生爱岭川,岁月亦随缘。寒冷玩三亚,匡庐避暑炎。
泰山观日出,灞上赏云昙。华发童真显,桑榆晚景妍。

自注:我曾乘飞机,快到咸阳时看到奇景,蓝天下白云立体翻腾,同时转换成自然界的各种物象,如山水、牛马等。

## 秋游白鹭湖山庄

早闻白鹭山庄秀,今幸应邀到此游。桂金飘香馥我醉,红鱼摆尾逗人留。
寒蝉凄切对垂柳,水鸟翻飞寻绿洲。且喜秋来百事好,举觞相庆乐忘忧。

## 咏怀童年故乡

遥忆当年桑梓美,蓝天碧水展风光。花开桃李增春色,树葬松柏宿暮阳。
夏日炎炎榆树荫,秋风爽爽悦金黄。儿童不识天高矮,欲上枝头伴鸟狂。

## 红薯颂

不挑地势不挑田,进入泥巴孕味甜。老少皆宜身体健,绵香可口胃投缘。
昔年饥馑城乡爱,今日养生福寿延。药食同源千万种,天天红薯保平安。

## 赞奋斗精神

盲等赖靠虚落空,慎思奋斗必成功。空谈误国人皆懂,实干兴邦脑旷聪。
踏石有印依韧劲,抓铁留痕巧技工。敛心聚力谋发展,殚精竭虑人中龙。

## 淮安府署

淮安府署明朝建,风雨沧桑数百年。明镜高悬威赫赫,似闻府尹斥贪官。

## 自家小园

其　一

小园莫道无名卉,四季花开朵朵娇。最爱霜天赏秋菊,清香满院激情撩。

其　二

一树琼枝园界立,迎霜冒雪孕花苞。不同梅萼争名誉,点缀萧疏亦自豪。

# 张望东

张望东(1936~ ),曾用名张恒柱,清江浦人。祖籍丹徒。毕业于淮阴师范,从事语文教学42年,小教高级职称。爱好文学,习诗有年,为中华诗词学会会员。

## 赏 梅

梅花有主冒寒开,夕照微风香气来。欲摘一枝赠老友,不知何处寄余怀。

## 咏 竹

眺望山坡上,悠闲曲径旁。风摇柔亦韧,雨洗靓而庄。
片简千秋史,纤毫百代章。韶华烟水梦,俯仰说沧桑。

## 直面洪泽湖

浪涌云天外,桨摩日月心。洪波舟万点,碧垅谷无垠。
壮阔新城脊,迢遥古邑音。蕴涵天地意,岁岁敞胸襟。

## 和谢篪诗友《读毛泽东诗词》

吞吐风云气,萦回今古情。奇瑰腾海日,雄峻压山城。
诗域高擎炬,词坛独树旌。千秋应不朽,一卷系苍生。

## 步韵奉和省身兄诗二首

其 一

曾经风雨遍天涯,数九严寒敛物华。秀木凋残原上土,征鸿零落渚边沙。
冰封涧水邀明月,雾笼楚州赊彩霞。褪尽残冬风景异,春风又度万千家。

其 二

苦海茫茫终有涯,奈何岁月蚀韶华。春回不复斫前柳,潮去唯存淘后沙。
未许东风扶雁翼,仍偕夕照绘烟霞。情怀每欲诉知己,遥望山阳二蒋家。

## 绿色淮安

天眼人心双向青,河滨璀璨一珠明。碧云缱绻九衢树,玉带缠绵四水城。
露湿重楼花婉约,鸟啼幽境草温馨。郊游最是风光好,一路莽苍相伴行。

自注:四水,谓老运河、大运河、盐河与废黄河穿越市区。

### 无　题

其　一

任凭地老与天荒，碧海情深未可量。涧水唏嘘初蕾谢，勺湖涕泗逆风狂。
君难见我悲难诉，我易思君恨易长。二十九年多少泪，幽明阻隔两茫茫。

其　二

人生无计挽时空，回首唯存一道虹。溪畔莺声花窈窕，灯边鬓影月朦胧。
那堪天令幽兰折，无奈愿随黄土封。落寞寒斋情满纸，翻笺不是旧春风。

### 暮春偶感

堂皇牌匾色缤纷，不掩鲜明雕饰痕。冷雨西风侵筚户，香车宝马拥朱门。
贪婪欲涨江河水，富贵花开权力根。多少腰金衣紫客，依稀昔日旧王孙。

### 冬　青

但得青泥寓一方，雨滋露润自低昂。天然本色唯披绿，朴素情怀不惹香。
行道凝眸呈蓊郁，陵园回首转苍凉。立身焉计边缘化，四季葱茏已示强。

### 秋暮漫兴

菡萏香消白鹭洲，烟波夕照老桥头。风侵独爱枫燃火，霜降尤怜菊绚秋。
陌上琴音湖上袅，樽边心事枕边稠。朦胧天际一弯月，正把诗情钓上钩。

### 温总理赴云南陆良县德格海子水库干涸库底察看灾情

天南地北两煎熬，田野禾苗近半焦。给力浑忘古稀瘦，亲民未觉庙堂高。
春风万里催云雨，磐石千钧激浪潮。透土甘霖犹在望，清泉一道润心梢。

## 姜　侠

姜侠（1937～　），先后在淮安市联合砖厂、市建材办工作，退休后学习古诗词，曾获淮安市十佳农民诗人称号。

### 赞清河新貌

车如流水人如云，老者七旬逛淮阴。旧日巷街寻不见，高楼新建密如林。

### 咏老年娱乐

鬓发苍苍度老年，休闲广场拨三弦。声声横笛歌杨柳，雅雅胡琴忆二泉。
树下争先欢笑唱，花前往返意情绵。桑榆已晚寻娱乐，弹唱吹拉喜气添。

## 叶　云

叶云（1937～　），江苏沭阳人。大学毕业留校，后至南京七二〇厂、清江无线电厂工作，任工程师，淮阴市无线电管理委员会监测站副站长、高级工程师。

### 纪念“七七事变”77周年

七十余年风雨稠，狼烟不断几时休。卢沟桥上悲犹在，钓岛枪声又结仇。
修宪增兵多诡计，扩军黩武耍阴谋。日军侵略豺狼性，警惕倭兵再掉头。

## 夏学洲

夏学洲（1937～　），南京江宁人。中共党员，淮阴师专中文科毕业。中学语文高级教师。曾任淮安市第三中学教务主任、清河区教育局党校副校长等职。退休后任清河区立新诗社社长，清河区诗协理事。

### 观洪泽湖

放眼洪湖水接天，云蒸霞蔚雾中帘。岸边翠柳凌空碧，波面渔帆击楫连。
金蟹横行四海越，白鸥展舞五洲翩。无风亦起千层浪，不雨蒙蒙墟里烟。

### 登镇淮楼远眺

古香古色镇淮楼，会聚群贤赞楚州。漕运昌明风雨过，韩侯兴汉业勋留。
枚亭台榭千年事，河下石阶万代讴。玉带穿城帆影动，诗人泼墨韵温柔。

### 送孙女夏艺去苏州读书

淮安雏凤姑苏进，展羽求知靠自身。勤奋用功见头角，钻研刻苦做真人。
琴筝演奏铮铮响，书画描摹奕奕神。虎寺风光用心看，春回寒去业精纯。

### 观长江

极目长江水，空蒙远接天。无风三尺浪，不雨墟里烟。

注:2007年春,回乡省亲,与发小朱正兴、王在田在长江堤上漫步后作。

### 磨　砺

百花争艳满园红,国粹传承进户中。蜂蝶竞飞忙酿蜜,经年劳碌有诗翁。

### 天神之吻

天宫神九当空吻,宇宙佳音奏响时。福报人间开甬道,强军固国世人知。

### 漫步大运河文化广场

浦楼胜地聚贤才,北马南船次第来。玉带穿城随起浪,东风扑面入胸怀。

### 咏　荷

亭亭玉立芙蓉女,绿盖红英展异姿。不染污泥高一品,晚风送爽未为迟。

## 吴安如

吴安如(1937～　),江苏沭阳人。中共党员。初中毕业后入伍,1965年转业到淮阴地区从事文书、秘书、政工等工作。1998年于淮安市城建局退休。任淮安清浦区诗词协会理事。

### 沂河沉思

青烟染碧空,河水变乌龙。鹅鸭岸边立,鱼虾消影踪。
花憔期艳丽,苗萎盼葱茏。急待贤官治,生灵展秀容。

### 咏银杏树

擎天立地犹连理,缱绻情深两手牵。傲雪凌霜歌壮志,栉风沐雨舞翩跹。
果香药效人争品,叶茂荫浓众避炎。抹日霞染身溢美,峥嵘共度寿如仙。

自注:荷花池小区有雌雄两棵银杏树,枝叶相拥,树龄分别有200、300年。

### 插　秧

轻车飞转早出征,巧手方塘弄花屏。一脉相承穴等距,万株列队毕均耕。
彩云赠冠荫颜玉,霞朵着衣抢眼睛。立水秧苗拥翠绿,金莺堤树伴歌鸣。

### 赋闲向学

复日案牍辛，难驰笔下吟。慕鱼结网取，夙寐涉泽殷。

### 赞十里运河风光带

巨龙横卧贯西东，飞架五桥势若虹。十里长堤绿树掩，百花争艳映霞红。

### 贺我国扶贫日诞生

阳和此日定宏筹，济困扶贫壮九州。输血更须谋造血，万方献策创新尤。

### 春　雨

春雷物苏乐人心，柳绿花红一片新。大地雨滋苗茁壮，丰年景兆亩千斤。

### 油菜花

翠绿芳香油菜花，阳光雨露叶正华。最是春风多情意，催籽成油流万家。

### 咏　菊

孤株盆立不称王，百卉凋零独溢香。岁岁喜欢枝干挺，更怜花俏傲风霜。

## 朱永清

朱永清(1938～　)，江苏涟水人。大专学历，高级政工师。曾任淮阴地委纪委、淮阴市纪委副科级纪检员，中共清浦区纪委副书记，清浦区民政局局长。

### 老年养生杂感

人过花甲属老年，不图荣华不求仙。钱财皆是身外物，养生保健睡好眠。合理膳食巧搭配，衣着得体顺自然。起居有常勤锻炼，处世乐观常聊天。读书看报勤用脑，烦心琐事不沾边。老夫老妻常相伴，健康快乐度百年。

### 咏千年古镇河下

漫步河下古镇里，徜徉院落亭台前。历史古迹处处见，满目斗拱飞脊檐。
名人多达二百余，一城文化半城仙。石狮牌坊见神圣，时空恍惚越千年。

自注：河下古镇，产生过梁红玉、吴承恩等200多位文化名人，有67名进士、123名举人。

### 泰山顶上看日出

夜宿天街心潮动，寒气逼人秋雾浓。五更冷风不畏惧，登临雾海碣石峰。
松柏远近皆寒色，沧海边陲似火红。冉冉红日跃升起，身沾霜花兴冲冲。

### 大闸口风颂景

十里灯火尽兴游，五步一景两岸舟。酒楼繁华半临水，古闸紧锁御码头。
祠堂庙宇在两岸，公园浦楼居中洲。众多古迹游人至，淮扬美食把客酬。

### 书痴咏

年轻好读似书痴，老来发狂写小诗。赋诗填词精神擞，好处只有自己知。
漫步庭院勤吟诵，静坐桌前慢构思。偶遇亲友来敝处，笑谈感受乐滋滋。

### 练出人生第二春

公园里面有群人，年纪黄昏有精神。扭着秧歌舞着扇，打拳舞剑特认真。
心热不惧寒和暑，潇洒毋分暮与晨。牵手快乐健康伴，练出人生第二春。

### 贺涟水机场通航

门前圆上蓝天梦，银燕腾飞上太空。京厦广深几千里，谈笑未尽已相逢。
公铁水路连全国，航班空运又开通。八方游客淮安至，共祝淮涟齐繁荣。

### 拜谒关天培祠

行伍一生为国酬，焚烟抗英展鸿猷。孤军奋战不退缩，御侮杀敌热血流。
广东虎门威四海，楚州东郊冢千秋。忠魂永存惊天地，青史垂名万古留。

## 石殿玉

石殿玉(1938～2016)，女，江苏淮安人。中共党员，小学高级教师。江苏省老年书画协会会员。

### 当　家

一顿省一把，三年买匹马。有钱不乱花，才会把家发。
杯水覆舟没，蚁穴毁大坝。扬鞭腐败击，重棒恶风挞。

## 七夕乞巧

阑珊星斗缀珠光，姐妹七夕乞巧忙。瓜架藏身听悄语，偷学巧艺嫁帅郎。

## 片月涵川

片月涵川池水柔，金鱼甩袂并肩游。喷泉涌起千层浪，疑是银河欲倒流。

# 王克庄

王克庄(1938～ )，清江浦人。大专毕业，给排水与污水处理工程处主任工程师。爱好诗、词、书、画、印。

## 闲居乐

择居桃花绿柳间，斑斓满目享悠闲。清风明月遂心意，天光云影任流连。
捧书夜读三更梦，操刀日凿石上田。四代同堂逢盛世，欢声笑语逐新颜。

## 闲情记趣

风拂柳丝戏水，雨打荷叶闻花。晚观游鱼读月，朝听晨鸟吟霞。

## 春雨催耕

小雨沥沥细无声，绿柳吐苞暗送春。归燕呢喃催人紧，机声突突闹春耕。

## 鱼池春晓

一树桃花池畔开，东风剪去又收回。游鱼不识红颜面，惊问阿娇何处来。

## 偶 成

其 一

解甲归来不种田，半尺方砚耐心研。松竹梅兰不入俗，写就挂在墙上边。

其 二

落日霞飞红满天，学书习画仿前贤。时人不识余心乐，返老还童学少年。

## 贺淮安新火车站落成

一线穿越大湖东，新站落成气势宏。古城从今添双翼，交通枢纽架彩虹。

### 桃花坞记行

桃花坞上桃花开，一家三代结伴来。岛小花繁看不够，华灯已亮兴未衰。

## 孙松林

孙松林（1939～ ），江苏盐城人，工程师。曾任淮汽总公司汽车修理厂班组长、车间党支部副书记、厂党总支部副书记、厂长，总公司商务公司经理、书记等。清河诗协康城诗社成员。

### 赞清河新区

清河盛世拓瀛洲，引凤筑巢极目收。荣耀古今文典灿，辉煌创意照千秋。

### 清晨公园一览

满园春色郁葱葱，曼舞轻歌练气功。多少游人寻乐趣，赏心悦目笑谈中。

## 徐以林

徐以林（1939～2017），原淮安市乡镇企业局供销公司干部，退休后学习诗词。曾任清河区诗协理事、朝阳诗社副社长。编有民间鼓书说唱材料数篇。

### 炎黄子孙一家亲

炎黄子孙一家亲，打断骨头连着筋。两岸领导紧握手，八十秒钟传佳音。团结一致向前看，六十六载终融冰。九二共识为基础，反对台独藏祸心。共圆伟大中国梦，努力奋斗敢于拼。誓为斯民谋福祉，风流人物数当今。

## 曹桂松

曹桂松（1939～ ），江苏淮阴人，久居清江浦。从事中小学教育。一品梅诗社会员。

### 纪念清江浦开埠600周年

袁浦名邦历史悠，地灵人杰竞风流。兵仙鼎力匡高祖，翔宇鞠躬树楷模。
漕运千帆来楚越，通衢九省达燕幽。江淮崛起宏图展，册载申遗誉满球。

## 旅途一瞥

车上望长安，可怜无数山。群山尽染绿，高铁过其间。

## 小　趣

数九寒冬里，傲霜含笑开。剪枝插斗室，阵阵暗香来。

## 春　练

杨柳醉春烟，春光正好眠。劝君勤起舞，多动可延年。

## 游桂林山水

青山浮绿水，倒影映奇峰。水碧山灵秀，当惊鬼斧工。

## 圆　梦

大学梦圆几代人，征途万里始登程。书山此去多艰险，拼搏方能大器成。

## 楼居偶感

危楼百尺好气派，户户关门分里外。躲进小楼成一统，一家一户一世界。

## 登蓬莱阁

传闻仙境有蓬莱，过海八仙安在哉？华夏帆樯随浪去，友邦商贾过洋来。

## 习总书记春节赴陕看望老乡有感

伟人素有大爱心，时刻不忘老乡亲。日理万机赴陕地，难舍当初插队情。

## 垂　钓

选窝投饵设深谋，放线伺机待咬钩。一念之差贪美食，自吞苦果局难收。

## 谒泗阳城厢南京刘太尉(世勋)墓

报国无门傍庙门，长眠千载默无闻。顶天立地丰碑在，无限深情悼国魂。

## 春　光

乍暖还寒春少雨，含情芳树懒舒枝。忽逢上巳艳阳照，岸柳如烟小草痴。

### 瞻仰李宗仁官邸

僮乡伟人有李公,焦土抗战建奇功。壮志未酬一统盼,叶落归根晚节风。

### 阳朔漓江竹筏漂流

竹排笃笃浴洪波,雪练飞花击脸摩。两岸群山迎远客,飞舟逐浪唱欢歌。

### 农家土菜

山肴野蔬味纯真,未尝先闻涎已生。民风淳朴真好客,流连忘返是此屯。

### 晚　景

日丽风和放纸鸢,凌空摇曳一丝牵。心随彩影排云上,自在逍遥乐晚年。

### 春　雨

春雨丝丝润似酥,青青苗木缀珍珠。山川田野增秀色,一派生机入画图。

## 杨茂春

杨茂春(1939～　),江苏淮安人。毕业于淮安师范学校,终生从事教育工作。退休后,参加清浦区诗协,任常务理事。创办运南诗社,2013年被授予"中国文坛120位年度杰出人物"。

### 冬　梅

墙角一梅开,孤芳不自哀。任凭霜雪打,依旧馨香来。

### 诗情画意映朝晖

夕阳年岁老有为,机遇良师聚一堆。传授风骚写作技,诗情画意映朝晖。

### 咏淮安三首

其　一

壮丽东南第一家,食盐供应半中华。淮安蒲菜盛名久,更有龙虾闻迩遐。

其　二

四河碧水穿城过,泽国风光处处优。香辣龙虾滋味美,荷花千亩艳名悠。

其 三

新兴产业到淮安，商贸流通物业繁。陆水空通捷便市，宜居适业好家园。

## 秋 菊

飘香万里菊花开，远客闻香乐满怀。霜冷深秋枯万物，唯闻菊气暗香来。

## 赏 桃

桃花三月放苞开，香气随风诱我来。未见桃花人已醉，春光无限乐吾怀。

## 庐山夜

夜幕来临岭幻空，深宵雾锁此山峰。月出山鸟惊鸣叫，雾散云开旭日红。

# 陈宗亭

陈宗亭(1940～ )，女，清江浦人。中师毕业，小学高级教师。淮安市清河区立新诗社理事。退休后学习诗词，有作品刊登在相关诗词刊物上。

## 运河之都淮安

开凿邗沟育运河，船经清口竞争波。船艘衔尾待盘验，灯火连城伴酒歌。
谷物金黄沿水岸，淮盐雪白涌舱箩。高家堰大坝雄伟，漕运传承胜迹多。

## 日月洲生态乐园演艺广场

园中广场靠河旁，别致温馨景吉祥。雅座安然迷客友，近邻增艳郁金香。
北临花样喷泉立，南接风车献艺忙。快乐观光思宝岛，淮台文化永留芳。

## 钵池山湖

雨后山湖清净悠，鱼腾虾跃戏波游。游人摇橹尽情乐，白鹭亮喉栖岛讴。
翠竹丛花围岸绕，绿荫杨柳照湖柔。奇观处处偎青色，蕊影花堤风韵幽。

## 习马会

炎黄一脉弟兄亲，打断骨头连着筋。握手衷情惊世界，并肩诚意喜民心。
畅谈畅饮故乡酒，互利互赢中国人。九二阳光暖两岸，合欢家宴梦圆真。

## 钱永华

钱永华（1940～ ），清江浦人。曾任淮汽一公司车队队长、安监科科长等职。立新诗社常务理事。

### 敬赠人民公仆

一腔正气浑身胆，两袖清风满面春。为政清廉效裕禄，奉公克己不沾尘。

## 王远年

王远年（1940～ ），1958年参军，后服从分配，由军转企，最后从九二五厂退休。退休后，参加相关诗教活动。

### 赞科学发展观

发展良方是指南，国强民富八方安。东南西北齐前进，各族和谐谱锦篇。

## 许遐义

许遐义（1940～ ），清江浦人。本科毕业，高级工程师。市化工医药局退休。

### 咏　桂

翠叶遮娇艳，风吹万点黄。飞天仙子舞，酿酒月宫忙。
香过游人醉，笔挥骚客狂。夺魁无有意，谁料冠群芳。

### 回　归

冬尽寒终去，春来万物舒。故林归鸟至，振羽展鸿图。

### 巨　龙

东方起巨龙，瑞气满环穹。抖落尘和土，扶摇冲九重。

### 天地清明

秋雨潇潇下，金风吹不停。神州尘渐少，天地更清明。

### 雪

缓缓下苍穹，飘飘舞半空。悠悠华夏降，遥望地天同。

### 孝 亲

每思《游子吟》，难抑泪沾襟。尽孝家离远，妻贤侍母亲。

### 司马迁

司马皇威哪可胁，手中刀笔岂能削。宫刑宁受求真迹，一部书成千古绝。

### 青松颂

没有艳花无阔叶，颗颗丰果献山崖。生来不怕经风雨，根入岩中立挺拔。

## 冯正春

冯正春(1940～ )，清江浦人。1962年毕业于淮阴医学专科学校，一直从事中医医疗工作，曾任清江浦人民医院第二、第三门诊部主任，华夏骨伤科医院门诊部主任，清河区政协第一至四届委员。

### 从医70年

七十年前六岁童，家传岐伯授神农。长沙仲景伤寒论，古楚鞠通条辨弘。
内难脉经临证习，千金比翼普济通。为民逐恙生平事，扶正祛邪冯氏宗。

### 游涟水五岛公园

涟漪五岛水连环，印月平湖别有天。飞雾墨池千古苑，妙通七级聚游仙。
风荷柳岸鹜雏现，金桂秋馨白鹭旋。夕照林荫昌硕井，化龙桥上颂淮涟。

### 清廉颂步郑板桥竹石韵

咬定清廉不放松，立根原在亿民中。千难万险还坚韧，永效前贤两袖风。

### 万达广场

车水马龙八面通，参天大厦耸云空。繁华商贾怡人处，生态公园绿翠容。

### “千”字诗

千兵千马千年俑，千里阿房千古宫。千态千恣千变化，千翻制作千翻容。

### 观湖畔晨练

石塔湖边拂面风，岸边锦绣朝阳红。翩翩起舞歌声动，烁烁剑飞气势雄。

### 咏　梅

腊月东篱梅放艳，傲霜凌雪更娇妍。清风入户频添趣，无限余香润晚天。

### 抗战老兵赞

今岁“九三”不一般，耄临盛典列军前。声音洪亮赞歌唱，满面春光笑语喧。

## 杨瑞山

杨瑞山（1940～　），江苏睢宁人。中共党员。毕业于南京师范学院，同年被组织分配至淮安参加工作，任至清浦区检察院检察长、区政协副主席。退休后，任淮安市诗协副会长、清浦区诗协会长。

### 抗战胜利70周年

其　一

七十年后忆国殇，万众一心打豺狼。擒贼卫国杀日寇，护家斩倭举刀枪。
人民奋起山河震，鬼子失魂只得降。血泪史实应牢记，国强方能立东方。

其　二

侵华日本早谋求，妄想痴心霸亚洲。甲午占台先试探，卢沟遮月贼出头。
蛇类谁闻吞大象，鼠辈怎能变成牛。血性中华齐抗战，敌人都变阶下囚。

### 赞淮安三首

历史古城

淮水东流盼久安，青莲岗处六千年。秦时设县隋漕运，今日古城又扬帆。

文化名城

淮水运河日夜流，南船北马扼咽喉。名人辈出昭日月，古赞东南第一州。

生态水城

四水穿城似绿带，五河交汇映蓝天。工农商教齐飞跃，生态淮安正向前。

## 苏云龙

苏云龙（1940～ ），清江浦人。中共党员，工程师。1963年参加水利工作，曾在华东水利学院接受系统培训。

### 天街巡礼

天街漫步伴云飞，华夏神舟日月追。织女停梭凝外客，牛郎隔岸备餐炊。
金星拱手天门立，王母捧桃河渡窥。心急嫦娥忙问讯，何时一道乘船归。

### 清江大闸口怀古

缆石残痕留闸口，南船北马锁咽喉。新河已断纤夫泪，旧岸犹言画鹢愁。
隋帝如今成史料，东南自古数淮洲。弃船登陆观碑记，不尽运河滚滚流。

### 抗日战争吟

幸出红日磅礴起，光照河山扫秽尘。万众一心织猎网，前仆后继筑长城。
大刀亮起冲天怒，一曲起来落照昏。纷纷白旗无耻落，枭头绞架祭英魂。

### 英雄人民解放军

八一军章戴在肩，人民利益重于天。何时危难困群众，总有军人冲向前。

### 洪泽湖

一颗翡翠嵌中原，百条银链锁万千。湖波浩荡兴淮楚，不复洪荒五四年。

### 游长城

万里危墙远及天，千峰回转巨龙旋。五洲游客争登极，为读毛公好汉篇。

## 丁志东

丁志东（1941～ ），江苏涟水人。大专毕业。在淮安市小学、中学、特教工作，历任教师、副校长、校长、党总支副书记等。退休后习诗，为中华诗词学会会员、清河诗词协会理事。

## 纪念毛主席诞辰120周年

伟人毛泽东,功绩盖珠峰。斧劈千秋业,镰开万代红。
忠诚为百姓,果断灭蛆虫。奇迹东方涌,中华第一功。

## 甲午七月望日忆母

童年伤父特悲伤,里外操持母独扛。白日荷锄除杂草,晚间走线补衣裳。
省粮买马为家训,刻树留痕念儿郎。今日思亲喜告慰,家和后辈志昂扬。

注:母亲教育我们要节约粮食,时常说:“一顿省一把,到年买匹马。”母亲不识字,用刀在槐树上刻印,记时,盼儿回家。

## 教师节感赋

三尺讲台播火种,一支粉笔孕辉煌。圈圈点点寄师望,画画涂涂放眼量。
战鼓重锤音响亮,虬根细刻质优良。多年呵护李桃旺,回首再思情义长。

## 乙未金婚记

结发随行五十秋,同心同德共筹谋。吃渣咽菜苦无怨,晋级加薪喜有酬。
齐赞青莲居陋室,共吟金橘御寒流。欣逢盛世艳阳照,返老还童争上游。

## 咏　鹅

白云漂水中,戏水在天空。叫唱声高远,池塘春意浓。

## 桃花坞里桃花赞

坞里桃花分外优,竞和红日比风流。张张粉脸向阳笑,存入相机争最牛。

## 钵池山景点云溪竞渡

六龙昂首望前方,号角齐鸣舟启航。不管云溪生万险,劈波斩浪夺荣光。

# 周伦章

周伦章(1941～　),江苏东台人。中共党员。曾任中共清河区委书记等职。中华诗词创作研究院理事、中国诗歌会和世界诗人协会江苏分会副会长,屡次获诗词奖。

## 答荀德麟先生并步韵

难为叙齿愧称兄，喜见淮扬微信通。来日犹能延往逝，殷殷相续慰心胸。

## 次韵荀德麟先生

春风大雅九州同，小利为民是大公。天地埃清人触目，江淮碧水映青峰。

## 荷塘秋韵

其 一

霜天萧瑟月朦胧，白发飘然望露鸿。一夜秋风寒栗栗，三更犹梦满塘红。

其 二

宜诗宜画老莲蓬，残叶残枝亦俊雄。留得洁然清气在，来年照样夺天工。

## 秋 月

风流宛在晚唐诗，婉约犹存五代词。白发飘零秋月冷，一生潇洒付东篱。

## 谒王阳明墓

心中自有光明月，圆缺阴晴任说评。百折千磨终一得，龙场顿悟在知行。

## 苔 花

老来知趣写心怀，所欲无非得允谐。除却莫名酸臭气，苔花也可入书斋。

## 己亥年先父母期颐冥寿同庆我竟病中不能返乡遥望故土感慨系之

其 一

烟花飘落纸钱燃，考妣冥辰庆百年。悲怆肃然怀念泪，春风带雨洒坟前。

其 二

寻常往事忆千头，岁月难消万绪愁。走遍天涯无数路，不知何处好停留。

## 六一老儿情

八十唯余少小忧，每逢六一发童心。当年处处歌芳草，腰鼓声声响到今。

注：少年时尝为腰鼓手。

### 读刘季《蝴蝶》诗

戏曲人生漫步游，轻舟细雨走平流。梦成一蝶天生俏，诗赋三弦自割愁。

注：女诗人刘季曾为京剧演员，擅青衣。

### 莲　芯

莲芯深处丽人栖，懂得尊仪世罕兮。抛却人间轻薄语，此心正大有灵犀。

### 野战阅兵

细柳成林壮志酬，降龙伏虎恶魔收。气冲霄汉金风起，决胜沙场固九州。

### 南湖烟雨

烟雨楼前烟雨至，南湖景色发人思。红船一叶航天下，绿柳千条荡碧池。

### 观涛亭

清风明月广陵潮，不在诗词即古谣。又见观涛亭一座，胸中潮涨却难消。

## 徐炳权

徐炳权（1941～　），清江浦人。师范毕业，从事教育工作41年。退休后，积极参加社会诗教和诗词进家庭活动。中华诗词学会会员、淮安市诗协理事、立新诗社秘书长。

### 立新诗社成立3周年自咏

立新吟草现清新，回首芸编梦已真。学子争吟添逸趣，布衣和咏振精神。
三春结社人心悦，双手育苗花卉馨。老朽抒情游韵海，诸公言志唱声频。

### 繁荣社区文化

立新诗教赶潮流，国粹传承黎庶求。学子攻诗桃苑学，白衣挥笔杏林讴。
振兴京剧时时唱，创作诗词个个优。国奖金牌荣不傲，得珠探骊系心头。

### 赠恩师章壮余教授

章老资深气浩然，诲人不倦笑开颜。写诗句句多文采，作赋篇篇富内涵。
吾愿拜师三首叩，君同学子一席谈。历年频写无佳作，自悔迟从孟与韩。

## 习诗抒怀

耄耋攻诗未觉迟，承唐继宋果盈枝。鸡鸣秉烛黎明写，日落挥毫傍晚驰。
拙笔书成尊老作，方家圈点孝娘诗。桂冠荣戴岂能负，叶尽银丝了愿时。

## 颂清河新区

改革春潮涌四方，腾飞白鹭引群商。万家云集开新业，靓丽清河颂小康。

## 敬老诗

乌鸟能怀反哺心，儿孙更应孝娘亲。长年累月多服侍，身教言传启后人。

# 甑世琇

甑世琇（1941～ ），女，江苏淮安人。中共党员，工程师。立新诗社常务理事、巾帼诗社理事。诗词作品在省、市相关诗词大赛中获得奖项。

## 学陆游诗感怀

生就忠贞不二求，壮怀报国志难休。金戈铁马征夫泪，春雨杏花燕雀忧。
边塞悲鸣传万里，王师歌舞醉千秋。剑南诗赋堂堂愤，神韵飘香永世留。

## 赏水仙

粼粼水石两和谐，叶茂花妍置案台。风骨清新情韵雅，赏心悦目暗香来。

## 纪念长征胜利70周年

雪山草地过等闲，茅草树皮饥亦餐。后有追兵何所惧，回头一笑到延安。

# 刘成专

刘成专（1941～ ），江苏淮安钦工人。大专毕业，从事金融工作，任至淮安市分行监察室主任、纪委副书记。晚习诗词。

## 故乡颂

淮安气候好，碧水净无痕。大厦高楼美，常居养眼人。

### 母子情

台湾游子身，时刻挂娘心。往日自残梦，岂能重降临。

## 王丽娟

王丽娟(1942～ )，1970年参加工作，退休后参加立新诗社，任诗社理事。

### 赞淮安市总工会关心生病职工

瑞雪报春来，腊梅正盛开。为何未觉冷，工会送粮财。

## 潘万新

潘万新(1942～ )，江苏灌南人，久居清江浦。大专学历，涟水县五港中学教师，中教高级职称。淮安市诗词协会理事、清浦区诗词协会常务理事。

### 咏嫦娥三号登月成功

嫦娥探秘广寒宫，月上飘扬中国红。地外星球留倩影，体中机构夺天工。
心雄追逐千秋梦，志壮精描七彩虹。科技兴邦频告捷，冲开霸气看腾龙。

### 咏高沟酒

起源西汉盛明清，造酒高沟早出名。古圣把杯留妙句，今人畅饮寄深情。
乾隆赞誉是仙酿，陈毅吟诗助壮行。今日有缘逢盛世，振兴苏酒领头兵。

### 游桃花坞

三月风吹万柳斜，桃花坞里赏桃花。芳馨沁脾浮尘净，艳丽迷人兴致佳。
池畔老翁寻韵趣，枝头小鸟唱云霞。奇葩珍木姿容秀，仙境人间不胜夸。

### 游柳树湾

故道黄河柳树湾，参天嘉木绿河边。沿堤夹岸飘飞絮，遮水迎风散淡烟。
隐叶黄鹂声婉转，穿花彩蝶舞蹁跹。交谈摄影观雕像，人在林中乐似仙。

## 秋 游

天高云淡逛城东，丹桂飘香枫叶红。稻海苍茫腾细浪，蓝天寥廓过征鸿。
观葵赏菊情思涌，品枣听蛩意趣浓。歌满平畴香满路，游人谈笑乐无穷。

## 赞湖上渔医陈庆国

大湖浩渺见扁舟，饮露餐风数十秋。摇橹撑篙穿恶浪，行医送药到船头。
仁心除疾疗伤痛，妙手回春解隐忧。一只药箱凝大爱，悬湖立足望神州。

## 纪念甲午中日战争120周年

斗转星移双甲子，当年惨状实堪哀。猖狂日寇挥矛戟，腐败清廷弃盾牌。
落魄丧魂赔巨款，含羞忍辱割澎台。警钟长响思前耻，富国强军向未来。

## 乡村初夏

四月乡村景色佳，茫茫麦海接天涯。菜花馥郁迎黄蝶，池水澄清响鼓蛙。
三亩秧床铺绿毯，一堤烟柳罩青纱。庄前宝马喇叭响，笑语欢声驶进家。

## 游里运河

云淡风轻景色幽，诗朋结伴赏清秋。黄花遍地香河岸，杨柳参天掩画楼。
垂钓老翁扬笑脸，采菱少妇引歌喉。我今偷学乾隆帝，登上龙舟画里游。

## 参加学生聚会感赋

雏鹰展翅早腾飞，时届金秋母校回。桃李有心争艳丽，园丁着意赏芳菲。
杯中美酒胜情致，席上春风送暖归。奇迹佳音频入耳，喜看花木正葳蕤。

## 咏清浦新区

### 其 一

运河穿境百花芳，杨柳婆娑稻麦香。恒大名都呈瑞气，阳光湖水泛金光。
青荷出水飘清韵，翠鸟凌空奏乐章。商贸流通百业旺，和谐富庶向康庄。

### 其 二

大河南岸好风光，水笑田欢着盛装。潋滟明湖开宝镜，参差烟树绣华章。
幽林湿地如仙境，广场高楼似画廊。标语彩旗翻作浪，车穿机唱铸辉煌。

### 田园如画

郊外阳光照眼明，乘车新闻放歌行。农田苗圃青禾旺，渠畔池塘蛙鼓鸣。
碧草飘香流雅韵，黄花引路助豪情。塑棚阡陌皆如画，诗友惊疑入武陵。

### 生态优美

大桥穿境闸邻村，远距喧嚣不染尘。树茂花繁生态美，天蓝水碧景宜人。
河依屋舍看鱼跃，路枕沟渠闻鸟音。原野风吹翻绿浪，田间漫步乐如神。

## 许建人

许建人(1942～ )，江苏淮安人。中共党员，曾任大队党支部书记、淮安县委办秘书、清浦区政府办秘书、供销总社总公司党支部书记。中华诗词名家交流中心理事会理事。

### 大美盐河镇

清浦盐河镇，两河过境湲。北缘学府畛，南界总渠沿。纵横十洫道，南北几方圆。有水能灌溉，无村不种田。家家粮囤满，户户谷仓尖。蔬菜温房长，畜禽网络联。鱼虾养池沼，蟹鳖戏荷莲。失地少生计，打工多攒钱。经商开富路，进厂辟财源。别墅成区建，高楼接幢连。昨天十里荡，今日百花园。

### 清浦好风光

姣娆清浦彩旗飘，飘遍七河十六桥。桥下潺湲清碧水，水中舟过望楼高。高阁窗透黎民笑，笑谈康居情自豪。豪迈城乡奔富路，路宽车快好逍遥。遥看胜景多难数，数尽苏杭我更超。超越江南多少事，事成伟业列前茅。茅房草屋早消失，失地农民重担挑。挑起行囊天下闯，闯京闯沪弄新潮。潮生潮涨清江变，变作江淮新地标。标杆提高前景美，美川美水美容姣。

### 生态农家

竹林深处隐农家，庭院飘香蝶戏花。流水小桥连野陌，通衢大道向天涯。园中硕果李桃杏，垄上鲜蔬茄菜瓜。屋后池塘鱼戏要，房前树海鸟喧哗。友临客至廊前赞，仙境人居宅第佳。

### 赴台旅游感怀

两岸同宗义，情深似海洋。谆谆谈世事，暖暖话家常。

船送海峡渡，机接空汉翔。共圆华夏梦，携手建天堂。

## 入海道

地上拓渠千里绵，规模宏大史无前。堆泥夯土铺堤远，驯水服流入海渊。
排涝泄洪无水患，种田收获尽丰年。青山绿野人间美，淮水安澜春满园。

## 漓江游

扬帆江上顺风穿，举目船头赏大千。远黛群山含秀色，近芳两岸绽新颜。
琼花如海千般艳，石柱成林百态妍。赏景闻香人自醉，流连漓水不思还。

## 钱塘江观潮

滚滚瀛涛如野马，滔滔不绝闯金华。狂澜搅混钱塘水，汹涌掺杂东海沙。
倾泻急流雷动吼，推波飞溅怒号哗。天文导演潮汐戏，地理搭台舞浪花。

## 游蓬莱

渤海蓬莱云雾稠，环观盛景喜乘舟。悬崖巧夺一阁靓，海市蜃楼百态幽。
八位神仙曾竞渡，历朝君主几相游。述今道古说奇事，揽月捉鳖话九州。

## 登崂山

崂峰飞峙触云天，神态仙姿立海边。攀岭拾阶盘道转，过桥穿洞绕山旋。
或晴或雨游人涌，时淡时浓古庙烟。上下葱茏灵动景，风雷不克越千年。

## 乡 居

退休养老故乡栖，常顾田园与小溪。河岸舞竿钩钓鲤，池塘采藕脚扒泥。
养花喷洒增红素，种菜追施肥土硒。村野生活添乐趣，赋闲豪放意中诗。

## 家乡吟

黄码运西邱大庄，东西五里宇绵长。农田广阔禾苗旺，集市繁荣顾客忙。
革履西装男气派，珠光宝气女浓妆。花园农舍盘旋鸟，游子城居思故乡。

## 春 韵

三月机鸣田野上，秧歌嘹亮顺风扬。黄鹂有意飞榆顶，花蝶无声翩水旁。
圩蚓伸头停弄土，根蝉张嘴不尝浆。皆听赞颂中华美，齐慕耕夫唱富强。

### 游钵池山公园

溪流环绕钵池山，碧水蓝天生态嫣。苍鹭湖滩寻贝食，野鸭芦荡领雏玩。
廊亭靓丽游人歇，林木景幽飞鸟旋。五彩缤纷凭博览，景迷人醉不思还。

### 咏清晏园

明清户部清河署，大邑城南清晏园。古色古香阁榭院，镏金镶玉柱梁檐。
栈桥弯曲平湖面，泉水直喷洒向天。别具一格风景茂，游人观览尽开颜。

### 村　晚

日落西山泛彩霞，投林倦鸟宿枝丫。欢声笑语晚村涌，激起灯光亮万家。

## 黄立勤

黄立勤（1942～　），清江浦人。中共党员，从戎7年，从教35年。在诗词云平台发表作品200多篇。

### 烈士纪念日有感

烈士忠魂肝胆赤，丰碑永驻作人寰。全民公祭英灵慰，万众颂歌情感牵。
残酷战争似噩梦，和平年代定思源。继承传统鲲鹏缚，华夏复兴尧舜天。

### 游金湖荷花荡

万亩荷花满荡红，亭亭玉立绿波中。览车往返游人旺，舢板穿梭荷景重。
游客如痴观美景，文人似醉绽笑容。幽香十里沁心肺，行在塘边仙境同。

### 赞淮安高速出入口

南门出口美难收，起步淮安通五洲。北马南船雕旧迹，琼楼玉宇展新猷。
花红树绿四时秀，画意诗情一片讴。重挂云帆跨骏马，辉煌丽景在前头。

## 颜士俊

颜士俊（1943～2008），江苏沭阳人。中师毕业，转业后历任清河区纪委副书记、区人大常委会副主任。曾任区诗协会长，荣获省社会诗教工作先进个人。

### 赞清河工业新区

僻乡换貌耸新城,“三创”惊天紫气升。百业花开铺锦绣,乘风破浪步新程。

## 燕宪标

燕宪标(1943~ ),江苏沛县人。工人,效力于大屯煤矿。退休后到清河经营“紫云轩工艺美术社”,并开始写作诗词。府前诗社常务理事。

### 龙

腾身吐雾九霄上,倒海翻江卷巨流。叱咤风云吾定夺,东方威望震全球。

### 山区风光

林密山深石径斜,云遮雾绕有农家。石阶古榭青苔路,姑嫂轻歌忙采茶。

### 熊　猫

中华国宝大熊猫,憨态可掬身价高。“大使”周游全世界,全球誉满足风骚。

## 李桂荣

李桂荣(1943~ ),清江浦人。中共党员,政工师,在国营九二五厂工作,任至九二五厂淮安分厂机关支部书记。退休后任社区支部书记,府前诗社常务理事。

### 欢呼天宫一号发射成功

神州大地响新雷,直上青云亮国徽。王母捧桃迎贵客,嫦娥舞袖送金辉。
巡天尽显磅礴帅,坐地遥收宇宙威。科技强邦惊世界,醒狮展翅向天飞。

## 吴玉山

吴玉山(1943~ ),清江浦人。中共党员,淮安市一品梅诗社理事。先后有作品刊登在相关诗词刊物上,《赞孝文化进我家》获“我秀我家”征文一等奖。

### 观清江浦船工号子现场演练感赋

船工演练展姿容，昂奋号声震耳聋。拉纤同步拼碧浪，打篷联手缚蛟龙。
绞车合力渡关隘，摇橹齐心斗猛汹。文化遗存留史册，千秋万代世人崇。

### 赞老干部京剧队成立20周年

廿年风雨聚梨园，万曲声扬联众贤。净丑旦生齐上阵，吹拉弹唱共长天。
弘扬国粹精神爽，欣赏名人技艺添。鹤发童颜多益寿，年高德劭获春妍。

### 纪念甲午中日战争120周年

甲午战争百廿年，山南海北忆狼烟。晋三拜鬼阴风卷，钓岛侵权黑浪旋。
浩气长存扬壮志，严阵以待握钢拳。神州大地谁来犯，定叫恶魔见鬼阎。

### 赞一品梅

红梅一品情豪迈，素裹银装励志开。待到冰融新世界，铭心一代巨人栽。

## 周鹏举

周鹏举（1943～ ），清江浦人。大专文化。自小爱好文学，清河区诗协会员。

### 自　嘲

古城小屋有诗狂，耐得清寒血满腔。夜雨秋霜悲李杜，山松江柳赏苏黄。
肠牵九野愁亦喜，步韵三唐慨而慷。今向晴空弹铗唱，一杯老酒论华章。

## 许维东

许维东（1944～ ），字伯佐，号知足老人，江苏涟水人，久居清江浦。雅好文史，精研声韵，著《诗韵》50余万字、《周易解读》10万字。

### 无　题

柴扉荒舍雨连天，子夜空肠思不眠。曲折人生蝴蝶梦，奔波宗室彩牛悬。
一心处事平安度，百载浮财混乱缠。初九乾阳勿妄动，识时进退待升迁。

### 学佛有感

一次人生五百年，轮回再到是虚悬。勤修善业如期转，作恶难逃劫数连。

### 故友郑兆清旧居

围墙院内竹荒芜，谈笑亲朋聚已无。人去楼空凄景象，翻然回忆泪徐徐。

## 徐长直

徐长直(1944～ )，江苏淮安人。中共党员，中学高级教师。历任淮安市第五中学副校长、清河区教师进修学校副校长。中华诗词学会会员，淮安市诗协理事，清河区诗协副秘书长，《清河诗声》编辑。

### 庆祝党的十八大胜利召开

霹雳赤云边，双龙破壁还。呼风桃李俏，唤雨稻粮妍。
倒海驱狡鳖，凌空揽玉蟾。怡情与民乐，长此共尧天。

### 七旬自勖

年轮逾七秩，舒啸唱升平。人访蓬门冷，鸡鸣绿树频。
独无黄白黑，唯有精气神。四体勤花草，一心耽苦吟。

### 岳阳楼

洞庭大卜水，天下岳阳楼。襟带三千里，胸怀百代忧。
夜深闻征雁，平旦思绸缪。文正遗篇在，常吟无愧羞。

### 君山岛

明湖开玉镜，白水出青螺。风伴香妃舞，云从龙女过。
空中鸣百鸟，湖面绿千荷。别有新栖客，淹留唱楚歌。

### 唱太平

吟潮卷雪浪滔滔，骚客凌波韵致高。拾贝沙滩拜星月，属珠斗室念奴娇。
天涯云低连青壁，海内诗墙接画桥。发白身休情未了，八仙联唱太平谣。

### 建党90周年感赋

九十年前聚斗魁，于无声处听惊雷。唤醒民众镰锤举，推倒三山幸福栽。
代有英才谋发展，更依科学走天陔。中华一统唱和燮，我直端杯醉港台。

### 赞阳光湖

湖上阳光造化功，应时变幻景无穷。暖春布谷啼红雨，炎夏金蝉鸣绿丛。
秋叶经霜呈异彩，冬枝积雪走虬龙。敷床长憩湖心岛，白鹭同盟报碧琼。

### 挖　地

脚踩春泥脚心暖，耳听啼鸟耳根和。相从陶令种黄菊，煮酒重阳一放歌。

### 咏白马湖

日出东方杨柳坡，霞飞水上染红波。渔哥撒网渔妹唱，船满银鱼湖满歌。

### 过武墩盆景园

盆景满园何所似？蜿蜒疑是小龙蟠。将来舆地显灵秀，装点关山更好看。

## 王乃贵

王乃贵（1944～　），江苏淮安博里人。早年随淮安县淮剧团闯荡南北，久居清浦。

### 嘲贪腐官员

狂收贿赂隐私谋，广结奸商乱索求。舞弊搂钱思美酒，卖官恋色慕琼楼。
苍蝇腐败铁窗禁，老虎贪赃枷锁囚。枉法违规当自毙，高墙之内度春秋。

### 纪念车桥战役胜利70周年

弹雨枪林芦荡围，车桥战役显神威。叶飞大勇歼倭寇，粟裕多谋灭贼魋。
江海波涛凝血泪，楚淮乐曲铸丰碑。名扬天下传奇迹，赫日丹心青史垂。

## 陆士珍

陆士珍（1944～　），笔名峭石，江苏灌南人。中共党员，部队转业干部，中央党校函授学院本科毕业，高级经济师。历任镇党委副书记、洪泽县供电局副局长等。中华诗词论坛会员，清浦区诗词协会理事。

### 如皋大寿星

水绘沐如皋，仙来瑞气高。四十九米佛，立地接云霄。身着花农服，手拿锄草刀。葫芦黄酒洌，盆植寿桃苗。佛脚临时抱，平常香不烧。声声祈祷语，长寿赐今朝。

### 乡村新景

故里探亲正仲夏，美图一幅锦添花。农机收割秸还地，五谷丰登产量加。工仔返村工厂办，品优入市客商夸。手机广用智能化，宝马行开达天涯。村民文化中心靓，人居高楼别墅华。免费扶贫成旧话，养生环保常拉呱。政通国泰三农惠，盛世康庄乐万家。

### 江北第一溶洞——韮山洞

岩龄五亿年，溶貌见奇篇。高柱擎天宇，观音坐宝莲。
眼前钟乳现，手触比冰坚。摄下洞中景，网传朋友圈。

### 老同学聚会

金蝶重逢泪涌眶，寿眉鹤发诉衷肠。起蒙求学同窗度，投笔从戎各一方。
“四化”宏图曾献彩，小康追梦亦增光。如梭岁月情犹在，盛世桑榆恋夕阳。

### 游狼巷迷谷

扎根岩缝树精神，风雨雪霜营养身。莫把其材等闲看，无声诗画出天真。

### 中国梦

悠悠华夏多磨难，民族复兴非等闲。改革创新攻壁垒，同圆中国梦魂牵。

### 雨后彩虹

雨后晴空挂彩虹，小区草木翠葱葱。夕阳晚照霞光美，信步闲观任从容。

## 左人瑞

左人瑞（1945～ ），清江浦人。淮安市建筑工程学校退休教师，中学高级教师。淮安市政协第三、四届委员，淮安市教育学会中学语文教学专业委员会会员。淮安市清浦区诗词楹联协会常务理事。

### 纪念新四军车桥战役抗日胜利大捷

苏中苏北连车桥，战略通途势必搏。暗堡明碉倭寇造，清乡扫荡戮同胞。
铁军吹响冲锋号，英勇杀敌破战壕。围点打援出奇效，车桥战役凯歌豪。

### 唐庄春早

唐庄致富记心田，百亩葡园片片连。千顷椒棚枝叶茂，人勤春早话丰年。

### 韩母墓前

一生战绩越千年，铁马金戈忆昔贤。帷幄运筹谁似信，称心韩母笑黄泉。

## 叶志斌

叶志斌(1945～ )，江苏沭阳人。南京工学院毕业，高级工程师，清河区政协退休。中华诗词学会会员，江苏省诗协理事，曾任淮安市诗协副会长、清河区诗协会长。主编《清河诗声》等，著有《吟潮拾趣》《叶志斌诗词三百首》《天声赞》等。

### 清河新区采风座谈会寄语

昔厌荒滩草，今歌岸上楼。商从区外至，货向远方流。
巨手宏图绘，丹心硕果收。举杯邀咏友，共把小康筹。

### 柳树湾公园采风

其　一

相邀柳湾行，风柔脚步轻。径幽花竞放，林静鸟争鸣。
情侣丛中笑，栈桥水上横。乾坤今再造，天朗气尤清。

其　二

杉树冲天立，鸣莺枝上翔。秋催金叶艳，霜染菊花黄。
举首青云远，低头小草芳。今来拾吟趣，咏絮正飞扬。

### 咏张发善铜像

扶铲笑迎宾，终生献造林。生前竞流汗，身后广留荫。
昔日千村苦，如今万木欣。风神忱可贵，永启世人心。

## 祝贺淮安市诗协2011年年会胜利召开

安东迎咏客，谈韵论诗忙。佳绩齐声赞，新风竭力倡。
开怀豪气壮，出口玑珠香。放眼诗乡路，红旗处处扬。

## 赞淮安市网络诗词座谈会在清河召开

传媒天地广，上网展新篇。万里何嫌远，千言不惧烦。
踏云金曲奏，击键韵风谈。诗国英贤众，楚淮竞着鞭。

## 登山海关城楼

千载豪歌第一关，雄姿傲立敌心寒。谋安要展神兵勇，布战常防饿虎蛮。
水起风生惊九域，天鸣海啸震千山。我来当学曹丞相，再谒东流响巨鞭。

## 咏大运河文化广场之夜

风清月朗路灯柔，运水长流夜色悠。听曲踏歌人尽醉，闻声起舞趣多收。
新吟连场情难抑，古艺逢春盛不休。仰望三星已高照，俊男靓女兴尤稠。

## 咏清江浦楼

飞檐翘角冲天立，巨柱宏梁展巍颜。门接淮天千股浪，窗含楚地万缕烟。
登楼更觉风云近，入室欣观翰墨妍。北马南船虽已远，龙腾紫瑞竞无前。

## 咏钵池山公园空中鸟瞰图

银鹰展翅寓情深，高倍高清大写真。人在宇空身手健，机寻山水镜头新。
快门急捕千秋景，电眼速收万点春。不研炎黄造园术，哪来楚苑赞声频。

## 春游桃花坞

蝶绕蜂飞客满门，桃仙笑展一坞春。花开人面心尤畅，叶绿枝头意更深。
山水相依林竞秀，榭亭漫步韵生新。当年洪害成灾处，洗尽伤怀旧日贫。

## 秋游古淮河风光带

柳摇秋水鸟鸣枝，大雁南飞未觉迟。絮舞霜天常入画，舟行故道可成诗。
河风更助三分爽，亭岸新添五色姿。卅里长游惊巨变，归来已到掌灯时。

## 参观淮河入海水道与大运河水上立交工程

细雨蒙蒙瞰立交，烟波浩瀚入云霄。悬河水送千帆去，暗道洪排百害消。
沃野连天掀稻浪，湿风拂面荡心潮。高歌时代擒龙曲，春暖长淮分外娇。

## 过黄河有感

远望黄河天际来，巍巍一卷画图开。风云滚滚随波去，岁月绵绵任浪埋。
唯记抗倭金曲响，更歌兴业百花栽。今乘铁骑身边过，不尽豪情壮咏怀。

## 参观苏皖边区政府旧址

睹物生情敬杰贤，长歌建政大旗妍。铁军制胜雄鸡唱，淮水腾波喜庆添。
斩棘披荆反奸霸，鼎新革故拓新篇。院中翠柏今尤旺，浩气雄风万载传。

## 参观清浦阳光湖生态修复工程

秋日阳光照大湖，荒滩不见绘新图。泓波似鉴泳人戏，宾馆冲天茅舍除。
榭柳摇风迎贵客，芙蓉点水伴银凫。雄心慧眼千军动，恭贺城南嵌宝珠。

## 议　政

海纳百川涵太清，激扬奔放蕴情深。抓难促进陈诤语，论短说长溢丹忱。
句酌字斟耽工稳，知真见灼吐心声。今来古往当龟鉴，大业同图万木欣。

## 习　诗

旰食宵衣学写诗，甘将白发代青丝。谋篇力主图新意，练笔常求去俗辞。
千里吟途心效马，十年韵海意如痴。奇峰放眼何言远，撷玉仙山信有时。

## 述　怀

多舛髫龄历苦辛，庠堂幸入奋知勤。光阴不助少年梦，寒岁屡摧小草心。
首白尤知时日贵，风和更发朽枝春。吟潮涌动情难抑，畅咏中华万户馨。

## 赞淮扬美食节

淮扬美食誉名长，厨技高深四海翔。螃蟹鱼虾百样吃，藕蒲豆腐万般香。
炒烧炖烩艺精绝，饮用品尝味特芳。天下宾朋喜相聚，伟人故里更荣光。

## 赞老坝口小学

万户楼中一校园，诗情画意咏声传。黄金不胜宝地贵，古木平添姿色妍。门接长街珍迹锁，背临御道韵风添。兴荣应庆神工巧，育风培龙誉世间。

## 祝贺淮安市荣获“全国诗词之市”称号

诗市冠名誉远传，吟花遍地俏欲燃。梅兰入苑早称雅，草木临台今竞妍。老干抹风枝叶旺，新苗饮露苞芽鲜。江淮放眼风光好，咏帜如云竖万千。

## 赞学诗竞赛

诗市骚坛竞赛忙，新人稚笔谱华章。师唐赶宋香传远，选萃择优翼比强。时代风云歌响亮，小康战鼓唱辉煌。千村万巷吟旗举，楚地家家咏韵扬。

## 赞淮安市承德路小学打造快乐教育活动

教海探航觅要宗，启思激趣路千重。提高贵在求新上，施教优融快乐中。经典诗文含义广，百般技艺学风浓。苦心已结丰盈果，似锦前程特色隆。

## 赞G20“最忆是杭州”大型文艺晚会

水笑山呼振九霄，缤纷五彩客如潮。湖心舞浪撩人醉，梦里开弦竞韵娇。联动千峰增活力，包容各路上新高。如今放眼茫茫路，齐赞中华搭善桥。

## 清河建区30周年感怀

追寻三十载，梦想计时圆。复看登峰路，尤须再着鞭。

## 咏石塔湖变迁

其 一

昔是污浊恶水潭，涯边臭味顺风扬。垃圾令客捏鼻过，蝇绿萦集逐腐忙。

其 二

今镶碧镜于淮上，绕护石堤铁篱墙。脚踏通幽花引路，神怡万卷绿屏张。

其 三

新枝常扰水中天，亭榭浓妆共展颜。最是晨昏增惬意，妪叟飒爽舞翩跹。

## 周末登山

上山容易下山难，翻过一山山又拦。大道今生何处觅？铁鞋踏破未心寒。

## 观池边伐柳

枯疤累累丧风华，厉斧咚咚柳泪哗。幸有春风思旧谊，残根吹醒长新芽。

## 观剪纸《给爷爷祝寿》

彩纸折叠神手操，凝思细剪写心潮。献桃祝寿叟童笑，共乘飞船巡汉宵。

## 采风建筑工地

砂浆上下韵声萦，脚架凌云热气腾。挥汗民工战星月，蒸蒸日上两三层。

## 鸟

谁道群生性命微，一般骨肉一般飞。劝君莫打枝头鸟，子在巢中盼母归。

## 立新诗社成立两周年赠言

人间两载不言长，已见诗名四海扬。咏韵传承前路远，风光胜在险峰藏。

## 题清河诗协网站

河清水宴韵声隆，诵典吟经一键通。云里诗花收不尽，香飘四海共馨荣。

## 赞淮安市石塔湖小学校园诗教

流光溢彩满天霞，远近吟声萦耳哗。春色满园锁不住，柱廊四壁绽诗花。

## 祝贺繁荣小学《梧桐诗文选》第二辑付梓

灵木制琴古韵悠，吟经诵典雅风稠。新时新语开生面，新凤新声竞玉喉。

## 赞清河区长西街道办诗词一条街

运河千载一波长，岸水车舟日夜忙。栉比高楼传雅韵，长街奋力创吟乡。

## 春日乘车过苏中平原

麦苗碧绿菜花黄，大地微微暖气扬。不尽春晖描锦绣，平畴千里献芬芳。

## 冬日乘车过苏中平原

地冻天寒雨雾频，残茬旷野望无垠。为何仍见车流急，多是奔波创业人。

## 葛向群

葛向群（1945～ ），女，清江浦人。中共党员，中学高级教师，从教十余年，从政十余年。

### 莫苦求

因果人生莫苦求，菩提无语解缘由。顺其日月容颜老，今善何求来世优？

### 笑对人生

沧海桑田育百花，花开花谢度生涯。一年四季皆风景，笑对人生赏晚霞。

### 咏 竹

扎根大地仰苍天，四季常青品性坚。亮节高风君子气，虚怀若谷示清廉。

### 咏 兰

碧叶蕙芬铺路旁，严寒酷暑傲风霜。不同竹子量高下，媲美常青四季芳。

## 潘朝曦

潘朝曦（1946～2015），江苏灌南人，长住并归葬清江浦。上海中医药大学教授、研究生导师、中医文化教研室主任，上海诗词学会理事、中国书法家协会会员、上海浦东美术家协会会员。作品曾获第四届“华夏诗词奖”一等奖。

### 砺 志

平生已惯严寒侵，何惧苍天镇日阴。多厄却能坚傲骨，长贫反可富诗心。
惯将冷眼对时世，漫放壮怀观古今。堪笑千年风浪后，几人浪底是真金。

### 画 兴

笔底青山任意高，一挥即使水滔滔。山填世上不平地，水荡人间作恶妖。
天热云阴随处点，地寒林木漫天烧。河山千古今重整，对酒狂歌独自豪。

## 飞　行

扶摇送我入苍穹，万里河山一望中。足下昆仑浮玉垒，天边沧海缩瑶盅。
放怀直欲追红日，报国常思搏大风。最是纵心驰八极，独将豪气播长空。

## 雪域感赋

危哉环宇最高巅，奇异风光瞬万千。足下有峦皆积雪，眼前无岭不摩天。
俯身谷底寻邦国，极目江源辨水烟。长啸一声天下应，全球迎日我居先。

## 登高游世界屋脊感赋

久欲冲霄揽斗牛，今朝终得极巅游。风云纵览八荒外，气势凌加五大洲。
日月双丸随手掷，顶天一柱自风流。千年多少登高者，独傲吾居最上头！

## 赞东海水晶之都

其　一

地以海名当水中，沧桑今果现龙宫。瑶光射斗豪华气，宝石垒山王者风。
四野琼铺辉日月，一城冰琢透玲珑。天公是否夸奇富，恰使珍稀炫亚东。

其　二

真境犹疑在梦中，眼花全似入迷宫。宝光灿灿欲争日，琪树摇摇若引风。
谁以冰山雕世界，我从环佩识玲珑。满城绚彩人潮涌，始信仙乡确在东！

## 次和李越男女史

揭地掀天亦可为，男儿轻吼即惊雷。才高自握开山斧，识短徒抡求璧锤。
磊落常夸祖逖志，奇怀不赏逋仙梅。龙宫探骊敢翻海，虎穴偏擒虎子归。

## 咏盘中笋

已忍寒冬冷露侵，无情斧钺更加临。抹霄忽断三生梦，遮日难为一段阴。
蒋径从兹空瑟瑟，淇园无复气森森。几人识得盘中味，内有凌云片片心。

## 次和鲁迅《自嘲》

按：鲁迅是受人推崇的文化旗手，也是“五四”以来旧文化的典型批判者和新文化的力倡者，然而在他批评所谓旧文化的同时，居然也写旧诗，其《自嘲》一诗更被推为鲁迅旧诗中的极品，其中“横眉冷对千夫指，俯首甘为孺子牛”一联更被数以万计的文章引用。感时感世，特作次和以商教于鲁迅在天之灵。

真理难追我独求，天低焉可压吾头。公民任是沦三等，才德依然争一流。
作恶堪悲多桀犬，贪生可笑尽吴牛。立身不逐时风转，任尔严冬与冷秋。

## 雾霾久驻书愤

其 一

刚撤炎威雾又来，齐天大幕孰为裁？欲呼盘古助神力，万里帷遮一挑开。

其 二

尘霾百毒一齐来，苟活无疑等自裁。网鸟如何能免死，大罗唯待自冲开。

## 吊兰图

信手挥成几笔兰，瓦盆薄土吊空间。自高自大自孤洁，任尔时人冷眼看。

## 入编《大陆名医大典》感怀

少小即怀天下志，岂期纸上载医名。一朝觅得匡时术，要向人间治不平。

## 书 兴

颠张醉素小儿郎，濡发书蕉何足狂。我笔常驱风雨动，碧空大地写诗行。

## 问 天

癸巳大热，秋后不减，感而有作。

秋后依然热似煎，空调虽劲仍难眠。序时千载已成式，纵逞炎威能几天？

## 谢 天

2009年12月14日赴江西出诊遇车祸，致第二腰椎骨折，经自调治40天后伤痛霍然，作诗二首谢天。

其 一

横祸飞来四十天，一时伤痛去如烟。问天何故偏私我，欲续人间正气篇。

其 二

大祸加身却未残，天怜傲骨不孤单。劫余喜有脊梁挺，好对人间六月寒。

## 借 年

欠条掷至十王前，借我人生二百年。一半挽教时俗转，余多炼石补苍天。

## 题画雷

画史从来不画雷，我操造化任涂来。一挥霹雳滂沱落，洗净人间万里埃。

## 次和云光诗友叠韵

其　一

梦退田园懒闭门，友朋聚饮发高论。凭窗每亦观风雨，行看闲云绕野村。

其　二

平生最耻拜朱门，万丈官阶何足论。敢向今贤夸傲骨，富心何妨老山村。

其　三

青山如友对吾门，万事缄声不与论。唯见一弯轻薄水，终朝喧闹绕前村。

其　四

一江亲我过蓬门，鼓浪天天作史论。任是滔滔人不察，转头无奈下前村。

其　五

雨后青山窥我门，蝉声鸟语发欢论。赏心最是登高望，天水盈盈漾野村。

## 壬辰端午杂咏

上海诗词学会端午征诗，余以为端阳节乃因屈原报国投水而设，故诗之命意当以继承弘扬屈子“岂余身之惮殃兮，恐皇舆之败绩”“长太息以掩涕兮，哀民生之多艰”这种忧国爱民的精神，方不失设节与纪念之主旨，基于斯，感而作此。

每忆端阳在故乡，钟馗像作御邪方。孰知此举皆虚妄，打鬼原为戏一场。

## 题画《倔梅图》

每试丹青落笔迟，疏狂总不合时宜。调红弄紫难同俗，唯写倔柯三两枝。

## 题画净瓶掸筢图

其　一

鸡毛数簇竹竿栽，一掸窗明洁境开。未解人心也纳垢，拟操何物拂尘埃。

其　二

尘缘未了实堪哀，污浊方除复又来。何日得操灵异物，好教一拂永无埃。

其　三

一柄竹筢瓶里栽，每常越位供高台。当知司职除烦恼，痒处能搔方快哉。

### 题画歪脖树

天生不是画师才，画树根斜脖子歪。休笑弯材无大用，只因能曲始无灾。

### 药名诗

未得灵仙饮上池，唯将血竭报群黎。灯芯燃尽数千部，始悟返魂一效奇。

注：灵仙即威灵仙，血竭又名麒麟竭，灯芯即灯芯草，还魂即还魂草（又名卷柏）。

### 贺灌云关工委20华诞

新竹园中展嫩枝，全凭老干共扶持。辛劳最数关工委，甘作人梯不计私。

## 李印祥

李印祥（1946～ ），清江浦人。中共党员。1977年被授予“江苏省劳动模范”称号。

### 赞张红梅书记

走街串巷计何酬，百姓事儿常记忧。不管冬寒和暑酷，小康路上劲如牛。

## 韩 耀

韩耀（1946～ ），字光翟，江苏泗阳人，久居清河。本科毕业，中学高级教师。中华诗词学会会员，淮安市河堤诗社社长，泗阳县诗词协会常务副会长。诗集有《同方集》，主编《河堤诗草》《经典颂》等。

### 重九喜登望湖楼

其 一

悬湖揽胜喜登楼，万顷碧波荡客舟。雁阵横空千里远，渔舟唱晚一湖秋。

喜闻百业齐兴旺，更爱千帆竞上游。借得洞宾壶内酒，同斟共酌赞鸿猷。

其 二

碧波万顷望无边，水色湖光生紫烟。日出江花红似火，月来银浪细如绢。

船帆孤鹜霞边雁，阁影楼台水底天。丽景醉人堪赞赏，同歌一曲乐忘年。

### 游云台山

云山胜景醉人眸，举目遥观万物稠。袅袅白云山顶绕，潺潺溪水谷中流。
天空造化水帘洞，地貌形成八戒猴。海港连云通四海，光辉胜景万年悠。

### 园丁心声

鬓斑无改任蹉跎，培育英才乐自多。似水年华何足道，豪情依旧像长河。

## 陈安祥

陈安祥(1946～ )，江苏淮安人。中共党员，毕业于中国人民大学，曾任江苏淮安人民法院副院长，淮阴市清浦区法院院长、政协副主席。中华诗词学会会员、江苏省诗词协会理事、淮安市诗词协会副会长、清浦区诗词协会会长。

### 夜　巡

迈步巡营地，中天月似弓。霜沙一片白，荫翳数丛浓。
犬吠惊光电，禽鸣破夜空。无风犹有浪，敢把警弦松？

### 纪念周恩来诞辰110周年

少立凌云志，壮怀匡世心。忠贞信马列，诚悃为苍生。
虎穴一身胆，孺牛百种情。千秋垂楷范，万代仰英名。

### 庆奥运圣火登顶珠峰

珠峰燃圣火，绝顶国旗红。回望千山矮，前行万世雄。
兴华偿夙愿，盛会遂初衷。祝捷连三电，传神第一功。

自注：三电，奥运圣火登上珠峰后，时任国家副主席习近平、国家体育局和中华体育总会及北京奥组委先后三次发电祝贺。传神，指更高更远的奥运精神。

### 暮游天津路大运河新桥

漫步新桥上，和风沁肺心。春催两岸绿，夕照满河金。
路阔平如砥，楼高耸入云。忽闻归鸟唤，惊醒乐游人。

## 阳光湖公园

昔日废窑厂，今朝天水茫。清波摇碧翠，异草夹芬芳。
一镜湖中嵌，群鱼云际翔。无言夸靓丽，直觉到仙乡！

## 鸣笛有感

八十年前血漫城，金陵骤变万人坑。家仇国恨多忘记，奴性劣根犹未清。
纷涌东洋购马桶，争趋异域结狐朋。休伤方愈心伤重，华夏常需警笛鸣！

## 农场即景

阡陌纵横沃野延，白云碧水映蓝天。彩旗几面斜阳下，雁阵一行残霭边。
绿裹村庄烟气绕，金铺地垄笑声连。休言淮北多贫瘠，饱览风光不用钱。

## 登雨花台

昔日周围皆血雨，而今上下尽鲜花。百年悲泪化狂瀑，一代王朝变腐渣。
郁郁青山环碧水，葱葱绿树映丹霞。若非烈士轻生死，岂有欢歌唱万家！

## 大江颂

来自千山万壑丛，巨涓齐汇奔流东。激扬峡谷惊雷吼，舒展平川巨浪汹。
据此英雄多称帝，失它豪杰少成功。一从义旅飞天堑，百世黎民沐煦风。

## 悼念周恩来总理

地裹素装天饮泣，紫薇坛内星流急。九州低首悼仁公，四海高调赞伟绩。
有义有忠有智谋，无尸无子无私殖。丰碑一座立民心，毁誉千秋凭史笔！

## “嫦娥一号”奔月成功

喷烟吐火冲天起，举国人心随汝升。变轨几番奔月去，刹车一次绕蟾行。
昔时玉兔容颜老，今日嫦娥年纪轻。莫道深空俄美宴，应分华夏一杯羹。

## 游古黄河东风光带

何来阵阵赞夸声？彩带飘飘舞北城。古废黄河两岸绿，新开楼宇百窗明。
蝶飞花簇迷归路，人至林间入画屏。水榭歌台莫止步，欲观美景再前行。

## 春水神舟行

三十年前破冻冰，一江春水尽欢腾。“两凡”险隘狂澜决，四化征途巨浪行。
敢引时潮除旧垢，拼将古器换新擎。神舟出海劲驰日，才卷波涛天下惊。

## 两岸直接三通有感

秋水望穿多少年，三通直达在今天。休言海峡波涛涌，应晓炎黄血脉连。
战火金瓯纵缺失，春风破镜定团圆。前人已扫旧时障，一统河山待后贤。

## 生产事故频发有感

为何生产不安全，事故频频祸害连。苦力工人拼性命，昧心老板赚金钱。
台前演戏商营利，幕后操盘官弄权。如欲关心民瘼苦，须除黑恶任清廉。

## 难忘2008年

二〇〇八不寻常，铁板铜琶奏乐章。曲怨冰封千路堵，词哀地震万民亡。
扬眉奥运国圆梦，瞩目宇航人出舱。任敲金融海啸鼓，阳春白雪唱炎黄。

## 再咏新食客

自古豪门养食客，如今老板聘前官。冯谖市义营三窟，范蠡攻关聚万钱。
莫笑新瓶装旧酒，应悲浊浪卷清泉。何时市场营生乐，须戒奸商滑吏连！

## 陪读有感

其　一

三更灯火五更钟，父母摇旗子女冲。昼夜煎熬忧体乏，稍微喘息惧神松。
恨无一药包登榜，唯有千方助化龙。峡谷长桥万马过，谁人敢说可从容？

其　二

陪儿伴女作书童，手捧口含怀抱中。大漠能驰千里马，温房岂育万年松。
从来溺爱生纨绔，自古艰难出骏雄。鱼跃龙门父母愿，不经风雨怎成功？

## 漂母吟

休言慧眼识英雄，济困扶贫乃本衷。岂料王孙成大器，唯知粥饭食孤鸿。
施恩未望千金报，仗义何求万世崇。堪喜淳良世代出，江淮儿女有遗风。

## 观上海世博会开幕式

世博申城不夜天，争奇斗艳庆开园。星流火迸烟花绽，乐起泉喷瀑布旋。百国彩旗千艇过，一江春色五洲连。全球城市同台展，且看谁家科技鲜！

## 雨中游红石谷

夜听风雨日登程，跌宕溪流震谷鸣。划破青峰长瀑挂，转过赤壁短桥迎。红花凸露悬崖壁，绿竹重围茶树坪。大别山区多胜景，今偿夙愿不虚行。

## 利比亚大撤离

北非战乱靖难期，四万同胞大撤离。应变中央谋立断，救援方面计无迟。惊魂未定专机到，热泪初收护舰移。国力升腾民有靠，群心凝聚五星旗。

## 共产党员赞

愚公喜得移山后，夸父欣遗逐日群。覆地翻天求解放，图强发愤为黎民。艰难时节能成事，危急关头敢献身。为有精英融一体，中流砥柱党无伦。

## 中秋夜观潮——试为唐人赵嘏联续诗一首

冉冉冰轮升海上，钱江倒涨水滔滔。一千里色中秋月，十万军声半夜潮。巨浪冲天浇桂树，惊涛裂岸动文豪。更阑汐落人方尽，玉兔踟蹰在碧霄。

## 以您为荣——纪念毛泽东诞辰120周年

英雄气概贯长虹，宇内一人毛泽东。冷眼王侯皆粪土，横眉霸主尽蝇虫。跨江立逐西洋鳄，登岛旋屠北极熊。立国扬威谁敢藐，炎黄忆及总为荣。

## 农村户口有感

抗敌从戎君去否？民工反问见酸辛。多年户籍何无解，一旦烽烟怎有人。义薄家难生孝子，恩浓国必出忠臣。筹谋改革须抓本，利落黎元方是真。

## 唐庄采风

地绿天蓝空气清，游鱼戏水鸟争鸣。花湖麦海围村落，碧树琼楼立画坪。日出开棚椒滴露，月升散步野飞莺。怡情悦性康居地，可否常留度半生。

## 国民劣根

国民品性劣根深，解剖常思周树人。恨腐为官非己做，骂淫因艳是他亲。灾临勇抗英雄少，敌至恭迎走狗群。夺利争权藏龌龊，矜持偏作假斯文。

## 观壶口瀑布

九曲黄河自北来，急奔壶口下天台。飞流跌壑惊雷炸，巨浪腾空浓雾堆。万马扬蹄沙散落，九霄漏雪宇倾颓。平庸不快吾侪意，爱看狂魔斗巨魁。

## 夜宿哈密

大漠秋风劲，边关冷月圆。哈城今夜梦，应比密瓜甜！

## 风　筝

云淡风轻二月天，儿童广场闹声喧。谁将一线牵人眼，齐向长空觅纸鸢。

## 清明踏青

十里花开油菜香，千重浪涌麦苗长。绿绒地毯金边绣，铺在村庄道路旁。

## 宣纸吟

稻草檀皮晒打联，水深火热受熬煎。薄如蝉翼白如雪，千载春秋一册宣。

## 游清西陵

风水绝佳陵墓崇，可期基业万年隆。缘何十代停朝拜，竟向游人售地宫。

## 卖瓜农

烈日熔金烤落花，熏风卷火到天涯。农夫独顶遮阳伞，挥汗街头叫卖瓜。

## 农家乐

岸芷汀兰傍水花，森森绿荫掩农家。白头翁媪河边坐，笑看童孙钓草虾。

## 集安至长白道中

车行百里绿荫稠，遥望前坡云碰头。遍地青枝挂嫩果，关东秀色在初秋。

## 洪泽巨变

大泽潜龙飞九天，归来不识旧家园。何人乘我离湖日，水底王宫搬水边？

## 小镇暮色

暮霭初收日脚低，疏林浅岸映寒漪。朦胧原野无人影，灯火街头有酒旗。

# 蒋长明

蒋长明（1946～2019），江苏涟水人。中共党员，曾任秘书、办公室副主任、街道办事处副主任、区计委主任等。退休后负责《清浦区志》编修，并为区诗词协会副会长。

## 毋忘国耻

甲午海战吃败仗，割地赔款民遭殃。南京城内血成河，迁都逃亡国无防。积贫羸弱被蹂躏，倭寇妄为倍猖狂。毋忘国耻图振兴，强国强军固金汤。

## 生态村

生态文明进农家，满眼靓丽映彩霞。河塘洁净水见底，门前大道连天涯。绿色食品争供市，林地胜似大氧吧。农家乐迎天下客，田园风光美如画。

# 王朝瑞

王朝瑞（1947～ ），女，江苏淮安人。插队知青，1972年招工进企业，退休于清江金属容器厂。清江浦诗词协会会员。

## 黄河风光带

昔日坟茔地，今天绿化坪。近观曲径邃，远眺密林青。隐隐黄莺叫，蒙蒙白鹤鸣。游禽玩戏水，候鸟自飞行。呼吸负离子，健身环境宁。

## 欢聚涟水机场

同窗好友汇淮安，联袂开车结伴玩。三十相逢全美日，百年一遇吉祥天。
欣观机场翱翔梦，喜眺家乡巨变颜。缩短时空迎远客，依依回首别萦牵。

## 故地重游

自驾重游返沭阳，青春永远驻他乡。峥嵘岁月豪情发，美好年华壮志昂。
大道林荫收眼底，高楼靓丽悦心房。面前展现新城镇，回首依稀旧土墙。

## 儿接兵母叮嘱

电讯吾儿去接兵，心花怒放喜盈盈。童年夙愿终圆梦，投笔从戎报国行。
步入仕途要正派，流光岁月济民情。千钧重负完成好，拒腐倡廉须记清。

## 赞中华巾帼英雄

中华巾帼英姿美，壮志豪情胜似男。救父灌娘留史册，抗金红玉出淮安。
排球女将数连冠，游泳小花齐向前。当代刘洋神九驾，天宫对接凯旋还。

## 读《陈安祥诗文选》感赋

多年力作见诗文，意切情真感动人。优美华章经世律，凌云壮志济民心。
挥毫蘸墨扬国粹，记事抒怀颂党恩。出入仕途存正气，桑榆暮景亦青春。

## 孝敬不能等

历古清明祭祖先，缅怀凭吊至坟前。孝尊长辈哪能等？何待终生遗憾添。

## 运河晚眺

夏去游玩结伴行，秋来散步赏心情。运河两岸清风爽，曲径长堤火树明。

## 生态淮安

枫红草绿松青翠，漫步园林美不收。拂面微风鱼戏水，丝丝细雨客悠悠。

# 秦长林

秦长林（1947～ ），清江浦人。插队知青，任小学教师，轻工机械厂科室干部。1985年脱产在淮阴师专学习两年，2007年退休。

## 盛世安享老年乐

师授真经出真果，老年大学藏龙虎。蘸墨绘桃王母献，弹丝吹竹赛仙谱。歌声悦耳醉寒宫，嫦娥慕名来学舞。诗词楹联赛青莲，舞剑弄拳少壮妒。盛世安享老有乐，晚霞映红清江浦。

## 悠悠葫芦情

小小葫芦丝，人见人欢喜。美妙独特音，让人不自已。一曲《凤尾竹》，悠悠来耳底。傣族原生态，仿佛在梦里。

## 随笔篇

耄翁学声韵，四声难分明。膝前小儿郎，为师忙不停。

## 瞻仰刘老庄八十二烈士陵园感赋

刘庄战惨烈，众敌围欲灭。孤军粮弹光，战死终不屈。

# 李 程

李程(1948～ )，清江浦人。中专学历，长期在工业战线工作，退休前系淮阴卷烟厂工会干部。

## 重走柳树湾

鸟韵播千绿，溪桥抱九湾。林深幽径叠，日暖玉流潺。
村郭归何处？渔舟系碧滩。赖听桃花雨，三月忆君颜。

## 紫金随笔

雨霁紫金山更娇，清风绿泛涨溪桥。松喃鸟语千峰醒，竹翠军声万里潮。
天文台上九天顾，玄武湖边燕舞霄。惯看长江流水逝，犹伴城墙话六朝。

## 辛亥革命百年祭

时光荏苒百年庚，辛亥纪元铸国魂。公略同盟废帝制，千秋大业转新轮。
武昌骇浪惊寰宇，九域三民扫旧尘。青史沧桑多壮志，共和自有后来人。

## 望秋闲赋

不失荷塘往日幽，蛩声带韵入秋河。鱼翔水底逗寒月，鸟宿池边枕暖窝。
稻菽随风翻作浪，白鹅归圈汇成波。喜看篱菊枝方怒，采摘清香壮酒歌。

## 和吟周庄

山岚细雨煮茗香，绮丽巷风诗画长。石板虹桥连四海，丝绸瓦寨织三江。
橹声轻唱桃花韵，鸟语高歌吴楚昌。千古江南堪一绝，船姑牵梦走苏杭。

## 草坪礼赞

不羡高枝与地王，生平淡淡自留芳。时来春雨秀灵气，日走秋丛牵菊香。
花苑音容招凤鸟，镜湖山地见牛羊。西风喊月身归去，紫燕呢喃又一章。

## 同窗友聚

桃花丝雨远馨香，春鸟鸣啼彼梦长。一别芳踪五十载，再吟流水半头霜。
窗前书影觅何处，室外砚池知哪方？欣得缘分今尚在，千樽情愫慰衷肠。

## 无　题

悄悄昏晓身边过，不觉春秋携暮年。何道萧疏残秀壑，空晴健鸟醉霜天。

## 大阅兵

雄姿威武国门经，血沃军魂势万钧。无数英雄功卓著，丰碑史话动诗情。

## 江南春早

水暖江蓝鸭敏姿，时分时合喳寒堤。才抽新绿泮杨柳，急坏小红忙煮诗。

## 乐　居

绮窗清影伴修篬，拂晓莺歌树杪香。何罕千间朱广厦，寒轩一斗恰春长。

## 荷塘新雨后

雨霁荷塘带绿飘，风清曲岸醉溪桥。芙蓉出水惊池羽，莲叶捧珠盈碧霄。

## 清明放风筝

一线牵情万里空，愿承魂碧九州同。心随哀思祭遥远，三月人间别样风。

## 南湖颂

送断瘟神七月风，南湖浪卷千江红。大船昂首斧镰引，九域空前昌盛中。

### 荷塘秋深

高天残漏叶纷纷，十里荷塘一镜魂。莫道秋风弃万物，枫红晚照赛阳春。

## 王震岭

王震岭(1948～ )，江苏淮阴人，久居清江浦。专科毕业，1969年参军，任至原兰州军区空军政治部干部部干事。转业后历任淮阴卷烟厂组织科长、人事劳资处长等。

### 悼亲民总理周恩来诞辰110周年

总理英灵何处寻，海涛如泣诉声声。举旗反蒋垂青史，秉政兴邦见赤心。
居位理财岂万贯，盖棺存款罔毫分。情牵华夏人崇敬，膝下未曾留子孙。

### 梦回兰空

梦回千里从军路，猎猎旌旗又挽弓。青海湖边草正绿，玉门关外柳初红。
战鹰破雾抒奇志，神箭穿云卫领空。岁月沧桑情未老，卧游会友至榆中。

自注：榆中，原兰州军区空军军部机关当年的驻地。

### 嫦娥奔月——为“嫦娥一号”探月而作

嫦娥奔月去，千载梦成真。风景独佳处，炎黄变巨人。

### 新居赋

年迈新居雅，梦中笑几回。枕河听风雨，园内赏兰梅。

### 古罗马斗兽场废墟前

兽人竞技太荒唐，权贵狂欢奴命丧。敢问历年亡几许，断垣无语对残阳。

### 皖北春早

麦绿无垠油菜黄，小楼农户撒春光。群鹅阵阵戏流水，恰似白云入画廊。

### 夜过芬兰湾

暮临彼得上游船，千岛含羞掩玉颜。敢问风光哪最美，繁星笑指芬兰湾。

### 卢森堡街头大排档

屋尖似剑指苍穹，如洗蓝天秋叶红。碧眼金丝午阳暖，咖啡不敌情意浓。

### 漂流龙虎山

九曲溪水碧如玉，两岸群山丹若霞。美景宜人游客醉，竹排无奈触晴沙。

### 国家首个“南京大屠杀公祭日”

公祭国殇情不禁，警笛呜咽泪花流。恨将倾尽长江水，洗却金陵千古羞。

## 邵洋波

邵洋波(1949～ )，清江浦人。毕业于江苏淮阴中学，自幼喜爱学习诗歌文学，退休后任钵池山诗社社长、区诗词协会理事。

### 赏钵池山公园荷花塘

百亩荷塘一境幽，红花绿叶似知羞。冬来虽被寒霜打，迎客明年驻足游。

## 周永成

周永成(1949～ )，江苏淮安人。小学教师。退休后任淮安市清河区白鹭湖街道办关工委主任、城东诗社社长。

### 农家乐

李白桃红翡翠瓜，园林深处有农家。忽闻朋友远方至，蔬果琼浆手捧虾。

## 李文华

李文华(1949～ )，女，清江浦人。插队知青，1978年返城参加工作。退休后习诗，一品梅诗社会员。

### 春风化雨抒晚晴

建国之年我诞生，酸甜苦辣伴终身。儿时母故留阴影，少小无缘误学文。不惑丧夫独育子，持家糊口度时辰。退休之后得机遇，陶冶情操登校门。墨海研磨怡雅兴，文山洗练健丹心。诗词曲韵寻佳趣，摄影描图抒晚晴。花甲适逢盛世到，夕阳风采展芳芬。怡心养性圆春梦，益寿延年望德馨。

## 车桥战役

车桥战役建奇功，一座丰碑映日红。攻点打援施巧计，惩奸宰寇灭顽凶。
民兵军队神威显，芦荡土圩枪炮隆。歼杀贼倭寒敌胆，中华大地颂英雄。

## 重游盱眙

少小离城白发还，盱城巨变展新颜。山峦披绿风光美，淮水扬波帆影翩。
大道条条飞彩练，高楼座座耸云天。和谐社会春风暖，同谱繁荣盛世篇。

## 韩侯故里码头镇三产园区观后感

冬日阳光犹带寒，韩侯故里热情绵。循环水育鱼欢跃，容器肥培菜蔬鲜。
棚帐藏香花艳美，人工种植果硕甜。流通实现强国梦，创汇争收名列前。

## 白马湖采风

百里鳞波百里烟，环湖公路客流连。红菱芡实富民众，螃蟹龙虾馋大贤。
治理河湖成效巨，平添胜境醉时鲜。欣逢盛世瑶池落，装点三淮别洞天。

## 同窗重聚

人生已逾古稀年，执手相观鬓已斑。今日重逢凝泪眼，往情每忆润心田。
峥嵘岁月皆如梦，逾半光阴过眼烟。再聚有缘堪自慰，同窗友谊在胸间。

## 上　网

鹤发童心时尚前，适逢网络互相牵。无须驿站频交马，只靠鼠标千里连。
购物直通方便捷，关怀问候叙谈欢。天涯海角何曾远，百度搜寻咫尺间。

## 一日游

星稀踏露盱眙游，仰庙瞻陵景色幽。饭铺品馐诗兴起，月光伴我尽情讴。

## 晚　练

璀璨霓虹绿树间，欢声笑语舞蹁跹。蟾宫哪有人间好，羡煞嫦娥悔做仙。

### 重　阳

茱萸遍插又重阳，秋水潺湲映彩妆。携手登高观夕照，晚年幸遇好时光。

### 雪

昨夜雪娘来造访，千花万树裹银装。粉雕玉琢多娇媚，爱美天公巧扮妆。

## 杨怀美

杨怀美（1949～　），清江浦人。清江浦区白鹭湖诗社理事。

### 水牛退役

垂头丧气入池塘，面带愁容泪满堂。可叹隆隆机器响，如今失业要遭殃。

## 邵本流

邵本流（1949～　），江苏淮安人。中共党员，插队知青，曾就读于中南大学。在包头钢铁厂工作，后调任沙洲钢铁厂淮安特钢有限公司烧结厂厂长兼党支部书记，高级工程师。

### 月季园

姹紫嫣红景万千，树高朵硕史无前。则天大帝若还在，钟爱月季恕牡丹。

### 风　筝

万里晴空竞自由，争奇斗艳好风流。洋洋得意最出众，手中线儿管去留。

## 花国平

花国平（1949～　），江苏淮阴人。中央党校函授本科学历，历任小学、中学民办教师，乡镇文化站站长，清浦区诗词协会常务理事。

### 清晏园之春

东风吹满苑，染绿雨轩楼。垂柳河边舞，紫藤架上悠。
娇荷迎初霁，碧水绕画舟。满地红花景，如霞不胜收。

## 洪泽湖大堤

湖水平如镜，润泽万顷田。渔帆齐竞争，淮水早安澜。
稻粟千重浪，葡萄挂满园。巍巍堤坝堰，功业世间传。

## 丝路放歌

横贯东西通路遥，张骞班超称天骄。孤烟沙漠萧萧路，瀚海驼铃声声谣。
文化交融联友谊，丝绸商贸接金桥。和平发展重描绘，欧亚同荣各领骚。

## 读毛泽东诗词有感

一代天骄不朽诗，千秋彪炳堪狂痴。马蹄声碎秦娥赋，鼓角相闻江月词。
杨柳轻飏飞泪雨，横空出世展奇姿。凌云健笔沉千古，婉约雄风两俱之。

## 读弟妹《西部游记》赋诗一首

西部成行暮复朝，游兴未了乐陶陶。祁连山脉绵绵走，瀚海胡杨曳曳摇。
大漠风烟缠落日，荒滩戈壁景多娇。陇头塞外撩心动，何惧关河万里遥。

## 端午节

岁岁端阳节，千秋吊汨罗。吟诗怀屈子，留得万代歌。

## 菊

苦霜初归地，一扫色斑斓。莫恨西风紧，黄花独爱寒。

## 谒刘老庄八十二烈士陵园

凛凛浩然气，刘庄杀敌顽。为国除倭寇，忠烈保家园。

## 钵池山公园

浩渺烟波鸥鹭旋，道尊老子傍青山。蒲风柳月仙池景，一口钵盂生翠岚。

## 题常盈桥

丰济漕仓迹已陈，几番流水几番春。昔时天下皇粮聚，今日廊桥四海闻。

## 柳树湾

烟雨霏霏三月三，红桃翠李色斑斓。临风笑指怡颜处，美尽黄河柳树湾。

### 题洪泽湖大堤

曲折绵延道道弯，围追堵截镇安澜。蓄航排灌随民意，治水功勋亘世间。

### 教师颂

春风化雨苦心栽，烛火一支献讲台。艳李秾桃勤呵护，呕心沥血育人才。

### 中秋节有感

节届中秋景物清，冰轮满地影随行。嫦娥最解人心意，皓月今宵分外明。

### 追思大胡庄八十二烈士

丰碑默默矗云帷，浩气凌霄化彩晖。血染茭陵埋忠骨，无边烽火战魂归。

## 周长荣

周长荣(1950～ )，清江浦人。淮安市第二人民医院干部。

### 新居一年

去年新居过佳节，楼高气爽眺轻云。舟行不见白帆过，梦醒似听笛声鸣。金橘挂枝银杏小，桂香满园樟成林。常思子女拳拳意，且绕湖边默默行。

### 立　冬

春红夏绿太匆匆，秋叶未老又临冬。记得当年冠挂去，正逢橙黄菊香浓。半生已作池中物，十年直面江海风。无才不宜师庞统，且作浮云亦从容。

### 建筑工地组诗

塔　吊

独立金鸡站似松，寒冬酷暑亦从容。臂长可揽山中月，力大能拎岳上峰。
拔地高楼连浩宇，震天鞭炮入长空。绿窗朱户盈盈里，谁上凌烟记尔功?

静压桩机

谁持巨棒指苍穹?忽又无声遁地宫。应是人间机械手，又疑鬼蜮土行公。
管桩密密荷千载，高阁层层上九重。集瑞华厅炉炭火，还栖泥土历霜风。

脚手架

万丈高楼妄自尊，若无外架尔能神? 绿纱遮面平安福，瘦骨撑腰生命珍。

脚踩篱笆行日月，手攀铁柱走乾坤。居功不傲乃君子，亮节当歌示后人。

挖土机

全凭铁臂千钧力，不惧花岗硬似钢。夜半深坑灯照土，五更险岭石离塘。风花雪月情无趣，酷暑寒冬志却扬。豫北愚公今若在，何愁代代凿山忙。

混凝土泵车

巨臂轻提指九天，弹簧黑管半空悬。黄沙碎石肠穿雨，清水泥灰腹过烟。方使狼毫涂黑墨，立成虎砚洒清泉。新楼日异层层起，半是人功半是仙。

钻孔灌注桩

钻机成孔用泥搪，浊酒杯杯可润肠。坚石粗沙填饱肚，细筋瘦骨铸为钢。千年大树凭根壮，百丈高楼靠脚强。能使万家灯火亮，埋名足下又何妨?

楼面浇筑

钢筋验后即铺笺，泼墨狂书百尺篇。重彩圈梁框架柱，淡描顶板角临边。题诗酷似柯山写，落款犹如米芾圈。防裂还需勤洒水，一层楼面一湖烟。

架子工

谁见半空钢管舞?高楼外架惹惊魂。腰缠玉带云中走，手捧金箍雾里奔。立柱剪刀撑有度，横杆扣件密无痕。万间广厦连天起，壮士凭啥宿土屯?

泥瓦工

似曾相识故乡人，铁铲泥刀巨斧抡。拌料和灰墙有体，抹平振捣柱凝身。餐风宿露饥肠响，戴月披星电马呻。最应揪心车障起，到家怕已是清晨。

女塔吊工

老夫一见满心寒，百米高空现木兰。黄塔红装银雾绕，驾仓绿椅彩云环。轻弹玉指钢筋动，慢甩金钩铁柱缠。看似飘飘仙女范，摘星揽月胜儿男。

钢筋工

斑斑锈染破袍红，皓月晨星每日逢。懒洗工装云未淡，又添汗渍雪增浓。智心可辨钢琴谱，虎臂能弯铁铸弓。商贾当知工匠苦，纹银不欠即飞虹。

蜘蛛人

橙红一点半空悬，若有还无一线牵。走壁铲刀清垢土，飞檐筒滚画云烟。寒冬烈日辛劳伴，累月成年危险连。也晓忧心千里外，男儿只盼快新年。

木模工

木头也解木模人，岁月风霜脸上纹。盘锯弓身迎日月，斧头屏气劈年轮。利刀斩断穷乡路，电刨削平旧泪痕。托起新城千百座，匠工尽数自农屯。

打桩工一字谣

一手黄泥一脸脏，一腔热血一根桩。一身汗水工衣透，一夜寒风又起霜。一曲高歌清唱短，一封举报吼音长。一家福祉全凭此，一碗愁思灌满肠。

施工员

吃透蓝图夜接天，目红体乏口含烟。陀螺经纬量方角，水准光仪控线偏。器重肩扛珠打土，点多手落笔凝笺。新楼眼见层层起，隐隐愁思上额巅。

## 题春照

柳嫩蕊黄池水浅，花繁草绿竞争春。一年最是好光景，香径通幽却无人。

## 阳春二月室外独株白玉兰悄然怒放

春寒一树白花开，乘得东风香入来。留尔玉清冰洁在，飘离浊世落书斋。

## 睡莲初醒

一汪碧水映娇容，二目惺忪色面红。羞见池边晨练客，高楼倒影可藏侬？

## 小荷初露

尖尖角露碧池中，裙绿飘飘出阁丛。只盼日高寒意远，婷婷早立暗香浓。

## 圣洁天使

白衣一袭灌清风，仙子浮云下九重。根陷泥污身不染，长留圣洁美寰中。

## 观　景

莫言四月芳菲尽，河畔花红十里长。水墨淮城真雅色，观光未必下苏杭。

## 己未夏至翌日玉黍谷落夜雨随至

昨天黍落烟生土，午夜炸雷惊梦中。榻卧潇潇听喜雨，鸣蛙阵阵报年丰。

## 滑　竿

两根竹竿一张椅，颤颤巍巍登天梯。胜景已醉座上客，汗水湿透轿夫衣。

## 归燕——过一拆迁遗址有感

今年燕子归来早，啄得新泥补旧巢。不见堂前王谢屋，春风瓦砾可知晓？

## 听　雨

百无聊赖听窗雨，不胜唏嘘惜残红。莫怨匆匆花谢早，老夫已嗅果香浓。

# 郭立群

郭立群(1951～ ),江苏新沂人。曾任教师、教导主任、校长,清江市教育局、清浦区文教局、中共清浦区委组织部干部,清浦区工商局副局长。

## 春雨清晏园

蒙蒙春雨润古园,数日小别景又鲜。连翘金黄烟柳翠,老藤浅紫碧桃妍。
锦鱼戏水清波里,啼鸟欢歌嫩芽间。朵朵海棠偷掩泪,天晴再露可心颜。

## 瞻仰刘邓大军前敌指挥部

挥师挺进大别山,数万雄兵意志坚。扭转乾坤主席指,打开局面刘邓先。
腥风血雨从容对,铁马金戈淡定弹。艰苦卓绝成大业,忠心赤胆美名传!

## 览天堂寨瀑布群

大别深处景幽优,五瀑连环绕涧流。九影高悬彩虹艳,情人浅露娇容柔。
银弓轻挽凝神射,泻玉高抛肆意筹。淑女翩翩舒广袖,何人到此不解忧?

注:九影、情人、银弓、泻玉和淑女皆是瀑布名。

## 晚霞绚丽青海湖

夕阳渐坠远山巅,万顷波涛涌眼帘。碧水苍穹同一色,晚霞孤鹜共飞天。

## 端午思母

母逝五月余矣。端午将至,梦母之粽香依旧,喜食之,然数唤不应,遂惊醒。泪已无忍。

庚寅端午又将临,喜见粽香梦里惊。母爱无疆永难忘,南柯再遇泪盈盈。

## 暮游月牙湖

暮霭如烟大漠凝,驼铃渐隐晚风轻。琼池似镜成双景,牙月悄然落后庭。

## 冬　思

初冬傍晚,漫步清江浦。冷月高悬,梧桐残叶,孤鹊噪啼,寒意袭人,偶得七绝一首。

残梧冷月映高楼,孤鹊觅巢噪逝秋。我待东风催瑞雪,寒梅赏罢待春稠。

## 严士富

严士富(1951～　),江苏淮阴区人,久居清江浦。中共党员,退役军人,退休干部。曾任车间主任、党支部书记、分厂厂长、党总支部书记、公司副总经理、工会主席,退休返聘任公司董事长、党委副书记。

### 端午荷塘趣

风曳百荷舞,满塘几点红。田蛙鸣草里,锦鲤戏湖中。
出水芙蓉美,翱翔白鹭聪。殷勤飞鸟问,何日现莲蓬?

### 漫步清晏园百年紫藤长廊

青藤百岁王,清晏沐春光。巨蟒攀云木,银铃挂瓦墙。
群芳香馥郁,嫩杪着霓裳。络绎游人醉,欢声绕紫廊。

### 谷雨有感

春色容颜退,怡然谷雨随。小荷浮绿水,榴树展娇眉。
嫩麦频频浪,和风缓缓吹。谷生凭雨润,节气适时宜。

### 游宁夏西夏王陵

西夏王陵气势雄,安闲荒漠近山峰。游人欲问魂归处,早在中华一统中。

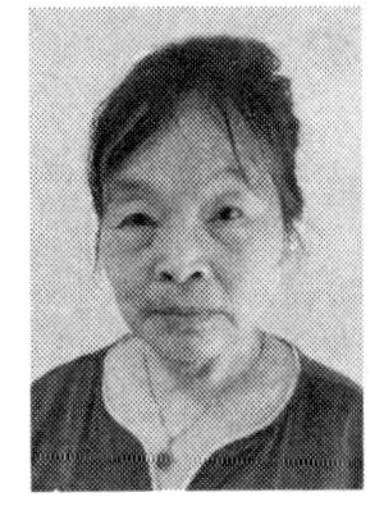

## 刘万玉

刘万玉(1952～　),女,江苏淮安人,久居清浦。插队知青,考入江苏淮安师范,毕业后一直从事小学教育工作。清浦区诗词协会常务理事。

### 端午节

锅煮香甜粽,门悬桃榴艾。足穿老虎鞋,腕系红丝带。
额抹雄黄粉,手提鸭蛋袋。娃娃端午节,助阵龙舟赛。

### 端午感怀

千载汨罗涛不平,龙舟竞渡祭英灵。湘竹有泪菖蒲恨,苇粽无声虫蛊惊。
香草飘香香未绝,国殇捐国国存盈。离骚天问今朝看,代代忠良华夏情。

### 南京国殇祭

丁丑血屠卅万人，今天国祭悼亡魂。紫金山麓朔风滚，扬子江头白浪纷。
拉响警笛震寰宇，抽出亮剑卫国门。中华崛起雄狮醒，牢记和平立乾坤。

## 杨兆祥

杨兆祥（1952～ ），清江浦人。历任淮安市一中、二中教师，后获自修大本科文凭。

### 游南马厂日月潭生态洲

日月空中转，潭池地上移。热林花草盛，古楚更新奇。

### 参观淮安区漕运总署淮安府衙

其 一
昔日淮安署，运河璀璨珠。风骚七世纪，赋税万千斛。
其 二
今日淮安府，重修面貌殊。中心城市建，五百万人呼。

### 漂母墓前有感

漂母世中岂乏人，千金一饭更无伦。王侯高义传今古，十万士兵垒土坟。

## 顾晓朝

顾晓朝（1952～ ），江苏淮安人。中共党员。转业后历任淮安市清河区委统战部副部长，区民政局局长、党组书记等。退休后任淮安市诗词协会常务理事、清河区诗词协会副秘书长。

### 雪后晨练

床前钟自鸣，晨练满天星。巷暗无行者，街明有路灯。
冷风扑面吹，寒气绕身行。万籁此时寂，唯闻踩雪声。

### 贺中国海军索马里海域护航

破浪乘风万里航，亚丁湾上斗强梁。喜闻近日试牛刀，大国军威震海洋。

### 观南京玄武湖公园荷花池有感

绿叶雨浮珠欲滴,红花风动舞翩翩。满园景色一池秀,日暮回程又倚栏。

### 记市诗协2011年年会

韵友幸逢今世缘,谈新叙旧喜空前。吟思难抑三千丈,酒助豪情续锦篇。

## 江建平

江建平(1953~ ),江苏泗洪人,久居清河。退休职工,习诗有年。

### 首次过生日

五十还单八,初回庆诞辰。子孙频敬酒,兄妹竞开樽。
坦坦何钦宦,醺醺即似神。女儿诚孝顺,每日乐天伦。

### 游峨眉山

登峰凭缆助,破雾到天坪。一卷云烟画,万年钟鼓声。
普贤期普慧,金殿颂金贞。历久猴开悟,与人如结盟。

### 黄山余雪行

凭缆扶摇上,冰封举步艰。叶针拥白雪,林表露青斑。
叩杖松迎客,写生崖悦颜。为多搜画稿,独自下南山。

### 置身云天

扶摇游上界,奇幻至迷离。山峰绵亘古,湖泊碧参差。
苍狗瞬间变,白云千里移。俯仰皆舒卷,几重浑不知。

### 海南兴隆山上仙境

亭台临水岸,云朵映天池。习习椰风爽,幽幽花气弥。
鹅鱼何异类,人物共忘机。都说如童话,依称一首诗。

### 暮游海南天涯海角

万顷凝成碧,沙滩白浪卷。鲸风撩树过,鸥影带霞翩。
海角非无海,天涯更有天。人贤何忌讳,前景自光鲜。

## 重游山塘街怀白居易

旧地新收获，香山祠宇开。黄铜雕像幸，青石盼屐回。
造福存商埠，吟诗列榜魁。愚心唯景仰，未敢望尘追。

## 夜游水乡周庄

景美自然游客多，人流熙攘又成河。灯笼映水烁光带，舢舨穿桥曳橹波。
彳亍豪门文蕴浸，留连古镇绮思罗。斑斓夜色如童话，最是船娘唱俚歌。

## 夏日观周总理手植梅有感

不负主人培育恩，冰心铁骨耀家门。皆夸高雅坚强态，最敬凌寒傲雪魂。
枝展豪情冲日月，花开香气满乾坤。于今更喜扶疏貌，习习清风熏后昆。

## 步汴堤思隋炀帝南游

琼花萦梦下扬州，声鼓锦帆弦管稠。珠冕金钗融逝水，汴河堤柳荫渔舟。

## 毛泽东颂

盖世伟人如日彤，丰碑久已矗民胸。任他削去三千尺，仍比寰球第一峰。

## 春游即景

青黄浓抹到天涯，点染桃花灿若霞。一卷春光谁画出，千年巨匠是农家。

## 参观景德镇陶瓷官窑

满架琳琅瓷器珍，漫观工序认前身。一团泥土塑形后，耐得高温方脱尘。

## 观赏西花厅海棠

有幸多年伴伟人，沾恩移爱自心亲。孰言总理久离世，迎我花前满面春。

# 方建明

方建明（1953～ ），清江浦人，毕业于南京工业大学。曾任乡党委书记、县文化局局长、体委主任、教委主任等职。退休后任清河区立新诗社副社长。

## 谒总理故居

惊雷乙卯过千山，一代英魂上九天。十里长安民泣送，百年孺慕众追还。
桃花垠畔童年路，驸马淮城明月前。莫道英豪仙逝去，永垂青史在人间。

## 红船曲

狂澜欲挽聚南湖，烟雨移舟留史书。贤士十三申主义，丰功九秩展宏图。
如今西域风雷荡，唯有东方能量储。续赋红船亲水曲，为民服务万家愉。

## 纪念辛亥革命100周年

世纪风云起武昌，汉阳将士战沙场。共和问世乾坤转，帝制崩盘君主亡。
辛亥精神诚可敬，张袁复辟笑黄粱。"三民"遗产当承继，两岸同心慰国殇。

## 贺海军建军60周年大阅兵

碧浪春波青岛港，多国舰艇战旗扬。东方狮醒军威震，海上龙吟斗志昂。
历史回眸犹可鉴，晚清割地亦彷徨。而今涛舞豪情壮，筑起无敌防火墙。

## 纪念中国改革开放30周年

卅载风云醒巨龙，千帆竞发数英雄。丰收大地农民富，锦绣山河春色融。
港澳回归青史驻，神舟往返太空中。百年奥运终圆梦，千古文章忆邓公。

## 贺淮楚诗词网开坛（藏头诗）

贺喜金秋添胜景，淮洪雅士立潮头。楚天粹美文风盛，诗赋精华意气遒。
词调融今新曲创，网屏轻点九州游。开诚交结同耕友，坛汇清流硕果稠。

## 贺上海世博会

世界文明聚浦东，迎来四海旅游风。银花火树流星雨，玉宇琼楼锦绣宫。
足迹东方寻觅旅，全球低碳创新功。一城美景终圆梦，千载辉煌史记中。

## 淮阴侯韩信

于无声处响惊雷，铁马金戈载誉归。卸磨杀驴千古恨，长安六月雪花飞。

## 神九飞天

天宫神九竞风流，对接风光一览收。织女牛郎添妒意，但求遂意驾飞舟。

# 李厚培

李厚培(1953～ ),清江浦人。退休工人。爱好诗词,作品常见媒体。

## 国家公祭南京大屠杀80周年

屠城卅万罪滔天,血海深仇永祭冤。历史桩桩哭耻辱,中华强盛案存宣!

# 王燕春

王燕春(1953～ ),女,江苏连云港人。南京大学自学考试本科毕业。在清江浦做过车间工人、幼儿教师、统计员、中学教师、文书档案管理员。

## 蓝天白云赞

蓝穹靓美白云赞,云卷云舒画韵欢。静静娴娴仙女步,婷婷袅袅玉莲颜。
雅云漫漫翩翩舞,浩宇清清正气轩。秋美晴空心气爽,壮志凌云向长天!

## 游新加坡

惊叹高楼观景新,远边楼宇一婷婷。彩云飘逸蓝天靓,绿草萋萋大地情。
碧海波光金闪闪,渔船动影水粼粼。荣欣景美人惊喜,咏赞心中神画倾!

# 李相斌

李相斌(1955～ ),网名啄木鸟,江苏涟水人,转业军人,清江浦区退休。爱好诗词,作品偶见于报刊。江苏省淮安市清浦区诗词楹联协会秘书长,清浦区老年大学诗词研究会会长。

## 腊 日

腊日阳光暗,浮云送冷风。廊边存老酒,灶上换新笼。
佛粥施千叟,佳肴于万童。年生三六五,借此再西东。

## 运河水

远远长河水,悠悠挂彩虹。轻轻摇万舸,缓缓荡千峰。

处处黄莺舞,声声绿鹭鸣。年年流翡翠,业业见奇功。

## 闲　适

历年公务紧,花甲得闲来。夏应晨风去,冬和暮雪回。
时行河上苇,偶伫路边槐。夜静长歌远,灯观二度梅。

## 元旦述怀

白首添新岁,余年不老枝。携来晨露韵,拾得晚霞词。
蕊放寒梅艳,条舒翠柳奇。和风传燕语,唤我尽乘时。

## 龟山即景

青山似伏龟,压浪显神奇。古木参天韵,新花满地词。
道光书圣旨,麟庆兴良师。举目烟波处,涛声正适时。

## 读《天问》之点滴

远古地天无,何时宇宙苏。阴阳调万物,水陆淀千湖。
日月遥连属,冬春近相呼。几人思此态？听雨问新途。

## 缅怀周恩来总理

梅开古楚志高昂,跨海漂洋觅政纲。沥血安邦筹大业,挥戈运笔著华章。
清风两袖丰碑树,雪压云封正气扬。青史留名功德满,忠魂换取万花芳。

## 元宵观灯

月满元宵紫气回,春风拨雪试登台。鸣箫击鼓龙腾去,着彩悬灯蝶自来。
画里藏踪疑骏马,迷中隐迹觅良才。连珠妙语人潮动,醉眼游云笑脸开。

## 卢沟桥事变忆感

雾锁卢沟晓月寒,东夷弄鬼露凶残。炮袭永定硝烟起,掠抢边城战火燃。
两党挥戈驱日寇,全民举剑斗敌顽。石桥记取当年恨,不叫豺狼旧梦还。

## 观沙场阅兵有感

硝烟未起亮军歌,飒爽英姿朱日和。体系支撑驰骏马,飞信主导淌金波。
雄鹰展翼豪情壮,铁甲奔腾战味多。听党指挥能胜仗,忠诚坚毅护山河。

## 观灵璧石

肖形状物可称奇，剔透玲珑具万姿。色自天然成雅韵，声飞宇宙汇清词。
庭前立足如青岱，馆后横身似碧池。[illegible]石千金灵气旺，饱含哲理耐人思。

## 门神钟馗

铁面虬髯貌异奇，除妖捉鬼众人知。才高胆壮豪情爽，学富胸宽正气持。
遍访名山游海角，单寻胜景向天涯。终南进士精文武，破帽红袍满腹诗。

## 过木兰祠

替父从军豪气壮，弯弓跃马着戎装。黄河驻足谋韬略，黑岭屯兵献计囊。
几度朔风寒铠甲，十年浴血冷花芳。功成名就思乡里，孝烈辞封赞女郎。

## 咏汉高祖

事起芒山举义旗，反秦抗霸遇良机。三章约法平民苦，一统中原奋马蹄。
赴宴鸿门识项羽，楚歌垓下丧虞姬。定陶泛水即皇位，西汉王朝鼎盛期。

## 涟水博物馆观感

落住先民汉代营，佛光塔影宋唐清。回眸烽火承遗志，跨越时空访古城。
种稻煮盐畦上将，治穷医患水中兵。扬今继往千秋业，成就辉煌启后生。

## 母亲节祭母

碑前跪拜思潮涌，万语千言哽在喉。往日勤劳犁岁月，而今寂寞守荒丘。
问声慈母恩何报，叮嘱儿孙孝必求。告别孤坟心向远，银河浩瀚慢行舟。

## 访淮安市现代渔业园

生态平衡高技艺，节能环保自然新。潺潺碧水催鱼动，款款清池引客询。
通道随波如入海，画廊逐浪似临滨。领先建业呈科普，现代渔园福众民。

## 访项羽故里

少年远志千斤力，盖世神威八面风。挫败秦王成霸业，猜疑亚父愧群祟。
魂伤垓下虞姬梦，戟折江边汉祖雄。自刎尤荣关大器，改朝换代建奇功。

## 宿迁纳田村印象

缀纳繁花百万支，山田水石话神奇。沿梯错落成青岭，顺势同拼献碧池。
举步蜂声云上绕，扬眉蝶影雪中移。纯情淡雅休闲地，质朴生华现代诗。

## 父亲节感怀

肩头岁月眼前山，沐雨披霜不得闲。和睦亲邻常孝老，敬贤益友久欢颜。
犁田备垄骄阳下，排涝防风晓雾间。苦涩甘甜皆体味，一生任重敢当关。

## 秋　蝉

未绝红尘恋夏时，秋波暗送有谁知。鸣锣奋诵阳光曲，振鼓勤书月色诗。
露冷风多依碧树，霜寒叶少落枯枝。沉身且待春来雨，再借清喉赋雅词。

## 览皇城相府

依山就势随形变，叠院层楼创意精。民宅温馨栖紫燕，官居典雅舞春莺。
长河畔上能听雨，雉堞空间可用兵。胜景迷人堪似画，东方古堡翰林城。

## 访平遥古城

轴线鲜明主次分，精雕惟妙久传闻。东西有序县衙古，上下融通票号欣。
宽市容商呈业绩，高台点将立功勋。城门六道含诗意，鸟瞰形同龟甲纹。

## 重阳节有感

吟秋赏菊逢重九，古俗遗痕助酒香。莫道寒蝉愁败柳，从初候鸟慕青杨。
明知不可同林宿，唯使其能伴日长。来岁常怀春曲调，童心二度再新装。

## 游古淮河文化生态景区

状似蘑菇生态景，蕴含古韵憾无穷。银湖白鹭垂竿客，剧院青衣试剑翁。
美味长廊诗跳鲤，殊恩广殿赋飞鸿。众人脱口淮河秀，再写佳篇唱大风。

## 大雪节气吟

大雪未曾见，冬阳暖似春。若无霜染谷，乐此赏花人。

## 元日致远方朋友

吾采月华诗，君填烛下词。天光成一色，不觉两相知。

## 雨中留句

疏雨布云烟,涤尘弄管弦。看花何处去?且向画廊前。

## 丙申年雨水节偶成

江烟海雾锁苍穹,百草含怨正月中。但待春明残雪尽,梳梅挽柳弄轻风。

## 吟　絮

艳阳五月雪花飞，不见冰霜染翠微。忽有浮云携雨过，方知杨柳换新眉。

## 寻　诗

梦里寻诗雾万重,搜肠不解韵何踪?春犁绿水秋吟露,自有身边一点红。

## 致老教师

数载青丝注讲台,培苗育蕊荐良才。如今抚鬓流连处,白李红桃次第开。

## 秋末雨丝

霜降空蒙细雨绵,轻寒写就素云笺。秋风萧瑟鸿声远,谁共香醇醉菊前。

## 吟　雪

轻姿漫舞下瑶台,笑洒枝头独自开。敢问梨花何处有,冰封玉树暗香来。

## 丁酉小年赏雪

梨花一夜满城开,谁与春风细剪裁?忽有轻寒拂面过,方知天使下凡来。

## 五岛湖即景

清波叠浪映天光,诗意朦胧画卷长。柳翠松青听鸟语,仙桥妙塔古流芳。

## 参观涟水规划馆有感

壁挂沙盘气势雄,溯源历史话安东。多规入市新城景,立体成图八面通。

## 戏说蚊子

逐暮巡更惹是非,弃明投暗不思归。伤人口器形如箭,挟翅飘摇入锦帏。

## 电风扇

轻声慢语话风流，令尔狂欢我自悠。助乐何须高调起，清凉不送岂甘休！

## 夏日情思

屏前敲字铃声响，忙问缘从何处来？暑酷情柔言不尽，心花约上旧楼台。

## 新　秋

孟秋叶动喜微凉，雾染清荷碧玉妆。睡起凭栏吟晓月，删繁就简候风霜。

## 观蚂蚁搬家

结队成群首尾连，超常大力赛神仙。若无蚁穴规方向，定可冲开一片天。

## 寒　钓

连天水色雾朦胧，雪压残枝秀景中。不见飞鹰擒鳜鲤，横舟独钓一江风。

## 咏　梅

万花凋谢我独扬，数尽寒冬玉骨芳。傲雪冰心吟雅韵，骚人落笔有华章。

## 咏　松

昂首云霄唱碧空，谁能与我一般同？绕身薄雾常新景，任尔东南西北风。

## 咏　竹

用心向上肯登攀，洗雨经风不得闲。坦荡参天怀壮志，全凭气节誉人间。

## 雨中行

空蒙雨细助风狂，忍试新靴巧着装。莫问前程能几许，只求雅韵富诗囊。

## 旗袍女郎

韵压群芳紫伞开，情愁喜乐目中来。任他秀景齐仙阁，怎比旗袍量体裁。

## 赏天泉湖红杉

湖中倒影亮仙姿，洗雨疏风汇雅词。广蓄源泉罗锦绣，红裳入画胜描脂。

## 又聚缘民友

岁末情缘入谷怀，题红拾翠话梅开。慢听昨日清音远，更取云笺向未来。

## 芯片歌

高新技术终端品，自控如常应用多。肚小能容天下事，智成信息巧流波。

## 深秋即景

乌云冷雨助风狂，柳败花残泪满桑。雾霭环峰山色远，长空断雁两三行。

## 处　暑

处暑新凉火渐消，蝉声哽咽露沾袍。风掀黍谷千重浪，喜煞农家试砺刀。

# 朱延霞

朱延霞（1956～ ），女，网名一抹夕阳，江苏涟水人。毕业于原淮阴教育学院英语系，一生从事高中英语教学工作，退休后学习诗词，作品散见于各网络平台和刊物。清浦诗词协会理事。

## 炒　股

怀藏美梦来，立业赚洪财。一日千重喜，三天百万灾。
新房移主姓，宝马被人开。股市浮沉去，回乡羞满腮。

## 感巴黎圣母院火灾

克龙惊错目，圣母临街哭。瑰宝已经焚，塔尖难再矗。
生民泪不干，雨果情更独。警示后人清，休谈何日复！

注：克龙，指法国总统马克龙。

## 秋　游

微风送爽正秋里，一路闲情白马湖。菊展飘香香引客，游人恋野野生芦。
菱酥藕脆来三碗，蟹美虾鲜酌两壶。水鸭银鸥钻细浪，渔船老妪赛仙姑。

## 港珠澳大桥通车感怀

一桥凌架亚洲东，七项居先四海雄。探底取沙能造岛，指天撩索敢飞虹。

地球图谱须重画，王母瑶池待再工。三子连通强国梦，伶仃洋上荡劲风。

## 六十自吟

岁超六十万般迟，偶忆从前飒爽姿。学子迷时常善诱，教鞭指处总情痴。
毛头个个成丹柱，乌鬓年年变白丝。也想紧跟潮浪走，青春已逝实难欺！

## 己亥夏至

一夜南风紧，东田换绿襟。蝉声催独坐，无意理心琴。

## 步韵王维《相思》

窗外晨曦白，遥闻鸟唱枝。五更难入梦，满眼是相思。

## 元宵节

年年今日至，处处闹灯诗。十里元宵味，全城空巷痴。

## 春　思

春风有意春光短，丝柳无心思梦长。莫说嫦娥难耐寂，窗前月色伴娇娘。

## 春　趣

桃花坞里韵随风，远近高低绿映红。你羡满园无忌放，我奇三朵待苞中。

## 笑　叹

阳春三月赏春姿，满目嫣红尽可诗。我叹桃花难长久，桃花笑我出门迟。

## 春色满园

二月春风沐大千，桃华柳绿戏归燕。罗宾默默频添趣，一寸新红一寸鲜。
注：罗宾，红叶女贞的别称。

## 端午随想

临逢端午兴滔滔，竞发龙舟逐浪高。空叹怀才千载恨，犹闻汨水唱《离骚》。

## 赏　月

月到中秋分外圆，桂花酒宴复年年。寒宫玉兔嫦娥伴，醉听人间琴瑟篇。

### 戊戌立秋

地似蒸笼天下火，百花焦渴万禾愁。玉皇渎职忘时令，不晓今朝已立秋。

### 秋 愁

晨雨渐停鸟不休，几枝黄叶绕双眸。楼前那日终成别，雁断衡阳又已秋。

### 重阳有感

阵阵西风枯叶卷，重阳四野竞清寥。霜头今已重阳过，更怕西风枯叶凋。

### 叹落叶

落叶随风遍地旋，难由自主乱翩跹。夏时盛景春时绿，再不枝头炫紫嫣。

### 冬日杂吟

阴冷北风犹彻骨，虫鱼花草少精神。人心更比北风冷，历过严冬才是春。

### 夹竹桃

柳叶蛮腰面若桃，深藏剧毒美名捞。凡尘何事能同比？貌似良朋暗使刀！

### 太空之吻

天舟玉宇会天宫，心有灵犀自点通。星汉茫茫今一吻，五洲瞩目九州雄。

## 程新民

程新民（1956～ ），南京市人，久居清江浦。中文本科毕业，历任县地方志编撰，市粮食志总纂（主笔），今世缘酒业集团副总经理。

### 题暮投荒村图

大野多秋水，蛟龙伏泽深。荒鸡啼月影，孤客枕蛩吟。
天下原无路，梦中不易心。扬鞭何处去？度世觅金针。

### 石城感怀

市廛升斗每相违，鸥鹭浮云亦忘机。梦断残春人有泪，月移午夜露沾衣。
六朝烟雨存今古，一脉秦淮证是非。潮打空城惊逝水，胡问英雄归不归？

## 无　题

少小飘蓬识世难，泥途涸辙几辛酸？黄杨恶闰历尘劫，厩马嘶风慕大鸾。
梦觉中宵心未死，情牵蠹简意犹欢。风檐展读千秋事，纸上空名和泪弹。

## 夜行莱州道中有作

曲折人间几度行，青天寂寂夜风轻。云峰历劫续文脉，海市迷蒙映太清。
梦里寻真真作幻，水中赏月月空明。苌弘碧血鲛人泪，无限江山动我情。

## 钟山怀古

钟山遥望郁葱葱，万古悲欢葬此中。王气熏天龙虎跃，皇冠委地犬豚空。
朱楼雾锁美人泪，故垒烟横侠士弓。成败是非谁论定？漫天梅雨古今同。

## 丙戌年末雨中过滁州有怀欧阳太守

环滁林壑酿氤氲，太守当年卧夕曛。兼济情怀悬日月，独开文运啸风云。
奏章精警切时弊，野唱悠扬乐酒醺。剩有青山遗迹在，漫天寒雨落纷纷。

## 澳洲红森海滩观沧海

波光浩淼太平洋，搏浪云帆又远航。一洗凡尘胸臆阔，久寻仙境地天长。
谈玄说怪存《山海》，欺世瞒人数夜郎。我顾神州情未已，欲将心事诉微茫。

## 感春寒稽留不去

久锁芳春不自由，无端无奈亦无求。天行失序龙蛇乱，地动成灾神鬼愁。
暮雨斜侵惊老树，朝风乍冷透高楼。城垣斑驳经行处，野草闲花掩古丘。

## 苏州灵岩山顶眺太湖

独立灵岩看大千，浮云春树五湖烟。寻珠沧海岂无恨，抱玉荆山未有缘。
霸越亡吴西子榭，藏弓烹狗范公船。尘寰相斫成私计，一曲渔歌天外传。

## 咏书道

书道微茫失路津，源流追讨费精神。山河遍览开胸臆，物象潜摩辨伪真。
铁砚磨穿求妙境，纤毫挥洒动嶙峋。可怜万里英雄气，却扫书斋纸上尘。

### 和德麟兄《遛鸟聚林即景》

其 一

鱼羡深渊鸟羡林，藩篱久锁蔽高岑。雀奴已惯笼中食，鹰隼难泯天外心。

其 二

翼展风雷决网罟，情牵草野盼甘霖。狂飙一曲千山绿，浩荡春潮动我襟。

### 无 题

维扬自古繁华地，燕麦井葵历劫灰。俯仰悲欢都一瞬，春江花月几来回。

### 游威海刘公岛

其 一

风云甲午百年过，今日凭临意如何？烈士捐躯沉碧海，颐园犹自起笙歌！

其 二

天妒英才可奈何？弹冠相庆沐猴多。秋风故垒诉遗恨，我唤精禽镇海波！

## 钱万平

钱万平（1957～ ），清江浦人。小学高级教师，清浦区韩城小学校长，清浦区政协第四至八届委员，农工民主党清浦区总支副主委。清浦区诗词协会秘书长。

### 贺天士力药业诗社成立

艺苑植新梅，凌寒蕊自催。吟诗依后俊，制药藉高才。
汤水医顽疾，歌辞抒乐哀。兰亭今日聚，雅韵凤鸣来。

### 秋登栖霞山赏红叶未果有感

登高览四方，峰叠似波狂。呲语山风婰，情声举树苍。
叶红星点点，水碧浪长长。莫作欺人解，身临扫积霜。

### 题赠姜冬梅女士

淮水润冬梅，金陵寺上开。助孤人道显，建庙佛心回。
博爱居天下，行慈有舞台。不求修正果，唯愿世无灾。

## 雨夜访梅

夜雨随风起，梅花受得么？披衣南苑去，秉烛翠华坡。
无助唯摇曳，偏怜又奈何。残英堪慰藉，香骨逐滂沱。

## 咏　月

默默洒清辉，魂牵客欲归。郁孤无怨气，冷峻自生威。
圆缺凭情变，盈亏有所依。悬空离我远，随梦入胸扉。

## 过采石矶怀李白

采石矶头梦绕萦，拜仙寻迹我身轻。雨临未见江中月，魂出还迎浪里鲸。
李白高歌风暴起，何人一醉海潮平。回眸依恋青山碧，恨不余生此扎营。

## 清浦吟

绿水浮舟挟梦游，每临清浦几回眸。粮仓督府容颜老，教主麒麟雅韵柔。
时雨含情滋谷黍，悬湖激浪写春秋。创新犹显生机旺，崛起江淮勇领头。

## 宜居清浦

身处繁华享静幽，阳光湖畔置层楼。鸟鸣翠竹宜宽步，径入深林可豁眸。
满目鲜花驱倦惫，半潭清水洗忧愁。择居善地怡然老，此间当归第一流。

## 重阳抒怀

金风玉露莽原苍，稻熟蟹肥陶菊黄。借雁放歌行万里，扬波泼墨写千行。
登山俯瞰情蓬勃，临水高吟兴未央。时在清秋人不老，骑鳌揽月射天狼。

## 自画像

身无案牍欠长缨，形似飞鸿起伏轻。乐与青山瞳对视，喜同荒石颈交并。
胸中骇浪凭汹涌，梦里乾坤任纵横。野鹤闲云真惬意，兴来就菊酒三觥。

## 为妻子生日作

相知相爱写华章，四十来年懿德长。体贴入微供父母，推干就湿育儿郎。
持家柴米安排妥，和睦亲朋尺度当。晚景无忧逢盛世，温馨牵手话斜阳。

## 悼靳君鹤奇

暮春霹雳折奇君，梦里杜鹃啼血殷。来自农家操守朴，位居宦海脑不醺。书成满纸云烟漫，歌罢残章泪雨纷。如此才华埋地底，夜深荒冢剑鸣闻。

## 家住淮安大学城

家住淮安大学城，怡然犹似洞天生。何须种树丝丝柳，着意观花处处英。健体无拘场馆阔，攻书有处典章盈。青春豪放儒风雅，曼舞轻歌任尔萌。

## 都市早春

花木城中少，春归哪里依？姑娘行迹处，已有蜜蜂飞。

## 自　勉

生涯应有限，能读几行书？欲解坟和典，何辞作蠹鱼。

## 无　题

枕单衾冷梦不成，坐起闲听月转声。往事桩桩浮影过，如真如幻到天明。

## 中秋望月

竹笛悠悠月脱尘，蓝天碧海走冰轮。凡人仙众情相近，愿享和谐万载春。

## 初　恋

梦绕魂牵四十年，三生石上错前缘。晚来所幸常相见，一片冰心写彩笺。

## 单车吟

孤身单骑享奢华，飘忽云天接水涯。捕得妙词能佐酒，采来新叶可烹茶。

## 卖茶馓老人

竹篓单车走四乡，香酥茶馓争先尝。归来一路哼淮调，老伴刚熬热米汤。

## 农民工

路灯初放日西垂，工友同携小馆炊。一碟花生三两酒，半醺半梦见妻儿。

### 风情园管理人老李

未曾练气未挥拳，一帚晨昏扫小园。若问此翁龟鹤寿，乡人知老不知年。

### 军　嫂

北国遥天日正寒，三年戍鼓未归还。屏中截取家乡月，传与郎君两地看。

### 鸟

悟得天机向大荒，不甘龌龊只高翔。俗人未解禽真趣，反笑成天觅食忙。

### 爬山虎

未啸山林何是虎，全依利爪英名贾。不惧风雨只攀援，兰草琼花难为伍。

### 石

自知才浅未补天，山野沉沉已万年。无意闻风无壮语，一生守望待情缘。

### 蚊　虫

唱罢赞歌方下手，撤兵未忘发红包。世间唯汝多仁义，谁见贪官肯拔毛？

## 赵文正

赵文正（1957～　），清江浦人。清河实验中学语文高级教师。编著有《格律诗》《格律诗与楹联写作》等。被评为淮安市和清河区诗教工作先进工作者，荣获江苏省中小学生诗歌竞赛优秀指导奖。

### 小区晨曲

闹市小桃源，晨曦沐更妍。清渠萦绿树，琼宇笼烟岚。
池碧鱼情盛，竹幽鸟语欢。瑶池仙境地，恬淡度华年。

### 自豪吧清河人

犹记当年稗草深，今朝寸寸变黄金。翩翩白鹭群商引，片片街区百业新。
河畔黄莺鸣翠柳，馆旁路客赏琴音。人人挥汗豪情爽，换取清河处处春。

## 登威海刘公岛感怀

东临小岛寻遗迹，思绪逐波卷远云。舰炮隆隆掀巨浪，水师耿耿报国心。今朝盛世长城固，昔日英魂血脉存。东海狼烟如再起，定将倭寇葬鱼豚。

## 游钵池山公园

天外飞来赤褐山，山中老子苦修禅。沙滩绿树湖边绕，翼馆危楼水里含。既显苏杭乡水色，犹遗秦汉古铜香。坐亭观爱人间景，疑是扶摇到九天。

## 清河北京路公园见闻

北京路上公园美，百姓园中享乐恬。弹唱吹拉兼表演，棋牌嬉笑或倾谈。花香鸟语怡人性，树紫坛红映眼帘。开放迎来民富庶，清河处处尽欢颜。

## 赞新区

新城一片古淮流，商企云集势正遒。美味淮扬名万里，名牌金象誉全球。依依杨柳悠悠路，袅袅丝竹比比楼。共享荣昌缘盛世，清河党政为民谋。

## 赞清河新貌

其　一

汇通千业兴，新亚涌人潮。片片民宅耸，新区日日高。

其　二

街街井有条，花木好妖娆。一路闻啼鸟，花香处处飘。

## 立桥头看广场舞

弦歌袅袅耳犹闻，遥见霓虹映舞魂。四月阳春淮楚夜，何得妖媚众天神。

## 赠诗友

其　一

君叹光阴论短长，沧桑历尽恋韶光。人生莫道春华好，烂漫秋实正吐芳。

其　二

君思学友梦飘香，散居悲欢自古常。人事全非难觅迹，桃花依旧笑黉黄。

## 游花果山

群峰吐翠沐清风，嬉水登山醉意浓。满目葱茏闻鸟语，游人尽在画屏中。

## 黄山印象

松岩泉雾又山峰，幽峻奇崛变幻中。若把黄山仙子比，此山韵味更无穷。

## 五十抒怀

疏疏鬓发染微霜，默默耕耘授业忙。名利本为身外物，讲坛三尺奏华章。

## 喜闻两会在京开

三月阳春喜讯来，欣闻两会在京开。神州浩荡春风里，时雨滋泽万众怀。

## 喜看清河30年

荒草茅庐曾记否？今朝胜地满园歌。烟花翠柳琼楼耸，更有东湖映日荷。

## 绿满清河

杨柳香枫绿映红，奇花异木郁葱茏。绿坪一片柔如水，城宇沉浮碧浪中。

## 游新区工业园

群楼掩映沐春风，碧水蓝天绿意浓。鸟语花香人已醉，风光无限在园中。

## 祝贺清河诗协成立3周年

悠悠三载忙诗教，李紫桃红满圃歌。吟咏诗词街巷事，祥和瑞气溢清河。

## 祝贺北京路诗社成立

清河异彩辉诗苑，万紫千红竞吐华。迎面韵香人已醉，北京路上放奇葩。

## 一代伟人毛泽东

救民水火赴关山，奋起刀镰举义拳。力挽狂澜雄略显，翻江倒海换新天。

## 读古词有感

古词读罢叹宫楼，总是三言两句愁。何不今生多努力，蹉跎岁月白了头。

## 读诗感怀

自古诗家多饮者，李苏万世韵流芳。千秋试问功与过，骚客丹心誉久长。

### 怀念孔繁森

援疆进藏把根扎，问暖嘘寒细体察。解困排忧谋富裕，藏民心里雪莲花。

## 金立华

金立华（1958～ ），女，清江浦人。中华诗词爱好者。

### 空山古寺

长天红日近，白塔耸云霄。庙宇晨钟响，山门雾气遥。
木鱼敲往事，佛法醒今朝。感化迷茫客，凡尘随境超。

### 水东海月楼三洲即景步冯柏乔韵

山青水碧草萋萋，二月中洲惹目迷。商店开张人入市，梅园客拥燕衔泥。
南听宝马声传北，东望花舟影落西。喜柳新芽春意报，掉头绿色涨双堤。

### 志　思

开启骚坛古韵酬，扬唐播宋景罗收。展眉狂写翻香令，掩卷倾听绕凤楼。
月映西窗秋色好，灯辉画案雁声柔。平凡小字书心境，洒落襟怀也逗眸。

### 云水禅心

莫道人生苦累多，怡然自得吼长歌。依栏泼墨描烟竹，洗砚烹茶绘碧萝。
赋抱江河千字演，诗缠四海万词磨。甘随古韵吟天下，燕雀叽喳又奈何？

### 木　偶

树块不逍遥，刀中出小娇。登台身手显，个个是英豪。

## 章　侠

章侠（1958～ ），女，清江浦人，大学文化，摄影家，文学爱好者。曾任清浦区政府副区长、区政协副主席。淮安市诗协副会长。

### 新正小雪拈得吟字

天花多任性，冬过又光临。随雨潜初夜，和风接更阴。

西窗春意远，北苑嫩冰侵。何处生机发？新诗拂牖吟。

### 丁酉大寒

一岁终章为大寒，眸回不忍细盘看。阳开何可消寒意，只待春风一夜欢。

## 张巨花

张巨花（1960～ ），女，清江浦人。中专毕业，中共党员，供销系统退休。

### 金秋新闸村

北依运河水，淮沭河东邻。澄澄映月日，漾漾秀古今。好水滋墟落，清景令人歆。红榴开口笑，皎洁桂风薰。畦畦雪韭绿，垂垂银杏林。鱼虾源活水，味美怡客心。小楼如水洗，空气若滤新。生态家园靓，养殖富众民。

### 运河晚眺

半月挂高穹，夕照运水红。两岸盈秀色，覆地草茸茸。迎春花耨群，红梅西施容。最爱南堤柳，青嫩佳气蒙。暮合华灯亮，危楼锦绣重。百舸争相过，古河盖世功。

## 陈苗青

陈苗青（1964～ ），女，江苏淮阴人，淮安市清江浦区法院法官，中华诗词学会会员，办案之余学习写作诗词。

### 分韵得“泊”字

远去楚云飞，追寻旧时廓。红灯十里帆，酒幌千年阁。
麦稻满船装，漕盐充渡逴。东南壮丽州，犹忆诗人泊。

### 有感于清江浦区南港社区六步工作法

千人百户在心胸，事系民生当俯躬。“六步”方间谋善策，三分地上做深功。
肩披风雪问寒暖，脚踏晨昏忧富穷。吏小可知世态象，苍黎不负尽诚忠。

### 法　袍

宽衣大袖罩全身，恰似清屏绝俗尘。领上穗轮荷重担，案中法度耗元神。
彤彤一抹红旗秀，扰扰三秋白发新。天地风云都海纳，惯看霜月杏花春。

## 法 槌

一声震响绕梁开，各色纷争待究裁。举起分明责任重，置停感慨诉求催。
流年日拍几多次，漏夜心惊若许回。但得浮云都扫尽，落槌雨霁定尘埃。

## 环保江苏吟

美好江苏富庶扬，良田湖泊是家乡。芦花湿地拂霞暖，鸥鹭深林逐野芳。
白发犹谋减耗策，稚童始做节源郎。人间天上觅纯净，留住清风伴路长。

## 有感楼兰

远古楼兰著史诗，文明鼎盛有丰姿。曾经翠绿无边际，今已黄沙没石碑。
眼底常怜芳草意，心中愈惜野花期。人生不老青山在，携手清风两悦之。

## 忆童年

灿烂阳光正耀头，儿童喧闹不知愁。铁环滚动弹球棒，纸炮摔开踢毽牛。
假手枪能抓“特务”，小人书可伴春秋。如今补课又修艺，哪及当年乐自由。

## 麦收时节

香蒲剑艾又端阳，便到时分收夏忙。喜看新黄拂浪涌，欣观翠鸟探轩窗。
国无重器终难稳，手有余粮始不慌。莫羡他邦明月好，浓情深处是家乡。

## 三峡吟

重峦天际可登临，浩瀚江潮推昼昏。神女但惊尘世变，巫山仍恋蜀云深。
暖秋红叶诗情泼，引路航标涛意吟。回首向来春几度，浪涛声里过夔门。

## 夏日觅凉

赤日炎炎暑未央，气和自可觅清凉。诵吟章赋豪风洒，读咏诗书恣肆洋。
幽霭藕花遮画舫，清风明月驻心房。远山遥看青天外，已是秋光又一章。

## 赠叶三保同学

一从入警红旗下，情意长牵百姓家。千里追逃擒恶犯，几回寻访觅萌娃。
青春洒遍巡逻路，热血催开强国花。吏小勤能成砥柱，人民不负拭尘沙。

原注：有感于同学三保一生只做好一件事——当一个人民好警察。

## 杏　花

胭脂万点占春风，吹雪纷飞落短篷。深巷一枝呼紫燕，横塘几度梦桥东。

## 槐　花

清纯华盖玲珑雪，偏向春深展傲枝。灵慧漫随风洒落，香甜浸入万千诗。

## 樱桃花下

樱桃花底说春宵，摘朵香枝作步摇。但许时光安好处，此生相惜不残凋。

## 偶　感

何需惺态作纯真，利禄藏心却扮神。不一言行常弄假，天知造化笑红尘。

## 有感农村留守老人儿童

又见东风白发吹，谁人树下望归姿。村中留守翁童泪，梦里团圆两地思。

## 致法官

案牍无涯不自哀，谨勤犹恐谬偏裁。长河染白韶华发，朗月清风扑满怀。

## 梅雨感怀

是谁心雨锁微茫，每到此时总断肠。锦瑟年华回望里，凌波不肯过横塘。

## 新年观满地鞭炮残红有感

人间只是一回来，不作寻常淡泊材。拼得红妆成玉碎，长留绝响入心怀。

## 出差绍兴感叹孔乙己

长衫虽破可充强，黄酒唯能慰薄凉。香豆谙尝人世味，夜深无奈掩凄惶。

## 同学常州聚会有感

人生难系若行舟，额染霜花几度秋。已是深情融日月，东风送暖不言休。

## 感　春

一湖碧水感春知，万树缤纷竞展眉。眼底东风横塘去，青春如梦寄花枝。

### 有感川剧变脸

眼花缭乱易妖魔，万象千姿尽仿摹。世道无常频变脸，人生如戏起伏多。

## 费自力

费自力(1963～ )，清江浦人。党校函授本科学历，中共党员，清江浦区清浦街道南港社区党委书记。省优秀党务工作者。

### 人民拥护万事成

世上有人哪有神，唯有思想却永恒。为民服务是根本，人民拥护万事成。

### 温馨在社区

其 一

起床总在鸡鸣前，弯月回时吊屋檐。赵钱孙李依细问，心平气和似糖甜。

其 二

鸡毛纸屑满心头，青紫疙瘩慢慢揉。食住衣行头等事，温馨互爱解千愁。

## 卫 军

卫军(1964～ )，江苏涟水人。中共党员，中学高级教师。曾任淮安市清河区预备役学校校长、淮安市第三中学工会主席，社区教育中心校长。清河区诗词协会常务理事、府前诗社社长。

### 府前诗社活动有感

烟花三月聚诗仙，荟萃群贤赋锦联。驶远大船需众桨，诗声琅琅入云天。

### 读史赞歌

血雨腥风霜满天，披荆斩棘焕春颜。红船星火燎原野，改革劲开新纪元。

### 闻“天宫一号”发射升空

西北惊天一声响，天宫出鞘似猛狼。太空遨游似漫步，载人立功书篇章。

### "居民学校"有感

其乐融融大讲堂，各行兴旺日康强。吹拉弹唱怡心境，喜气和谐传四方。

### 祝贺岳父母80华诞

人生八十不言稀，平淡之中亦有奇。鸳唱鸯和心互印，清波丽日永相依。

### "独立自由"雕塑揭幕

七七年前卢沟桥，悍然侵华野心昭。右翼势力今猖獗，篡改史实罪难逃。
遗毒少年误国事，霸占钓岛不可饶。"独立自由雕塑"揭，中国再掀抗日潮。

### 观桃花潭记感

诗仙有趣不知难，万水千山只等闲。十里桃花香两岸，万家酒店过孤船。

## 杜骏飞

杜骏飞(1966～ )，清江浦人。南京大学教授、教育部新闻学教学指导委员会委员、南京大学网络传播研究院院长、南京大学人文社会科学高级研究院兼职研究员。

### 淮水行

我从淮上过，涕泗不能言。长淮三千里，愁云蔽人烟。污浊灌我腹，昏黑毒我田。父老相对泣，长跪车马前。中有妇与子，临河仰青天。木立人如死，眼枯肝胆煎。黎民忍捶楚，循吏犹管弦。可怜圣贤地，万户绝欢颜。

### 游东湖记

东湖八千里，仙客久未闻。我到秋水上，当涂养精神。凭虚说网事，洗手鉴鱼羹。会饮亲同道，高谈谢故人。天高何为大？地广何为深？造化因行止，悠然忘死生。不喜亦不惧，意阑无何村。申怀留遗响，述志在本真。

注：十月十三日记于东湖，二十一日改于桃源山房。

### 黄鹤楼——丁酉清明感事示周雷

万里骑黄鹤，凭栏意未央。楚天成大块，江汉起文章。
四海新朋少，十方故史长。白头吟鬓影，煮酒对柴桑。

## 沙立卫

沙立卫(1967～ ),江苏淮安人。江苏省作家协会会员,清江浦区非遗协会副会长,爱好诗歌、散文写作。著有《圆齐》《本真》《玄青九十九章》《凉风夜月》《不问花开》。

### 国家公祭诰

昊天穆穆,金陵祀殇。铸鼎铭记,举国哀伤。钟山崔嵬,江水溯淌。凶凶鬼气,郁郁城墙。戕我手足,辱我民族。

昊天穆穆,金陵祀殇。铸鼎铭记,举国哀伤。采掇雨花,值袺石上。济济多士,肃肃怀邦。天德追远,九池浩荡。

昊天穆穆,金陵祀殇。铸鼎铭记,举国哀伤。城濡泪浆,瓦留白霜。冢草枯黄,未将彼亡。大维盛治,永将怀想。

昊天穆穆,金陵祀殇。铸鼎铭记,举国哀伤。剑戟锋芒,小米步枪。斗寇壮子,捍我陲疆。八载同忾,俾鬼伏降。

昊天穆穆,金陵祀殇。铸鼎铭记,举国哀伤。绥宁大邦,黎土舒仓。御外以强,曷崩庙堂。魍魉鬼魅,休想作祟。

昊天穆穆,金陵祀殇。铸鼎铭记,举国哀伤。兴化农商,天水泽长。循律规章,拨正思想。易我衣裳,焕我容妆。天行大道,德服民阳。斫荆开棘,永远隆昌。

### 国　妖

国妖只国妖只,靡德贪利,食我禾黍,削我薄禄。国妖只国妖只,淫乐纵逸,据我屋土,雍我归途。国妖只国妖只,佳美歌舞,鸠伏巢窝,馋涎他妇。国妖只国妖只,薏草见枯,予将途暮,速尔死去。

### 爵　尊

爵爵口口,舔我怀愁。器中佳美,馋我涎喉。北风疾疾,起于屋头。肥者堂丽,肉截砧厚。爵爵溢溢,叽叽不止。伎优盈盈,彤管嘤嘤饫腹鼓衣,乘辔车驰肥者不劳,淫逸奢骄。爵爵溜溜,其美悠悠见我窭饥,恐我去迟。驺从凶凶,赶我寒中,肥者野野,龁我骨肉。

### 黄叶飞飞

黄叶飞飞,伊人未归。日旰我心,茕茕如冰。黄叶落落,伊人期谁?月皎埯垣,我足不前。黄叶泠泠，伊人出奔。星启白光，覆我彷徨。曷时我恋，无日无年。俟归伊人，阖扉自问。

## 钓鱼岛

其土其土，水围礁渚。木华蓁蓁，亲我日瞩。其土其土，水养吾渚。木华荣荣，心已所属。其土其土，水生中取。木华蒉蒉，还我归主。

## 月 思

月出水泮，帷幄窗寒。思服江长，曷见我想。月中水央，沾我舟桨。君涯涂思，曷见我伤。月至更余，木柏遭霜。曷期至归，恐将我亡。

## 夫家河西

夫家河西，有我彼子。河阻无绵，不复流连。相期萌荑，恐期尔变。夫家河西，有我之思。饔飧无饥，何汛彼子。子若不知，其奈我痴。夫家河西，何时娶妻。银斗复移，尔不我意。尔不我意，曷切河西。

## 送友人

依驰金陵兮背故乡，怀悒离人兮湿红妆。秋林送风兮依别长，孤雁失群兮悲空茫。斟觥佐席兮言倍伤，谁解烦忧兮嗟余惶。我顾花落兮心凄凉，不忍两栖兮板桥霜。从今明月兮潜关窗，隔水相苦兮菊花黄。残星伏穹兮银汉光，遥情眸含兮照幽篁。有关忆昔兮抒怀章，灵音寂杳兮追梦香。

## 老 叹

清晓露滴枝，鸟寒夜未眠，南亩无人问，黄丝遍地延。芳华寂寞坠，人老叹流年，风吹皤发乱，雨打芭蕉尖。行路虽劲足，心已厌烦喧，高吟多秋色，放目白云天。遑暇游翰书，凭吊古陵山，追远慎思妙，愁满横栏杆。多年未清闲，驰书育人艰，从今唱歌赋，长诗沽酒残。

## 咏怀歌

风吹黄草兮茫茫，我心高飞兮寒凉。紫虚雁阵兮南往，叹忧追怀兮神伤。辰列耀庭兮天上，鱼鳖龙宫兮深藏。我今念旧兮不忘，唯能消烦兮杜康。沉寐梦中兮酒浆，佳人娇俏兮红妆。浅酌低唱兮彷徨，登临鹤亭兮目仰。吾与碧水兮荡漾，不见幽兰兮凄惶。

## 春诗三首

其　一

初春柳叶稀，陌上菜花迟。布谷声空脆，耕农莫误时。

其　二

细雨微风湿，桃花睡醒迟。蜂蝶行暂隐，碧草作蓑衣。

其　三

梨花白玉肌，暗香伴春时。总不争颜色，年年挂满枝。

## 月诗三首

其　一

山围水线条，雨过艳云高。夜来涧欲静，月惊鸟飞巢。

其　二

山峰耸入霄，野渡水迢迢。风去留鹤影，月笼动树梢。

其　三

月上影朦胧，诗茶对酒中。花开尘世里，独占一芳容。

## 登岳阳楼眺洞庭

登楼眺洞庭，碧水小船轻。晚色渔歌里，君山雾霭明。

## 偶　感

年近中年业绩无，心中寂寞伴灯孤。苍天若授文章笔，也学春风吐绣珠。

# 王　兰

王兰（1967～　），江苏盐城人，曾生活于泗洪县，长住清江浦。热爱文字，崇尚自然。

## 登黄山

遥遥青石板，缓步带轻风。云海身边绕，岩洋脚下躬。
才将山骨上，又见树腰丰。叹里临仙境，眸柔万绿丛。

## 鱼

嬉戏在荷池，人情我懒知。生平无大志，每日练身姿。

也有糊涂处，犹欣得意时。管他心不轨，何奈世间欺。

## 诗书怀中抱

每每抱诗书，犹如世外居。桃花开几案，明月照云庐。
燕过篱笆暖，风轻杨柳徐。声声千古唱，韵味那人如。

## 别七夕

恨那时光断，相逢下一秋。鹊桥留忆里，痴泪恨难收。
见月悄然黯，听风缱绻流。情牵沧海老，此爱不能休。

## 七夕感赋

织女爱牛郎，深情惹泪长。银河分两岸，爱意共心房。
忍顾佳期守，难离誓约旁。人间如得此，海角又何妨。

## 闲　咏

蝉声恨薄秋，夜静暗藏愁。叶落长亭晚，风萦烟树浮。
轻衣灯影瘦，新泪墨情柔。笔下空无句，心田系远舟。

## 七夕吟章

七夕月如弓，凭栏望月空。银河天上挂，新泪眼前蒙。
鹊架相思路，星藏寂寞风。心酸凭一次，怎可解情衷。

## 立　秋

今时觉不同，落叶带凉风。是处蝉声急，行来脚步匆。
年年光景似，日日累心空。盼得寒霜苦，为观雪染红。

## 咏　梅

奇香破夜宁，雪舞近三更。陋室频添趣，蛾眉淡自清。
风中舒傲骨，笔下展坚贞。浊世当高著，芳心可与呈。

## 咏　兰

深山不掩芳，云雾饶身旁。敢与严寒斗，也将酷暑藏。
心扉何用妒，风雅自清扬。纵使斜阳老，依然是慧妆。

## 毛泽东颂

胸怀天下善求真，缔造名篇第一人。敢与强横挑战鼓，还留正气为平民。
长征路上英雄壮，五岭途中傲骨陈。万水千山等闲看，誓将天地换新春。

## 读 诗

一夜兰舟能万里，三千瀑布有如无。流云脚下轻衣袂，秋水眸中映傲躯。
爱恨情愁频惹泪，酸甜苦辣浅成壶。风烟笼罩江南雨，梅雪匀开塞北图。

## 重阳节赋

桂香浓郁又深秋，岁月匆匆不可留。花落花开当惯看，云舒云卷自无由。
青春年少需珍惜，傲骨情怀别羁囚。勾画人生凭兴致，沧桑莫失爱心柔。

## 嵌句“闻得松窗中夜雨”

闻得松窗中夜雨，有无山雀落低枝。寒声起处衣单薄，醉眼迷时泪作痴。
一枕愁眠翻旧梦，他年记忆绕青丝。难吟难忘心难静，只盼天明描淡眉。

## 遣 怀

每生愁绪总难吟，笑叹红尘情不禁。爱恨无端伤骨重，离分常使梦痕深。
高山若可倾怀抱，流水犹能试俗心。问遍星辰听月语，人生悲喜个中沉。

## 七夕叹

年年七夕泪成行，故事听来碎断肠。织女深情何错有，牛郎挥泪断无妨。
银河阻步心犹系，喜鹊搭桥手执慌。相思饮尽相思苦，醉里潸然写尽伤。

## 墨 兰

一朵馨香赛百花，芊姿曼妙醉诗家。寒窗不碍清然骨，豪室难陈妩媚芽。
石畔更教君羡慕，桃源且自客相夸。未曾染就俗尘味，便是人间奇玉葩。

## 我写天真(写在儿童节)

双眸透亮问阿爹，水里为何映彩霞。莲叶蓬儿当小伞，纸鸢绳子做飞车。
青蛙声处张头望，燕子飞时跳脚丫。心上万千疑和惑，童真难解这层纱。

## 醉

为斟一字夜无眠，凉枕薄衣真个怜。宋雨之中寻古韵，唐风之里结新篇。
倾情不过应如是，忘我何曾似这般。最爱文章山水句，痴心无悔度年年。

## 春　逝

蝉鸣柳幔夏伸腰，风过兰亭花更娇。燕影江南迎细雨，莺声漠北赛玉箫。
烟藏翠绿三春老，水暖沙尘两岸饶。新旧相争时节换，何须感叹何须焦。

## 生日歌

一曲秋风生日歌，平添回忆又如何。五十转眼成空叹，些许柔情几是多。
俗世未曾真味失，诗田愿把墨香罗。三千小字云深处，烟雨长长笔下拖。

## 送自己

年年花月青丝透，未老情怀笔墨浓。不爱花红偏喜赋，芸窗小坐展芳容。

## 秋　赋

今日登高饮菊香，些些惆怅觉寒凉。风霜鬓染青丝老，幸有柔情写意长。

## 无　题

其　一

长亭十里尽残霞，只有风弦扣指丫。若是归期难试步，何如借笔献诗花。

其　二

看花莫要忘花期，好与花红比醉痴。一缕残香花落落，看花人去已多时。

# 靳鹤奇

靳鹤奇(1968～2018)，清江浦人。中共党员，历任江苏金凤集团团委书记、清浦区宣传部副部长、区人大办公室主任等。

## 城市渔者

四月柳渐长，池水随春涨。移舟水深处，或有鱼虾藏。低头觅踪迹，只恐空张网。我自岸边过，尔立水中央。固无羡鱼意，退思豁然朗。城中多过客，归去来熙攘。何如乐山林，卧看云苍茫。

## 槐 花

四月枝头雪片片，槐花开处白映眼。日暖纷纷蜂争绕，风来习习香满园。昨夜村外一阵雨，今晨花落轻拂面。提篮采得新芽嫩，入城叫卖斤两元。盘中久难觅菜蔬，尝罢顿觉唇齿甜。人间万物有真味，不在天外在眼前。寄言画家著妙手，写与桃李共渲染。

## 赠友人

春风才剪窗前柳，白雪又开枝上花。我寄新词赠旧友，一年一岁一韶华。尔来尘世四十载，年过不惑多感怀。回望迢迢来时路，亦如涓流亦如埃。幼年家贫缺衣食，嗷嗷待哺偎母怀。双亲含辛抚幼儿，兴家唯盼儿成才。祖父颇通岐黄术，悬壶济世救病灾。累日录成启蒙文，课孙蘸水习颜楷。复授医籍药性赋，诵读如流奥难解。稍长入得村学堂，伶俐颇得师偏爱。倏忽已是十岁余，就读初中在棉街。少年不知求学苦，家姊辛劳车相载。高中考入县重点，临川书院梧桐栽。离家不过数十里，慈母忧儿独在外。身单体薄难自理，幸有学兄厚相待。三年少食鱼和肉，果腹窝头与咸菜。教室晚课最难忘，油灯盏盏复排排。农家子弟少出路，唯有苦读出苦海。渐习渐长望前程，锦绣光明入梦来。会试榜上幸有名，跃出农门未自哀。负笈求学心切切，暂别双亲心澎湃。匆匆七酉二十日，少年驽钝渐次开。从师初入文辞径，醉心翰墨未倦怠。意气轻狂颇自得，不知练达在书外。七月挥手别同学，依依惜别在站台。堂上欣喜见父母，双亲置酒儿归来。儿既学成当谋职，殷勤期盼得留淮。闲居数日无所事，终见公函始轻快。秋日报到至新所，八年寄籍久滞待。南来北往多学子，呼朋引伴不足怪。中有二三至交友，意气相投激壮怀。故友至今各西东，相聚犹能互勉励。八年尽作案牍事，未曾一上机器台。花开难无百日好，风暴雨骤枝叶衰。峨峨气势非本相，此际只见金玉外。心忧前路暗思量，倾颓之吕复何奈。登门自荐求提携，幸有贤者惜薄才。嘱我当去轻狂气，静心方能见莲台。感此惊悟昨日非，振作未晚从头来。而立之年成家室，齐眉举案享恩爱。布衣粗食亦淡然，妻贤助我远祸害。来年怀中喜抱子，更念亲恩深如海。人生或如登山峰，艰辛步步沿石阶。板凳要坐十年冷，静悟一室寂寞耐。刀笔愚钝证兴替，诗酒散淡浇磊块。大梦浑沌谁知觉，小院幽静独徘徊。冬去春来雪渐消，满目葱茏新花开。一花引来百花放，三月桃李满园栽。枯荣总是寻常事，笃定自持志不改。天地茫茫常有道，风雨声声国入耳。人生莫说行路难，李白进酒歌壮怀。长风破浪会有时，直挂云帆济沧海。

## 君悦楼

登楼望淮水，帆影映朝晖。千里长河浪，动我意兴飞。乘风登楼台，云雾满眼开。一山百担土，淮水三尺带。

自注：一山，盱眙第一山。

## 孟秋游园

信步园中过，廊深竹掩墙。听风知鸟静，掬水道天凉。
藕熟三秋味，荷残一茎香。蜻蜓飞且驻，映影入池塘。

## 行行四水

行行四水间，去日八千天。独步寻幽径，孤舟荡远滩。
风高吹碧野，浪下起白烟。却顾来时路，花香满故园。

## 赠恩师

盐都二月天，廿载见师颜。意气当年重，情谊故地牵。
匆匆执手别，眷眷赠书还。折柳遥相望，金陵淡淡烟。

## 三清山

奇峰凝秀色，绝景远尘埃。雾锁仙人笏，风开玉女怀。
狂僧徒惹笑，野马费思猜。漫看烟云起，天高任去来。

自注：三清山景点，万笏朝天、玉女开怀、济公撒尿、马头石。

## 夜过古黄河

衰草夹河岸，寥落芦花洲。日暮滩回转，月黑水深流。
风声响低树，灯影映孤舟。坐久增寒意，霜冷欲白头。

## 鱼　乐

闻营逍遥子，迷蝶晓梦中。临水知鱼乐，向野感世空。
江湖既相忘，濡沫且不同。北冥好栖身，何故羡鲲鹏。

## 读诗有感

两处诗吟一树花，合欢有意万千家。曾怜细蕊绒丝展，欲揽新枝翠臂斜。
每有神通堪唱和，常叹曲尽惹嗟呀。灯前欲解诗中味，夜静风凉起露华。

## 回乡归来

村头又见杨花落，正是春光烂漫时。垄上人勤忙刈草，门前水涨好围堤。
雏鸡统院姗姗步，乳燕栖檐怯怯啼。最忆田园春色美，归来好与赋新诗。

## 闻 雷

雨洗窗前一树高，长风漫舞送秋潮。殷勤寄语珠联璧，忐忑涂鸦尾续貂。戏笔犹能乘意趣，行舟未许任飘摇。前川但见溪清处，雁阵穿云映碧霄。

## 读画有感

画里常如梦里身，描摹写意自传神。山高寺远钟声杳，水浅鱼稀树影沉。钓客溪前闲弄草，游人岭上静观云。丹青好记湖山色，落纸烟云墨染痕。

## 无题赠曙光兄

桃红李白满园春，长夏鸣蝉夜正深。采菊东篱秋未尽，南山又见雪纷纷。一年好景犹多忆，半世浮沉笑此身。过眼繁花开复落，西窗戏笔作闲人。

## 过鸟巢

飞人已如鸟飞去，胜迹长存名鸟巢。仙鸟衔得铁骨砌，鬼斧挥就神笔描。此巢只应鲲鹏栖，当时曾闻龙虎啸。我欲因之动诗兴，高天流云胜观涛。

## 画 中

画中常似梦中真，勾勒丹青自传神。依山一碧深潭水，近村几家虚掩门。钓叟石底问归路，樵夫林下指行程。日暑天寒无宿处，心知地远难留人。

## 登 楼

其 一

夜过淮河水，晨登君悦楼。炊烟临岸起，袅袅映沙洲。

其 二

日起上楼台，朝云满眼开。山幽留远客，水阔挽长淮。

## 秋 竹

夜雨秋风里，萧萧竹影摇。枝头尘洗尽，节节拔云霄。

## 春 归

问予何所忆，静看水东流。垄上春风过，河边柳叶稠。

## 咏　淮

名城流十水,福地起三山。念此心怀壮,登临有大观。

## 戏题喜鹊

还无音讯近,岂可上枝啼。若道为邻好,筑巢伴吾栖。

## 秋　日

酌酒溶溶月,抚琴淡淡烟。秋风应解语,此事古难全。

## 秋　雨

昨夜听秋雨,窗外竹萧萧。洗却枝上尘,挺然对碧霄。

## 未　秋

暑气渐阑珊,耳畔正鸣蝉。送目湖深处,秋来叶半残。

## 春　归

问君何所有,静看水东流。垄上春风过,轻摇柳叶稠。

## 冬日寄曙光

新诗墨犹香,旧历已泛黄。何日重煮酒,一发少年狂。

## 环卫工人

酷暑炎炎日,寒风瑟瑟吹。千街万巷里,步步帚轻挥。

## 少年行

呼朋引伴城中饮,携手踏歌月下归。醉里狂言天下事,当时意气雪纷飞。

## 咏残荷

其　一

繁华过尽远尘埃,此际深眠梦入怀。日暖风高梳洗罢,罗裙绿染映红腮。

其　二

莫笑霜欺花谢去,还留慧根待春来。明年六月风欧起,看我千湖万荡开。

## 油菜花

其 一

春风信手撒金黄，漫落田边与道旁。最是寻常乡野景，花开遍野尽飘香。

其 二

三月风吹满眼黄，千坡万垄尽飘香。此花不比牡丹艳，结子粒粒润枯肠。

## 雅 集

煮酒湖心夜掌灯，吟成新句墨留痕。仙人也慕其中趣，暗遣雪花频探门。

## 夏日即景

夜尽风移月影西，荼靡事了草萋萋。闲听十里蛙声动，雨过山前绿满池。

## 井冈山

其 一

红旗漫卷山河动，岭上云深向日开。燕舞莺歌今又是，黄洋界上忆雄才。

其 二

茅坪夜烛燃星火，五指峰高映日升。不见当年挥手处，青山顾我泪频倾。

## 早春回乡

半回故里半游春，耳熟乡音眼熟邻。家犬闻声迎路远，门前跳跃报双亲。

## 无 题

别去轻舟荡桨归，春来陌上柳丝垂。花开梦里风摇影，一笑烟云过眼飞。

## 鼓浪屿

东南日暖春来早，踏浪观潮意趣高。最是红棉花胜火，枝头点点梦中烧。

## 赠王宗年老师

柳嫩枝头二月天，重回故地忆华年。师恩廿载终难忘，翰墨书香总是缘。

## 春

芳菲满地看花红，处处春光映眼中。纵使心飞如骏马，青山踏过几重峰？

## 和海百川

流火未歇雨微斜，城中小院似农家。酒酣醉谈古今事，归去梦里数落花。

## 踏　浪

东南春早沐暖风，踏沙观潮意兴浓。游人将别忍回首，最是海西木棉红。

## 鸡毛换糖

莫道鸡毛轻若云，换糖度日恁艰辛。今日商贾汇天下，当年赤脚雪中行。

## 吴　中

自古吴地客多游，故人曾寄明月波。不知君家在何处，小桥流水深巷多。

## 雪　饮

北风一夜城头白，举杯向天邀雪来。雪不堪饮先我醉，几番趔趄撞人怀。

## 江阴道旁

江南三月风初起，又绿沿河杨柳枝。翁媪清晨割野菜，提篮小卖正当时。

## 怀诸友

岁岁春来去赏花，赏花人各在天涯。天涯诸友共相忆，相忆怎堪夕阳斜。

## 辛　夷

幽径盘桓碧落青，对此驻足不忍行。莫道辛夷红委地，落花人叹最多情。

## 清明回乡

麦垄初绿已清明，村头枯枝半返青。近乡犬吠知迎客，更喜夜静有蛙鸣。

## 游二公故居

湘江北去大浪涌，慧眼谁曾识英雄。既出苍龙何出虎，由来浮沉总不同。

## 凤凰古城

凤凰夜色如图画，隔水灯光映影柔。耳畔闻谁离别曲，竹楼细雨沱江流。

## 张家界

山行十里泼墨画，天梯百丈有人家。更喜山中无僧道，奇峰异石相迎迓。

## 作客观人饮

城西九月叶纷纷，未过溪头已近村。座上杯盘空解醉，儿童笑指疯癫人。

## 雾

或疑海市到眼前，楼台隐约隔轻烟。行路难时且驻足，细听耳畔车马喧。

## 山中晚归

数峰不见秋山隐，回望天际暮云平。不识山中路深浅，借问归樵何处行。

## 岁末偶得

寻章摘句独沉吟，壮岁未忘年少心。不教一日碌碌过，留得光阴几寸金。

## 秋夜古黄河

月分阴晴非关恨，灯有明灭应含情。天上人间两相望，一川东去流不停。

## 初夏荷叶

湖畔柳垂夏正长，荷叶轻舒着新装。南风轻薄频伸手，隔水偷掀绿罗裳。

## 元宵夜偶得

其　一

东风今夜翩然来，过水穿林满眼开。勾勒还赖丹青手，姹紫嫣红共剪裁。

其　二

璀璨花灯月千里，鱼龙一夜舞金池。今宵共饮新春酒，欢乐情怀寓小诗。

## 赠诸友

青衫不老青山高，青锋剑指青骢啸。青天苍茫青鸟去，青春回望青云绕。

## 枣庄山中木屋饮酒

山中偏爱木屋静，主人置酒意殷勤。心知此地非宿处，沉醉更向远路行。

## 咏芦苇二首

其 一

南风初起满池碧，芦叶亭亭嫩欲滴。纤手柔丝裹珠玉，棕香袅袅千里溢。

其 二

丛生水畔直伸枝，叶摇鱼动荡涟漪。今日青春头已白，花开织履当寒衣。

自注：童年家贫，冬季缺衣少食，家家摘芦花编织草鞋，名之“毛窝”，温暖异常。

## 初冬偶题

长堤秋尽水深寒，半树零落半树残。纵使枝头霜雪压，春来依旧绿盈川。

## 咏残荷

其 一

倦看繁华远尘俗，深眠犹有梦萦怀。明年日暖梳妆罢，粉面绿衫香满腮。

其 二

红消粉褪落华盖，苦心甘向泥中埋。为报东风殷勤意，慧根一茎上莲台。

其 三

人叹荷残枝叶败，我自酣梦不自哀。明年长夏初秋日，看我千池万荡开。

## 题 画

一朵两朵三朵花，素心落落洗铅华。秋风过尽北风劲，冷香淡淡蕴篱下。

## 漂 母

漂洗为生大爱张，自身缩食济韩郎。饭虽清淡母心暖，慈爱宏恩日月光。

## 秋原晨景

玉宇茫茫一色苍，露沾溪草稻花香。鸽闲牛背单栖立，红日半轮照曙光。

## 车桥战役

将军常胜纾筹策，雄武神兵智勇彰。攻点歼援乱寇计，歼魔史上铸辉煌。

## 秋日农村

棉绽椒红鸭满河，青虾紫蟹戏莲荷。无边稻海翻金浪，盛世乡村处处歌。

### 咏美人花

艳艳随秋千万里，亭亭玉立战寒霜。清心傲骨朝天绽，俏不争春献晚芳。

## 王步琴

王步琴（1969～ ），女，江苏淮阴人，久居清江浦。中华诗词学会、江苏省诗词协会会员，淮安市诗协副秘书长，《淮海诗苑》副主编，《淮安诗城》《云在诗帆》微刊主编，江苏诗词学社、江苏女子诗社社长、主编。

### 秋 雨

谁拨心头那缕弦，柔柔婉婉奏窗前。芭蕉善卷何流泪，杨柳稀疏却带烟。
莫道板桥庭竹冷，应知陶令菊园鲜。舒眉更数农家汉，稻正当须润大田。

### 秋 风

皆道秋临性莫狂，寻山访水倍添伤。晨偎弱柳同流泪，暮拥残荷共断肠。
节令催身温语少，饥虫蛀木湿瞳茫。人间冷暖终难拒，待得明春遍野芳。

### 秋 叶

霜打枝头不断肠，随风疏落又何妨。春中曾伴金丝雀，秋里还穿富贵装。
惯看枯荣心有寄，历经冷暖意无伤。任由冰雪多情绝，依旧来年满树昌。

### 秋 雁

千番冷暖未心灰，节律遵循去复回。展翅凌空岩壑越，凝心劈路幕云开。
沙洲歇足何羞意，岳麓栖身听任猜。一世柔肠倾泽国，沿途万景不徘徊。

### 秋 荷

一点幽魂没水中，暗香缕缕尽随风。枯藤怜我沉冰骨，残叶如泥护子蓬。
清夜雪来藏旧岁，初春鸟过忆新丛。他年若得同临世，并蒂廉溪诉韵丰。

### 秋 芦

匝地银霜煞气扬，纷纷悴叶落寒塘。波间老鸭声犹小，身后青荷色渐黄。
头白熬来飞舞日，心清远拒睨雕梁。今生不与东流去，只为魂萦水一方。

## 秋　草

世间风雨是寻常，遵律从容惯换装。淡泊疏篱呈妙韵，犹为饥马壮肥肠。
岂言野火身躯烬，当晓虬根意志强。莫道枯荣呈眼底，明春何处不芬芳？

## 秋　蛰

霜降尘埃无特殊，丛间大小失熹娱。蝇声阵阵北风去，雁旅迢迢南国吁。
懒理花丛传旧曲，休闻月夜酌新壶。是非恩怨由来是，岂抵泥中一觉乎。

## 秋　蝉

苦熬几载上枝头，一宿西风命即休。不憾清音秋里逝，还怜幼籽土中留。
年来仍吮清纯露，树砍何萦光秃沟。此地若无栖息处，他乡定可响珠喉。

## 感　秋

潇潇冷雨三更霁，晓见闲庭遍地黄。踱径香残蜂蝶去，望芦雪舞鹭鸥藏。
举眉弱柳频偎耳，点墨寒窗莫道伤。纵使苍凉弥四野，仍凭圆月醉流光。

## 秋　实

清风送爽蔚蓝天，果硕禾沉韵满田。枯苇凌波飞白絮，疏篱拂蕊泛金涟。
邀杯独向苍穹月，把墨还描松谷泉。大地不辜桑梓老，斜阳未必逊初妍。

## 梦回故乡(依韵槿轩主人)

梦深又绕竹篱笆，唤两邻童去钓虾。为使汤锅香味漫，恁抬木桶苇塘划。
摸瓜总在那秋晚，嗔目常临这女娃。莫再顽皮耽习字，闻声惊醒泪沙沙。

## 闲　钓

又逢六日避嚣尘，溪野垂纶去度身。莲叶摘来当竹伞，钓竿支起作山人。
水流悦见心清浅，鱼乐何需论伪真。欲是常将风月守，苍颜也焕旧精神。

## 暮春野望

莫让惜春愁绪延，扬眉四野韵无边。犁铧卷土推香浪，芒穗连波生玉烟。
尚有长堤陶令柳，还逢新亩邵平缘。东风煮酒余将醉，欲把豪情赋大千。

## 闲 吟

凝眉岸畔读春秋，一片飞花撞鬓头。因结诗缘怀旧梦，又为笔秃搁荒洲。
韶华渐去功名远，尘世终逢利禄休。独立黄昏寻六合，不知何处了闲愁？

## 暑中闲吟

莫怨金乌烈烈光，纵炎心静自然凉。听弦入化尘嚣远，抱字观天云水长。
蝉噪由它声断续，神闲随我性疏狂。慵慵意懒舒红袖，摘朵黄花鬓上妆。

## 山 松

志在青云不改衷，管它酷暑或严冬。风摧更是当舒骨，雷击依然立险峰。
傲气由来霜后现，清心还与谷间逢。寻常未瞰人间事，千古高名未自封。

## 游恭王府感怀

画廊百米凤麟稠，皇室奢华恨血留。倾盏寿山吟雪月，醉眠龟岛数风鸥。
乾坤权霸穷三界，饕餮民脂刮万秋。积恶侵吞军饷泪，垂帘腐政梦成丘。

## 游和珅故居感怀

萧瑟霜风府邸稠，豪奢极尽未知休。几多诓圣雕虫技，一世欺民盗耳谋。
品戏端茶朝上客，穿廊蛀室楚中囚。古天刑鼎千秋在，但笑珅卿万代羞。

## 登八达岭感怀

八达绵延春与秋，重关漫道堞云楼。宏图苍泪秦皇迹，霸气奴骸隶血流。
存史烽烟寒壁火，镌碑剑刃老龙头。雄狮已醒向天啸，万里巍峨不足谋。

## 泰 山

青吞齐鲁小瀛洲，直驾天风凌斗牛。红日流金淹峻岭，白云如雪裹虚舟。
瀑旋碎玉沉千涧，猿啸清霜惊万秋。绝顶高吟少陵句，荡胸元气莽难收。

## 华 山

拔地冲霄只等闲，万人莫破一夫关。云台紫阁云台逸，玉女丹祠玉女娴。
极顶莲花承雨润，悬空栈道截途弯。若论千古谁能越，试剑天梯咫尺间。

## 衡　山

欲上峰巅九百旋，苍松翠竹笼云烟。水帘洞里仙神隐，贺寿池中福禄延。
应庆祝融传火种，更欣夏禹治洪篇。高香一炷何期许，国泰民安到永年。

## 恒　山

遍岭狼烟早肃清，祥和兴教更争鸣。横空一寺危崖立，及顶双峰月阕擎。
张果老来尘屐隐，徐霞客陟妙文成。风光瑰伟人争仰，不负千秋北柱名。

## 黄　山

奇峰秀巘插青天，万瀑砉然撼碧渊。雪涌白云迷石客，风挥鬼斧坼松烟。
光明一线东曦岫，跌宕千崖北风泉。欲共苍鹰撩雾雨，九霄又落雪淞川。

## 咏　雪

汲寒剪水下凡尘，润物清污未染身。待到金乌升碧宇，不留痕迹化浮云。

## 叹牡丹

违尊上苑未红妆，历尽风霜绽洛阳。酣酒锦笺清调寄，寒枝何处有诗章？

## 戊戌重阳

秋风新染几榆桑，多少青葱俱变黄。还是那山枫叶好，依然记着旧红妆。

## 思　亲

夜阑梦入旧庭台，残烛依然泪满腮。又见窗前枯井上，寒鸦一只久徘徊。

## 杂　吟

谁是红尘得道仙，休钦衣锦枉谈筵。优游最是芳堤畔，一甩长竿钓暮烟。

## 春　深

香残蝶远步迟迟，太息风前那一枝。纵使东君来若故，却难吟出去年诗。

## 秋吟疏柳

翠叶青枝笼月堤，寒霜一宿见褴衣。人生何不多如此，半是风光半是凄。

### 晨游涧谷

云山深处鸟鸣迟，野径无人我自痴。约得清风踏舟去，一竿荡起满湖诗。

### 稻草人

猴沐而冠两袖粗，中庭饱满许身孤。风来仗势一身抖，四野谁人不服输？

### 观浮萍遐思

深浅河塘漂泊身，风推浪卷未沉沦。根须欲问何时扎，直待淤泥涤净尘。

### 咏蜀葵

新绽偎篱一丈红，丛丛簇簇缕缕风。向来美色无虚嫩，未必尽输桃李容。

### 咏玫瑰花

利刺何从窈窕身？欲驱蜂蝶欲驱人。断魂情事无关我，却合断魂同入尘。

### 咏沙漠仙人掌

苍茫戈壁蕴天骄，日炼风摧志不摇。却使身姿如利剑，长青不必雨常潇。

### 咏　锅

水火煎熬任几场，自知位置不登堂。平生执着为饥汉，懒理他人口舌长。

### 咏　碗

瓷门入灶看砧刀，敢上厅堂任贬褒。五味人生千载伴，有盐何计位低高？

## 王兴伦

王兴伦（1970～　），江苏沭阳人，长居清江浦，做面食加工手艺。爱好中华诗词。

### 留守儿童（忆20年前）

夫妻无奈别家乡，幼女啼声搅断肠。月黑村头寻背影，风高梦里逐爷娘。
儿甘讨饭随亲走，父恨谋生彻夜忙。今日思来凄楚甚，泪沾旧照一张张。

## 惊讶小儿手绘地图有感

地图绘制自当精，幼子何能辨得清。国界粗枝无错置，省区大叶有偏倾。
陆疆山壑偕凝志，海域礁滩俱系情。最是东南尤可赞，中华钓岛记分明。

## 诚谢钱万平秘书长登门送《淮海诗苑》

欲遣酸词诉苦衷，不知韵海律无穷。欣闻诗苑刊庸作，犹觉嫔妃列正宫。
鸦穴生辉接金凤，草民堆笑谢仙翁。捧书方愧根基浅，难及行家半寸功。

## 迎春抒怀

繁事缠绵紧缚身，诗情满网说迎春。遣怀常逐逍遥客，尽职犹成邋遢人。
欲扮轻欣陪父母，意将苦累付风尘。家山历历随如影，游子归心似酒纯。

## 诗　风

难辨枝头凤与鸦，新僧偏着旧袈裟。馊风老月循陈调，僻字冷词充大拿。
欲赞河莲称菡萏，羞言苇草说蒹葭。翻经寻典彰文采，意落深山惹眼花。

## 诗　心

恐后争先献贺诗，虚情实感有谁知。刚逢主管过仙寿，又庆高朋聚会时。
雅调穷弹成老调，新词常媚变馊词。花生哪粒无心计，尽借红衣作画皮。

## 乡村飞雪

昨夜拍窗风雨狂，今晨竟是雪茫茫。远山旷野飞鹅羽，矮树低篷着嫁妆。
屋后孩童传戏语，枝头麻雀叫空肠。麦田犹有馒馒味，棉被轻轻盖几床。

## 谨贺《大风诗集》收纳拙作

村夫偏爱诉衷肠，古卷翻来学旧章。比脑难赢两皮匠，论才莫过一江郎。
山鸡上树充金凤，猴崽挥袍效玉皇。土炮哪如洋炮响，《大风》不弃我沾光。

## 恭贺江西兵饭店开张

身高腹大进厨房，恭喜江兄入对行。忆往锤灰哥尽品，从今海味汝先尝。
淮扬谱里新掺旧，满汉肴中土夹洋。阔口一开惊远客，只叹老板是诗狂。

## 憾国足0:3负伊朗

何必临屏自苦煎，净吞三蛋不新鲜。惯依欧美谈人种，羞与伊韩论往年。
树叶枯稀难蔽日，塔根纤细怎参天。剑磨十载成梢棒，四处烽香瞎冒烟。

## 冬　风

时至深冬暖意微，北风借势显神威。刚伸黑手掀农膜，又卷黄尘蔽日辉。
昨夜拍窗随雨舞，今晨作雪漫天飞。梢头卖力吹寒号，唯恐阳春不久归。

## 小子幸得“三好学生”有感

小子今番未走神，幸捞奖状面含春。课堂练笔输千次，期末磨枪胜一轮。
醉汉胆生能打虎，咸鱼运至可翻身。应知书海沉浮事，牢固根基是本真。

## 赞周成林小爷

古稀老汉气犹豪，体健心萌赛凤毛。梳首整装离邋遢，聊天恋网赶时髦。
穷朋求助常伸手，太岁临头敢动刀。大笑连声舒快意，洪钟亦怕比音高。

## 自嘲和杨柳先生

哪得唐人半寸功，循腔作势效诗翁。捧餐未觉肠尤短，索句方嫌腹太空。
难见书山途有迹，焉知韵海律无穷。舞天鸢纸装何鸟，尽仗神来一阵风。

## 诗　趣

身微识浅动诗肠，懒顾营生学旧章。酌句斟词寻实语，随心顺理不佯装。
残花老月休烦我，陋习歪风必举枪。酸韵愿留知者品，一文难卖未神伤。

## 闻女子藏子试夫报假警重金悬赏事件有感

疑妇试夫亲子藏，警民竭力尽徒忙。诸侯敢戏堆烽火，农汉能愚喊有狼。
众口涂油难互信，爱心付水太荒唐。果如尔父身前站，伸手该抡几耳光。

## 状　元

捷报传来马卷尘，长安过市若封神。文山起伏追贤志，宦海沉浮失本真。
自古伴君如伴虎，当朝谋事必谋臣。小心已恼刘丞相，只怪师从赵大人。

### 忆中秋得奖

幸捞大奖自尤珍，无利无功枉费神。评委尽心何说假，吟家寻乐怎言真？
常将拙句填酸韵，岂让虚名缚薄身。莫若抛空荣辱念，做回踏实学诗人。

### 钱塘观潮

汛临未待觉秋毫，波浅风轻起怒涛。依海传来腾海马，凌江落下斩江刀。
狂峰拍岸穿栏涌，醉客呼天撒腿逃。水面趋平人不散，心潮更比浪潮高。

### 到新城开明中学为小儿送餐有感

新开美食赛清宫，七彩斑斓满浊瞳。鸡翅牛排营养好，笼包汉堡类型丰。
我提淡饭防肠瘦，孰料佳肴惹眼红。若是来时带壶酒，隔窗也要弄三盅。

## 王朝晖

王朝晖（1970～　），江苏宿迁人，研究生。中共党员，清江浦区政法委副书记。淮安市首届优秀青年诗人。

### 雨　后

蕉窗听夜雨，星洗万家愁。福到吉祥地，平西月似钩。

## 仲晓君

仲晓君（1971～　），江苏淮安人。江苏某公司董事长、淮安市工商联常委、清江浦区工商联副主席。现为江苏省作家协会会员、中华诗词学会会员、淮安市作家协会副秘书长兼诗词工作委员会主任、淮安市诗词协会常务理事。作品散见于《诗刊》《扬子江诗刊》《中国诗词月刊》《诗词百家》等报刊杂志，获各类奖项数十种。著有诗集《五月家园》。

### 遥寄昆山建平兄

黄河水浅荻花长，明月滩头是故乡。夜半笛声魂欲断，莫提归雁一行行。

### 晓　渡

哓来朝雨洗铅华，云郭烟村落杏花。青石绿苔东渡口，停船暂问到谁家？

## 周 玲

周玲(1973~ ),笔名花落尘香、蔷薇、花影渐疏,清江浦人,教师。中华诗词协会女工委、江苏诗社、江苏女子诗社成员,淮安诗词协会理事,小草、文心、曲水等诗刊编辑,执教繁荣小学梧桐诗社。淮安市十杰校园诗人,指导多名学生获得一、二等奖。

### 收 获

年少争知敛角芒,笃勤旦夕压群芳。一花独放无狂意,万绿千红有泪妆。
自是孤标终见妒,始明秀木易凋伤。庸才黠巧工心计,高士柔谦隐玉光。
举目营营崇势利,倚阑恻恻怯风霜。素丝从此凭尘染,旧志漫怜与絮扬。
历遍世途尝险阻,洞穿物态叹炎凉。人生际遇关前定,且把陶诗伴日长。

### 夜雨惊梦

迅雷惊梦醒,闪电灿银屏。云卷心潮涌,风摇鬓影零。
年华流似水,故旧散如萍。渺渺重江远,飞花落短亭。

### 朋 聚

晨雾湿林岚,芙蕖舞碧潭。鸣蝉藏绿柳,好鸟戏楩楠。
长啸抒情兴,依岩恣笑谈。今朝山一角,欢会聚朋簪。

### 春叶之银杏

沉寂一冬深蕴蓄,叶苞三月渐青葱。悬枝玉蛹初离壳,浴露娇蛾竞舞风。
席地幕天生意壮,穿林听鸟野情融。婆娑四季万千景,银杏逢春趣不穷。

### 咏自驾游者

时人有梦寄天涯,处处湖山处处家。乐驾轻车驰僻野,欣闻好鸟卧流霞。
多情岁月游朋共,不尽林岚醉眼赊。客袋虽云颇窘涩,亦须悟彻诵桃花。

### 夏雨又落

时雨如珠落半空,榴花似火夏声中。应知光景原无异,惟有胸情渐不同。
检点旧心存几许,吟哦新韵眷难终。古今恨事谁能了,漫负韶华独省躬。

## 啖枇杷

昨夜熏风拂小轩，垂垂硕果压枝繁。摘来素手笼金玉，剖破香肌醉秀媛。
一啖数盘浑易事，经年万絮渺无痕。何须苦作呵腰客，草木怡情每忘言。

## 布谷声声

清晨漫步小河边，布谷声声满耳传。洪亮悠扬真妙响，至诚纯洁更勤虔。
欢歌催得群山绿，瑞影迎来稻色鲜。丽日晴和春浪涌，丰收绮梦绕桑田。

## 飞絮遐思

杜鹃声里夕阳斜，步到芳塘未见花。饮啄蹁跹檐下燕，潜藏浮语草中蛙。
夭桃几树初青子，飞絮漫城尽白纱。尚忆柔条同采折，孤愁还似旧天涯。

## 观博里农民画

线条粗犷色分明，乡土风馨别有情。柳摆金丝花竞艳，人劳碧野廪充盈。
闲来且把鸳鸯绣，乐事须将蝠喜呈。老叟村姑皆妙手，江淮之地遍知名。

## 游西湖

夏花绚烂下杭州，万顷西湖碧水流。翠盖亭亭无尽处，红蕖馥馥挽行舟。
攀峰远眺云天阔，傍塔清吟思绪悠。古刹钟声时入耳，断桥纤月引离愁。

## 夏　日

碧野长空烈太阳，农家收麦汗珠扬。清香菡萏迷千里，揽蔓蔷薇缀满墙。
鼓瑟蜩蝉亘古调，寻芳蛱蝶好新裳。院中桂树枝繁茂，占尽炎天一片凉。

## 观　雨

谁将黑墨染澄天，平地惊雷野笼烟。雨打千檐浑似注，风吹万木泣如弦。
粼粼沟壑流盛满，耿耿虔心意发鲜。一盏清茶香四溢，尘纷冗扰不须缠。

## 春　雨

其　一

好雨催农事，滴滴贵似油。凭栏聆沥沥，极目麦禾稠。

其　二

雷响云天外，银丝万缕斜。湖山薄雾笼，佳气满长街。

### 朱顶红

剑叶青葱色更娇,婵娟俏立灿春韶。匠心独奏迎亲曲,情伴香风不胜飘。

### 薰衣草

紫云片片盛风光,穗舞蹁跹意且长。何惧真心痴似梦,只愁别后两相忘。

### 夏日即事

柿子青青杏染黄,农家收麦负斜阳。清溪水涨凫鹅戏,草满平滩卧犬羊。

### 诗乡博里行

农民画美畅吟眸,古韵悠悠绕麦畴。博里诗乡欣遂愿,授牌大会把勤酬。

### 桃花烂漫为谁开

翩翩紫燕送春来,小径蜿蜒满碧苔。物事繁忙人未返,桃花烂漫为谁开?

### 幸有黄莺作近邻

幽径青苔未染尘,妍桃玉柳斗鲜新。云山迢递遮群友,幸有黄莺作近邻。

### 晚　步

桥平水碧静无声,院外风清澹月明。步入珠林烟翠重,纳凉人语夜蝉惊。

## 陈雪芹

陈雪芹(1975～　),女,江苏淮安人。就职于清江浦区正途集团营销部。诗词散见《中华女子诗词》《清江浦报》《燕京诗刊》《新时代诗典》等报刊、网络平台。

### 闲　吟

闲来执笔写天真,紧系飓风超越尘。碧水青山皆脚下,繁星皓月吻香唇。
仙桃金果拿无数,国画天书赏一轮。云卷云舒知让路,游来游去自由人。

### 立　秋

夏日激情流水去,蝉声断续苦悲秋。娇花掩面临窗泣,翠叶低眉接地愁。

无意蜻蜓追梦远，多情菡萏苦心留。人生跌落如烟草，四季轮回又一筹。

### 无　题

我欠春风一转身，题诗百首寄红尘。祈求解落三秋叶，好让花开见旧人。

### 荷　花

误失东风不再哀，绿裙红袖竞相开。汗溶香粉成池水，才有鱼儿觅食来。

### 古运河

一缕晨光探碧波，万条垂柳醉清河。短亭掩映林深处，遥看高楼坐翠萝。

## 程治国

程治国（1977～　），江苏淮安人。兰州大学硕士研究生毕业，任教于江苏省清浦中学。清江浦区诗词协会常务理事。

### 村居抒怀

村居怀逸兴，把酒觅芳菲。狗吠鸡鸣续，黄莺喜鹊飞。
炊烟多袅袅，杨柳复依依。不觉牛羊下，乐之竟忘归。

### 金城春夜寄内

塞外风光异，阳春未见青。梅花何处摘？无复寄芳馨。
仰首征鸿过，黯然倚画屏。无端天已暮，聊赠满天星。

### 读古代思乡怀人诗词有感

宦游征戍奔波苦，对月倚栏暗自伤。鸿雁来时心戚戚，鹧鸪啼处泪汤汤。
高堂红袖频回首，塞北潇湘尽断肠。长笛一声情渺渺，铭心刻骨是思乡。

### 赠诸弟子

击水中流志趣殊，风华正茂似鹓雏。白驹过隙闻鸡起，咬碎钢牙不认输。
壮志蟾宫能折桂，雄心怒海采骊珠。扬帆学海扶摇起，剑指蓬山赛赤乌。

### 咏环保

竭泽而渔成死水，杀鸡取卵属呆瓜。天人合一心常记，唇齿相依永一家。

绿水如蓝双鲤跃，晴空似洗数莺斜。神州处处勤浇灌，环保之花朵万葩。

## 钓　春

晴空万里深如海，红杏如霞漫出墙。风作鱼竿鸢作饵，悠然自乐钓春光。

## 学插秧之帮倒忙

田家五月正繁忙，擦掌摩拳助插秧。斗折蛇行行列错，抬头捧腹笑骄阳。

## 觅田间耕作之父母

无边禾黍接天斜，没顶青毡不透纱。深入田中人不见，遥闻笑语话桑麻。

## 读《荆轲传》

丈夫以死酬知己，社稷存亡系一身。涕下扬鞭终不顾，渐行渐远渐成尘。

## 读《李白列传》

其　一

子乃仙人谪下尘，雄豪飘逸永天真。随心挥洒如椽笔，妙手天成泣鬼神。

其　二

傲骨铮铮本楚狂，安能屈膝事豪强？三山五岳吞胸臆，绣口轻张半盛唐。

## 闺　意

弄妆晓镜牡丹羞，莲步轻移下玉楼。习习春风无赖起，鬓云吹皱乱如愁。

# 张斯阳

张斯阳（1978～　），籍贯南京，生于吉林，长住清江浦。大学学历，经济师，淮安市高速公路管理员。中华诗词学会会员，创作诗词自结成集《诗者如斯》。

## 检查孩子作业戏题

棱椽飞过处，句号已轻歌。却有煽情话，常出米字格。

## 龙　虾

暗里纵称雄，由来宿冷宫。得逢新世纪，触网竟飙红。

## 曹　操

横槊问东风，谁为赤壁雄？未思因细节，临了败江中。

## 下　棋

未见鼓旗彰，犹知戮雨狂。但因兴汉事，缩此半平方。

## 晨听房间漏雨戏作

高温撩客倦，花鸟醉朦胧。唯有檐头水，通宵急赶工。

## 夜听鸦叫即兴

不顾冷飕飕，乌鸦越岭头。时嗔眉岱月，携走半轮秋。

## 春过江宁织造府留句

烟花三月燕儿翔，有幸随团过府疆。贫贱荣华皆作古，凝眉一曲泪千行。

## 雨日即兴

韵海因忙久未耕，此番复垦唤霖行。须臾即致云椽下，开演蛙声戏雨声。

## 过圆明园即兴

新花难阻忆存封，心海时浮血恨浓。欲写但惊枝际鸟，喳喳犹在道宣宗。

## 返淮遇雨即兴

回头别过水西门，随毂匆匆向远奔。及至下车才晓得，初秋小雨漫销魂。

## 观　潮

为歌壮景跃三更，几叹新波绮态萌。欲写犹惊清丽句，竟随心绪矢潮声。

## 上元夜逢小雨留句

春夜寒侵酒未消，遂拿秃笔录无聊。天公许是生怜意，遣下飞针缀玉宵。

## 张谷一

张谷一(1979～ ),女,江苏涟水人,久居清江浦。诗词云网络平台创始人之一,中华诗词学会理事、淮安市诗词协会副会长、书妙翰缘国际文化传媒有限公司董事长。

### 荷花荡荡舟

荷乡荷月赏荷天,满眼红花绿叶妍。最喜平湖三万顷,藕花深处梦中缘!

### 端午祭屈子

千载沉冤角黍粘,秦师早已远无边。离骚一曲今犹热,皓皓诗魂月在天。

## 杨　靖

杨靖(1980～ ),江苏沛县人,中共党员,中小学一级教师。淮安市淮海路小学石塔湖校区高级部主任、办公室副主任。业余时间爱好诗文,指导多名学生在江苏省诗歌竞赛中获奖。

### 师　者

几多身影几多忙,笔尖声里别夕阳。灯下埋首犹含笑,只为明天看龙翔。